Phébus *libretto*

DESPERADOS

JOSEPH O'CONNOR

DESPERADOS

roman

Traduit de l'anglais par
PIERRICK MASQUART
et
GÉRARD MEUDAL

Phébus *libretto*

OUVRAGE TRADUIT AVEC LE CONCOURS DE :
IRELAND LITERATURE EXCHANGE
CENTRE NATIONAL DES LETTRES

Illustration de couverture :
Photo : Santiago Harker
Droits réservés

Titre original de l'ouvrage en anglais :
Desperadoes

A Marie

1

MANAGUA, NICARAGUA
1er JUILLET 1985

La troisième nuit, quand l'obscurité revint, Frank Little se remit à avoir peur.

Peur des voleurs, de ces saletés d'insectes, de la nourriture empoisonnée, des fantômes. Peur d'être incapable de parler avec les gens du pays. Peur de passer pour un rigolo aux yeux des gars armés qui se tenaient au coin de la rue, à côté du *Cine Dorado*. Peur de la diarrhée, du rationnement d'eau et des scorpions. Peur du plan de la ville et de ne rien comprendre. Peur d'avoir une crise cardiaque. Peur parce qu'il était seul et plus tout jeune. Et surtout il avait peur de dormir.

Si on pouvait appeler ça dormir. Quand la nuit dégoulinait sur Managua, l'obscurité semblait bourdonner, et la seule chose que Frank pouvait faire, c'était de s'allonger sur le lit étroit de sa *pensión*, accablé de chaleur, entièrement nu, tartiné de crème anti-moustiques. Il avait l'impression d'être une volaille au four, rôtissant dans son jus, il priait, avalait de grandes lampées de gin tiède, respirant l'odeur de sa sueur, et il attendait que la lumière finisse par revenir pour rendre aux choses un aspect presque compréhensible.

Pendant trois nuits il avait transpiré dans sa petite chambre, implorant Dieu de lui laisser entendre le bruit de la pluie, de l'entendre éclabousser et fouetter le toit de tôle rouillée. Il avait essayé de lire les journaux, d'écrire des lettres. Il avait attendu que le soleil couleur de sang surgisse de la boue du lac Managua. C'est seulement à ce moment-là qu'il avait pu s'endormir. C'est quand sa chambre avait été illuminée de rose qu'il avait fermé les yeux et s'était abandonné aux cauchemars qui à coup sûr l'attendaient.

Le quatrième jour, il s'était éveillé de bonne heure, dérangé par le vacarme insistant des perceuses, des marteaux, des pioches et des scies. Se réveiller à Managua, pensa-t-il, ce devait être la même chose que de se réveiller dans cette foutue arche de Noé. Il resta étendu sans bouger, écoutant le bruit des travaux et s'efforçant de garder son calme même s'il avait envie d'ouvrir la bouche et de hurler. Ces gens-là se levaient vraiment trop tôt. Pas moyen de leur faire confiance.

Il se leva, se lava rapidement et se rasa à l'eau froide et jaunâtre. Il enfila un short et une chemise de sport. La *señora* lui apporta du café dans le jardin. Il était noir et amer. Il fuma deux cigarettes et partit vers le centre-ville.

Huit heures à peine, et la chaleur commençait déjà à monter. Il acheta un *International Herald Tribune* vieux d'une semaine et s'assit à la terrasse d'une des *cantinas*. Il sirota son Fanta orange en regardant les pierres de la Plaza Carlos Fonseca écrasée de soleil. Il haïssait cette ville, de ce genre de haine qu'on ne peut éprouver généralement qu'à l'égard d'un être humain.

Il la détestait entièrement depuis le bureau de l'Aeroflot jusqu'au Barrio Monseñor Lescano, depuis le Ministerio del Interior jusqu'à la cathédrale en ruine avec son drapeau rouge et noir en loques pendillant du clocher. C'était une ville de merde, pensa Frank Little. Une erreur de la Création.

La cloche de l'église sonna neuf heures, le dallage blanc de la place semblait aspirer la chaleur. Il ouvrit son guide, en fit tomber d'un revers de main les moustiques endormis. Il essaya d'en lire une page mais il n'arrivait pas à se concentrer. La lumière du jour était argentée, pénible et aveuglante. Un chien noir décharné, couché sur le dos, haletait près de la fontaine. L'eau murmurait contre la pierre.

Une bande d'adolescents blonds vint flâner sur la place, certains avaient une guitare, ils portaient tous le même T-shirt. Ils s'assirent plus ou moins en cercle près de la buvette. *¡ VIVA LA REVOLUCIÓN!* proclamaient les T-shirts, *¡ OBREROS Y CAMPESINOS AL PODER!* Frank avait déjà vu des T-shirts semblables. On pouvait en acheter à peu près n'importe où en ville. Pour cinq dollars.

Les gamins buvaient du Coca et chantaient *La Bamba*, en faisant alterner les mots espagnols et les paroles de *Twist and Shout*. Ils riaient et sifflaient, puis ils se levèrent l'un après l'autre et se mirent à danser en s'étreignant mutuellement, poussant des cris de joie et lançant leurs chapeaux en l'air. Des Américains, pensa-t-il. On repère les Américains partout.

La place était maintenant animée et bruyante : éclats de rire et conversations frénétiques, fracas répétitif des cassettes de salsa, appels des Indiens vendant des cigarettes bon marché et des montres fabriquées à Taiwan, et par-dessus tout le bruit à vous retourner l'estomac des perceuses et des marteaux-piqueurs.

La chaleur lui brûlait le visage, cuisait son front et son crâne dégarni. Il ouvrit un tube d'écran total et en passa un peu sur sa peau moite. Ses doigts dégoulinaient de sueur. Sa chemise lui collait déjà dans le dos. Merde, merde, merde, pensa Frank Little. Qu'est ce que je suis venu foutre ici ?

Il ferma les yeux et espéra que Smokes se manifeste rapidement. Un bref instant il pensa au visage de son fils mort. « Mon fils est mort », murmura-t-il dans un souffle. Il prononça les mots pour s'assurer qu'ils étaient vrais.

– Américain ? demanda la voix. Vous voulez des cigarettes aujourd'hui ?

Quand il ouvrit les yeux la lumière flambait. Un Indien d'un certain âge, costaud, les lèvres tombantes, se tenait devant lui, portant un plateau en bois sur lequel s'entassaient des bracelets de perles, des animaux en peluche, des cartes postales fanées et des paquets de cigarettes.

– *¿ Yanqui, sí?*

– Irlandais.

– *¿ Dónde?*

– Irlande. Vous connaissez, Irlande ? A côté de l'Angleterre ?

L'Indien fronça le nez. Il prit un paquet de Marlboro Lights et le lui tendit.

– Trois dollars, murmura-t-il.

– Non, répondit Frank, je vous paierai en *córdobas*.

L'Indien soupira, l'air déçu. Il sortit de sous son poncho une petite calculatrice, la tint devant lui et se mit à pianoter sur les touches.

– *Mil novecientas córdobas.*

Il prit un crayon derrière son oreille et écrivit « 1 900 » sur la nappe en papier.

– Elles coûtaient mille cinq cents mardi, dit Frank.

L'Indien haussa les épaules et regarda autour de lui.

– *Mira, hombre,* cette révolution est une vraie saloperie pour l'argent.

Frank sortit une liasse de córdobas de son portefeuille. L'Indien sourit en les empochant. Du doigt il désigna son propre visage.

– *Hermano*, vous avez de la chance ici, dans les yeux.

Cela fit rire Frank.

– Il ne faut pas se fier aux apparences, dit-il.

Mais l'Indien n'eut pas l'air de comprendre.

– Oui, fit-il en souriant, beaucoup de chance dans les yeux.

Il salua et s'en alla d'un pas rapide en se faufilant entre les tables, hélant et sifflant les *turistas* de passage.

Il se passa encore une heure sans que Smokes se manifeste.

Frank commença à paniquer. Seigneur, et si le gars avait eu un accident ? Il ne connaissait personne d'autre dans cette ville de merde, personne à l'exception de cet unique ami de son fils mort. Ses lunettes de soleil glissèrent de son visage moite et tombèrent sur la table. Il les ramassa et rouvrit son guide.

« Managua n'a pas de cœur. » Ça, c'était bien vrai. En 1972, disait l'introduction, un tremblement de terre a détruit le centre de la ville. Il avait plutôt bon goût, ce tremblement de terre, pensa Frank. Il ne restait plus qu'un amas de bicoques écrasées, de cabanes et d'immeubles de bureaux effondrés dont les façades éventrées laissaient voir les infrastructures métalliques tordues. Les seuls bâtiments qui tenaient encore debout étaient la cathédrale, l'hôtel *Imperial* et la Bank of America. Ça en disait long, pensa Frank. Ça montrait bien de quel côté était Dieu dans les coups durs.

N'importe quel individu dans cette saleté de ville était beaucoup plus débrouillard que lui. C'est ça qui lui faisait le plus mal. Il le savait bien, il savait qu'il n'y pouvait rien, mais l'idée le rendait fou de frustration et de colère. Les taxis en maraude le long de Gringolandia Highway, les vieilles cherchant à acheter des dollars à la porte des supermarchés vides, les gamines faisant les cent pas devant l'*Imperial* en minijupe et cuissardes, chacun poursuivait un but précis. Chacun en ville avait un prix, c'est ça qui l'accablait. Ils savaient tous quelque chose que lui ne savait pas. Ça se voyait dans leurs yeux si on savait regarder. Ça se voyait, pensa-t-il, à la manière dont ils vous dévisageaient.

Il commanda une glace, en prit une bouchée presque fondue. C'était bon. Il appuya la coupe en métal contre son front pour soulager sa migraine et commanda un autre Fanta. Il ferma les yeux, s'efforçant de localiser une zone de son esprit en état de marche. Tiens bon, pensa-t-il, tiens bon. Quoi que tu fasses, tu dois tenir bon.

Quand sa boisson arriva, il attrapa un glaçon dans le verre et l'avala d'un coup. Smokes lui avait bien dit de ne pas faire ça. Il l'avait prévenu que l'eau contenait des microbes bizarres, en forme de pieuvres minuscules, qui vous perforaient les boyaux et vous balançaient toutes sortes de saloperies dans le sang. Mais à ce moment précis Frank s'en fichait. Il avala trois Lomotil et deux comprimés contre la malaria, prit un autre glaçon et l'engloutit en sentant un frisson délicieux lui parcourir l'échine. Il alluma une cigarette. Les choses lui semblaient presque supportables. Après tout il n'était pas obligé d'aimer cette ville. Il y avait au moins ça de bien, et ce n'était pas le moment de faire le difficile.

On était lundi matin. Ça faisait une semaine qu'il avait reçu le coup de téléphone. Ce matin-là, il faisait beau et il fumait une cigarette dans le jardin. Veronica était venue à la porte de la cuisine et lui avait fait signe de rentrer pour répondre au téléphone. C'était une voix de femme, avec un léger accent de Cork. Il avait noté son numéro et l'avait rappelée aussitôt. Il était sûr que c'était une espèce d'horrible plaisanterie macabre. Mais la femme avait décroché dès la première sonnerie. « Je suis désolée, mais c'est la vérité, monsieur Little. Votre fils a été tué là-bas. On ne sait pas encore ce qui s'est passé. Il semble qu'il y ait une sorte de guerre. C'est une question qui relève des Affaires étrangères, maintenant. »

On était donc de nouveau lundi matin. Eleanor devait arriver le lendemain de Shannon par le vol de l'Aeroflot. Elle serait calme. Maîtresse d'elle-même et efficace. Et elle serait bavarde aussi, de cette façon qui l'agaçait tellement du temps où ils étaient mariés. Elle aurait changé, bien sûr, ils ne s'étaient pas vus depuis quelques années, mais elle serait toujours le genre de femme qui a la parole facile. Ils se montreraient polis l'un envers l'autre. Ils ne perdraient pas de temps à autre chose. Ils se rendraient à l'hôpital pour identifier le corps. Ils regarderaient le cadavre de leur fils unique et l'identifieraient. Les autorités leur feraient signer des papiers, puis Frank et Eleanor ramèneraient le corps de leur fils en Irlande. L'enterrement aurait lieu le mercredi de la semaine suivante à Dublin. Il y aurait peu de monde. Après, on servirait de la bière et des sandwiches. Eleanor s'occuperait des sandwiches. C'était le genre de femme qui parlait sans arrêt et aussi le genre de femme à qui on pouvait faire confiance pour s'occuper des sandwiches.

Il n'avait pas le temps de pleurer ni d'être bouleversé. Il n'en était pas question. Le temps viendrait pour cela, mais ce n'était pas encore le moment. Il n'avait pas le temps d'essayer de comprendre ce qui était arrivé à son fils, dans quelle espèce de folie étrange il s'était trouvé piégé, pas le temps de se préoccuper des retrouvailles avec sa femme. Il aurait le temps plus tard d'interpréter les événements. Pour l'instant il fallait seulement tenir le coup, prier Dieu de ne pas perdre le contrôle. Ce n'était pas agréable, mais il pouvait y arriver. Il y a des moments dans la vie où il faut accepter les choses comme elles sont. Où il faut se comporter en homme. Il y a des moments, pensa-t-il, où on doit bien cela aux autres.

Il vit soudain Smokes Morrison arriver du côté du *Cine Dorado*. Smokes traversa à grands pas la place de pierre blanche. Il portait un jean, une veste noire et balançait ses longs bras comme s'il ne pouvait pas faire autrement. Il avait une démarche élastique et cette confiance époustouflante si caractéristique des Américains quand ils sont à l'étranger. Il s'arrêta à la fontaine, se plongea la tête sous l'eau, la ressortit en hoquetant et en secouant ses longs cheveux blonds et sales. Les Indiens le montrèrent du doigt en riant. L'un d'eux se tapa le front en faisant une mimique de cinglé. Mais Smokes Morrison ne leur accorda pas un regard. Il continua son chemin en balançant ses longs bras et en rejetant ses cheveux mouillés derrière ses oreilles, indifférent à ce qui aurait pu en gêner un autre.

– Yo, Franklin. *¿ Qué pasa?*

– Tu as deux heures de retard, et je t'ai déjà dit de ne pas m'appeler comme ça.

Smokes avait le teint clair, un nez légèrement retroussé et de grands yeux d'enfant, un peu trop grands pour son visage. Il attrapa la chaise, la retourna et s'assit, ses bras tatoués croisés sur le dossier.

– Je discutais avec ce type qui est toujours avec Nuñez, Franklin. Il est redescendu hier soir de la zone des combats.

– Et comment va Sa Majesté ? murmura Frank. Est-ce qu'il va m'accorder une audience ?

Smokes soupira.

– Ce type a une révolution à diriger, Frank, ce n'est pas un travailleur social.

– Ah ouais, ça m'étonne. Tu veux une bière ?

Smokes fit signe que oui. Il se lissa les cheveux en arrière, prit dans la poche de son jean une paire de lunettes de soleil bleu glacier et les mit. Puis il éclata de rire.

– Les *guerrilleros* sont repassés à l'attaque pendant qu'il était là-bas. Mon vieux il est sorti de la cantina comme s'il avait le feu au cul.

– Je parie, dit Frank, que ces gratte-papier n'ont jamais eu de couilles.

Smokes se pencha en avant, l'air sérieux :

– Il a dit qu'il parlerait à quelques officiels là-bas. A propos de l'enquête, tu comprends ? Johnny n'aurait pas dû se trouver là, Franklin. Les *extranjeros* ne sont pas supposés être dans la zone des combats. L'ordonnance de Nuñez dit que le *Comandante* est vraiment emmerdé par cette histoire.

– Oh, dit Frank, arrête avec ça.

Le garçon apporta deux bières. Il regarda Smokes avec l'air de penser que ce n'était pas exactement le genre de type qu'il voudrait pour gendre. Il attrapa un décapsuleur dans la poche de son gilet et déboucha d'un coup sec les bouteilles, versa les bières, vida le cendrier par terre et ramassa sans rien dire les billets que Frank avait placés dans une soucoupe.

– Eleanor doit absolument apporter les empreintes dentaires, d'accord ? rappela Smokes. Nuñez a dit à son représentant que c'était important.

– Oui, oui, soupira Frank. Je ne comprends pas pourquoi ces gratte-papier ont besoin d'inventer tous ces problèmes.

Smokes retira ses lunettes. Il regarda Frank d'un air interrogateur.

– Mais bon Dieu, c'était notre fils, Smokes. On a bien le droit de voir à quoi il ressemble, non ?

Smokes déglutit avec difficulté et s'efforça de sourire.

– Ce n'est qu'une foutue formalité, Franklin. On doit s'en farcir sans arrêt dans des endroits comme celui-ci.

Ils restèrent silencieux pendant quelques minutes. Frank repensait à la voix d'Eleanor au téléphone, quand il l'avait appelée pour la prévenir. C'était une voix ferme. Détendue. Le genre de voix qui permettrait de vendre de la glace aux Esquimaux.

Il lui avait répété ce qu'avait dit le type des Affaires étrangères. Le corps ne serait pas autorisé à quitter le territoire du Nicaragua avant d'avoir été formellement identifié par un membre de la famille. C'était la loi, apparemment, il n'y avait pas à discuter. Est-ce qu'il avait des frères ou des sœurs ? Non. Dans ce cas il fallait qu'un des parents fasse le voyage.

Ils s'étaient disputés sur ce point, évidemment. Eleanor avait décidé d'y aller. Elle suggérait que Frank reste s'occuper des préparatifs, mais Frank avait dit que c'était ridicule, que ces coins du tiers monde étaient trop dangereux pour une femme seule de son âge. Ces coins du tiers monde étaient remplis de gens qui vous tranchent la gorge pour un billet de cinq dollars, et sans y regarder à deux fois.

– Tu ne lis donc jamais les journaux ? C'est un foutu bordel là-bas. Ils sont tous plus fous qu'un boisseau de singes.

Eleanor avait répondu qu'elle était parfaitement capable de se défendre toute seule et que, s'il commençait à utiliser un tel langage, on pouvait clore la discussion tout de suite.

– Arrête tes bêtises, j'y vais, ce n'est plus la peine d'en discuter.

– Non, Frank Little, c'est moi qui vais y aller, et si tu essaies de m'en empêcher, ça va faire du vilain.

Sur la Plaza Carlos Fonseca, Smokes leva les yeux au ciel et soupira :

– Ce n'était pas nécessaire de venir tous les deux.

– Je ne l'aurais pas laissée venir toute seule, répondit sèchement Frank. Pas la peine de chercher d'autres raisons. Ce n'est pas un endroit pour une femme seule, une maudite décharge pourrie comme ici.

– On se serait occupés d'elle, mon vieux, Cherry et moi.

– C'était aussi mon fils. Il y a des gens qui ont l'air de l'oublier.

– Je sais, Franklin. Je disais pas ça pour ça.

Frank essaya de ravaler sa colère.

– Un simple tas de viande – il hocha la tête : c'est tout ce qu'il est pour ces gens-là.

Il leva son verre, le vida d'un trait, alluma une cigarette et se mit à fumer nerveusement. Smokes lui sourit tristement.

– Je me sens juste un peu tendu, dit Frank en haussant les épaules. C'est la chaleur, fiston, rien de personnel.

Smokes regardait fixement son verre vide. Il le souleva et le fit bouger doucement d'un côté et de l'autre d'une manière que Frank, curieusement, trouva agaçante. Smokes croisa son regard. Il reposa son verre et se mit à pianoter légèrement sur le bord.

Frank regarda sa montre.

– Il faut que j'appelle Veronica, elle va se faire du mauvais sang.

Smokes secoua la tête :

– Les communications avec l'Europe ne sont toujours pas rétablies, Franklin. J'ai encore vérifié ce matin.

– Putain, soupira Frank, quelle bande d'empotés ! On peut même pas téléphoner.

– C'est la guerre, mec. Ce n'est pas leur faute. Les Contras ont fait sauter le central de Matagalpa.

Frank ne répondit pas. Il sentait son cœur cogner dans sa poitrine. Une douleur sourde lui tordait l'estomac. Il balaya la place du regard.

Un jeune homme et une jeune fille s'embrassaient près de la fontaine, collés l'un contre l'autre. Le jeune homme lui tenait les mains serrées derrière le dos. Frank les regarda, et la chaleur lui brûla les yeux. Il recommençait à avoir mal à la tête.

– Qu'est-ce que tu dirais d'un tour en voiture ? proposa Smokes vivement. Il fait plus frais hors de la ville. Allons-y. J'ai garé Claudette près de l'immeuble du Telcor. Tirons-nous une heure ou deux.

– Qu'est-ce qu'il y a à voir ? La campagne, c'est toujours la campagne, partout pareil.

Smokes se leva et s'étira.

– Tout est dans la géographie, Franklin. Je veux dire, ce n'est pas Vegas mais il y a tout de même de beaux coins.

La musique avait recommencé. A l'autre bout de la place les jeunes Américains swinguaient ensemble. Il y en avait un qui jouait de la flûte, un autre du bongo. Les gamins s'approchèrent en dansant de la fontaine et formèrent un cercle autour d'elle sans cesser de rire et de chanter.

Para bailar la Bamba
Para bailar la Bamba,
Se necesita una poca de gracia,
Una poca de gracia para mí, para tí,
Ay arriba, arriba,
Arriba iré, por tí seré...

Puis d'un seul coup le vacarme tonitruant des marteaux-piqueurs éclata de nouveau. La table se mit à vibrer. Les verres vides se mirent à danser. Le garçon jeta son plateau à terre et se boucha les oreilles avec les doigts. Frank se passa la main sur son visage moite.

– Allons-y ! cria-t-il. Allons la faire cette balade avant que j'étouffe de rire.

2

DUBLIN

Après avoir lavé le carrelage de la cuisine, Eleanor Little fit le repassage et arrosa la langue-de-belle-mère. Puis elle prépara du thé, s'installa dans un fauteuil et alluma la télévision pour suivre « Coffee Time » à la BBC. Elle aimait bien Philip et Sally, le jeune couple sympathique qui présentait l'émission. Elle se sentait étrangement proche d'eux. Ils étaient vraiment mari et femme dans la vie, et le disaient parfois. Philip avait déjà été marié une première fois, mais maintenant il vivait avec Sally et ils semblaient très heureux ensemble. Quelquefois ils parlaient de leurs enfants. Ils avaient des jumeaux. Ce matin il était question d'hystérectomie.

Elle éteignit la télévision et rappela l'église. Les préparatifs étaient en bonne voie, lui dit le père Rogan. Il lui assura que tout allait bien, lui souhaita que grâce à Dieu son voyage se passe rapidement et lui dit qu'il aurait une pensée pour elle chaque matin en disant la messe jusqu'à ce qu'elle soit de retour la semaine prochaine avec ce pauvre Johnny. Il était chaleureux comme toujours mais il avait l'air pressé de couper court à la conversation téléphonique.

– Je ne veux pas vous retenir plus longtemps, ma chère. Vous devez avoir mille choses à faire, je pense. Que Dieu vous bénisse.

Après avoir pris son bain elle se mit à errer d'une pièce à l'autre en robe de chambre. La maison était impeccable maintenant. Les tapis avaient été passés à l'aspirateur et les vitres étincelaient. C'était une maison agréable quand elle était propre, pensa-t-elle. S'il arrivait quoi que ce soit pendant son absence et que les voisins doivent pénétrer chez elle, ils ne pourraient rien trouver à redire. Est-ce que sa voisine viendrait seule, se demanda-t-elle, ou est-ce qu'elle enverrait son mari, ce petit bonhomme avec une moustache raide comme du chiendent et qui chantait toujours des rengaines de Gilbert et Sullivan dans les soirées ? Elle n'aimait pas le petit moustachu. Il était bien trop imbu de lui-même. Elle n'aimait pas les airs qu'il se donnait. Elle s'imagina que peut-être ils viendraient tous les deux s'il se passait quelque chose. Ils s'installeraient peut-être chez elle, fouilleraient les tiroirs et feraient l'amour dans son lit. Mais bien sûr que non. Elle rougit. On était dans la banlieue sud, après tout. Pas dans le monde de Sean O'Casey. Il y avait tout de même des valeurs sur lesquelles on pouvait compter.

Les faire-part étaient alignés sur la cheminée, avec leur liséré noir et leur sourire angélique. Elle avait déjà acheté les boissons, pour après. Les gens s'attendraient à ce qu'on les invite à repasser à la maison. Il y avait deux bouteilles de whisky et trois caisses de bière. Il y avait du gin, de l'eau minérale, du tonic et des sodas, et du Coca-Cola pour les neveux et nièces. Il y avait du sherry et du porto, et un litre de chardonnay australien acheté en promotion au magasin *Merrion* de Quinnsworth. Il y avait des cacahuètes, des boîtes de bonbons, des barres de chocolat. Il y avait un rôti de bœuf au congélateur, avec des paquets de petits pois surgelés et une grande boîte de gratin de chou-fleur. Il y avait un demi-saumon. Les gens voudraient sûrement repasser à la maison. On ne pouvait pas leur offrir un simple sandwich.

Il y avait bien sûr la question de Frank. Est-ce qu'il s'attendait à ce qu'on le laisse ramener cette femme avec lui ? Est-ce que seulement il avait lui-même l'intention de venir ? Elle ne voulait pas s'attarder là-dessus pour l'instant. Elle préférait attendre et réfléchir au meilleur moyen d'aborder le problème.

Elle ouvrit la porte du fond et entra dans la chambre de son fils. Ça sentait le tabac et l'after-shave. Il restait quelques-uns de ses posters au mur. Sur l'un d'eux on lisait SEX PISTOLS en lettres noires visiblement découpées dans les gros titres d'un journal. Sur un autre on voyait un groupe de types à l'air revêche en blousons de cuir, avec l'inscription : THE CLASH. SANDINISTA. Un troisième montrait une jeune femme au sourire narquois, les lèvres peintes en bleu et les yeux outrageusement soulignés au mascara. Dans le tiroir elle trouva un slip et une tasse à café pleine de moisissure orange et verte. Ses livres étaient empilés sur le plancher. Sa salopette tachée de peinture était posée sur le radiateur. Au-dessus de son lit un billet d'un dollar était collé au mur. Des carrés plus clairs marquaient les endroits où il avait collé ses posters et ses photos. Il restait encore dans les coins des morceaux de ruban adhésif et des pastilles bleues autocollantes.

Elle prit son costume gris dans la penderie. Dans la poche intérieure elle trouva un sous-bock sur lequel était griffonné un numéro de téléphone et un nom qu'elle ne réussit pas à lire. Elle se demanda si elle devait emporter le costume. Ce ne serait pas bien, pensa-t-elle, d'enterrer un beau jeune homme dans un grossier linceul brun. Mais il est vrai qu'il fallait tenir compte de la nature des blessures. Le type des Affaires étrangères lui avait dit de se préparer au pire. Il avait été défiguré apparemment, et brûlé en plusieurs endroits. Avec cette chaleur en plus, là-bas au Nicaragua. Il valait peut-être mieux ne pas envisager un cercueil ouvert. Il fallait ménager la sensibilité des gens. Elle se regarda dans le miroir de la penderie. Elle tint le costume serré contre elle un petit moment et le raccrocha à sa place avec précaution.

Dans le salon, elle vérifia que les fenêtres étaient bien fermées, que le chauffage était coupé et que l'alarme était branchée. Elle remarqua la bouteille de Bailey's posée sur le piano. Un de ses étudiants la lui avait offerte à Noël mais elle ne l'avait jamais débouchée. Elle regarda la bouteille avec insistance. Ç'aurait été agréable de prendre un verre. Un instant elle fut tentée de le faire, il fallait bien le reconnaître. Mais elle ferma les yeux, et la tentation disparut tout simplement.

Elle s'assit au piano et joua quelques mesures d'une polonaise de Chopin. Chopin l'avait composée au monastère de Valdemosa, à Majorque, juste avant de mourir. Frank et elle y étaient allés une fois, après que les rapports se furent tellement envenimés entre eux. Elle ne se rappelait pas comment ça s'était passé. Elle se souvenait seulement du parfum des oranges qui venait des vergers perchés sur la colline. C'était une odeur lourde et persistante comme un parfum bon marché. Elle fit durer les accords mineurs, et leur tristesse emplit la pièce. Elle aimait leur magie, leur côté dramatique et plein de promesses. Mais elle avait mal aux doigts d'avoir récuré le sol de la cuisine, et d'ailleurs ce morceau était trop enlevé pour être totalement mélancolique.

Dans la cuisine, elle fit chauffer la bouilloire, mais en réalité elle n'avait pas envie de thé. Elle vida le reste de fricassée de poulet de la casserole qui était sur la cuisinière dans une boîte en plastique qu'elle mit au congélateur.

Elle repensa malgré elle à la voix de Frank au téléphone, lundi matin quand il avait appelé pour lui annoncer la nouvelle. Une voix bien ferme, elle s'en souvenait. Elle s'était retenue de pleurer parce qu'elle avait peur de ce qu'il dirait d'elle. Frank avait toujours eu horreur des larmes. Elle le savait bien. Mais tout de même, après tant d'années, avoir encore peur de ce qu'il pourrait penser d'elle ! Les autorités là-bas avaient dit qu'un des parents devait venir sur place pour identifier le cadavre – « le cadavre », c'est le mot qu'ils avaient employé – avant que Johnny puisse être rapatrié en Irlande. Quand Frank lui avait dit qu'il avait l'intention d'y aller, ils avaient commencé à se disputer. C'était ridicule, un homme de l'âge de Frank tout seul dans un pays pareil, et avec ses problèmes de cœur en plus.

Typiquement masculin, pensa-t-elle, pas un sou de bon sens, mais toujours l'envie de jouer les héros.

Elle regarda à travers les rideaux de dentelle. Quand elle fut certaine que les voisins étaient en train de l'observer, Eleanor Little prit sa valise, sortit, ferma la porte à clef, marcha tranquillement vers la barrière et attendit le taxi.

C'était un des taxis de Frank. Il était en retard. Évidemment.

3

CLAUDETTE

Claudette faisait environ cinq mètres de long. Elle avait le pare-brise fêlé, un autoradio de récupération et un moteur dont les pièces tenaient ensemble grâce à des élastiques et à beaucoup d'optimisme.

– Un camping-car, ricana Smokes, eh bien, Franklin, tu ne risques pas de trouver plus kitsch que Claudette !

Quand Smokes l'eut passée au jet pour en enlever la crasse, Frank comprit ce qu'il avait voulu dire. Claudette avait les côtés décorés de spirales effilées or et argent, de levers de soleil bleus, d'énormes planches de surf, de guitares électriques, de drapeaux sandinistes rouge et noir, de portraits psychédéliques de Che Guevara et de symboles pacifistes multicolores. Une étoile filante verte et pourpre lançait une traînée d'étincelles sur les portes arrière. Les pneus étaient rouge vif et jaune, et les enjoliveurs étaient barbouillés d'éclairs noirs. Deux planches de surf étaient fixées sur le toit. Une bleu électrique, l'autre blanche avec le dessin d'une pin-up en bikini langoureusement couchée sur toute sa longueur. Sur le capot était écrit en grosses lettres dorées : *LOS DESPERADOS DE AMOR : THE LAST REBELS OF ROCK AND ROLL*. Et juste au-dessous, toujours en lettres dorées mais plus petites : MARIAGES, BAR-MITZVAHS, ÉMEUTES – TÉL. SMOKES, MANAGUA 2147.

– Doux Jésus à bicyclette, rigola Frank, j'ai déjà vu des voitures en meilleur état à la casse.

Claudette pétarada en traversant la Plaza Diecinueve de Julio. Au bruit de l'explosion, la jeune sentinelle en faction devant le Palacio dégaina brusquement son pistolet et avança en position de tir. Smokes donna un violent coup de klaxon et rigola en écrasant l'accélérateur. Claudette craqua et gémit comme un vieux bateau pris dans une tempête. Elle ferrailla en tournant à gauche. En repartant en ligne droite elle fut prise de hoquets et toussa.

– Bon dieu, dit Frank, je ne sais pas comment tu arrives à conduire une guimbarde pareille.

Smokes secoua la tête.

– Le problème avec toi, Franklin, dit-il en souriant, c'est que tu manques de personnalité, mon vieux.

– Ne m'appelle pas Franklin.

Le moteur de Claudette poussa soudain un hurlement et se mit à vibrer. Smokes écrasa le frein, fit quelques mètres en marche arrière et repartit.

– Il faut faire ça de temps en temps, expliqua-t-il, elle est un peu capricieuse.

Frank se cramponna au tableau de bord. Il déclara que Claudette était le pire tas de rouille qu'il ait jamais vu.

– Et j'ai fait le taxi pendant trente ans, dit-il en ricanant. Tu peux me croire, fiston, j'en ai vu, des tacots de toutes sortes.

– Tu es chauffeur de taxi, Franklin ?

Frank fit signe que oui.

– Maintenant je suis propriétaire de ma compagnie, ce qui fait que je ne conduis plus beaucoup. Et puis j'ai des problèmes de cœur. Il est question que je passe la main.

– Et c'est comment, Franklin, de faire le taxi ?

Frank haussa les épaules.

– C'est tout juste bon pour les poires. Je me demande comment un jeune pourrait avoir envie de faire ce métier. Il faut au moins quarante mille livres pour démarrer. Ensuite il y a les frais généraux. Et il faut voir avec qui on travaille. Des ivrognes, des prostituées. Tu vois un peu.

– C'est comme d'être curé, dit Smokes en riant. Les gens te racontent leurs problèmes, c'est ça ?

– Ça, j'en sais rien. Je ferais un drôle de curé.

Ils continuèrent à rouler, prenant un peu de vitesse.

– Et toi, Smokes ? Comment tu t'en tires ? Tu vis de ta musique ?

Smokes gloussa en allumant une cigarette.

– Tu es fou ou quoi ?

– Et alors, comment tu gagnes ta croûte ?

Smokes haussa les épaules.

– Je me débrouille, de temps en temps un petit boulot pour un magazine, aux États-Unis. Tu sais, des interviews, des trucs comme ça.

– L'orchestre, c'est juste pour le plaisir, alors ?

Smokes approuva.

– Ouais, Franklin. C'est juste pour s'éclater. Et on est dans un drôle de pétrin sans Johnny. Lorenzo essaie bien d'assurer la partie vocale mais il n'est pas vraiment doué.

Quand ils s'arrêtèrent à un carrefour, un jeune gamin grimpa sur le capot de Claudette pour laver le pare-brise. Il portait un short et un T-shirt avec le portrait de Michael Jackson. Il était très maigre. Smokes lui dit quelque chose en espagnol et lui donna un billet de mille córdobas. Ils repartirent.

– Dis-moi comment il était, demanda Frank, je veux dire comme chanteur ?

– Qui ? Johnny ? Il était bien, mon vieux, ce n'était pas Elvis mais il avait ses *momentitos*.

– C'est pas comme moi – Frank sourit : Je fais honte aux corbeaux.

– Ah ouais ? Pourtant Johnny m'a dit que t'étais un crooner.

– Oh, j'avais plutôt une belle voix quand j'étais plus jeune – il montra sa cigarette : Mais depuis que je prends ces clous de cercueil…

– Tu faisais de la batterie aussi, non ? Je crois bien que Johnny m'a dit que tu jouais de la batterie.

Frank se sentit rougir.

– Non, non, ça c'était bien avant, quand je n'étais qu'un gamin.

Smokes haussa les sourcils.

– Je crois bien que tu es trop *modesto, hombre*.

– Pas du tout. En fait j'ai fait partie d'un de ces petits groupes de *skiffle*[1], tu vois, juste quelques copains et moi, on jouait dans la rue ; le skiffle était à la mode. Lonnie Donegan et des gens comme ça.

– J'ai jamais entendu parler de Lonnie Donegan, Franklin.

– Ah non ? Mais il y a des années de ça.

Ils roulèrent en silence jusqu'à ce qu'ils aient quitté la ville et soient arrivés dans les faubourgs. Il y avait de longues rangées de demeures cossues, avec des chiens et des gardes armés en uniforme devant leurs portails métalliques. La plupart avaient une piscine. Devant certaines étaient garées des voitures européennes rutilantes. Claudette traversa le *periférico*, et la ville de Managua céda la place à la campagne. Les champs étaient des mosaïques aux couleurs vives : jaune et bleu, rouge vif et doré. Ils étaient délimités par des oliviers tordus, des plants de maïs et de yucca entre lesquels poussaient d'épais buissons de caféiers.

– Alors, comme ça je jouais de la batterie, dit Frank. Il t'a vraiment dit ça ?

– Ouais, parfaitement.

– Quel guignol ! – Frank rit : Je n'y ai jamais touché ni de près ni de loin.

Ils arrivèrent à une bifurcation, et Smokes prit la piste de droite en soulevant des nuages de poussière. Une grande pancarte peinte à la main annonçait la *COOPERATIVA RIGOBERTO LOPEZ PÉREZ*.

Smokes ralentit et se mit à expliquer à Frank la couleur des champs. Le doré c'était le blé, le rouge et le noir le café, le jaune le maïs. Une grande ferme blanche se dressait au milieu du plus grand des champs. Un drapeau rouge et noir flottait au balcon, et sur le toit un vieux canon noir était braqué en direction de la ville. Des femmes travaillaient dans les champs autour de la ferme, courbées en deux ou agenouillées, elles portaient des fusils en bandoulière.

Dès qu'elles virent Claudette, elles se mirent à rire et à faire de grands signes. Smokes donna un coup de klaxon en poussant un petit rire haut perché.

– Les pauvres, dit Frank, travailler par cette chaleur !

1. Genre de musique country, représentée en France par Hugues Aufray, notamment. *(Toutes les notes sont des traducteurs.)*

Smokes prit une cassette dans le vide-poches et l'enfonça dans le lecteur.

– Ne fais pas ton *gringo*, ces gens-là sont foutrement solides.

La voix niaise d'Eddie Cochran gazouillant *Summertimes Blues* jaillit des haut-parleurs. Smokes haussa le volume.

– Mon dieu, dit Frank en riant. On écoute encore ce truc-là ?

– Pourquoi pas, du moment que ça vient d'ailleurs ?

Smokes se mit à chanter en mesure tout en martelant le volant. Frank regardait défiler le paysage. Les petits murs de pierre lui firent penser à l'ouest de l'Irlande. Il le dit à Smokes mais celui-ci continua à chanter, secouant la tête de droite à gauche et fredonnant n'importe quoi quand il ne connaissait pas les paroles. Smokes chantait comme une casserole. Il avait une voix monotone et sans expression. On aurait dit Bob Dylan un lendemain de fête.

– Seigneur ! A ta place, mon gars, je me contenterai de la batterie.

– Ouais, fit Smokes en souriant. Pour tout te dire, mon vieux, je n'aime pas particulièrement le rock and roll. Je voudrais jouer de la salsa, mais Lorenzo et Guapo m'en empêchent.

Frank regarda les longues mains fines de Smokes qui battaient la mesure sur le volant gainé de fourrure. Il sentait par la vitre ouverte le courant d'air sur son visage moite. Pour la première fois depuis quatre jours il sentit se desserrer légèrement le nœud qu'il avait à l'estomac.

– Alors comme ça, il t'a dit que je faisais de la batterie ? Elle est bien bonne, celle-là. Voilà bien une époque que je ne reverrai pas.

– Il disait même que tu te défendais drôlement, mon vieux. Il disait que Ringo Starr avait baisé Charlie Watts dans la première classe d'un avion et que tu étais le fruit de leurs amours.

Frank lui tapa sur le bras.

– Allez, arrête tes conneries, mon vieux. Il en est passé de l'eau sous les ponts depuis ce temps-là, et ça c'est bien vrai, je peux te le dire.

Le vol pour Londres se passa agréablement. Elle prit le bus à l'aéroport de Gatwick jusqu'au centre-ville. Il faisait vraiment froid pour un 1er juillet. Une petite bruine rendait encore plus sévère la grisaille de Kensington. Elle héla un taxi, le chauffeur ne savait pas où était l'ambassade du Nicaragua mais il était sûr de la trouver.

Pendant le trajet, le long des rues grises, elle se surprit à repenser à sa lune de miel. La première fois qu'elle venait à Londres ; la première fois qu'elle quittait l'Irlande. Elle se rappela les soirées où ils étaient allés danser, les longs après-midi froids passés dans des cafés de Soho, à se tenir la main. Elle sourit en repensant à ces jours lointains. Ils avaient été si heureux pendant ces dix jours passés dans le froid londonien. Il y avait à l'époque des affiches un peu partout dans la ville, portant ces mots « Prenez Courage ». Ils avaient d'abord pensé tous les deux que le slogan avait un rapport avec la religion, alors que c'était une publicité pour une marque de bière. Ils avaient bien ri quand ils avaient découvert la vérité. Bizarrement ce détail lui revenait aujourd'hui. Elle se rappelait le rire de Frank.

Quand le taxi s'engagea dans Kensington Gore, le chauffeur s'arrêta pour demander sa route à un policier. Celui-ci enleva sa casquette et se gratta la tête. Il alluma son talkie-walkie et parla, mais leur dit finalement qu'il ne pouvait pas les aider. Il ne savait pas où était l'ambassade du Nicaragua. Ils continuèrent à rouler. Au bout d'un moment, le chauffeur, exaspéré, se mit à jurer.

Quand ils finirent par trouver l'ambassade, une jeune femme d'une vingtaine d'années avec de magnifiques yeux noirs vint leur ouvrir. Elle portait un jean et un T-shirt noir. Elle avait le front barré d'une fine cicatrice pourpre. Elle parlait anglais avec l'accent américain. Elle examina très attentivement le passeport d'Eleanor. Puis elle lui remit un visa, une carte de Managua et une brochure historique sur le sens de la révolution nicaraguayenne.

– *Vaya con Dios*, dit la jeune femme. Que Dieu soit avec vous.

– Oh, merci beaucoup, que Dieu soit aussi avec vous, répondit Eleanor.

Quand elle arriva enfin à Heathrow, elle entendit appeler son nom par haut-parleur.

Ils garèrent Claudette sur le bord du chemin et descendirent tranquillement jusqu'au lac. Le sable était très fin, couleur de thé au lait. Ils écrasaient en marchant de petits coquillages fragiles. Le soleil avait aspiré la brume matinale, et il faisait maintenant une chaleur aveuglante. Smokes retira son T-shirt et se le passa sur le visage. Il avait un petit tatouage sur la poitrine, un cœur rouge avec ces mots inscrits dessous : « Rebelle à jamais ».

– Qu'est ce que c'est que cet endroit ? demanda Frank. Où sommes-nous ?

Smokes sorti une bouteille d'eau de son sac, en prit une gorgée et hoqueta.

– Nous sommes à Xiloa, Franklin, c'est ici que les gens viennent le dimanche.

Une multitude de parasols en paille étaient disposés en spirale autour d'un bâtiment de marbre à deux étages de style néoclassique. Devant lui, des éventaires vides et une rangée de toilettes démontables. Un kiosque à musique délabré qui n'avait plus de plancher se dressait au bord du lac. Deux hommes y travaillaient, enfouis dans les fondations, de sorte qu'on ne voyait dépasser que leur tête. Une radio près d'eux jouait à fond de la salsa. Le bruit se répercutait à la surface de l'eau.

– Tu vois un peu tout ça, Franklin – Smokes fit un large geste de la main : tout ce qui est ici, deux cents hectares. Tout cela appartenait au général avant la révolution. Toute cette foutue propriété.

Frank soupira.

– Tu ne vas pas remettre ça, Smokes, par pitié !

Smokes eut un sourire suffisant.

– C'est juste pour t'informer, mon gars, rien que pour t'informer.

Ils continuèrent leur marche en piétinant les coquillages et les fougères. L'eau était légèrement verte, mais transparente et calme. Un gros poisson rouge jaillit bruyamment de l'eau, goba une luciole et replongea. Ils marchèrent une demi-heure, sans rien dire, contournèrent l'extrémité du lac, là où les eucalyptus poussaient à l'ombre de la montagne. Ils s'enfoncèrent sous le couvert des arbres, se frayant un chemin parmi les touffes de fougères et de lierre, heureux d'être à l'ombre dans l'odeur forte de la végétation. Ils s'arrêtèrent près d'une petite île devant la carcasse rouillée d'une Cadillac, enfoncée jusqu'aux pare-chocs dans l'eau brillante. Ils allumèrent tous les deux une cigarette en regardant l'épave et en écoutant crier les alouettes.

– Bon, Frank, dit brusquement Smokes, je suppose que je dois te demander à quoi ressemble Eleanor ?

Frank se sentit rougir jusqu'au cou.

– Tu sais, on ne se voit plus beaucoup. Ça fait des années. On s'est perdus de vue.

– Ouais, c'est ce que Johnny m'a dit.

– Ah oui ? Qu'est-ce qu'il t'a dit exactement ?

Smokes s'assit sur le tronc d'un épicéa tombé à terre et se mit à arracher des bouts d'écorce.

– Pas grand-chose, je pense. – Il haussa les épaules : Il m'a dit que vous deux, c'était pas exactement Bogart et Bacall.

– En effet, c'était pas ça du tout.

– Il m'a dit que vous vous disputiez, Franklin. Que vous êtes restés longtemps sans vous adresser la parole. Je crois que toute cette histoire le bouleversait un peu.

– Moi-même, ça ne m'amusait pas tellement.

– C'est sûr, Franklin. Je le sais bien.

– Les gens ont parfois tendance à oublier ce détail. Ce n'était pas vraiment une partie de plaisir pour moi non plus.

Une petite brise venue du lac faisait frissonner le feuillage autour d'eux.

– En tout cas, maintenant elle donne des leçons de piano, dit-il sans le regarder. C'est d'elle en fait que vient la fibre musicale de la famille.

Smokes hocha la tête.

– Et tu es remarié, non ?

Il se sentit de plus en plus mal à l'aise.

– En fait, je vis avec Veronica, mais on n'est pas mariés officiellement. En Irlande on ne peut pas. Le divorce n'existe pas. Ça aussi il a dû te le dire.

– Ouais, j'ai entendu dire ça. Mais après tout, c'est juste un morceau de papier, non ?

– Non, pas vraiment. Et puis la loi du pays, c'est la loi, tu vois.

Smokes rit.

– C'est bien ce que je t'ai dit, Franklin. C'est la géographie qui commande tout.

Ils se remirent en marche, sortirent du bois et plongèrent dans la chaude lumière jaune. Une jeune femme nageait dans le lac à grandes brasses régulières. Un sillage blanc se formait derrière elle tandis qu'elle avançait tout droit vers la petite île couverte d'arbres au feuillage épais. Au loin, sur le rivage, les deux ouvriers étaient assis sur le bord du kiosque, ils prenaient leur déjeuner en la regardant.

– Et si tu me parlais de toi et de ta Cherry ?

– Oh ça va ! – Smokes haussa les épaules. Il s'arrêta de marcher et sourit : Elle voudrait que la vie soit comme un opéra de Puccini, tu vois, Franklin ? L'amour, l'amour, toujours l'amour. En fait ce n'est pas très sérieux.

Ils s'assirent sur un long banc de bois et contemplèrent le lac. Des oiseaux gris aux cris aigus tournoyaient au-dessus, piquaient dans l'eau et remontaient d'un trait vers les arbres en tenant dans leur bec des poissons frétillants. La jeune femme avait fini par atteindre l'île. Elle sortit de l'eau et s'étira. Elle était entièrement nue. Smokes ricana.

– Dis donc, Franklin, t'as pas envie de prendre un bain ?

– J'ai pas de maillot.

– Elle non plus, mon vieux. Tu peux plonger. Si ça te gêne, je regarderai pas.

Frank secoua la tête. Il s'assit sur une pierre et alluma une cigarette en riant intérieurement.

– J'ai appris à nager en même temps que Johnny. Il y avait une piscine dans son école, et il y a un petit con qui l'a poussé dedans un jour. Bod Brady, il s'appelait le gamin. Je suis donc allé à l'école pour me plaindre. Il s'est trouvé que le prof de gym était quelqu'un de sympa. Il avait même joué dans l'équipe nationale de rugby. On a bavardé, et il m'a dit qu'il donnait aussi des leçons pour les parents. C'est comme ça que j'ai commencé. C'était un soir par semaine. Johnny m'accompagnait. Il se moquait de moi parce que le chlore me faisait pleurer. J'avais cette espèce de gros flotteur ridicule. Rose, qu'il était. Il n'arrêtait pas de se foutre de moi à cause de ça.

L'eau était calme, le soleil avait un peu baissé. Des nuages couleur de beurre glissaient dans le ciel. Frank se tourna vers Smokes.

– Est-ce qu'il a jamais dit du bien de nous, mon gars ? de sa mère et de moi ?

Smokes pinça les lèvres. Il regarda au loin comme s'il venait d'entendre un bruit étrange qu'il n'arrivait pas à localiser. Il resta silencieux, prenant son temps avant de déclarer :

– Bien sûr, Frank, bien sûr qu'il en a dit, mon vieux. Je te raconterai tout ça un jour. Mais pour l'instant j'ai le cerveau en marmelade.

Frank hocha la tête.

– C'était juste pour savoir. C'est tout.

Dans l'avion, elle était placée à côté d'une jeune Suédoise sympathique. Eleanor pensait qu'elle était suédoise parce qu'elle portait une casquette avec l'inscription I LOVE SWEDEN. Bien sûr, ce n'était pas une preuve suffisante. Elle pouvait avoir acheté cette casquette pendant des vacances en Suède. Ou peut-être même n'était-elle jamais allée en Suède. Un charmant Suédois amoureux d'elle pouvait lui avoir renvoyé cette casquette en cadeau. Mais, quoi qu'il en soit, Eleanor était sûre que c'était bien une Suédoise. Elle avait l'air si nette et rayonnante de santé. Elle avait l'air d'une Européenne en tout cas. Elle avait des dents d'Européenne, et puis quelque chose de typique mais d'indéfinissable dans l'allure.

La belle Suédoise lisait en diagonale un gros pavé : *Guerre et Paix* en livre de poche. Mais elle tournait les pages si vite qu'elle ne devait pas, pensa Eleanor, lire vraiment. En tout cas pas avec attention.

Elle regarda l'écran à l'avant de la cabine. On y voyait une carte du monde avec une ligne blanche qui indiquait le trajet de l'avion. Il y avait aussi quelque chose d'écrit, mais en caractères cyrilliques qu'elle ne comprenait pas. En tout cas on était maintenant au milieu de l'Atlantique. Ça, elle le voyait bien. Si l'avion s'écrase, pensa Eleanor, on sera tous noyés. Il faudra faire appel à des plongeurs. On sera tous mangés par les requins. Les informations annonceraient la nouvelle et les gens en parleraient comme d'une effroyable tragédie. Le père Rogan serait sans doute interviewé à la radio par ce charmant David Hanley pour « Morning Ireland ». Il dirait que c'était terriblement triste, cette brave chrétienne qui s'en allait au bout du monde recueillir la dépouille de son fils. Mais est-ce qu'il dirait cela ? Oui, au fond qu'est-ce qu'il pourrait bien trouver à dire d'elle ?

– Il y a eu un film tiré de ce roman, non ?

La jeune Suédoise sourit.

– Oui, avec Audrey Hepburn et Henry Fonda, mais je ne sais pas si Tolstoï aurait été satisfait du résultat.

– C'est bien ça. Tout le monde dit que mon père lui ressemblait dans le temps.

– A qui ? à Tolstoï?

– Mais non. A Henry Fonda.

La jeune femme hocha la tête. Eleanor finit son Coca en essayant de trouver autre chose à dire. L'hôtesse passa dans l'allée en poussant un chariot garni de sandwiches ratatinés dans leur emballage, de mignonnettes de vodka et de bustes miniature de Lénine en plastique blanc. Elle adressa à Eleanor un sourire dont seules sont capables les hôtesses de l'Aeroflot.

– Vous partez en vacances ? s'enquit Eleanor.

La jeune Suédoise sourit. Elle referma son livre et le fourra dans la poche du dossier. Le Nicaragua, dit-elle, n'était pas le genre d'endroit où on va passer ses vacances. Trop chaud et trop dangereux. Sans parler de la guerre. Elle donna à Eleanor quelques détails sur cette guerre. Elle opposait le gouvernement et les Contras. Les Contras étaient des rebelles. Les Américains soutenaient les rebelles, et tout le monde par ailleurs était du côté du gouvernement. Quant à elle, elle était dentiste.

– Je vais leur arracher les dents, aux paysans des montagnes.

– Oh, c'est bien, dit Eleanor.

La Suédoise fit une horrible grimace et, de la main, fit le geste d'arracher brutalement quelque chose.

– Eux, ça ne va pas leur faire de bien, je pense.

Elle sourit, puis éclata de rire comme si elle venait de dire quelque chose de très drôle. Ses seins bougeaient quand elle riait. Elle avait plutôt des petits seins pour une Suédoise, pensa Eleanor.

– Et vous, qu'est-ce que vous allez faire au Nicaragua ?

Eleanor se pencha vers elle et murmura :

– Mon fils est mort. Dans cette guérilla dont vous parliez. Il y a eu une attaque, je crois. Je ne suis pas très au courant de ce qui se passe là-bas.

– Oh non ! dit la Suédoise. – Ses yeux bleus s'étaient tout à coup agrandis. Elle enleva ses lunettes et dévisagea Eleanor : Oh non ! C'est horrible.

Eleanor éprouva une sorte de fierté en voyant à quel point la Suédoise semblait impressionnée. Elle se sentit rougir.

– Il était là-bas depuis deux ans. Je ne sais même pas très bien ce qu'il est allé y faire. Récolter le café, je crois. Quant à savoir pourquoi ces gens-là ne sont pas capables de récolter leur café eux-mêmes, c'est une autre histoire.

– C'est affreux, dit la Suédoise, vraiment affreux.

– Malheureusement, je n'y peux rien.

Elle sentit des larmes lui monter aux yeux mais elle les réprima.

– Ce doit être la volonté de Dieu, dit elle en reniflant. Je n'en sais rien. Il faut que je me rende sur place pour identifier le corps, vous comprenez.

– Et votre mari ? Il vous accompagne ?

– Frank est déjà sur place. C'est mon ex-mari. Nous sommes séparés.

– Oh, dit la Suédoise, je suis désolée.

– De toute façon je ne voulais pas le laisser y aller seul. Vous savez comment sont les hommes.

La jeune femme sourit. Elle toucha doucement la main d'Eleanor.

– Vous êtes une femme courageuse.

– Oh non, répondit Eleanor, pas du tout. Si j'étais vraiment courageuse je ne serais pas venue.

La nuit tombait une fois de plus sur la ville.

Quand Smokes l'avait ramené à la pensión et était rentré chez lui, Frank s'était brusquement senti très seul. Il avait bu un café en essayant de lire quelques pages de Frederick Forsyth. Puis il avait changé de chemise et était ressorti marcher dans les rues. Smokes lui avait bien dit de ne pas le faire mais il sentait revenir la migraine et avait besoin de sortir de sa chambre minuscule qui puait les draps sales et le désinfectant. Il avait besoin de sentir l'air sur son visage. Il avait besoin d'essayer de voir les choses clairement, de s'y retrouver un peu.

Il dépassa des cabanes de tôle rouillée et de carton, des huttes en adobe, l'intérieur baignant dans la lumière bleue des écrans de télévision. Le président Ortega prononçait un de ses discours, et les gens, chez eux, l'écoutaient. Il y en avait qui criaient «*Sí*» ou «*No* » ou «*Claro* » ou «*Puta* ». Dans certaines baraques il entendit des couples se disputer, dans l'une d'elles il crut reconnaître les légers soupirs d'un couple en train de faire l'amour. Des vieux assis sur le pas de leur porte lisaient *Barricada* à la lumière des réverbères couverts de papillons de nuit. Des étrangers le saluèrent avec méfiance en surprenant son regard curieux.

Il faisait plus frais quand il suivit Gringo Highway et entra en flânant dans le Barrio Martha Quezada. Il prit le raidillon qui montait vers la *prisión*. Au loin il voyait la montagne sur laquelle se détachaient en pierres blanches les lettres FSLN, miroitant dans la lumière jaune des projecteurs. Il sourit parce que ça le fit penser à l'inscription HOLLYWOOD dont il avait une carte postale au bureau. Le S désignait Sandino, ce petit homme au chapeau de cow-boy dont la silhouette était reproduite au pochoir sur tous les murs de la ville. C'est Smokes qui le lui avait dit. Autrefois le FSLN, c'étaient des bandits, maintenant c'étaient eux qui gouvernaient. Ces choses-là arrivent parfois. C'est ce qui s'était passé dans le temps en Irlande. Il se souvint des récits de son grand-père sur cette époque. En 1916, Eamon De Valera avait été condamné à mort comme terroriste, et puis, des années après, il avait fini président de la République. Frank se rappela combien il avait trouvé ça bizarre. Et il se revit aussi debout sur la bretelle d'autoroute à la sortie de Belfield, le jour des obsèques de De Valera, avec son fils, en train de regarder le cercueil du président De Valera, drapé des couleurs irlandaises, vert, blanc et orange, qui passait lentement sous le pont et descendait la route à quatre voies. Le cortège avançait si lentement que les motards de l'escorte devaient régulièrement s'arrêter et mettre pied à terre pour garder leur équilibre. Autour de lui, sur le pont, des gens pleuraient. Certains portaient des petits drapeaux tricolores. C'était dans les années 70. Il ne se rappelait pas exactement quand. C'était un peu avant qu'Eleanor s'en aille.

Au sommet de la colline un groupe de jeunes soldats montait la garde devant la prisión. Ils avaient pour la plupart l'air fatigué. Ils avaient des M16 et des AK en bandoulière. Leurs uniformes vert olive étaient froissés et malpropres. Un des soldats distribuait à la ronde des pommes qu'il sortait d'un sac en plastique. Un autre avait un transistor dont il avait monté le son au maximum. Ils n'écoutaient pas le discours du président. Ils suivaient la retransmission d'un match quelconque. La voix excitée du commentateur résonnait violemment dans la rue. C'était peut-être un match de foot ou de base-ball, Frank ne savait trop. En tout cas ce n'était pas le discours. Il salua les soldats d'un signe de tête, mais ils ne répondirent pas. Il poursuivit son chemin.

Il regarda en contrebas le pompeux étalage de marbre blanc de l'hôtel *Imperial*. C'était le bâtiment le plus laid qu'il ait jamais vu, une vaste pyramide blanche, avec de faux murs ajourés et trop de fenêtres. On aurait dit une pièce montée pour le mariage d'un truand. Des projecteurs de couleur balayaient le dernier étage où des gens dansaient. D'où il était, il les voyait bouger. Il écouta le bruit des criquets. Un bruit agréable. Stridulation ? Est-ce que c'est comme ça qu'on disait ? Ce qu'on entend dans les westerns. Il passa près du café *Yerbabuena*, là où tous les gauchistes se retrouvaient pour racler leurs foutues balalaïkas et chanter des chansons en l'honneur de ce maudit Staline. Des Sandalistas comme les appelait Smokes. Les foutus connards.

En traversant la Plaza de Los Héroes y Mártires, il s'efforça de retrouver d'autres souvenirs de son fils. L'été. La clochette du marchand de glaces. La chaleur du soleil sur sa peau. Le parfum salé des plages du Connemara, les grosses méduses flottant dans les flaques, le tintamarre des autotampons. La morsure de la teinture d'iode sur les genoux. Il sentit qu'il s'emmêlait. Se rappelait-il l'enfance de son fils ou bien la sienne ?

Il leva les yeux vers le ciel pourpre. Eleanor était là-haut en ce moment. Son avion volait quelque part dans le ciel, à des milliers de kilomètres au-dessus des nuages noirs. Elle serait là bientôt. Elle arriverait, pour chercher son fils et le ramener à la maison.

Seul dans la chambre étouffante de sa pensión, Frank s'assit sur son lit. Il se versa du gin dans une tasse et le but. Il enleva son pantalon et son slip. En bas dans l'entrée, la señora et sa fille chantaient une vieille complainte espagnole.

Nicaragua, Nicaraguita
La flor más linda de mi querer
Abonada con la bendita
Nicaraguita, Nicaraguita
Sangre de Diringen

Il saisit son pénis d'une main et le sentit durcir. Des larmes lui vinrent aux yeux. Il se coucha sur le côté en enroulant le drap très serré contre lui. Il écoutait sa propre respiration et la señora chantant avec sa fille.

Il restait étendu, immobile, attendant que la nuit tombe.

4

AÉROPORT AUGUSTO CÉSAR SANDINO

L'aéroport Augusto César Sandino : un radar monté sur un échafaudage métallique et deux longs préfabriqués en bois au milieu d'un grand champ de maïs aplani. Des chars vert foncé avaient été plantés dans le sol à intervalles réguliers le long de la piste bosselée, et une batterie antiaérienne à l'aspect monstrueux était installée sur le toit du hall des départs. Il y avait des soldats partout.

Quand Eleanor franchit la porte de l'avion, la chaleur la submergea comme une vague. Elle suffoqua à son contact. Il n'était que dix heures du matin mais il faisait déjà une chaleur accablante. Elle n'avait jamais rien éprouvé de semblable. C'était une chaleur odorante. En traversant la piste, Eleanor pouvait en sentir les pulsations à travers la semelle de ses chaussures.

Une musique d'orchestre tonitruante se déversait d'une rangée de haut-parleurs installée sur le toit d'un des bâtiments. Elle remarqua deux longs mats de bois. L'un portait un drapeau bleu et blanc avec un volcan bleu au milieu, l'autre un drapeau rouge et noir. Une longue rangée de lettres écarlates peintes sur un panneau proclamait : *¡ REAGAN SE VA ! ¡ LA REVOLUCIÓN SE QUEDA !*

En franchissant la porte des arrivées elle se sentit presque à l'aise. C'était grisant d'arriver dans ce lieu étrange écrasé de chaleur. Ça donnait l'impression d'être en vacances.

– Est-ce que tu ne vas pas mourir de chaud ? demanda-t-elle en souriant à Ulla.

Un jeune soldat d'une laideur spectaculaire cligna de l'œil à leur passage et fit claquer sa langue. Ulla lui dit quelque chose en espagnol qui le fit sourire. Le cœur d'Eleanor se mit à cogner.

Elle le repéra presque immédiatement dans la foule. Il avait l'air très fatigué. Il avait passablement grossi, commençait à perdre ses cheveux, mais il avait encore belle allure malgré une chemise jaune qui ne lui allait pas du tout. Il ne semblait pas encore l'avoir vue. Il regarda sa montre et dit quelque chose au type à côté de lui, un jeune gars maigre avec des cheveux longs. Il mit les mains sur ses hanches et inspecta les alentours, l'air impatient.

– Frank ?

Leurs regards se croisèrent mais il ne sourit pas. En marchant rapidement à sa rencontre elle remarqua qu'il la dévisageait d'un air las et la détaillait des pieds à la tête. Elle eut envie de lui prendre la main ou le bras, pourtant elle ne le fit pas. Il hocha vaguement la tête sans dire bonjour. Il détourna les yeux. Il semblait ne pas vouloir la regarder en face.

– Voici Smokes Morrison, un ami de Johnny. Smokes, je te présente la mère de Johnny.

– Eleanor. – Elle sourit en serrant la main du jeune homme : Smokes, c'est ça ? C'est un drôle de nom.

– Oui, m'dame, marmonna Smokes. Je suis vraiment désolé de ce qui est arrivé, Eleanor. On était vraiment bons amis, Johnny et moi.

Elle sentit le regard de Frank se poser sur elle quand elle ravala ses larmes, et elle serra très fort la main de Smokes. Il avait les mains fines et expressives. On aurait dit des mains de femme.

– Smokes faisait partie du groupe avec lui, expliqua Frank, et lui, c'était le chanteur, tu te rends compte ?

– Est-ce que vous êtes américain, Smokes ?

Il rayonna :

– Aussi américain que la tarte aux carottes et les tronçonneuses texanes. Je suis de New York.

Cela fit rire la Suédoise qui se tenait près d'Eleanor.

– Oh, fit Eleanor, je manque à tous mes devoirs. Je vous présente Ulla. Elle est dentiste et vient de Suède.

– Une dentiste suédoise ! commenta Smokes. Eh ben, mon vieux, il y en a qui ont vraiment toutes les chances.

Ulla éclata de rire. Elle aimait bien Smokes, Eleanor s'en rendait compte. Et Smokes aussi l'aimait bien. Eleanor avait le don de sentir ce genre de choses. Elle même savait qu'elle n'était pas très belle mais ça ne la tracassait plus. Elle reconnaissait bien cette expression sur le visage de Smokes. Elle savait qu'un homme peut se transformer en un gamin emprunté auprès d'une jolie femme. Elle reconnaissait ce regard chez Smokes. Un regard qu'aucun homme n'avait jamais porté sur elle. Sauf Frank Little, mais c'était il y a bien longtemps.

Elle laissa les deux jeunes gens s'éloigner pendant qu'elle attendait les bagages avec Frank. Les passagers écarlates et transpirant jouaient des coudes pour se rapprocher du tapis roulant. Frank et Eleanor restèrent un long moment sans se parler, comme deux étrangers dans une mauvaise publicité à la télévision.

Il alluma une cigarette et regarda le plafond. Elle prit dans son sac un flacon d'eau de toilette et s'en vaporisa le cou et les poignets.

– Il fait une chaleur à crever.

Il hocha la tête et tira sur sa cigarette.

– Je ne sais comment font les gens pour aller et venir par cette chaleur.

Il regarda le bout de ses chaussures. Ses bagages furent parmi les derniers à sortir. Ils suivirent lentement la courbe du tapis jusqu'à eux.

– Ça y est, dit-elle. Je ne savais pas ce qu'il fallait prendre.

Il se taisait toujours. Elle fit un pas en avant et attrapa ses valises. Elles étaient lourdes. Quand elle leva les yeux vers lui, il regardait sa montre.

– Je suppose que je vais devoir les porter toute seule ? murmura-t-elle.

Il soupira et lui prit ses valises. Ils traversèrent le hall des arrivées pour rejoindre Smokes et Ulla. Les deux jeunes gens plaisantaient ensemble. On aurait dit de vieux amis.

– Ton vol s'est bien passé ? questionna Frank tout à coup.

– On a été un peu secoués, répondit-elle en rougissant. Mais il faut s'y attendre à cette époque de l'année. A cause des alizés apparemment. C'est ce que le commandant nous a expliqué au micro.

– Prêts pour le rock and roll ? lança Smokes avec un sourire.

Frank hocha la tête.

– Oui, dit Eleanor. – Il avait une très belle voix. Et un très bon anglais. Enfin pour un communiste je veux dire.

Pendant le déjeuner elle parut anormalement calme. Ça lui faisait si drôle de revoir son visage, surtout ici, surtout maintenant qu'il ne trouvait lui-même plus rien à dire. Elle avait encore un très beau visage, un visage particulièrement candide. Sa bouche était toujours aussi belle. Ses cheveux étaient presque entièrement gris et elle avait de petites rides au coin des yeux. Mais sa chevelure était soyeuse et abondante, son regard pétillait. Elle était légèrement maquillée. Elle s'était fait les ongles en rose. Elle portait encore son alliance.

Smokes les avait déposés à la pensión *Dorado*, puis il était parti avec Ulla, qui avait promis de lui montrer des jeux de molaires grandeur nature en polyuréthane. Il n'y avait pas eu d'histoires. Frank avait réservé une chambre pour Eleanor de l'autre côté du couloir, presque en face. Comme s'ils s'étaient mis d'accord avant. Elle n'avait fait aucune remarque sur la taille de la chambre, une toute petite pièce avec un linoléum poisseux, un matelas trop mince et une fenêtre grillagée. Elle avait simplement posé son sac à main sur le lit et retiré sa veste.

– Ça me paraît bien, Frank, très bien.

– Tu sais, ils n'ont pas d'hôtels convenables ici, à part l'*Imperial*, et en ce moment il y a une putain de conférence, alors il est complet.

– C'est très bien comme ça. C'est parfait. Et puis ce n'est que pour deux nuits de toute façon.

Il lui expliqua qu'il y avait des coupures d'électricité. Que l'eau aussi était rationnée à certaines heures. Quand il y en avait, elle était rarement chaude. Quand elle était froide, on ne pouvait pas la boire à moins d'y mettre deux comprimés de Halzon d'abord. Il fallait faire très attention à la chaleur et à la nourriture. Il fallait tout le temps porter un chapeau. Ne pas manger de viande rouge, de poisson ni de fruits crus. Tout ce qu'on ne connaissait pas était dangereux, aussi bien la nourriture que le reste. Il y avait une boutique où on payait en dollars sur la Carretera Massaya en banlieue ; on y trouvait des produits comme du savon ou de la poudre. Des trucs de bonne femme, quoi.

Il ne fallait pas sortir la nuit. Il n'y avait plus vraiment de rues depuis le tremblement de terre, et il était facile de se perdre. Il fallait toujours garder son passeport et son visa sur soi. Le cours officiel du change était de vingt-sept córdobas pour un dollar. Au marché noir ça montait jusqu'à six cents, et le taux augmentait tous les jours. On ne manquait pas d'argent ici mais il n'y avait rien à acheter. Si elle avait besoin de liquide, elle n'avait qu'à lui en demander. Il avait réservé une table au *Churrasco* pour déjeuner. Il fallait qu'elle prenne avec elle ses pilules contre la dysenterie.

– Oh, fit-elle, c'est vraiment à ce point-là, ici ?

Il lui dit qu'il ne se sentait pas d'humeur à raconter des histoires.

Le *Churrasco* empestait la chaleur, la viande bouillie et les fruits trop mûrs. Trois grands ventilateurs pendaient au plafond mais ils ne marchaient pas. Le garçon leur expliqua que c'était à cause de la guerre. Ils choisirent une table dans un coin tranquille et elle laissa à Frank le soin de passer les commandes. Il rappela le garçon et lui montra ce qu'ils voulaient sur le menu.

– Tu prendras une bière, Eleanor ?

– Non un jus d'orange, ou quelque chose dans le genre.

– Mais la bière, ce n'est que de l'eau.

– Non, dit-elle fermement, un soda.

Il commanda une *cerveza* Victoria et un Fanta orange. Le garçon sourit et s'éloigna. Frank alluma une cigarette.

– Tu fumes toujours tes clopes ? demanda-t-elle en souriant. Tu vas te rendre malade si tu ne fais pas attention.

Il hocha la tête.

– On a tous besoin de quelque chose.

– Alors, comment va Veronica ?

– Bien.

– Je la croise de temps en temps à la gym à Monkstown, mais elle ne dit jamais bonjour. Toujours pressée.

Il hocha de nouveau la tête.

– Elle est parfois très calme. Ça ne prouve rien.

Le serveur apporta les consommations et les versa dans les verres. Il prit un vase d'œillets sur une desserte et le posa sur leur table avec un grand geste théâtral.

– *Gracias*, dit Eleanor.

– *De nada, señora*, répondit le garçon en donnant un rapide coup de torchon à la soucoupe posée près de son assiette.

– Je ne savais pas que tu parlais la langue du pays, dit Frank.

– J'ai suivi des cours de formation continue à l'UCD l'année dernière. J'y suis allée avec Maura Regan. On avait le choix le lundi soir entre l'espagnol ou les philosophes présocratiques, alors on a choisi l'espagnol. Mais je ne connais que les rudiments.

Quand le garçon s'éloigna, le silence retomba entre eux. Il sirota sa bière et fit tomber par terre la cendre de sa cigarette.

– Mon dieu, soupira-t-elle en s'éventant le visage à l'aide du menu, quelle chaleur.

– Eleanor, ça t'ennuierait qu'on parle de choses plus importantes que de cette foutue chaleur ?

Elle le regarda.

– Non, Frank, répondit-elle calmement, mais il n'existe aucune loi après tout qui interdise d'être poli.

– Il y a un type ici, reprit Frank, Nuñez qu'il s'appelle, un foutu gratte-papier. Il est au ministère de l'Intérieur, rien que ça ! Et c'est ce type qui s'occupe de tout ici. Smokes l'a vu, mais moi pas encore. Il dit qu'il est trop occupé pour me recevoir.

– Mon Dieu, Frank, comment ça se fait ?

– C'est la guerre, apparemment. Elle sert d'excuse à tout.

– Je vois, dit-elle. Mon Dieu !

– Il avait un copain dans le Nord, là où ça s'est passé. Ils vont le ramener ce soir. On doit aller à l'hôpital demain matin. J'y suis déjà allé le jour de mon arrivée mais il y avait eu une erreur.

– Une erreur ?

– C'est ça. Ils avaient téléphoné pour dire qu'il était là – Frank s'essuya le visage avec sa cravate – mais en fait il n'y était pas. C'était une erreur.

– C'est affreux.

– Tu peux le dire. Je crois bien que c'est pas ce qui manque, les erreurs, dans ce merdier, si tu veux mon avis.

Démarrant tout à coup à grand bruit, les ventilateurs au plafond se mirent en mouvement. Les clients murmurèrent de satisfaction. Le garçon joignit les mains en rayonnant avec autant de ferveur qu'un martyr du Moyen Age.

– C'est vraiment une foutue époque, dit Frank en passant un doigt dans le col de sa chemise.

– Et toi, dit-elle. Je veux dire, comment tu te sens, toi ?

Il ne lui rendit pas son sourire contraint.

– Comment crois-tu que je me sente, Eleanor ?

– Je n'en sais rien, Frank. C'est pour ça que je te pose la question.

A la table d'à côté, un gros homme les regardait fixement.

– J'ai déjà connu des moments autrement meilleurs dans le passé.

Elle pinça les lèvres et détourna le regard.

– Ce n'est pas la peine de remettre ça sur le tapis, Frank. Ça ne nous avancera à rien ni l'un ni l'autre.

– D'accord. Excuse-moi. Je crois que je suis un peu déprimé. Je suppose que c'est permis, non ?

– Bien sûr, Frank. Je n'ai jamais dit que ça ne l'était pas.

On servit la salade : deux feuilles de laitue et trois tomates ratatinées, recouvertes d'une bonne couche d'une substance grise et épaisse.

Eleanor regarda son assiette.

– C'est la guerre, expliqua Frank. Même la nourriture doit s'en ressentir.

– C'est parfait, répliqua-t-elle sèchement. De toute façon j'ai un petit creux ; j'ai à peine grignoté dans l'avion.

Elle regarda son mari quand il se mit à manger. Elle avait un peu pitié de lui. Sans doute à cause de la taille de ses mains. Les mains de Frank lui avaient toujours fait cet effet-là. Elles étaient trop grandes par rapport au reste du corps. Elles étaient vraiment trop maladroites. Elle tendit la main pour attraper un petit pain et le rompit au-dessus de son assiette.

– Excuse-moi, Frank, on ne va pas recommencer.

Il hocha la tête.

– Moi aussi, je m'excuse, Eleanor. C'est cette foutue chaleur. Ça vous fait perdre la tête.

Elle reposa son couteau et sa fourchette.

– C'est que… eh bien, c'est qu'il va terriblement me manquer.

Il s'essuya les lèvres avec sa serviette.

– Il était très proche de toi, murmura-t-il. Nous le savons tous.

– Je ne l'ai jamais entendu dire un mot contre toi, Frank. Je pense que tu t'es fait des idées.

Il haussa les épaules comme s'il n'accordait aucune importance à ses paroles. Il se remit à manger, coupant ses tomates en deux puis en quatre. De temps en temps il levait les yeux vers les ventilateurs cliquetants.

– Et toi, tu tiens le coup ? demanda-t-il brusquement en fixant son assiette.

– Oh oui, je me débrouille. J'ai deux nouvelles élèves qui préparent l'examen du conservatoire. Et j'envisage de faire refaire la salle de bains.

– Je ne parlais pas de ça.

Elle détourna le regard.

– J'essaie de faire face – elle eut de nouveau un sourire forcé – mais je crois – elle approcha sa serviette de son visage –, je crois bien que j'en suis encore au stade des larmes.

Frank reposa ses couverts et se mit à mâcher avec application. Il s'aperçut que tout en l'écoutant il tortillait le coin de sa serviette entre ses doigts. Elle parlait lentement, avec une sorte de concentration.

– Si seulement on avait pu lui dire adieu…

Et sa voix s'étrangla dans un bref sanglot. Elle se mit à respirer avec difficulté et porta une nouvelle fois sa serviette à son visage. Quand elle releva la tête vers lui, elle avait les yeux noyés de larmes. Elle déglutit et regarda autour d'elle comme si elle ne savait plus où elle était. Ses épaules étaient secouées de sanglots.

– Oh Frank, je suis désolée. Je me suis bien juré pourtant de ne pas me donner en spectacle.

– C'est tout à fait naturel. Il n'y a pas de mal.

– Oui, mais devant tous ces gens, murmura-t-elle, la voix tremblante. Tout de même.

– Qu'ils aillent se faire foutre. On est des clients comme tout le monde, non ?

Elle s'excusa et se leva pour aller aux toilettes.

Après le dîner, ils rentrèrent en taxi à la pensión *Dorado*. La voiture était une petite Fiat cabossée et ferraillante. Elle avait le pare-brise fêlé et, sur le capot, les lettres TV en adhésif brillant. Une médaille magnétique de saint Christophe et une photo froissée de Marilyn Monroe toute nue étaient collées au tableau de bord. Le chauffeur était un gros à l'air béat qui parlait quelques mots d'anglais. Il sembla encore plus heureux quand Frank lui dit qu'il était chauffeur de taxi lui aussi. Les affaires marchaient bien ces temps-ci avec tous ces étrangers en ville, dit-il en faisant un signe en direction de Frank et d'Eleanor. Mais le problème, c'étaient les pièces détachées et l'essence.

– *Por la guerra*, expliqua-t-il tristement.

– M'en parlez pas, répondit Frank. A cause de cette foutue guerre.

Arrivés à la pensión, le chauffeur se précipita pour leur ouvrir la portière. Frank lui tendit un billet de dix mille córdobas, mais le chauffeur leva les mains et refusa d'un signe de tête. Il ne voulait absolument pas accepter d'argent. Quand il irait en Irlande, un de ces jours, Frank lui offrirait une course gratuite.

– Soyez raisonnable, protesta Eleanor. Il faut bien que vous gagniez votre vie.

– Non, non, insista le chauffeur, pas pour mes *amigos* d'Irlande.

Frank haussa les épaules et remit le billet dans sa poche. Le chauffeur lui assena une grande claque dans le dos.

– *Vivan los taxistas*, dit-il en riant.

Ils se serrèrent la main, et le gros chauffeur béat remonta dans son taxi. Il baissa la vitre et leva le pouce.

– *¡Viva Bobby Sands!* cria-t-il. Et merde à Maggie Thatcher !

Il lança le moteur et descendit la Calle Camillo Ortega dans un grand bruit de ferraille.

Eleanor se sentait fatiguée à présent. Elle voulait dormir assez longtemps pour effacer les effets du décalage horaire. Frank la quitta au bout du couloir et lui souhaita bonne nuit. Il serait dans sa chambre si elle avait besoin de quoi que ce soit.

S'il y avait eu un piano dans la chambre elle aurait joué du Rachmaninov. Elle aurait aimé caresser les touches les plus graves et entendre des accords dramatiques. Elle aurait donné n'importe quoi pour avoir ce plaisir, mais évidemment il n'y avait pas de piano.

Elle défit une valise et sortit ses vêtements. Elle passa un doigt sur la surface poussiéreuse du miroir, traçant vaguement une spirale. Elle retira son chemisier trempé et s'en servit pour nettoyer le miroir.

A présent elle n'avait plus peur, à sa grande surprise. Elle était si loin de chez elle, et malgré tout elle n'avait pas peur. Frank était dans sa chambre, tout près, de l'autre côté du couloir. C'était rassurant de le savoir là. Ça lui donnait l'impression d'être capable d'agir autant que le permettait une telle situation. Ça lui donnait une sensation de sécurité.

Elle défit la fermeture Éclair de sa jupe, la laissa glisser et l'enjamba d'un pas de côté, puis elle enleva son collant et sa culotte. Elle retira son soutien-gorge en se regardant dans la glace. Elle pinça les bourrelets qu'elle avait sur le ventre et souleva la peau entre ses doigts.

– Te voilà vieille à présent, Eleanor Little. Si je voyais ta photo dans un magazine, je me demanderais pour qui se prend cette vieille peau.

Elle se débarbouilla au lavabo, enfila un pyjama, s'allongea sur le lit et essuya la sueur qui perlait sur ses bras avec un coin du drap. Elle se demanda ce que Smokes et Ulla pouvaient bien faire à ce moment précis. Elle entendit dans la rue des enfants qui chantaient en sautant à la corde. Elle se demanda si tout était bien en ordre chez elle, si elle avait vraiment vérifié que toutes les fenêtres étaient bien fermées. Elle était vraiment loin de la maison. Elle n'en avait même jamais été aussi loin.

Une odeur de cuisine lui fit penser à la maison de sa grand-mère, à Galway. Elle se souvint de nuits d'été humides où elle y avait dormi quand elle était petite. Elle était accablée jusqu'à la moelle par la chaleur et la fatigue. Ses pieds étaient brûlants. Si elle les plongeait dans une cuvette d'eau froide, il s'en dégagerait, pensa-t-elle, de gros nuages de vapeur. Elle ferma les yeux. Dehors, les enfants chantaient toujours.

Allongée sur le dos, elle joignit les mains et murmura une prière :

– Doux Jésus, bénissez-moi, qui suis votre enfant. Bénissez Frank. Ayez pitié de l'âme de mon père et de ma mère, de l'âme de Catherine Little, de l'âme de mon fils Johnny, de toutes les âmes des croyants disparus. Qu'ils reposent en paix. Amen.

Elle rêva de la maison de sa grand-mère, de l'odeur de la mousse, de la tourbe et des gâteaux qu'on vient de cuire. Elle rêva d'un petit cercueil blanc pris dans un bloc de glace jaune.

A huit heures du soir, il frappa à la porte de sa chambre. N'obtenant pas de réponse il tourna la poignée et entra sans faire de bruit. Elle dormait, couchée sur le dos, en pyjama. Elle respirait bruyamment. Son bras gauche pendait au bord du lit. Sa main touchait le plancher. Il la releva et la posa sur sa poitrine.

Il regagna sa chambre et griffonna un mot. Un élancement brusque lui traversa l'estomac, il se crispa sous l'effet de la douleur. Il attrapa une liasse de billets dans son sac de voyage et la fourra dans son portefeuille. Puis il sortit de sa chambre et glissa le mot sous la porte d'Eleanor. Il lui avait écrit de ne pas s'inquiéter ; qu'il allait prendre un verre au bar de l'*Imperial*, qu'il serait de retour dans une heure et qu'elle ne devait sortir sous aucun prétexte. Il souligna trois fois le mot « aucun ».

Il sortit dans la nuit. L'air était chaud, moite et sentait le bougainvillier. Des gamins envoyaient un ballon de football contre le mur de la pensión. Il décida de marcher jusqu'à chez Smokes dans le Barrio Monseñor Lescano. Il tourna dans la Calle Williams Romero et prit la direction du lac. En passant près du Museo de las Ruinas del Gran Hotel, il fut arrêté et fouillé par un petit policier qui examina attentivement son passeport et prit quelques notes dans un calepin. Quand il arriva à destination, Smokes n'était pas là. La porte était fermée et Claudette était invisible.

Près du poste de police, au coin de la rue, il y avait une construction en béton à un seul étage, avec une vitrine éclairée par des néons. Frank ne l'avait encore jamais remarquée. A l'intérieur, des bancs de bois brut étaient alignés sur six ou sept rangées. Sur les bancs se serraient des femmes d'un certain âge. Pas un seul homme parmi elles. Tout au fond de la pièce se dressait une petite estrade avec une table et une chaise devant un rideau de velours rouge. Sur la table était posée une sorte de grosse boîte cachée sous un tissu noir et or.

Il traversa la rue, piétinant la boue séchée et les morceaux de briques, et s'approcha de la vitrine. Elle était étrangement froide au toucher. Il y appuya son front. A l'intérieur les lumières s'éteignirent brusquement. Les femmes manifestèrent leur joie en applaudissant.

Un homme vêtu d'un smoking râpé entra sur scène. Il leva les mains pour faire cesser les applaudissements. Il portait des gants blancs. Il fit une profonde révérence et prononça quelques mots en espagnol. D'un geste brusque et cérémonieux il enleva le tissu qui recouvrait la boîte. Les femmes se mirent à taper des pieds. La boîte était en verre et elle était pleine de boules multicolores. L'homme au smoking appuya sur un bouton. Les balles se mirent aussitôt à bondir dans tous les sens. Frank rit. Une enseigne au néon se mit soudain à clignoter sur la façade. GRINGO BINGO $$$$$ GRINGO BINGO $$$$$.

Un taxi bleu s'arrêta en bringuebalant derrière lui, et le chauffeur lui cria : « Hé, mon pote, je t'emmène quelque part ? » Frank sauta dans la voiture et demanda au chauffeur de le conduire à l'hôtel *Imperial*. Le chauffeur, un jeune Indien, portait des lunettes de soleil et une veste en cuir cloutée. Frank se mit à lui parler de carburateur, de plaquettes de freins et de bougies, mais il s'aperçut rapidement que « Hé, mon pote, je t'emmène quelque part ? » étaient les seuls mots d'anglais que connaissait le chauffeur.

Claudette était garée devant l'hôtel, entourée de gamins excités et de clochards complètement saouls. Frank entra par la petite porte. Le hall était bondé mais l'air y était incroyablement froid. Des serveurs en smoking blanc et nœud papillon rouge couraient dans tous les sens. Au fond, près de la boutique de souvenirs, des photographes mitraillaient un beau black en uniforme militaire kaki. Le mélange de tous ces gens parut bizarre à Frank. Il y avait des couples manifestement fortunés qui sirotaient du vin, les hommes en veste de soie, les femmes vêtues de dentelle et de taffetas. Mais il y avait aussi des étudiants américains, l'air épuisé, en T-shirt, caleçon de cycliste et chaussettes dépareillées, assis sur des sacs à dos sans forme. Frank se dirigea vers le bar *Casablanca*. Smokes, perché sur un tabouret enlaçait Ulla. Il avait l'air complètement saoul. Il parlait à un homme d'un certain âge debout à côté de lui, un petit homme corpulent portant un costume sombre à rayures qui semblait vaguement déplacé. L'homme suait abondamment et s'épongeait le front avec une serviette en papier en se balançant sur ses pieds d'avant en arrière. Smokes et lui avaient l'air de se disputer. Ulla avait laissé tomber sa tête sur le bar. Elle avait l'air bien trop ivre pour s'occuper de ce qui se passait. Smokes resta bouche bée.

– Hello, Franklin Delano Little, articula-t-il avec difficulté en s'essuyant les lèvres avec les doigts. Eh, qu'est-ce qui se passe, *hombre* ? Allez viens donc prendre une cerveza.

– Ne m'appelle pas Franklin.

L'homme d'un certain âge se tourna vers lui, l'air surpris. Il lui tendit la main.

– Hollis Clarke, monsieur. Je suis correspondant du *Washington Times* ici.

Le visage bouffi de Hollis Clarke était brûlé par le soleil. Son regard était triste. Il avait la tête un peu trop grosse par rapport à son corps. Ses cheveux gris, très fins, étaient mouillés, plaqués en arrière sur son crâne. Il sourit lorsque Frank se présenta. Il avait l'air d'avoir été bel homme autrefois.

– Bien sûr, monsieur Little, je sais qui vous êtes.

– Ah bon ? Et comment ça se fait, s'enquit Frank, en s'asseyant sur un tabouret.

Clarke s'éclaircit la gorge.

– Eh bien, en fait on a entendu parler de votre situation au bureau. Votre fils, et tout ça. C'est une histoire vraiment tragique.

Frank le regarda droit dans les yeux.

– Ce n'est pas une histoire, monsieur Clarke.

Clarke eut un sourire crispé.

– Oh, appelez-moi donc Hollis. Non, bien sûr ce n'est pas une histoire. Ce n'est pas ce que je voulais dire. Mais en fait, si vous vouliez…

Clarke n'acheva pas sa phrase. Smokes posa lourdement sur le comptoir une nouvelle tournée de cervezas. Il poussa Ulla du coude. Elle leva la tête, regarda Frank en lui souriant d'un air glauque et reposa sa tête sur le comptoir.

– Qu'est-ce que vous alliez dire, Clarke ? demanda Frank.

– Écoutez, je ne veux surtout pas vous offenser, monsieur Little. Mais le fond de l'affaire, c'est que mes collègues ici au bureau pensent que ce qui est arrivé à votre fils est vraiment honteux. Et ça montre bien, à notre avis, que les gens d'ici ne seraient même pas foutus de gérer un élevage de poulets, quant à un pays…

Il prit son verre et en examina le contenu.

– Je ne suis qu'un journaliste, dit-il en haussant les épaules. J'ai seulement pensé que ça pourrait faire un bon papier. Si je suis à côté de la plaque, je m'excuse.

Smokes se leva, l'air saoul et furieux.

– Va te faire foutre, minable !

Clarke regarda Frank en souriant.

– Mon ami devrait travailler pour *Newsweek*. Il fait preuve d'une telle maîtrise de l'anglais !

Smokes tituba et se cramponna au bar.

– Et pour qui tu travailles, toi, Hollis ? T'es tellement cul et chemise avec la CIA que t'as fini par avoir la gueule de Bill Casey [1].

Clarke soupira.

– Smokes, laisse tomber.

– Oui, c'est ça, dit Frank, calme-toi pour l'amour de Dieu.

– Qui est-ce qui te paye, Hollis ? interrogea sèchement Smokes. Pourquoi tu ne nous dis pas franchement la vérité ?

1. Directeur de la CIA de 1981 à 1987 sous l'administration Reagan.

– En tout cas, mon pote, ce n'est pas le fond de pension de ma copine, répondit l'autre en s'étranglant de rire.

Smokes fit un pas vers lui.

– Espèce d'enculé. Tu dois pas aller lécher le cul de l'ambassadeur, jeudi prochain ?

Clarke regarda Frank en souriant :

– Les gens de l'ambassade organisent un cocktail jeudi, pour fêter le 4 Juillet, vous savez. J'imagine que Smokes est jaloux en voyant qu'il n'a pas été invité.

– Hollis, dit Smokes, répète ça et je te casse la gueule.

Clarke le regarda en levant les sourcils d'un air interrogateur.

– Oh, ce n'est pas la peine de faire cette tête-là, Smokes, ricana-t-il. Je veux juste avoir une petite conversation avec monsieur, d'accord ?

Smokes se rassit, l'air boudeur. Clarke rajusta son nœud de cravate, se lissa les cheveux en arrière et but une gorgée de bière.

– Je regrette, monsieur Little, dit-il en hochant la tête. Ce n'est pas le moment de parler de cela. Je suis désolé.

– Oh, vous savez, dit Frank, je n'aime pas plus que vous le système qui a cours ici, mais c'est aussi bien le lieu et le moment d'en parler.

Smokes se redressa d'un coup.

– Doux Jésus, Franklin ! qu'est-ce qui vous plaît pas dans ce foutu système ? Est-ce que les gens n'ont pas à manger maintenant ? et même des petits plaisirs comme ici ?

Clarke secoua la tête.

– Seigneur ! ricana-t-il. Vous venez ici comme dans un village de vacances. Aux frais de vos sponsors, faire une descente au bar du Disneyland bolchevique, avant de rentrer à Greenwich Village organiser des thés dansants en soutien à Jesse Jackson.

Smokes lui tapa du doigt sur la poitrine.

– On est ici dans un pays libre, bordel ! dit-il d'une voix sifflante. Et c'est bien ce qui vous fait chier, vous les fascistes.

– Eh bien, c'est très joli, Smokes. C'est un pays libre ici ? C'est bien. Et à quand les prochaines élections ?

– Et celles de l'année dernière, connard ? Si tu sortais ton gros cul de ce bar de temps en temps, tu les aurais peut-être remarquées.

– Tu parles, Smokes, les urnes étaient plus bourrées que la poitrine de Madonna.

– Hé, Carlos ! fit Smokes à l'intention du barman en montrant Clarke du doigt. Eh, les gars, je croyais que vous aviez interdit la prostitution dans cet hôtel.

Le barman rit et continua à laver les verres.

– Bon ça va, Smokes, calme-toi, dit Frank. Ce type a raison au moins sur un point. Rien ne marche dans ce pays. Le téléphone, les ascenseurs, il n'y a absolument rien qui marche.

– Ouais, Franklin, c'est à cause de cette putain de guerre. Les Contras ne sont pas le sergent Bilko[1], mon vieux. Parce qu'il y a des types comme cette tête de nœud pour financer cette putain de guerre contre notre peuple.

– Calme-toi, Smokes.

Smokes se mit à hurler.

– Ah oui ? Très bien, et quand allez-vous cesser de foutre la merde ? Jusqu'où tu vas te mêler de ça, Hollis ?

– Si je m'en mêle, Smokes, murmura Clarke, c'est parce que des gars comme son fils se font tuer.

Smokes descendit de son tabouret et attrapa Clarke par les revers de sa veste.

– Foutue saleté de petit nazi à la sauce américaine ! gronda-t-il. Je vais te renvoyer en miettes au Texas dans une boîte Tupperware.

– Bon, ça suffit maintenant, fit sèchement Frank.

Deux des barmans vinrent ceinturer Smokes pour le retenir. Frank prit Clarke par le coude et le propulsa en direction de la sortie en le poussant fermement dans le couloir. Clarke tituba et se prit les pieds dans un fauteuil. Les gens rirent. Quelqu'un prit une photo. Frank se précipita à sa rescousse et l'aida à se relever.

– Je suis désolé, Clarke. Rien de cassé ?

Clarke se remit debout. Il avait l'air choqué et effrayé, il saignait du nez. Frank sortit un mouchoir de sa poche et le lui tendit. Clarke le pressa sur son visage en rejetant la tête en arrière. Il avait du sang sur ses manchettes et sur ses doigts.

– Seigneur, je suis désolé, Clarke ! répéta Frank.

1. Héros dérisoire d'une série télévisée américaine des années 60.

Smokes était resté à la porte du bar. Il se débattait contre les barmans en faisant des moulinets.

– Je t'écraserai les couilles, mon vieux. Si tu remets les pieds ici, mon vieux, j'en tartinerai des toasts, de tes *cojones*.

Clarke épousseta son costume et longea le couloir en boitant légèrement, le mouchoir toujours pressé contre son nez. Son pantalon était déchiré au genou droit, et il avait perdu une chaussure.

Quand Frank revint dans le bar, Smokes avait regagné son tabouret, il gloussait dans sa bière. Frank le regarda fixement.

– Et c'est ça que tu appelles le socialisme ?

Smokes ne releva pas.

– En tout cas, c'est une belle façon de se conduire. Ce type aurait l'âge d'être ton père !

Smokes frappa le comptoir du plat de la main.

– Commence pas à me faire la morale, mon vieux, commence pas. Tu me rappelles Johnny quand t'es comme ça.

Frank s'assit.

– Qu'est-ce que tu veux dire ?

Smokes détourna le regard et alluma une cigarette.

– Rien.

– Non, dis-moi.

Smokes s'efforça de sourire, mais ses mains tremblaient.

– C'est rien, c'est rien, OK ? Il y a des fois où il pouvait être aussi moralisateur qu'une vraie mère, c'est tout. Je dis juste qu'il pouvait être rudement emmerdant avec ses principes.

Il attrapa une canette de bière et l'écrasa.

– Putain, Frank, il y a des fois on se demandait de quel bord il était.

– Et qu'est-ce qu'il y a de mal à ça ?

Smokes hocha la tête.

– Justement c'est ça qui ne va pas, dit-il avec aigreur. Des fois il faut choisir, tu piges ? Il y a d'un côté le bien et de l'autre le mal, OK ?

– Oui, Smokes, et il y a des fois où tu dois te débrouiller tout seul pour faire la différence.

Smokes lui fit face brusquement.

– Frank, ce type était mon meilleur ami. Je l'aimais ce gars-là. Mais on n'était pas toujours du même avis sur tout, OK ? Il pouvait être un sacré emmerdeur par moments, si tu vois ce que je veux dire ?

Frank rit.

– Tu sais, Smokes, je suis son père. T'as pas besoin de m'expliquer comment il était.

– Ah ouais, tu crois ?

– Oh non, mon gars, ce n'est pas la peine.

Smokes se détourna. Ils restèrent un moment assis au bar, sans se parler. Smokes n'arrêtait pas de se passer les doigts dans les cheveux en jurant à voix basse. Ulla se réveilla et regarda autour d'elle, avec l'air de ne plus savoir où elle était. Frank vida son verre, regarda sa montre et se leva.

– Bon, je me casse, dit-il, je te laisse.

– Une dernière bière, Franklin, pour la route ?

– Non, j'ai ma dose, merci.

– Allez, mon grand, dit Smokes en souriant, sois pas rabat-joie. Fais pas le méchant avec moi, OK ?

Frank soupira.

– D'accord, vieux, je prends un dernier verre. Mais une demi-pinte, alors.

Il se rassit. Smokes commanda une pinte de bière irlandaise. Ils burent jusqu'à la fermeture du bar, et Ulla vomit dans la piscine.

Quand il regagna la pensión, il la trouva assise, les yeux fermés, au milieu de la cour, un livre ouvert posé sur son ventre. Elle portait un peignoir bleu clair, et elle avait noué dans ses cheveux un large ruban bleu. Elle était pieds nus.

La lumière orange et argentée des réverbères ruisselait dans la cour. Une brise légère agitait les rideaux faisant danser les ombres dans les coins. Dans la rue, des chiens hurlaient et on entendait au loin de la musique qui venait du *parque*. Eleanor avait la tête renversée en arrière. Elle avait les doigts croisés, sa peau était très pâle.

Il resta un moment debout à l'entrée à la regarder, effrayé par sa délicatesse, déchiré par les souvenirs qui remontaient tout à coup. Il se sentait un peu saoul. L'idée lui traversa l'esprit que là-haut, dans les collines, des jeunes gens étaient en train de s'entre-tuer. Mais ça ne lui faisait rien. C'est ça qui était bizarre. A cet instant précis, il s'en fichait.

– Me voilà.

Elle ouvrit les yeux, l'air perdu. Ses doigts attrapèrent la ceinture de son peignoir et elle la resserra. Elle lui sourit.

– Frank, mon Dieu, je crois que j'ai dû faire un petit somme.

– C'est normal. Tu dois être fatiguée par le décalage horaire.

Elle regarda le ciel d'un air endormi.

– Je suis sortie contempler les étoiles. Ce sont les plus belles que j'aie jamais vues, Frank. Il y a des étoiles filantes, et plein d'autres.

Il rit.

– Tu ne crois pas que ce sont exactement les mêmes qu'en Irlande ?

– Pas du tout, Frank, la terre tourne, tu sais.

Elle leva la main et fit pivoter son poignet en le regardant.

– Elle tourne, vois-tu, à cause de la gravité.

Il haussa les épaules.

– Les étoiles sont des étoiles.

Elle leva les yeux vers le ciel, en regardant attentivement cette fois, comme si une musique étrange descendait des nuages.

– Elles sont toutes mortes, Frank, tu le savais ? Il faut très longtemps pour que leur lumière nous parvienne. Des millions d'années, tu sais, et on ne voit la lumière des étoiles qu'après leur mort. Dans un sens, c'est triste, tu ne trouves pas, Frank ? Ça donne à réfléchir.

– Tu dérailles.

Elle roula les yeux, puis bâilla et tapota sa montre.

– Je croyais que tu devais t'absenter seulement une heure.

– Oui, ben, j'ai rencontré Smokes, tu vois. Je suis tombé sur lui juste à côté. Il a une descente terrible. Il serait capable de sucer une éponge si elle était imprégnée d'alcool.

– Oui, enfin tu exagères un peu.

Il s'éclaircit la gorge, et quand il se mit à parler sa voix était rauque.

– J'étais en train de me dire, Eleanor, que tu as l'air particulièrement en forme. Tu sais, tu es vraiment bien – il se toucha le visage : Là, tu vois, tu as l'air vraiment détendu.

– Arrête, Frank Little, dit-elle en riant, tu essaies de me prendre par mon point faible.

Il se sentait gauche, maladroit, déplacé. Il ne trouvait plus rien à lui dire.

– Bon, je crois que je vais aller me pieuter.

– C'est ça. Alors bonne nuit, Frank. Fais de beaux rêves.

Il regagna sa chambre et s'étendit sur son lit. Son estomac recommençait à lui faire mal.

5

FRANCIS STREET

Frank Little était né en 1938 au-dessus d'une boucherie de Francis Street, dans le plus vieux quartier de Dublin, The Liberties. Il se trouvait à l'intérieur des anciennes murailles de la ville, et ses habitants se considéraient comme des rebelles. Les grands-parents de Frank Little étaient les anciens propriétaires de la boucherie, mais à la mort du grand-père, c'est la mère de Frank qui avait pris leur succession. La grand-mère de Frank avait une petite pièce à l'étage, dans une maison de l'autre côté de la rue et, d'aussi loin qu'il s'en souvienne, il l'avait toujours connue mourante dans cette pièce.

L'après-midi, après les cours, Frank allait voir sa grand-mère. Il lui faisait ses courses ou restait assis à son chevet. Elle lui parlait quelquefois gaélique mais il ne la comprenait pas. Sauf quand elle l'appelait par son prénom irlandais, *Proinsias*. Ça, il le comprenait, mais c'était à peu près tout.

Elle avait des problèmes pulmonaires et le cœur fragile, et lorsque Frank eut sept ans elle cessa de se lever. Quand il venait la voir, il entendait en montant l'escalier son souffle rauque et sa toux sèche. Il avait peur de cette vieille femme, de ses mains décharnées et squelettiques, de son corps tremblotant, de la couleur du flegme qu'elle crachait dans un bol de métal posé sur sa table de nuit. A la mort du grand-père, le marbrier avait fait une faute en gravant son nom sur la pierre tombale. La vieille dame avait gardé la pierre, appuyée au mur de sa petite chambre obscure, et les lettres gravées faisaient penser aux orbites d'une tête de mort lançant un regard menaçant. Cela aussi effrayait Frank.

Un jour de cet hiver particulièrement froid, juste après la guerre, elle s'assit bien droit dans son lit et regarda Frank de ses yeux jaunes.

– *Proinsias*, murmura-t-elle, veux-tu voir un *leprechaun* ?

De ses doigts osseux elle fouilla sous l'oreiller et en sortit une boîte d'allumettes qu'elle lui fourra dans la main. Il l'ouvrit et, à l'intérieur, enveloppé dans un petit morceau de coton, il découvrit un champignon gris tout racorni qui avait exactement la forme d'un petit bonhomme coiffé d'un bonnet. Frank n'avait jamais rien vu d'aussi extraordinaire.

Il y avait deux pharmacies dans Francis Street, *Mushatt's* et *Rickaby's*. Frank allait y chercher des médicaments pour sa grand-mère, et quelquefois aussi du salpêtre. Sa mère en délayait dans de l'eau froide, puis elle prenait une grosse seringue et injectait le mélange dans les quartiers de viande de la réserve. C'était une façon de conserver la viande, le genre de viande dont se nourrissaient les pauvres. Mais un jour le gouvernement décida d'interdire la vente du salpêtre, et sa mère fut obligée d'acheter une chambre froide. L'IRA avait découvert le moyen de fabriquer des bombes à base de salpêtre, et c'est pour cela que le gouvernement en avait interdit la vente. Sa mère était bien embarrassée. La chambre froide allait coûter les yeux de la tête, dit-elle à son fils. L'IRA allait lui faire perdre son travail.

– L'indépendance irlandaise, tu parles ! Pour le frigo je vais en acheter un anglais si j'en trouve.

– A l'école, frère Gorman dit que les Anglais sont méchants. Il dit qu'ils sont venus ici pour nous chasser.

– Ce gars n'est qu'un imbécile. Les Anglais sont les meilleurs gens qui soient. Tiens Mrs. Rickaby, la pharmacienne, est-ce qu'elle n'est pas anglaise ?

– Je ne sais pas. Tu crois ?

– Bien sûr que oui. Ce gars-là raconte vraiment n'importe quoi. Les Anglais sont vraiment des gens très bien. Je ne parle pas de certains d'entre eux qu'on voit se balader par ici en ce moment.

Mais ceux qui parlent sans arrêt de cette foutue République irlandaise, ce sont eux qui sont en train de couler mon commerce.

– Mais tu pourrais peut-être te débarrasser de la boutique, maman. C'est vraiment dur pour toi. Tu ne pourrais pas trouver un autre travail quelque part ?

– Chez nous on ne travaille pas pour les autres. Souviens-toi de ça, mon petit Frank. On ne peut pas s'en tirer si on doit pointer à l'usine. C'est ce que je n'arrête pas de répéter à ton père, mais il ne m'écoute pas. Si tu as deux sous de bon sens, toi aussi, tu seras commerçant plus tard. C'est une bonne vie.

Ça le fit réfléchir. Il se demanda quel genre de magasin il aimerait avoir quand il serait grand. Il passa en revue toutes les boutiques de Francis Street. Il y avait les frères Boylan qui avaient des sacs de riz, des figues sèches, des noix, de la farine, des barils d'avoine et des bocaux en verre remplis de bonbons de toutes les couleurs. Il y avait le magasin de tissus O'Hora et le salon de coiffure de Johnny Fox. Il y avait une boutique où on réparait les instruments de musique. Et une tonnellerie où on fabriquait des roues de charrettes et des barriques pour la brasserie Guinness de Thomas Street. Et il y avait le salon de thé de Johnny Rea.

Chez Johnny Rea, ça sentait le sucre, la menthe et le café bien fort. Il y avait un comptoir en acajou massif et les murs étaient recouverts de haut en bas de carreaux noirs et blancs. Il y avait un percolateur italien pour faire des cappuccinos, et des disques de Frank Sinatra et de Dean Martin dans le juke-box. Il y avait derrière le bar des tableaux représentant des pays lointains, l'Italie, la Grèce, l'Égypte et New York. Il y avait un aquarium de verre plein de gros poissons rouges. Il y avait un chandelier en cristal. C'était vraiment un endroit magique.

Johnny Rea adorait parler. Campé derrière son comptoir, agitant son torchon jaune dans les airs, il était toujours prêt à parler à qui voulait bien l'écouter. Frank comprenait à peine ce qu'il disait mais il était fasciné par tout ce que Johnny Rea avait à raconter. Un jour il l'entendit dire qu'il y avait un membre du gouvernement qui était communiste. Il s'appelait Doctor Browne, et d'après lui il ne valait pas cher. Il était contre Dieu et l'Église, disait Johnny Rea, et les gens comme lui faisaient du tort à l'Irlande.

Le soir, Frank repensa à cet homme, ce Browne. Couché dans son lit, il réfléchissait. Comment pouvait-il être méchant s'il était docteur ? En quoi faisait-il du tort à l'Irlande ? Et c'était quoi, l'Irlande ? Et un communiste ? Il interrogea son père. Celui-ci hocha la tête et dit qu'un communiste était un type rusé qui se glissait parmi les ouvriers pour détruire leur foi et leurs principes. Un communiste, c'était un traître qui affirmait que Dieu n'existe pas. Il y avait des communistes en Russie et ils avaient fusillé la pauvre petite tsarine, et la Vierge était apparue à Lourdes, et elle avait dit que tout le monde devait prier pour la Russie et pour se débarrasser des communistes.

– Est-ce que Dieu nous voit vraiment ? demanda Frank. Ce n'est pas juste une histoire ?

Son père se tourna vers lui et le dévisagea, l'air fâché. Il lui mit une main sur l'épaule et pointa un doigt vers lui.

– J'ai connu un gars autrefois, oh, quelqu'un de très malin ! Un soir, il affirma à huit heures et demie que Dieu n'existait pas, et tu sais ce qui lui arriva ?

– Non, quoi donc ?

Son père se pencha tout contre lui, les yeux exorbités :

– A neuf heures il était mort. Voilà ce qui arrive aux petits malins qui prétendent que Dieu n'existe pas.

Un jour, c'était en mars 1950, il venait d'avoir douze ans, Frank entra dans le salon de thé de Johnny Rea, et il vit Eleanor Hamilton assise avec ses copines en train de plaisanter. Il l'avait déjà vue une fois à la messe à Saint Michael's Church. Il savait qu'elle avait une cousine qui habitait Francis Street et qu'elle-même vivait plus loin dans une de ces maisons neuves de Drimnagh. Il la regarda jouer au jacquet avec ses copines sur la table en marbre. Il regardait sa manière de bouger, de rejeter en arrière ses longs cheveux noirs. Il écoutait son rire et se sentait fondre comme la glace dans sa coupe.

Il resta près d'une demi-heure à la contempler, tremblant de nervosité. Tout à coup il se leva, prit une profonde inspiration et se dirigea tout droit à sa table en serrant sa boîte d'allumettes dans la main.

– Est-ce que tu veux voir un lutin ? demanda-t-il.

Il n'avait jamais rien fait d'aussi courageux.

Ses copines éclatèrent de rire. Eleanor Hamilton le regarda comme s'il venait de vomir par terre. Elle écarta ses longs cheveux noirs de son visage.

– Veux-tu bien déguerpir, petit morveux, lâcha-t-elle d'un ton sec. Espèce de fichu lutin toi-même.

Après ça, il resta deux ans sans lui adresser la parole.

6

HÔPITAL KARL-MARX

Au réveil, Smokes éprouva ce mélange violent de migraine et de nausée qui vous fait serrer les dents et vous donne un sentiment de culpabilité même si vous n'avez rien fait. Il était près de huit heures et demie, la Suédoise était déjà partie. Sur la fenêtre de la chambre elle avait gribouillé *CIAO BAMBINO* avec son rouge à lèvres. Smokes fut soulagé qu'elle soit partie en voyant ce qu'elle avait écrit. On ne peut pas vivre quelque chose de sérieux avec une fille qui écrit des trucs pareils.

Quand il finit par distinguer ses traits dans la glace de la salle de bains, il s'efforça de recoller les événements de la soirée. Ils étaient restés debout jusqu'à l'aube, à boire du rhum détaxé et à chanter des chansons du groupe Abba. Au beau milieu de *Can You Hear the Drums, Fernando?* ils avaient décidé de faire ça sous la douche.

– Est-ce que tu as envie de moi ? avait-elle demandé avec cette espèce de distance scandinave qui la caractérisait.

– Envie de toi ? Mon chou tu parles d'une question à la con.

La baise sous la douche n'avait pas marché. Ailleurs non plus, ça n'avait rien donné. Ils avaient parlé rapidement, et avec une franchise tout à fait superflue de l'avis de Smokes, de l'effet débandant qu'exerce un ventre bourré de *chili con carne* et de *Cuba libre*. Et puis ils avaient dormi enlacés, en grognant, en reniflant et en rotant, sans cesser de se cramponner l'un à l'autre jusqu'à ce que les bruits de la circulation et des marteaux-piqueurs aient de nouveau envahi la rue.

Cherry allait revenir, mais il avait déjà décidé qu'il ne lui dirait rien. Selon les principes de Smokes, l'infidélité ne valait pas la peine qu'on en parle sérieusement. Ç'aurait été cruel. Rien qu'une façon de se faire pardonner. Moralement, dans ce genre de situation, il vaut mieux mentir, à tous les coups. Smokes mentirait pour ne pas heurter les sentiments de Cherry. D'ailleurs, cette façon de voir les choses avait en outre l'avantage de permettre à Smokes de continuer à vivre sans se faire arracher les couilles.

Il se regardait dans la glace. Putain, pensait-il, t'as la gueule qui ressemble au plan de Managua. Il éclata de rire et pensa à la Suédoise. Ça le démangeait drôlement d'en parler à Johnny. C'est à ce moment-là que ses idées se remirent en place.

Il fila en voiture à la pensión et arriva sur le coup de neuf heures, le cerveau plombé dans la chaleur du matin.

Eleanor et Frank, attablés dans la cour, mangeaient des bananes et du pain. D'un air boudeur Frank faisait mine de lire attentivement un numéro de *La Prensa* qu'il avait calé contre une cruche d'eau.

Eleanor portait une chemise blanche et des lunettes de soleil. Elle fit signe à Smokes qui traversait la cour d'un pas mal assuré. Elle avait l'air soulagé de le voir. Des poulets s'égaillèrent quand il se rapprocha de la table. Il se demanda comment ça s'était passé entre eux. Ça avait l'air moins terrible que ce que Johnny en avait dit. La conversation n'avait pas l'air de couler comme un discours à l'ONU, mais au moins ils ne se balançaient pas les meubles à la tête. Du moins, pas encore.

Il repensa à cette nuit où Johnny et lui s'étaient saoulé la gueule au *Casablanca*, cette nuit où Johnny lui avait raconté à quel point ses parents se détestaient. Il revit l'air effaré de son ami. Il se souvenait de tout. Comme la fois où il avait cassé la boîte à musique en forme de Sainte Vierge qui était dans sa chambre et qu'il avait vomi en entendant sa mère se ruer dans les escaliers, tellement il avait eu peur de sa réaction. Il se rappela aussi que Frank Little avait été un jour emmené par la police parce qu'il avait battu sa femme. Il les voyait maintenant tous les deux. Il regardait Frank et Eleanor et se demandait comment tout cela avait pu se produire.

– Alors ? dit-il en s'asseyant.

– Rien, mon petit, répondit Eleanor d'une voix ferme, on s'apprêtait à y aller.

Smokes sourit, mal à l'aise.

– En forme, Franklin ?

Frank hocha la tête sans lever les yeux de son journal.

– On vient d'avoir une petite discussion.

– Eleanor, je t'en prie.

– On s'est levés du mauvais pied ce matin.

– Eleanor, je fais un effort, dit Frank agacé, c'est toi qui m'inquiètes.

– Ne t'en fais pas pour moi.

Le silence retomba. Frank tourna les pages d'un air méchant. Smokes sentit le malaise s'installer. Il se servit une tasse de café et attendit que quelqu'un parle.

– Eh, vous deux, dit-il en riant, filez-moi cinq dollars et je vais au cinéma.

– Smokes, j'essaie simplement de lui faire entendre raison, mais j'aurais dû savoir que je perdais mon temps.

– Non, Smokes, il essaie de m'empêcher de venir à l'hôpital avec vous.

Frank baissa la voix et se pencha par-dessus la table :

– Pour l'amour de Dieu, j'ai vu des photos dans les journaux, Eleanor ! Ces gens ne font pas dans le détail quand ils butent quelqu'un.

– Frank Little, j'ai traversé la moitié du monde. Ça suffit maintenant.

Il regarda Smokes en haussant les sourcils d'un air implorant.

– Vous savez, Eleanor, dit Smokes, sur ce point-là ce vieux Franklin a raison, il se peut qu'il ne soit pas beau à voir.

Frank recommença à s'énerver.

– Dis-lui, Smokes, peut-être qu'elle t'écoutera.

– Qui ça, *elle* ? l'emmerdeuse ?

Elle retira ses lunettes et le regarda dans les yeux. Elle martelait la table de son index en parlant.

– C'est mon fils, dit-elle calmement. Écoute-moi bien, Frank Little, je l'ai mis au monde, je suis bien capable de le voir en sortir.

Son ton était sans réplique. Elle se leva et dit qu'elle allait aux toilettes.

– Quand je reviens, on y va. Il n'y a rien à ajouter.

Frank soupira et se mit à se curer les ongles avec une allumette. Il secouait la tête et cherchait à se débarrasser des moustiques. Au bout d'un moment il leva les yeux.

– Ah, les femmes ! fit-il en rougissant.

– Ouais, Franklin, raconte un peu. Comment tu te démerdes avec elles ?

La señora sortit de la maison, un seau de grains à la main. Elle cligna des yeux, aveuglée par l'éclat du soleil, et jeta le grain parmi les pierres en riant de voir les poulets se bousculer et battre des ailes.

– *Mis hijos, mis hijos*, fit-elle d'un air réjoui.

– *Sí, sí*, fit Smokes en se moquant d'elle. – Il s'adressa à Frank, sifflant entre ses dents : Eh, t'as vu, mon vieux, elle est folle, cette nana. Elle les appelle mes enfants.

Frank leva les yeux au ciel et ouvrit son journal. Smokes tourna son regard vers le chien efflanqué de la pensión, et le vit se mettre péniblement debout et venir vers eux. Il avait la gueule grande ouverte et bavait, la langue pendante. Il se colla contre Frank et se frotta le ventre contre sa jambe, son pénis rose à moitié sorti, en poussant de petits grognements de plaisir.

– Va te faire foutre ! râla Frank en chassant le chien d'un coup de journal.

Le chien revint à la charge, il s'agrippa au genou de Frank et s'agita frénétiquement en haletant.

– Hé, Franklin, tu viens de te faire un *amigo*, dit Smokes en rigolant. Il veut faire *samba y caramba* avec toi.

– Et toi, tu voudrais bien rester à l'écouter gémir, ricana Frank, essayant toujours de se débarrasser du chien. On dirait un vrai catho en chaleur.

Il secoua la jambe, mais le chien tenait bon, une expression de bonheur extatique dans son œil jaune de chien borgne.

– Seigneur Jésus ! Smokes, qu'est-ce que je fais ?

– Je sais pas, Franklin, si j'étais toi, je feindrais un orgasme vite fait.

La señora sortit de la maison, l'air effaré.

– *Madre de Dios*, fit-elle, suffoquée.

Elle se jeta sur le chien en hurlant. Il lâcha Frank et fila la queue entre les jambes, l'air pitoyable, sa longue langue rouge dégouttant de bave.

– Oh, *señor*, soupira-t-elle. *Lo siento, señor.*

Elle se mit à genoux et frotta vigoureusement la jambe du pantalon de Frank avec son torchon.

– Eh, Frank, ajouta Smokes, tu te débrouilles bien ce matin.

– Et toi, c'était pas mal non plus la nuit dernière... Oh, regarde cet ange innocent. Tu ne te souviens pas de la petite Suédoise ?

Frank se mit un doigt sur les lèvres. « Motus et bouche cousue. » Il fit un clin d'œil. Smokes éclata de rire mais il fut repris aussitôt par un sentiment de malaise. C'était pas vraiment le moment. Ils allaient se rendre à la morgue de l'hôpital pour identifier le corps de son ami. Ils allaient voir ce qu'aucun parent ne devrait jamais voir. Ils allaient signer des papiers. Ils n'auraient pas dû être en train de rigoler tous les deux.

– Ça y est, je suis prête, leur lança Eleanor.

Ils se retournèrent et la virent dans l'encadrement de la porte, portant un chapeau noir et une écharpe de dentelle assortie. Un peu mal à l'aise devant eux, elle parcourait du regard la petite cour pavée.

– Comment il s'appelle, ce petit coquin? demanda-t-elle en montrant le chien.

– *¿Cómo se llama el perro?*

– Fidel Castro, répondit la señora – et elle éclata d'un tel rire que son dentier jaillit de sa bouche et tomba dans sa main.

La circulation était épouvantable. Tout le chemin ne fut qu'un vacarme de klaxons rauques et de sirènes de police jusqu'à la Plaza de España, où les canalisations de tout le secteur avaient éclaté, projetant très haut un geyser d'eau boueuse, qui inondait les rues avoisinantes livrées à la pagaille.

Ils roulaient au pas dans la ville en ruine sous une chaleur écrasante. L'habitacle étouffant de Claudette ressemblait à un sauna.

Ils s'arrêtèrent près d'un énorme char noir, planté devant l'entrée du Parque del Poder Popular. Des inscriptions en arabe étaient peintes en jaune sur ses flancs et, en voyant son canon pointé en avant, Eleanor lui trouva un air un peu idiot. Une bande de gamins, garçons et filles, nu-pieds, dansaient tout autour formant vaguement un cercle ils se tenaient par la main, poussaient des cris aigus et scandaient une chanson au rythme entraînant. Au moment où Claudette redémarrait, un des garçons rompit le cercle. D'un bond il agrippa le canon et se balança en agitant ses jambes maigrichonnes. Le canon s'inclina doucement sous son poids. Une petite fille se dressa sur la pointe des pieds, regarda dans la gueule de l'engin et se mit à crier avec un rire hystérique : « Boum ! Bouma-Bouma-Boum ! »

Ils traversaient maintenant la partie la plus pauvre de la ville. Aux rues défoncées succédaient des pistes de boue séchée et de gravats, bordées de longues rangées de tentes en plastique et de baraques en tôle branlantes. Dès qu'un pan de mur tenait encore debout, la moindre surface de peinture blanche écaillée avait été recouverte de graffitis : FSLN, PLI, PCN, des dessins représentant des fusils, d'énormes cœurs percés de flèche, des chapeaux de cow-boys sandinistes, des croix, des bites, des citations de la Bible, des slogans politiques : *¡ VIVA CRISTO TRABAJADOR ! ¡ OBREROS AL PODER !*, des crânes, des tibias, des cibles rouge et bleu, des faucilles et des marteaux, des poings serrés, des drapeaux américains tachés de sang lacérés de gigantesques X noirs, et les lèvres rouges démesurées des Rolling Stones.

– *Muerte a los yanquis*, déchiffra Eleanor.

– Eh oui, répondit Frank. Ils veulent tuer tous les Américains. C'est ça le socialisme apparemment.

– T'occupe pas de ça, Frank. On n'y connaît rien.

– C'est un foutu cauchemar, en tout cas, c'est sûr, marmonna-t-il.

Smokes mit la musique encore plus fort.

Une rangée de voitures blindées d'un vert pisseux étaient alignées devant l'hôpital Karl-Marx. De jeunes militaires, des hommes et des femmes, avachis sous le soleil brûlant jouaient aux cartes et bavardaient. Ils regardèrent Frank et Eleanor s'extraire de

Claudette. Une statuette de la Vierge en argent se balançait à la ceinture d'un des soldats. Il regardait Claudette comme si c'était la chose la plus extraordinaire qu'il ait jamais vue. Un autre buvait du Coca-Cola dans un sac en plastique transparent, suçant le coin qu'il avait déchiré d'un coup de dents comme un enfant téterait le sein de sa mère. Smokes expliqua à Eleanor qu'il y avait pénurie de bouteilles et que, si on achetait du Coca à un vendeur ambulant, il vous le servait dans un sac à glaçons. C'est ça la guerre, ajouta-t-il. Il n'y a pas moyen d'y échapper.

Les soldats étaient armés de kalachnikovs, de revolvers et de baïonnettes de quarante dans des fourreaux accrochés à la ceinture. La plupart d'entre eux portaient un foulard rouge et noir autour du cou. Un ou deux arboraient des médailles militaires. Ils fouillèrent méthodiquement Eleanor et Frank. Ils restèrent polis sans être aimables. Ils ressemblaient à des écoliers boudeurs qui s'ennuient, mais ils étaient très nerveux. Smokes, avec son short en jean et sa chemise, passa sans être fouillé.

Eleanor regarda le grand bâtiment blanc. Toute la façade était recouverte de slogans peints en grandes lettres bleues. *¡LUCHAMOS PARA VENCER! ¡NO PASARÁN! ¡SEGUIMOS AL FRENTE CON EL FRENTE SANDINISTA! ¡HASTA LA VICTORIA SIEMPRE!* C'est là que se trouvait le cadavre de son fils unique.

A l'intérieur, le hall de réception était propre et clair. On entendait de la musique militaire qui provenait d'on ne sait où. Smokes dit quelques mots à l'homme entre deux âges assis derrière un bureau. L'employé jeta un coup d'œil à Eleanor et à Frank, décrocha un téléphone et composa un numéro. Il se détourna pour parler.

Au bout d'un moment une jeune femme mince à l'air fatigué, vêtue d'une blouse blanche, traversa rapidement le hall pour les rejoindre. Elle avait le teint olivâtre et sa bouche était splendide. Elle inclina la tête d'une façon très professionnelle à l'adresse de Frank et Eleanor, et s'approcha pour leur serrer la main.

– Je suis le docteur Pérez. Vous devez être les parents du garçon ?

– Et voici un de ses amis, répondit Eleanor, Smokes Morrison.

Le docteur Pérez hocha la tête.

– On s'est déjà rencontrés, fit Smokes d'un air ironique. Comment va la révolution, toubib ?

Le docteur Pérez lui jeta un regard furieux.

– Ici on ne s'intéresse pas à la révolution, rétorqua-t-elle avec brusquerie. On laisse ça à d'autres.

Smokes haussa les épaules et fourra ses mains dans ses poches. Le docteur regarda sa montre.

– Je suis vraiment désolée. C'est un choc terrible pour vous deux – elle jeta de nouveau un coup d'œil à sa montre : Peut-être que maintenant… si tout le monde se sent prêt.

Eleanor fit signe que oui. Le docteur Pérez leur demanda de la suivre.

Ils empruntèrent un long couloir imposant orné de fresques représentant des jeunes gens la tête entourée de bandages. Ils brandissaient des fusils et riaient.

Ils tournèrent dans un autre couloir, montèrent quelques marches raides, puis traversèrent une grande pièce, manifestement un gymnase. L'air sentait le caoutchouc, l'embrocation et la sueur rance. Un gigantesque portrait du président Ortega était suspendu aux crochets de cordes à nœuds. Eleanor lui trouva un air sympathique et timide ; il semblait un peu mal à l'aise. Il y avait encore des fresques représentant des jeunes gens et des jeunes filles en uniforme, mais elles n'étaient pas aussi grandes que le portrait du président Ortega. Les jeunes gens sur les fresques étaient tous blessés, ils avaient des bandages, des attelles, des bandeaux sur l'œil. Certains avaient des béquilles, d'autres étaient dans des fauteuils roulants. L'un d'entre eux brandissait une clef à molette. Un autre exhibait un recueil de poèmes. Un troisième tenait une faucille à bout de bras. Ils étaient tous joyeux, jeunes et beaux. Ils respiraient le bonheur.

Sans un mot ils pénétrèrent dans une pièce un peu plus grande, sans aucune fenêtre. Sur les murs étaient peints un lac au bleu étincelant, des arbres au feuillage sombre et des fleurs éclatantes. Tout autour de la pièce étaient disposés des bancs de jardin et des chaises de plastique blanc. Des jeunes gens y étaient assis, la tête et les membres entourés de bandages bleus. L'un d'entre eux se tenait la tête entre les mains, il se balançait d'avant en arrière en geignant. Un prêtre séduisant, en costume de lin crème, allait de l'un à l'autre, distribuant des hosties qu'il tirait d'un calice en bois. Des haut-parleurs accrochés aux murs gueulaient une marche militaire cadencée. Malgré l'énorme écriteau *PROHIBIDO FUMAR*, presque tout le monde fumait dans la pièce. Deux ou trois jeunes gens dévisagèrent Frank et Eleanor qui traversaient rapidement la pièce.

Ils prirent ensuite un autre escalier, raide et obscur, qui menait dans les sous-sols du bâtiment. Le docteur Pérez s'arrêta. Elle écarta une mèche de cheveux qui lui cachait les yeux. Elle baissa la tête.

– On y est ? s'enquit Frank.

Elle fit signe que oui.

Eleanor serra ses bras autour d'elle, comme si soudain elle avait très froid. Le docteur se tourna et la regarda.

– Eleanor, dit doucement Frank, ma petite. On n'a pas besoin d'y aller tous les deux.

– Je suis prête, dit-elle d'une voix tremblante. Prête à voir mon fils.

Le docteur Pérez la prit par la main. Elle l'entraîna tout doucement dans l'escalier obscur. Frank et Smokes les suivaient. A mi-chemin ils s'arrêtèrent un instant. Dans le halo vert des lampes de secours, Frank s'aperçut que Smokes sanglotait silencieusement, cachant son visage derrière son poing droit.

– Te mets pas dans tous ces états, fiston, chuchota Frank en lui serrant fort la main.

Le docteur poussa une porte. Un flot de lumière blanche les aveugla.

Accompagnée de son mari et de l'ami de son fils, Eleanor Little pénétra dans la longue pièce étroite. Tout était blanc ou gris métallisé. De grands tiroirs en fer occupaient tout l'espace du sol au plafond. L'air était si froid que leur haleine se transformait en buée, et la sensation sur le coup était presque agréable. Toutes sortes d'instruments étincelants de propreté étaient accrochés aux murs : scalpels, limes, scies et bassins métalliques. Au milieu de la pièce il y avait une table basse en émail blanc. Eleanor trouva que ça ressemblait à un autel. Il y avait une bonde au milieu, il en sortait un bruit d'aspiration.

A l'autre bout de la pièce, deux hommes en uniforme blanc jouaient aux échecs sur un fût retourné. En voyant Eleanor et Frank, ils se levèrent d'un bond et retirèrent leurs casquettes. Le plus jeune avait l'air vaguement effrayé. Il avait les yeux clairs et brillants. Le docteur Pérez s'approcha d'eux et leur murmura quelque chose. Le plus âgé remit sa casquette. Il s'approcha d'un bureau et prit un registre, y jeta un coup d'œil, puis se dirigea vers l'une des rangées de tiroirs.

Il trouva celui qu'il cherchait. Ses doigts touchèrent la poignée. Il regarda dans la direction d'Eleanor, fit un signe de croix, avala sa salive et ouvrit le tiroir métallique, recula d'un pas très vite en détournant la tête, comme s'il avait honte de ce qu'il venait de faire.

Le cadavre était nu à l'exception d'un short noir. Ses cheveux étaient gras et emmêlés. Sa tête reposait sur une serviette blanche pliée en quatre. Une partie de son crâne et sa joue droite avaient été arrachées. Une blessure affreuse, comme gagnée par la gangrène, lui barrait le front depuis les cheveux jusqu'au sourcil droit. Sa mâchoire distordue imprimait à son visage un rictus stupide. Ses lèvres étaient décolorées. Un bandage d'un blanc crasseux lui comprimait les yeux. Le sang avait traversé le pansement, y laissant des traces brunâtres. Les chairs de son visage étaient jaunes et violacées. Autour de la bouche et des yeux, la peau décomposée avait la consistance d'un fromage coulant et laissait entrevoir les os jaunis.

La poitrine du garçon était imberbe et décharnée, couverte d'écorchures bleuâtres et d'hématomes noirs. Il avait sur le ventre une grande ecchymose triangulaire. On voyait quelques poils entre la ceinture de son short et son nombril. Sa main droite était crispée. Il lui manquait l'extrémité du pouce gauche. Son genou droit était bandé. Le genou gauche et la plante de ses pieds étaient marqués de meurtrissures. Ses ongles de pied étaient très longs.

Eleanor sentit les larmes lui monter aux yeux. Elle s'agrippa au rebord du tiroir et s'efforça de pleurer en silence, de ne pas se décomposer. Elle sentit la main de son mari se poser sur son épaule, tandis qu'elle entendait la voix de Smokes qui ne cessait de répéter : « Mon Dieu, mon Dieu, mon Dieu ». A travers ses larmes, elle distingua le visage livide de son mari, les yeux agrandis par la terreur. Il s'accrochait d'une main au tiroir comme pour ne pas perdre l'équilibre. Il tremblait. Elle le vit sortir un kleenex de sa poche et s'essuyer les lèvres. Il le lui tendit et elle s'essuya les yeux.

– On ne devrait pas rester là, dit-il d'une voix rauque, on n'a pas besoin de rester regarder ça.

– Mais, Frank… murmura-t-elle.

Il reposa sa tête dans le creux de sa main et ferma les yeux.

– Non, n'insiste pas, s'il te plaît.

– Mais Frank, tu ne comprends pas.

Eleanor sentit le sang lui monter à la tête. Elle se tourna vers le docteur Pérez, entendant sa propre voix dérailler alors qu'elle s'efforçait de parler calmement. Et, même si cela semblait déplacé, elle se mit à rire parce qu'elle ne pouvait plus se retenir.

– Chère madame, c'est une erreur.

– Quelle erreur ?

Eleanor regarda le docteur droit dans les yeux.

– Mais enfin, ce pauvre garçon, ce n'est pas mon fils !

– Comment ?

Et sans raison Eleanor éclata en sanglots. Elle baissa la tête, se tordit les mains et pleura, d'abord silencieusement, puis de façon quasi hystérique. Elle avait la bouche grande ouverte et sanglotait douloureusement. Elle se passa la main dans les cheveux.

– Ce n'est pas lui ! hurla-t-elle. Ce n'est pas lui !

– Eleanor, s'il te plaît, s'il te plaît, mon amour.

– Ce n'est pas lui, gémit-elle, ce n'est pas mon fils qui est là.

Eleanor plongea à nouveau le regard dans le tiroir en métal. Elle regarda les mains lacérées du jeune homme, son visage écrasé, les petites veines bleutées qui sillonnaient ses jambes nues comme les affluents d'une rivière sur une carte.

– Je suis vraiment désolée, señora, dit avec douceur le docteur Pérez, c'est toujours un choc, je sais.

– Ça suffit maintenant, Lea. Allez viens, on rentre. Le docteur pourra peut-être te donner quelque chose pour te remettre d'aplomb.

Il posa ses grandes mains sur ses épaules d'un geste autoritaire, mais elle l'écarta et ferma les yeux.

– Frank Little, dit-elle dans un souffle. Pour l'amour de Dieu, est-ce que tu ne pourrais pas m'écouter juste une fois dans ta vie ?

Il se sentait lui aussi au bord des larmes. Il lui prit les doigts et les serra.

– Eleanor, s'il te plaît, tais-toi, mon petit.

Elle se prit la tête entre les mains.

– Est-ce que tu veux bien m'écouter, je t'en prie. Ce n'est pas mon fils.

Elle agrippa le poignet de Frank et le dévisagea. Rapidement et sur un ton exalté, elle lui demanda :

– Tu te souviens quand il s'était cassé la cheville, Frank ? La fois où il jouait à cache-cache dans le pré avec le fils Duignan. Tu ne te souviens pas, Frank ?

– Mais si, bien sûr.

– Alors, où est la trace des points de suture ? Ce n'est pas lui. C'est impossible.

Frank sentit qu'il avait la bouche sèche.

– Seigneur ! lâcha-t-il.

– Et ses pieds, ajouta-t-elle. Ce ne sont pas ses pieds. Il chausse du 46, comme toi et comme ton père. Celui-ci a une pointure de femme.

– Señora, s'il vous plaît, soupira le docteur Pérez. On devrait tous aller prendre l'air.

Elle repoussa le docteur.

– Non, je n'ai pas besoin d'aller prendre l'air. Enlevez-lui son short.

– Ça suffit, señora, essayez de vous calmer.

– Le short de ce pauvre garçon, insista-t-elle, ça vous ennuierait de le lui retirer ?

– Señora…

Eleanor s'élança d'un geste brusque et saisit la ceinture du short. Elle entendit vaguement bredouiller des mots en espagnol. Elle sentit la main du docteur se poser sur la sienne. Un des assistants cria. L'autre avait l'air absolument terrifié. Sans hésiter elle fit glisser le short sur les cuisses du mort.

– *¡ Madre de Dios !* dit le docteur.

Eleanor, prise d'un vertige, tomba à genoux sur le sol froid. Elle eut la sensation de glisser au ralenti. Sa langue pesait comme une pierre dans sa bouche, et elle avait si froid qu'elle sentait son cœur pomper la chaleur et la diffuser dans le reste de son corps. Elle le sentait battre à tout rompre comme pour s'efforcer de la maintenir en vie.

– Il était circoncis, murmura-t-elle, alors que tout disparaissait dans un halo blanchâtre. Mon fils a été circoncis à la naissance. C'est le docteur qui nous avait dit de le faire.

Elle se réveilla allongée sur un banc du couloir. Le docteur Pérez, un autre médecin et une infirmière l'entouraient. Ils lui tapotaient les joues et essayaient de verser quelques gouttes d'eau entre ses lèvres. Smokes faisait les cent pas, pleurant à chaudes larmes. Frank était agenouillé auprès d'elle, lui tenant les mains. Il soufflait fort et menaçait ciel et terre, si on n'était pas foutu de lui fournir une putain d'explication à toute cette histoire.

– Ce n'est pas lui, dit Eleanor. Que Jésus vienne en aide à la mère de ce pauvre garçon, mais ce n'est pas mon fils.

Dans son bureau garni de livres, sous un portrait où Augusto César Sandino souriait tristement, le docteur Honoria Pérez faisait de violents efforts pour rester polie.

– Je puis vous assurer, señor, que selon mes informations il s'agit bien du corps de votre fils. J'en suis vraiment désolée, mais c'est la vérité.

– Écoutez, ma chère, ne soyez pas si assurée, dit Frank en se moquant. Je me passe de vos assurances.

– Señor…

– Écoutez, mon petit. Je ne sais pas jusqu'à quel point l'anatomie masculine vous est familière. Mais une circoncision, c'est pas une coupe de cheveux. En général, ça ne repousse pas, d'accord ?

Le docteur Pérez regarda par-dessus le bureau cet homme un peu enveloppé, bouillant de colère, et pensa qu'il devrait faire un régime mais que ce n'était peut-être pas le moment de le lui suggérer.

– Le garçon en question, dit-elle calmement, avait le passeport de votre fils dans sa poche quand on l'a apporté ici.

– Et alors, la belle affaire ! On peut acheter un passeport dans le Barrio Lescaño à n'importe quelle heure du jour ou de la nuit.

– Mais vous-même, vous étiez persuadé que c'était lui.

Il la menaça du doigt.

– Je n'ai pas dit ça. Je ne l'avais pas réellement regardé.

Elle se prit le visage entre les mains.

– Señor, soupira-t-elle, il est normal d'être choqué dans des situations pareilles. C'est ce qui est arrivé à votre femme.

– Fichez-moi la paix avec ma femme, fit-il d'un ton sec. Ce n'est pas à vous de me dire ce qu'il faut que je fasse avec ma femme.

La porte du bureau s'ouvrit. Un homme en blouse blanche entra. Il s'avança jusqu'au bureau du docteur Pérez et lui dit quelques mots avant de lui tendre une feuille de papier. Elle y jeta un coup d'œil. Le néon grésilla. Elle ouvrit un tiroir et alluma une cigarette, tira une bouffée, s'éclaircit la gorge. Ça n'allait pas être facile.

– Señor Little, il semble bien qu'il y ait eu une erreur. Je suis désolée. Les empreintes dentaires prouvent qu'il ne s'agit pas de votre fils.

Il se leva doucement, réconforté et soulagé.

– Vous voyez, je suis quand même capable de reconnaître la chair de ma chair, non ?

Elle secoua la tête.

– Ça concerne la *policía* à présent. Vous devez vous rendre au bureau des personnes disparues au *ministerio*.

Elle prit l'enveloppe et la lui tendit.

– Je suis désolée, fit-elle. Ce sont des erreurs qui se produisent en temps de guerre.

Il la regarda d'un air furieux.

– Vous êtes un foutu médecin.

– Señor, fit-elle d'un ton sec, si les gens comme votre fils restaient chez eux, j'aurais peut-être le temps de mieux exercer mon métier.

– Eh bien, dites donc ! Et vous vous demandez après ça pourquoi votre pays est dans un tel état ?

– On essaie de changer le cours des choses.

– Vous n'êtes même pas foutus d'exploiter vos cours d'eau, ma pauvre.

Dehors sur le parking, Smokes et Eleanor, assis sur un banc, buvaient du Coca-Cola entourés par des soldats à l'air nerveux. Eleanor s'épongeait le front à l'aide d'un bandana rouge et noir. Smokes semblait sur le point de vomir.

Eleanor leva les yeux, l'air apeuré. Il contempla ce visage vulnérable et marcha lentement à sa rencontre sous la chaleur. Elle lui tendit la main. Il aurait voulu la prendre dans ses bras et la serrer contre lui, mais il ne le fit pas. Il se contenta de prendre sa main dans les siennes et s'assit à côté d'elle sur le banc.

– Ce n'est pas lui, dit-il tranquillement. Il est vivant. Il est vivant quelque part.

Smokes se leva d'un bond et étreignit un soldat. Le soldat lui donna des tapes dans le dos.

– *¡ Está vivo !* beugla Smokes.

Et tous les soldats se mirent à pousser des cris de joie.

– Dieu soit loué, pleura Eleanor. Oh, Frank, Dieu soit loué !

Frank alluma une cigarette.

– Mon pauvre cœur a des ratés. Ce petit monsieur va pouvoir remercier Dieu lui aussi, quand il me tombera entre les pattes.

7

CHERRY BALDUCCI

Ils s'assirent autour d'une petite table blanche sur la Plaza de España, et burent de la bière fraîche et du jus de pamplemousse. Ils s'efforçaient de garder leur calme et de discuter. Ce n'était pas facile. Smokes n'arrêtait pas de se lever, de se prendre la tête entre les mains en gueulant : « Tout baigne ! » jusqu'à ce qu'un couple d'Allemands à la table d'à côté commence à s'énerver et lui demande d'arrêter.

Frank voulait appeler le consulat irlandais de Mexico pour leur demander d'envoyer quelqu'un tout de suite. Il voulait alerter les journaux en Irlande, envoyer des fax, des télégrammes.

Smokes pensait qu'il ne fallait rien faire de tout ça. Pas pour le moment en tout cas. Il valait mieux qu'ils essayent de débrouiller l'affaire eux-mêmes. Pourquoi ne pas retourner dans quelque temps au ministerio et attacher Nuñez sur une chaise jusqu'à ce qu'il consente à parler ?

– Ouais, dit Frank, je pensais juste à quelques coups de fil. Histoire d'obliger ces gratte-papier à se remuer un peu.

Smokes hocha la tête.

– Ces types-là sont vraiment *sensitivos*, Franklin. Si on leur met trop la pression, ils peuvent devenir méchants.

– Mais il y a ce gars que je connais dans les services du Premier ministre, à Dublin, Billy Spain qu'il s'appelle, je lui ai rendu deux ou trois services dans le temps et…

Eleanor lui coupa la parole.

– Tu sais, Frank, Smokes connaît bien la situation ici. On ferait mieux de l'écouter.

Frank approuva d'un signe de tête. Il but son jus de fruits.

– Oui, bien sûr, tu as raison. Il ne faudrait pas faire de bêtises.

Le soleil de midi écrasait la *plaza*. Il ne restait pas la moindre trace de brume dans le ciel. Les gens restaient assis sous les arbres et les parasols, complètement immobiles ; ils attendaient l'après-midi pour se remettre à bouger.

– Tu voudras sans doute prévenir Veronica, dit doucement Eleanor, elle va se faire du souci.

Quand il la regarda, elle fit semblant de chercher quelque chose dans son sac.

– Tu n'as qu'à me donner un numéro de fax, Franklin, proposa Smokes, et j'essaierai de lui envoyer un message du ministerio.

Frank alluma une cigarette. Il serra le poing et le porta à son front. Il se mordit la lèvre en s'efforçant de garder son calme. Il sentit que Smokes lui touchait le poignet.

– Oui, murmura-t-il, oui, merci, Smokes.

D'un mouvement brusque il baissa la tête, se cacha les yeux derrière la main, se passa les doigts dans les cheveux en se retenant de pleurer. Il s'enfonça les ongles dans les paumes jusqu'à en avoir mal.

– Oh, Johnny, dit-il dans un souffle, Johnny, mon gars.

Smokes regarda Eleanor. Elle se mordait la lèvre en détournant le regard vers la place.

– On le retrouvera, Franklin, dit Smokes. Calme-toi, mon vieux. On le retrouvera.

– Mais bien sûr, dit Eleanor en posant la main sur le poignet de Frank d'un geste très bref et très léger.

– Je vais lui foutre une de ces raclées, dit Frank.

– Le petit garçon à sa maman est sorti sans permission, minauda Smokes. C'était sûrement pas la première fois.

Frank prit un mouchoir dans sa poche et se moucha.

– Comment ça ?

– C'était tout lui, fit Smokes en haussant les épaules. C'est le genre d'embrouille qui arrivait toujours avec lui. C'était un drôle de gus, tu sais. Il lui arrivait de disparaître pendant plusieurs jours, sans rien dire à personne.

– Qu'est-ce que tu racontes ?

– Eh oui, ton Johnny Little. Qu'est-ce que tu croyais ?

– Il disparaissait ?

– Ben oui, il se tirait de temps en temps, quoi !

– Pour aller où ?

– Ça, Franklin, j'en sais rien. Un peu partout, je pense.

– Comment ça, un peu partout, Smokes ?

Smokes ricana.

– Ouais, en vérité, c'était pour aller voir une gonzesse. Il en avait une à Chinandega. Une autre qui vivait dans le Nord. Du côté de Corinto, je crois. Tu sais, près de l'endroit où l'attaque a eu lieu. C'était son habitude d'aller voir des filles de temps en temps. Se payer un petit week-end, quoi !

– Et comment s'appelle cette fille, celle qui vit dans le Nord ?

Smokes se gratta la tête.

– Je crois bien que c'est María quelque chose. Ou bien Pilár. Je ne sais plus. Il en avait des tas.

– Tu ne sais plus ?

– Seigneur ! c'est une poulette qui bosse dans un salon de thé à Corinto, Franklin. Rien de bien sérieux.

– Je comprends pas pourquoi tu nous l'as pas dit.

– Frank, mon vieux, tu vas pas en faire toute une histoire ! C'était juste une passade. Tu crois pas que je l'aurais su si ç'avait été sérieux ? Johnny avait des tas de copines, un peu partout. Il en avait une à Rivas. Une autre à Matagalpa. Il avait du succès, tu sais. Et parfois il se tirait pour en profiter. C'est tout ce que j'essaie de t'expliquer.

– Mais, pour l'amour de Dieu, Smokes, mon gars, pourquoi ne pas nous l'avoir dit tout de suite ?

Smokes eut l'air embarrassé.

– Frank, je pensais qu'ils ne retrouveraient jamais le corps.

– Bon, intervint Eleanor, je crois qu'on ferait tous mieux de se calmer.

Frank se mit à bouder.

– Écoute, dit Smokes. On doit participer à la fête de la

Révolution la semaine prochaine, là-haut. Ça te va comme ça ? J'en profiterai pour aller voir cette fille, d'accord ?

– Je croyais qu'il n'y avait rien de sérieux entre eux… Alors pourquoi t'irais la voir ?

– Il n'y avait rien, Franklin. Tout ce que je te dis, c'est qu'on doit donner un concert à Corinto et que j'irai la voir à ce moment-là.

– Donc tu sais où elle habite ?

– Non Frank, je ne sais pas.

– Eh ben, mon vieux, pour son meilleur ami, tu ne sais pas grand-chose de lui !

– Arrête, Frank, dit Eleanor, on n'a vraiment pas besoin de se disputer.

– Mon dieu, Franklin, reprit Smokes calmement. C'est un gars qui cachait parfois son jeu. Qu'est-ce que tu veux que je te dise ?

Une ravissante jeune femme aux longs cheveux roux apparut sur la place. Elle se fraya un chemin entre les tables métalliques. Elle avait la taille fine et un visage étroit. Elle portait un jean noir, déchiré aux genoux, une chemise à carreaux déboutonnée dont elle avait noué les pans sur son nombril et un soutien-gorge noir. Elle s'approcha de leur table et s'arrêta juste derrière Smokes. Elle regarda Frank et Eleanor, leur fit un clin d'œil et posa un doigt sur ses lèvres.

– *¿Amor?* fit-elle.

Smokes sourit. Il se leva et se tourna vers elle.

– Cherry, ma belle ! Te voilà de retour dans le monde des vivants.

Il la serra dans ses bras et ils s'embrassèrent. Smokes lui mordit le cou, et elle se tortilla quand il lui passa la main dans le dos, sous sa chemise. Frank roula des yeux et se croisa les bras. Eleanor émit une petite toux diplomatique.

– Ma chérie, dit Smokes, voici Frank et Eleanor, les parents de Johnny.

Le visage de Cherry Balducci s'assombrit. Elle serra la main à Frank et à Eleanor, et s'assit à leur table.

– Je suis vraiment désolée de ce qui est arrivé.

– Mais non, dit Smokes en riant. Tu n'es pas au courant, ma vieille, tu ne connais pas les dernières nouvelles !

En entendant le récit de Smokes, Cherry prit un air totalement stupéfait. Elle ne cessait de répéter : « Ce n'est pas possible. Arrête tes bêtises, Smokes. » Elle mit une main sur son cœur et écarquilla les yeux.

– Oh, mon Dieu ! Qu'est-ce que tu essaies de me faire avaler là ?

– Mais non, c'est vrai, insista Smokes avec un petit rire nerveux : en réalité ce n'était pas lui.

Eleanor se mit à rire à son tour, et Smokes se leva d'un bond en hurlant : « Tout baigne ! » Les Allemands d'à côté lui lancèrent un regard noir mais il ne s'en aperçut même pas. Le garçon vint vers lui et lui demanda de se calmer. Smokes se rassit et vida son verre de bière.

– Ce n'était pas lui.

Il rayonnait.

– Évidemment, commenta Cherry, ça ne prouve pas pour autant qu'il est toujours en vie.

Silence. Smokes la regarda.

– Qu'est-ce que vous voulez dire par là ? demanda Frank.

Elle les regarda tous en rougissant.

– Eh bien, c'est juste que… – elle se mit à tortiller entre ses doigts l'ourlet de la nappe : Je veux dire… je ne veux rien dire de particulier, monsieur Little. Nous savons qu'il était du côté de San Juan la nuit où les Contras ont attaqué… la nuit où il a disparu, je veux dire. C'est seulement parce qu'on n'a pas retrouvé le corps…

Frank attrapa la serviette qu'il avait sur les genoux et la jeta sur la table.

– Eh bien, voilà au moins une attitude encourageante !

– Je suis désolée, monsieur Little, murmura Cherry. Je ne voulais pas.

Il secoua la tête et chassa les mouches autour de lui.

– Elle a raison, Frank, dit Eleanor. Elle a raison, tu sais. Je n'avais pas vu les choses sous cet angle.

Smokes claqua des mains.

– Tu sais, je crois qu'on devrait aller voir Nuñez tout de suite. On n'aura qu'à insister, Franklin, aller ensemble voir toute cette bande et distribuer quelques coups de pied au cul. Qu'est-ce que t'en dis mon vieux ?

Frank ne répondit pas.

– Il est probablement en train de se planquer quelque part, Franklin. Il ne se doute même pas du merdier qu'il a provoqué.

Frank ne disait toujours rien. Il avait la bouche grande ouverte et le regard vide, fixé sur la table. Cherry avait l'air ennuyé. Elle se tourna vers Eleanor et lui demanda si elle avait apporté une photo de Johnny. Quand celle-ci répondit qu'elle n'en avait pas, Frank leva la tête pour la regarder.

– Pourquoi aurais-je apporté une photo, Frank ? dit-elle en riant. Mon Dieu, je n'y ai pas pensé…

Il continuait à la dévisager, l'air sévère, sans dire un seul mot.

– Je suis vraiment désolée, monsieur Little, se défendit encore Cherry, je n'ai pas réfléchi.

Frank se leva si brusquement qu'il renversa son verre. Du jus rose goutta à travers la nappe. Il écarta rageusement son siège de la table, attrapa sa sacoche et traversa la place d'un pas rapide, les mains fourrées dans les poches et faisant s'envoler des oiseaux sur son passage. Au bout d'un moment, Smokes soupira, s'extirpa de son siège et partit le rejoindre.

– Je suis vraiment désolée, madame Little.

– Ne t'en fais pas, ma chère. Dis-moi, quand est-ce que tu l'as vu pour la dernière fois ?

– Fin mai, je crois. Il y a un mois. Il m'a dit qu'il avait l'intention d'aller jusqu'à San Juan en moto. Juste pour faire un petit tour. C'est une petite ville près de Corinto. Il est venu me voir juste à la fin du mois de mai.

– Et comment as-tu appris ce qui s'était passé ?

– Le type de Nuñez a appelé Smokes pour lui dire qu'il y avait eu une attaque et qu'on avait retrouvé ce corps. Notre numéro de téléphone était dans le portefeuille du cadavre. Il nous a dit que, d'après le passeport, il s'appelait Johnny Little. Smokes lui a donc conseillé de vous prévenir, Frank et vous.

Cherry semblait au bord des larmes. Elle pinçait les lèvres et battait des cils.

– Je suis tellement confuse, madame Little, je dis toujours ce qu'il ne faut pas.

– Ne t'en fais pas. Dis-moi plutôt si tu as fait bon voyage ? Tu étais rentrée chez toi, c'est cela ?

– Ouais. Ma mère est très malade. Elle a un cancer du poumon. Elle est à l'hôpital à Baton Rouge.

– Oh, ma pauvre ! Et nous qui ne pensons qu'à nos propres soucis.

Cherry mordit le bout de ses ongles rouges, puis regarda Frank et Smokes.

– Dis-moi, Cherry, demanda Eleanor, tu es bien la petite amie de Smokes, n'est-ce pas ?

Cherry approuva d'un air contrarié.

– Il ne veut pas que je le dise, mais enfin je crois bien que c'est ça. – Elle sourit à Eleanor : Il prétend que ce n'est pas une histoire sérieuse, qu'on a juste passé trois cent quarante nuits consécutives ensemble.

– Ah, les hommes ! Ils sont vraiment bizarres, soupira Eleanor. Tu ne trouves pas ?

– Et comment ! Ils sont incroyables.

Elles regardèrent Frank et Smokes debout près de la fontaine. Ils ne se parlaient pas. Smokes essayait de se débarrasser d'un mendiant éméché qui jouait de l'accordéon en titubant sur les marches.

– Est-ce que tu connaissais bien mon fils ? Je veux dire, est-ce que tu le connais ? Je suppose qu'on ne doit pas parler de lui au passé.

– Ouais, je crois. Il faisait partie de l'orchestre, tu sais… il en fait partie. Une fois il m'a tirée d'un sale merdier.

– Ah bon ?

Elle lui sourit de nouveau, d'un beau sourire chaleureux.

– Oh, je te raconterai ça une autre fois. Tu sais, c'est vraiment bizarre, mais tu es son portrait craché.

– Il n'a pas mérité ça, le pauvre diable.

– Non, il est vraiment beau. Mignon, sans blague.

– Tu n'es pas amoureuse de lui ?

– Bien sûr que si ! fit Cherry rayonnante. Au moins à cinquante pour cent. Comme tout le monde. C'est en lui. Il était vraiment craquant… – elle marqua une pause – il est vraiment craquant, je veux dire.

– Est-ce que tu connais sa copine qui vit dans le Nord ?

Cherry alluma une cigarette.

– Vous voulez dire celle qui travaille dans un bar. Non, madame Little, pourquoi ?

Eleanor haussa les épaules.

– Je me demandais.

– Je crois qu'elle s'appelle Eneyda, je n'en suis pas sûre.

Cherry jeta un nouveau regard vers l'autre bout de la place. Frank était toujours près de la fontaine, appuyé au rebord de pierre, comme s'il allait sauter à l'eau d'un moment à l'autre. Smokes lui avait posé la main sur l'épaule. Il lui parlait avec vivacité.

– Seigneur, madame Little, soupira Cherry. Je suis vraiment désolée. J'ai vraiment une grande gueule, pire que le canal de Panamá.

Eleanor lui saisit la main.

– T'inquiète pas. Il vaut mieux s'attendre au pire après tout. Et puis appelle-moi Eleanor, pour l'amour de Dieu. Je me sens vieille quand tu m'appelles madame Little.

– C'est ce que dit toujours Johnny, vaut mieux s'attendre au pire. Comme ça, si des trucs terribles arrivent, on peut les supporter et, dans le cas contraire, on a des points d'avance.

– Et tu sais de qui il tient ça, fit Eleanor en riant et en tournant son regard dans la direction de Frank, le « sens pratique » ?

– C'est exactement le mot, approuva Cherry.

Et elle aussi se mit à rire.

Frank et Smokes revenaient vers la table. Frank avait gardé ses mains dans ses poches, et une cigarette pendait à ses lèvres. Smokes avait l'air plus joyeux, il avait redressé la tête. Il attrapa la main de Frank et la secoua violemment jusqu'à ce que celui-ci arrive à se dégager.

– Je suis vraiment désolée, monsieur Little, répéta Cherry, vous voulez bien me pardonner ?

– T'inquiète pas, mon lapin, c'est juste la chaleur. Ça vous fait péter les plombs.

– Grand Dieu, soupira Eleanor, quel langage !

– Ouais, ouais, tu vois bien ce que je veux dire.

Il se tourna vers Cherry. Elle lui sourit, écartant une mèche de son visage. Il la trouva vraiment très belle, avec cette peau si délicate et sa chevelure extraordinaire, si longue et si rousse. Il lui rendit son sourire et s'assit.

Il toussa.

– Eh ben, fit-il, si j'avais su que ce petit monsieur avait d'aussi jolies petites amies, je serais venu depuis longtemps.

– Oh, est-ce que tu deviendrais sensible au charme du pays ? dit Eleanor.

– Hé, monsieur Little, dit Cherry en riant, vous avez le don pour embobiner les gens.

– Jusqu'à la moelle, fit Eleanor.

Il commençait à se sentir mieux, presque heureux en fait. Il attrapa le pichet, se versa un grand verre de bière qu'il avala en deux gorgées.

8

L'HOMME TRANQUILLE

Frank Little quitta l'école à l'âge de quatorze ans pour un boulot qui consistait à servir le thé au siège d'une compagnie de taxis de Thomas Street. Le bureau était installé au sous-sol d'un vieux bâtiment dix-huitième. Le patron s'appelait Johnny Doyle. Il avait perdu un doigt en combattant pour l'IRA à ses débuts pendant la guerre des Black-and-Tans [1], avant de foncer s'engager dans la marine marchande. Chaque fois qu'un marin mourait en mer, c'était Johnny Doyle qui était chargé d'organiser la cérémonie. Johnny Doyle adorait les paroles du rituel funéraire et il aimait bien les citer à ses chauffeurs quand il était de mauvais poil.

« Non, cette cité ne sera pas éternelle », soupirait-il en hochant la tête d'un air sinistre chaque fois que les affaires allaient mal et qu'il n'y avait pas assez de boulot. Johnny Doyle aimait bien Frank Little. Il lui racontait des histoires sur les gens qu'il avait rencontrés en Afrique. Il lui apprenait à se servir de la radio. Une fois il lui apprit une chanson à propos d'une jeune femme qui s'était enfuie en mer avec une bande de pirates sans foi ni loi.

Well it's of a handsome female, as you may understand
Her mind being bent on rambling to some far distant land

1. Vétérans de la Grande Guerre, recrutés par Londres pour mater les nationalistes irlandais dans les années 20.

She dressed herself in men's attire or so it would appear
And she joined those hairy buccaneers
To serve them for a year[1].

En 1953, juste avant Pâques, Frank se rendit à une surprise-partie chez son cousin Michael Houlihan. Eleanor Hamilton y était. Elle joua du piano et chanta *The Star of the County Down*, *Kevin Barry* et aussi *Glory Oh, Glory Oh, to the Bold Fenian Men*. Après quoi tous les jeunes gens présents eurent envie d'aller lui faire la conversation. Ils lui tournaient autour, racontaient des blagues, proposaient d'aller lui chercher un verre ou un sandwich. Elle était devenue le point de mire général mais elle se moqua d'eux et les traita de gamins, elle qui avait quinze ans.

Quand elle quitta la soirée pour rentrer chez elle, il se précipita derrière elle dans Bride Street et l'apostropha. Elle se retourna, mit les mains sur les hanches. Il lui demanda de l'accompagner au cinéma et, à sa grande surprise, elle accepta. Il regagna la soirée et s'assit dans un coin, tout seul. Il regarda les autres danser le quadrille en pensant à elle. Il ne ferma pas l'œil de la nuit.

Ils allèrent voir *L'Homme tranquille*, avec John Wayne et Maureen O'Hara. Le film avait été tourné en Irlande, et ça, c'était fantastique. C'était bien la première fois qu'un film américain était tourné en Irlande. Un des chauffeurs de Johnny Doyle prétendait qu'il avait chargé un soir John Wayne dans son taxi, devant l'hôtel *Gresham*, avec Hilton Edwards et Micheál Mac Liammoír. Il avait un autographe de John Wayne au dos d'une vieille enveloppe qu'il gardait dans sa boîte à gants pour impressionner les crânes. C'est comme ça qu'on appelait les clients, expliqua Frank, et cela fit rire Eleanor. Il aimait bien la voir rire. Au cinéma, en attendant le début de la séance, il lui parla de tous les gars qui travaillaient au bureau, de James McLoughlin qui

1. « C'était un beau brin de fille courant la prétentaine/Qui rêvait d'aventures et de terres lointaines/Elle s'habilla en homme pour les accompagner/Toute cette bande d'affreux boucaniers/Et les servir toute une année. »

jouait de la guitare et chantait des ballades, d'Oliver O'Connor qui faisait de la course à pied et remportait pratiquement une médaille par semaine. Et elle l'écoutait, attentive, rieuse, en le regardant dans les yeux tandis qu'il parlait. Quand les lumières s'éteignirent et que les actualités commencèrent, il avança doucement la main dans le noir et prit la sienne. Il sentit qu'elle refermait ses doigts sur les siens. Pas une seule fois elle ne détourna son regard de l'écran.

Les actualités annonçaient que vingt-quatre mille personnes avaient quitté l'Irlande au cours de l'année. On voyait des images tremblotantes d'hommes et de femmes sur la jetée de North Wall. Ils faisaient des signes timides en direction de la caméra. Frank ferma les yeux et essaya d'imaginer à quoi pouvait bien ressembler une foule de vingt-quatre mille personnes.

Après le film ils allèrent au bar de Johnny Rea boire un café et manger des glaces. Ils s'assirent à une table près de la vitrine et parlèrent de *L'Homme tranquille*. A un moment, après le mariage de Sean Thornton et de Mary Kate Danagher, il y a une scène où les voisins, un peu gênés, doivent apporter un grand lit double dans leur cottage. Frank trouvait ça drôle, mais elle se mit à rougir et elle lui demanda de se taire.

Des gamins du quartier entrèrent dans le café. Quand ils virent Frank et Eleanor ils commencèrent à siffler et à se moquer. Ils lancèrent des romances sentimentales sur le juke-box. Ils firent claquer des baisers. Ils gloussaient et ricanaient. Mais Frank s'en fichait complètement. Il était absolument ravi que ses copains l'aient vu en compagnie d'Eleanor.

Il la raccompagna à pied jusque chez elle, à Drimnagh. Tout au long du chemin elle lui parla de sa famille. Elle avait quatre frères et deux sœurs. Son père travaillait à la brasserie Guinness, sa mère était de Galway. Chaque fois qu'il y avait un silence entre eux elle se remettait à parler de sa famille. Un de ses frères devait aller à Chicago. Ses sœurs travaillaient à la fabrique de sacs à main de Wicklow Street. Elle avait un oncle dans la garde républicaine. Elle avait une cousine qui avait gagné une fois le deuxième prix dans un concours de beauté.

– Toi, tu aurais eu le premier.

– Tais-toi, dit-elle en riant, sûrement pas.

Arrivé devant chez elle, il lui demanda s'il pouvait la revoir. Elle lui sourit et lui répondit que oui, ce serait une bonne idée.

9

CAPITAINE NUÑEZ

Assis dans le hall du Ministerio del Interior, ils lisaient les vieux numéros du *Time* et de la *Revista cultural* empilés sur les tables, en attendant que l'ordonnance de Nuñez sorte de sa réunion. Il avait près d'une heure de retard et, quand finalement il sortit en coup de vent et traversa le hall, il avait l'air d'écumer de chaleur et de colère.

Cherry se leva d'un bond et fonça sur lui. Ils échangèrent quelques mots en espagnol et l'ordonnance se mit à hurler. C'était un petit gros, complètement chauve ; il entra dans une telle fureur que la sueur sur son crâne semblait fumer. On aurait dit que sa tête en forme de douille d'obus produisait de la vapeur. Il se passa une main dans le col de sa chemise en grommelant et en soufflant, le visage pourpre de rage.

– Il dit que le toubib l'a appelé, leur expliqua Cherry. Il dit qu'on se fout de sa gueule, il affirme qu'il n'y est pour rien.

– Sale petit con, marmonna Frank. Dis-lui, à ce petit branleur, qu'on va le faire expédier en Sibérie.

– Surtout pas, intervint Smokes.

Il se leva, se dirigea vers le bureau et se mit à parler à l'ordonnance d'un ton calme et apaisant. L'ordonnance ricana. Il se mit une main entre les jambes et s'agrippa les couilles, en faisant de l'autre main le geste de les broyer.

– *Me cago en la madre que le parió*, ricana-t-il.

Smokes se retourna en rougissant.

– J'ai comme l'impression qu'il n'est pas de très bonne humeur aujourd'hui.

– Qu'est-ce qu'il vient de dire ? s'inquiéta Frank.

Smokes regarda dans la direction d'Eleanor.

– Je t'expliquerai plus tard, Franklin. C'est juste une de leurs expressions familières.

Le hall derrière eux se remplit soudain d'une activité fébrile. Quand ils se retournèrent, ils virent un homme grand et mince, en uniforme de capitaine, traverser à grands pas le hall carrelé de blanc. Il tenait une mallette à la main. Un jeune soldat l'escortait, le fusil à l'épaule, un homme courait derrière lui en agitant un calepin et en criant : «*Oh, bueno. Por favor, un momento de su tiempo.*» Frank le reconnut, c'était Hollis Clarke du *Washington Times*.

Le capitaine s'arrêta brusquement. Il pivota sur ses talons pour faire face à Clarke et se mit à parler en comptant sur ses longs doigts les points qu'il énumérait. Clarke écoutait intensément en griffonnant des notes.

– Vas-y Smokes, dit Cherry d'un ton pressant.

– Je ne peux pas, chuchota Smokes, tu vois bien qu'il est occupé.

– Tu parles. Il bavarde avec Hollis. Tu veux que j'y aille moi-même ?

Smokes se leva et s'avança vers le groupe. L'homme de garde lui hurla quelque chose mais Smokes n'en tint pas compte. Il attrapa alors un téléphone, composa rapidement un numéro et raccrocha d'un coup sec en crachant.

– *Que le den por el culo.*

– Qui est-ce ? demanda Eleanor.

– C'est Nuñez, dit Cherry, le gars que vous devez voir.

Smokes parlait maintenant à Nuñez, qui hochait la tête d'un air agacé, la mine grave, faisant comme si Hollis Clarke n'était pas là. Smokes recula d'un pas et montra du doigt Frank et Eleanor. Nuñez l'écoutait d'un air particulièrement renfrogné. Clarke soupira et rangea son calepin. Nuñez regarda sa montre, puis il croisa ses mains derrière son dos et se remit à parler à Clarke d'un ton autoritaire, pendant que Smokes se dépêchait de rejoindre ses amis.

– Franklin, Eleanor, dépêchez-vous, leur dit-il en leur faisant signe de venir. Nuñez va vous recevoir. Cherry, tu nous attends ici, d'accord ?

– Si seulement il pouvait cesser de m'appeler comme ça, soupira Frank.

– Ils traversèrent le hall avec Smokes. De près Nuñez paraissait plus jeune, trente ans au maximum. Il avait les yeux marron foncé et une petite moustache. Il parlait à Hollis Clarke sur un ton très désagréable.

– Eleanor, Frank, l'interrompit Smokes, voici le capitaine Nuñez. *Compañero, le quiero presentar dos amigos irlandeses.*

La poignée de main de Nuñez était ferme et chaleureuse.

– *Mucho gusto*, fit-il en s'inclinant légèrement.

Clarke reconnut Frank. Ils se serrèrent la main, et Frank le présenta à Eleanor. Nuñez toussota en tapotant le cadran de sa montre.

– *Vámonos*, dit-il sèchement en montrant du doigt l'étage supérieur.

L'ordonnance rabattit une tablette, et ils passèrent de l'autre côté du bureau, puis franchirent un portique pour être soumis aux rayons X. Une femme en uniforme les ausculta de la tête aux pieds à l'aide d'un détecteur électronique. Elle prit le sac à main d'Eleanor et la sacoche de Frank, les fourra dans des boîtes en carton et leur expliqua qu'ils les récupéreraient en sortant.

Ils pénétrèrent dans une grande salle pleine d'armoires de classement et de casiers en bois. Des pièces métalliques d'une quelconque machine étaient éparpillées au sol et un jeune soldat s'efforçait de les assembler en s'aidant d'un manuel. Nuñez l'interpella sèchement, le soldat se releva d'un air las et se mit au garde-à-vous.

Il y avait deux ascenseurs dans la pièce. Le soldat les mena à celui de droite. Il appuya sur le bouton à plusieurs reprises mais la porte refusa de s'ouvrir. Au bout d'un moment Nuñez dit sèchement quelque chose et ils se dirigèrent vers l'autre ascenseur. Le soldat s'effaça pour les laisser entrer.

Les portes se refermèrent en grinçant. L'ascenseur s'ébranla, puis se bloqua brusquement entre deux étages avec un hoquet sinistre. Nuñez fit claquer sa langue et se balança d'avant en arrière sur ses talons. L'ascenseur trembla et se remit en marche.

Frank sentit brusquement son estomac gargouiller. Il se tint le ventre et rota discrètement. Le soldat ricana.

– Frank Little, dit Eleanor dans un souffle. Pour l'amour de Dieu.

– Oui, eh bien, je n'y peux rien, murmura-t-il, c'est à cause des saloperies qu'on bouffe ici.

Nuñez se tourna vers lui.

– Vous avez raison, señor Little, dit-il vivement. La nourriture et l'eau ne sont pas très bonnes. Très mauvaises pour l'estomac. Nous appelons cela la vengeance du Général.

La sentinelle ricana de nouveau.

– Vous parlez anglais ? s'étonna Frank.

Nuñez leva les mains :

– *Sólo un poco*, rien qu'un peu.

– Le capitaine Nuñez est trop modeste, protesta Smokes, le capitaine Nuñez écrit des vers en anglais.

Nuñez hocha la tête.

– Je m'y essaie seulement quand j'ai quelques loisirs. Le comandante Borge, lui, est un magnifique poète.

L'ascenseur se cabra de nouveau. Nuñez grogna de nouveau. Pendant une minute tout le monde garda le silence. Puis le câble se remit à descendre en grinçant et en gémissant, et la cabine reprit sa montée.

Nuñez leva brusquement un doigt et déclama :

– Je lui dédierai un jour un poème, froid et passionné comme le petit matin.

– Pardon ? dit Frank en le regardant, éberlué.

– William Yeats, conclut Nuñez. Un des plus grands écrivains irlandais, non ?

– Oh, parfaitement. Il figure sur nos billets de vingt livres.

– Nous aussi, nous avons de très grands écrivains. Avez-vous entendu parler de Rubén Darío ?

– Je dois avouer que non.

Nuñez pinça les lèvres et hocha la tête.

– *Bueno*. Rubén Darío est un des auteurs préférés de notre

peuple. Et aussi du comandante Borge, mon supérieur. Le compañero comandante est un très grand amateur de poésie.

– C'est bien, approuva Frank.

– Oui, opina Nuñez, c'est bien. *¿Verdad?*

Le bureau de Nuñez était minuscule et minable, il donnait sur la ville en ruine, juste sur le Barrio Monterrey et sur la toiture de la cathédrale à moitié effondrée. Au loin, le soleil dessinait des reflets dorés sur le lac Managua et d'épaisses volutes de brouillard s'enroulaient autour du sommet des volcans.

Le bureau contenait quatre armoires de rangement, quelques chaises en bois, une table longue et étroite ainsi qu'un grand bureau de bois, éraflé et bancal. Un gros livre servait de cale sous le pied le plus court. Une grande carte du Nicaragua était dépliée sur la table, piquée de petits drapeaux. Il y en avait des rouge et noir, d'autres verts ou bleus. Il y avait une bicyclette appuyée contre une des armoires, elle avait l'air bizarre et déplacée.

Le mur du fond était entièrement recouvert de crucifix. Il y en avait beaucoup de très voyants aux couleurs criardes en verre teinté serti de pierres de couleur. Des christs naïfs semblaient contempler le bureau du haut du mur, souriant comme des enfants, les paumes ouvertes d'où rayonnaient des traits de lumière. Il y avait des christs en croix qui portaient des manteaux d'hermine d'empereurs et de rois. Il y avait même des christs femmes, des christs noirs et des jaunes aux yeux bridés. Certains étaient cassés et abîmés, il leur manquait un membre ou bien la tête, il ne restait parfois que le corps tordu dans l'agonie fait d'un morceau de chêne noir à moitié calciné. Il y avait des icônes russes bleu et rouge. Une croix abstraite de métal blanc cerclée de noir côtoyait un Christ en jean et T-shirt qui avait des seringues plantées dans les mains et dans les pieds.

– Vous devez être très pratiquant, capitaine, observa Eleanor. Vous devez passer votre vie à genoux.

Il secoua la tête.

– Je ne suis pas croyant. Ce sont pour moi des objets de collection. Ma première femme les aimait beaucoup. C'était une véritable « connaisseuse » comme vous dites dans votre langue.

– Ils sont très beaux.

– Oui c'est vrai. Le compañero ministre de la Culture, le père Cardenal, espère vivement qu'ils finiront par me convertir, mais j'en doute.

– Un jour peut-être, qui sait, sourit-elle.

– Non, sûrement pas.

Nuñez s'assit à son bureau. Ses mouvements étaient précis. Il déboutonna sa veste, défit la boucle de son étui et posa délicatement son pistolet sur un livre. Le soldat s'assit près de la porte et alluma une cigarette. Nuñez lui dit quelque chose et le soldat écrasa sa cigarette par terre.

– Je vous écoute, dit Nuñez, je n'ai pas beaucoup de temps.

Il écouta patiemment Frank et Eleanor raconter leur histoire, sans rien laisser paraître jusqu'à ce qu'ils en arrivent à l'épisode de la morgue.

– *Santa María*, murmura-t-il – mais pas un muscle de son visage ne bougea.

Au bout d'un moment, il se mit à prendre des notes. Il écrivait très vite, traçant de grandes lettres noires sans lever la main de son calepin. Il comprit immédiatement certains détails et s'en fit répéter d'autres.

Quand ils eurent terminé il croisa les doigts et les regarda en face.

– Mais votre fils, dit-il posément, n'avait pas l'autorisation de pénétrer dans la zone des combats.

– Ça, je n'en sais rien, dit Frank, lançant un coup d'œil rapide à Smokes. Je ne pourrais pas dire.

Nuñez tapota son bureau de la pointe de son stylo et dévisagea Frank. Il resta silencieux. La climatisation chuintait. Il reposa son stylo et soupira.

– Señor, si vous me faites perdre mon temps je ne peux rien pour vous. Votre fils n'avait aucun droit de se trouver dans cette zone. Êtes-vous d'accord là-dessus ?

– Oui, oui, je ne discute pas.

– C'est grave. Est-ce que vous en saisissez toute la gravité ?

– Oui, capitaine, nous en sommes conscients.

– *Bueno*. C'est un point capital. Votre fils a enfreint la loi, c'est vraiment très grave. Si j'allais en Irlande et que j'enfreigne vos lois, est-ce que ce serait grave ?

– Oui.

– Oui, señor, c'est ce que je pense aussi.

Nuñez marmonna. Il se pencha à son bureau et prit des notes. Il leur demanda encore quelques précisions, se leva pour consulter la carte étalée sur la table, puis il regagna son bureau, ouvrit un tiroir et en sortit un livre. Il se mouilla l'index, feuilleta le livre, revint à la page de garde, sur laquelle il inscrivit quelque chose.

Il retraversa la pièce, posa ses mains sur la table en étudiant attentivement la carte. Il déplaça quelques petits drapeaux. Il avait l'air de se parler à lui-même. Il jeta un coup d'œil à sa montre, retourna s'asseoir à son bureau et passa encore cinq minutes à griffonner en consultant le livre de temps à autre.

– Qu'est-ce que vous pensez de notre pays ? leur demanda-t-il à brûle-pourpoint.

– Oh, on l'aime beaucoup. On le trouve très pédagogique. T'es d'accord, Eleanor ?

– On y meurt de chaud, dit-elle.

Nuñez approuva.

– *Sí*. Même nous, nous trouvons qu'il fait trop chaud en ce moment. C'est mauvais pour les récoltes.

– Et puis rien ne marche, poursuivit-elle, je ne plaisante pas mais tout a l'air détraqué.

– Oui, c'est en effet un problème depuis ce blocus économique contre-révolutionnaire.

Frank toussota nerveusement.

– Mais enfin, les gens, Eleanor, il faut reconnaître qu'ils sont terriblement gentils, malgré tout.

– Il peut arriver que notre peuple se méfie un peu des étrangers.

– Bah, on ne peut pas leur en vouloir, commenta Eleanor. Les étrangers n'ont pas été particulièrement tendres avec eux ces dernières années.

– Dans le passé, oui. Mais maintenant le peuple prend son destin en main avec l'aide des structures révolutionnaires et des organisations de masse.

– Et puis maintenant, ajouta Smokes, il y a beaucoup d'étrangers qui viennent apporter leur aide, n'est-ce pas, capitaine ? Ils viennent aider la révolution.

Nuñez le regarda froidement :

– Vous croyez ?

– Eh bien oui, des gens comme Johnny par exemple.

– *Sí*, approuva Nuñez. Vous croyez que votre ami participe à notre révolution, compañero. Vous pensez que ça nous aide qu'il soit venu ici enfreindre nos lois ? Vous pensez que nos lois ne servent à rien peut-être ? Vous pensez qu'on ne les édicte que pour s'amuser ?

Smokes baissa la tête et garda le silence.

– Notre peuple a déjà reçu ce genre de soutien par le passé. Il y a beaucoup de gringos qui sont venus ici et qui n'ont pas respecté nos lois. Ce n'est vraiment pas le genre d'aide dont notre peuple a besoin.

La porte s'ouvrit. Une jeune femme apporta du café. Le soldat s'approcha du bureau et remplit les tasses. Il fit passer à Frank et Eleanor une assiette de gâteaux qui leur parurent particulièrement secs. Nuñez ne toucha pas à son café. Assis, les bras croisés, il regardait les autres. Brusquement il déclara :

– Nous ne sommes jamais allés dans votre pays. Mais le compañero comandante Borge se rendra en visite officielle auprès de votre Premier ministre Fitzgerald cet hiver, et nous sommes tous très jaloux. – Il marqua une pause : On en est verts *¿ Verdad?* verts de jalousie.

Frank et Eleanor eurent un rire poli. Le silence retomba. Nuñez se leva et s'approcha de la fenêtre. Il contempla Managua pendant un temps qui leur sembla interminable.

Eleanor et Frank se jetèrent un coup d'œil. Elle indiqua la porte d'un mouvement de la tête.

– Bon, capitaine, je suis sûr que vous allez faire tout ce qui est en votre pouvoir pour nous aider.

Nuñez hocha la tête sans même se retourner.

– *Claro*, mais je ne vous promets rien, señor.

Il avait posé sa main sur la vitre, il la retira, puis examina l'empreinte. Il recommença plusieurs fois, enfin il sortit lentement un mouchoir de sa poche et essuya le carreau.

– Nous admirons vraiment ce que vous êtes en train d'accomplir ici. Notre fils nous en parlait beaucoup, chaque fois qu'il écrivait.

– Le pays traverse une période difficile, observa Nuñez, toujours tourné vers la fenêtre. Le peuple souffre. C'est un vrai supplice pour nous tous et particulièrement pour le comandante. Le comandante aime vraiment son peuple.

– J'ai écrit à mon député pour lui demander d'intervenir.

Nuñez se rassit à son bureau et but un peu de café.

– C'est très bien. La solidarité des pays non alignés est un bien inappréciable pour notre peuple.

– Ces Américains, railla Frank, ils pensent que le monde leur appartient. J'en rencontre pas mal dans mon boulot. Des grandes gueules. Les Bêtas-Unis, quoi ! Ils pensent que vous devez être à leurs pieds.

– Nous n'avons rien contre le peuple nord-américain. Nous avons même de bons amis là-bas. Il y aura même demain une manifestation à Washington. Pour le 4 Juillet. Le fameux acteur Martin Sheen prendra la parole.

Frank répondit au bout d'un moment.

– Vous avez raison, mais ce Reagan, pour qui est-ce qu'il se prend, cet abruti ?

– Est-ce bien le moment ? fit rapidement Smokes. On ferait mieux d'y aller.

Nuñez baissa les yeux.

– Vous logez où ?

– *El Dorado*. C'est un petit hôtel. Vous ne devez pas connaître.

Nuñez prit un stylo dans sa poche et s'en servit pour remuer son café.

– Vous allez vous installer à l'*Imperial*. Ce sera beaucoup plus agréable pour votre femme. Ils ont l'air conditionné.

– C'est un peu au-dessus de nos moyens, objecta Eleanor en riant.

– Ce n'est pas réellement le problème, ajouta Frank, mais ils sont complets. A cause d'un congrès.

Nuñez secoua la tête :

– Si le comandante le veut, ils trouveront de la place et, pardonnez-moi, señora, mais vous serez nos hôtes, bien entendu.

– Oh, fit-elle, il vous appartient maintenant ?

Nuñez pinça les lèvres.

– Il appartient désormais au peuple. Le peuple a besoin de devises fortes.

– Non, on ne peut pas, maintint Frank fermement. On est bien où on est.

– Señor Little, le comandante Borge souhaite que vous soyez correctement installés. Je suppose que vous ne voudriez pas déplaire au comandante Borge ?

Eleanor échangea un regard avec Frank. Il hocha la tête.

– Ce *serait* bien, Frank, c'est un endroit très agréable et tu dormirais mieux avec l'air conditionné. – Elle se tourna vers Nuñez : C'est difficile de trouver le sommeil. Frank souffre de la chaleur.

– Eleanor, s'il te plaît, le capitaine Nuñez a autre chose à faire.

– Compañero, fit Nuñez en s'adressant à Smokes, emmenez nos invités à l'*Imperial*.

– Pas de problème, camarade.

Nuñez nota encore quelque chose.

– Je vais leur passer un coup de téléphone. Vous serez vraiment mieux installés.

– Eh bien, merci, capitaine, dit Frank, votre générosité nous gêne.

– Le peuple nicaraguayen est réputé pour sa générosité.

Il se leva, leur tourna le dos, alluma une cigarette, prit son téléphone et composa un numéro. Il parla un bon moment d'une voix posée et, après avoir raccroché, inscrivit quelques mots sur son calepin avant de se retourner vers eux.

– Tout est arrangé. Je viens de parler au comandante. Il m'a chargé de vous transmettre ses salutations. Il m'a demandé de prendre les choses en main.

– Capitaine, se permit Eleanor, est-ce que vous pensez qu'on pourrait rencontrer le comandante ? pour lui expliquer les choses personnellement ?

Nuñez eut l'air abasourdi.

– C'est impossible. Le comandante Borge est très occupé. Je le tiendrai informé des développements ultérieurs.

– Il est sûrement très occupé, Eleanor. Le capitaine fera tout son possible.

– Oh, je n'en doute pas.

Nuñez la regarda en écrasant sa cigarette.

– Je suis comme un de vos saints, señora. J'ai le pouvoir d'intercéder auprès de plus puissant que moi.

Frank eut un rire forcé.

– Ce cher petit, je vais lui tanner le cuir à ce petit fouteur de merde.

Nuñez le dévisagea :

– Qu'est-ce que vous voulez dire, s'il vous plaît ?

– Lui tanner le cuir, expliqua Frank : je vais lui dire ma façon de penser.

Nuñez consulta sa montre.

– Les jeunes gens commettent des erreurs, c'est de leur âge.

– Là, vous n'avez pas tort. Ils se montent la tête.

– Quant aux vieux, señor, il leur arrive aussi parfois de se monter la tête. *¿ Verdad?*

Frank le regarda ne sachant trop quoi répondre.

– Je pense que oui, parfois.

– *Bueno.* Maintenant, je dois y aller. Nous avons une réunion urgente du comité de l'agriculture.

Il se leva, coiffa sa casquette. Le soldat se mit au garde-à-vous. Nuñez fouilla dans les papiers étalés sur le bureau.

– Hé, capitaine, ricana sottement Smokes, je parie que vous n'auriez jamais pensé vous retrouver dans des réunions emmerdantes sur la récolte du café ? Je veux dire, quand vous combattiez dans la montagne.

Nuñez leva les yeux, son expression était impassible. Smokes se mit à bégayer.

– Je voulais juste dire, vous savez, que vous devez parfois regretter de ne plus être là-bas. Enfin, dans les montagnes.

Nuñez se replongea dans ses papiers. Quand il eut fini de les trier, il prit une cigarette et l'alluma. Il aspira une longue bouffée, souffla la fumée et pointa sa cigarette vers Smokes.

– Compañero, si tu étais un vrai révolutionnaire, tu saurais à quel point ce que tu dis là est faux.

– Bon, je crois qu'on va y aller, suggéra Eleanor.

– C'est pas ce que je voulais dire, fit Smokes. J'étais juste en train de penser, camarade.

Nuñez hocha la tête.

– Et tu me feras profiter une autre fois du fruit de tes réflexions. En attendant, pour reprendre ton expression, je dois aller à cette réunion emmerdante sur la récolte du café. Une réunion très emmerdante sur la survie économique de notre révolution.

– J'ai compris. C'est pas ce que je voulais dire.

Nuñez fit un geste en direction de la sortie, le soldat ouvrit la porte. Smokes jeta un coup d'œil à Eleanor. Frank s'approcha de Nuñez et lui tendit la main.

– Ravi de vous avoir rencontré, capitaine.

Ils échangèrent une poignée de main rapide.

– Merci. Il faut que vous partiez maintenant. Nous sommes très occupés.

Ils suivirent le couloir jusqu'à l'ascenseur.

– Frank Little, dit Eleanor. Tu n'as pas honte de raconter de tels mensonges, dire que tu as écrit à ton député ?

– Oh toi, la ferme ! Et qu'est-ce que t'en sais que je l'ai pas fait ?

– Je te connais suffisamment. Si on te laissait faire tu ferais passer la nuit pour le jour.

Elle releva la tête, fila en avant et monta dans l'ascenseur.

Frank se tourna vers Smokes :

– T'as vu comment il t'a remis à ta place ?

Smokes lui lança un regard mauvais.

– Va te faire foutre, Frank, d'accord ?

Devant l'*Imperial*, trois clowns juchés sur des échasses faisaient le tour du parking en dansant. Une meute de photographes les suivait en les mitraillant de leurs flashes. Ils se balançaient de droite à gauche avec des hurlements et des cris de joie, et manquaient de tomber à chaque instant.

La porte automatique s'ouvrit dans un glissement silencieux devant Frank et Eleanor. Le hall bruissait d'animation. Des valises étaient entassées près de la réception et des porteurs en uniforme les chargeaient dans les ascenseurs. Le hall était entièrement décoré de reproductions encadrées de toiles célèbres. Une grande tapisserie représentant *Le Cavalier au sourire*[1] était accrochée derrière le comptoir de la réception. Les colonnes du hall, en plâtre blanc, avaient la forme de femmes nues, les mains levées au-dessus de la tête façon cariatides. Des fauteuils recouverts de housses dorées et de profonds canapés cossus étaient disposés autour de tables basses. Sur chacune était posée une coupe de fruits dans laquelle était piqué un petit drapeau rouge et noir. Des flots de musique d'ambiance dégoulinaient dans tout l'hôtel. Le moindre recoin abritait une plante verte, et on entendait le gargouillement de fontaines d'intérieur. Au milieu de la plus grande trônait un énorme cygne doré qui crachait de l'eau par le bec. Un homme se tenait sur la pointe des pieds, penché sur le bassin ; il faisait reluire l'aile du cygne du revers de sa manche. C'était le directeur.

Un petit bonhomme tiré à quatre épingles portant un nœud papillon bleu à pois blancs et un costume noir d'où dépassaient les manchettes blanches de sa chemise. Il avait les cheveux lisses, bien peignés en arrière et gominés. Il se présenta et leur serra la main.

Eleanor balaya le hall du regard et soupira.

– Quel bel endroit ! Est-ce qu'il y a toujours autant de monde ?

– Oh oui, madame, nous avons la conférence sur le désarmement des chefs d'État socialistes. C'est pour ça qu'il y a tant d'hommes armés dans l'hôtel.

Eleanor rit un peu sottement ne sachant pas si c'était une plaisanterie. Mais le directeur n'avait pas l'air trop content. Un des clowns passa à côté d'eux tenant par la main un singe miteux. L'animal portait un chapeau haut de forme bordé de la bannière étoilée.

– Et puis le Cirque national, poursuivit le directeur. Nous avons aussi le privilège d'héberger le Cirque national d'Union soviétique. Pendant une semaine.

Eleanor regarda le singe traverser le hall en sautillant, sa main calleuse balayant derrière lui l'épais tapis noir.

Elle trouva que ce n'était pas très hygiénique d'autoriser la présence d'animaux sauvages à l'intérieur de l'hôtel, mais elle préféra ne rien dire.

1. Tableau de Frans Hals.

Le directeur leur annonça qu'il allait leur donner les meilleures chambres. Il claqua des doigts, et un porteur en uniforme blanc accourut.

– Vous êtes au vingt-cinquième étage, leur dit-il rayonnant, dans la suite. – Il se pencha pour leur murmurer à l'oreille : Le señor Howard Hugues y a couché, autrefois. C'était un grand ami du Général.

– Du Général ? fit Frank.

Le directeur fit un signe de tête.

– Le Général.

Son visage prit une profondeur insondable.

– Merci pour tout, dit Eleanor.

Le directeur s'inclina.

– *De nada* – et la regardant droit dans les yeux : Tout ami de la révolution est reçu ici en ami.

La chambre gigantesque était lumineuse et fraîche. Elle sentait les fleurs coupées et les draps propres. Des tableaux représentant des volcans et des lacs étaient accrochés aux murs. Il y avait un lit à baldaquin avec un dais écarlate. La chambre donnait sur un luxueux salon meublé d'un canapé et de deux fauteuils capitonnés. La tapisserie était rouge et soyeuse. Le lustre était en cristal. Il y avait un poste de télévision et une énorme chaîne stéréo. A côté du salon se trouvait une petite cuisine pleine d'ustensiles bien astiqués. La salle de bains regorgeait de serviettes blanches moelleuses, de savons parfumés, de shampoings dans des flacons en plastique. Au milieu, à même le sol, il y avait un jacuzzi de marbre noir.

– Oh, Frank ! je me sens coupable d'être là. Et regarde un peu la vue qu'on a !

– Oui, formidable. Tu vas te remettre d'aplomb ici.

Eleanor déclara qu'elle allait prendre une douche et qu'elle le retrouverait au bar.

– C'est ça. Pendant ce temps-là je vais m'occuper de ma chambre et m'installer.

Les ennuis commencèrent quand il demanda où était sa chambre. Le garçon d'étage semblait très embarrassé. Il n'avait pas l'air de comprendre ce que disait Frank.

– Ma chambre, insista-t-il. Où est ma chambre ?

Le garçon regarda autour de lui.

– *¿Aquí?* C'est ici votre chambre, monsieur.

– Mais non. – Frank réfléchit un instant : C'est la chambre de ma femme.

Le garçon sourit et hocha la tête.

– Tu comprends ? *¿Muchacha?*

–*¿Muchacha? ¿Una mujer?*

Frank esquissa dans les airs le contour d'un sablier.

– Ça, c'est la chambre de la *señorita*, cria-t-il. Et où est ma chambre ?

– *Ah sí* – le garçon fit un large sourire. Il s'approcha de Frank et murmura : Cinquante dollars, señor.

– Quoi ?

– Vous voulez faire monter une fille ? C'est cinquante dollars.

– Mais non, non, fit Frank sèchement. Ma chambre, je veux ma chambre.

– Mais c'est celle-ci votre chambre, señor.

– Non, écoute, dit-il en élevant la voix et en parlant plus lentement. Ma chambre, où est ma chambre ?

– Mais ici, señor !

– Non. Écoute, petit, tu m'écoutes, d'accord ?

– *Sí. ¿ Qué quiere, señor?*

Frank regarda le garçon d'un air découragé.

– Oh, tire-toi, va-t'en, décampe, bon à rien.

Le garçon haussa les épaules et sortit. Frank se jeta sur le téléphone posé sur la table de nuit et appela le directeur. Il devait y avoir un malentendu. Sa femme et lui souhaitaient des chambres séparées. Le directeur s'excusa mais il ne pouvait rien faire. Toutes les chambres étaient prises et l'hôtel était complet. Et c'est uniquement parce que le ministre yougoslave de l'Éducation avait dû être hospitalisé à cause d'une grave intoxication alimentaire qu'ils avaient pu avoir cette suite.

Eleanor sortit de la salle de bains en peignoir, ses cheveux mouillés s'égouttaient sur ses épaules.

– Qu'est-ce qui se passe, Frank ?

Il s'assit sur le lit.

– Tu ne vas pas me croire. Ces putains de bons à rien de gratte-papier nous ont mis tous les deux dans la même chambre. Il va falloir que je téléphone moi-même à ce Nuñez, s'ils n'arrivent pas à régler le problème.

– Frank, pour l'amour du ciel, n'en fais pas toute une histoire !

– C'est moi qui te le dis, je vais l'appeler moi-même, ce mec-là, et il va voir à qui il a affaire.

Elle s'essuya les yeux.

– Tu prends la chambre, et moi le canapé qui est ici.

Il fit non de la tête.

– Ce n'est pas ça qu'il faut faire.

– Frank, pour l'amour de Dieu, peux-tu m'expliquer la différence ?

Il se leva et s'approcha de la fenêtre, regarda les montagnes dans le lointain. Elles étaient hautes et teintées de rose par le soleil. Les forêts et les prés y dessinaient des taches vertes.

– C'est ridicule. Je suppose que ça t'embête à cause de Veronica ?

– Bien sûr que non. Sois pas stupide.

– Tu sais, je ne vais pas te sauter dessus au beau milieu de la nuit, Frank. Tu n'as pas besoin de t'inquiéter.

Son visage s'empourpra :

– Eleanor, pour l'amour de Dieu !

Elle entra dans la chambre, débrancha le sèche-cheveux, puis resta un moment à le regarder.

– J'essaie d'être pratique, Frank. Je pensais que tu comprendrais.

Il regardait toujours par la fenêtre. Deux clowns titubaient et dansaient encore sur leurs échasses.

– Parfait. Je ne vais pas te chasser de ton lit. Je prendrai le canapé.

– D'accord. Arrêtons ces enfantillages.

Elle prit son sac à main sur la table de chevet et disparut dans la salle de bains.

10

PREMIERS ÉMOIS

Après avoir été trois fois au cinéma avec elle, Frank Little se prit à rêver d'Eleanor Hamilton. Ses éclats de rire lui résonnaient aux oreilles, le réveillant toutes les nuits et le laissant fiévreux, inquiet. Au travail il ne cessait de penser à elle. Il était dans tous ses états, éperdu de désir. Il avait seize ans et il était amoureux.

Il cessa de la voir pendant quelque temps parce qu'elle l'avait plongé dans un état de déliquescence quasi totale. Il lut un livre sur l'art de parler aux filles. Il dévora les magazines de sa sœur. Johnny Doyle lui expliqua que les femmes étaient les créatures les plus étranges qu'il ait rencontrées dans l'univers, ajoutant qu'avec une femme on ne pouvait jamais savoir à quoi s'en tenir. Certains chauffeurs disaient qu'il fallait faire certains trucs pour s'attacher les femmes. Ça les faisait mourir de rire mais Frank ne comprenait pas pourquoi. Un jour il demanda conseil à sa mère.

– Essaie de t'intéresser à elle, c'est ce qu'a fait ton père. Il m'a posé des questions. C'est difficile de ne pas tomber amoureux de quelqu'un qui n'arrête pas de t'interroger. Tu n'as qu'à être toi-même et lui montrer un peu de considération.

– Les mecs au boulot, ils disent qu'il faut faire comme si on s'en foutait.

– Fais pas attention à ces pauvres types. Il n'y en a pas un seul si sa vie en dépendait qui saurait comment s'y prendre avec une femme. Tout ce que veulent les filles, Frank, c'est un peu de tendresse. T'occupe pas de ce que racontent les autres.

– Mais, maman, elle n'arrête pas de parler des acteurs de cinéma. Elle n'arrête pas de me dire à quel point ils sont merveilleux.

Sa mère éclata de rire.

– Et alors, qu'est-ce qu'il y a de mal à ce qu'une fille dise ça ? Tu ferais mieux de te faire valoir un peu plus. Tu es vraiment loin d'être le plus laid, mais tu ne fais pas assez d'efforts. C'est peut-être ce qu'elle essaie de te faire comprendre.

Il s'acheta un costume d'occasion et deux cravates. Il la revit encore plusieurs fois, ils allèrent voir des films de Cary Grant et Spencer Tracy. Cette année-là elle quitta l'école et trouva un emploi chez Harry Gaffney, la fabrique de maroquinerie où ses sœurs travaillaient déjà. Il cessa de nouveau de la voir mais il ne pouvait s'empêcher de penser à elle malgré tous ses efforts.

Un jour de novembre 1953, alors qu'il ne l'avait pas vue depuis près d'un mois, il poireauta devant la fabrique jusqu'à l'heure de la sortie. Il la héla, lui fit signe de la main devant la boutique où il l'attendait. Elle murmura quelque chose à l'oreille des ses amies, qui s'éloignèrent en riant tandis qu'elle traversait la rue en courant. Elle lui souriait.

– Salut étranger, je vous croyais mort.

– Non, seulement débordé.

– Oh, débordé ? et débordé par quoi ?

– Le travail, simplement. On a parfois beaucoup à faire.

– Oh, mon pauvre.

Ils allèrent prendre un café chez *Bewley's* dans Grafton Street. Elle lui raconta qu'elle accompagnait au piano un professeur qui donnait des cours de danse dans Harold's Cross. Elle aimait aussi beaucoup son travail à la fabrique. Il y avait des filles très gentilles. Il s'efforça de se souvenir des questions qu'il avait préparées, et lui en posa le plus possible. Elle lui dit qu'elle devait rentrer. Dehors, dans la rue animée, des gens empressés faisaient leurs achats ; une chorale chantait des airs de Noël.

– Bon, eh bien, je suppose que je vous reverrai dans dix ans, vous qui êtes si débordé.

– Il y a des types au boulot qui ont des places pour un concert à l'*Olympia*.

– Grand bien leur fasse, rétorqua-t-elle en boutonnant le col de son manteau contre le froid.

– Il faut y aller en couple.

– Et nous en sommes un, fit-elle en riant, un couple ?

– Je ne sais pas. Je vous aime beaucoup.

Elle lui prit le bras et se remit à rire.

– Arrêtez, vous me gênez.

Il la raccompagna jusque chez elle à Drimnagh. Ils longèrent Saint Stephen's Green, remontèrent Harcourt Street, traversèrent Rathmines et descendirent jusqu'au canal qu'ils franchirent à Dolphin's Barn Bridge. A présent, il se sentait plus à l'aise avec elle.

Le soir du concert, elle l'attendait devant le théâtre lorsqu'il arriva avec ses amis. Elle portait une robe et des chaussures bleues, un chapeau blanc et des gants. Une lumière dorée émanait du hall et quand elle se tourna pour le regarder, elle se dessina pareille à un ange. Il lui dit qu'elle était absolument fabuleuse.

– Arrêtez donc un peu ! Vous avez les places ?

Une rousse interpréta des chansons de Percy French en s'accompagnant à la harpe. Un petit comédien grassouillet à l'accent cockney raconta des blagues stupides qui firent crouler de rire le public : « On était si pauvres à la maison qu'on était persuadés qu'un couteau ou une fourchette étaient des pièces d'orfèvrerie. » Puis ce fut le tour du ténor italien. Il chanta « Che farò senza Euridice » et « Che gelida manina », avant de terminer par « E lucevan le stelle », extrait de *La Tosca*. Il éclata en sanglots sur les dernières notes. Comme le public hurlait et le bissait, il revint saluer. Il dit qu'il aurait volontiers interprété une chanson irlandaise, mais il aurait fallu que son pianiste en connaisse la musique. Plusieurs spectateurs lui crièrent d'en chanter une quand même.

Le public applaudit. Le ténor se mit à rire et salua de nouveau. Il s'avança sur le devant de la scène, écarta les bras et se mit à chanter :

O believe me if all those endearing young charms
Which I gaze on so fondly today
Were to change by tomorrow and fleet in my arms
Like fairy gifts fading away
Thou wouldst still be adored
As this moment thou art
Let thy loveliness fade as it will
All around the dear ruin each wish of my heart
Would entwine itself verdantly still[1].

A la fin la salle était debout.

Après le concert ils remontèrent tous Grafton Street et se rendirent au *Shelbourne Hotel* en passant devant le Green. Rose Tynan se produisait dans la salle de bal. Le groupe joua *Here In My Heart*, *I Believe* et *Outside of Heaven*. Frank et Eleanor dansèrent, puis les musiciens passèrent à une valse traditionnelle au rythme plus lent. Il s'avança vers elle pour la serrer dans ses bras. Elle évita de le regarder dans les yeux. La boule au plafond envoyait des paillettes de lumière dans toute la grande salle écarlate. Ils tournaient lentement, elle laissait ses mains sur les épaules de Frank et son regard parcourait le hall, elle souriait. Il chercha en vain quelque chose à lui demander.

– Vous êtes un danseur merveilleux, vous connaissez tous les pas.

– J'aime bien danser.

– Et moi, on dirait que j'ai deux pieds gauches, dit-elle en riant.

L'orchestre attaqua de nouveau un morceau entraînant.

– On laisse passer celui-là et on va prendre un verre, suggéra-t-elle.

Ils montèrent au bar. Il prit une bière et elle une limonade. Elle tapotait la bouteille au rythme de la musique.

Il la raccompagna ensuite chez elle par les rues froides et sombres de Dublin. Quelques flocons tombaient sur Saint Stephen's Green.

1. « Oh, crois-moi, si ces jeunes appas/Qui éveillent mes premiers émois/Devaient disparaître demain/Et me filer entre les mains/Comme s'évanouiraient des cadeaux enchantés/Tu n'en resterais pas moins mon adorée/Comme tu l'es à présent/Ta beauté peut bien se faner/Sur ces ruines aimées/Mon cœur verdira à jamais. »

On voyait de loin en loin un arbre de Noël derrière une fenêtre. Ils longèrent les berges silencieuses du canal ; il lui récita un sonnet de Shakespeare. Elle lui prit le bras, elle fredonnait doucement et leurs pas crissaient sur la neige fraîchement tombée.

Ils s'arrêtèrent un moment sur le pas de sa porte. Elle dit à Frank qu'elle avait passé une soirée très agréable. Il crut défaillir.

– Bon, il faut que je rentre. Ils vont finir par s'inquiéter.

– Vous êtes vraiment très belle, lâcha-t-il brusquement.

– Arrêtez, j'avais une de ces allures. Il y avait des filles qui étaient ravissantes.

– Vous étiez beaucoup mieux qu'elles.

Elle leva les yeux vers les nuages sombres sans rien dire.

– Je vous aime vraiment beaucoup, Eleanor.

– Je le sais. Vous me le montrez bien.

Elle lui tendit sa main gantée. Il lui prit les doigts et les porta à ses lèvres.

– Vous êtes un affreux coquin, Frank Little.

Il se blottit dans ses bras. Il sentit ses lèvres froides sur son visage. Il lui caressa les cheveux. Il l'enlaça et la serra contre lui. Ils s'embrassèrent. Puis elle s'éloigna brusquement et disparut dans la maison en refermant la porte derrière elle.

Il était si heureux sur le chemin du retour qu'en tendant la main il se sentait capable de faire tournoyer les étoiles dans le ciel.

11

PRINCIPES

Aucune nouvelle pendant les deux jours interminables qui suivirent. Eleanor profitait de l'air conditionné pour faire la grasse matinée, puis macérait et priait dans sa baignoire pleine de mousse. Elle passait les après-midi brûlants assise au bord de la piscine à lire une méthode d'espagnol et à boire de l'eau minérale.

Un jeune prêtre norvégien vint lui rendre visite. Il avait une boucle d'oreille et portait une veste en jean avec les manches coupées. Ça lui parut bizarre. Rien à voir avec le père Rogan, le curé de la paroisse, à Dun Laoghaire. Le jeune prêtre avait entendu parler d'Eleanor et de Frank par un journaliste qu'il connaissait. Il espérait que sa visite ne la dérangeait pas, il était juste venu apporter un peu de consolation. Dans la chambre, il lui prit la main. Ils s'agenouillèrent et ensemble récitèrent un chapelet, puis il lui donna la communion. Après cela elle se sentit mieux. Elle se fit monter du thé au citron et le questionna sur la Norvège. Il lui dit que c'était un pays merveilleux mais très froid et très cher.

– Par exemple, une bière coûte six dollars là-bas.

– Grand Dieu, il y a de quoi rendre tout le monde sobre !

– Oui, il faut être milliardaire pour être alcoolique en Norvège.

Le vendredi après-midi, Smokes et Cherry arrivèrent avec Guapo Gómez. Guapo était le joueur de basse des Desperados de Amor, et ils tenaient à ce que Frank et Eleanor fassent sa connaissance. Avec ses yeux bruns pétillants et sa tignasse noire et brillante, il ressemblait à Tony Curtis. Il portait un pantalon noir très moulant, une chemise blanche très près du corps, légèrement froissée. Il était à la fois ridicule et séduisant, le plus bel homme qu'elle ait jamais vu, pensa Eleanor.

– Dieu tout-puissant, murmura-t-elle à Cherry, ce mec est vraiment terrible !

– Ouais, t'as pas tort, mais le malheur c'est qu'il le sait.

Guapo parlait à peine l'anglais mais ça ne l'empêchait pas de draguer. Il arracha une fleur orange dans le jardin de l'hôtel et l'offrit à Eleanor avec un chaud sourire malicieux. Il était absolument ravi qu'elle comprenne un peu l'espagnol. Il lui dit que la fleur était une fleur de *malinche*. C'est Cortés qui lui avait donné ce nom en souvenir d'une de ses maîtresses. Il mit la fleur à la boutonnière d'Eleanor, puis il lui prit la main et l'embrassa.

– Bon Dieu, Guapo, *por favor*, soupira Smokes.

Guapo lui fit une grimace.

– Guapo, *por favor*, minauda-t-il en imitant l'accent de Smokes.

– Bon dieu, Cherry, ça t'ennuierait de lui dire d'arrêter ?

– D'arrêter quoi, Smokes ? Il est marrant.

– Seigneur ! il est génial, dit Eleanor, il me plaît beaucoup.

– Et moi, je le trouve franchement macho. Il est littéralement en train de baver sur Eleanor.

– Fais pas l'andouille, Smokes, soupira Cherry.

– Je fais pas l'andouille mais, bon Dieu, ici chaque fois qu'un mec défend ses principes il en prend plein la gueule.

– Me fais pas rigoler, mon amour, pour toi, principes, c'est seulement le titre d'un album de Fleetwood Mac.

Guapo se mit sous le nez de Smokes et le dévisagea, il fit la moue en plissant les lèvres et fit mine de pleurer ; avec ses doigts il imitait des larmes coulant sur ses joues.

– Oh, Marilyn, *pobrecita* Marilyn, sanglotait-il d'un air ironique.

Cherry mit la main devant sa bouche et éclata de rire.

– Va te faire foutre, Guapo, dit Smokes.

– Qu'est-ce qu'il raconte ? demanda Frank.

– Il le traite de Marilyn, répondit Cherry, parce que Smokes est blond. Et ça a le don de lui foutre les boules.

– Ça ne me fout pas les boules mais je trouve ça franchement débile.

– Ici on trouve que les blonds ne sont pas virils.

– C'est lamentable, dit Smokes, un tas de conneries.

– Oh Marilyn, Marilyn, *mi amor*, Marilyn *amorcita*, roucoulait Guapo en envoyant des baisers à Smokes.

– Pauvre macho de merde !

Guapo raconta à Eleanor qu'il avait servi dans l'armée sandiniste. Il avait d'abord combattu aux côtés des rebelles lorsqu'ils étaient hors la loi, puis il s'était engagé dans l'armée, juste après la révolution. Mais ça ne lui avait pas plu du tout. Ce n'était pas la même chose que d'être un guerrillero. C'était vraiment très dur, il avait perdu le goût du combat quand son meilleur ami était devenu fou et qu'on avait dû l'enfermer. Peu de temps après, Guapo avait été blessé à la main dans une escarmouche près de Jinotega et il s'était réveillé à l'hôpital amputé de son petit doigt gauche. C'est à l'hôpital qu'il avait appris à jouer de la basse. Un célèbre rocker américain plein aux as avait envoyé par avion une cargaison d'instruments de musique. Guapo avait pris la basse parce qu'elle lui rappelait exactement les formes d'une copine qu'il avait eue, Estela Suárez, qui s'était tirée à Miami avec un apprenti boucher du coin.

Il avait rencontré Cherry et un Anglais un soir dans une cantina. Ils avaient chanté des airs de rock and roll et s'étaient amusés à s'envoyer mutuellement du pop-corn dans la bouche. Cherry était ivre morte et elle avait entrepris de discuter avec Guapo de la question de savoir si les Beatles étaient meilleurs que les Rolling Stones. Au bout d'un moment l'Anglais en avait eu marre et était parti se coucher. Cherry et Guapo avaient terminé la discussion à deux heures du matin dans les rues de Managua en chantant *Angie* et *I Can't Get No Satisfaction*. Ils avaient finalement abouti à la statue équestre du général Somoza, et Guapo était monté sur le cheval pour interpréter sa version très personnelle de *Jumpin' Jack Flash*. Les voisins avaient appelé la police, Cherry et Guapo avaient fini la nuit à se calmer en prison. A partir de là ils étaient devenus les meilleurs amis du monde. Il avait rejoint les Desperados de Amor et ne l'avait jamais regretté.

– Et si ce putain de cheval, dit-il à Eleanor, avait été un peu plus rapide, il n'aurait jamais été rattrapé par la police.

– Et c'est à ce moment-là que vous avez fait la connaissance de Smokes, s'enquit Eleanor en riant, quand vous avez rejoint les Desperados ?

Guapo roula des yeux.

– Oh, Marilyn, fit-il en soupirant. *Sí.*

– Va te faire foutre, lui envoya Smokes.

Eleanor eut un rire gêné ; elle demanda à Guapo comment il avait connu son fils.

Guapo lui répondit que c'était juste après qu'il avait débarqué d'Irlande, près de deux ans auparavant. Smokes et lui s'étaient quasiment trouvés nez à nez avec lui dans le parque, où il pinçait sa guitare en mangeant des oranges. Il avait regardé Guapo et Smokes et les avait invités à s'asseoir à côté de lui. Il était en compagnie d'une femme superbe mais il ne l'avait jamais revue. Il avait tout de suite apprécié Johnny. Il était drôle, loyal. Il était *simpático*.

– *Fue como un hermano para mí*, murmura-t-il en secouant la tête.

– Comme un frère, traduisit Eleanor. Tu ne trouves pas ça extraordinaire, Frank ?

Smokes ricana :

– Guapo exagère toujours. Ils ne se connaissaient pas si bien que ça.

– T'as tort, fit Cherry. Qu'est-ce que tu racontes ?

– Et moi, je te dis qu'ils ne se connaissaient pas si bien que ça. Vraiment pas.

Cherry se retourna sans relever.

– Vous deux, il faut absolument que vous rencontriez Lorenzo. C'est notre guitariste. Il adorait Johnny. Johnny n'arrêtait pas de le faire rigoler, et Lorenzo, pourtant, c'est pas le genre.

– Ah bon ? fit Frank. Moi je ne l'ai jamais trouvé très amusant. Et toi, Eleanor ?

Smokes éclata de rire.

– Qui ? Johnny ? Ben merde alors, Franklin, quand il s'y mettait il était fou comme un lapin. Il était dément, sans blague ! Ces histoires qu'il nous racontait quand on était en tournée ! Les soirées ne sont pas drôles, vous savez. Johnny et moi, on se mettait à raconter des blagues. Ouais, il était vraiment impayable, mon vieux.

Smokes gloussa dans son verre. Cherry lui lança un regard furieux.

– Oui, acquiesça Eleanor. Plaise à Dieu qu'il en ait une bien bonne à nous raconter quand on le retrouvera.

– Il me manque beaucoup, dit Smokes. On a fait de ces parties ensemble.

– Je ne le connaissais pas sous ce jour-là, maintint Frank. C'est un fait. Je ne l'ai jamais entendu sortir une vanne de toute sa putain de vie.

– J'aimerais vraiment qu'on cesse de parler de lui au passé, dit Eleanor. C'est peut-être un détail mais vraiment je préférerais.

Ce soir-là, Smokes et Cherry allèrent avec le groupe jouer à la fiesta d'été de Matagalpa. Eleanor fut surprise de voir à quel point ils lui manquaient. Elle aimait beaucoup Cherry, sa façon de rire un peu trop fort, cette fragilité qu'Eleanor avait elle aussi quand elle était plus jeune.

En public il lui arrivait d'asticoter Smokes sans pitié. En privé, on voyait bien qu'elle était en adoration devant lui, ce qui ne laissait pas d'étonner Eleanor.

« C'est un chic type, lui avait confié Cherry, quand on gratte un peu il a vraiment un cœur d'or. D'accord, il a parfois un côté un peu ringard mais qui voudrait vivre avec un ingénieur en astronautique ? »

Eleanor essaya de tenir son journal intime mais elle ne dépassa pas quelques lignes. Allongée au bord de la piscine, elle gribouillait les pages de spirales et de labyrinthes. Elle dessina les contours se détachant à l'horizon, un stylo-bille noir pour les bâtiments, un stylo-bille rouge pour le soleil brûlant.

Le samedi, on était toujours sans nouvelles du bureau de

Nuñez. Frank commença à s'inquiéter. Il était incapable de se détendre. Il fumait cigarette sur cigarette, ne mangeait pratiquement plus et buvait du rhum jusqu'au milieu de la nuit au *Casablanca*, le bar de l'hôtel. Chaque fois qu'il allait se coucher, il la réveillait en titubant dans la chambre, se cognant aux meubles avant d'atteindre le canapé. Il soufflait comme un phoque, on aurait dit qu'il souffrait. Il s'énervait à tout bout de champ, se plaignait au directeur à tout propos. Et par-dessus le marché il passait le plus clair de son temps avec ce Hollis Clarke qu'elle ne pouvait pas encadrer.

Elle les avait surpris en grande conversation dans la salle du petit déjeuner. La discussion était très animée. En la voyant approcher, Clarke avait brusquement sorti un jeu de cartes, les avait battues et avait commencé à donner. Elle était persuadée qu'ils avaient changé de sujet de conversation dès qu'elle s'était assise, elle l'aurait parié. Eleanor avait un instinct pour saisir ce genre de chose.

Clarke lui avait dit avec un large sourire :

– Madame, j'espère que vous ne m'en voudrez pas si je vous dis que ce matin vous êtes belle comme une déesse.

Elle l'aurait volontiers attrapé par la peau du cou et traîné jusqu'à la salle de bains pour le flanquer sous le robinet et effacer cet ignoble sourire de ses traits fuyants.

– Mais dites-moi, vous menez la grande vie, monsieur Clarke, à jouer aux cartes comme ça, si tôt le matin.

Quand le beeper de Clarke avait sonné il avait bondi à la réception. Elle avait cherché à parler à Frank mais il n'avait presque rien à dire. Il avait le visage violacé, des cernes noirs sous les yeux, et quand il essaya d'attraper le pain elle vit que ses doigts tremblaient.

Elle finit par apprendre qu'il avait eu Veronica au téléphone. Ils avaient dû se disputer. Elle en reconnaissait les symptômes, évidemment, mais il y avait des questions qu'elle ne se permettait pas de poser.

Le soir Eleanor assista à la messe dans le Barrio Monterrey. Derrière l'autel on avait peint un christ gigantesque en uniforme de soldat sandiniste. Dans les nuages, au-dessus de la croix, des angelots potelés déployaient des bannières rouge et noir. En rentrant à l'*Imperial*, elle retrouva Frank encore fourré au bar avec Hollis Clarke. Elle monta directement se coucher. A cinq heures du matin, il fit irruption dans la chambre en traînant les pieds, grommelant et jurant. Il puait l'alcool et le tabac froid.

Le lendemain, c'était dimanche. Il resta au lit jusqu'à l'heure du déjeuner. Il ne lui adressa pas la parole. Il passa une heure à faire des longueurs dans la piscine, puis il s'affala sur une chaise longue, en plein soleil, à faire la tête en buvant des Cuba libre jusqu'à plus soif.

Chaque fois qu'elle lui demandait ce qui n'allait pas, il répondait invariablement : « Rien, rien, rien. » A quatre heures il jeta un coup d'œil à sa montre, se leva et lui dit qu'il sortait.

– Où vas-tu ?

– Faire un tour. Fiche-moi la paix avec tes questions.

Devant l'*Imperial*, il retrouva Hollis Clarke sous un palmier, près de la file de taxis. Il portait un panama blanc et fumait le cigare. Il discutait en douce avec deux soldats à l'air malingre.

– Alors, mon vieux, quoi de neuf ?

Frank jeta un coup d'œil par-dessus son épaule. Un moustique se posa sur son visage. Il l'écrasa, fit un faux pas et lâcha un juron.

– Fais attention à ces petites bêtes, fit Clarke en rigolant, tu vas leur servir de déjeuner.

Frank le regarda en hochant la tête.

– Tu vas à ton bureau ?

– Aussi sec, vieux. Pourquoi ?

– J'y ai repensé. Je vais te la raconter, ton histoire.

Les yeux chassieux de Clarke brillèrent de satisfaction.

– Tu ne le regretteras pas, Frank. Tu vas voir ce qui va arriver. Je fais passer le papier dès demain, et ils vont se magner le cul pour retrouver ton fils.

Clarke prit dans son sac deux cartouches de Marlboro et une bouteille de Jack Daniel's. Il les donna aux soldats en disant « *Hasta luego* ». Les soldats s'éloignèrent rapidement.

Une limousine noire remonta la file de taxis et s'arrêta. Ses vitres noires renvoyaient le soleil. Le chauffeur klaxonna trois fois.

Clarke leva la main et fit mine d'écrire.

– « Des étudiants sans défense dans la zone des combats. » – Il sourit : Je vois déjà la manchette.

Il prit Frank par le bras et l'emmena jusqu'à la voiture dont le moteur ronronnait doucement.

– Ces cocos, Frank, ils détestent les complications. C'est le seul moyen d'arriver à quelque chose. Je raconte ton histoire dans le journal et tu vas voir ce qui va se passer, crois-moi.

– J'espère bien. Je suis vraiment à bout.

– Tu fais exactement ce qu'il faut, mon vieux. Ils vont retourner ce putain de pays de fond en comble jusqu'à ce qu'ils le trouvent.

Ils s'installèrent à l'arrière de la voiture, et Clarke dit au chauffeur de mettre toute la gomme.

Ce soir-là Frank et Eleanor allèrent dîner à une trentaine de kilomètres au *Los Antojitos* sur la Carretera Norte. Frank semblait aller mieux. Il dit à Eleanor qu'elle était en beauté, se carra dans son fauteuil, sirotant un grand gin tonic et écoutant les *mariachis* gratter leurs guitares.

– Alors, tu fais plus la gueule ?

– Dis-moi comment va ta mère ? Je voulais t'en parler. J'avais rencontré Liam Doyle, il m'a dit qu'elle avait été opérée. Je lui ai envoyé des fleurs.

– Oui, fit-elle tout bas, on a beaucoup apprécié, enfin je veux dire, cette façon de se manifester.

Il haussa les épaules et piocha dans sa salade.

– Elle est heureuse comme un pape avec Trevor et Sheila. Elle adore garder les petits. Mais je sais que papa lui manque.

– Les miens ont eu de la chance, partir l'un après l'autre comme ça.

Eleanor soupira.

– Maman n'arrête pas de parler de crémation. C'est sa dernière lubie. Elle a une peur panique de se réveiller dans son cercueil.

– Putain, je pense bien. Elle a raison.

– Je préférerais être donnée en pâture aux lions. Au zoo. J'aimerais bien me retrouver au sommet de la chaîne alimentaire.

– Moi, je me contenterais d'une bonne vieille crémation. Mais en fait, ce que j'en dis…

– J'ai un ami, dit-elle en riant, qui voudrait qu'on dépose son cadavre sur une montagne pour qu'il soit mangé par les aigles. Et le plus drôle, c'est qu'il a un grand nez. Il a un peu un profil d'aigle.

Frank prit un petit pain.

– Ah bon. Qui c'est ?

– Oh, juste un ami. Il s'appelle James. On va quelquefois au concert ensemble.

Les mariachis s'approchèrent de la table et entamèrent une valse lente.

– Vous sortez souvent ensemble, ce James et toi ?

– On est allés écouter Rostropovitch. Il était merveilleux mais le public m'a agacée. Ils étaient tous sur leur trente-et-un. Ils ne venaient là que pour se montrer.

– Et ce James, comment est-ce que tu l'as connu ?

– Frank Little, ça, c'est mon affaire, c'est à toi de deviner.

Il se sentit rougir.

– Une femme doit être prudente par les temps qui courent. On peut tomber sur de drôles de types. Si tu savais ce que racontent mes chauffeurs !

– Je sais bien, mais il a soixante-quatorze ans, Frank. Je ne pense pas que mon honneur soit menacé.

Il s'efforça de prendre un ton neutre.

– Et c'est un mélomane, n'est-ce pas ?

– Il jouait de la trompette dans l'orchestre de la RTE. Je l'ai rencontré à une de mes réunions. Tu sais bien celles des Alcooliques Anonymes.

– Tu en fais toujours partie ?

– Oui, ça m'aide.

Il piqua une feuille de laitue au bout de sa fourchette.

– Ben moi, je ne m'intéresse plus à la musique. Je ne comprends pas qu'on perde son temps à des trucs pareils.

– Oh Frank, t'es un vrai comédien. Parfois tu me fais rire.

Ils appelèrent un taxi pour rentrer à l'*Imperial*. Vue de loin, on arrivait presque à trouver Managua fascinante : un vaste scintillement de lumières sous la masse vert sombre de la montagne. Des faisceaux lumineux balayaient le ciel sans nuages, révélant des fragments de la cité : la flèche penchée de la cathédrale, l'énorme bouteille de cerveza en néon vert qui clignotait au-dessus de la *Ciudad Plástica*, Le squelette tordu du relais de télévision dans le Barrio Sandino.

De retour à l'hôtel ils prirent le thé sur le balcon en écoutant un concert de musique classique à la radio. L'orchestre joua du Beethoven, du Brahms et deux lieder de Schubert. L'air de la nuit était chaud et épais. Au bout de quelques minutes, Eleanor ferma les yeux et s'endormit. Frank voulut la réveiller mais elle semblait si bien qu'il ne le fit pas.

Après le concert vinrent les informations. Bien qu'il ne comprît que quelques mots, Frank trouva la voix du présentateur rassurante. Il apprécia son ton calme et décidé. Il reconnut les noms d'un ou deux pays. *La Unión Soviética. Los Estados Unidos. Inglaterra*. Ça le réconfortait de savoir que dans ce pays de fous les gens continuaient à faire des choses normales, comme d'écouter les nouvelles la nuit à la radio. Quand on a des problèmes on se raccroche aux détails les plus insignifiants.

Il se versa un grand verre de rhum et se cala dans son fauteuil. Il regarda le visage d'Eleanor endormie et s'abandonna à sa rêverie. Il se souvint de la première fois où il avait vu ce visage, qui l'observait avec curiosité du haut de la tribune de Saint Michael's Church. C'était pendant l'hiver le plus rigoureux de l'après-guerre. Ils avaient tous les deux sept ou huit ans.

Cet hiver-là le froid avait été mordant. Les montagnes autour de Dublin étaient recouvertes d'une pellicule de givre argenté. C'est l'année où la banque avait saisi la boucherie de sa mère. Le prix de la viande avait grimpé en flèche et les petites gens du quartier avaient tout simplement cessé d'en acheter. La mère de Frank ne pouvait plus payer les traites et la banque avait vendu la boutique à un richard du Kerry. Peu après le père de Frank avait perdu son boulot à l'entreprise de boulangerie. L'argent avait commencé à manquer, les problèmes avaient suivi et, malgré l'action des syndicats, il avait été licencié, lui, un père de famille de six enfants, il s'était retrouvé obligé de chercher du travail à quarante-huit ans.

Ce fut une époque très dure pour la famille de Frank Little. Il y eut de violentes disputes entre ses parents à cause du brusque manque d'argent. Il se rappela une scène terrible le soir de son huitième anniversaire, parce qu'il n'y avait plus de charbon. Il se revoyait assis sur le palier avec son petit frère, les écoutant se quereller. Il revoyait son père sortir en hurlant dans la rue. Frank avait descendu l'escalier et avait trouvé sa mère en pleurs au coin du feu.

– Qu'est-ce qui se passe, maman ?

– Rien, mon petit. Remonte te coucher.

– On est pauvres ?

– Non. Allez, va te coucher.

Il s'était approché d'elle pour la prendre dans ses bras. Elle lui avait hurlé de s'en aller et de remonter se coucher. Ce fut la seule fois où sa mère le traita de cette façon. Il n'avait jamais pu l'oublier.

Le lendemain Frank se rendit à Phoenix Park après l'école. Il avait entendu parler du gigantesque tas de charbon qui s'y trouvait. En ville tout le monde était au courant. Le gouvernement avait acheté tout le charbon possible et l'avait stocké dans le parc. Johnny Rea lui avait dit que c'était pour empêcher les fripouilles de faire du marché noir et pour faire tourner les usines.

Le tas de charbon était gardé jour et nuit par des escadrons de soldats en armes. Il y avait en permanence deux pompes à incendie sur place en cas de feu. Frank n'ignorait pas que les gamins les plus pauvres de sa classe allaient tous les jours chercher du charbon. C'était interdit par la loi et on risquait de se faire mettre en prison si on était pris. Mais il arrivait que les soldats tournent le dos pour vous laisser le temps de voler un peu de charbon.

Il était allé au parc et avait regardé cette gigantesque montagne noire. Il avait parlé un moment avec un des soldats, qui l'avait appelé « Captain » et lui avait donné une barre de chocolat. Mais Frank n'avait pas pu détacher son regard de cet énorme tas. Il y en avait tant et il lui en fallait si peu. Il pensa au froid qui régnait à la maison, à son père qui criait après sa mère. Il pensa à cette montagne de charbon qui brûlait dans ses rêves en crachant dans le ciel nocturne de gigantesques langues de feu, et il eut envie de pleurer tellement il avait froid. Il regarda le fusil du soldat, ses bottes bien astiquées. Le soldat lui dit qu'il allait faire un tour sous les arbres pour fumer une cigarette et qu'il chargeait Frank de surveiller son secteur jusqu'à son retour. Il lui fit un clin d'œil et s'éloigna en balançant son fusil dans son dos. Frank attendit qu'il disparaisse, puis se dépêcha de remplir son pochon; il fourra deux gros morceaux de charbon dans les poches de ses culottes courtes.

Quand le soldat revint, il lui demanda :

– Alors, pas de problème en mon absence, capitaine, pas d'embrouille ?

Non, avait répondu Frank, tout s'était bien passé. Le soldat lui dit qu'il était vraiment un bon petit gars.

– Et comment tu t'appelles ?

– Francis Little.

– Alors t'es vraiment un bon p'tit gars, hein ? Tu fais partie des meilleurs.

Il n'avait pas su quoi répondre. Le soldat avait ri et lui avait ébouriffé les cheveux.

– Et qu'est-ce que tu veux faire quand tu seras grand ?

– Je veux tenir une boutique.

Le soldat fit la grimace.

– Tu ne veux pas entrer dans l'armée et te battre pour l'Irlande ?

– Non, je veux avoir un magasin de chaussures.

Le soldat s'était remis à rire et avait dit à Frank qu'il était marrant.

Sur le chemin du retour, par cet après-midi glacial, il arriva à Frank une chose étrange. Il traversait le parc pensant au soldat et à ce qui se passerait si cette gigantesque montagne prenait feu, quand il vit quelque chose bouger dans une haie.

Au début il ne savait pas quel oiseau c'était mais de plus près il le reconnut. C'était un grimpereau. Il n'en avait jamais vu que dans les livres. Mais c'en était bien un, là, juste devant lui. Il le reconnut à sa façon de grimper et aux couleurs de son plumage.

Le souffle coupé par l'excitation, il s'était mis à tourner autour de l'oiseau. Il marchait doucement, très lentement pour ne pas l'effrayer. Il s'était rapproché de plus en plus, en cercles concentriques, pendant près d'une demi-heure, et s'était trouvé soudain tout près de lui.

Sa main droite avait jailli et il l'avait capturé. L'oiseau s'était raidi sous l'effet du choc, puis s'était défendu. Il avait battu des ailes, lui avait becqueté les doigts, mais il avait tenu bon, bien que la douleur lui ait fait venir les larmes aux yeux. Puis il l'avait relâché. L'oiseau s'était envolé en poussant des cris rauques. Il l'avait regardé monter d'un trait dans le ciel blanc jusqu'à n'être plus qu'un point. Sans savoir très bien pourquoi, Frank avait toujours considéré cet événement comme un des grands moments de sa vie.

C'était étrange. Il en avait conscience. Mais il se voyait sur le chemin du retour courir le long de la Liffey, à travers les rues de Dublin gagnées par la pénombre, son tricot plein de morceaux de charbon, le cœur battant, ne voyant dans l'avenir que chance et réussite.

Il avait retrouvé son père dans la volière au fond de la cour. Il se revoyait lui parlant de cet étrange oiseau et se souvenait de cet air heureux qui se peignit sur le beau visage rougi de son père.

Frank et son père étaient rentrés à la cuisine, ils avaient fait du thé et préparé de grosses tartines de confiture. Ils étaient restés assis là, tous les deux, plusieurs heures, jusqu'à ce que la lumière du jour ait complètement disparu au carreau. Ils avaient parlé d'oiseaux. C'était tout. Il ne se rappelait plus où était sa mère ce jour-là, mais il savait qu'il n'y avait personne à la maison à part son père, lui et le bébé endormi dans son couffin près du feu de charbon, à la lumière dorée des flammes. Il se rappelait l'enthousiasme de son père quand il parlait des oiseaux : roitelets, geais, pigeons, mésanges bleues, hirondelles, aiglons, rouges-gorges et aigrettes blanches. Il se souvenait de ce bonheur intense qu'il avait ressenti et du sentiment qu'il avait eu que sa vie avait commencé, vraiment, par cet après-midi glacial à Dublin, durant l'hiver le plus rigoureux de l'après-guerre, le jour où il avait parlé d'oiseaux avec son père.

A minuit le téléphone sonna. C'était le directeur. Un message urgent était arrivé du bureau du capitaine Nuñez. Ils étaient convoqués au ministerio le lendemain matin à dix heures.

Frank sourit dans son verre. Ça allait chauffer.

12

AVONDALE

Ils prirent l'habitude d'aller danser tous les samedis soir à Dublin. Ils allaient à l'*Olympic*, au *National*, au *Metropole*, quelquefois jusqu'à Bray, à l'*Arcadia*, au *Stella* à Mount Merrion, ou au *Television Club*, dans Harcourt Street. Ils dansaient au son de Dickie Rock, des Indians, de Butch Moore and the Capitol, des Clipper Carltons, des Rhythm Kings, de Brendan Bowyer et du Royal Showband. Il leur arrivait souvent de danser jusqu'à minuit et puis de s'acheter des frites sur le chemin du retour.

Ils allèrent à des concerts de musique classique, au cinéma, assez souvent, jusqu'à deux ou trois fois par semaine. Vint rapidement le temps où ils se retrouvaient chaque soir.

Un des chauffeurs de Johnny Doyle sortait avec une fille qui travaillait au *Gaiety Theatre*. Il lui arrivait d'avoir des places à l'opéra et il les donnait à Frank parce qu'il l'aimait bien. Frank emmena Eleanor voir *Carmen* et *La Bohème*, *Turandot* et *Le Barbier de Séville*. Il adorait l'opéra. Il en avait le souffle coupé par l'émotion, et il aimait beaucoup en parler avec elle après la représentation. L'harmonie et le contrepoint n'avaient pas de secrets pour elle. Elle savait tout sur les rythmes, les armatures, les dièses, les bémols et les variations. Elle lui expliquait tout cela et lui prêtait ses disques favoris : « Una furtiva lacrima » de *L'Élixir d'amour* de Donizetti, « Un bel di vedremo » de *Madame Butterfly*, « Donna non vidi mai » de *Manon Lescaut*. Elle lui offrit pour son dix-septième anniversaire un livre intitulé : *La Vie des grands compositeurs.*

C'est à ce moment-là qu'ils se mirent à faire ensemble de grandes balades à vélo jusqu'à Saggart et Portmarnock, Malahide, Rush et Lusk, jusqu'aux lacs de Poulaphouca, à Greystones, Delgany et Glendalough. Une fois, ils allèrent même à Bray et montèrent jusqu'à la croix noire plantée au sommet de la falaise. Une autre fois, ils descendirent jusqu'à Arklow et dormirent dans un petit *Bed and Breakfast*, dans des chambres séparées. Ils furent réveillés le matin par l'odeur du bacon qu'on faisait frire.

Un jour, c'était en 1956, Johnny Doyle expliqua à Frank qu'il avait besoin d'un nouveau chauffeur. C'était une chance à saisir pour un jeune homme, et il voulait la lui offrir. Il y avait de l'argent à gagner dans les taxis si on était prêt à bosser. Frank passa son permis de conduire ; il l'eut du premier coup.

Il se mit à faire le taxi. Il travaillait dur toute la semaine. Il retrouvait Eleanor à cinq heures quand elle sortait de son travail et la ramenait chez elle à Drimnagh. Il ressortait à dix heures pour charger des clients à l'aéroport ou autour des boîtes de nuit et des bars. Le dimanche après la messe il retirait son enseigne du toit de la voiture et il allait la chercher. Ils faisaient de longues virées dans la campagne. Il aimait bien rouler. C'est sympa, disait-il, de faire de la route.

Ils allèrent voir l'allée mégalithique de Newgrange. Ils allèrent à Clonmacnoise et à Mellifont Abbey, ils se promenèrent dans la Boyne Valley. Un jour, à Avondale, ils déambulèrent plusieurs heures sous les arbres, en bavardant et en écoutant la pluie s'égoutter autour d'eux sur le tapis de feuilles humides.

Dans la voiture, en rentrant à Dublin, Frank prit la main d'Eleanor et la fit rire en lui chantant :

Oh have you been to Avondale
And lingered in her lovely vale
Where tall trees whisper light the tale
Of Avondale's proud eagle.

Where proud and ancient glory fade
So was the land when he was laid
Like Christ was thirty pieces paid
For Avondale's proud eagle.

Long years that green and lovely vale
Had nursed Parnell, her grandest Gael
And curse the land that had betrayed
Fair Avondale's proud eagle[1].

1. « Oh, avez-vous vu Avondale/Et musardé dans sa vallée/Où les grands arbres chantent l'histoire/De ce bel aigle fier et altier.

« La gloire antique y a péri/Là où il fut enseveli/Comme Jésus trahi pour quelques deniers/Ce bel aigle fier et altier.

« Depuis de longues années cette douce vallée/Berce Parnell son bien-aimé Gael/Et maudis ce triste pays qui a trahi/Le bel aigle fier et altier. »

13

FAMILLES

Ils attendirent une demi-heure avec Smokes, assis dans le couloir obscur devant le bureau de Nuñez. La chaleur bouillonnait et s'égouttait le long des murs laqués. La lumière électrique n'arrêtait pas de vaciller, et on entendait une sorte de grésillement. La porte du bureau s'ouvrit, une jeune sentinelle au joli visage apeuré leur fit signe d'entrer.

Nuñez téléphonait, assis à son bureau. Il portait des lunettes à présent, ça le vieillissait un peu. Il était coiffé d'une casquette de base-ball noire, sur laquelle on pouvait lire *ENJOY YOURSELF* et il avait enfilé un maillot noir sous sa chemise kaki. Le combiné coincé entre le menton et l'épaule, il les invita d'un geste à s'asseoir. Après avoir raccroché il se leva et leur fit un signe de tête.

– Vous êtes bien installés ? s'informa-t-il sèchement.

– Oui, c'est parfait, répliqua Eleanor.

Il fit le tour de son bureau et s'y adossa.

– Señor Little, vous savez, j'imagine, pourquoi vous êtes ici.

– Certainement, capitaine. Pour avoir des nouvelles de mon fils. Depuis le temps que j'attends.

Nuñez sembla sortir de ses gonds.

– Señor, je voudrais vous montrer quelque chose... – Il se retourna pour attraper une feuille de papier sur son bureau – dans le *Washington Times* de ce matin, très intéressant. – Il regarda la feuille de près et se mit à marteler d'une voix forte : « Les parents du jeune homme font part de leur inquiétude à l'idée que le gouvernement sandino-castriste encourage des étudiants étrangers à pénétrer au nord dans la zone des combats afin de servir de boucliers humains dans l'éventualité d'une intervention militaire américaine. Mr. Frank Little de Dublin affirme que le ministère nicaraguayen de l'Intérieur n'a rien fait. Il espère voir le gouvernement américain s'intéresser au cas de son fils. »

– Frank, qu'est-ce que c'est que cette histoire ? demanda Eleanor.

– Je n'ai jamais dit ça, soupira Frank.

Nuñez balança la feuille sur le bureau. Il retira ses lunettes, les plia et les pointa en direction de Frank.

– Señor, n'allez pas vous imaginer que nous ne sommes pas au courant des contacts réguliers que vous avez avec un certain journaliste. Cet homme est un contre-révolutionnaire bien connu, un agent de la CIA, un ennemi de notre peuple. Vous ne nous facilitez pas la tâche, señor. Le comandante Borge m'a chargé de vous dire qu'il était très déçu par vos agissements.

– Frank, qu'est-ce que ça veut dire ?

– Capitaine, je suis vraiment désolé d'apprendre que le comandante est déçu. Vous n'avez qu'à lui dire de retrouver mon fils, et j'arrêterai de le décevoir.

Nuñez se redressa et se mit à crier.

– Señor, vous n'êtes pas le seul à avoir un fils et une famille ! Sans doute n'ai-je pas de famille, moi ?

– Je ne sais pas.

– Eh bien, j'en ai une, señor. Nous avons tous une famille, et nos familles sont dans le malheur. Il ne se passe pas un jour sans qu'elles soient attaquées. La menace vient du nord, du sud, de la mer. C'est une question de survie. On a d'autres chats à fouetter que de s'occuper d'aventuriers quand nos enfants crient famine et meurent.

– Ce n'est pas ma faute si vos enfants meurent, Nuñez.

– Est-ce que vous connaissez la polio en Irlande, señor ? la typhoïde, le choléra, la malaria, señor ? Nous, on les connaît. Il y a ici des maladies dont vous ignorez jusqu'au nom, et ils détruisent nos hôpitaux, et des gens comme votre fils viennent chez nous jouer de la guitare et nous parler de paix.

Nuñez se retourna et attrapa les journaux qui se trouvaient sur son bureau. Il les leur brandit sous le nez.

– Neuf de nos enfants ont été massacrés par des contre-révolutionnaires hier matin, señor, neuf. La veille, une bombe a explosé dans l'aéroport et un vieux compañero a été mutilé. L'autre jour pendant que j'étais ici avec vous, un groupe de contre-révolutionnaires a arrêté à Bluefields un camion qui transportait des femmes – vous entendez, señor, des femmes – et les a massacrées. La semaine dernière une religieuse a été attaquée et violée parce qu'elle aidait les *campesinos* à s'occuper de leurs récoltes. Hier soir, trois gamins ont été abattus dans le Nord, l'un d'entre eux n'avait que neuf ans. Faut-il que je continue ?

– J'en suis vraiment désolé, mais vous comprendrez que c'est de mon fils qu'il est question.

– Non, c'est vous qui allez comprendre, señor, hurla Nuñez. Ce n'est pas un terrain de jeux, ici. Nous devons défendre notre peuple. On n'a pas demandé à votre fils de venir. S'il voulait jouer les martyrs, il devait accepter d'en payer le prix.

Frank se mit à rire.

– Quel prix ? Qu'est-ce que vous faites de si extraordinaire ?

– Vous êtes à ce point aveugle, monsieur ? Nous bâtissons quelque chose de nouveau. Vous n'avez qu'à regarder autour de vous.

– Ah ouais, le socialisme. J'avais oublié.

– Appelez-le comme il vous plaira. Nous voulons nourrir notre peuple et lui apprendre à lire. Est-ce que vous nous autorisez à le faire, monsieur ?

– Frank, si tu m'expliquais à la fin.

– J'ai toujours été de gauche, capitaine. Je n'ai jamais voté autrement, et Dieu sait s'il y a des fois où j'aurais pu.

– Vous en avez de la chance, señor, d'avoir pu vous offrir ce luxe. Dois-je vous répéter que nous sommes en guerre ? Est-ce que vous allez finir par comprendre ?

Frank regarda d'un air furieux les crucifix accrochés au mur. Il les montra d'un doigt tremblant.

– Bienheureux les « faiseurs de paix », n'est-ce pas ce que dit la Bible, capitaine ?

– Les brebis affamées implorèrent le Seigneur mais ne furent pas nourries… Ça aussi, señor, c'est dans la Bible.

– Bon Dieu, allez vous faire foutre !

Nuñez fit un pas en avant.

– Señor, nous ne sommes pas très à cheval sur le protocole, mais je vous rappelle que vous parlez à un représentant du comandante Tómas Borge, ministre de l'Intérieur de la république indépendante et souveraine du Nicaragua. En présence d'une dame, de surcroît.

– Si votre cher comandante veut qu'on le traite comme un chef, il n'a qu'à commencer à se comporter comme tel.

Les yeux de Nuñez brillèrent de rage.

– Comment osez-vous, señor ? hurla-t-il. Comment osez-vous ? Si vous voulez qu'on vous traite, vous, comme un homme, commencez donc à vous conduire en homme.

Frank se leva tremblant de colère.

– Sale petit con ! cracha-t-il. Approche et répète un peu ; j'en ai déjà maté d'autres que toi.

Smokes attrapa Frank par les poignets. Le soldat rappliqua et se planta devant lui en sortant une paire de menottes. Il força Frank à se rasseoir d'un air à la fois gêné et effrayé.

– Bas les pattes, mon coco, ou tu vas te réveiller au milieu d'un attroupement.

Nuñez dit quelques mots au soldat qui recula et rangea ses menottes sans cesser de surveiller Frank. Nuñez se prit le front entre les mains, il retira sa casquette et la balança sur le bureau, il croisa les bras en soufflant comme un phoque.

– Maintenant, on va tous commencer par se calmer, dit-il.

– Retrouvez mon fils et épargnez-moi vos sermons. Je n'ai rien d'autre à vous dire, Nuñez.

Nuñez donna un coup de poing sur le bureau et se remit à crier :

– Non, monsieur, c'est moi qui vais vous dire quelque chose : ici c'est moi qui commande. Mettez-vous ça dans la tête. Vous allez rester ici dix minutes et puis vous sortirez. Un de mes hommes vous reconduira à l'hôtel. Vous le traiterez avec respect. Vous resterez à notre disposition. Vous ferez preuve de coopération. Il n'y aura plus de rencontres secrètes, c'est nous qui dirigeons ce pays, señor, et pas encore le *Washington Times*, que je sache. C'est bien clair ?

– Parfaitement, nous sommes vraiment désolés, capitaine, intervint Eleanor.

Nuñez se racla la gorge et regarda Eleanor comme s'il avait oublié sa présence. Il s'inclina vers elle en murmurant :

– *Bueno, señora.* Nous ne reparlerons plus de ce regrettable incident.

Il la salua, prit une liasse de documents sur son bureau et quitta rapidement la pièce, emmenant le soldat avec lui.

Smokes poussa un profond soupir :

– Bon Dieu, Frank, quelle gaffe, mon vieux !

– Écoute, fiston, il faut parfois leur mettre les points sur les i à ces gens-là. C'est bon qu'ils sachent à quoi s'en tenir.

Smokes hocha la tête.

– Ce type a eu deux fils torturés à mort par la *Guardia* en 78. Je pense qu'il sait à quoi s'en tenir.

Frank se leva. La sueur lui coulait par tous les pores. Il avait un goût amer dans la bouche.

– Et c'est ma faute ? Tout me retombe sur la gueule ici. Un beau jour je suis au volant de mon taxi à essayer d'éviter la crise cardiaque pour pouvoir continuer à lui payer ses études, et le lendemain j'en prends plein la gueule.

– J'ai pas dit ça, Franklin, calme-toi, mon vieux.

– Seigneur, si tu crois qu'à vingt ans j'étudiais ces conneries de sociologie, Smokes. A cet âge-là, il y avait déjà dix ans que je trimais. J'étais marié et père de famille. Il n'y en a pas un d'entre vous, mes petits, qui sait ce que c'est que d'assumer ses responsabilités.

Eleanor vint vers lui, livide et effrayée. Elle lui prit le poignet.

– Arrête Frank, s'il te plaît, ça suffit maintenant.

Il la repoussa d'un air furieux.

– Toi, ne t'avise pas de me toucher. S'il avait eu quelque chose qui ressemble à une mère on n'en serait pas là.

Elle eut un sourire très triste, et les larmes lui montèrent aux yeux.

– Oh, Frank.

Elle prit son sac et se dirigea vers la porte.

Il la suivit du regard.

– C'est ça, tire-toi, tire-toi encore un coup. T'es vachement douée pour ça.

14

SUR LA JETÉE DE DUN LAOGHAIRE

Au printemps de 1958, Frank Little et Eleanor Hamilton décidèrent de se marier. Frank travaillait déjà depuis quatre ans pour la compagnie de taxis et il en était devenu le meilleur chauffeur. Il ne refusait aucune course. Il y avait des gens qui le demandaient spécialement quand ils téléphonaient. Il avait bonne réputation et, comme disait Johnny Doyle, bonne renommée vaut mieux que ceinture dorée. On pouvait faire confiance à Frank, tout le monde le savait.

Par une tiède soirée d'avril, ils se tenaient au bout de la jetée de Dun Laoghaire. Ils étaient allés danser à une soirée habillée du *Royal Marine Hotel* et ils mangeaient des *fish and chips* en regardant le faisceau du phare glisser sur la surface obscure de la mer. Il avait vingt ans. Elle en avait vingt et un.

– Eleanor, si on se mariait ?

– Mon Dieu, te voilà bien sérieux tout à coup !

– Ne te moque pas de moi.

Elle serra les bras contre sa poitrine et se mit à regarder au loin, comme s'il y avait quelque chose d'intéressant à découvrir dans l'obscurité.

– Cela veut dire que tu n'es pas d'accord ?

Elle garda le silence un moment puis soupira :

– Et comment fera-t-on pour vivre ?

– On peut faire des économies. Au lieu de sortir aussi souvent.

Il y a des maisons neuves dans Sundrive Road. J'y ai jeté un coup d'œil la semaine passée.

– Seigneur, je vois ça. Tu as déjà tout prévu.

Il posa la main sur sa manche.

– Je t'aime, Eleanor, tu le sais bien.

– Ne dis pas cela.

– Et pourquoi pas, Eleanor ?

Elle eut l'air de réfléchir. Au bout d'un moment elle hocha la tête.

– Tu sais que moi aussi je t'aime beaucoup… Seigneur, aidez-moi !

Elle détourna le visage et son regard se perdit de nouveau sur la mer. Il s'approcha d'elle et la prit dans ses bras, il s'aperçut qu'elle pleurait.

– Qu'est-ce que tu as ?

Elle lui serra la main si fort qu'il tressaillit.

– Oh Frank, je t'aime tant, lâcha-t-elle dans un sanglot, que parfois j'en ai peur. Ça m'effraie rien que d'y penser. Je ne supporte pas quand tu n'es pas là, j'en suis malade.

– Mais je suis là.

Elle rit à travers ses larmes.

– Tu n'es qu'un enfant. J'aimerais t'envelopper, tu comprends, Frank. Je voudrais t'envelopper entre mes bras et te garder pour toujours.

Il la serra contre lui. Une brise tiède souffla de la mer.

– Calme-toi, Eleanor, je suis là.

– Ne me quitte jamais, Frank, je t'en supplie. Tu ne m'abandonneras jamais. Je ne peux pas imaginer vivre sans toi.

– Sois pas bête. Je viens juste de te demander de m'épouser.

Ils restèrent enlacés dans le noir. Elle l'embrassa sur les lèvres, doucement d'abord, puis avec passion. Elle glissa sa langue dans sa bouche en poussant de petits gémissements de plaisir. Elle lui passa les doigts dans les cheveux, son souffle s'accéléra. Il l'embrassa dans le cou. Elle suffoqua, lui prit les mains et les posa sur ses seins. Il l'embrassa de nouveau sur la bouche. Il fit glisser les bretelles de sa robe, dénuda ses épaules et les embrassa. Elle tira un peu plus sur sa robe, dévoilant complètement sa poitrine.

Elle enroula ses bras autour du cou et il lui embrassa les seins. Elle gémissait doucement en lui disant de continuer. Il passa la main sous sa robe et glissa délicatement les doigts entre ses jambes. Elle se mit à haleter et écarta les cuisses, en se serrant plus fort contre lui.

– J'ai tellement envie de toi, Frank.

Quand il rentra ce soir-là, sa mère était déjà couchée et la maison était tranquille. Son père avait bu. Il était assis au coin du feu, la tête entre les mains. Quand Frank lui annonça la nouvelle il fit un petit signe de tête mais ne détourna pas le regard de la cheminée.

– Ben alors, qu'est-ce que tu en dis, papa ? Tu penses que c'est une bonne idée ?

– Moi, j'ai rien à te dire sur la vie, fiston. Toi tu y entres et moi j'en sors.

15

ROSES DE PAPIER

A son retour, il la trouva dans la chambre. Elle se maquillait, assise devant la coiffeuse. Une de ses paires de chaussures traînait sur le lit. Il fut soulagé de la trouver là mais était bien incapable de le lui dire. Il prit une cigarette.

– Tu es encore là. Je te croyais partie je ne sais où.

– Je vais à la messe.

– T'as raison. Va parler au bon Dieu. Ça peut pas faire de mal.

Elle prit une brosse dans son sac et la passa dans sa longue chevelure grise.

– Ce n'est pas la peine de faire le malin, Frank.

Il alluma sa cigarette et s'assit sur le lit. Le parfum sucré de sa femme flottait dans l'air étouffant de la pièce. Il se passa la main sur la nuque et sentit les boutons provoqués par les piqûres de moustique.

– Il y a eu un coup de téléphone pour toi, annonça-t-elle nonchalamment. Une voix de femme. Elle a raccroché dès que j'ai répondu. C'était sans doute Veronica.

Il prit une des chaussures et se mit à jouer avec.

– Je suppose que tu attends des excuses pour ce que j'ai dit tout à l'heure.

Elle attrapa un tube de rouge et s'en mit sur les lèvres.

– Je ne pensais pas ce que je disais, tu le sais bien. Ce serait idiot que tu le croies.

Elle fit une moue devant la glace, prit un mouchoir en papier et s'en tamponna la bouche.

– Tu sais, je m'excuse si je t'ai blessée, Eleanor. Je me sentirais vraiment mal si je t'avais offensée.

Elle hocha la tête sans se détourner du miroir.

– Mais tu avais parfaitement raison. Je n'ai pas été une bonne mère, ni une bonne épouse. J'ai ça sur la conscience et je n'ai pas besoin que tu me le rappelles.

– Non, non, j'ai eu tort. Je me suis laissé emporté à cause de ce type.

– Tu es un vrai gamin. Tu devrais avoir honte.

– Je suis un peu nerveux parfois. Je perds la tête. Je n'y peux rien.

– Ah bon, et Frank Little est le seul qui ait le droit de s'énerver, c'est ça ? Seigneur, tu n'as pas changé !

– Je m'excuse. Je ne pensais pas ce que j'ai dit.

Elle se tourna vers lui.

– On peut tous remuer le passé mais c'est un jeu dangereux.

Il haussa les épaules.

– Je m'excuse d'avoir dit ça, je suis désolé de t'avoir fait de la peine. Ce n'était pas mon intention. Dieu sait.

Il se leva et s'approcha de la fenêtre. Le jour baissait, la lumière déclinante se fondait dans le vert boueux du lac Managua. Il se massa les tempes du bout des doigts, pour essayer de chasser sa migraine.

– Je voudrais pas dire, mais c'est un sacré foutoir ici. Regarde ça, Eleanor, qu'est-ce qu'ils y trouvent de bien, ces mômes ?

Quand il se retourna la porte était ouverte, Eleanor était partie. Il était seul. Il l'appela ; pas de réponse. Il sortit dans le couloir et l'appela de nouveau, un peu plus fort. La lueur bleue des sorties de secours brillait faiblement dans l'obscurité. A l'autre bout du couloir une vieille femme en blouse blanche frottait le sol, à genoux par terre. Elle le regarda, mit un doigt sur ses lèvres pour lui faire signe de se taire.

Il rentra dans la chambre, s'assit sur le lit et prit le foulard d'Eleanor. Il passa ses doigts dans le tissu soyeux et y enfouit son visage brûlant. C'est à cet instant-là qu'il comprit quelque chose.

Il sut qu'il pourrait tuer un homme de ses propres mains, lui arracher le cœur et lui couper la langue, s'il le fallait, pour retrouver son fils et pour se tirer de cette petite ville de merde, de sa chaleur assassine et de ses silences oppressants.

S'il fallait en arriver là, il le ferait, sans états d'âme, sans scrupule et sans hésitation.

Il s'agenouilla auprès du lit, ferma les yeux, joignit les mains en croisant les doigts très fort et pria.

– C'est mon fils unique, murmura-t-il. De grâce, mon seul fils. Mon cœur risque de me lâcher, et je n'ai que lui au monde. Je t'en prie, Seigneur, si tu existes, si tu m'écoutes, viens à mon secours. Je ferai tout ce que tu voudras, mais, s'il te plaît, donne-moi encore une chance.

Il courba la tête. La douleur lui tiraillait l'estomac. L'écho d'une chanson de Little Richard parvenait des étages inférieurs.

Quand elle revint de la messe, elle semblait aller mieux. Frank avait essayé de commander des fleurs à la réception mais ils n'en avaient pas. Alors il avait acheté un cactus en pot et l'avait posé sur le lit avec un petit mot à son intention. Il lui disait qu'il était vraiment désolé et lui promettait de ne plus tenir des propos si blessants.

– Tout à fait approprié, dit-elle en voyant le cactus.

– Je suis désolé, ils n'avaient pas de trèfle.

A une heure et demie ils descendirent déjeuner dans la salle des banquets Augusto César Sandino.

Le directeur leur sourit et leur serra la main.

– Madame est une véritable apparition cet après-midi.

Eleanor protesta en rougissant. Il insista :

– Si, si, c'est un jour merveilleux et madame est merveilleuse, et je devine que monsieur doit être très content.

– Ouais, monsieur nage dans le bonheur.

Le directeur eut l'air d'apprécier et il lui donna une tape dans le dos. Il affichait le sourire satisfait d'un marchand de voitures d'occasion.

Il les plaça à une petite table ronde au bord de la piste de danse, puis, en se frottant nerveusement les mains, il les avertit que sur les quinze crus mentionnés par la carte des vins, il en manquait treize. « C'est à cause de la situation politique, dit-il en secouant tristement la tête. Ça a des conséquences sur tout. » Il prit leur commande et félicita Frank d'avoir choisi le beaujolais albanais.

– Il n'est pas trop mauvais si vous le buvez très vite.

L'orchestre jouait un air langoureux qui semblait un peu hors du temps. Au milieu de la piste une jeune fille en jupe moulante dansait avec un homme beaucoup plus vieux qu'elle. Il portait une veste et un pantalon noirs en velours côtelé qui n'étaient pas tout à fait de la même teinte, une rose défraîchie accrochée à son grand chapeau de cow-boy. La chanteuse, une grande métisse, vêtue d'une robe écarlate flamboyante, fermait les yeux en chantant, et ondulait au rythme triste et lancinant d'une musique mélancolique.

I realize the way your eyes deceived me
With tender looks that I mistook for love
So take away the flowers that you gave me
And send the kind that you remind me of.

Les trompettistes se levèrent, s'approchèrent de leurs micros et chantèrent d'une voix de crooner :

Paper roses. Paper roses.
Oh how real those roses seemed to be
But they're only imitation
Like your imitation love for me [1].

Ils mangeaient lentement, en silence. Il but deux verres de vin et elle but de l'eau. Après avoir terminé la viande filandreuse accompagnée de légumes bouillis et grisâtres, Frank dit que le dessert ne le tentait pas. Le garçon servit à Eleanor une très grosse orange givrée. Frank repoussa son assiette et alluma une cigarette.

1. « Quand je pense à tes yeux trompeurs/Et au mensonge de ton cœur/Reprends les fleurs que tu m'avais données/Et renvoie-moi donc des roses de papier.

« Roses de papier, roses de papier/Vous semblez tellement réelles/Mais vous n'êtes qu'artificielles/Comme l'amour que tu m'as donné. »

– Mais non, ça ne me dérange pas que tu fumes. Merci de me l'avoir demandé.

– Oh, excuse-moi, fit-il en s'apprêtant à écraser sa cigarette dans une soucoupe.

– Je plaisante. Tu peux fumer. J'aime bien l'odeur de tes cigarettes.

– C'est vrai ?

– Absolument. Ça me rappelle l'Irlande.

Il suivait du regard la jeune fille qui dansait toujours avec l'homme au chapeau ridicule. Elle se serrait de plus en plus contre lui et lui lançait des regards enamourés. Il laissa glisser ses mains jusqu'au bas de son dos.

Frank toussota :

– Eleanor, j'ai quelque chose à te dire.

– Ah oui, quoi donc ?

A ce moment-là un groupe de jeunes soldats fit irruption dans la salle à manger. Ils se déployèrent dans les coins et se mirent au garde-à-vous, arme au pied. Un murmure parcourut la salle et quelques personnes se levèrent.

Trois jeunes officiers en uniforme entrèrent encadrés chacun par deux gardes du corps armés jusqu'aux dents. L'un d'eux avait l'air timide, il portait de grosses lunettes à monture noire comme celles de Buddy Holly. Les deux autres étaient un peu plus âgés, très bruns et de belle prestance. Ils se ressemblaient tellement qu'on aurait pu les prendre pour deux frères. Eleanor reconnut le jeune homme à lunettes. On voyait son portrait partout.

Il y eut des applaudissements polis à quelques tables. Les autres ne réagirent pas. Le président Ortega ignora les applaudissements. Il parcourut la salle du regard et ajusta ses épaulettes. Le directeur se jeta sur lui avec empressement et lui donna une vigoureuse poignée de main. D'un geste ample, il lui indiqua une table. Le président s'assit en compagnie des deux officiers. Il tendit un billet au directeur, mais celui-ci le refusa en agitant la main comme s'il était offensé. Il claqua des doigts et trois serveurs accoururent.

Chacun se replongea dans son assiette.

– Vise un peu la touche qu'ils ont. On se croirait au carnaval.

– Qu'est-ce que tu me disais, Frank ?
– Rien. C'est sans importance.
– Dis-moi ce qui te tracasse. Je ne t'en voudrai pas.
Il réfléchit un instant, se pencha et lui souffla à voix basse :
– C'est au sujet de Johnny.
Le visage d'Eleanor se rembrunit.
– Non, non, rien de grave.
– Alors ?
Il tira une bouffée de sa cigarette.
– Il faut que tu comprennes que, moi aussi, je l'aime bien, tu vois, malgré toute cette histoire.
Eleanor eut l'air surpris. Elle reposa sa cuillère et joua machinalement avec elle.
– Seigneur, Frank, bien sûr que je le sais.
Il se mit à bégayer :
– Tu sais, j'ai gardé de bons souvenirs, d'autrefois, je veux dire.
Elle prit une serviette et la porta à sa bouche en regardant fixement l'orchestre comme si la musique allait lui révéler quelque chose.
– Il y a des choses qui se comprennent sans qu'on ait besoin de les dire.
– Ouais. C'est là où je veux en venir, Lea. Les jeunes aujourd'hui, ils sont différents. Ils se moquent de tout ça. Avec eux, c'est foire aux sentiments et compagnie, comme chez ces abrutis de la secte Moon.
– On n'a pas besoin de tout expliquer.
– On est sur la même longueur d'onde, Lea. – Il eut un rire forcé un peu plus fort qu'il ne l'aurait voulu : Mais, doux Jésus, ça n'empêche pas qu'on a tous nos sentiments.
Il regarda le petit homme timide en uniforme qui mangeait une tranche de gâteau et buvait du café dans une petite tasse. Il trouva qu'il n'avait pas l'allure d'un président.
– Non, Frank, tu as raison ça n'empêche pas.
Il sentait que sa femme l'observait. Il regardait fixement le cendrier en espérant qu'elle allait détourner les yeux. Mais il comprit qu'elle ne le ferait pas et il se décida à croiser son regard.
Il trouvait que c'était courageux. Il ne baissa pas les yeux,

s'efforçant de se convaincre que ce qu'il ressentait n'était pas de la culpabilité même si cela y ressemblait dangereusement, sans qu'il sache très bien pourquoi.

Elle tendit la main et lui effleura le poignet.

– On a connu des jours de lait et de miel, n'est-ce pas, Frank ?

– Oui, c'est vrai qu'on a été heureux.

Elle hocha la tête comme si elle pensait à quelque chose.

– Personne ne pourra jamais dire le contraire.

L'orchestre attaqua une nouvelle danse et plusieurs personnes rejoignirent la piste.

– Eleanor, tu devrais finir ta glace avant qu'elle fonde.

Elle sourit, retira sa main. Il alluma machinalement une autre cigarette. Et elle termina sa glace avant qu'elle ait fondu.

16

UN MARIAGE

Dès qu'ils furent fiancés, Eleanor et Frank se mirent à économiser. Ils cessèrent d'aller au concert et au bal. A la place ils faisaient de longues promenades et se rendaient visite. Buckets Boland, un ivrogne un peu débile, apprit la batterie à Frank et il se mit à jouer dans un groupe dirigé par son cousin. Ils animaient les soirées dansantes des clubs de tennis à Ranelagh et à Swords. Il leur arrivait de se produire lors des mariages. Ça rapportait bien. Il ouvrit un compte commun avec Eleanor et ils y déposèrent tout leur argent. Ils économisèrent deux cents livres et firent un premier versement pour l'achat d'une maison.

Ils se disputaient parfois. Au début ce n'était pas bien sérieux. Ils se chicanaient à propos de la couleur d'une robe, de leurs amis respectifs ou à propos de politique. La famille d'Eleanor votait Fianna Fail. Elle disait que le Fianna Fail avait libéré l'Irlande, Frank lui répondait que ce parti ne s'occupait pas de la classe ouvrière mais seulement des fermiers et des riches. Elle éclatait alors en sanglots et criait : « Pourquoi faut-il que tu saches toujours tout ? »

Au bout d'un certain temps Frank découvrit que sa fiancée était plus susceptible qu'il ne l'avait cru au début. C'était sans importance. D'une certaine façon il trouvait ça amusant. Pourtant il lui arrivait de s'enflammer et de sortir de ses gonds quand elle se disputait avec lui sur des babioles. Elle n'aimait pas ses copains de travail. Elle les trouvait grossiers, vulgaires, et quand il s'efforçait de les défendre elle lui répondait qu'il n'avait qu'à se marier avec eux s'il les aimait tant. Le scénario était toujours le même. Elle lui parlait sèchement, disait quelque chose de cassant et se sentait coupable pendant plusieurs jours.

La mère de Frank semblait apprécier Eleanor mais elle la trouvait trop fière.

– Ils sont tous les mêmes dans cette famille, soupirait son père. Ils se croient sortis de la cuisse de Jupiter. Ils vous feraient rentrer sous terre rien qu'en vous regardant. J'ai bien connu son oncle. C'était un pauvre type.

– Il n'y a rien à redire sur cette famille, rétorquait la mère de Frank, ce sont des gens ordinaires comme nous. Ils n'ont pas eu la vie facile.

– Elle te donnera du fil à retordre, fiston, retiens bien ce que je te dis là.

– Elle est super, dit Frank. Elle a du caractère, c'est tout.

– Du caractère, Seigneur ! Elle est bien bonne, celle-là. Ces temps-ci tout le monde a du caractère. Le pays entier va à vau-l'eau et on n'arrête pas de faire de grands discours sur le caractère.

Les temps étaient durs en Irlande à la fin des années 50. Les usines fermaient, il n'y avait pratiquement plus de travail. Les jeunes de Francis Street et de Drimnagh furent nombreux à s'expatrier. Trois des frères de Frank bénéficièrent du programme d'aide à l'émigration et partirent en Australie. Un des frères d'Eleanor s'installa à Boston, et sa sœur à Coventry. Un autre de ses frères se maria et partit seul pour Chicago le lendemain de ses noces. Il allait envoyer l'argent du voyage à sa femme une fois installé ; tout le monde trouvait ça très bien, tout le monde sauf Eleanor.

– Je ne suis pas d'accord, dit-elle à Frank. Quand on est mariés, on doit tout partager. Pas seulement les choses, la vie aussi.

– Sois pas si dure, il faut de tout pour faire un monde.

– Ne va pas t'imaginer que tu pourras vadrouiller une fois qu'on sera mariés. On ne se quittera pas.

Ce fut une nouvelle occasion de dispute mais ils se réconcilièrent très vite et il lui dit qu'il n'irait jamais nulle part sans elle. Ils dansèrent ensemble toute la soirée au mariage de son frère. Tous les invités trouvaient qu'ils étaient faits l'un pour l'autre.

17

MARITZA RAMIREZ

L'attente se prolongea pour Frank et Eleanor, leur inquiétude grandit mais une sorte de calme s'installa.

Le lundi soir, Cherry et Smokes vinrent les voir. Ils s'installèrent tous au *Casablanca* et parlèrent de Johnny. Smokes avait du mal à se souvenir mais Cherry était intarissable. La fois où il s'était fait raser la tête à la suite d'un pari. La fois où il avait flanqué son poing sur la gueule d'un Anglais qui prétendait que tous les Irlandais étaient des ivrognes. Le soir où Jackson Browne était venu à un de leurs concerts : Johnny, Lorenzo et elle étaient restés sur scène toute la nuit à jouer de vieux standards et des airs de rythm and blues avec Jackson jusqu'à ce que le soleil se lève sur les bateaux de pêche de Rivas Harbour. Cinq heures du matin, et six mille personnes sur la place du marché dansant et chantant *Baby, Please Don't Go*.

– Ce fut une nuit démente, fit Smokes, vraiment super.

– Mais tu n'y étais pas. Tu avais la diarrhée. Il n'y avait que moi et les autres.

– Mais si, j'étais là. Tu ne te souviens pas ? Jackson a même dit que j'étais super à la batterie.

Cherry secoua la tête.

– Non, ça c'était plus tôt. Avant que tu attrapes la courante. D'ailleurs il a dit que tu étais un batteur pas courant, Smokes, ce qui n'est pas tout à fait la même chose.

Et la fois où Johnny – Smokes en riait encore – avait foncé à la fiesta du parque sur la toute nouvelle Miss Managua pour l'inviter à danser. Elle avait accepté mais son petit copain avait piqué une rogne et pris une cuite avant de poursuivre Johnny avec un couteau. Le pauvre avait dû se réfugier dans un arbre.

Plus tard dans la soirée, Guapo les rejoignit à l'*Imperial* et leur raconta qu'un jour il avait vu Johnny donner jusqu'à son dernier dollar à un gamin affamé des bidonvilles de Ciudad Sandino. Puis il parla de l'époque où, avec Johnny, ils se tapaient tous les jours quinze kilomètres à pied pour aller à l'aéroport aider à décharger des avions de matériel et de médicaments, juste après le début du blocus, quand la situation à Managua était vraiment difficile.

– Quoi ? s'esclaffa Frank. Ce gars-là, faire quinze kilomètres à pied ? Tu te fous de moi ?

– *Sí*, Francisco. *Verdad.*

– Seigneur ! Il n'avait même pas le courage de traverser la rue quand il était à la maison. On ne pouvait même pas lui faire descendre les escaliers le matin.

Puis ils racontèrent d'autres histoires sur l'époque où il avait commencé à disparaître, pas seulement pour des concerts ou des répétitions ; des absences de plusieurs jours sans un mot d'explication à personne.

– Et ça, j'ai jamais compris, leur dit Smokes. Parfois on pouvait le garder à l'œil, d'autres fois – il hocha la tête et siffla – il était totalement imprévisible, tu vois. Mais il ne s'est jamais expliqué là-dessus. Pas un mot.

– Il avait tout simplement besoin d'air, dit Cherry.

– Oui, bien sûr. Je ne suis pas en train de le critiquer, que ce soit clair. Johnny était vraiment super.

– Il était vraiment gentil, ajouta Cherry tristement. Les gens lui faisaient confiance. Il leur posait toujours les bonnes questions, et j'ai mis longtemps à comprendre pourquoi.

– Et pourquoi donc ? demanda Eleanor.

– Ça lui permettait d'éviter les questions qu'on aurait eu envie de lui poser, fit-elle en riant comme si c'était une évidence. Il était vraiment chatouilleux là-dessus. Par moments, on aurait dit un fantôme. Il était là, bien présent, et en même temps il n'était pas là.

– Ouais, Johnny était super. C'était un mec vraiment intéressant quand on le connaissait comme je l'ai connu.

Eleanor se leva tout à coup et se précipita hors de la pièce.

Smokes la suivit du regard, l'air abasourdi.

– Eh ben ! Quelle mouche l'a piquée ?

Frank soupira.

– Elle ne supporte pas que tu parles de Johnny au passé. C'est un truc qui la met hors d'elle.

Smokes s'efforça de rire en haussant les épaules.

– Et merde, c'est juste une façon de parler. Ça ne veut rien dire.

Il regarda Cherry mais elle détourna les yeux et hocha la tête.

– Mais pour Eleanor, ça fait pourtant une différence, une sacrée différence, insista Frank.

Le mardi matin de bonne heure, Eleanor téléphona en Irlande au père Rogan pour lui demander de suspendre les préparatifs. Elle appela aussi ses plus proches voisins qui lui expliquèrent qu'ils avaient été très embarrassés. Des fleurs avaient été envoyées par des amis et par quelques-uns de ses élèves. Un frère de Frank, qui vivait à Melbourne, s'était manifesté pour dire qu'il allait venir en Irlande assister aux obsèques. Il devait arriver dès le lendemain avec sa femme et ses enfants.

Mais ce mardi-là Frank et Eleanor Little n'étaient pas dans une église de Dublin en train de se recueillir devant la dépouille de leur fils. Ils étaient assis au bord de la piscine de l'hôtel *Imperial*, où une jeune femme du ministerio vint les trouver.

Un groupe de journalistes américains, assis au bord de la piscine, jouaient sur un échiquier géant. Ils buvaient des margaritas et riaient fort. Un ou deux étaient déjà ivres bien qu'il fût seulement onze heures.

La jeune femme s'appelait Maritza Ramirez. Elle était vêtue très élégamment d'un tailleur-pantalon noir et blanc et portait un chapeau blanc. Elle tenait une mallette à la main.

– J'ai des nouvelles pour vous. Bonnes ou mauvaises, je ne sais pas encore.

Elle s'assit et ils commandèrent des cafés. Elle ouvrit sa mallette et en sortit quelques feuillets. Le soleil se reflétait sur la piscine, les aveuglant d'un éclat verdâtre. Elle posa les documents sur ses genoux et expliqua :

– Les dernières nouvelles que nous ayons de votre fils proviennent de la ville de Corinto, dans le Nord. C'est de là qu'il a téléphoné à ses compañeros juste avant l'attaque des Contras… – Elle marqua un temps d'arrêt pour consulter ses notes : Maintenant je dois vous dire que le corps d'un jeune homme qui n'a pas été identifié a été enseveli à Corinto, le lendemain de l'attaque des Contras. Il a été grièvement brûlé au cours de l'attaque. Il n'a pas été possible de l'identifier. Mais les empreintes dentaires que vous avez apportées permettront de déterminer s'il s'agit ou non de votre fils.

– Seigneur ! lâcha Eleanor.

– Mais si on l'a déjà enterré… commença Frank.

– Une exhumation est toujours possible. C'est bien comme ça qu'on dit, non ? fit Maritza Ramirez en le regardant droit dans les yeux.

– Mon Dieu, Frank ! murmura Eleanor.

– D'autre part, señores, reprit Maritza Ramirez, il y a une prison dans la ville. Et il semblerait qu'un jeune Européen y soit détenu. Il a été arrêté dans des circonstances troubles peu de temps après le raid contre-révolutionnaire. Il se trouvait dans la zone sans autorisation et il était en possession de stupéfiants. Jusqu'à présent il a toujours refusé de parler aux représentants du peuple. Il est porteur d'un passeport allemand. Maintenant, je dois aussi vous dire que les autorités allemandes signalent en effet la disparition d'un de leurs ressortissants. Mais certains points ne cadrent pas. L'homme qui est en prison ne correspond pas exactement au signalement du camarade allemand porté disparu. Il a d'ailleurs refusé de collaborer lors des interrogatoires, ce qui est suspect.

– Des interrogatoires ? fit Eleanor.

– C'est une façon de parler. Depuis la révolution nous respectons la convention de Genève, pour tous les prisonniers.

– C'est un mot que je n'aime pas. Mon fils n'a rien fait de mal.

– S'il était à Corinto sans autorisation, il a fait quelque chose de mal, señora. Cela dit, je n'affirme pas qu'il s'agit de votre fils. Ce n'est qu'une éventualité, et bien mince. Quoi qu'il en soit, nous appliquons la convention de Genève.

– Eleanor, dit Frank en lui touchant le genou, tu as entendu ce qu'elle a dit : ce n'est qu'une façon de parler.

Maritza Ramirez poursuivit :

– Il y a aussi un certain nombre de corps qui n'ont pas été identifiés dans les hôpitaux de Granada, Chinandega et Rivas. Nous essayons d'établir une liste, mais c'est difficile. Il faudra que vous l'étudiiez quand elle sera complète.

– Dieu tout-puissant, fit Frank.

– Vous voulez dire que l'un d'entre eux pourrait être notre fils ? demanda Eleanor.

La jeune femme hocha la tête.

– C'est possible. Nous ne pouvons rien dire, señora. Votre mari et vous-même devrez commencer par vous rendre à Corinto, ensuite nous verrons. Tout cela est très pénible pour vous deux, je le sais bien. Le comandante Borge a été mis au courant.

– Quand pouvons-nous y aller ?

– La situation est très délicate, señora. La guerre fait rage autour de nous. Il y a des commandos révolutionnaires très actifs dans les montagnes autour de Corinto. Vous devez attendre que la situation se stabilise. Après quoi nous vous fournirons une escorte militaire.

– Ça prendra combien de temps ?

– Eleanor, tu as entendu ce qu'elle a dit.

– Une semaine, señora, peut-être dix jours. Nos troupes progressent. Nous sommes sous pression en ce moment, il faut que vous le compreniez. La presse américaine a été informée de la présence d'étrangers dans des zones dangereuses de notre territoire. Ils nous observent très attentivement. Nous devons nous montrer prudents.

Elle prit une coupure de presse dans la liasse de documents posés sur ses genoux et la tendit à Frank. C'était un article du *Washington Times :* «LES SANDINISTES PLACENT DES ÉTUDIANTS ÉTRANGERS DANS LA ZONE DES COMBATS», disait la manchette, et la signature de Hollis Clarke apparaissait en fin d'article. Elle lui tendit une pleine poignée de coupures prises dans d'autres journaux américains. « DES GAMINS SANS DÉFENSE UTILISÉS PAR LA PROPAGANDE GAUCHISTE ». « MANAGUA DÉMENT L'EMPLOI DE BOUCLIERS HUMAINS ». « REAGAN AFFIRME QUE LES CONTRAS SONT DES COMBATTANTS DE LA LIBERTÉ ».

– Ce Hollis Clarke, le compañero capitaine Nuñez m'a dit que c'était un de vos amis, señor ?

– Je ne dirais pas ça.

– *Bueno*. Nous devons nous montrer prudents. Nous avons besoin de la solidarité du peuple nord-américain. Par les temps qui courent, nous devons tous savoir choisir nos amis.

– Je n'ai pas revu Clarke depuis dimanche, depuis qu'il a écrit ça.

Maritza Ramirez hocha la tête. Elle pinça entre deux doigts le tissu de son corsage pour l'écarter de sa peau.

– Nous avons fait six mille kilomètres pour venir jusqu'ici. Vous allez sûrement faire quelque chose pour nous ? s'inquiéta Eleanor.

– Mais, Eleanor, elle le sait bien.

– Nous comprenons parfaitement, señora. Honnêtement, nous tâchons de faire de notre mieux. Vous devez essayer d'être patiente.

Maritza Ramirez but son café en faisant la grimace :

– *Ay, Dios mío*, quand la guerre sera finie nous pourrons à nouveau boire du bon café.

– Oui, c'est drôle, dit Frank en riant, l'odeur est agréable mais pas le goût.

– C'est ce que ma mère dit souvent, fit Maritza Ramirez en souriant.

Tout à coup des rires sonores et rauques éclatèrent du côté de la piscine. Les journalistes jouaient à s'asperger et à se verser de la bière les uns sur les autres.

– Cet endroit dont vous avez parlé, Corinto, c'est ça ? est-ce que ce n'est pas là que Smokes doit aller avec son groupe, Frank ? Là où Johnny connaissait une marchande de glaces ? Tu te souviens ? Smokes nous en a parlé la semaine dernière. Ils doivent aller jouer dans le coin. Ça ne doit pas être si dangereux puisque vous les laissez y aller. Après tout, Smokes est américain. On pourrait peut-être y aller avec eux, non? Je crois qu'ils partent demain matin.

Maritza Ramirez but une gorgée de café.

– Il arrive que l'on autorise certains compañeros étrangers à pénétrer dans cette zone, mais uniquement s'ils sont résidents et participent à l'effort de guerre. Et même dans ce cas-là il leur faut un *permiso.*

– Oh, pour l'amour de Dieu, ce n'est qu'un groupe de rock !

– Le peuple a aussi besoin de distraction.

– Eh bien, pourquoi n'irions-nous pas avec eux? dans leur camionnette ?

Maritza Ramirez se mit à rire et hocha la tête d'un air catégorique :

– C'est absolument impossible. Si votre ami est autorisé à entrer dans la *zona*, c'est qu'il aura été entraîné au maniement des armes. Nous ne pouvons autoriser personne à y aller sans préparation. De plus il a un passeport américain. Alors en cas de problème…

– Bien sûr, Lea, ils ne peuvent pas autoriser une chose pareille.

– Tout à fait sérieusement, reprit Maritza Ramirez, vous pourriez être tués là-bas. L'endroit est très dangereux. Les contre-révolutionnaires sont infiltrés partout. La semaine dernière, ils ont tué un ingénieur des téléphones, venu de France, une femme.

Eleanor soupira.

– Bien sûr, vous avez raison, nous comprenons parfaitement, dit Frank.

Maritza Ramirez se leva, défroissa ses vêtements et s'éventa le visage avec la main en poussant un soupir :

– *Qué calor!*

– Merci d'être venue nous voir, dit Frank, de nous consacrer votre temps, chère amie.

– *Hasta la vista*, tachez d'être patients, señores.

Eleanor la regarda se diriger vers l'hôtel. Le serveur sortit à ce moment-là portant un plateau de rafraîchissements. Il avait l'air de bien connaître Maritza Ramirez. Il lui sourit et l'embrassa sur les deux joues. Ils bavardèrent un moment et il lui fit encore la bise avant qu'elle parte.

– Un beau brin de fille, soupira Frank. Il y a vraiment des gens fabuleux dans ce pays, tu ne trouves pas, El ? Ceux qui ne sont pas trop foncés de visage. Et ils ont vraiment de l'allure, je dois dire.

– Frank, il faut qu'on parle.

– De quoi donc ?

– Tu sais très bien de quoi. Pas la peine de faire l'innocent avec moi.

Il but son verre :

– Écoute, je sais parfaitement ce que tu penses, El, et je crois que tu perds la tête. On ne peut pas partir au diable vauvert, fouiner comme ça de notre propre chef. On ne peut pas y aller tant qu'on n'a pas l'autorisation. C'est vraiment dangereux.

Une série de bips électroniques se déclenchèrent en chœur sur la table des journalistes. Ils sortirent tous précipitamment de la piscine et enfilèrent leurs pantalons par-dessus leurs maillots de bain.

– Eleanor, sois raisonnable. On ne peut pas faire ça. Tu veux qu'on se fasse descendre ?

Elle se leva et il lui prit le poignet. Elle ne réagit pas et l'écouta un moment en tapant du pied, puis, tout à coup, elle retira vivement sa main. Elle avait à présent le visage écarlate.

– Frank Little, comment peux-tu ne pas avoir honte ? Et moi qui croyais que tu étais encore un homme.

Elle lui tourna le dos et partit vers l'hôtel. Il se prit la tête entre les mains. La chaleur hurlait. Ça allait encore être une fameuse journée.

18

TOUT EST SÉRIEUX

Le cri de Cherry retentit du fond de la chambre.

– Filet mignon, ramène ton joli petit cul par ici et baise-moi encore !

Smokes se regarda dans la glace. Il prit le déodorant et s'en passa sous les bras avec un grand sourire. Il sortit de la salle de bains une serviette autour des reins.

– Seigneur, qu'est-ce que t'es mignon. Allez, ramène-toi.

– Mon amour, tu as vraiment un goût excellent.

Elle l'attrapa par les cheveux et le fit tomber sur le lit. Ils s'embrassèrent fougueusement, lèvres humides. Leurs langues s'emmêlèrent, elle lui mordit le cou. Elle glissa sa jambe entre ses cuisses et le fit rouler sous elle. Il lui caressait les épaules et le dos, tout en respirant l'odeur de sa peau. Il avait du mal à croire qu'une fille puisse être si belle. Il retrouva sa bouche et saisit ses seins à pleines mains. Elle lui mordillait les épaules. Il la serra violemment dans ses bras.

– Cherry, mon amour, si tu savais comme je t'aime.

– Mon Dieu ! moi aussi, Smokes…

Elle s'empara de ses mains, qu'elle se mit à lécher, puis elle entreprit de guider ses doigts mouillés de salive sur ses seins et entre ses cuisses.

– Je t'aime, dit-elle.

– Tu me donnes des frissons, de la tête aux pieds.

– Et moi jusqu'à la moelle. Fais-moi jouir, Smokes.

Elle lui avait saisi le bout des doigts et les promenait sur son corps pour lui montrer les endroits où elle voulait qu'il la caresse. Il le savait déjà mais elle le faisait quand même parce que c'était amusant et que ça les rapprochait davantage. Il la caressa, l'embrassa, faisant courir ses mains sur sa peau satinée. Elle tendit le bras et attrapa un préservatif sur la table de chevet.

– Oh non, ronchonna-t-il.

– Si, si.

Elle prit son pénis qu'elle pressa doucement. Puis elle se mit à l'embrasser ; elle le suça et le garda longuement dans sa bouche tandis qu'elle le sentait durcir. Le visage caché dans ses mains, il se mit à pousser de petits gémissements. Elle éclata de rire. Ils roulèrent l'un sur l'autre. Il lui lécha le ventre. Ils suaient et soufflaient, secoués par le fou rire comme des gamins. Il fit tourner la pointe de sa langue dans le creux de son nombril. Elle haletait. Il lui mordit les cuisses. Elle s'assit et déroula le préservatif le long de son sexe.

– Prends-moi.

Il se rabattit les cheveux derrière les oreilles, lui prit le visage entre les mains et la regarda. Il aurait voulu hurler tellement il la trouvait belle. Il l'embrassa sur la bouche, le nez, les joues. Elle ferma les yeux et soupira. Il déposa un baiser sur ses paupières et fit courir sa langue sur ses sourcils.

– Alors, tu te décides ou t'attends le déluge ?

Elle le força à se rallonger sur le dos. Les deux mains posées sur la poitrine de son amant, elle l'enjamba. Elle se frottait lascivement contre ses cuisses humides. Smokes, impatient, râlait de plaisir. Il la saisit par les hanches. Elle le fit doucement rentrer en elle. Leurs mouvements étaient rythmés par de profonds soupirs.

– Bon Dieu, je vais jouir !

– Retiens-toi, supplia-t-elle.

– Putain, je peux pas…

Il s'arrêta et agrippa les barreaux du lit. Elle se pencha et l'embrassa sur la bouche.

– Tu n'as qu'à penser à un truc ennuyeux, suggéra-t-elle en riant, les Mémoires de Trotski par exemple.

– D'accord, c'est bon, ça va aller, souffla-t-il.

Elle recommença son mouvement de hanches en lui effleurant les lèvres du bout de ses seins.

– Vas-y, baise-moi.

– Je jouis !

Haletante, elle se rejeta en arrière, le faisant entrer plus profondément en elle.

– Vas-y, maintenant. Baise-moi à fond. Je veux te sentir jouir.

Il lui prit la poitrine à pleines mains et serra les dents.

– Je vais jouir, Cherry, je viens…

– Oh, Smokes, vas-y mon amour, viens…

Cinq secondes plus tard on sonna à la porte.

– Merde, râla Smokes en s'asseyant brusquement.

– Laisse tomber, ça doit être Guapo, murmura-t-elle.

Il acquiesça, l'embrassa sur la bouche avec un petit rire gêné.

Un autre coup de sonnette plus insistant fut suivi d'un martèlement. Cherry grogna, le martèlement reprit.

– Bon Dieu, faut que j'y aille, mon amour.

Cherry se retourna et donna des coups de poing dans l'oreiller.

– Fais vite.

Smokes s'enveloppa dans le drap, traversa le salon et se dirigea vers la porte d'entrée.

– J'arrive, Guapo, sale petit *cabrón*.

La porte s'ouvrit, la lumière inonda la pièce et l'aveugla.

– Frank, fit-il l'air suffoqué, Eleanor, quelle bonne surprise !

– On n'en a pas pour longtemps, on voit bien que tu es occupé.

– Tu veux dire quoi, Frank ?

Frank fit un geste de la tête en direction du drap :

– T'es occupé.

– Non, Franklin, j'étais sous la douche.

– Sûrement pour enlever tout ce rouge à lèvres, gloussa Eleanor.

– D'accord, c'est bon.

Smokes se demanda soudain si dans une telle situation on rougissait de la tête aux pieds.

Eleanor et Frank entrèrent. Frank enleva son chapeau.

– C'est beau d'être jeune et amoureux.

– T'es vraiment marrant, Frank, un vrai comique.

Frank sourit :

– Eleanor a quelque chose à te dire.

Smokes la dévisagea.

– Vas-y Eleanor.

– Écoute, Smokes, ça tient en trois mots. On voudrait que tu nous emmènes à Corinto avec les Desperados. On a tout prévu. Ils croient que Johnny pourrait bien être emprisonné là-bas.

– Et puis il y a ce type, ajouta Frank, celui qui a été enterré là-bas. C'est cette femme qui est venue et qui nous a mis au courant. Elle a dit que s'il avait des chances d'être encore en vie il ne pouvait se trouver que là. Alors, quand tu vas y aller demain avec le groupe, on va suivre le mouvement. C'est bon, pas de questions ?

Smokes rit sottement.

– Vous vous foutez de moi ?

– On est très sérieux.

Smokes s'approcha de Frank et s'amusa à lui boxer le bras d'un air taquin.

– Ça a failli marcher, Franklin. – Il lui fit un clin d'œil en ricanant : Tu sais, Johnny aussi avait l'habitude de me faire des tours de con comme ça à tout bout de champ.

Frank sourit.

– On ne plaisante pas.

Smokes le regarda attentivement, il commençait à perdre son calme.

– Ça suffit, Franklin. Tu veux me rendre cinglé ?

Frank s'entêtait.

– Eleanor veut que tu nous emmènes à Corinto. Et moi aussi. Notre décision est prise.

– Frank, mais quoi, t'es malade ? Je peux pas faire ça, les mecs.

– Pourquoi ?

– Eleanor, Corinto est en plein milieu de la zone des combats. C'est un endroit complètement pourri, dément. C'est comme l'antichambre de l'enfer, le charme en moins. Allez, Franklin, tu veux me faire tourner en bourrique, dis-le !

– Si vous ne voulez pas nous emmener, on demandera à un chauffeur de taxi de le faire, déclara Eleanor.

Smokes se tordit de rire.

– Eleanor, ma vieille, tu crois vraiment qu'un taxista va vous conduire à Corinto ? Et mon cul, c'est du poulet ?

– Il n'y a aucune raison d'être vulgaire.

Cherry apparut dans l'embrasure de la porte. Elle portait un long T-shirt avec une pyramide dessinée dessus. Elle leur fit timidement un signe de la main, et Eleanor lui envoya un baiser.

– Eleanor, ma chérie, excuse-moi, d'accord ? Mais, crois-moi, aucun chauffeur de taxi ne vous emmènera à Corinto.

– Smokes, pour deux mille dollars, ils te feraient faire un aller-retour en enfer.

Les pupilles de Smokes se rétrécirent.

– Vous n'avez pas autant de fric. Personne ne se trimballe avec autant de fric.

– Oh, si. Frank a apporté beaucoup d'argent. Où qu'il aille, Frank emporte toujours beaucoup d'argent. Ça le rassure.

– C'est vrai, approuva Frank.

Smokes sentait la chaleur lui monter à la tête. Il aspira à travers ses dents. La sueur lui dégoulinait dans le dos.

– Vous me faites marcher, les mecs, pas vrai ?

Il s'humecta les lèvres et les regarda fixement. Frank eut un hochement de tête. Brusquement, Smokes ferma les yeux et se mit à rire comme un dément. Il se flanqua une grande claque sur le front, se tourna vers Cherry en la montrant du doigt.

– Espèce d'ordure, fit-il d'un ton geignard. Tu m'as bien eu. Tu leur as dit qu'on serait là, tu leur as demandé de venir et de me foutre les boules. Oh putain, j'aurais dû m'en douter. Quel con !

– Non, je n'ai rien fait, Smokes.

– De toute façon, tout est arrangé, lui dit Eleanor d'un air radieux. Nous partirons samedi à l'aube et nous serons là-bas bien en avance pour votre concert de la semaine prochaine. Ce sera bien, hein ?

Smokes s'allongea sur le canapé. Il se prit la tête entre les mains :

– Seigneur Jésus, ils ne plaisantent pas.

Cherry entra et s'assit sur un pouf, les bras serrés autour des genoux. Elle riait.

– Il va falloir qu'on en parle aux autres, à Lorenzo et à Guapo. Ça risque de leur attirer des ennuis.

– Ils pourraient se retrouver en prison, on ne peut pas faire ça, dit Smokes.

Un coup de tonnerre déchira l'air. Les premières gouttes commencèrent à tomber sur le toit, crépitant comme des applaudissements sur les lattes métalliques. Dans la rue, des enfants hurlaient de joie.

– Pas question, reprit Smokes. C'est complètement cinglé. Impossible. Vous avez bien entendu ce que Nuñez a dit sur les gringos qui se trouvaient dans la zone des combats.

– On en a marre d'attendre, Smokes.

Des éclairs zébrèrent le ciel, dans la rue, les hurlements s'amplifièrent.

– Oui, dit Eleanor, on a déjà beaucoup trop attendu. Pense un peu à ce que tu ressentirais si c'était ton fils.

– Je vais vous dire ce qu'on va faire, intervint Cherry. On se verra ce soir, à Plastic City. Vous savez où c'est ? Là où il y a le McDonald's. On va en parler aux autres et puis on se verra après.

Smokes s'assit et la dévisagea.

– Cherry, c'est impossible, fit-il pour la mettre en garde. Allez, sois réaliste, mon amour ; t'es pourtant pas folle ?

– C'est parfait, à plus tard, conclut Eleanor. Maintenant on vous laisse, les tourtereaux. Tu viens, Frank ? Tu vas me faire faire un peu de tourisme.

– *Hasta la vista*, baby, dit Frank avec un grand sourire.

Ils refermèrent la porte derrière eux et sortirent sous la pluie.

Smokes se leva et se versa une grande tequila. Il se mit à faire les cent pas dans la pièce et alluma une cigarette. Il vida son verre et s'en resservit un autre. Il était malade d'inquiétude, oppressé et perturbé.

– C'est pas vrai, j'hallucine ! C'est pas possible que ça m'arrive à moi.

– Allez, viens te recoucher, mon lapin. Laisse le monde à la porte.

Elle retira son T-shirt, traversa la pièce et s'approcha de lui par-derrière. Elle embrassa doucement ses épaules et lui enfonça les doigts dans le dos.

– Mon amour, lui dit-il, comme elle passait ses bras autour de son ventre, arrête ; c'est sérieux, tu sais.

Elle l'étreignit plus fort et ferma les yeux en écoutant le bruit de la pluie. Elle l'aimait tellement. Sans elle il était désarmé, mais ça n'avait pas d'importance ; c'est pour ça qu'elle l'aimait.

– Je sais, Smokes, tout est sérieux. Mais ça aussi, c'est sérieux.

19

LONDRES

Ce fut Leo, l'oncle d'Eleanor, un moine franciscain qui les maria dans l'église de Mount Argus, le 20 septembre 1960. Ils réglèrent eux-mêmes tous les frais – la réception, les fleurs, les robes, les costumes, le buffet et les boissons. Personne ne les aida.

Johnny Doyle avait une fille qui tenait une pension à Londres. Frank et Eleanor y passèrent leur lune de miel. Ils allèrent au *Three I's Café*, allèrent écouter Marty Wilde et son orchestre au *Dominion Theatre* dans Charing Cross Road. Ils allèrent danser au *Palais* dans Hammersmith et dînèrent au restaurant tous les soirs.

Londres était si vivante, colorée, bruyante. Il y avait des teddy-boys et des rockers dans les rues de Soho, de belles filles qui portaient des tricots trop larges et de grandes jupes aux couleurs vives. Il y avait des Africains et des Indiens. Des galeries d'art et plein de théâtres. C'était tellement plus grand que Dublin. Eleanor disait que c'était merveilleux. Comme de se réveiller dans un monde différent.

Ils ne firent pas l'amour les premières nuits de leur mariage. Elle lui demanda si ça l'ennuyait qu'ils se contentent d'échanger des baisers et des caresses. Il répondit que non. En fait, il avait peur, lui aussi.

Le quatrième soir, ils sortaient d'un théâtre de Shaftesbury Avenue, quand ils furent surpris par un orage sur le chemin du retour. Il se mit à tomber des cordes sur le West End. Ils s'abritèrent sous un porche et s'embrassèrent passionnément ; ils comprirent tous les deux qu'ils allaient faire l'amour ce soir-là pour la première fois.

Eleanor se déshabilla dans la salle de bains. Elle enfila une chemise de nuit et se dirigea à tâtons vers le lit dans la pénombre. Elle embrassa son mari et sentit qu'il lui enlevait sa chemise de nuit. Elle lui demanda de retirer son pyjama, ce qu'il fit. Elle resta un long moment serrée contre lui. Elle caressa son pénis, il était raide et chaud. Il glissa une jambe entre ses cuisses. Elle soupira de plaisir et il s'allongea sur elle. Il la pénétra doucement, elle suffoquait.

– Ça va ? lui demanda-t-il.

Elle lui passa les bras autour du cou.

– Oui, murmura-t-elle, continue.

– Je te fais mal ?

– Non, Frank.

Il vint en elle un peu plus. Il s'efforçait de prendre appui sur ses bras pour ne pas lui faire mal. Elle détourna la tête. Il sentit l'orgasme arriver presque tout de suite, et il s'écroula sur elle en criant de plaisir ; elle le tint serré contre elle.

Ensuite ils firent l'amour tous les soirs pendant deux semaines. Jusqu'à en avoir mal. Ils faisaient aussi l'amour le matin, avant de descendre prendre le petit déjeuner.

Ils visitèrent la tour de Londres, Madame Tussaud et Buckingham Palace. L'après-midi ils rentraient et s'allongeaient sur le lit. Ils se déshabillaient et faisaient l'amour. Puis ils restaient enlacés, sans bouger à écouter le bruit de la circulation dans la rue et le vacarme du rock and roll qui venait du petit café d'en face.

Ils étaient tellement amoureux l'un de l'autre qu'ils voulaient sans cesse se toucher. Ils ne pouvaient pas supporter de marcher dans la rue sans se tenir par la main. Maintenant ils se déshabillaient dans la même pièce. Ils dormaient complètement nus et n'éprouvaient aucune gêne à se regarder.

Un après-midi, ils se promenaient au soleil dans Hyde Park. Ils empruntèrent une allée envahie de fougères et d'églantines. Il la prit soudain par la taille et se mit à l'embrasser dans le cou. Elle s'appuya contre un arbre. Il lui saisit le visage entre les mains et lui couvrit la bouche de baisers passionnés. Il se frotta contre elle ;

elle sentait son corps à travers sa fine robe de coton. Elle rit et lui dit qu'il était temps de rentrer à l'hôtel et d'aller se coucher.

Après cela ils restèrent enlacés à écouter de la musique classique à la radio.

– Est-ce que c'est aussi agréable pour toi, Eleanor, quand nous sommes ensemble ? lui demanda-t-il tendrement.

Elle devint cramoisie et lui embrassa le visage.

– C'est un tel plaisir ! On raconte tellement d'histoires épouvantables, Frank. Personne ne m'avait jamais dit à quel point c'était bon.

20

LORENZO MORAN

De l'extérieur, le McDonald's de Managua ressemblait à tous les autres. Vitres gigantesques, portes en plastique jaune et vert, et sur le toit les deux grandes arches jaunes éclairées au néon.

A l'intérieur, en revanche, c'était différent. Pas de hamburgers, pas de frites, pas d'apple-pies, pas de beignets de poulet. Pas de limonade, pas de glaces, pas de poisson pané. Pas de pailles, pas de serviettes en papier, pas de cendriers en aluminium mais des omelettes, des bières, une seule sorte de milk-shake, c'était tout. Mais ça n'empêchait pas la file bavarde d'adolescents dragueurs, tous vêtus de jeans, de passer les portes et de s'étirer jusque dans la *Ciudad Plástica*.

Quand Frank et Eleanor entrèrent, Smokes et Cherry étaient assis devant une omelette. Guapo était là aussi ; il buvait une bière et chuchotait quelque chose à l'oreille d'une serveuse. Il portait un petit chapeau mou, un foulard écarlate autour du cou et un T-shirt noir sur lequel on avait dessiné au pochoir THE CLASH en lettres rouges.

Il y avait un autre homme avec eux. Il avait la peau noire et luisante. Il paraissait un peu plus âgé que Guapo. Il portait une chemise léopard, une veste blanche en soie et des lunettes de soleil aux verres réfléchissants. Il était complètement chauve. Il tenait dans la main droite une canne en bois, ornée d'une tête d'aigle dorée en guise de pommeau. Ses doigts couverts de bagues d'or et d'argent caressaient le bec de l'aigle.

– Lorenzo Moran, annonça Cherry. Lorenzo, je te présente Frank et Eleanor, les parents de Johnny.

– Je suis ravi de faire votre connaissance, fit-il d'une belle voix grave.

Eleanor trouva immédiatement que c'était le genre de voix qu'aurait un violoncelle si un violoncelle pouvait parler et respirer comme un homme. Il tendit la main et resta ainsi attendant que quelqu'un la saisisse. Eleanor se décida enfin. Lorenzo lui prit la main, la porta à ses lèvres et y déposa un baiser. Frank s'avança à son tour, mal à l'aise, et serra la main de Lorenzo.

– Eh oui, mon vieux, dit Lorenzo, je suis aveugle, comme Moïse dans le désert.

– Je suis vraiment désolé, dit Frank.

– Il n'y a pas de raison, mon frère. La lumière du Seigneur est dans ma tête, et l'électricité qu'il y a là-dedans pourrait faire marcher tous les néons de Broadway.

Ils s'assirent. Smokes commanda deux autres bières.

– Alors, Lorenzo Moran, tu dois bien avoir un peu de sang irlandais ?

– Mon grand-père était irlandais. C'était un marchand d'esclaves au temps jadis mais il a changé quand il a rencontré ma grand-mère. Un jour, il se baignait dans une rivière à Trinidad, elle était là avec sa sœur dans les roseaux ; il a posé les yeux sur elle et il a été frappé par la grâce. Ils se sont enfuis tous les deux et sont arrivés ici sur cette terre bénie.

– Dis-moi, ça doit pas être facile pour toi. Tu vois ce que je veux dire. Aveugle et noir par-dessus le marché.

– Frank Little, je t'en prie ! fit Eleanor.

– Ben quoi, je dis ça comme ça.

Lorenzo ouvrit la bouche et se mit à rire en se balançant sur sa chaise et en martelant le sol avec sa canne.

– Ce n'est pas si dur, mon frère, je suis entouré d'anges radieux qui veillent sur moi.

– Des anges avec des ailes ou des anges d'une autre sorte ?

– Oh, des deux. De toutes les sortes. Et, tu sais, plus la baie est noire, meilleur en est le jus.

– Bravo, Lorenzo, dit Frank en riant, t'as vraiment le bagout d'un Irlandais.

Smokes se racla bruyamment la gorge.

– Pardon, ça va les mecs ? Est-ce qu'on est là pour parler de la fichue verte Eirin ou pour discuter de choses plus sérieuses ?

– Excuse-moi, Smokes, dit Frank.

– *Sí, lo siento, Marilyn.*

Smokes lança un regard furieux à Guapo et se pencha sur la table. Il but un peu de son milk-shake et murmura :

– Écoute, je viens de parler de ce délire avec les autres. Et puis je sais pas, c'est vraiment dangereux, stupide et complètement illégal.

Il les regarda tour à tour, s'efforçant d'afficher une certaine gravité sur son visage enfantin.

– Je ne comprends pas, c'est vraiment des cons mais ils veulent vous emmener avec nous.

– T'es sérieux, Smokes ? demanda Frank.

– Prépare-toi, Frank, ça va secouer, lança Cherry. On est partis pour Corinto, la tournée des trois-huit !

Des larmes brûlantes embuèrent les yeux d'Eleanor.

– Merci, les garçons, dit-elle.

Guapo lui prit la main et la serra.

– *De nada,* Eleanor. C'est normal, non ?

– C'est bon, fit Smokes. Voilà comment ça va se passer : d'ici à Corinto, ça fait cinq heures si on prend la Pan-American Highway. Mais on ne peut pas y aller par ce chemin-là. C'est con, mais c'est pas possible.

– Pourquoi ? demanda Frank.

– Il y a deux raisons, Franklin. Premièrement ça grouille de militaires jour et nuit. Tu vois, si les Contras s'en emparent, c'est la fin des haricots, alors il y a des barrages routiers tous les dix kilomètres. Vous seriez découverts en moins de deux.

» Deuxièmement on a les concerts, c'est la meilleure couverture. Vous nous accompagnez, on monte tous dans Claudette, vous restez planqués. On fait ce qu'on a à faire et on sera là-bas dans quatre ou cinq jours, impec.

– Vous les donnez où ces concerts ? s'enquit Frank.

Smokes se gratta la tête.

– Je crois qu'il y en a un à Poneloya. Un autre, euh... à Estelí, c'est ça, mon amour ?

– Smokes, tu ferais mieux de la boucler et de me laisser expliquer.

– OK. Toujours aussi susceptible, ma Cherry.

Elle lui tira la langue.

– Bon, par rapport à Managua, Corinto c'est droit au nord. On part demain, mercredi, par les petites routes. On évitera la Pan-Am pendant tout le trajet. On suivra une route parallèle en longeant la côte Pacifique jusqu'à León. Demain soir on y animera le festival, concert numéro un. Puis on filera vers l'est. On franchira la Pan-Am comme une rivière en espérant qu'on ne se fera pas coincer. Puis on poussera plus à l'est à l'intérieur dans les montagnes, jusqu'à Estelí. Un jour de repos et, vendredi soir, concert numéro deux. Après ça on continuera vers le nord jusqu'à Ocotal, à la frontière du Honduras. Concert numéro trois, le bal du samedi soir. Après ça à l'ouest toute, on descendra vers l'ouest, toujours vers l'ouest jusqu'à Corinto au bord du Pacifique. On jouera là-bas le 17, c'est-à-dire mercredi. On se reposera un peu et on recommencera le 19, le jour de la Révolution.

– Ouais, concert numéro cinq, annonça Smokes.

– Merci Sherlock, rétorqua Frank.

– Vous voyez, on ne peut pas y aller directement, on va décrire un grand triangle, reprit Cherry.

Elle traça un rectangle en hauteur sur la table en plastique et dessina le parcours avec son doigt.

– Au nord, à l'est, et retour vers la mer en suivant une boucle, comme un grand point d'interrogation, fit-elle en souriant.

Une jeep s'arrêta devant le McDonald's et trois jeunes soldats en jaillirent d'un bond. Ils regardèrent autour d'eux et jetèrent un coup d'œil à leur montre. Ils avaient l'air d'attendre quelqu'un.

Lorenzo éleva la voix :

– Frank, mon frère, ton fils était un homme admirable. Il avait une belle âme et un cœur charitable.

Des cris et des hurlements de loup leur parvinrent du comptoir. Un des soldats était debout à côté de la file et plaisantait avec un groupe d'écolières en kilt et blazer.

– Tu le connaissais bien ? voulut savoir Frank.

Lorenzo hocha la tête.

– Chez lui l'esprit l'emportait sur la chair. Un cœur si généreux percé par les clous de la douleur. Il était dans le monde mais le monde n'était pas fait pour lui.

Smokes se croisa les bras et leva les yeux au ciel.

– Nom de Dieu, soupira-t-il.

– Quelque chose qui ne va pas ? lui demanda Cherry.

– Attends, c'est bien de Johnny Little qu'on est en train de parler ici et pas de Mère Teresa ?

– Hey, Marilyn ! fit Guapo.

– Et toi, espèce d'ordure, arrête de m'appeler Marilyn !

Guapo mit un doigt sur ses lèvres :

– Chut, Marilyn !

– Lorenzo, dit Eleanor, c'était vraiment votre ami ?

Il baissa la tête. Du doigt il remonta ses lunettes de soleil.

– Ma sœur, le Seigneur a toujours été très bon avec moi et le jour où j'ai rencontré Johnny Little il m'a fait le plus beau des cadeaux. Connaître cet homme a été une véritable bénédiction.

Frank tendit le bras et lui serra la main.

– Lorenzo, tu es un gentleman.

– Eh, Franklin, tu sais on ressent tous la même chose. Moi plus que les autres. Tu vois ce que je veux dire. Si ce fils de pute est là-bas, on va pas le laisser moisir en enfer, non ?

Cherry essuya une larme. Smokes la prit par l'épaule et lui sourit.

– Ça va. Je pensais au moment où on le retrouvera.

– Pas de pleurs, femme. Nous sommes le peuple de la résurrection et notre chant est un Alléluia.

– D'accord mon frère. Ça c'est la vérité.

Au *Lobo Jack*, la boîte de nuit, en face du McDonald's, de l'autre côté de la place, Smokes et Cherry dansaient la lambada. Les jeunes au bar les regardaient en s'amusant. Ils les montraient du doigt et riaient. Frank et Eleanor les regardaient aussi. Ils tournaient autour de la piste parfaitement en rythme avec la musique endiablée. Cherry portait une jupe rouge très courte et un corsage noir trop grand. Elle était rayonnante. Smokes avait l'air un peu ridicule avec le bas de son pantalon à pattes d'éléphant qui lui battait les mollets. C'était pourtant un excellent danseur. Il la tenait serrée, la repoussait, puis se rapprochait et tournoyait autour d'elle en ondulant des hanches. Il la saisissait par la taille et la soulevait dans les airs. Elle accrochait ses cuisses autour de sa poitrine, rejetait les bras et la tête en arrière, sa longue chevelure venant balayer le sol.

– Seigneur, il n'y a pas besoin d'en faire tant. Si tu veux mon avis, ça n'a rien à voir avec la danse, commenta Frank.

Eleanor soupira :

– Danser n'a jamais eu à voir avec la danse.

Guapo s'approcha. Il fit tinter sa bouteille de bière contre celle de Frank et resta à côté d'eux. Il regardait Smokes et secouait la tête d'un air dubitatif.

– Guapo, pourquoi tu ne danses pas ?

Il fit la grimace :

– *No me gusta ese tipo de música. Prefiero el rock and roll.*

– Il dit qu'il n'aime pas la salsa, Frank. Il n'aime que la pop music.

Juste à ce moment-là, la salsa céda la place à une chanson de U2. Les jeunes en jeans envahirent la piste en poussant des cris de joie. Ils se trémoussaient, remuaient les bras et reprenaient le refrain en chœur. Guapo s'élança au milieu d'eux. Il se mit à balancer la tête, à taper des pieds ; les bras levés, il frappait dans ses mains.

Smokes et Cherry quittèrent la piste, trempés de sueur. Ils restèrent avec Frank et Eleanor à regarder Guapo danser. Celui-ci, les yeux fermés, les mains serrées sur les hanches, décrivait un cercle en bondissant.

– C'est triste, hein ? dit Smokes.

– Oh merde, tu vas la boucler, fit Cherry.

Lorenzo était assis à côté du juke-box. Une jeune femme du Barrio Rubén Darío lui caressait le visage du dos de la main et essayait de lui parler. Elle avait trop bu, elle voulait danser avec lui. Lorenzo faisait semblant de ne pas comprendre l'espagnol.

Elle le suppliait :

– *Venga... ¡Baila! ¿Porqué no baila conmigo?*

Lorenzo :

– Mon âme loue le Seigneur et mon esprit se réjouit en Dieu, mon Sauveur.

– *¿Porqué no baila conmigo? ¿Porqué no, amor?* fit-elle d'un ton pressant.

21

GLENAGEARY

En 1961, juste après Noël, Frank et Eleanor emménagèrent dans leur maison à Glenageary, une de ces nouvelles banlieues qui avaient poussé aux abords de Dublin à la fin des années 50.

Il y avait quatre chambres et un jardin. La cuisine était très grande. La salle à manger donnait sur la rue et derrière il y avait une autre pièce, un salon, selon l'expression de l'agent immobilier. Il y avait plus d'espace dans cette nouvelle maison que dans celles de leurs deux familles réunies.

Les voisins n'étaient pas particulièrement aimables. Renfermés et curieux, ils venaient de la campagne. Mais ça n'avait pas d'importance parce qu'ils étaient très heureux ensemble. Ils achetèrent un piano d'occasion et Eleanor commença à donner des leçons à certains enfants du quartier. Frank se dit que ça lui faisait un centre d'intérêt. Il y a des hommes qui n'aiment pas que leur femme travaille mais il n'était pas comme ça. Il trouvait que c'était bien pour une femme d'avoir un centre d'intérêt, et aussi un peu d'argent à elle. Sa mère le lui avait souvent dit.

La première fois que les parents d'Eleanor vinrent les voir, ils parurent mal à l'aise en faisant le tour de la maison. Son père n'ouvrit pratiquement pas la bouche durant tout le déjeuner et sa mère n'arrêta pas de parler de la cuisinière électrique et de la taille de la salle de bains. Quand Frank fut de retour après les avoir raccompagnés à Drimnagh, Eleanor semblait inquiète.

– Tu penses qu'on a changé, Frank, depuis qu'on habite ici ?

– J'espère bien que oui. Il n'y a vraiment rien de réjouissant à être pauvre.

Il lui parla du temps où son père était en grève. Sa mère manquait cruellement d'argent. Il fallait nourrir les enfants et pratiquement plus rien ne rentrait à la maison. Elle avait envoyé Frank chez son oncle avec un mot pour lui emprunter de l'argent. Il raconta à Eleanor qu'il ne l'avait jamais vue si honteuse, il revoyait encore l'expression de son visage.

– Ça n'arrivera jamais à nos enfants, c'est la seule chose qu'on va changer, mon amour.

Ils allaient se promener à Killiney Hill et du côté de Dalkey Quarry. Il leur arrivait de remonter Vico Road et d'admirer la mer. C'était une vue archicélèbre, on disait que ça ressemblait à la baie de Naples. Ils travaillaient très dur tous les deux. Le soir, ils écoutaient la radio, parfois ils lisaient les journaux. La plupart du temps, ils parlaient. Ils achetèrent un tourne-disque et quelques opéras, les symphonies de Beethoven, les concertos brandebourgeois de Bach, les mélodies de Moore par le comte John McCormack, les oratorios de Haendel, et de la musique traditionnelle irlandaise par Sean O'Riada et Carolan. Ils faisaient l'amour presque toutes les nuits.

Un jour de février 1962, il rentra du travail et la trouva en pleurs dans la cuisine. Il lui prit la main et lui demanda ce qu'elle avait.

– Je suis allée chez le docteur aujourd'hui.

– Pourquoi, mon amour ? Tu es malade ?

– Non, j'ai du retard.

– Qu'est-ce que tu veux dire ?

– Tu ne vois vraiment pas, Frank ?

– Non, dis-moi.

Elle détourna le regard.

– Tu sais ce qui peut arriver à une femme tous les mois ?

– Oh oui, ça je sais.

– Eh bien, c'est ça. Voilà ce qui m'arrive, Frank, j'ai du retard. Le docteur pense que je vais avoir un enfant.

Il la prit par l'épaule et se mit à pleurer lui aussi tant il était heureux. Il l'emmena dîner au *Killiney Castle*. Après, ils allèrent danser dans la salle de bal.

Une petite fille naquit en septembre. Elle avait les cheveux roux et les yeux verts. Ils l'appelèrent Catherine Maureen comme la mère de Frank et comme Maureen O'Hara. Elle fut baptisée à l'église de Sallynoggin, Our Lady of Victories, à Dublin.

22

LES VOILES DES CIEUX

Le mercredi ils se levèrent à cinq heures du matin et fourrèrent quelques vêtements dans un sac. Frank se rasa devant l'évier de la petite cuisine pendant qu'Eleanor prenait sa douche dans la salle de bains. Il s'essuya le visage, ouvrit la fenêtre pour écouter le gazouillis des oiseaux dans le jour naissant. Le soleil se levait semblable à un grand jaune d'œuf ensanglanté. Il prépara du thé et fit griller du pain. Ils passèrent dix minutes à prendre leur petit déjeuner, pratiquement silencieux en écoutant la musique classique qui précédait les informations de cinq heures trente à la radio.

Smokes attendait sur le parking auprès de Claudette, une longue cigarette pendouillait à ses lèvres. Il était fatigué, pas rasé et peu loquace. Il attrapa leurs sacs, ouvrit la porte arrière et grommela quelque chose à propos de petit déjeuner. Dans la camionnette, il y avait sa batterie, un clavier électrique, des amplis, des guitares dans leurs étuis et un jeu de câbles emmêlés. Il y avait deux couchettes doubles. Guapo et Lorenzo étaient allongés sur celles d'en bas. Guapo portait des lunettes de soleil. Les mains croisées sur la poitrine, il avait tout l'air d'un mort, avec une poche de glace sur le front. Quand ils grimpèrent, Lorenzo leur fit un sourire mais il ne leur dit rien et continua à lire sa Bible en braille. A moitié réveillé, Guapo marmonna des propos d'ivrogne.

La rosée matinale, comme un drap propre, recouvrait la ville d'une brume blanche et légère. Quand ils se mirent en route il était très tôt et il faisait encore frais. Ils partirent à travers les rues jonchées de détritus où des ivrognes et des amoureux étaient couchés, ici et là sur les pas de porte. Des femmes lavaient les porches à grande eau. Dans la Calle de la Resistencia, ils dépassèrent un campesino qui se rendait au *mercado* en tenant un mulet par la bride. L'animal, une guirlande de carottes rabougries autour du cou, portait le long de ses flancs deux bidons de lait attachés par une sangle. Il n'y avait pratiquement aucune circulation, pas de bruit, rien que le calme reposant de la ville au petit matin. Les vendeurs de journaux installaient leur étal. Des gamins, garçons et filles, tiraient à travers les rues des carrioles de boissons fraîches débordant de blocs de glace empilés. Des sœurs coiffées d'une guimpe blanche se rendaient à la première messe à Santa María. Têtes baissées, elles se suivaient à la queue leu leu.

Ils s'arrêtèrent au Mercado Roberto Huembes pour faire des provisions. Les allées du marché étaient déjà bien encombrées. Des femmes nettoyaient leurs emplacements en soulevant des nuages de poussière. Des hommes parcouraient les allées en vendant aux marchandes du café, des avocats et des oranges. On déchargeait des cartons ventrus bourrés de blue-jeans et de T-shirts. Dans des cageots de gros poissons se tortillaient, suffoquant silencieusement dans l'air sec. Il y en avait des noirs et des rouges, il y avait des crabes et des créatures sans yeux aux écailles visqueuses avec des tentacules et une gigantesque bouche béante. Il y avait des caisses de pommes et de grosses pêches, des quartiers de viande racornis et des chapelets de saucisses.

Des crucifix étaient accrochés au-dessus de la plupart des étals, à côté des drapeaux rouge et noir du FSLN. D'autres emplacements étaient décorés de photographies du pape, d'Augusto Sandino ou d'affiches portant des slogans révolutionnaires. Frank et Smokes firent un tour dans le marché. Smokes échangeait des blagues ou des injures avec les marchandes. Ils achetèrent de l'eau, du pain, un gros morceau de fromage sec et jaune, une cartouche de cigarettes, un régime de bananes vertes, du thon en boîte et des tablettes de chocolat. Ils payèrent avec d'imposantes liasses de billets. Les commerçants leur expliquèrent que le cours avait encore chuté. C'était la guerre. On n'y pouvait rien.

Quand ils revinrent à la camionnette, une dispute éclata. Entretemps Guapo s'était réveillé et s'était mis en tête de conduire. Ça ne réjouissait pas Smokes.

– T'as la gueule de bois, t'es pitoyable ; pire, t'es encore bourré. T'es vraiment pas en état de t'occuper de Claudette.

– *¡ Hijo de la gran puta !*

– Bon Dieu, Guapo t'es vraiment débectant, tu me dégoûtes.

Guapo se mit à faire la tête. Il dit que si on ne le laissait pas conduire il allait retourner se pieuter chez lui où l'attendaient une étudiante en philosophie de l'université de l'Ohio et une grande bouteille de rhum King of Diamonds.

– T'es bourré, t'es complètement pété.

– *¡ Hijo de cien mil putas !*

– Bordel, Guapo t'es vraiment un porc !

– Écoutez, mes frères, fit Lorenzo en retirant ses lunettes noires d'un geste brusque. Si vous ne vous calmez pas, c'est moi qui vais conduire.

Au bout de dix minutes d'engueulade, Smokes s'inclina. Il laissa le volant à Guapo à condition que Cherry s'asseye à côté de lui pour le surveiller. Il monta à l'arrière et s'installa avec Lorenzo, Frank et Eleanor.

– Guapo débloque par moments. Il s'est fait tirer dessus quand il était soldat. Ça a dû lui remonter au cerveau.

– Le frère Guapo ne déraille pas, mais il faut y aller doucement avec lui.

– Putain, j'aimerais bien aller doucement avec lui jusqu'au beau milieu d'un marécage.

– Allez doucement, murmura Eleanor, parce que vous marchez sur mes rêves.

– Hein ?

– Yeats, fit-elle. « Il désire les voiles des cieux. »

Smokes grogna. Il dit qu'il était encore un peu tôt pour le quart d'heure poétique. Il s'approcha en titubant d'une des couchettes, retira le drap, dégagea le matelas de son cadre et découvrit une plaque d'Isorel d'un mètre quatre-vingts. Il donna un coup de poing dessus et la plaque se gondola, révélant un vide sous le lit. Smokes expliqua que c'était là que Frank et Eleanor devraient se cacher s'ils étaient arrêtés en cours de route par une patrouille.

– Génial ! s'exclama Eleanor.

Frank soupira.

Ils devraient aussi dormir dans la camionnette. C'était trop risqué pour eux d'aller dans les *hospedajes*. En arrivant, les étrangers devaient présenter leurs passeports, ils pourraient éveiller les soupçons des propriétaires. Les nuits seraient étouffantes. Le voyage n'allait pas être une partie de plaisir. Se laver serait aussi un problème. Ça n'allait pas être facile, aucun doute.

Smokes leur dit qu'ils risquaient d'être contrôlés. On se tiendra à l'écart de la Pan-Am mais parfois il y avait aussi des barrages sur les petites routes. Ils pouvaient faire des recherches. Tout dépendrait du temps qu'ils mettraient à découvrir qu'ils n'étaient plus à l'*Imperial*.

– Je n'y avais pas pensé, dit Frank.

– Deux jours, à mon avis, fit Smokes. Après ça, faudra voir s'ils commencent des recherches ou pas.

– Avec cette guerre et tous leurs problèmes, ils ont d'autres chats à fouetter.

Smokes haussa les épaules :

– *Que será será.* On va pas y aller par quatre chemins.

– Tu es vraiment serviable, Smokes. Je sais que tu prends des risques, fit Eleanor.

Smokes acquiesça. Il remit le matelas en place, posa le drap et refit le lit.

– J'adore les ennuis. Un vrai fouteur de merde. Né pour la bagarre, tu vois ce que je veux dire, ma jolie ?

Claudette fit une embardée. Le moteur grinça et elle s'ébranla. La camionnette tout entière vibrait et trépidait quand Guapo essayait de passer les vitesses.

– Regardons les choses en face, fit Lorenzo. Il est américain, lui aussi. Si les choses tournent mal.

– Ça veut dire quoi ? Seigneur, le fait de naître dans une étable ne fait pas de toi une vache, Lorenzo !

Lorenzo éclata de rire.

– C'est vrai, le Sauveur est né dans une étable, et c'était loin d'être une vache.

– Ouais, n'oublie jamais ça, hombre.

Smokes grimpa sur la couchette au-dessus de Lorenzo et s'allongea. Il fouilla dans son sac et en sortit un livre de poche. *Cent Ans de solitude* de Gabriel García Márquez. Couché sur le dos, il tournait les pages, rapidement, sans faire attention, machinalement.

Eleanor monta sur la couchette d'en face, elle remonta le drap, tourna le dos et enfouit sa main sous l'oreiller.

– Alors, Lorenzo, toujours la langue bien pendue ! murmura Frank.

Lorenzo leva la tête et sourit, essayant de savoir où se trouvait Frank.

– Frank, mon frère, comment vas-tu ce matin ?

Il tendit la main. Frank la saisit.

– Ça roule, Lorenzo. Et toi ? Déjà en prière, à ce que je vois.

Lorenzo prit un air grave.

– Oui, mon frère, je lis la bonne parole et je prie pour Johnny Little. Nous irons dans le désert et chercherons l'enfant d'Israël.

Claudette fit un brusque écart sur la droite. Smokes faillit tomber de sa couchette. Il maudit Guapo.

Lorenzo éclata de rire. Il tendit le bras et chercha à tâtons l'étui de sa guitare. Il défit les fermoirs de ses doigts agiles et la sortit. C'était un très bel instrument. La caisse était rouge et dorée, parsemée d'étoiles argentées, le manche noir de jais. Il ajusta la courroie sur son épaule, se pencha et régla les mécaniques.

– Vraiment très belle, dit Frank, elle a dû te coûter un paquet de dollars.

Lorenzo hocha la tête mais il n'écoutait pas. Ses longs doigts couraient le long du manche, caressant les cordes. Il se mit à taper du pied en cadence. Il plaqua quelques accords et abaissa la tige de vibrato. Il balançait la tête, ses mains couvertes de bagues faisaient ployer les cordes. Il se mit à chanter tout doucement, d'une voix profonde et recueillie, pinçant les aigus tout en haut du manche.

Get away Jordan, you get right away.
And get away, Jordan, you river so wide.
I want to cross over, sweet river of Jordan.
And see my Lord Jesus, on the other sweet side[1].

– Va te faire foutre, Lorenzo, tu m'entends, marmonna Smokes.

– Lorenzo, je suppose que Johnny ne t'a jamais rien dit à propos de nous ? d'Eleanor et moi ?

Lorenzo s'arrêta de jouer. Ses doigts glissèrent sur le bois de la guitare.

– Non, je regrette, mon frère. Là je ne peux pas t'aider.

Frank lui toucha le genou.

– C'est pas grave. Je voulais juste savoir. C'est tout.

Lorenzo sourit et se remit à jouer. Frank s'allongea sur la couchette libre. Immobile, ayant l'impression de sentir la terre défiler sous lui. C'était bon de bouger. C'était bon de faire enfin quelque chose.

– Ça va en haut, Lea ?

Elle se redressa, se frotta les yeux et regarda autour d'elle. Elle s'étira, sourit à Frank et regarda Smokes.

– Alors, ça te plaît ton bouquin ?

– Quoi ? Oh ouais, super. J'ai lu tous les livres de ce type, absolument tous. J'en ai pas sauté une ligne.

– La seule chose que tu aies lue, c'est ce qu'il y a sur les boîtes de corn flakes, marmonna Lorenzo.

– C'est un auteur que j'adore. Y a pas à dire, les mecs ici, ils savent écrire. Chaque fois que tu plonges dans un de leurs bouquins, tu planes.

– J'ai déjà lu celui-là, dit Eleanor, mais je crois que j'ai un petit faible pour *L'Automne du patriarche*. Et toi, quel est ton préféré ?

– Quoi ? Ben, celui-ci.

– Et à part celui-ci ?

1. « Écarte tes eaux, laisse-moi passer, Jourdain/Ton cours est si large, écarte-toi, Jourdain/Laisse-moi traverser, il faut que j'arrive/Car Jésus m'attend sur ton autre rive. »

– C'est vraiment celui-ci mon préféré. Je crois que ce n'est pas possible de trouver mieux.

– Il y en a d'autres que j'aime mieux. Je trouve celui-ci parfois un peu lourd.

– Ouais. Dis donc, tu sais que moi aussi j'écris un roman. Je ne sais pas si Cherry te l'a dit. C'est l'histoire de ma vie.

Lorenzo éclata de rire.

– C'est pas des blagues. Va te faire foutre, Lorenzo.

– Le frère Smokes a commencé son roman quand il était encore en culotte courte. Quand il l'aura terminé ce sera un livre encore plus gros que la Bible.

– Tu vas la boucler, Lorenzo.

– Et celui que tu lis en ce moment, Smokes, ça raconte quoi ? demanda Frank.

Smokes haussa les épaules et fronça le nez.

– Il faut que tu le lises, Franklin. Je te le passerai quand j'aurai terminé.

– Ça raconte bien l'histoire d'une famille ? questionna Eleanor.

– Ouais, bien sûr, c'est l'histoire d'une famille. Avec ses problèmes.

– Quand on y pense. Toutes les histoires tournent autour de ça, fit Eleanor en bâillant.

Claudette zigzagua et se redressa dans un hurlement de freins.

– Merde, si c'était pour remettre ça sur le tapis, on aurait mieux fait de rester à la maison, lâcha Frank.

Il prit un stylo et une feuille de papier. Il griffonna un petit bonhomme pendu à un arbre et, très lentement, commença à écrire.

23

UNE LETTRE DE FRANK LITTLE

Nicaragua, mercredi 10 juillet 1985.

Veronica, ma chérie,

Je sais que cette lettre ne te parviendra pas avant une éternité mais je veux t'écrire quand même. Je voudrais tellement que tu sois ici auprès de moi. Je suis assis en ce moment dans cette camionnette au milieu de nulle part. Elle fait un vacarme incroyable. On dirait un avion. On va essayer de retrouver ce morveux, et je lui passerai un savon pour lui mettre un peu de plomb dans la cervelle. Après quoi je le ramènerai à la maison. Il faudrait que tu voies ce pays. C'est vraiment quelque chose, Veronica, je t'assure. Il y a des coupures d'eau à peu près tous les jours. Tu détesterais ça. Ce n'est vraiment pas un endroit pour une femme.

Elle, elle dort pour l'instant, sur la couchette au-dessus. On s'est à peu près bien entendus, avec des hauts et des bas bien sûr, mais tout cela était prévisible. Ça sert quand même d'être civilisé dans les coups durs. Évidemment, tout cela a réveillé des souvenirs pénibles comme on pouvait s'y attendre. Cherry est à l'avant avec ce phénomène de Guapo. C'est vraiment un drôle de zèbre avec les femmes. Il faudrait que tu le voies à l'œuvre. Smokes est endormi. Il a fourré sa main dans son short et il est en train de se gratter les parties. Il m'agace. S'il recommence, je vais le réveiller et lui faire une remarque.

On se dirige vers la ville d'où Bianca Jagger est originaire, d'après ce que m'a dit Smokes. L'endroit s'appelle León. Elle a été drôlement bien inspirée, Bianca Jagger, si tu veux mon avis, de se tirer vite fait de là. C'est la seule célébrité qui soit jamais sortie de ce trou.

Tu me manques beaucoup, Veronica. Je suis vraiment désolé de la dispute de l'autre jour. Ce n'est pas facile de s'expliquer au téléphone, mais je déteste quand nous ne sommes pas sur la même longueur d'onde. Tu comptes énormément pour moi. Je ne te le dis pas assez. Oh je sais, « les hommes ! », je t'entends d'ici. Mais ça ne veut pas dire que je n'ai pas d'affection pour toi.

Ici il fait vraiment chaud, beaucoup trop. Mon Dieu, si je revois Dublin un jour, les rues sous la pluie et les immeubles gris, je crois bien que je ne m'en plaindrai plus jamais. Je repensais l'autre soir à une chose qui m'est arrivée quand j'étais gamin. Un jour dans Phoenix Park, j'ai vu un oiseau très étrange. Un grimpereau. Est-ce que je t'ai déjà parlé de ça ? Je n'aurais jamais imaginé à l'époque que je me retrouverais un jour ici. Qui sait ce que l'avenir nous réserve ?

J'en ai rêvé l'autre nuit. Et aujourd'hui j'y pense encore. Mon Dieu. Il doit bien y avoir quarante ans de cela. Peut-être davantage. Ça remonte à Adam et Ève, comme tu dis. Je ne sais pas pourquoi mais j'avais envie de t'en parler.

Et je repense aussi sans arrêt à mon fils. Ça n'a pas été facile pour toi quand il est venu vivre avec nous. Je le sais bien, mon amour. Je ne t'en ai jamais remerciée autant que j'aurais dû. Je n'ai pas compris combien cela a été dur pour toi. Dieu sait que tu as été une mère pour lui, la seule qu'il ait jamais eue. Quand je pense aux nuits qu'on passait à le chercher en voiture. Mon Dieu, c'est affreux tout ce que je t'ai fait subir, et tu ne t'en es jamais plainte. Tu es si forte. Je sais que tu n'as jamais obtenu de lui que des remarques insolentes et des problèmes. Tout cela, c'est du passé, je le sais bien, mais j'ai compris il y a peu de temps que je ne t'avais pas remerciée comme j'aurais dû pour tout ce que tu as fait. Je suis vraiment désolé de cette dispute.

Comment vas-tu ? Est-ce que tu as appelé Billy Doyle au sujet de la voiture ? Dis aux gars qu'ils ont intérêt à bosser sinon ils auront affaire à moi à mon retour. En fait je sais que ce sont vraiment de braves gars. Quelle épreuve pénible. Si je ne t'avais pas, Veronica, je ne sais pas comment je ferais. Tu m'apportes un tel réconfort et je ne te l'ai jamais dit. Tu as tant de qualités, j'ai vraiment de la chance de t'avoir rencontrée. Tu me manques énormément, mon amour, j'ai hâte de te retrouver bien vite, quand toute cette triste affaire sera terminée et que nous pourrons à nouveau être ensemble.

Comment vont les chiens?

Affectueusement,

Frank.

24

UN ANGE TOMBÉ DES CIEUX DU SEXE

A midi moins le quart, Claudette s'immobilisa brusquement dans un grand fracas. Frank se réveilla couvert de sueur et vit Smokes ouvrir les portes en jurant.

Ils s'étaient arrêtés en rase campagne sur une route tranquille. La lumière argentée étincelait à travers le feuillage épais des arbres. Cherry était dehors, pliée de rire. Une rivière coulait au bord de la route. Guapo à plat ventre, le visage dans l'eau, pleurnichait et balbutiait comme un nouveau-né.

– Il a trop chaud, dit Cherry, il est pas bien.

– Seigneur ! fit Smokes, l'air agacé. Regarde-le, c'est pitoyable.

Cherry descendit et essaya de tirer Guapo hors de l'eau. Il roula sur le dos, s'aspergea le visage en suffoquant et, dégoulinant, il remonta sur la route en titubant. Courbé, les mains à plat sur les genoux, il s'étranglait et secouait la tête avec des haut-le-cœur.

– *Oh, Dios mío*, je ne boirai plus jamais de bière !

Eleanor sortit de la camionnette et lui tendit une bouteille d'eau. Il la déboucha et en avala de grandes gorgées.

– Santa María Dolorosa, râla-t-il en s'asseyant sur le bas-côté.

Il leva la bouteille, et se fit couler de l'eau sur la nuque.

– Seigneur, Guapo, regarde-toi. T'as vu la putain de vie que tu mènes, dit Smokes.

– *Coño*, dit Guapo.

– Il t'a traité de quoi ? demanda Frank.

– Tu n'as pas besoin de le savoir, soupira Cherry.

Lorenzo apparut à la portière.

– Nous voilà bien, Lorenzo, le pauvre gars est malade à crever, il en peut plus.

Cela n'impressionna pas Lorenzo.

– « Yahvé condamne l'amour des boissons entêtantes. » Proverbes 20.

– Tu ne veux pas lui donner un coup de main ? suggéra Eleanor.

Smokes s'approcha de Guapo en répétant :

– Lamentable, c'est vraiment lamentable.

L'air absent, il mit une main sur sa hanche, tendit l'autre en direction de Guapo en poussant un profond soupir, le regard perdu dans le lointain. D'une claque, Guapo détourna son geste.

– *Tu madre, Marilyn.*

Il se redressa en chancelant et fit quelques pas, la tête entre les mains. Cherry faisait tout son possible pour ne pas rire mais elle finit par éclater. Comme à contrecœur, Lorenzo se mit à rire à son tour.

Guapo lui donna un coup sur la poitrine :

– *Maricón.*

Il le repoussa et monta dans Claudette. Cherry détacha le ruban qu'elle avait dans les cheveux. Elle le plongea dans la rivière et se rafraîchit les bras et le visage.

– Tu ne veux pas monter à l'arrière, ma chérie ? Il fait un peu plus frais.

– Ça t'ennuie pas de conduire, Smokes ? Devant je finis par coller à ce foutu siège.

Il la prit dans ses bras, la serra contre lui et ils s'embrassèrent rapidement.

– J'ai aussi chaud que si j'étais dans le cul d'une chienne en chaleur.

Eleanor l'aida à monter en lui tenant la main.

– Je finissais par me sentir un peu coupable au milieu de tous ces hommes séduisants.

– Eh, Franklin, viens t'asseoir à l'avant avec moi !

– A une seule condition, c'est que t'arrêtes de m'appeler comme ça.

La chaleur du soleil à travers le pare-brise avait transformé les sièges de skaï en charbons ardents.

Frank ouvrit une bouteille d'huile à bronzer. Il s'en passa sur les bras et sur son front brûlant. Smokes démarra et ils se mirent à rouler.

– Elle est un peu bruyante, hein ?

– Franklin, c'est la chose la plus bruyante qui soit sortie de Detroit depuis Stevie Wonder.

Les arbres touffus firent place à des champs. La route longeait sur sa gauche un long lac étroit couleur d'huître. Plus loin à l'est, une forêt sombre couvrait les pentes de la montagne. Claudette gémit en commençant à grimper péniblement la pente.

– Des montagnes, rien que des montagnes et des putains de cinglés dans ce pays, c'est ce que Johnny disait toujours, fit Smokes.

– Ouais, dit Frank. Et toi, comment t'es arrivé là ?

Smokes lâcha le volant, sortit un paquet de Marlboro de sa poche et en alluma une.

– Je suis arrivé ici en 78, Franklin, juste après ma licence. Mon cousin et son copain Lenny Wolf venaient ici faire du surf. Et moi je bullais, le temps passait. J' sais pas. – Il resta silencieux : Et puis il y a eu cette gonzesse. Elle était toujours sur mon dos. Elle était folle. Complètement à côté de ses pompes. Il fallait sans arrêt que je m'occupe d'elle. Un soir on s'est engueulés dans Central Park. Elle a sorti un pistolet, alors j'ai botté en touche et je suis venu ici.

– Ça arrive.

Smokes rit à travers une bouffée de fumée.

– Ouais, fuir ses problèmes, c'est comme ça qu'on dit. C'était pas facile avec mon vieux, pour moi non plus.

Frank prit une cigarette dans le paquet de Smokes.

– Qu'est-ce que t'entends par moi non plus ?

Smokes regarda à travers le pare-brise.

– On était tous pareils, Franklin. On pouvait pas s'empêcher de comparer nos vieux à Adolf Hitler. – Il se tut de nouveau. Johnny m'a juste dit que vous étiez loin de voir les choses de la même façon. Rien de terrible. Vous vous étiez engueulés à propos de sa copine, après le départ d'Eleanor. Elle était un peu plus vieille que lui et tu prétendais qu'elle allait tout faire pour avoir un enfant. Il disait que l'atmosphère était parfois tendue. Tu aurais même traité cette fille de salope.

– Jamais, c'est faux !

Smokes haussa les épaules.

– Je croyais que c'est ce qu'il m'avait dit mais j'ai pu me tromper. Je suis sûr, je me suis trompé, mon vieux.

– A ce que je vois, il t'a raconté plein de trucs pas très marrants.

– Non, rien que des trucs de gamin, Franklin. Il n'était jamais vraiment sérieux.

– Ouais, ouais. Et après, qu'est-ce qui s'est passé ? Avec toi, je veux dire ?

– Ce qui m'est arrivé ? La situation a sérieusement empiré ici au cours de l'hiver 78. Les mecs de la *Guardia* sont devenus fous. Les escadrons de la mort, tu as entendu parler ? Les passages à tabac. On ne pouvait plus se promener dans les rues. Ils étaient vraiment graves, ces mecs. Ils te tranchaient la gorge sans réfléchir à deux fois. La révolution a éclaté en juillet 79. Le Général s'est tiré à Miami et on s'est retrouvés dans la merde. C'était le chaos, complètement dingue. Au milieu de tout ça, Lenny et mon cousin ont mis les bouts eux aussi. Je ne sais pas où ils sont allés. Ils étaient complètement tarés. – Smokes haussa les épaules : Moi aussi remarque ; en tant qu'Américain j'étais pas spécialement bien vu.

– Mais pourquoi t'as pas fichu le camp ?

– Tu sais, Franklin, il y a un tas de trucs que tu ignores. Je ne suis pas vraiment un enfant de chœur.

– Tu m'étonnes !

Smokes réfléchit un moment puis il reprit la parole. Il se cramponnait au volant et regardait fixement la route comme s'il s'attendait à voir surgir quelque chose d'étrange.

– J'allais vraiment mal, Frank. A cette époque j'étais complètement accro, pendu haut et court, cocaïne, héroïne, capsules, tout ce que tu peux imaginer. Dans le nez, dans le cul, dans les veines, j'avais même fini par en avaler. Une vraie pelote d'épingles, Franklin, voilà ce que j'étais devenu. J'ai vraiment touché le fond. Je suis même passé en dessous. J'ai fait des trucs dont je suis pas très fier.

– Comme quoi ?

– Ces trucs-là, mon vieux, vaut mieux pas en parler.

– Je suis désolé, fiston.

– Ouais, moi aussi, Franklin. J'ai encore un problème tu sais, Je ne suis pas capable de m'alimenter normalement. J'ai l'estomac en compote.

On entendit un rire gras à l'arrière de la camionnette. La voix de Guapo traversait la cloison. Et quelqu'un battait le rythme en tapant sur le plancher. Smokes secoua la tête.

– J'aimerais tellement qu'il la boucle. Guapo le fait exprès quand je conduis. Il sait que ça m'emmerde.

– Et ton père, Smokes ? Comment tu t'entends avec lui ?

Smokes prit un air pensif.

– Il est mort, Franklin. Ça fait deux ans et je ne l'ai pas revu. Rupture d'anévrisme. A cette époque-là j'étais ici, à l'hôpital, en train de délirer. Avec des tuyaux partout. Pire que sur un champ de courses. J'ai même pas pu aller à son enterrement. C'était dur, tu sais.

– Ça a dû être dur pour ta mère aussi ?

– Ouais, pour elle aussi.

Claudette avait commencé à gravir la montagne. Son moteur ronronnait d'un air satisfait. En bas, dans la vallée, les champs s'étendaient en longues bandes de couleur vers le lac gris et la montagne. Smokes fit un signe en direction du Momotombo. La fumée du volcan stagnait à l'horizon. Il dit à Frank que, dans les temps anciens, les gens lui vouaient un culte. Les Indiens lui adressaient des prières et faisaient des sacrifices humains. Le Général y avait balancé des prisonniers qu'on avait mis dans des hélicoptères pour donner une leçon inoubliable aux partisans des rebelles.

– Et Cherry, comment tu l'as connue ?

Smokes rit.

– Seigneur, Franklin ! Qu'est-ce que ça veut dire toutes ces putains de questions ?

– Simple curiosité, c'est un trait de famille.

– Comment ça s'est passé pour Cherry ? Je l'ai rencontrée à l'*Imperial*. Elle participait à un voyage organisé par l'université. Ça se fait beaucoup par ici. Je l'ai vue. Elle était au bord de la piscine. Elle fumait un joint qui avait la taille du Kansas. Elle m'a demandé si j'en voulais une bouffée. Une demi-heure après on baisait dans un couloir. Au vingt-cinquième étage. Celui de la suite « Vaya con Dios ».

– Charmant.

– Je pense qu'il vaudrait mieux que je ne te parle pas de tout ça. T'as l'âge d'être mon père.

Frank haussa les épaules.

– Tu sais, Smokes, on a les idées larges quand on est chauffeur de taxi. Difficile de faire autrement.

Smokes regarda dans le rétroviseur. Il ralentit et se rangea sur la bord de la route étroite.

– Après ça elle est repartie chez elle. Je ne l'ai jamais appelée. Il y avait toujours des tas de *chicas* dans le secteur. Elles entraient par un côté et repartaient de l'autre. Puis elle s'est mise à téléphoner. Je suppose qu'elle avait attrapé ce bon vieux virus de l'amour. Tu vois ce que je veux dire. Et un soir, après un concert, elle était là, avec ses bagages. Seigneur, elle était resplendissante, dans sa robe aux couleurs vives ! Elle a dit qu'elle voulait rester, qu'elle était prête à jouer dans l'orchestre. Tout quoi ! J'ai un peu paniqué mais j'étais fou d'elle ; sa façon de parler et tout le reste... J'essayais de changer de vie et elle m'a fait sentir que j'étais un mec bien. C'était la personne qu'il me fallait à ce moment-là.

Un camion sans bâche, plein de jeunes soldats en uniforme kaki flambant neuf les doubla bruyamment. Il klaxonna. Smokes en fit autant. Les soldats agitèrent leurs fusils et firent des signes de victoire. L'un d'eux jouait de la guitare. Smokes baissa sa vitre, sortit le bras et leva le poing. Les soldats poussèrent des cris de joie.

– Mais ce n'est pas aussi sérieux que ça, je ne crois pas qu'on ait beaucoup de choses en commun. Du point de vue politique en tout cas. Malgré les apparences, Cherry est plutôt bourgeoise.

– Mais c'est une fille bien. C'est ça qui compte, non ?

Smokes secoua la tête.

– Ouais, mais en fait t'en sais que le quart. C'est un ange tombé des cieux du sexe. J'ai gagné le gros lot à la *lotería* de la baise, le soir où elle est arrivée sur ma véranda.

– Je ne veux pas entendre parler de ça.

Des éclats de rire retentirent derrière la cloison. Cherry se mit à crier.

– Arrête, Lorenzo, t'es cinglé !

Quelqu'un frappa un coup violent, et les rires hystériques reprirent de plus belle. Guapo hurla le début d'une autre chanson.

– Elle est vraiment adorable, dit Smokes, c'est quelqu'un de bien. Je ne sais pas combien de temps ça va durer.

– Elle t'aime beaucoup.

– Ouais, je sais. Mais on est toujours en train de chercher, pas vrai, Franklin ? Les mecs sont comme ça, je suppose. Toujours à chercher ailleurs.

– Oh, ça passe. Quand tu auras mon âge, tu verras, on a besoin de racines.

– Peut-être, mais il me reste encore quelques années, Franklin. Mes racines n'ont pas encore commencé à pousser, mon vieux, ça c'est sûr.

Ils roulaient droit dans la montagne comme s'ils voulaient se rapprocher du soleil. Frank commençait à avoir faim. Son estomac gargouillait. Il avalait difficilement. Les yeux brûlants, trempés de sueur.

– On est où, là ?

– A une heure de Morata, Franklin. A mi-chemin de León. T'as faim ?

– Doux Jésus, oui. Je m'enfilerais bien une religieuse derrière la grille de son couvent.

– Ouais, Frank, t'as vraiment un don pour tourner les phrases.

Frank s'agita sur son siège. La chaleur lui brûlait le dessous des cuisses. Il regarda le ciel, puis contempla la vallée embrumée, avec ses champs jaunes et bruns délimités par les lignes minuscules des murs de pierre. Une rivière argentée coulait au fond, parallèle au large ruban foncé que dessinait la Pan-American. Le soleil était haut et avait gommé les ombres du paysage.

– Eh, Franklin, ce que je t'ai raconté à propos de mon vieux, je voulais rien dire en fait, ni à propos de toi, de Johnny ou du reste.

– Ouais, t'as entendu quelqu'un dire quelque chose ?

– C'était pour être clair, Franklin. Pour être clair, c'est tout.

25

UN DÉCÈS

Catherine Maureen Little mourut d'une infection laryngée à l'âge de quatorze mois. C'était en novembre 1963, le mois où John Kennedy fut assassiné au Texas. Le monde entier semblait porter le deuil, mais Frank et Eleanor ne s'en apercevaient même pas, abasourdis par le chagrin.

Le matin de l'enterrement, le cimetière était recouvert d'une épaisse couche de neige. Les cloches de la chapelle sonnaient et les arbres noirs semblaient griffer le ciel. Il était tombé toute la nuit une sorte de grésil et, sous la couche de neige, le sol avait gelé si fort qu'il était dur comme du marbre. Les fossoyeurs en épais pardessus doublés durent casser la glace à coups de pioche avant de pouvoir creuser la tombe et d'y descendre le cercueil.

Pendant des mois Eleanor fit des cauchemars où elle revoyait le petit cercueil blanc. La nuit, Frank se levait parfois et la trouvait assise dans la cuisine en train de pleurer. Rien de ce qu'il pouvait dire ne semblait l'apaiser. Il se montrait tendre, la prenait dans ses bras, l'embrassait mais elle restait inconsolable. Elle devint silencieuse et renfermée. Parfois, quand il rentrait du travail, il la trouvait en train de fouiller dans le trousseau du bébé en pleurant doucement. Elle déclara qu'elle ne voulait plus faire l'amour. Elle ne supportait plus qu'il la touche. Pendant un certain temps elle ne voulut même plus que Frank s'endorme en la prenant dans ses bras. Il en parla au curé en confession. Il dit qu'il était bien ennuyé, que sa femme semblait avoir tellement changé qu'il ne savait plus quoi faire.

Le prêtre répondit que ce serait bien qu'Eleanor soit à nouveau enceinte le plus vite possible. Bien sûr Frank devait se montrer patient avec sa femme mais il devait aussi comprendre que le mieux pour elle était d'avoir très vite un autre enfant.

– Et comment faire pour être patient ?

– Nous, les hommes, murmura le prêtre, nous sommes comme des ampoules électriques, mais les femmes sont comme des fers. Il leur faut plus de temps pour se réchauffer.

– Oui, bien sûr, merci, mon père.

– Il faut aussi vous préoccuper du plaisir de votre femme. Ce ne sera pas un péché.

Deux mois plus tard, Eleanor était de nouveau enceinte. Cette fois-ci ce fut un garçon. Ils le baptisèrent John Francis, d'après les prénoms du président assassiné et de saint François, l'ami des animaux.

26

PRÈS DE LA FONTAINE DU VALLON

A une heure de l'après-midi, ils virent au loin une petite ville nichée sur la falaise qui surplombait à l'est les eaux mauves du Pacifique. Des volutes de fumée montaient dans l'air au-dessus des toits blancs. Smokes dit que c'était Morata. Un endroit tranquille pour s'arrêter et manger quelque chose. Il donna un coup sur la cloison et cria :

– *¡Vamos a comer algo!* Debout là-dedans, à la bouffe !

De plus près, la ville avait tout l'air de sortir d'un western : une église blanchie à la chaux, une prison aux murs tapissés d'avis de recherche, une échoppe de barbier et un petit saloon avec une enseigne Coca-Cola qui se balançait au-dessus des portes battantes. Les rues étaient pratiquement désertes. Le vent qui soufflait de la mer faisait claquer portes et fenêtres.

Ils s'installèrent dans le saloon, mangèrent des sandwiches au fromage, des pamplemousses, de grosses tomates, et burent l'eau qu'ils avaient apportée. Deux jeunes garçons étaient avachis sur la table de billard. Ils essayaient d'impressionner un groupe d'écolières en uniforme gris et noir. L'un des garçons avait beaucoup de charme. Il avait l'air maussade, une épaisse mèche de cheveux noirs lui barrait le front. L'autre, dégingandé, avait les pieds plats, mais c'était un bien meilleur joueur.

– Que Dieu leur vienne en aide, je suis bien contente de ne plus avoir leur âge, soupira Eleanor.

Après le repas ils allèrent se promener sur le chemin qui longeait la falaise, écoutant le flux et le reflux de la mer très loin au-dessous d'eux. L'océan avait pénétré profondément les terrains crayeux et y avait découpé des criques étroites et dessiné des anses sablonneuses aux bords abrupts. Frank insista pour donner le bras à Lorenzo parce que le chemin escarpé roulait sous les pieds. Quand ils arrivèrent au sommet, ils s'assirent, hors d'haleine. Guapo ouvrit un carton de six bières.

– *Hey, gringo. ¿Quieres tomar otra copa?* proposa-t-il à Smokes.

– Mais, putain, est-ce que tu vas arrêter de m'appeler comme ça, tu m'entends ?

Guapo lui lança une bouteille de cerveza.

– Vous savez, une fois il y a un type qui m'a expliqué que gringo était un mot d'origine irlandaise.

– Comment ça, Frank ? demanda Cherry.

– C'était pendant la guerre au Mexique. Il y avait des Irlandais qui combattaient aux côtés des Américains. Quand ils étaient faits prisonniers, on les regroupait et ils chantaient *Green Grow the Rushes Oh*. Pour se donner du courage, je suppose. C'est une vieille chanson irlandaise ; on l'entend dans les pubs. D'après ce qu'on m'a raconté, quand les Mexicains entendaient *Green Grow*, ils répétaient Gringo. Ils ne comprenaient pas ce qu'ils disaient mais pour eux ces Irlandais étaient des green-grows. Après, ils ont appelé ainsi tous les étrangers, gringos.

– C'est vrai, Franklin ? Maintenant tu vas nous la chanter.

– Oh non, s'il te plaît, Frank, pas ça, supplia Eleanor.

– Pourquoi ? demanda Cherry.

– Je n'ai jamais aimé cette chanson. Ce sont les vieux bohémiens qui la chantent en Irlande. Elle porte malheur. Il y avait une bohémienne qui venait chez ma grand-mère à Galway, et je me souviens que ceux qui partaient, surtout les vieux, ne voulaient pas l'entendre. Ils refusaient catégoriquement.

– Seigneur, t'as pas tort. Mais je vais quand même leur en chanter un petit bout, Eleanor. Lorenzo il va falloir que tu pries pour nous protéger du mauvais œil.

Il se concentra un instant et se mit à chanter d'une voix de ténor hésitante. L'air était lent et légèrement triste. Frank était très recueilli. Ils gardaient tous les yeux rivés sur lui.

He said young maid you're swearing wrong,
For six fine children you have born
At the well below the valley oh.

There's two of them by an evil man,
Another two by your brother John,
Another two by your father dear
At the well below the valley oh.

There's two beneath the stable door
Another two under the kitchen floor,
And two more buried beneath the well,
The well below the valley oh.

Green grow the rushes oh,
All among the bushes oh,
She'll be seven long years all burning in hell
At the well below the valley oh[1].

Frank s'arrêta. Cherry et Smokes applaudirent. Guapo siffla d'une manière stridente.

– Allez, continue, Franklin, mon vieux !

– Je ne me souviens pas du reste. Je sais qu'il y a un passage où il est question du diable mais vous avez eu droit au couplet du green-grow.

Eleanor frissonna.

– Seigneur, ça suffit bien, Frank. Je ne sais pas comment ça

1. « Tu mens, ma belle, et tu parjures/Tu eus six enfants, je le jure/Près de la fontaine du vallon.

« Deux sont les fils d'un méchant homme/Deux sont ceux de ton frère Tom/Et ton père te fit deux garçons/Près de la fontaine du vallon.

« Deux sont enterrés dans l'étable/Deux dans la cuisine sous la table/Les deux autres sous le gazon/Près de la fontaine du vallon.

« Oh, verts poussent les roseaux/Touffus parmi les arbrisseaux/Les flammes de l'enfer seront ta punition/Près de la fontaine du vallon. »

pouvait leur donner du courage, à ces gars qui faisaient la guerre.

– C'est vrai que c'est une chanson bizarre. Mais c'est en tout cas comme ça que le type m'a expliqué l'origine du mot gringo.

– Je ne sais pas si elle porte malheur, mais moi, elle me fiche la frousse. Non, c'est une chanson que je n'aime vraiment pas.

A deux heures et demie, Smokes regarda sa montre. Il était temps d'y aller si on voulait être à León pour cinq heures.

Ils prirent le chemin du retour. C'était le moment le plus chaud de la journée. Il n'y avait pas moyen d'échapper à la canicule bourdonnante. Même les mouches avaient l'air épuisé, mollement agglutinées par milliers sur les murs blancs. Lorenzo et Guapo montèrent directement à l'arrière de Claudette, mais Eleanor s'assit d'abord sur un banc et s'éventa de la main. Elle avait le visage écarlate et enflé et, quand elle retira ses chaussures, les lanières avaient laissé des marques rouges qui entaillaient la chair. Elle prit son pied gauche et le massa en se balançant.

– Ça va, Lea ? Tu veux un peu d'eau ou quelque chose ?

Elle pinça les lèvres et souffla.

– Je mangerais bien une orange, Frank, si tu en trouves une quelque part, fit-elle en se frottant le front et les yeux.

Il remonta rapidement la grand-rue, mais la plupart des boutiques étaient maintenant fermées pour la sieste. Le saloon aussi. Il fourra des pièces dans le gros distributeur de Coca-Cola installé devant la porte mais rien ne sortit. Il essaya de trouver quelque chose à boire dans la boutique du barbier, mais celui-ci n'avait pas l'air de comprendre ce qu'il voulait.

La poussière brûlante et sèche qui balayait la rue déserte le fit tousser. En revenant sur ses pas il aperçut un vieillard qui s'abritait du soleil sous le toit de la prison. Il sifflotait, affalé contre le mur d'adobe, un petit chien efflanqué à ses pieds.

Il tenait un plateau de glaces à moitié fondues et, quand il vit Frank, il le salua d'une main tremblante. Son visage était brun, les traits taillés à la serpe. Ses yeux aux paupières tombantes étaient injectés de sang. Il portait un costume noir crasseux. Il avait un nœud papillon noir mais pas de chaussures.

– *Buenas tardes, hermano*, fit-il en reniflant. *¿ Helados?*

– Oui.

Il montra les glaces et fit signe avec les doigts qu'il en voulait six.

– *¿ Yanqui ?*

– Non, non. *Soy de Irlanda.*

Les yeux du vieillard s'illuminèrent. Il cracha dans sa main et la tendit.

– Toi Irlande, toi foutre la reine Victoria à la porte, fit-il en souriant.

– C'est exact.

– Et maintenant, la Margaret Thatcher elle doit aller, boum ! dans la mer.

Il rayonnait.

– Oui, enfin ce n'est pas exactement ce que pensent la plupart des gens chez nous en ce moment.

Le vieillard hocha la tête et rit. Il porta son poing à sa bouche, montra les dents et mordit comme s'il dégoupillait une grenade. Il fit mine de la lancer et leva les bras.

– Boum ! hurla-t-il – ce qui fit sursauter le chien. La Margaret Thatcher est dans la mer. *¿ Correcto ?*

– Pourquoi pas, si vous le dites.

Il paya et regagna le parking en riant. Les glaces lui dégoulinaient sur les poignets.

Smokes était assis au volant. Près de lui, Cherry regardait une carte. Le moteur tournait déjà.

– Magne-toi le cul, Frank, ou tu vas rester là, cria Cherry.

Il monta à l'arrière. Guapo et Lorenzo s'étaient endormis. Eleanor allongée sur la couchette du bas se passait une écharpe humide sur les bras et les épaules. Elle s'était barbouillé le visage d'huile solaire et de crème antimoustiques. Elle avait chaud et semblait accablée. Il lui donna une glace.

– Ça va, Eleanor ?

– Oui, je vais bien. C'est juste la chaleur, et cette chanson qui m'a mise mal à l'aise. Mais avec cette glace ce sera parfait.

– Je ne voulais pas t'embêter. Ce n'est jamais qu'une chanson.

– Je ne l'aime vraiment pas Frank. Il y a des couplets qui me donnent la chair de poule.

– Tu ferais bien de piquer un petit roupillon au lieu de t'inquiéter comme ça.

Elle le regarda et sourit.

– Tu as raison. Je vais me reposer un peu, Frank. Tu as raison.

Il s'allongea sur sa couchette et mangea sa glace.

Tout le reste de l'après-midi, ils roulèrent sous la chaleur sans s'arrêter.

27

BLUE MOON

León : aux yeux de Frank, tout ici évoquait la mort. C'était bizarre. La ville était beaucoup plus agréable que Managua. Elle donnait une impression d'espace, de lumière, d'élégance presque, avec ses rues larges, ses fontaines jaillissantes, ses places au pavé brûlant, tous ces bâtiments espagnols où les couleurs pastel se mêlaient au blanc lumineux, avec leurs treillis, leurs balcons et leurs gracieuses colonnades. Mais tout cet ensemble d'édifices impressionnants d'harmonie et de blancheur était éclaboussé de graffitis rouge et noir, et quand on s'approchait on voyait les lézardes, les fissures et des impacts laissés par les balles et les éclats d'obus. Il y avait peut-être aussi cette façon que les gens avaient de le dévisager, ce regard inquisiteur qu'on trouve chez les gens de la campagne en Irlande, ou n'importe où ailleurs. Peut-être aussi quelque chose d'autre, cette odeur inhabituelle de moisissure et d'humidité qui envahissait tout. Frank eut un dégoût immédiat pour León. Il s'y sentit tout de suite mal à l'aise.

Pendant que Smokes et Guapo déchargeaient Claudette, Frank et Eleanor firent une balade en calèche. Ils allèrent jusqu'à la rivière. Sur la rive, des familles pique-niquaient, mangeant des casse-croûte à la viande et buvant du rhum et de la *gaseosa*. Il faisait frais sous les arbres et cela sentait bon les cèdres et les pins. Ils marchèrent dans le bois jusqu'à un endroit où la rivière débouchait brusquement sur un vaste étang circulaire recouvert de feuilles vertes. Au bord de l'eau se dressait une grande croix dans une niche en brique. Une inscription rappelait qu'ici des étudiants avaient été déshabillés, battus à coups de marteau, puis, menottes aux mains, noyés dans la rivière. La croix était couverte de slogans : *LUCHAMOS PARA VENCER. VIVÁN LOS MARTIRES DE LEÓN. VIVA NICARAGUA LIBRE. MUERTE AL SOMOCISMO.*

Quand ils furent de retour sur la place, les préparatifs de la fête étaient presque terminés. Des ouvriers clouaient l'échafaudage de la future scène. Les bâtiments prétentieux étaient pavoisés de drapeaux rouge et noir, et la façade de l'immense hôtel de ville en était entièrement recouverte. Des marchands ambulants circulaient dans la foule en vendant des pétards, des drapeaux rouges et des photos du poète Rubén Darío dont la cathédrale abritait le tombeau. Smokes et les Desperados buvaient de la bière et discutaient avec animation près de la tribune qui allait servir aux orateurs.

– Et pourquoi est-ce qu'on ne peut pas jouer de la salsa, vieux ? demandait Smokes à Lorenzo. Moi je veux jouer un peu de salsa. C'est quand même pas un crime, non ?

– Le peuple veut du rock and roll, soupira Lorenzo. *Let my people go-go*, mon frère. Donne-leur ce qu'ils demandent.

Guapo murmura quelque chose dans sa barbe avec un petit rire coupable. Smokes mit les mains sur ses hanches.

– Répète. J'ai bien entendu ? Je suis tout à fait capable de jouer de la salsa. J'ai écouté les cassettes de Tito Puente.

– Tito Puente ? fit Guapo, incrédule.

– Ouais, et Rubén Blades aussi, Celia Cruz, et tout le bazar. Le mambo, la salsa, la bossa nova, le tango, tout ce que tu veux.

Guapo se remit à rire et fit la grimace.

– Pobrecita Marilyn, pobrecita. El yanqui quiere tocar salsa.

Cela fit rire Lorenzo.

– Je suis pas un yankee. Va te faire foutre, Guapo, t'es complètement à côté de la plaque.

Guapo s'approcha de Smokes, il écarquilla les yeux et fit un grand sourire.

– No es yanqui, no?

– Non !

Guapo hocha la tête et fit un clin d'œil à Frank et Eleanor. Il se retourna vers Smokes la main tendue.

–*¿ Pasaporte ? ¡ Enséñeme el pasaporte !*

– Va te faire foutre, Guapo.

– *No, no*, fit-il d'un air narquois. *¿ Tu pasaporte, compañero ?*

– T'es pas réglo, Guapo, ce qu'il y a d'écrit sur ton passeport n'a rien à voir avec ce que tu es réellement, fit Cherry.

Guapo tendit l'index et l'enfonça dans la poitrine de Smokes :

– *Yanqui, yanqui, yanqui.*

Puis il fit demi-tour et hurla de rire.

– *Yanquita.*

Il prit Lorenzo par l'épaule et ils s'esclaffèrent tous les deux comme des gamins.

– Tu te rends, Marilyn ? *¿ Se rinde ?*

– *Que se rinda tu madre.*

– *Ah, tu madre. ¡ Ay, qué bién ! Hey ! Amigo, este yanqui habla español.*

Smokes rougit sous le coup.

– Tu sais, Guapo, t'es vraiment nul à chier.

Guapo lui tira la langue. Il se mit à danser, les bras levés, faisant un bruit de castagnettes avec les doigts. Il regardait Smokes d'un air sadique et ondulait comme un danseur de flamenco devenu fou. Il posa une main sur la hanche et se mit à brailler d'une voix de fausset.

Marilyn, la Marilyn
Marilyn, la Marilyn
Yo no soy marinero
Soy capitán, soy capitán
Soy Marilyn, la Marilyn.

– T'es lamentable, fit Smokes. T'as vraiment pété les plombs, mon vieux.

– Calme-toi, Smokes mon frère, cette musique, il faut l'avoir dans le sang, tu piges ? Aucune cassette ne pourra te l'apprendre.

– Oh, commence pas avec tes conneries à la mords-moi-le-nœud, Lorenzo, d'accord ? C'est rien que de la musique, du bruit.

Et viens pas me parler de sang, tu veux ? J'aime pas ça, quand tu la ramènes avec tes histoires de sang. Ça me fout en rogne.

– Tu as raison, mon frère. Je ne veux que la paix, mon enfant. Ne te sens pas offensé.

– Alors arrête de m'offenser.

– Aux yeux des purs, tout est pur.

Smokes jeta un coup d'œil furieux vers Frank et Eleanor, s'assit par terre et ouvrit une canette de bière.

– C'est pas pour dire, les mecs, mais c'est quand même de votre culture qu'il s'agit, dit Cherry. Le rock and roll, c'est de la merde venue tout droit des États-Unis.

– Ouais, ajouta Smokes, c'est la musique de cette saloperie d'impérialisme, la bande-son de la domination mondiale. Elvis a combattu sous le drapeau de l'oncle Sam. Et Gene Vincent, vous croyez peut-être qu'il votait pour ces enculés de démocrates ?

– Smokes, pour l'amour de Dieu, ne prends pas les choses tellement à cœur, dit Eleanor en riant.

– Eleanor, je veux juste leur faire comprendre qu'ils doivent défendre leur culture. Ils ont pas l'air de vouloir. Bon, j'insiste pas.

Guapo fit claquer sa langue. Il regarda Lorenzo et pouffa de rire, incrédule.

– Tu vois, Franklin, voilà comment on me traite, fit Smokes d'un air découragé.

– Peut-être qu'ils en ont marre de voir les autres venir défendre leurs valeurs.

Smokes le dévisagea, furieux, et se croisa les bras :

– *Tu quoque*, Frank ?

Frank et Eleanor allèrent prendre un café dans une petite cantina au coin de la place. Ils regardèrent un cheval blanc efflanqué qui allait et venait devant la scène, mené par un petit homme vêtu de noir. Le serveur sortit et leur conseilla de se dépêcher s'ils voulaient voir quelque chose. La fiesta devait commencer à huit heures.

A sept heures et demie, la place commençait déjà à se remplir. Un murmure impatient s'élevait de la foule. Cherry emmena

Guapo et Lorenzo à la camionnette pour qu'ils se changent. Smokes, Frank et Eleanor se frayèrent un chemin pour s'approcher le plus possible des grandes portes argentées de la cathédrale. Une dizaine de soldats filiformes, debout sur les marches, riaient et buvaient du Coca, leurs M16 en bandoulière. La cloche se mit à sonner, déclenchant l'enthousiasme de la foule. Soudain, au huitième coup, le silence se fit. Il allait se passer quelque chose.

Les énormes battants argentés de la cathédrale s'ouvrirent lentement. A l'intérieur, des hommes chantaient d'une voix grave. De jeunes choristes en soutane blanche descendirent les marches, suivis par trois prêtres revêtus de lourdes chasubles écarlates, qui agitaient d'énormes encensoirs fumants. Dans la foule quelques personnes s'agenouillèrent et se signèrent. Un groupe de six hommes en costume noir suivaient les prêtres. Ils portaient un évêque grassouillet sur une chaise. Ils peinaient et suaient sous l'effort, les choristes lançaient des pétales de fleur sous leurs pas. Trois prêtres en bleu ciel marchaient derrière eux. La Vierge Marie terminait la procession, une gigantesque statue de plâtre bleue et blanche qui mesurait bien trois mètres de haut, une Vierge Marie affligée qui tendait les mains vers la foule, lançant vers les cieux un regard tragique et écrasant du pied droit un serpent menaçant. La poitrine dévoilée, elle donnait le sein à un Enfant Jésus à l'air renfrogné. Frank fit remarquer qu'il avait l'air assez vieux pour avoir une carte vermeille. Un silence total régnait sur la place, interrompu de temps à autre par un sifflement ou par des « chut » irrités. On entendit entre les hautes murailles résonner un bruit de sabots qui allait en s'amplifiant.

Le cheval blanc que Frank et Eleanor avaient déjà remarqué entra sur la place, monté par un homme coiffé d'un haut-de-forme noir. Il fit un tour complet, s'arrêta devant la cathédrale et le cavalier mit pied à terre. Il sortit une longue canne de son fourreau, força le cheval à s'agenouiller en le frappant sur l'arrière des pattes. L'animal roula sur le côté. L'homme s'agenouilla, tira une dague de sa ceinture, l'embrassa, et l'agita au-dessus de lui avant de la plonger dans la gorge de l'animal.

– Mon Dieu ! fit Eleanor, le souffle coupé.

– Attends, murmura Cherry.

Le cheval poussa un grand hennissement et fut agité de soubresauts. Le sang jaillissait de la blessure et se répandait sur le sable couleur coquille d'œuf. Les convulsions cessèrent rapidement. Le silence continuait à régner ; on entendait seulement le cliquetis des encensoirs contre leurs chaînes. L'homme au chapeau haut de forme plaça une coupe d'argent sous le cou du cheval, il la laissa se remplir avant de la brandir à bout de bras. Il se dirigea d'un pas décidé vers la cathédrale et, suivant précisément le bas des marches, il versa le sang sur le sol en traçant une longue ligne. Puis il revint près du cheval et posa le pied sur le cou de l'animal. Un prêtre s'avança.

« *Deus in adjutoreum meum intende* », entonna-t-il ; le chœur lui répondit. L'homme au chapeau haut de forme se baissa et saisit les rênes du cheval blanc. L'animal tressaillit, se remit sur ses pattes et donna une ruade. L'homme enleva son chapeau et salua la foule. Des gens se mirent à crier, ce qui provoqua une vague de protestations de la part de ceux qui réclamaient le silence. L'homme, tenant le cheval par la bride, quitta la place.

Le prêtre fit trois fois le signe de croix. Il souleva le bas de sa robe et franchit la ligne sombre tracée par le sang du cheval.

La foule explosa en un tonnerre d'applaudissements. Les gens tapaient dans leurs mains et hurlaient de joie. Certains sortirent des pistolets et tirèrent en l'air. La fanfare se mit à jouer.

La statue de la Vierge fit trois fois le tour de la place. Les femmes et les enfants lançaient des pétales de fleurs. Il y en avait qui essayaient d'embrasser les pieds de la statue. D'autres se précipitaient vers elle et fourraient des billets de banque dans les plis de sa robe. A l'écart de la foule des hommes lugubres ne perdaient rien au spectacle et discutaient entre eux. La fanfare défilait au pas cadencé. Le bourdonnement des trombones était à la fois triste et comique.

Huit hommes arrivèrent par la rue qui débouchait sur la place. Ils étaient vêtus de collants noirs sur lesquels on avait peint, devant et derrière des squelettes. Des masques représentant des têtes de mort menaçantes leur couvraient le visage. Ils avancèrent jusqu'au centre et formèrent une ronde en se tenant par la main.

Au milieu du cercle, le plus grand des squelettes valsait en brandissant une faucille qu'il faisait tourner et lançait en l'air très haut. Il la rattrapait et la faisait siffler autour de lui, accrochant à la lame des éclats de lumière. D'un bond il sortit du cercle, s'approcha du premier rang des spectateurs et les poursuivit, la faucille entre les jambes, comme un gigantesque phallus. Les gens hurlaient de rire.

Des femmes firent ensuite leur entrée vêtues de longues capes noires, portant des masques en paille. Les dessins peints sur les masques avaient un caractère oriental : des yeux bridés, des bouches mauves souriantes, des narines dilatées percées de grands trous et des cercles rouges à la place des joues. Les femmes entraient et sortaient en tourbillonnant de la ronde des squelettes, elles déployaient leurs capes comme des chauves-souris affolées. Smokes expliqua à Frank que les masques étaient très anciens. Personne n'était capable d'en expliquer l'origine. Il ajouta que, pendant la révolution, les guerrilleros les avaient souvent utilisés pour se camoufler. Frank frissonna. Il essaya d'imaginer ce qu'on pouvait ressentir en voyant ces visages meurtriers se pencher vers vous en souriant innocemment. Mourir en emportant ça comme dernière vision !

Plus tard vinrent les discours. Des femmes et des hommes assis en rangs sur des chaises pliantes agitaient de petits drapeaux dans la fraîcheur du soir en écoutant hurler dans le micro des officiels en costume ou en uniforme, attroupés sur l'estrade. L'évêque grassouillet était là-haut, lui aussi. Il s'éventait avec sa mitre violette et riait de bon cœur chaque fois qu'un orateur faisait une plaisanterie. On aida une vieille femme à grimper sur la tribune, on lui remit une sorte de parchemin. La foule se leva et applaudit à tout rompre. La vieille femme éclata en sanglots. Les discours continuèrent. Frank reconnut quelques mots : *Resistencia. Imperialismo. Revolución.* A chaque *Viva*, hurlé dans le micro, la foule hurlait à son tour *Viva*, à tue-tête ; les hommes lançaient leurs chapeaux en l'air.

Quand les discours furent terminés, des ouvriers portant des brassards orange enlevèrent les sièges du centre de la place et les empilèrent sur les côtés. La nuit était tombée sans qu'on s'en rende compte. On alluma de grandes torches aux balcons autour de la plaza. Un camion sans bâche rempli de projecteurs fit marche arrière jusqu'à la cathédrale. On entendit les premiers accents de salsa enregistrée. Des feux de Bengale sifflèrent dans l'air. Une odeur désagréable de soufre et de fumée envahit l'atmosphère. Des couples se tenant par les hanches dansaient le shimmy sur la place, en ondulant. Ils tournaient et viraient, tourbillonnaient et virevoltaient, suivant un rythme que Frank avait du mal à saisir.

Les haut-parleurs annoncèrent que les Desperados de Amor allaient jouer dans une demi-heure. Une salve d'applaudissements éclata. Eleanor s'excusa, elle commençait à avoir mal à la tête. Frank la raccompagna au camping-car et lui fit du thé. Elle lui dit qu'elle allait dormir, qu'il pouvait aller faire un tour, il n'y avait pas de problème.

Il retourna sur la place et but une bière. Il éprouva une étrange sensation de bien-être à se retrouver seul. Il entra dans un autre bar, commanda un rhum-Coca, en prit un autre, puis un troisième. Il parcourut la place du regard, savourant la fraîcheur de son Cuba libre. De plus en plus de monde dansait au son de la salsa enregistrée. Il sursauta en reconnaissant un des airs. Une bossa-nova, *It's in His Kiss*, n'était pas un rock mais bien une bossa-nova. Il se souvenait d'avoir dansé sur cet air-là avec Eleanor mais il ne savait plus où. Ses doigts tambourinaient machinalement sur son verre. Il essaya de se rappeler les paroles : « *If you want to know if he loves you so, it's in his kiss.* »

Il remarqua brusquement du coin de l'œil un homme grand et mince dissimulé dans l'ombre devant la cathédrale. Il avait une prothèse à la jambe droite. Ses bras étaient très longs, il tenait une canne sur son épaule à la manière d'un fusil. La sueur avait traversé le tissu de son costume blanc et laissé des auréoles noirâtres sous les bras. Frank eut le sentiment que c'était lui que l'homme grand et mince surveillait.

Il se détourna, commanda un autre verre. L'homme continuait à l'observer. Il se sentit mal à l'aise. Il attrapa son verre sur la table et sortit au grand air sur la place. Une jeune fille s'approcha de lui en souriant : « *¿ Gringo?* » Elle portait un chemisier rouge très serré, une minijupe et des chaussures rouges à talons aiguille. Il se dit qu'elle n'avait pas plus de quinze ans. Son visage était barbouillé de rouge à lèvres. Il s'éloigna sans un mot. Elle lui prit la main et l'embrassa. Il rit. Elle lui mordilla le bout des doigts en repoussant les longs cheveux qui lui couvraient les yeux.

– Ma maison, dit-elle en faisant un geste en direction du centre-ville. Bon moment. Trente dollars.

Frank la regarda avec attention. Elle était belle à couper le souffle. La sueur collait sur ses joues des mèches de sa chevelure brune. Sa peau luisait sous les feux. Elle leva les sourcils, lui prit la main et la pressa contre sa poitrine.

– Arrête.

Elle mit les mains derrière le dos, avança ses seins et se frotta contre lui. Il retira sa main. Elle se pencha et l'embrassa dans le cou. Son haleine sentait la menthe.

– Toi et moi ? Bon moment ? murmura-t-elle.

– Non, n'insiste pas, mon petit.

– Oui, mon amour, dit-elle en faisant la moue de ses lèvres rouges. Je fais tout ce que tu veux. Trente dollars.

– Non, fit-il d'un ton ferme. Rentre chez toi. Dépêche.

Les yeux de la fille brillèrent de colère.

– *Perro*, ricana-t-elle d'un air méprisant.

Elle s'éloigna, fendit la foule et se dirigea vers la cathédrale. Elle rejoignit l'homme aux longs bras. Frank les observa. Ils semblaient se disputer. Soudain il la gifla. Elle éclata en sanglots et regagna la plaza en courant. L'homme se tourna et, l'air furieux, regarda Frank. Puis il sourit, inclina son chapeau, sortit un gros cigare de sa poche, en mordit le bout et le recracha. Il l'alluma en protégeant l'allumette avec ses mains ; la lueur jaunâtre éclaira son visage.

Frank traversa la place. Malgré l'heure tardive il n'avait aucune envie de rejoindre Claudette et sa chaleur étouffante. La plaza était maintenant noire de monde ; il y avait des types saouls dans tous les coins. Les pétales de fleurs répandus sur les pavés avaient été écrasés sous les pieds des danseurs ; il s'en dégageait un parfum entêtant.

Il quitta la plaza en passant sous une voûte de pierre noire et déboucha sur une autre place, plus tranquille, presque déserte.

Sur tout un côté s'alignaient des étals où l'on vendait des plats qui sentaient le piment. L'écho de la musique renvoyé par les hautes façades résonnait bizarrement. Au pied de la gigantesque statue équestre d'un guerrier brandissant une épée, un gamin vendait des journaux. « *Barricada*, criait-il à mi-voix, *La Prensa, Barricada, El Nuevo Diario.* »

Frank traversa la place en marchant sur les pavés glissants. Il savourait la fraîcheur inattendue et le gargouillis de la fontaine. Il y plongea la main et se passa les doigts mouillés sur le visage. Il alluma une cigarette, envoya d'une pichenette l'allumette dans le bassin puis continua son chemin. Au bout de la place il passa sous une autre voûte de pierre et s'aventura dans une ruelle étroite.

Il revit la jeune fille en minijupe à quelques mètres devant lui. Elle marchait lentement bras dessus, bras dessous avec un soldat. Ils s'arrêtèrent dans la lumière orange d'un café et s'embrassèrent. Le soldat glissa ses mains sous son chemisier et lui prit les seins, la faisant rire. Ils repartirent et disparurent au coin de la rue. Frank les suivit. Il vit la fille ouvrir une porte et attirer le soldat à l'intérieur en le prenant par la main.

Frank s'approcha et s'arrêta un moment. Tout était calme. On entendait seulement au loin le bruit assourdi de la batterie et de la guitare. Il effleura la plaque de métal sur la porte. Elle était chaude.

Il rebroussa chemin. Mais il avait trop bu et il était fatigué, tout à coup il se sentit perdu. Il ne se rappelait plus par où il était venu. Il trébucha dans le noir et prit une autre ruelle obscure. Par une fenêtre ouverte, quelque part on entendait un poste de radio. La voix excitée d'un commentateur sportif déferla, suivie d'un tonnerre d'applaudissements. Une lumière jaune filtrait à travers les persiennes. Il ne se sentait pas bien.

Il enfila une autre ruelle. Un jeune couple enlacé faisait l'amour dans l'embrasure d'une porte. La fille ne disait rien tandis que le garçon la pénétrait. Elle lui tenait la nuque. Le garçon gémissait comme s'il avait très mal.

Frank s'éloigna, pressa le pas, s'égara, il aurait bien aimé trouver quelqu'un qui lui indique le chemin de la plaza. Il entendait au loin de la musique et des applaudissements, et essaya de s'orienter au bruit mais plus il croyait s'approcher plus il avait le sentiment de tourner en rond. Il continuait. D'autres ruelles. Son cœur battait. La musique sur la place semblait s'éloigner toujours davantage.

Il s'arrêta devant une boucherie et regarda la vitrine. Des quartiers de viande étaient posés sur des étals de marbre. Au fond de la boutique, des porcs décharnés étaient pendus à des crochets, les yeux noirs boursouflés, la gueule ouverte et sanguinolente. Un chat se promenait nonchalamment sur le sol carrelé. Il léchait les marques de sang sous les carcasses. Satisfait, il faisait le gros dos. Frank regardait. Soudain son attention se déplaça. Il venait d'apercevoir dans le reflet obscur de la vitrine un homme qui s'approchait lentement de lui.

Il se retourna brusquement et vit l'homme s'arrêter dans l'ombre. Son souffle s'accéléra. Il le reconnut immédiatement. Il était grand et mince, il avait de longs bras et portait un costume clair. Frank cria, l'homme ne fit pas un geste et resta silencieux. Il cria encore. L'homme s'approcha en boitant, il cognait sa canne contre sa prothèse et riait d'un air sardonique.

Frank avait peur. Il s'enfuit. Il suait à grosses gouttes. Il avait la bouche sèche. Il accéléra l'allure. Il vit tout à coup un passage très étroit où un adulte pouvait à peine se faufiler. Il s'arrêta. Du coin de l'œil, il aperçut à l'autre bout de la lumière, des couleurs et du mouvement. Immobile, il sortit son paquet de cigarettes et en alluma une. Il regarda derrière lui. Il ne voyait pas l'homme mais il entendait encore son rire. Il aspira une bouffée, retint son souffle et s'engouffra dans le passage où il se mit à courir.

Il prit ses jambes à son cou, le linge qui séchait sur les fils lui giflait le visage, il était hors d'haleine. Il entendait toujours le bruit de pas métallique de l'homme derrière lui. Il accéléra encore, fonça de toutes ses forces. Il entendit une femme crier. Il trébucha et s'affala contre un muret. Il poussa un grognement, se remit péniblement debout et courut vers la lumière, mort de trouille, et là, d'un coup, il se retrouva sur la place dans une explosion de couleurs. Il jeta un coup d'œil furtif par-dessus son épaule, il n'y avait plus personne. Il s'avança au milieu de la foule qui dansait.

Sur la scène, Smokes jouait de la batterie et poussait des dou-wou-di-dou langoureux dans le micro. Cherry martelait le synthé.

Lorenzo arpentait la scène, arrachant un solo déchirant à sa guitare. Le bruit était assourdissant mais les couples dansaient quand même. Debout au premier rang, des gamins levaient le poing en cadence. Frank se sentit rassuré. Il gagna le centre de la plaza.

Lorenzo s'avança sur le devant de la scène et incita le public à danser. Il mit sa main en porte-voix et brailla, les gamins hurlèrent à leur tour. Lorenzo porta sa main à l'oreille faisant celui qui n'avait rien entendu. Les hurlements redoublèrent. Lorenzo rejeta sa guitare sur son dos, releva le col de sa veste léopard. Il prit le micro. La foule se déchaîna. Il attaqua *Great Balls of Fire*.

Les garçons et les filles se prirent par l'épaule et firent la vague. Ils dansaient autour de la plaza en frappant dans leurs mains. Cherry et Guapo se pavanaient sur scène, ils entamèrent un rock endiablé. La foule siffla et hurla de rire. Smokes frappa les cymbales. Lorenzo revint sur le devant, écarta les jambes, agrippa le micro, se mit à genoux et rejeta la tête en arrière. Cherry se démenait en frappant sur le synthé. Lorenzo leva le bras et se remit à hurler.

Frank se surprit à sourire en regardant autour de lui. Les gens ondulaient et tournaient. Au pied des marches de la cathédrale, deux bonnes sœurs valsaient. Tous les choristes en robe blanche les entouraient, jouant de la guitare. Quand Frank quitta la Plaza de Armas, Lorenzo et les Desperados en étaient à leur quatrième rappel et il y avait toujours cinq mille personnes qui dansaient. Il se sentait beaucoup mieux quoiqu'un peu chancelant et encore légèrement ivre.

Sur le parking derrière la cathédrale, Eleanor était assise sur le marchepied de Claudette. Elle portait un pyjama à manches courtes et lisait à la lumière d'une lampe électrique.

– Seigneur, Lorenzo sait comment les tenir en éveil !

– Oui, j'ai écouté. Ils sont vraiment extra.

Elle leva les yeux de son livre.

– Ça va Frank ? T'es tout pâle.

Il se gratta la tête et haussa les épaules.

– Il y a un type un peu bizarre qui m'a suivi tout à l'heure. Je ne sais pas ce qu'il voulait mais il m'a flanqué une sacrée trouille.

– Oh Frank, quelle imagination !

Ils montèrent à l'arrière de la camionnette. Eleanor servit du thé et se démaquilla. Elle chantonnait tout en s'essuyant le visage avec des mouchoirs en papier. Frank déboucha une bouteille de rhum et en avala une pleine gorgée.

– Ils ont joué *Blue Moon*, c'était merveilleux. Cherry l'a chanté avec Guapo.

Elle fredonna l'air en jouant avec ses doigts. Elle ferma les yeux, se croisa les bras et sourit.

– C'était un tube de notre temps, tu te souviens, Frank ? *Blue Moon* ?

Il buvait son thé brûlant.

– Ouais, c'est vrai, mais moi j'en ai jamais été fou.

Elle approcha son visage de la glace et se regarda. Elle releva sa longue chevelure grise en chignon puis la laissa couler entre ses doigts.

– Frank Little, soupira-t-elle, il n'y a pas un gramme de tendresse en toi.

– J'en ai jamais eu.

Elle se peigna.

– C'est bien vrai. Jamais. Mais tu as su compenser, je suppose.

Il s'assit sur sa couchette. Il regarda son dos, ses bras nus, ses mains délicates. Il leva la bouteille et prit une autre rasade.

– Ouais, j'ai su compenser autrement.

Elle passa longuement le peigne dans sa chevelure. Quand elle se retourna, Frank dormait.

28

LA *SANTA MARÍA*

C'était l'enfant le plus merveilleux du monde. Il était beau avec son abondante chevelure brune et bouclée, son visage semé de taches de rousseur. Il était joyeux, débordant de vie et il aimait l'école. La vieille sœur Laurence disait qu'il était appelé à un grand avenir. A cinq ans, il lisait comme un enfant de sept ans. A sept ans, à l'école primaire, il dessinait Christophe Colomb, debout sur le pont de son navire, la *Santa María*.

Frank et Eleanor adoraient leur fils. Ils parlaient beaucoup avec lui de l'école et s'efforçaient de répondre à ses questions. Ils l'aidaient à faire ses devoirs et, où qu'ils aillent, ils l'emmenaient toujours avec eux. Ils faisaient en sorte qu'il ne manque de rien. Ils lui achetèrent des livres de lecture et lui expliquèrent les mots difficiles. Frank trouvait que sa femme le couvait un peu trop mais il ne disait rien. Quand elle le prenait sur ses genoux pour lui raconter des histoires et qu'elle lui caressait les cheveux, il se sentait, rien qu'à les regarder, rempli d'une joie indescriptible. Un soir ils l'emmenèrent à l'*Abbey Theatre*, et il assista à la pièce assis entre eux et leur donnant la main. Il avait les yeux brillants de plaisir et il ne cessa de rire pendant toute la représentation. Aucun son sur terre ne pouvait rendre Frank plus heureux que le rire de son fils. Sur le trajet du retour, ce soir-là, dans la voiture, il comprit que ses plus chers désirs étaient comblés.

Les premières disputes apparurent quand Johnny commença à

fréquenter l'école de Willow Park. Pour des peccadilles. Si Johnny rentrait de l'école avec son pull déchiré, elle le houspillait et Frank lui en voulait de sa colère. Il lui disait de le laisser tranquille, que les garçons de son âge étaient turbulents, que c'était normal. Elle répondait que Johnny était bien trop délicat pour se battre. Elle ne voulait pas qu'il se blesse et qu'on doive l'emmener à l'hôpital. Ils se disputaient aussi parce qu'elle trouvait que Frank travaillait trop. Elle voulait qu'il rentre plus tôt à la maison mais lui expliquait que c'est en travaillant le soir qu'il gagnait le plus d'argent. Parfois, quand il rentrait tard, il trouvait Eleanor si fâchée qu'il ne comprenait pas pourquoi. Certains jours elle était tellement furieuse qu'il mettait une demi-heure à la calmer.

Un jour de l'été 1969 on demanda à Frank de conduire quelqu'un à Belfast. Une urgence, avait dit le client. Son père venait de mourir d'une crise cardiaque et il n'y avait pas de train avant le lendemain après-midi. C'est ce que l'homme avait expliqué à Johnny Doyle mais aucun des chauffeurs n'avait voulu de cette course ; alors Johnny avait demandé à Frank d'y aller et Frank avait accepté parce qu'il avait eu pitié du gars.

Seulement on était en juillet 1969. En Irlande du Nord on incendiait les maisons des catholiques pour les contraindre à partir. Il était question d'envoyer l'armée britannique pour séparer catholiques et protestants. Quand ils passèrent la frontière, Newry était en flammes. Ils arrivèrent à Belfast. Il y avait des incendies dans les rues. La police était partout. Des bandes armées et cagoulées de noir fracassaient les fenêtres et incendiaient les voitures. Frank n'avait jamais vu ça. Il n'avait jamais eu aussi peur que ce soir-là. Il déposa son client et rentra d'une seule traite à Dublin, épuisé et tremblant. Il pensait aux pauvres habitants d'Irlande du Nord. Il ne comprenait pas pourquoi le gouvernement irlandais n'envoyait pas son armée là-bas, protéger les catholiques. Il roula sans s'arrêter. Il ne cessait de penser à la chance qu'il avait de regagner une maison accueillante où l'attendaient son fils et sa femme. Sa vie avait un sens parce qu'il avait un foyer à lui. Ce n'était après tout que par un caprice du destin qu'il était si heureux alors que d'autres ne l'étaient pas.

Quand il rentra à la maison, il la trouva assise à la table de la cuisine, pleurant de rage. Elle semblait avoir bu. Son haleine sentait l'alcool et il y avait des débris de verre sur le sol de la cuisine. Elle lui dit qu'il ne l'aimait pas, qu'il ne l'avait jamais aimée. Elle l'accusa d'avoir une maîtresse. Il fut tellement surpris qu'au début il ne trouva rien à répondre. Puis il se mit à crier à son tour. Elle attrapa une tasse et la lança contre le mur. Leur fils descendit dans la cuisine, en larmes. C'était en juillet 1969.

En septembre, le père d'Eleanor mourut dans un accident de la route. Le soir où on apporta le cercueil à l'église ils allèrent chez sa mère, et Eleanor se saoula au sherry. Frank en fut très surpris. Il n'avait encore jamais vu sa femme boire. Il ne comprenait pas ce qu'elle faisait mais il ne fit aucune remarque parce qu'il voyait bien qu'elle était bouleversée. Le lendemain, elle refusa d'assister aux obsèques. Elle resta à la maison et se saoula de nouveau.

Dès lors, elle se mit à boire. Chaque fois qu'ils sortaient, elle buvait beaucoup et n'importe quoi, comme il le remarqua : de la bière, des alcools, du vin, elle ne faisait aucune différence. Elle buvait n'importe quoi et il lui arrivait d'être malade. Le jour de Noël, en 1970, elle se saoula et lui demanda de fermer sa gueule devant trois autres chauffeurs.

Leurs relations se dégradèrent de plus en plus. Ils ne semblaient plus d'accord sur rien. Ils se disputaient à propos de la tapisserie, de l'argent et particulièrement à propos de leur fils.

Ça n'allait pas très bien à l'école. Il semblait avoir constamment des problèmes. Tout le monde se plaignait de son comportement. Il se montrait insolent avec ses professeurs et agressif avec ses camarades. Les frères disaient qu'il avait un langage épouvantable pour un enfant. Ils ne savaient où il avait appris ça mais c'était un langage des mauvais quartiers, pas le genre de langage qu'on pouvait tolérer dans une école où des gens bien envoyaient leurs enfants. Frank réprimanda son fils et Eleanor lui dit qu'il était trop sévère avec lui. Elle répétait toujours que Frank n'aimait pas son fils et qu'il ne le traitait pas comme il fallait. Elle l'accusa de ne pas l'avoir désiré. Elle lui lançait ce reproche à la figure : « Je me demande pourquoi tu t'es marié si tu ne voulais pas avoir d'enfants. »

Ils travaillaient tous les deux maintenant. Il faisait le taxi et elle donnait des leçons de piano. Mais le gouvernement taxait tout et ils avaient du mal à joindre les deux bouts. Il y avait des guerres dans des coins reculés de la planète et ça faisait flamber le cours du pétrole. L'essence coûtait de plus en plus cher et il fallait quelquefois faire la queue à la pompe pendant des heures. Les assurances aussi étaient chères. Il y eut des grèves, et les prix continuèrent à grimper. Les traites de la maison augmentèrent elles aussi, un petit peu d'abord, puis elles finirent par doubler.

Frank s'inscrivit au syndicat des chauffeurs de taxi. Le jour il bossait dur, le soir il allait aux réunions. Il se présenta aux élections de la section locale, au poste d'adjoint d'abord, puis de secrétaire général. Johnny Doyle lui trouva un slogan : VOYEZ GRAND, VOTEZ LITTLE. Il passa à la radio. Il organisa des manifestations. Quand un chauffeur fut assassiné à coups de couteau une nuit à Parnell Square, c'est lui qu'on interviewa à la télévision.

C'est l'année suivante que Johnny Doyle mourut et que sa femme décida de vendre la compagnie de taxis. Elle expliqua qu'elle souhaitait la céder à Frank pour un prix d'ami parce qu'elle savait qu'on pouvait lui faire confiance et que d'ailleurs son mari l'aimait beaucoup. Frank essaya d'en discuter avec Eleanor. Elle le prit mal au début. Elle trouvait qu'il passait déjà trop peu de temps à la maison. Elle aurait bien voulu savoir pourquoi il devait passer tant de temps au travail quand les autres restaient à la maison avec leur famille. La dispute dura près d'un mois. Puis elle sembla s'en désintéresser. Il essaya encore une fois d'aborder la question avec elle, elle lui répondit qu'il pouvait faire ce qu'il voulait, qu'elle s'en foutait. Il obtint un prêt de la banque et acheta la compagnie.

Il savait bien que sa femme s'était mise à boire tous les jours mais il ne disait rien parce qu'il avait peur et ne savait pas quoi faire. Elle commença à cacher des bouteilles un peu partout dans la maison. Il en trouvait dans les tiroirs, sous les lits, dans les placards. Bientôt, il appréhenda d'ouvrir le moindre tiroir ou le moindre débarras parce qu'il s'attendait, partout, à trouver des bouteilles vides. Elle se mit à acheter de la viande de second choix, à remplacer le beurre par de la margarine, pour dépenser plus en boisson. Elle acheta des bonbons à la menthe pour masquer son haleine. Un soir, il prit son courage à deux mains et aborda la question, mais ça la mit dans une rage folle. Peu après, il apprit par un voisin qu'elle ne donnait plus de leçons de piano. Il y avait eu un problème avec sa fille. Elle était rentrée un jour à la maison et avait raconté à sa mère que son professeur de piano était ivre. Frank ne fit aucune remarque, pour ne pas humilier sa femme.

Un jour, en 1972, il rentra en plein milieu de journée pour la trouver nue dans son bain, saoule et pleurant à chaudes larmes. Il la prit dans ses bras, la sortit de la baignoire et lui enfila un peignoir. Il resta auprès d'elle jusqu'à ce qu'elle ait dessaoulé et la supplia de voir un médecin. Elle répondit qu'elle ne pouvait pas se faire à l'idée d'en parler à qui que ce soit. Elle avait honte, se sentait mauvaise. Cette nuit-là elle s'enferma à clef dans sa chambre et reprit une cuite.

Frank commença à avoir peur. Il n'invita plus personne à la maison. Il provoqua exprès une brouille avec son frère pour qu'il cesse de les recevoir, Eleanor et lui. Il fouilla toute la maison pour trouver les bouteilles cachées qu'il vida dans l'évier. Il fit des cauchemars où il voyait des tas de bouteilles dégringoler des placards.

Eleanor ne comprenait pas ce qui lui arrivait. L'homme qu'elle aimait la regardait maintenant avec dégoût. Le seul homme avec qui elle avait fait l'amour semblait à présent la haïr. Le soir du mariage de la nièce d'Eleanor, c'est Frank qui se saoula et qui lui dit qu'elle ferait bien de ne pas se laisser aller. Ils firent chambre à part.

Les disputes empirèrent. Un climat de violence insoutenable s'installa entre eux. Frank et Eleanor en arrivèrent à se dire des choses que seuls les gens qui se sont aimés peuvent se dire. Ils criaient, s'insultaient, se maudissaient. Ils se jetaient des mots irréparables à la tête, s'accusaient de toutes sortes d'horreurs. Elle lui dit qu'elle n'avait jamais voulu se marier avec lui. Elle lui reprocha d'avoir des maîtresses. Il l'accusa d'avoir laissé mourir leur fille. Ils finirent par ne plus s'adresser la parole.

Le silence dura trois mois, c'était en 1974. Leur fils avait onze ans, c'est lui qui servit de messager jusqu'à ce que Frank ne puisse plus supporter son air effrayé. Le regard de son fils le déchirait.

Il dit à sa femme qu'ils rendaient la vie impossible à cet enfant.

Il dit à Eleanor qu'il l'aimait, qu'il voulait faire le point, repartir à zéro. Ils essayèrent. Ils partirent tous les deux en vacances à Majorque. Ils visitèrent Valdemosa, le monastère où Chopin était mort. C'était un endroit merveilleux, chaud et lumineux, le parfum enivrant des orangers soufflait des collines.

Elle se saoula tous les soirs. Ils se disputèrent presque tous les jours.

29

LA FOI

Le lendemain du festival de León, Frank fit la grasse matinée. Après le petit déjeuner, Smokes et Eleanor allèrent faire un tour. Les places et les avenues aux abords de la cathédrale étaient jonchées d'une épaisse couche de banderoles déchirées, de fleurs écrasées, de feux de Bengale noircis et de bouteilles de plastique vides. Des hommes lavaient au jet les marches de la cathédrale. Des jeunes filles débraillées en pantalon de satin noir, en jupe à volants de soie et de mousseline, jaune fluo, rose bonbon, rouge vif et bleu irisé, rentraient se coucher. Des bandes de gamins couraient autour de la Plaza de Armas, ils triaient les bouteilles en verre et les canettes pour les fourrer dans de grands sacs en plastique noirs. Sous la lumière des projecteurs, des journalistes américains jacassaient devant des caméras.

– Tu sais, Smokes, lança Eleanor, c'était vraiment extraordinaire hier soir. Lorenzo est un chanteur fabuleux, hein ?

– Ouais, peut-être. Qu'est-ce que vous auriez dit si vous aviez entendu Johnny.

– Ce que j'ai entendu était quand même super.

– Ouais, ouais, d'accord. On s'est pas mal débrouillés mais quand Johnny était là, c'était autre chose.

Ils traversèrent la place brûlante et empruntèrent une ruelle sombre et étroite. Ça sentait le chou bouilli et la bière éventée. A mi-chemin, ils rencontrèrent deux vieux Indiens assis par terre qui jouaient aux dés en tirant sur de longues pipes. Ils sourirent à Frank et Eleanor, l'un d'eux ôta son chapeau en leur disant : « *Buenos días.* »

Un peu plus bas, dans un recoin obscur de la rue, ils s'arrêtèrent devant une double porte en chêne. Les panneaux de bois foncé étaient décorés de motifs compliqués. Des démons et des dragons pourchassaient en dansant des hommes et des femmes terrifiés. Une sorcière riait en poussant un homme, le pénis en érection, dans un grand chaudron. Au-dessus des portes était sculptée une tête de mort grimaçante. A l'intérieur, ils entendaient le bruit d'une scie. C'était un son à la fois agréable et apaisant.

Soudain les grandes portes s'ouvrirent. Un homme à l'air réjoui sortit. Il salua Smokes et Eleanor. La lumière à l'intérieur était douce et dorée. On voyait en contre-jour trois jeunes garçons travailler. Ils sifflaient tout en enfonçant des clous et en mesurant des planches. La petite pièce était remplie de cercueils.

– Voilà un mec qui doit faire son beurre avec tous les morts qu'il y a par ici.

– Tu sais, Smokes, il pourrait bien avoir un client de plus dans pas longtemps.

Elle repartit mais Smokes ne bougea pas. Quand elle se retourna, il la regardait, il souriait d'un air gêné.

– Eleanor, ça m'ennuie de te parler de ça.

– De quoi ?

– Ben, t'as peut-être raison. Ce ne serait pas une si mauvaise idée, après tout.

Il était embarrassé. Il lui débita tout d'un air exalté. Corinto, c'était l'enfer. On n'y trouvait rien. La ville était trop près de la frontière. Dès qu'on construisait un bâtiment, les Contras le faisaient sauter. Au marché noir, les briques et le ciment valaient de l'or. Alors le bois, à ce tarif-là, c'était des diamants. C'est un truc qui le tracassait depuis le départ de Managua mais il n'avait pas osé en parler. A Corinto on ne mettait pas les morts en bière. On les enveloppait dans un drap, puis on les enterrait ou on les brûlait. Là-bas, tout le monde pensait que du bois pour des cercueils c'était du gâchis quand on en avait tant besoin pour des berceaux ou pour refaire le plancher. Il ne portait pas de jugement. C'était un fait, voilà tout. La vie était très dure. La ville était sale, l'air complètement pollué par les puits de pétrole. On avait autre chose à faire que d'acheter des cercueils. Pourtant, il n'avait pas cessé de penser à ce qu'on ferait de Johnny si le pire finissait par se vérifier. Ça ne lui sortait pas de l'esprit. En mars dernier, il y avait eu une histoire terrible à Managua. On avait ramené à l'arrière d'un camion un pédiatre suisse, tué dans une escarmouche, dont le cadavre pourrissait dans un sac en plastique. Sa femme était venue récupérer le corps à l'aéroport, en compagnie d'un membre de l'ambassade suisse. En voyant ce que la chaleur et les corbeaux avaient fait à la dépouille de son mari elle s'était évanouie sur la piste.

– Seigneur Jésus !

Smokes serra les poings.

– Je sais, Eleanor, c'est dur mais, bon Dieu, on ne peut pas ramener Johnny à Managua dans un sac en plastique ! Avec cette chaleur, en plus.

Il fit un signe de tête en direction de la porte du menuisier et marmonna quelque chose.

– Je pensais que…

Il se tut et détourna le regard.

– Mon Dieu, Smokes, c'est au-dessus de mes forces. Je crois que je n'en serais pas capable.

Il soupira.

– C'est le dernier endroit où on peut trouver un menuisier, Eleanor. Il faut que vous en ayez conscience, Frank et toi. On part demain, c'est un pays de bandits. On ne trouvera pas de cercueil. Pas à Corinto. C'est vraiment pas l'endroit.

Ils retournèrent à la camionnette. Frank, torse nu, se rasait devant une cuvette d'eau savonneuse. Lorenzo, agenouillé, priait en silence. Il hochait la tête en se frappant la poitrine. Cherry en sous-vêtements, allongée à l'ombre de la camionnette buvait de l'eau à même un bidon. Guapo faisait cuire des haricots et du riz sur le réchaud à gaz.

Ils demandèrent à Frank de les accompagner et, chemin faisant, ils lui expliquèrent pourquoi.

– On veut lui acheter un cercueil, fit Eleanor.

Il s'arrêta net et éclata de rire.

– Quoi ? Vous êtes cinglés tous les deux !

– Franklin, écoute. On veut être prêts si le pire nous tombe dessus.

– Vous vous foutez de moi, hein ?

Non, ils ne plaisantaient pas.

– Mais il est vivant, bon Dieu ! Moi, je ne marche pas. Vous êtes malades ou quoi ?

Smokes le prit par l'épaule. Frank le repoussa.

– Non, Smokes. Je ne marche pas. Il est vivant ! hurla-t-il.

Smokes secoua la tête.

– On peut pas prendre le risque, Franklin.

– Seigneur. T'es de quel côté au juste ? Il y a des moments, j'ai du mal à te comprendre.

– Je suis avec toi, tu le sais bien.

– Si tu le dis, fit-il d'un air méprisant.

Smokes le dévisagea.

– Frank, je vais faire comme si je n'avais rien entendu.

– Laisse-nous une minute, tu veux ? On a besoin de parler un petit peu tous les deux, dit Eleanor.

Smokes lança un nouveau coup d'œil furieux à Frank, puis il s'éloigna lentement, les mains dans les poches, donnant des coups de pied à droite et à gauche. Il s'adossa à un réverbère et baissa la tête.

Frank fit mine de rire.

– Alors tout le monde est contre moi maintenant. Y a rien à ajouter.

Eleanor poussa un profond soupir et le regarda en silence.

– Pas de cinéma Eleanor. Arrête tout ce cirque à propos de cercueils et de mort. C'est malsain.

– Frank, mon petit, écoute-moi.

Il ferma les yeux en remuant la tête.

– Il est vivant, vivant. Il ne peut pas en être autrement. Je ne veux rien savoir d'autre. Il est vivant, et le premier qui vient me dire le contraire ferait mieux de la boucler.

Elle l'interrompit en élevant la voix.

– Frank, plaise à Dieu qu'il soit encore en vie. Je ferais tout pour qu'il le soit. Tu le sais. Je me sacrifierais, s'il le fallait. Je le jure.

– Oh, commence pas avec ces conneries. On n'est pas dans une tragédie grecque. Ce petit fouteur de merde est bien vivant, comme toi et moi.

– Et s'il était mort, Frank, qu'est-ce qui se passerait ?

Quand il ouvrit les yeux, sa femme pleurait doucement. Ses lèvres se serraient, son visage se crispait, ses épaules s'agitaient sous l'effort qu'elle faisait pour retenir ses larmes. Elle le regarda, les yeux embués, avec l'air suppliant d'un enfant effrayé.

– Il est hors de question que notre fils soit traité comme un moins que rien. Je t'en prie, Frank. C'est notre chair et notre sang. On n'a pas fait tout ce qu'on a fait pour en arriver là. C'est une question de dignité. Il faut faire ce qui est juste, je t'en supplie, Frank, s'il te plaît.

Soudain quelque chose dans ce visage implorant l'effraya. Il se retrouva des années en arrière. Il la revit le soir où ils s'étaient disputés pour la première fois, seule sous la pluie, dans Francis Street, à la lumière d'un lampadaire. Il la revit lors de cette nuit terrible où la police était venue chez eux. Il la revit la veille de son départ. Il essaya de chasser ces images et de se calmer. Il serra les poings et la regarda. Il ferait face. Il était fort. Il était un homme. Il chercha ses mots, commença à balbutier. Elle leva à nouveau son regard embué de larmes, et brusquement, dans ces yeux effrayés, Frank Little aperçut une chose indescriptible. Il vit un visage qu'il connaissait. Celui de son fils unique.

– Seigneur, c'est bon, Eleanor, t'as gagné !

Il aurait voulu toucher cette épaule tremblante mais sa main était comme une clef à bougie. Il avait une telle envie de la saisir qu'il en eut peur. Il la regarda en frémissant, il voulait la prendre dans ses bras, la serrer, la sentir sangloter jusqu'à ce que ses larmes se tarissent, il voulait la tenir tout contre lui mais il en était incapable. Bouleversé et effrayé, il se sentait désespérément seul.

– Merci, Frank. Elle prit un mouchoir en papier pour sécher ses larmes.

– Je te demande pardon, Eleanor, je ne voulais pas te faire de mal.

– Mon Dieu, regarde-moi, voilà que je recommence comme autrefois…

Du bout de la rue, Smokes les observait. Frank lui lança un regard honteux et confus. Les souvenirs douloureux roulaient dans sa tête.

– Doux Jésus, Lea. Comment on a fait pour en arriver là ?

Elle lui prit les mains, les serra et se mordit les lèvres. Elle s'était remise à sangloter.

– Courage, Frank, le passé est le passé. Il n'y a pas à y revenir.

Le menuisier était assis dans la cour, les pieds sur la table. Il lisait *La Prensa* en buvant du café dans un pot de confiture. Quand il les vit entrer, il se leva d'un bond. Il prit le mètre ruban qu'il avait autour du cou et les mesura mentalement.

– Il croit que c'est pour nous, rit Smokes. Les gens ici font ça. Surtout les pauvres. Ils commencent à payer leur cercueil de leur vivant.

– Y a pas qu'ici. Ma pauvre mère a économisé pour le sien pendant des années, expliqua Frank.

– Dis-lui pour qui c'est, marmonna Eleanor.

– Usted no entiende, señor. Es para su hijo.

Le menuisier prit un air de circonstance. Il serra la main de Frank et la secoua vigoureusement en hochant la tête, les yeux rivés au sol. Puis il salua Eleanor et leur fit signe d'entrer.

Ça sentait bon. Dans le fond, un jeune garçon fignolait une chaise à bascule avec une doloire. Un autre rabotait un morceau de teck rectangulaire. Partout dans l'atelier, des Vierges, des martyrs et de grandes croix noires en bois. Une très belle jeune femme en blouse blanche était agenouillée devant une statue de l'Enfant de Prague. Elle posait avec amour des petites touches de bleu et de blanc sur ses yeux féroces. Par une petite porte sur le côté, ils passèrent dans une réserve très sombre où régnait une forte odeur de sueur et de copeaux. Le menuisier alluma. Cette pièce aussi était pleine de cercueils.

Certains étaient par terre, le couvercle par-dessus ou posé debout à l'intérieur, à la verticale. D'autres étaient appuyés au mur ou entassés dans les coins sous une épaisse couche de poussière. Ils étaient faits de bois de toutes sortes, sombres, vernis, peints en blanc ou en rouge. Il y en avait en aggloméré, en acajou, en planches de cèdre mal équarries.

Eleanor en montra un du doigt, un cercueil en pin clair.

– *¿ Cuanto es ?* demanda-t-elle.

Le menuisier se gratta la tête.

– Sept cents, señora.

– *¿ Córdobas ?*

Il fronça les sourcils.

– *Dólares, señora.*

– *Es muy caro*, dit-elle, très cher.

Frank l'appela du fond de la réserve.

– Lea, celui là, qu'est-ce que t'en dis ?

Le cercueil était couvert d'anges et de chérubins sculptés qui jouaient de la flûte et de la lyre. Le couvercle se composait de trois panneaux : la crèche à Bethléem, la Crucifixion et l'Ascension. Le Christ s'élevait dans un nuage, il tenait un livre dans une main et montrait le ciel de l'autre. L'intérieur était tendu d'un épais velours rouge et de soie noire. La tête des clous en forme de croix était en cuivre.

– Il me plaît bien.

Eleanor fit la grimace.

– Tu ne trouves pas que c'est un peu trop, Frank.

– Qu'est-ce qui te dérange ?

Elle chercha du regard.

– J'aimerais mieux quelque chose de plus simple, c'est tout.

– *¿ Cuanto ?* s'informa-t-il, ignorant sa remarque.

– *Mil dólares, don*, répondit le menuisier.

– Frank, pour l'amour de Dieu, mille dollars !

– On le prend. C'est le mieux.

– Frank, tu te rends compte, mille dollars. Il nous a vus venir.

– On le prend. On veut ce qu'il y a de mieux.

Il ouvrit son portefeuille et se mit à compter des billets de cent tout froissés, qu'il posa sur le couvercle du cercueil. Il se mouilla l'index, recompta pour vérifier la somme.

– C'est bon. Maintenant on se tire.

Le menuisier attrapa Smokes par le coude et lui murmura quelque chose au creux de l'oreille.

– Franklin, il dit que si on lui amène le corps il l'embaumera.

Le menuisier acquiesça. Il se pinça le nez entre les doigts et fit une horrible grimace. Il s'adressa de nouveau à Smokes.

Celui-ci toussa.

– Il dit qu'on ne sentira rien. Enfin vous comprenez, il l'embaumera.

Le menuisier empocha les billets et rédigea un reçu.

– T'es vraiment un sale voleur. Tu devrais porter un bas sur la tête, lui grommela Frank.

L'homme s'empara de sa main et la serra.

– Je suppose qu'on va devoir trimballer ça nous-mêmes, dit Frank. Dis-lui qu'on n'est pas des boniches, tu veux, Smokes ?

Le menuisier alla jusqu'à la porte de l'atelier. Il frappa dans ses mains et se mit à crier. Deux apprentis accoururent. Il leur montra le cercueil en aboyant un ordre.

Les garçons portèrent la bière à travers les rues jonchées de détritus. Ils traversèrent la Plaza de Armas et descendirent l'Avenida Santiago Arguello. Frank et Eleanor ouvraient la marche. Smokes fermait le cortège. Personne ne parlait. Des hommes et des femmes attablés dans les cantinas les regardaient passer en silence. Une femme se signa. La cloche de la cathédrale sonna midi.

Quand ils arrivèrent sur le parking, Lorenzo était assis sur le marchepied de Claudette. Il jouait de la guitare et fredonnait. Guapo, penché, se peignait en se regardant dans le rétroviseur. Quand il vit le cercueil, il se redressa brusquement et mit sa main en visière pour se protéger du soleil.

Cherry apparut, ses longs cheveux mouillés enveloppés dans une serviette blanche. Elle saisit les épaules de Lorenzo et les serra. Il rit. Elle leva les yeux vers Guapo, suivit son regard.

– Merde, dit elle.

– Que se passe-t-il ma sœur ? *¿ Qué pasa?*

– *Francisco y Eleanor, hermano. Tienen un ataúd*, répondit Guapo.

Lorenzo se leva d'un bond. Il tremblait. Il posa sa guitare, prit sa canne, boutonna sa veste argentée et s'éloigna. Il passa devant Frank et Eleanor sans s'arrêter et tourna le coin de la cathédrale.

Eleanor l'appela.

– Laisse-le tranquille, fit Frank, qu'il s'en aille.

– Vous voyez, c'est tout à fait lui. Typique des Nicas. Un grand peuple mais incapable de faire face au moindre problème.

Ils portèrent le cercueil jusqu'à la camionnette et le déposèrent.

– Ça y est, vous l'avez, dit Cherry.

Smokes fit signe que oui.

– *Madre de Dios*, soupira Guapo.

– Mille dollars. Tous des putains de voleurs ici.

Guapo s'énervait. Il dit qu'on ne mettrait pas le cercueil à l'arrière. C'était hors de question. Pas là où on dormait. Ça porterait malheur et Lorenzo allait sûrement leur rebattre les oreilles avec le diable ; de toute façon un cercueil c'était pas beau à voir. Cherry essaya de discuter avec lui mais Guapo resta intraitable. Il répétait sans cesse « *Nunca, nunca, nunca.* Non, Cherry. » Les apprentis regardaient la scène en souriant, l'air un peu gêné.

– Bon, dit Smokes. Il reste un seul endroit.

Les garçons grimpèrent sur le toit de Claudette. Smokes et Guapo soulevèrent le cercueil et le leur passèrent. Ils le tirèrent jusqu'à eux et l'arrimèrent à l'aide d'une grosse corde entre les deux planches de surf, la bleu électrique et la blanche avec la superbe pin-up. Le soleil rugissait au-dessus de la cathédrale.

Après le départ des apprentis, Frank et Eleanor s'assirent à l'arrière avec les autres et s'efforcèrent de discuter de la suite de l'itinéraire. Smokes dit qu'ils allaient franchir la Pan-Am pour gagner les montagnes vers le nord-est en direction d'Estelí. Conscients de l'acte abominable qu'ils venaient de commettre et obsédés par la terrible présence au-dessus de leur tête, ils parlèrent des kilomètres à parcourir ; ils parlèrent de cartes ; ils parlèrent de routes ; ils parlèrent de chaleur, de repas, de draps blancs et frais. Ils parlèrent de tout sauf de la seule chose qui leur importait.

A deux heures et demie, Lorenzo apparut au coin de la cathédrale. Il marchait lentement en faisant glisser sa canne le long des grilles. Guapo se leva.

– Non, Guapo, laisse-moi faire, dit Frank.

Il rejoignit Lorenzo. Ils discutèrent avec animation à l'ombre de la cathédrale pendant cinq bonnes minutes. De temps en temps,

Lorenzo levait sa canne et la pointait vers le ciel couleur saphir en remuant la tête. Frank lui donna une petite tape sur l'épaule et Lorenzo acquiesça. Il prit Frank par le bras et ils revinrent lentement vers Claudette, bras dessus-bras dessous comme un vieux couple.

– *Lorenzo, hombre. ¿Qué tienes?* cria Guapo.

Lorenzo s'arrêta. Il brandit sa canne.

– Levez haut les bannières de l'amour. Et vas-y, Big Daddy, pour un tempo d'enfer.

Cherry fonça sur Lorenzo et lui prit la main. Elle embrassa son visage et son crâne chauve. Guapo lui prit l'autre main et tous les trois grimpèrent à l'arrière. Smokes jeta un coup d'œil à sa montre en jurant. Il ouvrit la portière du conducteur et s'assit au volant.

– Frank, qu'est-ce que tu lui as dit ? murmura Eleanor.

– D'avoir la foi.

– C'est tout ?

Il prit la bouteille d'eau et en but un coup.

– D'avoir la foi mais de s'attendre au pire, fit-il en s'essuyant la bouche du revers de la manche. Comme ça, si le pire arrive, t'as pas de surprise.

Le moteur de Claudette ronronna. A l'arrière, Guapo s'était déjà mis à chanter. Son épouvantable voix criarde emplissait tout le parking. Il tapait des mains et croassait : *Well, Lordy, Lordy, Lordy, Miss Claudy. You know you look so good to me.*

– C'est vraiment ce que tu crois, Frank ?

– Non. Ce petit con est bien vivant, Eleanor. A part ça, ce que je crois n'a aucune importance.

30

LES MÈRES

Mon tout petit Johnny Little, je sais bien que tu es mort. Je suis ta mère et je sens cela, je sens la présence de la mort comme si je mourais moi-même. Je ferme les yeux et je vois le sourire de la mort sur ta bouche radieuse. Je t'ai insufflé la vie, et à présent elle s'en est allée. Comme toutes les mères, je connais la mort.

Mon bel enfant. A présent tu es mort, et je suis ici, dans cet endroit bizarre auprès d'un homme qui m'est étranger. Je ne sais rien de ce pays plein de masques et de fusils, et je n'en veux rien savoir. Nous sommes ici pour te retrouver et te ramener à la maison. Pour te déposer au creux de la terre dans un endroit tranquille. C'est tout ce que je sais.

Comment te parler de ma douleur ? Aucun mot ne peut la décrire. Aucun langage, aucune image ne peut l'exprimer. Rien, si ce n'est que je suis prête à souffrir mille morts pour te ravoir. Tu remplissais mon existence et maintenant que tu n'es plus là, tout est vide. Je ne reverrai jamais plus ton adorable visage.

Je sais, Johnny Little, que tes doigts s'enfoncent dans la glaise. Ils agrippent la terre comme autrefois ils agrippaient mes seins, et ta bouche qui tétait goulûment est aujourd'hui pleine de terre, tes lèvres sont poussière, et l'herbe pousse dans ta poitrine.

Johnny Little, mon tout petit, mon trésor et mon seul amour. Tu ne sauras jamais à quel point ce voyage est une épreuve. Ton pauvre père, son humeur impénétrable. Ses joies soudaines et terribles. Son espoir obscène. C'est un papillon qui se heurte au carreau, un homme qui essaie de traverser le miroir. Et tout ça pour rien.

Je sais que tu es mort, Johnny Little, mon petit garçon. Des fleurs ensanglantées poussent sur ton corps. Tu m'as fait hurler de douleur et tu m'as déchirée la nuit où tu es venu au monde. Tu me déchires encore aujourd'hui.

Mon enfant, mon bien-aimé, ma seule consolation. Mes mains ne caresseront plus ton visage. Je vois la mort quand je pense à ta bouche. J'entends son souffle, j'entends son approche. Et je veux me coucher auprès d'elle, m'endormir à tout jamais entre ses bras.

31

LES ÉTOILES ET LES PLANÈTES

A peine sortis de León, ils reprirent leur ascension vers les volcans qui se déployaient en cercle à l'horizon. La route abrupte devint rapidement étroite. Ils traversèrent des champs de boue sulfureuse, laissant la mer derrière eux. Le Momotombo se rapprochait. Ses pentes étaient recouvertes de schiste vert et de granit jaunâtre. De petits nuages de fumée violette s'échappaient du cratère. Il dominait la contrée environnante, la menaçant d'un regard mauvais comme un maître d'école en colère. Il semblait vivant, animé de mauvaises intentions, et pourtant la nature paraissait se soumettre et dépérir à mesure qu'on s'approchait de lui. Plus d'arbres luxuriants. Pratiquement plus de végétation. Ils poursuivirent leur route vers la montagne bouillonnante et montèrent sur un plateau noir et stérile. On aurait dit la surface de la lune. Le sol était criblé de trous, parsemé de petits lacs et d'affleurements de roches blanches. Smokes expliqua que les gaz toxiques avaient rendu depuis longtemps les champs impropres à la culture. Ils virent des petites cabanes faites de caisses et de bouts de métal. A côté des hommes et des femmes vidaient des camions. Ils déchargeaient des algues et les enfouissaient dans le sol. Des AK47 étaient fichés comme des poteaux dans la terre stérile. De loin en loin un pin rachitique ou un olivier desséché se courbait comme s'il implorait la clémence du gigantesque pic menaçant.

Des éclairs zébrèrent le ciel bas. Claudette poursuivait son chemin à travers la contrée désolée. La pluie tombait à verse et gonflait le ruisseau qui dévalait le long de la route empierrée. Le ciel bleu se plomba. Des trombes d'eau s'abattaient sur le toit de la camionnette et noyaient le pare-brise. Le tonnerre éclata au-dessus d'eux. La pluie redoubla de violence, obligeant Smokes à s'arrêter. Il craignait que la tourmente déclenche une coulée de boue ou un glissement de terrain. On ne rigolait plus maintenant. Ils pouvaient être balayés de la route et, dans ce coin perdu, ils ne risquaient pas d'être retrouvés de si tôt.

Ils jouèrent au poker à l'arrière en écoutant la pluie tambouriner sur le toit. Ils parlèrent de musique et de l'Irlande, puis la pluie devint si forte qu'ils finirent par ne plus s'entendre. Ils continuèrent leur partie en silence. Le déluge s'arrêta enfin, une vapeur dorée baigna les contreforts du volcan, adoucissant le relief, gommant les arêtes de la montagne et effaçant la plaine. Des nuages duveteux dérivaient lentement dans le ciel. Ils glissaient comme des rideaux, découvrant l'azur, et quand finalement ils se déchirèrent, le paysage mouillé resplendit d'une beauté absurde.

Guapo grimpa sur le toit glissant et recouvrit le cercueil d'une bâche goudronnée pas très propre. Il l'enveloppa délicatement comme s'il faisait un lit. Il redescendit, but du thé chaud et changea son T-shirt mouillé en gonflant ses biceps ; il riait dans la brise glacée.

– Bon, déclara Cherry en levant le nez de la carte. C'est ici que ça se corse. On arrive tout près de la Pan-Am.

Ils roulèrent encore vers l'est pendant cinq à six kilomètres avant d'apercevoir le large ruban perpendiculaire de la grand-route qui se déroulait à deux cents mètres devant eux. Smokes s'arrêta. Guapo et lui descendirent d'un bond et allèrent discuter en fumant sous un arbre qui s'égouttait encore. Guapo finit par faire un geste de la tête et partit seul en éclaireur. Smokes se remit au volant. Frank vint s'asseoir à côté de lui.

– Bon, Franklin. Tiens-toi prêt. Ça va décoiffer !

Plus loin, tout au bord de la Pan-Am, le sol était déjà presque sec, l'air tremblait dans la chaleur. Guapo s'avança sur le bas-côté. Il regarda à droite et à gauche, se retourna brusquement, siffla en faisant un signe. Smokes écrasa le champignon, la camionnette fit un bond en avant.

– C'est parti ! hurla-t-il.

Ils foncèrent, traversèrent la Pan-Am et reprirent la petite route qui allait vers l'est. Guapo les suivait en courant. Ils ouvrirent les portes pour le faire monter. Derrière eux, sur leur gauche, la grand-route se déroulait jusqu'à l'horizon, un mince ruban blanc montant en lacet vers la frontière du Honduras.

– *Vámonos*, Smokes, cria Cherry.

– Ça va, Franklin ?

Frank fit signe que oui, mais son cœur battait à tout rompre. Smokes lui flanqua une grande claque sur la cuisse.

– Ça te rend dingue, je sais. Corinto n'est qu'à une heure d'ici mais on est obligés de faire le grand tour.

– Ça me rend pas dingue.

– Ah bon ? Franklin, quelque chose me dit que t'es pas le genre de mec à faire des détours.

– Ouais, le lièvre et la tortue, quoi. – Frank haussa les épaules : On finit par devenir philosophe.

La route était une véritable fondrière. Ils roulèrent lentement tout le reste de l'après-midi. Ils se relayaient auprès de Smokes pour lui tenir compagnie. Il était très fatigué, des cernes noirs se dessinaient autour de ses yeux. Ils aperçurent au loin une rangée de miradors placés à intervalles réguliers vers le sud. La campagne maintenant était fertile, couverte de champs de blé et d'oliviers.

A soixante-quinze kilomètres au sud-ouest d'Estelí, ils captèrent des informations sur la radio grésillante. Les Contras s'étaient manifestés dans les collines autour de la ville. Les habitants se tenaient prêts à riposter. Smokes grogna et s'arrêta.

Il dit qu'il valait mieux passer la nuit en rase campagne et attendre le matin pour atteindre Estelí. Ce serait plus sûr et ça laissait encore pas mal de temps pour tout mettre en place avant le concert.

Personne ne fit d'objection. Smokes et Cherry montèrent à

l'avant, et ils roulèrent encore une heure. Ils finirent par s'arrêter au bord d'un petit lac pas très large, à une quinzaine de kilomètres au sud d'Estelí. Dans la lumière déclinante de cette fin d'après-midi les eaux prenaient une teinte café au lait.

Guapo et Cherry, munis de machettes, allèrent dans la forêt ramasser du petit bois pour allumer le feu. Frank descendit jusqu'au lac emportant une serviette et des vêtements de rechange. Il retira sa chemise mouillée et son pantalon et entra lentement dans l'eau. Le fond était recouvert de petits cailloux. Il plongea d'un coup, le froid lui coupa le souffle. Il fendit l'eau à grandes brasses jusqu'au milieu, et là, il fit la planche en regardant le ciel. Il repensa aux soirs où son fils l'accompagnait à ses leçons de natation à la piscine de Willow Park. En fermant les yeux, il entendait le bruit des plongeons dans le bassin, les éclats de rire qui résonnaient et les cris joyeux des gamins qui encourageaient leurs pères.

Il regagna la rive en nageant le crawl et sortit de l'eau. Le soleil se couchait derrière la montagne. Il retira son caleçon trempé, s'essuya et enfila des vêtements secs. Il se sentait beaucoup mieux. Il s'assit sur un rocher humide encore chaud et fuma une cigarette, en regardant les étoiles qui commençaient à briller à travers les nuages.

Il revint à la camionnette. Eleanor allumait le feu. Au beau milieu du champ, Guapo observait au télescope le ciel qui s'assombrissait. A genoux près de lui, Lorenzo buvait une bière. Tout était tranquille. Guapo, hors d'haleine, parlait d'une voix surexcitée :

– *Puedo ver los astros y los planetas lejanos. Veo la Osa Mayor y la figura del cazador, Orion. A Venus la veo encima de la montaña, y Marte resplandece en el agua del lago. Júpiter, Saturno…*

Frank écoutait cette voix, ensorcelé par la sonorité des mots. Ils le remplissaient de bonheur.

– *¡ Oh, hermano, hay muchas estrellas esta noche ! ¿ Las ves ?*

– *Sí, hombre, sí,* soupira Lorenzo.

– Qu'est-ce qu'ils fabriquent, Smokes ?

Celui-ci ricana.

– Ils observent les astres, Franklin. Ils font ce genre de connerie chaque fois qu'on voyage. Tous les soirs Guapo contemple les étoiles. Je pense... j' sais pas, je pense qu'il doit les décrire à Lorenzo. C'est un truc entre eux. Il lui parle des planètes et de tout le bordel. Bonjour les cinglés !

– Cinglé ? qu'est-ce que ça a de cinglé ? protesta Cherry.

– Oh, déconne pas. Tu sais bien qu'il ne peut rien voir.

– Seigneur, Smokes, y a des moments, t'es vraiment un salaud sans cœur.

Ils vidèrent l'eau potable qui leur restait dans une casserole en cuivre. Cherry éplucha des oignons et des bananes et les mit dans la casserole. Ils posèrent des tranches de pain sur le gril rougeoyant et ouvrirent deux boîtes de thon. Guapo avait une tablette de chocolat qu'il cassa en morceaux et distribua à la ronde.

Le repas terminé, Lorenzo s'assit auprès du feu et joua de la guitare. Au bout d'un moment, il interpréta avec doigté un morceau de musique classique qu'Eleanor reconnut, c'était un prélude de Bach. Penché sur son instrument, il effleurait les cordes, sifflant en accompagnant la fugue et le contrepoint, l'harmonie était parfaite.

– Merveilleux, c'est vraiment très beau, apprécia Eleanor.

– Lorenzo Moran, qui t'as appris à jouer comme ça ? lui demanda Frank.

Lorenzo sourit et reposa sa guitare. Il dit que ce n'était pas vraiment son genre de musique et que d'ailleurs c'était une longue histoire. Frank lui donna une claque sur le genou. La nuit serait longue et on avait tout le temps pour écouter des histoires. Lorenzo déboucha une bouteille de cerveza Victoria et en but une gorgée. Il tendit l'oreille et écouta craquer le feu.

– « Ils marchaient au milieu des flammes mais ils louaient le Dieu d'Israël. »

Il s'adossa à un rocher, posa ses mains sur ses genoux et raconta.

Il venait d'une petite ville de la Costa Atlantica. Bluefields. Tout le monde y parlait anglais. C'était un endroit idyllique, au bord d'une mer d'un bleu profond. Les flots regorgeaient de langoustes, de crabes et de barracudas géants. Les arbres ployaient sous l'abondance des fruits, des noix de coco, des mangues et des oranges grosses comme des melons. Les fromages étaient moelleux et la crème onctueuse. De grands navires arrivaient de Mobile, de Cuba et d'Espagne. Les marins venaient dépenser leur argent en ville. D'Europe ils apportaient du vin, des États-Unis des postes de radio et des réfrigérateurs. Il y avait une grande école à Bluefields, et un hôpital – le seul à des kilomètres à la ronde. On voyait des gens de toutes les couleurs ; des Noirs, des Blancs, des mulâtres et des gringos ; des Indiens de toutes les races : métis et Ramas, Miskitos, Garifunas et Sumus. Il y avait un tailleur chinois et un Français qui tenait une *glaceria*. Il y avait des religieuses italiennes et des toreros argentins. Il y avait un professeur de danse cubain et un facteur de guitares ivrogne qui venait du Mississippi. Et puis il y avait un cinglé d'Irlandais noir, Michael Moran, le père de Lorenzo, qui travaillait dans une mine d'or quand les choses allaient bien et qui était boxeur à mains nues dans un spectacle de rodéo quand les temps étaient durs. A Bluefields on entendait en permanence toutes sortes de musiques : ska et reggae, jazz, bluebeat et be-bop. Des chorales religieuses et des chanteurs a cappella. On entendait le swing et le jive dans les bals, le mambo dans les bars, le boogie-woogie joué au piano dans les bordels du port. Quand les gens débarquaient des îles le samedi soir, on dansait le calypso et la merengue au *Red Pepper* et au *Spanish Danny's Juke Joint*. Et puis on entendait du rock and roll en captant la radio de Miami. C'était le paradis, l'endroit idéal pour grandir.

– Et puis, un jour, j'étais assis dans la cuisine de ma mère. Je commençais juste à perdre la vue, j'avais neuf ans. Elle faisait du pain, l'odeur de la cuisson emplissait la pièce, une odeur merveilleuse, on écoutait la radio. Je crois que je faisais mes devoirs. Le train train ordinaire. Et tout à coup j'ai entendu un son absolument magique. J'ai bondi de ma chaise et j'ai regardé la radio. Je n'arrivais pas à croire que ce son sortait de cette boîte. Mes cheveux se sont dressés sur la tête. Ça remonte à l'époque où j'avais encore des cheveux.

» John Lee Hooker. Seigneur Jésus, ce frère-là savait faire parler sa guitare. Il n'était pas encore aussi virtuose et aussi inventif qu'aujourd'hui mais je n'avais jamais rien entendu de semblable.

L'esprit pur. Incomparable. J'étais parti, cloué au mur, soufflé. J'ai arrêté aussi sec de faire mes devoirs.

Eleanor et Frank rirent en décapsulant lui une bière et elle une limonade. Lorenzo leur sourit.

– A l'école, les vieilles religieuses n'ont pas beaucoup apprécié. Elles me donnaient des coups de règle sur les doigts. Elles me fouettaient, me punissaient mais ça ne servait à rien. Lorenzo serait comme John Lee Hooker, sa décision était prise. Six mois après, ma mère envoya vingt dollars à son cousin de New York, et je reçus une guitare comme cadeau de Noël. C'était une petite Hofner avec un seul micro de fréquence. Elle était rouge. Je m'en souviens bien. C'est la dernière couleur que j'ai pu voir tellement ma vue avait baissé à l'époque. Mon père m'a acheté une méthode mais j'étais incapable de la lire. Alors le soir, quand il rentrait, il prenait le livre et on s'asseyait sur la véranda. Il me posait les doigts sur les cordes et m'indiquait les accords et les gammes. Je me suis entraîné jusqu'à m'en faire saigner les doigts. Ensuite il m'a appris à la brancher sur la radio. J'ai fait griller les lampes et j'ai failli rendre folle ma pauvre mère.

Tout le monde éclata de rire. Lorenzo garda l'air renfrogné.

– Mais ça ne donnait rien de bon. Je n'étais qu'un enfant. Mes mains manquaient de force, je n'arrivais à rien. Et puis je n'avais pas le sens de la musique. J'étais trop jeune sans doute. Quand j'étais enfant, je voyais avec des yeux d'enfant, comme dit saint Paul. Bref, ma mère faisait le ménage chez un type nommé Little Arturo qui tenait un bastringue à perpète. Little Arturo adorait le blues, mais mon père disait qu'il s'habillait comme un agent du FBI. Je veux dire qu'il était tiré à quatre épingles, vous voyez ? Il est mort maintenant. Une fois, il a donné à ma mère une pleine boîte de disques et elle me les a refilés. De bons gros vieux microsillons. Grands comme des assiettes. Ray Charles et Sonny Terry, Lightning Hopkins et Howling Wolf. Muddy Waters dans *I'm a Rolling Stone*. J'étais au septième ciel. Je les passais sans arrêt jusqu'à ce que les disques soient complètement lisses. J'en étais fou mais aucun d'eux n'égalait John Lee.

» Tous les soirs, je m'entraînais mais ma vue ne cessait de baisser et mon jeu ne s'améliorait pas. Mes parents faisaient tout ce qu'ils pouvaient pour moi. Il y avait des soirs où le pauvre Lorenzo s'endormait après avoir pleuré toutes les larmes de son corps.

Lorenzo se tut, retira ses lunettes de soleil, leva les yeux au ciel. Il prit sa bouteille de bière et en but une gorgée. Sa voix se fit plus grave et son ton plus sérieux.

– Une nuit, je fis un rêve étrange.

– Oh, doux Jésus, Lorenzo, soupira Smokes, tu vas pas nous la refaire…

Lorenzo ne releva pas.

– Je suis assis dans une église magnifique, pleine d'une lumière argentée. Des anges chantent mais je me sens misérable, misérable comme Job. J'implore le Seigneur mais le Seigneur reste sourd à mes appels.

Lorenzo marqua une nouvelle pause. La nuit était complètement tombée. Le feu crépitait et sifflait, la lumière orangée se reflétait sur son visage. Son regard se perdait dans les flammes comme s'il les voyait. Il baissa la voix et leva la paume de sa main. Il murmura, le souffle court :

– Et soudain, j'entends le son. Comme un grand puma grondant devant l'église. Un son que je n'avais jamais entendu, mon frère, mais je n'ai pas peur. Je me lève, je sors, la nuit est pleine de fumée. Une longue Cadillac noire attend. Longue, noire et luisante, comme un animal. Le moteur tourne, la vitre se baisse. En silence. Sort une main gantée de blanc. La vitre est aussi noire que la nuit. La main me fait signe et j'approche. Je regarde à l'intérieur et je vois un type assis en smoking avec un chapeau haut de forme. Le mec me sourit. Il retire son chapeau, me fait un signe. Et, par tous les saints, je fais un bond en arrière.

– Pourquoi ? demanda Frank.

Lorenzo se tourna vers lui.

– Parce que ce mec a deux cornes sur le haut de la tête comme une couronne d'ivoire.

– Ben voyons, marmonna Smokes, et Elvis, lui, est pompiste à Albuquerque.

– Je dis que Satan en personne est assis là, mon frère, juste devant moi sur la banquette, fier comme un pape.

– Oh, Lorenzo, arrête ! gloussa Eleanor.

Mais Lorenzo n'écoutait pas. Il passa la langue sur ses lèvres et sa voix se mit à trembler. Il se leva, s'avança vers les flammes et se mit à déclamer d'une voix rauque où perçait maintenant de la frayeur.

– Je ne reculerai pas, Seigneur, viens à mon secours. Et le type éclate de rire. Il me rit au visage et son rire grince comme un ongle crissant sur une ardoise. Il se met à souffler et à cracher comme un cobra. Et il me dit, mon enfant, ton doux Seigneur t'a ôté la vue. Je ne peux pas te la rendre mais je peux t'offrir la vengeance. Je peux t'offrir en partage le don diabolique de la musique. Mais il me faut ton âme en échange. Je veux ton âme, tel est mon prix.

» Alors je sens la voix de Dieu qui s'éveille en moi. Elle me dit de ne pas céder. Mais les embûches que le sage sait éviter, le fou s'y précipite, tête baissée. Je fais un pas en avant, Seigneur aie pitié de moi, et je tends la main droite au diable. Il s'en saisit en riant et je vois les flammes de l'enfer brûler dans son regard... Hélas, il est trop tard.

» Tu m'appartiens à présent, mon enfant, me dit-il. Souviens-toi du visage du Prince des Ténèbres. Lorsque ton heure viendra, tu le reverras. Tu verras cette Cadillac venir te chercher et je t'en donnerai la clef. Tu t'approcheras de la Cadillac du diable, tu y prendras place et nous partirons tous les deux pour un long, un très long voyage.

Lorenzo se tut. Il semblait à bout de souffle.

– Le lendemain, ajouta-t-il dans un murmure, je jouais de la guitare comme aujourd'hui. Il y a vingt ans de ça. C'est la pure vérité.

Bouleversé, Lorenzo se rassit, épuisé. Immobile, la bouche entrouverte. Il but sa bière à longs traits, sortit un grand mouchoir blanc de sa poche et s'épongea le visage. Frank se mit à rire.

– T'es vraiment le roi de l'arnaque, Lorenzo.

– Ah oui. Eh bien, mon frère, quand je me suis réveillé, tu sais ce que j'avais dans la main ?

– C'est reparti, soupira Smokes.

– *Cállate, Marilyn*. Chut.

Les doigts tremblants Lorenzo déboutonna le haut de sa chemise. Il attrapa la chaîne qu'il avait au cou, défit le fermoir et la leur tendit. Au bout se balançait une clef de contact argentée.

– Voici la clef de la Cadillac de Satan, dit-il d'un ton tranchant. Si je mens, que Dieu nous foudroie tous dans l'instant.

– Seigneur ! s'écria Eleanor.

– Oh, remets-toi, Eleanor, fit Smokes avec un rire forcé, si tu gobes ça, moi je vais te raconter que je vends des marigots en Floride.

– Après tout, hasarda Frank, tu peux avoir trouvé cette clef n'importe où.

Lorenzo pencha la tête et enfouit son visage dans son mouchoir.

– Oh, vous, hommes de peu de foi, mon Sauveur m'a racheté du péché originel, et moi je l'ai vendu pour quelques accords de guitare.

Il se remit lentement debout et se dirigea vers la camionnette. Le feu crépitait et sifflait. Au bout d'un moment, Guapo se leva à son tour. Il remit sa guitare dans son étui et jeta un regard furieux à Smokes.

– *Gracias, Marilyn*, fit-il d'un ton mielleux.

Et il cracha dans le feu, tourna les talons et alla rejoindre Lorenzo.

– Ce type est complètement givré, rigola Smokes. Il vit dans son monde imaginaire, tu vois ? Il n'arrête pas de raconter ces conneries. C'est triste.

Cherry l'interrompit.

– Et toi, Smokes, t'es pas toujours en train de raconter des conneries, peut-être ?

– Sûrement pas.

– Bien sûr que si. Tout le monde le sait. La seule différence, c'est que les conneries que tu racontes sont minables, si tu veux mon avis.

– Écoute, mon lapin. C'est pas moi qui débloque à propos du Noir qui a vendu son âme au diable. Tu crois peut-être qu'il a trouvé ça tout seul. C'est une histoire vieille comme la Bible.

Cherry se leva, furieuse.

– T'es vraiment pas charitable. Ça t'arrive de penser aux autres ?

– Bien sûr que ça m'arrive. Tu te figures que t'as le monopole du cœur ?

– Finalement ça n'a rien de surprenant ce qui s'est passé entre Johnny et toi. Il t'a percé à jour, mon vieux.

– Recommence pas avec ça. C'est pas tes oignons !

– Qu'est-ce qui s'est passé entre Johnny et lui ?

Cherry ramassait les tasses et les assiettes.

– C'est rien, Franklin. Cherry nous refait une crise.

Elle se retourna et lui cria d'un air menaçant :

– Cherry ne fait pas une crise. Ce connard est jaloux, Frank. Une fois on est partis faire un tour, Johnny et moi, quand Smokes n'était pas là. On était allés à Rivas voir les volcans. Quand il est revenu il nous a accusés d'avoir couché ensemble. T'imagines ? Moi et son meilleur ami ? Ça prouve bien à quel point il est malade. C'est avec ce genre de connerie qu'il se monte la tête.

– Boucle-la, Cherry.

– Tu vas le raconter, ça, dans ton putain de roman, Smokes ?

Smokes rit.

– C'était une histoire de mecs. Johnny l'avait bien compris.

– Il n'a rien compris du tout. Et moi non plus. Tu repars au quart de tour dans tes rêves minables. T'as des conneries plein la tête, ça te ressort par les trous de nez.

Il la regarda :

– Seigneur, Cherry. T'es lamentable, mon amour. Vraiment !

– Non, Smokes, ce qui est lamentable c'est que tout le monde sait que j'ai raison. Tout le monde sauf toi.

Elle finit de ramasser la vaisselle et retourna à la camionnette.

Eleanor jeta un petit rire nerveux à Smokes et se leva en bâillant.

– Je crois que je vais aller me coucher. Ces histoires de diable donneraient la chair de poule à n'importe qui.

Guapo sortit de la camionnette, torse nu. Il dit qu'il dormirait à la belle étoile avec Smokes. Comme ça Frank et Lorenzo pourraient partager Claudette avec les deux femmes.

– Super ! Ça te va, Smokes ? dit Frank.

– Tu sais, Franklin, Lorenzo, je l'aime bien, mais il est vraiment complètement tapé.

Tout à coup on entendit au loin une détonation assourdie, suivie d'un bruit plus fort qui ressemblait à un fracas de vaisselle.

Smokes et Guapo coururent au bout du champ. Le bruit venait de la ville.

– *Los Contras.*

On entendit une série d'explosions rapprochées comme des bouchons qu'on fait sauter. Des éclairs blancs illuminèrent les montagnes et des balles traçantes rouges et jaunes s'élevèrent dans le ciel. Des sifflements perçants déchirèrent le silence de la campagne. Il y avait parfois de longs intervalles de calme. D'autres fois les tirs se suivaient de près.

– Ça y est ! C'est eux, annonça Smokes d'un air tranquille.

Ils grimpèrent sur le toit de Claudette et restèrent à regarder les bombes tomber sur Estelí. Le bombardement dura une demi-heure. Puis on entendit au loin les sirènes dont le hurlement se répercutait sur le lac. De petits incendies s'étaient déclarés sur la colline derrière la ville. Ils s'éteignirent l'un après l'autre et le calme revint, troublé seulement par le cri des oiseaux effrayés.

– Qu'est-ce qu'on fait, Smokes ?

– On va se coucher, Franklin. On ne peut rien faire de plus.

Guapo et Smokes sortirent des tapis de sol de leurs sacs à dos et les glissèrent sous Claudette. Frank monta à l'arrière. L'atmosphère y était étouffante, et l'espace confiné sentait les pieds et la sueur.

Couché dans le noir, il entendait Guapo et Smokes murmurer et s'engueuler au-dessous de lui. Ils finirent par se taire. Eleanor se mit à ronfler doucement.

Il s'assoupit. Des images de son enfance lui traversèrent l'esprit : le beau visage souriant de son père, son frère sur sa première moto, sa mère qui valsait dans une grande pièce au bras d'un homme étrange qui n'était pas son père.

Il fut réveillé par le craquement d'une brindille, à l'extérieur. Il essaya de se persuader que ce n'était rien. Il s'assit brusquement en entendant un craquement plus sec. Son cœur battait à tout rompre. Il regarda la porte. Il donna des petits coups de pied sur le plancher pour essayer de réveiller Smokes et Guapo. Il attendit. Rien ne se passa pendant une longue minute. Puis, très lentement, la poignée de la portière se mit à tourner.

Frank sentit son cœur palpiter. Un jeune garçon apparut, un

pistolet à la main. Il avait le souffle court et semblait effrayé. Il toussa.

– *¡ Manos arriba !*

– *No entiendo*, dit Frank.

– *¡ Ponga las manos arriba !* fit le gamin d'un ton menaçant en agitant son pistolet.

Eleanor et Lorenzo s'étaient redressés sur leurs couchettes. Cherry s'agita mais ne se réveilla pas. Frank sortit du lit et mit ses mains sur sa tête.

– Frank ? Qu'est-ce qui se passe ? s'inquiéta Eleanor.

– Levez les mains tous les deux, ordonna Frank en guise de réponse. Dépêchez-vous.

Le gamin monta dans la camionnette. Il était épuisé, le visage en sang. Une longue cicatrice infectée lui barrait la joue droite. Il portait un bandana noir noué autour du front et un uniforme bleu en loques. Il s'avança vers la couchette de Cherry. Du bout de son pistolet il souleva le drap. Il la regarda puis se retourna vers eux, les menaçant de nouveau. Il s'essuya la bouche du revers de la main.

– *Algo de comer. Déme algo de comer.*

– Il veut manger, traduisit Lorenzo.

Frank attrapa un morceau de pain sur la table et le lui tendit à bout de bras. Le garçon se jeta dessus, il l'avala goulûment et s'essuya une nouvelle fois la bouche avec sa manche droite. Il avait le regard fou. Ses yeux faisaient le tour de la camionnette comme s'il cherchait quelque chose.

– Où sont les autres ? demanda Eleanor.

– T'inquiète pas pour eux, la rassura Frank d'une voix forte. Je suis sûr qu'ils vont bien.

– *Silencio*, fit le garçon en s'approchant de lui.

Frank regarda dehors. A la lumière mourante du feu, il vit Guapo se glisser tout doucement vers la portière comme s'il marchait sur du verre. Leurs regards se croisèrent. Guapo lui fit signe de se taire.

– Cigarette ? proposa Frank d'un ton enjoué en portant la main à sa poche. Cigarette américaine ?

– *¡ Manos arriba !* hurla le garçon.

Cherry se réveilla.

– Smokes ?

D'un bond Guapo se retrouva dans la camionnette. Il frappa le gamin à la nuque et lui arracha son arme. Le garçon s'affala. Cherry poussa un cri. Smokes bondit à son tour en agitant son pistolet. Guapo l'attrapa par les talons et le tira vers la portière. Lorenzo se leva en titubant.

Frank sortit et vit Smokes assis sur la poitrine du garçon. Il lui appuyait le canon de son pistolet dans le cou. Guapo à genoux à côté lui tirait les cheveux.

Le gamin se débattait comme un animal traqué. Il crachait et donnait des coups de pied. Quand Guapo lui mit la main sur la bouche il le mordit violemment. Il poussa un cri et lui balança un coup de poing dans l'estomac. Le garçon gémit. Guapo serra le poing droit et se mit à lui marteler la figure tout en lui tirant les cheveux.

Frank lui éclaira le visage avec sa torche. Les yeux hagards, il pleurait.

– *No me maten*, suppliait-il. *No me maten, por favor.*

– Passe-moi quelque chose pour attacher ce petit salaud ! hurla Smokes. Franklin, trouve-moi une corde, nom de Dieu ! J'espère que la policía va te régler ton compte.

– Smokes, fit Eleanor, est-ce que tu ne pourrais pas juste le désarmer et le laisser partir ? Ce n'est qu'un môme.

– Un môme, mon cul ! Un môme qui était prêt à te trancher la gorge.

Frank la regarda.

– Ça va pas paraître bizarre ? Ça va faire des histoires. Eleanor et moi on n'est pas supposés être là, après tout.

– Que dalle, Franklin. On le tient, on le garde.

Smokes éloigna son pistolet de la gorge du garçon. Le gamin se leva d'un bond en pleurant. Il mit les bras en l'air, il ne cessait de trembler.

–*¿Me va a matar?* – Il joignit les mains, tomba à genoux et s'agrippa aux jambes de Smokes : *No, hombre. ¡Por favor! ¡Por favor!*

Il s'aplatit sur le sol et embrassa les pieds de Smokes. Guapo poussa un juron et avança d'un pas. Il attrapa le gamin par les cheveux pour le remettre debout. Il sortit son couteau et le lui appuya sur la gorge.

– Arrête, Guapo, fit Cherry d'une voix tremblante. Ne fais pas de connerie.

– *No*, pleurnicha le gamin, *no quería hacerle daño, hombre.*

– Épargne-le. Yahvé dit : « C'est à moi de rendre la justice. » – Lorenzo s'avança et posa sa main sur le bras de Guapo : *Hombre.*

Celui-ci relâcha l'enfant, remit son couteau dans sa poche et s'éloigna. Le gamin saisit la main de Smokes et la couvrit de baisers. Smokes se dégagea et s'essuya la main sur sa chemise. Il montra les bois du bout de son pistolet.

– *Fuera. Vayase a la mierda.*

Le garçon, pas rassuré, s'éloigna lentement, à reculons. Puis d'un coup, il fit volte-face, trébucha et partit en courant. Smokes poussa un cri. Il défit le cran de son pistolet, le brandit et tira en l'air en riant à chaque coup.

Eleanor se boucha les oreilles des deux mains.

Au milieu du champ, le garçon se pencha et courut en zigzag, de toutes ses forces, jusqu'à la lisière du bois où il s'enfonça. Smokes n'arrêtait pas de tirer.

– Ça suffit, cria Lorenzo.

Smokes le regarda, furieux. Guapo se jeta sur lui et lui arracha le pistolet des mains, retira le chargeur et le balança par terre.

– *¡ Basta !* cracha-t-il.

Il fit demi-tour, passa à grands pas devant Cherry, monta dans Claudette et s'allongea sur le plancher, les mains sur les yeux.

Cherry tremblait et sanglotait sur l'épaule d'Eleanor. Smokes s'agenouilla pour ramasser le chargeur.

– Tu n'aurais pas dû faire ça, Smokes.

Il se remit debout.

– Ah ouais, mon amour ? Faut avouer que tu as été d'un grand secours.

– Courageux, hein, Smokes ? T'as été courageux avec ton foutu pistolet.

– Dieu tout-puissant, soupira Frank, mais où sommes-nous tombés ?

Smokes se retourna et enfonça son index dans la poitrine de Frank.

– Personne ne t'a demandé de venir, Frank. C'est comme ça, ici. Le genre d'endroit où tu n'as rien à faire, tu piges ?

– D'accord, mon gars, mais calme-toi.

Smokes chassa la mèche qui lui couvrait les yeux.

– Merde. Se calmer, Frank ? T'en as de bonnes, se calmer. Et c'est toi qui dis ça ? T'as des emmerdes et le monde doit s'arrêter de tourner. Tout le monde a la trouille. Tu veux me montrer comment il faut faire, Frank ? Comme tu l'as montré à Johnny ?

– Qu'est-ce que tu veux dire ?

Smokes détourna le regard.

– Bon Dieu, mon vieux, si j'avais eu un père comme toi !

– Smokes, arrête, dit Cherry. Tais-toi.

Frank rigola.

– Tu veux dire quoi, fils ? T'aurais foutu le camp dans un endroit de merde et tu te serais fait tuer, juste pour me donner une leçon ?

Smokes se retourna. Il avait les larmes aux yeux.

– Va te faire foutre, Frank, fit-il dans un sanglot.

Et il s'éloigna dans l'obscurité.

– Je pense, soupira Eleanor, qu'on devrait tous rentrer et essayer de dormir un peu.

– Et s'il revient ? s'inquiéta Cherry.

Eleanor la berçait entre ses bras et lui caressait la nuque.

– Ne t'en fais pas, ma petite. On lui a donné sa chance, il va nous laisser la nôtre. Les gens sont comme ça, tu sais.

Elle regarda son mari. Près du feu, les mains croisées derrière la tête, il contemplait les braises, la respiration oppressée.

Le ciel se teintait de jaune. Les oiseaux criaient et croassaient dans les arbres. Ils semblaient arrogants, ces beaux oiseaux. On aurait dit qu'ils se moquaient.

32

JOUR DE GEL EN ENFER

Ils dormirent mal et se levèrent tôt. A l'aube, Frank descendit piquer une tête dans le lac mais l'eau était si froide qu'il ne resta pas longtemps. Quand il revint à la camionnette, Smokes l'évita consciencieusement.

Ils prirent la direction d'Estelí après un démarrage poussif. Aux abords de la ville les parcelles cultivées étaient soigneusement entretenues. Ils virent des champs d'orchidées aux couleurs éclatantes, de chrysanthèmes roses et blancs, et de pavots rouge foncé ondulant sous la brise. Les pylônes du téléphone dominaient les champs de fleurs comme de gigantesques crucifix en métal.

Ils descendirent l'Avenida Bolívar jusqu'au centre-ville. Dans les rues d'Estelí tout le monde parlait des combats de la nuit précédente. Deux cents guerrilleros avaient essayé de s'emparer des *cooperativas* de café dans les collines au nord, mais les campesinos étaient solidement armés, et un bataillon d'infanterie était arrivé à la rescousse juste après le début de l'attaque. Il n'y avait aucune perte chez les campesinos. Deux soldats et trente-six Contras avaient été tués. Une cinquantaine d'entre eux faits prisonniers.

La vedette de la soirée, Carlos Mejia Godoy, et son orchestre venaient d'arriver de Massaya. Au beau milieu de la grand-place, il souriait, embrassait les bébés et signait des autographes. Cherry expliqua que Carlos était un héros de la révolution. Mis hors la loi, il avait été en prison au temps du Général ; à présent c'était un véritable dieu pour le peuple. Il jouissait d'une immense popularité. Ce mec, y avait rien au-dessus.

Après le petit déjeuner, Cherry emmena Eleanor voir les pierres sculptées préhistoriques qui se trouvaient dans le parc. Elles parvinrent à distinguer les silhouettes androgynes grimaçantes. Elles se promenèrent autour des parterres. Il faisait bon. Des hordes de gamins couraient au soleil, ils s'éclaboussaient et abîmaient les massifs de fleurs. On donnait un spectacle de marionnettes sous la tonnelle près du bassin. Un clown ballonné distribuait des friandises et des fruits aux enfants. Il envoya un baiser à Cherry et Eleanor, elles lui firent un petit signe d'amitié.

Elles s'assirent à l'ombre pour bavarder. Eleanor était embêtée par la dispute de la veille, elle espérait que Frank et Smokes allaient se rabibocher pour ne pas compliquer encore davantage la situation. Cherry était sûre que tout allait s'arranger. Depuis le temps qu'elle vivait avec Smokes, elle savait qu'il était incapable de rester fâché plus de vingt-quatre heures. Il n'en avait ni la patience ni l'intelligence. Cela fit rire Eleanor.

– Tu l'as bien dressé, ma petite.

– Il ne peut rien sans moi. Tu sais, il se droguait, je l'en ai sorti. Smokes est comme ça. Il a besoin qu'on s'occupe de lui. Il est incapable de vivre tout seul.

– Dis-moi, est-ce que tu crois que tu vas faire ta vie avec lui ?

Cherry réfléchit.

– Je ne sais pas. J'ai confiance en lui. Il faut seulement qu'il arrête de déconner. Mais je suis sûre qu'il a bon cœur, au fond.

– Il a quand même un fichu caractère.

– Ouais, mais ce vieux Frankie, il est pas mal non plus, dans le genre !

Eleanor rit.

– Je suis bien placée pour le savoir. J'en ai fait les frais plus souvent qu'à mon tour.

Elle regarda les enfants qui criaient près de la fontaine.

– Eleanor, qu'est-ce qui s'est passé entre vous ? J'aimerais bien savoir.

– Ça, c'est la question à mille dollars !

– Tu ne veux vraiment pas me le dire ?

– C'est tout bête. Ça n'a pas marché. Je pense qu'on s'est mariés trop jeunes. On était pleins de fougue, on s'aimait à la folie, et à cet âge on s'imagine que ça suffit.

– Comment vous vous êtes connus ?

Elle rejeta ses cheveux en arrière.

– J'ai l'impression de l'avoir toujours connu. On a grandi ensemble. C'était un très bon danseur, c'est ce qui m'a plu. D'accord, il était pas mal, mais en plus il dansait comme un dieu.

Le clown marchait sur les mains. Il se rétablit d'un coup de reins en criant « Hop là ».

– Et une fois mariés ?

– Oh, c'était un très bon mari. Très responsable, très sérieux. Tu sais, quand il était petit, sa mère l'appelait le Pape tellement il était sérieux. Ça me faisait rire. Il était très gentil avec moi, très doux. On en a bâti des châteaux en Espagne comme on fait tous quand on est jeunes. Seigneur, tout ce qu'on n'a pas inventé, quand j'y repense ! C'était pas le genre à traîner tous les soirs à la maison. Il était très attentionné. Des choses du sexe on ne savait rien de rien, mais c'était pas important.

– Pas important ? Eleanor, tu plaisantes ?

– Quand on est amoureux, on ne se pose pas de problèmes.

– Et puis vous avez eu Johnny ?

– Oui. Et il a été un très bon père. Le soir il s'occupait de lui et restait le bercer jusqu'à ce qu'il s'endorme alors que le lendemain il devait prendre son taxi. Une nuit, je l'ai trouvé dans la cuisine assoupi près du fourneau, le bébé endormi dans les bras. C'est une image que je n'oublierai jamais.

Elle eut un petit sourire triste et s'appuya au dossier du banc.

– C'était vraiment une époque bénie. On passait notre temps à faire l'amour. Seigneur ! On était terribles. Il lui arrivait de venir à la maison avec son taxi, au beau milieu de l'après-midi. On sautait dans le lit, pendant que le bébé dormait dans la pièce à côté. On sortait beaucoup aussi, on allait au théâtre, au concert, aux réunions du syndicat. C'était merveilleux de le regarder ; tout le monde lui parlait. Je ne me lassais pas de l'admirer. Et penser qu'on rentrerait tous les deux seuls, que je me réveillerais le lendemain serrée contre lui, que je verrais sur son visage cet air endormi qu'ont tous les hommes quand ils sortent du sommeil ! Ça me comblait de bonheur. Il lui arrivait de pleurer quand on faisait l'amour. Il pleurait comme un bébé, mais c'était de bonheur, disait-il. Et un charmeur irrésistible en plus. Des fleurs, du parfum, tout ce que tu peux imaginer. Il m'apportait un bouquet de roses rouges tous les vendredis soir. Quel gaspillage, quand on y pense.

– Moi, je trouve ça bien.

– Oui, c'était bien en ce temps-là. Vraiment une époque bénie !

Elle poussa un profond soupir et se recroquevilla, comme si elle avait froid, puis continua d'une voix hésitante.

– Tu sais, on a eu une petite fille qui est morte. Je ne sais pas si Johnny te l'a dit.

– Non, mon Dieu ! Il ne me l'a jamais dit.

– C'était avant sa naissance. Elle aurait été sa grande sœur. Elle s'appelait Catherine, un adorable bout de chou, la chevelure la plus rousse qu'on puisse imaginer, rousse et dorée comme dans les contes. Elle est morte, la pauvre petite. Un virus dans la gorge.

– Oh non, Eleanor !

– A sa mort, il s'est passé quelque chose de bizarre, dans ma tête, tu comprends ce que je veux dire ?

De l'autre côté du bassin, le clown se défaisait de son costume bleu trop large. Il retira sa veste, ôta son pantalon en trébuchant, ses gigantesques chaussures jaunes aux pieds. Dessous, il portait un uniforme militaire bleu ridicule. Eleanor s'efforça de sourire.

– Et après ?

– Après, je me suis mise à boire. Pour dire la vérité, c'était en grande partie ma faute. J'ai commencé à picoler. Je ne sais pas pourquoi. Par curiosité au début. J'en avais marre. C'était juste après la mort de mon père. J'en avais marre et je passais mon temps à ressasser de vieilles histoires. Je ne m'étais jamais entendue avec mon père. Il avait été très dur avec nous quand on était petits. Frank travaillait toute la journée. Je restais seule sans personne à qui parler jusqu'au soir.

» Au début j'allais dans les bars ou au club de golf. Les femmes ne le faisaient pas à l'époque. Il y avait un nom pour celles qui fréquentaient ce genre d'endroits. Les gens ont commencé à jaser. Dans les magasins j'étais connue et je me suis attiré des remarques cinglantes. Alors j'ai dû aller jusqu'à Dun Laoghaire pour boire un coup. Je m'installais au bar qui donnait sur la mer, Johnny à côté de moi dans sa poussette, et à deux heures et demie de l'après-midi j'étais déjà saoule. J'essuyais des commentaires désobligeants. Et les choses n'ont fait qu'empirer. Une fois je suis tombée dans la rue, c'était la veille de Noël. Un homme a dû me ramener à la maison en voiture. J'avais tellement honte que je me suis enfermée dans la salle de bains. J'ai pleuré à chaudes larmes. Frank ne remarquait rien. Il rentrait fatigué et s'attendait à se mettre les pieds sous la table. Je suis sûre qu'au début il ne s'est rendu compte de rien.

Elle se tut et se mit à jouer avec son bracelet.

– On ne parlait pas d'alcoolisme en ce temps-là, ni de dépendance. Pas en Irlande en tout cas. C'étaient des mots qu'on n'entendait nulle part. C'est ce qui était le plus dur. J'avais l'impression d'être la seule femme qui buvait.

» J'ai souvent essayé d'arrêter. Je suis même allée voir un prêtre, mais rapidement j'ai commencé à rapporter des bouteilles à la maison. Tu vois, ma petite, j'avais le sentiment d'avoir une double personnalité. Je savais que la boisson me détruisait, j'en étais parfaitement consciente mais je ne pouvais pas m'en empêcher. J'en suis arrivée à un stade où plus aucune bouteille n'était en sécurité. Frank avait des clients réguliers qui lui offraient du vin et de la bière, à Noël en particulier. Il ne buvait pas beaucoup. Alors les bouteilles restaient là, toute la journée, et moi aussi, seule. Je me sentais malheureuse. Il n'y avait pas de raisons. J'étais bien lotie comparée à tant d'autres. La boisson me rendait forte ou m'engourdissait, je ne sais pas. La vie me semblait sans intérêt, Dieu sait pourquoi. Cette bonne vieille boisson me mettait un peu de baume au cœur.

Le clown prit dans son sac des lunettes géantes, les mit sur son nez et les attacha avec un ruban élastique. Les mains en avant, il poursuivit les enfants qui criaient. Il titubait, vacillait et s'étalait par terre.

– Les choses n'arrêtaient pas de se dégrader. J'ai entendu beaucoup d'alcooliques raconter leur histoire. Tu sais, je fais partie des Alcooliques Anonymes. Ils disent tous la même chose, tous sans exception. Ils ont commencé par hasard, un petit verre pour voir la vie en rose. Puis ça s'aggrave. A la fin, ça ne vous lâche plus.

» J'ai dû arrêter mes leçons de piano. Des parents s'étaient plaints. Je ne l'ai jamais avoué à Frank. Je lui ai juste dit que j'en avais assez de donner des leçons. J'avais tellement honte. Il y avait une petite fille qui était rentrée chez elle et qui était allée tout raconter à sa mère. Le mari était venu et m'avait passé un de ces savons. Je ne savais plus où me mettre. Frank me donnait un peu d'argent pour m'acheter des babioles, des bas ou des trucs comme ça. Il n'aimait pas que je lui réclame, alors il préférait m'en donner, pour mes dépenses personnelles. Tout filait dans la boisson, Cherry. Une fois, je suis restée six mois sans aller chez le coiffeur. Je me laissais aller. Je ne ressemblais à rien. C'est une chose qu'un homme ne supporte pas, qu'une femme se néglige. C'est là que les disputes ont commencé. Pour un oui, pour un non. Johnny venait d'entrer à l'école. Je pense que j'avais tendance à le materner un peu trop.

Elle se tut, prit une cigarette dans le paquet de Cherry, l'alluma, le regard vague, essayant de se concentrer.

– On a cessé tout rapport physique. Il ne voulait plus me toucher. Il couchait dans le salon, sur le canapé. On s'est dit des choses épouvantables. J'en ai honte. Et devant Johnny en plus. Quand je repense à son pauvre petit visage. Il se jetait entre nous et nous suppliait d'arrêter. Il nous suppliait. Il a vu des choses qu'aucun enfant ne devrait voir. La vaisselle balancée à travers la cuisine. Les assiettes et tout le reste. Il a entendu des horreurs dans notre bouche. J'avais perdu toute fierté. Quel terrible début dans la vie pour un enfant !

Sa voix tremblait.

– Puis j'ai vraiment touché le fond. Il m'arrivait de me déchaîner contre lui. J'aurais juré que j'étais incapable de battre mon propre enfant, mais je ne sais pas ce qui se passait. La colère s'emparait de moi. Je perdais toute dignité. Je criais comme une hystérique et je le frappais, pas des claques, non, des coups.

– Eleanor, il ne m'en a jamais parlé.

– Et pourtant, Dieu me pardonne, je lui foutais des coups et il encaissait sans rien dire. Les voisins étaient au courant. Il y avait des problèmes à l'école. Il y allait couvert de bleus. Frank devenait fou. Il n'a jamais levé la main sur moi, je dois l'avouer. Mais il a souvent été à deux doigts de le faire. Il se plantait devant moi et me hurlait dessus en tremblant, c'était impressionnant. Voir quelqu'un trembler avec une telle violence. Il criait d'une voix aiguë. La police est intervenue, plus d'une fois.

– Quand est-ce qu'il est parti ?

– Jamais. Ce serait bien mal le connaître. C'est moi qui suis partie. On s'est séparés plusieurs fois. Il est allé vivre chez son frère pendant un temps, puis il est revenu et on a essayé de recommencer, pour Johnny.

– J'étais persuadée que c'est Frank qui était parti. J'étais certaine d'avoir entendu Johnny le dire.

– Non, ma belle, c'est moi. C'était plus possible. J'avais peur de finir par blesser mon fils. Je suis allée chez ma sœur à Coventry. Son mari était militaire. Il était absent. Elle m'a beaucoup aidée. Elle était infirmière, je suppose que c'est une situation à laquelle elle avait déjà eu affaire. Elle m'a emmenée à l'hôpital voir un médecin, un type de couleur, il venait du Bangladesh, si je me souviens bien. Il était très gentil en tout cas, très compréhensif. Ils m'ont donné des médicaments. J'ai suivi un traitement en douze points et je me suis inscrite aux Alcooliques Anonymes. Je suis allée voir un psychologue. J'ai hiberné pendant deux ans. J'ai complètement disparu de la circulation. Personne ne savait ce que j'étais devenue.

– Mon Dieu, Eleanor, ça a dû être terrible !

– Non, c'était même agréable d'une certaine façon. On a passé de bons moments, Molly et moi. Le soir on allait au cinéma et tous les matins à la messe. Je lui donnais un coup de main pour s'occuper de ses enfants, Niall et Vincent. Matty, son mari est charmant, c'est un Gallois. Il n'a jamais demandé pourquoi j'étais là. Je suis restée une éternité sans téléphoner à Frank. Il a dû devenir fou. Je lui envoyais une carte postale de temps en temps. Je suis rentrée à Dublin en 1979, mais en définitive je ne suis pas retournée chez Frank.

– Pourquoi ?

Eleanor pleurait maintenant à chaudes larmes.

– Pourquoi, Eleanor ?

Elle s'essuya les yeux.

– Ma sœur avait découvert qu'il avait quelqu'un d'autre dans sa vie. Ça m'a fait mal, mais j'ai senti que je devais le laisser. Parfois c'est ça aussi, l'amour : laisser partir ceux qu'on aime. Il avait droit d'avoir sa part de bonheur, après tout. Je me suis trouvé une petite maison ; financièrement ça allait beaucoup mieux. J'avais récupéré de l'argent de l'assurance-vie de papa, et Frank m'aidait. C'est lui qui insistait. Il est bizarre par certains côtés. Il ne téléphonera pas mais il est incapable d'abandonner ce qu'il estime être de sa responsabilité.

– T'as jamais envisagé de refaire ta vie ?

Eleanor agita les mains comme pour chasser un moustique.

– Il y a bien eu un type une fois, il y a quelques années. Je l'avais rencontré aux Alcooliques Anonymes. Il assistait aux mêmes réunions que moi, à Blackrock. Je l'aimais beaucoup, mais il était un peu trop entreprenant. Œil de velours et mains baladeuses, tu vois le tableau. Il en faisait trop. Et puis pas le genre à prendre des risques. Je l'imagine mal ici avec Frank.

Elle se mit à rire.

– Il faudrait qu'il gagne au loto pour que je recommence à m'intéresser à lui.

– Ah, les hommes !

– Non, j'aime les hommes. Je les trouve adorables. Je vois ce qu'il y a de beau en eux, leur force, leur façon d'être. Mais si on leur laisse la bride sur le cou ils nous feraient prendre des vessies pour des lanternes.

Elle se tut, le regard songeur. Ses yeux s'embuèrent de larmes.

– J'ai jamais aimé quelqu'un autant que Frank Little. J'étais folle de lui. Il n'y avait que lui qui comptait dans ma vie et on se croyait seuls au monde. Mais notre amour s'est envolé. C'est ce qui peut arriver de pire.

Elle prit un mouchoir en papier dans son sac et sécha ses pleurs.

– Je ferai une petite prière pour que tu ne connaisses jamais ça. Il n'y a rien de pire. C'est vrai qu'on aurait pu être très heureux.

Cherry prit la main d'Eleanor.

– Et maintenant, tu ne bois plus ?

– Non, grâce à Dieu. J'ai définitivement arrêté le jour de l'anniversaire de Johnny, le 17 septembre 1982. Je n'ai pas touché une goutte d'alcool depuis. En communiant je ne touche même pas au calice.

– C'est super, Eleanor. Tu peux être fière de toi.

– Oui. En un sens c'est vrai. Mais tu vois je ne serai jamais définitivement guérie. Frank n'aimait pas que je dise que j'étais alcoolique, c'est pourtant ce que je suis. C'est plus qu'une maladie, c'est une malédiction. L'amour et la boisson n'ont jamais fait bon ménage.

Sur les marches du kiosque à musique, les enfants pourchassés par le clown riaient aux éclats.

– On dit qu'on n'arrive jamais à se débarrasser de l'envie de boire. J'ai encore des moments difficiles, et pourtant je sais tout le mal que ça a fait.

– Oh, tu sais, soupira Cherry, je suppose qu'on est tous dépendants de quelque chose.

– Non, je ne pense pas, vraiment pas.

Un quart d'heure avant le début du concert, les Desperados de Amor étaient toujours dans leur vestiaire, n'arrivant pas à se mettre d'accord sur ce qu'ils allaient jouer.

– Fourre-toi ça dans le crâne, disait Smokes : c'est mon orchestre, nom de Dieu, et je veux jouer de la salsa.

– Mon frère, le peuple n'en veut pas.

– Je me fous de ce qu'ils veulent, Lorenzo. S'ils ne veulent pas de salsa, ils ont tort. Parfois ce n'est pas à la base de décider, tu comprends, mon vieux ? C'est Marx qui l'a dit.

– Lequel, mon frère, Harpo ou Chico ?

Guapo posa sa guitare, s'assit, alluma une cigarette et ouvrit une canette de bière. Il dit qu'il en avait marre, qu'il refusait d'être commandé par un foutu gringo blond aux cheveux longs.

– *Guapo, hermano*, supplia Lorenzo.

Guapo ferma les yeux.

– *No*, fit-il, *no, no, no.*

– OK, pas de problème, ça roule. Cherry t'es capable de jouer de la basse ?

– Allez, fais pas la gueule, dit Cherry.

Mais Guapo ne broncha pas.

– Lorenzo, demanda Smokes. Tu joues ou tu ne joues pas ?

Lorenzo soupira de nouveau et mit sa guitare en bandoulière.

– D'accord, Smokes, finissons-en.

Guapo lui jeta un regard furieux.

– *¡ Traidor!*

– Viens avec moi, mon frère.

Guapo lui tourna le dos en tirant sur sa cigarette.

A sept heures et demie les Desperados de Amor firent leur entrée en scène et le concert commença. Quand ils attaquèrent *Abre Tus Ojos* le public resta perplexe. Personne ne dansait. Cherry essayait de suivre Smokes, mais la partie pour la main droite était beaucoup trop compliquée et sa main gauche sautait des mesures. Et Smokes chantait d'une voix épouvantable :

Oye, abre tus ojos
Piensas arriba
Que todas las cosas buenas
Que tiene la vida.

Lorenzo jouait des accords de blues qui sonnaient complètement faux. A la moitié du deuxième morceau quelques personnes manifestèrent en tapant dans leurs mains. Après deux minutes d'un solo de batterie, la foule se mit à les huer. Une bouteille de bière vola et se brisa sur la batterie de Smokes. Il y eut des rires et des applaudissements.

Smokes s'arrêta de jouer. Il se leva et hurla dans le micro :

– Hé, Estelí ? *¿No quieres bailar?* Et si on dansait ?

– Non, rugirent-ils en retour.

– *¡ Bailemos! ¡ Ven!* hurla Smokes *¡ Nos vamos!*

Quelqu'un cria :

– *¡ Vayase a casa, gringo!*

L'assistance s'esclaffa.

La rumeur s'éleva doucement du fond de la salle. *Yanqui Go Home*, bientôt reprise par une autre partie du public, *Yanqui Go*

Home. Elle roula en écho du sol au plafond, en s'amplifiant. *YAN-QUI GO-HOME*. Toujours plus fort *YAN-QUI GO HOME*. L'instant d'après, il n'y avait pas une seule personne dans la petite salle qui ne frappait des pieds, tapait des mains et braillait : *YAN-QUI GO-HOME. YAN-QUI GO-HOME. YAN-QUI GO-HOME.*

– La ferme, glapit Smokes. *Esa es la música de la lucha de clases, y la cultura por la que luchamos.*

YAN-QUI GO-HOME. YAN-QUI GO-HOME. YAN-QUI GO-HOME.

– *¿ Por favor, compañeros ?* fit Smokes, l'air abasourdi.

Ils se mirent à chanter en chœur sur l'air d'*Amazing Grace Yanqui Go Home, Go Home, Go-oh Home*. Au premier rang, une jeune fille juchée sur les épaules de son copain jouait les chefs d'orchestre. *Yanqui Go Home*. Ils suivaient la mesure. Lorenzo retira sa guitare et s'assit sur son ampli.

Guapo entra en scène, un large sourire aux lèvres, sa guitare basse en bandoulière. La foule s'arrêta net. Il salua sous les cris et les sifflets enthousiastes. Smokes jaillit de derrière sa batterie et montra Guapo du doigt.

– S'il joue, je me casse, dit-il à Cherry.

– D'accord, si tu fais ça, je demande à Frank de venir te remplacer.

– Putain, t'oserais pas.

YAN-QUI GO-HOME.

– Je me gênerais. Johnny disait que c'était vraiment un fameux batteur. Tu te souviens, Smokes ?

Soudain la salle se ralluma. Le public se remit à faire du tapage.

– T'oserais pas, c'est mon orchestre.

– Et alors, mon lapin ? T'as peur que Frank soit meilleur que toi ?

Les battements de mains reprirent. Des bouteilles volèrent en direction de Smokes. Il essayait maladroitement de les esquiver, mais ça ne faisait qu'exciter davantage la foule. Les bouteilles pleuvaient. Quelqu'un prit une chaise pliante et la balança à grands fracas sur la scène. Cherry regarda le public et toucha le bras de Smokes.

– Arrête de déconner. Prépare-toi et joue.

YAN-QUI GO-HOME. YAN-QUI GO-HOME.

Guapo s'avança en souriant. D'un signe il montra la batterie :

– *Marilyn ¿ Nos vamos ?*

Smokes soupira. Il reprit sa place à la batterie et frappa les cymbales. La foule trépigna. Guapo s'approcha de Lorenzo et lui cria quelque chose à l'oreille. Lorenzo sourit et monta le son de l'ampli. Il s'empara du micro et attaqua l'intro de *Tutti Frutti*. Un tonnerre d'applaudissements éclata. Les lumières de la salle s'éteignirent et on se mit enfin à danser.

Les Desperados jouèrent successivement *Twenty Flight Rock*, *Something Else* et *Rock and Roll Music*. Quand ils dédièrent *I Fought the Law* à Ronald Reagan, ce fut une explosion de joie. Puis il y eut *Lucille*, *Peggy Sue*, *Jumpin' Jack Flash* et *Heartbreak Hotel*. Après le premier rappel, deux jeunes gars montèrent sur scène et entonnèrent *All I Have to Do is Dream*. Ils chantaient comme des casseroles, mais ils furent chaleureusement applaudis. Carlos Godoy vint rejoindre les Desperados pour faire une jam avec eux ; ils improvisèrent une version reggae musclée de *Twist and Shout*. Il était marrant, ce petit gros avec son poncho et ses santiags, marchant en canard sur la scène et agitant son sombrero. A la fin de la chanson, le public se déchaîna. Smokes serra Carlos Godoy dans ses bras et l'embrassa sur les deux joues. Il leva la main de Carlos et l'agita.

– *¡ Seguimos al frente !* brailla Smokes dans le micro.

– *¡ No pasarán !* répondit la foule.

Carlos Godoy éclata d'un rire tonitruant en donnant l'accolade à Smokes tandis que ses musiciens venaient prendre place derrière lui. Il commença par des mélodies de Victor Jara et de son frère, Luis Enrique Godoy. Puis il chanta *Blowing in the Wind* s'accompagnant avec doigté à la guitare sèche. Quand on arriva à *Nicaragua, Nicaragua, la Flor más linda*, la foule alluma des bougies et agita des briquets en l'air. Carlos fit une profonde révérence et applaudit son public. L'orchestre reprit et les spectateurs hurlèrent en reconnaissant les premières mesures.

Ella es bonita
Pero mentirosa
Ella es bonita
Pero tú me quieres, tú me quieres, corazón.

Dans les coulisses, Eleanor regardait le spectacle avec Smokes et Cherry. Elle sirotait un jus d'orange et se balançait au rythme de la musique.

– *Mentirosa*, ça veut dire quoi, Cherry ?

– C'est une menteuse, C'est le grand tube de Carlos. Ça veut dire une jolie fleur dans une peau de vache.

Cherry fit un clin d'œil et se tourna vers Smokes.

– Eh, mon trésor, Carlos joue notre chanson.

– Mort de rire. Tu devrais faire du cinéma, on te l'a jamais dit ?

Après le concert, Smokes était d'humeur massacrante, même s'il faisait semblant d'être joyeux. Lorenzo et Guapo annoncèrent qu'ils allaient prendre un verre avec deux grandes Finlandaises qu'ils avaient rencontrées un peu plus tôt pendant la balance. Smokes décida qu'il allait les accompagner pour être sûr que tout se passe bien. Cherry s'esclaffa et lui dit qu'en effet il était indispensable. Il soupira. Elle lui ébouriffa les cheveux, lui fit une bise, prit son porte-monnaie et lui donna vingt dollars.

– Tu peux y aller mais ne te bourre pas la gueule. On doit partir tôt demain matin.

Frank et Eleanor se baladèrent sur la place avec Cherry. Ils firent le tour des étalages qui vendaient des sacs en peau d'iguane, de la dentelle et des poteries. Ils achetèrent des oranges et deux grosses pêches.

Le soleil couchant incendiait de rouge le toit doré de l'église. Ils traversèrent la place et s'assirent sur les marches. Cherry pela des fruits avec son canif et tendit à la ronde des quartiers juteux. Frank sortit son appareil et prit des photos du ciel.

– Ça plaira à Veronica, fit Eleanor, elle pourra se faire une idée.

– C'est vrai. Je n'y avais pas pensé.

Sur la place une jeune femme regardait Frank avec insistance. Elle était si maigre que ses os saillaient sous la peau brune de ses bras. Elle portait un tablier noir élimé, et avait un ruban jaune dans les cheveux. Ses pieds nus étaient entourés de bandages sanguinolents. Elle avança timidement et vint lui effleurer le poignet, puis elle débita un flot de paroles en espagnol, tout en montrant l'appareil photo. Elle avait cinq enfants autour d'elle et un bébé dans les bras. Ils étaient pâles et affamés, la jeune femme avait les traits tirés. Elle montra du doigt ses enfants, puis l'appareil de Frank. Elle prit dans sa poche un billet d'une córdoba, et y griffonna son adresse et le lui fourra dans la main.

– Frank, elle veut que tu prennes une photo de ses enfants et que tu la lui envoies quand tu seras rentré.

– D'accord, pourquoi pas ?

– Tu lui feras un sacré cadeau. Tout le monde rêve de faire photographier ses enfants par ici.

Frank regarda la jeune femme et fit oui de la tête. Elle rayonna. Elle prit un peigne dans sa poche et se le passa dans les cheveux. Elle cracha dans sa main et débarbouilla le plus crasseux des gamins. Puis elle prit la pose sur les marches de l'église, ses enfants autour d'elle, son bébé sur un bras et un de ses mioches dans l'autre. Ils fixaient l'appareil d'un air intrigué, et le bébé se mit à pleurer. La femme déboutonna son tablier dégagea sa poitrine et lui donna le sein, en lui caressant son petit cou fragile. Frank prit une dizaine de clichés et revint vers elle. Elle lui sourit. Elle avait les dents noires plantées de travers.

Il passa la main sur le crâne duveteux du bébé.

– T'es un grand garçon maintenant.

Le petit ferma les yeux et continua de téter en ouvrant ses petits doigts de plaisir.

– T'es un homme, dit Frank, la crème des petits garçons.

Eleanor et Cherry vinrent parler à la jeune femme. Elle leur dit que son mari avait été tué l'année passée par les Contras. Il était dans l'armée avec son frère, et leur unité patrouillait dans la montagne. Ils avaient sauté sur une mine, une semaine avant leur retour. Ses yeux s'emplirent de larmes qu'elle essuya d'un revers de la main.

Pendant qu'Eleanor et Cherry poursuivaient la conversation, Frank fit mine de chercher une autre pellicule dans son sac. Il ouvrit la poche intérieure, y prit deux billets de cinquante dollars qu'il froissa en boule et, en serrant la main de la jeune femme, il les lui glissa entre les doigts. Quand elle vit ce qu'il lui donnait, elle se détourna et se mit à sangloter. Il la força à fermer les doigts et fit un gazouillis au bébé. Il l'enleva des bras de sa mère et le lança en l'air en gloussant. Les autres mioches se tordaient de rire, l'enfant gémissait de peur. Frank le rendit à sa mère, et le petit se calma. Le visage baigné de larmes de la jeune femme s'illumina de bonheur.

– *Gracias, hombre.*

– Ça suffit, murmura Frank. Dieu te bénisse.

Elle prit sa main et l'embrassa.

Il la regarda s'éloigner avec ses enfants et se tourna vers Eleanor.

– Mon Dieu, c'est affreux. Ça brise le cœur de voir comment vivent certaines personnes. Tu te souviens quand on voyait des femmes comme elle à Dublin ?

– Ah non, ce n'était quand même pas aussi terrible !

– Bon Dieu, c'était bien la même chose, Eleanor ! Il y avait une pauvresse qui venait chez nous quand on habitait Francis Street. Mary Molloy qu'elle s'appelait. Ma mère essayait de lui faire accepter quelque chose de chaud, et pourtant c'était dur pour elle aussi. On a fini par l'enfermer, cette pauvre Mary.

– C'est parce qu'elle avait perdu la tête, Frank.

– Pas du tout, Eleanor. C'était seulement une pauvre femme qui essayait de s'occuper de ses enfants.

– Je ne dis pas le contraire, Frank, mais elle était simplette, la pauvre.

– Elle était aussi saine d'esprit que toi et moi. De toute façon, je me demande comment tu peux savoir.

Elle eut un petit rire nerveux.

– Je n'ai jamais rencontré personne en Irlande d'aussi misérable que la fille qu'on vient de voir.

– Eh bien, moi, je t'affirme que si, Eleanor. Je te raconterais pas de bobards sur un sujet pareil. Tu devrais le savoir. Il ne fait pas bon être pauvre sur cette foutue terre bénie d'Irlande, tu peux me croire.

– Seigneur, Frank, personne ne t'accuse de mentir !

– Tu n'écoutes jamais ce qu'on te dit, Eleanor. C'est chez nous qu'elle venait, pas chez toi. Vous ne l'auriez même pas laissée entrer. Ton père était tellement désagréable.

– Ne dis pas ça.

– Et pourquoi ? C'était quand même pas Sir Paddy Hamilton de Drimnagh ? Avec ses grands airs, on se serait cru à l'Opéra.

Eleanor se rapprocha.

– Qu'est-ce que mon père vient faire là-dedans ?

– Un boulot chez Guinness et il se prenait pour quelqu'un. Tu crois que j'ignore ce qu'il pensait de mes parents ? avec ses grands airs !

– Eh *compas*, calmez-vous, fit Cherry.

– Son Altesse ne supporte pas la vue du petit peuple. Elle est tellement au-dessus. Elle se prend pour Diana, la princesse de mes deux !

– Oh, Frank, arrête, tu débloques.

– S'il y avait des jeux Olympiques de la connerie je sais bien, nom de Dieu, qui empocherait toutes les médailles.

Il s'échauffait. Ses muscles se nouaient dans sa gorge. Il sentait la colère l'envahir.

– Tu t'entends pas ? Ça t'est jamais arrivé d'écouter le son de ta voix, Eleanor ? Parce que, laisse-moi te dire, écoute-toi seulement cinq minutes et tu comprendras pourquoi personne ne peut te supporter.

Elle se détourna, profondément blessée. Il croisa les bras.

– Nous y voilà. Elle reste là. Sans rien dire !

La musique reprit. On entendit une voix crier dans le micro. Eleanor pivota et regarda Frank droit dans les yeux.

– Frank Little, il gèlera en enfer avant que ma tendresse revienne.

– J'en tremble.

Elle s'éloigna en fendant la foule. Cherry l'appela mais elle ne se retourna pas. La cloche de l'église se mit à sonner.

– Frank, mon Dieu, Frank !

– Fous-moi la paix, Cherry, tu veux ?

– Frank, tu devrais pas dire des trucs pareils, tu sais.

– Vas-y. Je suis un putain de macho, c'est ça ? Continue, ma petite, si ça te fait du bien. Y a que ça qui vous intéresse, vous les gosses, se faire du bien.

Elle écarta les cheveux qui lui tombaient sur le visage, ses yeux lançaient des éclairs.

– Tu me fais pitié, Frank. Tu ne connais rien aux gens.

Il éclata d'un rire tonitruant.

– Toi, au contraire, t'es une spécialiste ! Tu te prends peut-être pour Sigmund Freud ?

Cherry n'attendit même pas la fin de sa phrase pour tourner les talons. Il fourra l'appareil photo dans son sac, entra dans un bar et commanda une bouteille de rhum. Il la but jusqu'à la dernière goutte en fumant une douzaine de cigarettes. Il repensa à sa mère, au soir où il l'avait trouvée en pleurs dans la cuisine parce que la maison était glacée. Il buvait sans se poser de questions. En fermant les yeux, il revit le visage de sa mère. Il entendit son père quitter la maison en courant et claquer la porte derrière lui. Il sentait l'alcool couler dans ses veines, il sortit du bar et se retrouva sur la plaza.

La nuit était humide et chaude, il bouillait intérieurement. Il entra dans un petit cinéma et s'assit au dernier rang. L'alcool lui chavirait l'esprit.

Le cinéma était pratiquement vide, à part deux ou trois couples d'amoureux. Il s'assit dans la pénombre rougeâtre. Il écoutait les rires. La chaleur lui montait à la tête. Il se sentit brusquement épuisé, la mâchoire lourde. Le film commença, il vit qu'il était doublé en espagnol et qu'il n'y comprenait rien. Son esprit se remit à divaguer. Il repensa à la fois où il avait emmené Johnny voir *My Fair Lady* au *Plaza Cinerama*, à Parnell Square. Il serra très fort les poings pour essayer de chasser cette image, sans y parvenir.

C'était le jour de son septième anniversaire, et il lui avait promis de l'emmener au cinéma. Le matin même il s'était disputé avec Eleanor et elle s'était enfermée dans la salle de bains. Frank avait dit à son fils qu'elle ne se sentait pas bien et qu'elle avait insisté pour qu'ils aillent sans elle au cinéma. A la moitié du film, Johnny s'était mis à pleurer et ils avaient dû sortir. Son fils était resté assis à pleurer dans la ruelle pendant près d'une demi-heure, refusant de dire ce qu'il avait à son père. Inquiet et perplexe, Frank ne savait plus quoi faire. Il s'assit auprès de lui, le prit par l'épaule et attendit qu'il se calme. Les passants les dévisageaient. Il revoyait leur regard curieux, mais il se moquait de ce qu'ils pouvaient bien penser. Seul son fils le préoccupait.

Ils avaient acheté des glaces et étaient allés faire un tour dans le Garden of Remembrance. C'était une froide journée de septembre. Ils avaient fait le tour du bassin, et il avait montré à son fils les noms gravés dans la pierre, le nom de tous les braves qui avaient donné leur vie pour l'Irlande. Puis ils étaient allés voir la grande statue noire des enfants de Lir. Il avait raconté à son fils comment les enfants de Lir avaient été changés en cygnes par leur méchante belle-mère. Ils avaient vécu sur un lac au milieu de l'Irlande pendant neuf siècles jusqu'à l'arrivée de saint Patrick. En l'entendant sonner sa cloche, ils avaient repris forme humaine. Mais c'était une histoire triste. Les enfants de Lir avaient maintenant neuf cents ans. Ils avaient vieilli en une seconde, s'étaient écroulés sur le rivage et étaient morts. Mais c'était bien quand même, ajouta Frank, parce que saint Patrick les avait baptisés juste avant.

Soudain le film s'arrêta et les lumières se rallumèrent, aveuglant Frank. Les couples d'amoureux se levèrent et sortirent. Il se demanda ce qui se passait. L'ouvreur arriva en courant et en agitant une lampe électrique.

– *¡ Salga, hombre !* cria-t-il en montrant la porte. *Rapido, rapido.*

Frank sortit en courant. Il reconnut les claquements assourdis. Des lumières bleues et orange éclairaient le ciel derrière les collines. Les sirènes se mirent à hurler pendant qu'il courait dans l'Avenida de Revolución Eterna pour rejoindre l'endroit où était garée Claudette.

Guapo, en caleçon, était au milieu du champ, un fusil à la main. Il fumait une cigarette en observant les montagnes comme si son regard pouvait percer l'obscurité. Smokes se tenait derrière lui, avec une bouteille de bière. Il avait l'air affolé. Cherry sortit de la camionnette, s'approcha de lui et le prit par la taille. Elle ne jeta pas un seul regard à Frank.

Celui-ci monta dans Claudette. Lorenzo endormi ronflait. Eleanor était assise sur sa couchette. Enveloppée jusqu'au cou dans son drap, elle semblait effrayée.

– Eleanor, fit-il la voix pâteuse, ça va ?

Elle balaya la camionnette du regard en évitant soigneusement Frank.

– Eleanor, je suis désolé. Je ne pensais pas ce que je disais.

Elle finit par se tourner vers lui, les yeux noyés de larmes.

– Va-t'en, Frank. Tu es l'être le plus méchant que j'aie jamais rencontré.

– Je suis désolé, vraiment, Eleanor.

– Laisse-moi tranquille ! cria-t-elle.

Lorenzo grogna dans son sommeil.

Il essaya encore de s'excuser mais elle se recoucha et fit comme s'il n'était pas là. Elle se tourna vers la cloison. Elle remonta le drap sur sa tête, le corps secoué de sanglots.

Il contempla les flots de lumière argentée qui illuminaient à intervalles rapprochés les nuages et le sillage rouge des balles traçantes jaillissant des collines. Immobile, il attendit en fumant que les sirènes se taisent.

33

COLLABORATEURS

Le lendemain de la bataille, le soleil se leva de bonne heure sur Estelí et il fit tout de suite chaud. Ils allèrent en ville prendre le petit déjeuner à la terrasse d'un *comedor* de la Calle de Reforma Agraria. Eleanor essaya de faire la conversation avec Cherry et Lorenzo, mais celui-ci avait l'air de mauvaise humeur et Cherry était fatiguée. Dans un coin, une télévision en noir et blanc dont le son était coupé passait un dessin animé de Tom et Jerry. Tout à coup un brouhaha dans la rue les fit sursauter. Il fut suivi d'un cri. Les commerçants sortirent en vitesse sur le pas de leurs boutiques.

Il y eut d'abord un moment de silence, puis on vit s'élever un nuage de poussière. Un homme maigre apparut au bout de la rue monté sur un cheval blanc efflanqué. A l'extrémité d'une corde attachée à la selle, il traînait le cadavre encore saignant d'un jeune homme qui portait l'uniforme bleu des Contras. L'homme tira le corps jusqu'aux marches de l'église et détacha la corde. Le cheval se cabra.

Le corps avait laissé des traînées de sang sur le sol. Il gisait sur le ventre, dans une position bizarre sur les marches de pierre de l'église, il avait le bras gauche passé derrière la tête, et dans le dos une blessure purulente qui grouillait de mouches. Ses chaussures déchirées laissaient voir ses orteils salis. Eleanor leva les yeux vers le ciel et vit six petits points noirs dans les nuages. Les vautours commençaient leur ronde.

Un vieux prêtre aux cheveux blancs descendit les marches. Il s'agenouilla et prit la main du jeune mort. Des gens se mirent à siffler et à pousser des huées. Un vieillard cracha par terre.

– *Me cago en la hostia*, cria-t-il. Le prêtre lança des regards furieux aux gens qui l'entouraient, le vieillard s'éloigna en jurant.

Le prêtre retourna le cadavre qui avait laissé des traces noirâtres sur les marches blanches. Il secoua la tête, prit le crucifix qu'il portait autour du cou, le baisa et en toucha les lèvres du jeune homme. Il croisa les bras du cadavre et lui ferma les yeux. Puis il sortit de sa poche un petit livre noir et s'agenouilla au soleil. Il posa sa main sur le front du jeune homme et se mit à prier à voix basse.

La foule finit par se disperser, laissant le prêtre à ses prières. Deux religieuses sortirent de l'église ; elles portaient un drap blanc. Elles restèrent là, la tête baissée, égrenant leurs chapelets jusqu'à ce que le prêtre ait terminé. Puis elles s'agenouillèrent sur les marches et enveloppèrent le corps dans le linceul.

– Smokes, demanda doucement Eleanor, pourquoi font-ils ça ? Pourquoi ont-ils traîné ce pauvre garçon jusqu'ici ?

– Pour décourager les collaborateurs.

– Je croyais que tout le monde ici était supposé être du même bord, marmonna Frank.

Smokes s'assit sans répondre.

– En principe il y a des règles, poursuivit Frank, même en cas de guerre, il y a des choses qui ne se font pas. Tout le monde sait ça.

– Frank, soupira Smokes, ce type a probablement tué plus de gens que cet enculé de Teddy Kennedy.

Cherry ricana, un peu trop fort.

– Ce n'est pas bien, reprit Eleanor. C'est un être humain après tout. Il a une mère. Il a une famille.

– Je ne te dis pas que c'est bien Eleanor. Mais c'est comme ça.

– Ouais, ben moi, je pense comme Eleanor. Même un salaud mérite d'être mieux traité.

Frank chercha son regard mais Eleanor fit semblant de ne pas s'en apercevoir.

– Est-ce qu'on peut y aller maintenant ? dit-elle. Je ne me sens pas très bien.

Au bout de la rue, les portes de l'église s'ouvrirent. Les deux religieuses et le vieux prêtre montaient les marches en portant le cadavre enveloppé dans le linceul où s'élargissaient des taches de sang.

Une demi-heure plus tard, Smokes et Cherry, aidaient Guapo à remballer le matériel, à l'arrière de la salle de concert, quand une ravissante blonde sortit de la foule, se protégeant les yeux du soleil avec la main.

– Hé, Smokie, c'est bien toi ?

Il fit semblant de ne pas avoir entendu.

– Hé, Smo-kie, insista-t-elle, t'es toujours un fan de Abba ?

Il se redressa et la regarda.

– Oh, mon Dieu, salut, fit-il en souriant. Comment ça va ? Tu parles d'une surprise !

Elle rit.

– Eh oui. Dis donc on dirait que tu m'as oubliée. Tu étais vraiment super hier soir. Vachement meilleur, je t'assure, que la nuit où je t'ai connu.

Smokes eut un petit rire nerveux.

– Ulla, dit-il, voici ma copine, Cherry Balducci. Ulla, euh… je ne connais pas ton nom de famille.

– Planker. Je ne savais pas que tu avais une copine, Smokie.

– Si, bien sûr. C'est ma petite amie, tu vois ? Et comment va l'arrachage de dents ? Ulla est dentiste, Cherry, elle arrache les molaires pour aider la révolution.

– Très bien, fit Cherry.

– Bon, dit Ulla, un peu mal à l'aise. Bon, ben, c'était vraiment sympa de te revoir, Smokie. *Ciao, bambino.*

Ulla s'éloigna. Smokes alluma une cigarette, il s'agenouilla et se mit à démêler des câbles.

– Regarde-moi ce bordel, c'est un vrai sac de nœuds.

– Smokes, c'était qui ?

– Qui ? Oh, une dentiste. Je l'ai rencontrée avec Eleanor. Elles sont arrivées par le même vol.

– Pendant que j'étais partie ?

Il sentit la chaleur du soleil sur sa nuque.

– Oui, pendant que tu étais absente, je crois bien.

Il se releva et la regarda avec un grand sourire. Il aperçut Guapo près des portes de la salle qui se fichait de lui en douce. Il se remit à démêler les câbles.

– Mais regarde-moi ça, comme c'est embrouillé. Seigneur, on a vraiment besoin d'un homme à tout faire ! Si tu crois que Keith Richards se tape ce genre de corvée lui-même. C'est plus possible, ça peut plus continuer.

– Et puis, qu'est-ce qui s'est passé, Smokes ? Tu l'as baisée ?

– Quoi ? brailla-t-il. Cherry t'es folle ou quoi ?

– Mon Dieu, quel menteur. Je n'arrive pas à croire que tu me mentes à moi.

Smokes éclata d'un rire nerveux. Il la regarda dans les yeux.

– Je ne mens pas. Juré, mon cœur. Je ne te mentirais pas à toi, tu le sais bien.

Il essaya de l'embrasser, mais elle se dégagea et le regarda avec mépris. Il lui prit le menton et lui fit les yeux doux.

– Allez, ma belle. Tu sais bien que je ne peux pas te mentir, mon amour.

– Mon amour, tu parles. Espèce de trou du cul minable, petit branleur tout juste bon à penser avec ta queue, tu mens comme un arracheur de dents, tu serais capable de nous faire prendre de la pisse pour du Pepsi.

Guapo lui sourit, ferma les yeux, tira la langue et fit mine de se trancher la gorge avec un doigt.

– Cherry, fit Smokes l'air vexé, pourquoi es-tu si violente avec moi ?

Un vol d'oiseaux blancs s'abattit en piaillant sur la place. Elle repoussa sa main.

– Smokie, je pense que tu ferais mieux de me dire tout de suite la vérité. Sinon, je te préviens, je prends cet AK et je te fais sauter les couilles, y en aura jusqu'à La Nouvelle-Orléans.

34

HOLYHEAD

Par une chaude nuit de l'été 1976, après seize ans de mariage, Eleanor Little annonça à son mari qu'elle voulait le quitter. Ils étaient assis dans le salon de leur belle maison. Ils pleuraient, enlacés, et essayaient de discuter. Il la supplia de rester. Il insista tant et si bien qu'elle finit par céder.

Ils tentèrent un nouveau départ. Mais elle était complètement esclave de l'alcool. Elle se réveillait en sueur, elle avait chaud, elle avait soif. Son haleine empestait le whisky et le gin, et le matin sa première pensée était de se chercher à boire.

Un jour Frank trouva Johnny dans son bain et vit qu'il avait les bras et les jambes couverts de bleus. Il força son fils à lui avouer qui lui avait fait ça. Il réveilla Eleanor et lui fit une scène. Il lui dit que si elle recommençait il la tuerait.

Il prit l'habitude d'emmener régulièrement son fils chez sa mère et de le lui confier parfois plusieurs jours d'affilée. Eleanor l'accusait de lui enlever son enfant. Ils se disputaient tous les soirs.

Et puis, le père de Frank vint le voir au bureau pour lui demander des explications. La veille, Johnny avait eu tellement peur qu'il avait coupé avec des ciseaux le fil du téléphone chez ses grands-parents pour que sa mère ne puisse pas l'appeler. Il était mort de trouille, lui dit le grand-père. Il avait dû se lever en pleine nuit pour vomir tellement il était effrayé. Il avait fait quelques confidences à sa grand-mère sur ce qui se passait à la maison.

– Ça ne va pas, Frank, avait dit son père. Les choses ne peuvent pas continuer comme ça, tu le sais bien.

Eleanor n'arrêtait pas de boire. Elle restait toute la journée au lit.

C'est à peine si Frank et Johnny la voyaient encore. Une nuit il y eut une dispute particulièrement violente. Elle tomba dans les escaliers et se blessa au visage. Quand les policiers arrivèrent, ils emmenèrent Frank et l'accusèrent de battre sa femme. Il resta bouclé une nuit au commissariat de Dalkey.

Le lendemain, on était le 20 septembre 1977, le jour de leur dix-septième anniversaire de mariage. Eleanor se leva de bonne heure. Johnny dormait encore. Elle prit le premier bus pour Dun Laoghaire et attendit l'ouverture de la banque. Elle retira trois cents livres de leur compte commun, se rendit en pleurant sur l'embarcadère et acheta un billet de ferry pour Londres.

Elle envoya une carte postale de la gare maritime de Holyhead. « Je regrette, Frank, disait-elle. Je pars. Je ne cesserai jamais de vous aimer mais je ne peux pas continuer ainsi. »

35

LE RÊVE DE LA CRÈME GLACÉE

Quand Cherry revint toute seule à la camionnette, Eleanor la trouva plutôt déprimée. Elle ne parlait pas, avait le visage rouge et passait son temps à se ronger les ongles ; elle fumait cigarette sur cigarette. Eleanor vint vers elle. Cherry lui sourit en disant que tout allait bien. Mais, quand Smokes revint pâle et les traits tirés, on voyait bien qu'ils venaient de se disputer.

– Allez hop ! en route, dit-il avec une bonne humeur forcée. On n'est plus qu'à trente kilomètres d'Ocotal, mais plus tôt on y sera, mieux ça vaudra.

– Foutu crétin, soupira Cherry.

Dix minutes plus tard, Guapo arriva à son tour. Il eut l'air de comprendre ce qui se passait et dit qu'il allait monter à l'avant avec Smokes.

– Marilyn y yo. Ella es mi amor.

Eleanor monta à l'arrière avec les autres. Cherry prit un baladeur dans son sac, tourna le dos à tout le monde, se fourra les écouteurs dans les oreilles et ferma les yeux.

Ils se rendirent à la porte de la salle, où Smokes et Guapo embarquèrent le matériel, puis ils partirent vers le nord, en direction de la frontière. Ils traversèrent les petites villes d'Achuapa et de Condega, de San Juan de Limay et de Pueblo Nuevo. Le feuillage épais arrêtait la lumière et l'air était lourd du parfum de la résine et des eucalyptus. Ils traversèrent Yalaguina, et à Somoto ils bifurquèrent pour prendre la piste sablonneuse en direction d'Ocotal. Le long de la route des chars rouillaient dans les fossés. Ils parcoururent une quinzaine de kilomètres. Ils virent des cabanes en bois, devant lesquelles des chiens haletaient, affalés dans la poussière et une petite crique envahie d'algues où des barques dansaient, amarrées à des poteaux passés au Crésyl. Une rangée de pins rouges se découpait sur l'azur éclatant.

Ils entrèrent dans la ville et garèrent Claudette près de la rivière. L'eau bouillonnait autour de rochers violets et pointus. Quand ils sortirent, la chaleur leur brûla les poumons. L'air embaumait le chèvrefeuille. Ocotal était une petite ville proprette. Les maisons en adobe, blanchies à la chaux avaient des toits de tuiles rouges. Il y avait une rangée de boutiques et une église blanche en bois, entourée d'arbres dont on avait badigeonné les troncs. On voyait dans certaines vitrines des bijoux en or raffinés. Des affiches proposaient des excursions aux mines d'or du Río Coco. Il y avait une école et un petit hôpital. Tout respirait le calme et l'ordre. Pour une ville située en plein cœur de la zone des combats, elle semblait incroyablement paisible.

Ils prirent des *refrescos* au *Café La Cabana*, sans dire un mot. Frank refusa d'enlever ses lunettes de soleil malgré la pénombre Quand il demanda le sel, Smokes le lui passa sans lever le nez de son assiette. Eleanor soupira.

– Je crois qu'on est tous un peu fatigués, aujourd'hui.

Personne ne répondit.

Cherry se rendit aux toilettes ; Eleanor lui emboîta le pas.

– Cherry, ma belle, qu'est-ce qui te tracasse ?

Cherry répliqua qu'il n'y avait rien de spécial, qu'elle ne se sentait pas bien, c'est tout. C'était ce qu'on appelait la « vengeance de Somoza », dit-elle en se tenant le ventre. En plus elle allait avoir ses règles.

– Oui, fit Eleanor compréhensive, être femme c'est ce qu'il y a de plus difficile. Pour la sympathie que ça nous vaut !

– En effet.

Eleanor fit couler de l'eau chaude dans le lavabo, prit une savonnette dans son sac, se lava le visage et les mains, qui lui faisaient mal.

– Tu ne te serais pas disputée avec lui ?… Si je t'embête tu peux me le dire, tu sais.

Cherry détourna le regard.

– Ça ne vaut vraiment pas la peine d'en parler.

Après le repas, Lorenzo et Cherry retournèrent en ville acheter de l'eau pendant que Smokes et Guapo déchargeaient les guitares et les amplis. Ensuite ils décidèrent d'aller boire une bière. Frank resta en arrière à compter ses sous en faisant mine de chercher quelque chose. Eleanor assise à l'ombre sur un banc lisait un numéro de *Newsweek* qu'elle avait trouvé dans la rue. Au bout d'un moment, il vint la rejoindre.

– Qu'est-ce qu'elle a, Cherry ?

– Ils se sont disputés.

Il hocha la tête et s'assit sur le banc auprès d'elle. Elle croisa les jambes et lui tourna le dos.

– Mon Dieu, murmura-t-il, toutes ces disputes. Et pas une seule qui en vaille la peine.

Elle feuilletait son magazine.

– Eleanor, je suppose que ça ne servirait à rien si je m'excusais encore une fois.

Elle hocha la tête.

– C'est trop facile, Frank. Tu dis n'importe quoi et après tu t'imagines qu'il suffit de s'excuser pour tout effacer. Tu n'as pas changé.

De l'autre côté de la rivière, une jeune femme penchée à une fenêtre d'un haut bâtiment de stuc rose battait un tapis.

– Je t'en prie, Eleanor, je suis désolé. Tu ne mérites pas qu'on te parle comme je l'ai fait. Je ne sais pas ce qui m'a pris.

Elle le regarda dans les yeux.

– Tu ne parlerais pas comme ça à Veronica. Elle ne supporterait pas des propos aussi blessants, je pense.

– Ce n'est pas de Veronica que je parle – il marqua un temps d'arrêt pour essuyer la sueur sur son front –, c'est de toi, Eleanor.

– Évidemment, ça change tout !

– Ce n'est pas juste ce que tu dis là.

– Ne viens pas me parler de ce qui est juste ou pas, Frank, parfois je me demande si tu t'es jamais rendu compte de l'enfer que j'ai vécu.

– Qu'est-ce que tu veux dire exactement ?

Elle regarda la rivière et retira ses lunettes.

– Qu'est-ce que tu veux dire, Eleanor ?

Elle serra les lèvres.

– Oui, eh bien, tu crois que ça m'a fait plaisir, Frank, de te voir partir avec Veronica ? Et avant, quand j'avais besoin d'aide et que tu n'étais pas là ?

– Ah oui ? Et où est-ce que j'étais alors ?

– Tu étais très renfermé. Tu savais très bien que j'avais un problème et tu n'as jamais rien fait pour m'aider. Tu m'as laissée perdre ma dignité.

– Ce n'est pas vrai, mon amour.

– Bon Dieu ! si, c'est vrai.

– Ce n'est pas vrai, mon amour. Je t'ai souvent demandé de consulter un médecin. Quelle que soit l'aide dont tu aurais pu avoir besoin, on y serait arrivés.

Elle haussa le ton.

– Ah oui ? Eh bien, c'est ça, le problème, justement. Tu m'as demandé de voir un médecin, mais tu n'as jamais proposé de m'accompagner. Tu pensais qu'il te suffisait de payer.

– Ce n'est pas ce que j'ai voulu dire.

– Tu aurais dû m'aider Frank. On ne demande pas à quelqu'un qui se noie s'il a envie d'être secouru, on se jette à l'eau.

– J'ai essayé de t'aider, Eleanor. Pour moi non plus ce n'était pas facile.

Elle prit dans sa poche un tube de crème solaire et s'en enduisit les bras.

– Je ne te blâme pas. Tu n'as pas pu supporter que je sois différente de ce que tu avais imaginé. C'est ça qui t'a rendu malheureux. Tu n'as pas pu supporter que je ne sois pas parfaite parce que Frank Little devait avoir une femme parfaite, parce que Frank Little et sa pauvre petite famille sont eux-mêmes tellement parfaits. Tu as laissé les choses se faire et tu n'as rien dit. C'était une façon pour toi de les accepter. Tu t'es montré complètement indifférent, Frank, je ne m'attendais pas à ça de ta part, et pourtant…

– Mon Dieu, Eleanor, ce n'est vraiment pas le souvenir que j'en ai gardé.

Elle prit un air furieux.

– Et tu pensais, bien sûr, que l'amour c'était trouver ton équivalent. Et ce n'est pas le cas, Frank, pas du tout.

– Je t'aimais beaucoup, Eleanor. Repenses-y rien qu'un instant. Tu sais bien que j'étais fou de toi.

– Après la naissance de Johnny. T'es-tu une seule fois inquiété de mes sentiments ? M'as-tu jamais demandé mon avis ? M'as-tu dit une seule fois que j'étais belle ?

Il fixa le sol. L'asphalte marron était mou sous ses pieds.

– Oui, je l'ai fait. Bien sûr.

– Je ne m'en souviens pas.

– Eleanor, je me suis toujours soucié de toi. Jamais je…

– Et quand Catherine est morte. Est-ce que tu as pensé à moi, Frank ?

Il sentait la sueur lui couler dans le dos.

– Bien sûr. Mon Dieu, mais qu'est-ce qui te prend, Eleanor ?

Elle referma son magazine et se leva.

– Ne parlons plus de toutes ces histoires. Je suis bien bête de m'en faire pour ça.

Il la regarda en s'efforçant de rire.

– Mais Eleanor, chacun a son point de vue. On ne peut pas avoir raison tous les deux.

Elle le regarda en hochant la tête.

– Si justement, même si tu ne le comprends pas. C'est ça qui est triste avec toi.

Elle se mit un foulard sur la tête et partit à la messe.

Il resta assis tout seul, abasourdi. Il ruminait les reproches qu'elle venait de lui faire. Ils n'étaient pas fondés, pensa-t-il. Comment auraient-ils pu l'être ? C'est elle qui n'avait pas compris. Il avait pourtant essayé, bien des fois. D'autres seraient partis immédiatement, lui était resté. Il repensa aux nuits qu'il avait passées à tenir son fils dans ses bras et à l'écouter pleurer. A toutes les fois où il l'avait suppliée de cesser de battre l'enfant. Il repensa à la solitude qu'il éprouvait en ce temps-là, liée à la certitude que la plus grande décision qu'il ait prise dans sa vie s'était soldée par un désastre, cette épouvante qui lui broyait le cœur, rien que d'y penser. Il avait épousé la seule femme qu'il ait jamais aimée et il avait eu tort. Pourtant, non, il n'avait pas eu tort. Il lui restait Johnny. Il se souvint des jours où il travaillait quinze heures d'affilée et rentrait à la maison pour dormir seul sur le canapé du salon. Il repensa aux mensonges qu'il avait dû inventer, à la rancune qu'il avait dû combattre, à la peur, à la culpabilité, à la rage. Et dans toutes ces épreuves, Johnny avait été sa seule consolation. En toutes circonstances, il avait toujours eu Johnny, et aussi la conscience d'avoir fait tout son possible. Et voilà que, maintenant, même cela, elle voulait le lui enlever. Il restait là, assis, à se demander pourquoi.

Smokes et Guapo revinrent du bar, ils avaient l'air lugubre et fatigué.

– Frank, dit Smokes d'un air boudeur, on a trouvé un hospedaje où ils ne posent pas de questions. Ça nous fera tous du bien de dormir dans un lit cette nuit.

– Et comment ! Ce sera un plaisir. On n'a qu'à attendre le retour de Lorenzo et des filles.

Smokes approuva.

– Guapo t'y emmènera plus tard. Moi il faut que j'aille voir un gars.

– Viens donc t'asseoir, Smokes, juste une minute.

– Je t'ai dit que j'avais un gars à voir. Il faut bien que quelqu'un s'occupe de faire marcher cette foutue tournée.

Il attrapa un calepin dans la camionnette et repartit à grands pas vers la ville. Guapo vint s'asseoir sur le banc, il alluma une cigarette. Il fit un clin d'œil à Frank et gloussa.

– Marilyn s'est engueulée avec la Cherry. Il est de mauvais poil.

Frank s'efforça de sourire.

– Ce sont des choses qui arrivent.

– *Oh, sí*. Ça arrive. *Es verdad.*

La chaleur augmentait. Ils allèrent s'asseoir à l'arrière de Claudette. Guapo décapsula deux bières, il en tendit une à Frank. Ils prirent un jeu de cartes et jouèrent au poker pour des allumettes. Frank ne parvenait pas à se concentrer. Les paroles de sa femme lui tournaient dans la tête. Qu'avait-elle voulu dire ? Et pourquoi venait-elle lui resservir tout cela, maintenant ? Qu'est-ce que ça pouvait bien changer à présent ?

– Guapo mon vieux ? Est-ce que Johnny t'a jamais parlé de nous ? D'Eleanor et de moi ?

Guapo lui jeta un regard trouble.

– *Sí, Frank. Claro que sí.*

– Tu peux me raconter ce qu'il t'a dit ?

– Oh, Frank. *Pero es muy difícil. No sé las palabras en inglés.*

– Tu veux pas essayer, Guapo ?

Celui-ci fit la grimace. Il regarda autour de lui et sourit.

– *Bueno. Me contó un cuento una vez.*

– *No entiendo, Guapo.*

Guapo regarda de nouveau autour de lui. Il se leva et alla fouiller dans le sac de Smokes. Il en sortit une édition de poche de *Cent Ans de solitude* et montra la couverture.

– *Un cuento.*

– Un livre ?

– *No, no, hermano*, fit Guapo en feuilletant le livre.

– Une histoire, peut-être ?

– *Sí, sí.* Une histoire. Johnny. L'histoire que tu lui dis. Quand il dort.

– Pardon ?

Guapo joignit les mains et les plaça sur le côté de son visage. Il se tut, ferma les yeux et se mit à ronfler.

– Quand il dort. Il est petit garçon.

– Ah, une histoire que je lui racontais pour l'endormir, dit Frank.

Guapo leva le doigt en signe d'approbation.

– *Sí. Eso es.*

Il se gratta la tête et chercha ses mots.

– *El cuento trataba de un rey, Frank. ¿Sabes?*

– Non.

– *Un rey, hombre*. Il vivre dans *un castillo. Un palacio enorme.*

– Je comprends pas, Guapo, un château, c'est ça ?

Guapo fit claquer sa langue. Il regarda la table et se prit la tête entre les mains, pianotant du bout des doigts sur ses joues. Tout à coup, il eut un grand sourire et se mit à fouiller dans le paquet de cartes.

– *Momentito.* – Il montra une carte, le roi de cœur : Cet homme, Frank *¿ Cómo se llama?*

– Le roi ? Est-ce que c'est une histoire qui parle de roi ?

– *Sí*, le roi. *Tiene mucho dinero*, d'accord ?

– Il est riche ?

– Il est riche mais lui pas heureux, Francisco. La femme à lui elle est belle.

Guapo prit la reine de trèfle et haussa les sourcils.

– La reine, dit Frank.

– *Sí*. La reine est très belle. Et le garçon.

Il désigna le valet de cœur.

– C'est le valet. Tu veux dire le prince.

– *Sí, sí. Su hijo*. Prince. *Bueno*, la reine est belle. Le petit garçon belle aussi. *Pero en el fondo está triste*. – Guapo posa la main sur son cœur : *Aquí. En su corazón*. Il est triste, mon vieux. *¿ Verdad?*

Frank hocha la tête.

– Je comprends.

– *Ay, es difícil*, soupira Guapo. *Bueno*, le roi il parler à *el Señor*. *¿ Me entiendes?*

– Le roi parle à un homme ?

– *No, no. ¡ Dios!*

Guapo leva le doigt vers le ciel, fit un signe de croix, joignit les mains et leva les sourcils.

– Ça y est, Guapo, j'ai compris. Dieu !

– Le roi parle à le Dieu. Et tout ce qu'il toucher avec la main se transforme en *helado*.

– En crème glacée ?

– *Sí, hombre*.

– Il veut transformer en crème glacée tout ce qu'il touche ?

– *Exacto*, fit Guapo en claquant des doigts. Quand il toucher avec sa main, il vouloir crème glacée. Le Dieu dit non. Le roi dit si, si. Le Dieu dit d'accord, tant pis pour toi, roi, ce sera de la crème glacée.

– Ça va, je te suis, Guapo.

– Bon maintenant il est heureux. Il toucher la table. Crème glacée. La chaise est crème glacée. Tout est la crème glacée. Mais voilà, mauvaises nouvelles. Il toucher sa femme et son prince et ils sont crème glacée. Et *mañana, mucho calor*. Le soleil est chaud. Et ils sont de l'eau. Sa femme et son prince.

– Tu veux dire qu'ils ont fondu ?

– *Correcto*, Francisco. Ils ont fondu. Et maintenant le roi est *loco*.

Guapo haussa les épaules.

– *Eso es*. Voilà histoire.

Frank rit sans trop savoir quoi dire.

– *¿Me comprendes, Francisco ? Mi inglés es fatal.*

– Non, non, j'ai parfaitement compris, mon gars. C'est juste que je ne me souviens absolument pas de lui avoir raconté cette histoire.

– *Yo no sé, Frank. Eso es lo que me dijo*. Il a dire à moi c'est l'histoire qu'il se souvient. Il voit cette histoire dans ses rêves.

– Vraiment ? Ça ne me dit absolument rien.

– *Sí*. Et dans le nord, Johnny, il a une femme. Elle est dans la maison de la crème glacée et il est amoureux.

– Qu'est-ce que tu racontes ?

Guapo serra ses bras autour de lui et fit des bruits de baisers.

– Il est amoureux, Francisco. *Una mujer en el norte*. A Corinto, où on va bientôt.

– Mais Smokes m'a dit que c'était pas sérieux.

Guapo roula les yeux.

– *Pero sí*. Le Johnny dire à moi, pas à la Marilyn. Il est amoureux comme dans la chanson.

– Quelle chanson ?

Guapo chanta d'une voix de crooner : « Chaque nuit je demande aux étoiles, pourquoi faut-il, si jeune, que je sois amoureux ? »

– Et comment elle s'appelle, cette femme ?

– *Pilár. Se llama Pilár.* Elle est dans la boutique de crème glacée. *Se llama la Glaceria Elvis Presley. Me gusta mucho el nombre.* Elle est belle comme la reine.

– Et Johnny t'a dit qu'il l'aimait ?

– *Ah, sí. Pero a veces no decía la verdad. A veces era un embustero. ¿Entiendes ?*

– Non Guapo, je comprends rien.

– *Mentiroso*, beaucoup d'histoires, Francisco.

– Oh oui, ça je le sais bien.

Guapo ricana et baissa la tête. Au bout d'un moment, il se remit à battre les cartes.

– Voici ton prince, hombre. Comment il s'appelle ?

Frank regarda la carte.

– Ça, c'est le joker, mon gars.

– *Sí*, fit Guapo en souriant. Johnny le Joker. *Exacto*.

36

LET IT BE ME

En sortant de l'église, Eleanor se promena dans la petite ville d'Ocotal. Il faisait chaud mais c'était le moment de la journée qu'elle préférait : les deux heures de forte chaleur juste avant la pluie. Des soldats remontaient la grand-rue en placardant des avis sur les lampadaires. Les mots : *SERVICIO MILITAR POPULAR*, s'y détachaient en lettres rouges. Les affiches notifiaient à tous les hommes l'ordre de se rassembler sur la place de l'église le lendemain matin à sept heures et demie. Des bus les y attendraient pour les emmener au camp d'entraînement de Rivas. Elles s'achevaient par ces mots : *¡ PATRIA LIBRE O MORIR !*

Dans un petit café, Eleanor commanda un *cortado.* Elle s'assit en terrasse à l'ombre de l'auvent et retira ses sandales. Elle sentait sous ses pieds la chaleur du carrelage rose. Une petite brise faisait voler dans la rue des nuages de poussière blanche. La lumière intense prenait des teintes cuivrées. Elle vit au loin Frank et Guapo qui partaient vers le sud et se hâtaient en direction des collines violettes. Ils marchaient d'un pas décidé en balançant les bras. Frank avait mis un chapeau et pris son appareil photo. Elle faillit se lever et leur faire signe mais elle se ravisa et les regarda s'éloigner.

Un gros lézard vert traversait la rue. Il était, pensa-t-elle, exactement de la couleur des avocats. Il s'arrêtait, l'œil aux aguets, repartait à toute vitesse, puis s'arrêtait de nouveau pour attraper des mouches du bout de sa langue noire. Un gamin passa qui vendait des roses et des oranges, il transportait avec lui un perroquet dans une cage blanche. Il sautillait d'une patte sur l'autre en poussant des cris sinistres. Il était à vendre lui aussi, dit le garçon, mais personne n'en voulait. Elle lui donna cinq dollars et il se précipita à l'intérieur du café pour en ressortir aussitôt une guitare à la main. Il s'assit sur les marches et chanta pour elle une chanson sur le Nicaragua.

A través de las páginas fatales de la historia,
Nuestra tierra está hecha de vigor y de gloria
Nuestra tierra está hecha para la Humanidad.
Pueblo vibrante, fuerte, apasionado, altivo,
Pueblo que tiene la conciencia de ser vivo,
Y que, reuniendo sus energías en haz
Portentoso, a la Patria vigoroso demuestra
Que puede bravamente presentar en su diestra
El acero de guerra o el olivo de paz.

C'était un texte de Rubén Darío. Il l'avait appris à l'école. Dans sa famille, il était le seul à savoir lire correctement. Rubén Darío était un poète nicaraguayen très connu qui avait voyagé dans le monde entier. Lui aussi allait voyager. Il serait marin quand il serait grand. Il ferait le tour du monde comme Rubén Darío. Il irait en Afrique voir les pyramides. Il irait à Zanzibar. Il naviguerait même jusqu'au pôle Nord pour voir les igloos.

Eleanor lui paya un Coca-Cola. Il dit qu'il essayait d'apprendre à parler au perroquet mais que ça ne marchait pas. Certains perroquets récitaient des poèmes, d'autres pouvaient dire l'heure. Il y en avait même un au zoo, en Équateur, qui lisait les pensées et savait faire des multiplications. Mais le sien n'était même pas fichu de dire bonjour le matin. C'était un âne. Le garçon rit en se vrillant la tempe.

Elle lui demanda pourquoi il ne le laissait pas partir. Il haussa les épaules et passa une brindille entre les barreaux de la cage. Parce qu'il aimait ses couleurs et parce qu'il avait mis un temps fou à l'attraper.

Ce soir-là, Frank se retrouva au bar du *Centro Cultural Carlos*

Fonseca à écluser des Cuba libre frappés en regardant la piste du haut du balcon.

La salle commençait à se remplir pour le bal du samedi soir. Les haut-parleurs diffusaient des flots de guitare que personne n'écoutait. Les jeunes, en groupes, discutaient, riaient et se parlaient à l'oreille. La salle impatiente bruissait du murmure des conversations. Il y flottait des relents de dentifrice, de bière et de parfums bon marché. Quelques policiers firent leur entrée dans l'indifférence générale. Ils se baladèrent dans la foule, embrassant les filles, serrant la main des garçons, tout en sirotant des bouteilles de rhum.

A neuf heures et demie tapantes, les lumières s'éteignirent et les projecteurs s'allumèrent. Smokes entra en scène sous les acclamations du public. Il s'inclina, s'installa à la batterie et approcha le micro.

– *¡ Buenas noches !* cria-t-il.

Il brandit sa bouteille de bière et en prit une gorgée. Il leva ses baguettes, les frappa l'une contre l'autre.

– *Uno, dos, tres, cuatro, vamos a bailar.* – Il donna un coup sur les cymbales : Whaouh ! lança-t-il dans le micro.

Il écrasa la pédale basse et attaqua un rythme endiablé. La foule enthousiaste se mit à danser, applaudissant en mesure.

Smokes martela son morceau quelques minutes. Guapo bondit en scène et brancha son ampli. Il se déchaîna dans un bref solo en dansant sur place. Des cris d'enthousiasme éclatèrent de nouveau pour saluer l'arrivée nonchalante de Lorenzo, cigarette aux lèvres et guitare en bandoulière. Il salua le public d'un geste et plaqua vigoureusement quelques accords. Il s'approcha des baffles provoquant un effet Larsen. Puis Cherry fit son apparition en saluant. On lui jeta un bouquet de roses. Elle envoya un baiser, remonta ses manches, se pencha sur son synthé qu'elle se mit à frapper avec entrain.

Les jeunes se déchaînèrent. Ils se prirent par l'épaule et sautèrent en cadence. Le parquet tremblait. Smokes fit rouler ses baguettes sur la grosse caisse. Lorenzo bondit, se saisit du micro et interpréta *Jailhouse Rock*.

Le son de la batterie roulait en écho dans la salle et ébranlait tout le bâtiment. La guitare de Lorenzo hurlait. La basse de

Guapo faisait vibrer l'estrade. Dans la salle, presque tout le monde dansait. Les filles portaient des jupes à volants, mi-longues, des corsages moulants et des rubans dans les cheveux. Les croix d'argent qu'elles avaient au cou renvoyaient des éclats de lumière. Les garçons étaient vêtus de jeans et de chemises aux couleurs vives. Ils ondulaient et se pavanaient en claquant des doigts et défaisaient leurs poignets de chemise et remontaient leurs manches. Il y en avait qui faisaient des rondes. D'autres qui dansaient avec les filles ; ils les balançaient, les soulevaient du sol et les faisaient tourner en les tenant à bout de bras.

Seul au fond de la salle, Frank commanda un autre rhum qu'il vida d'un trait avant de réclamer une demi-bouteille supplémentaire. Il promena son regard sur cette masse colorée et ondoyante mais il ne vit pas Eleanor. Il resta là à écouter les Desperados de Amor jusqu'à ce que sa bouteille soit pratiquement vide.

Tout semblait se fondre lentement dans un mélange de couleurs indistinct. Les jeunes dansaient par couples maintenant, des slows langoureux sous la boule du plafond. Il y en avait dans les coins sombres qui s'embrassaient passionnément en se serrant. Il repensa à ce que lui avait dit Guapo. Le lendemain ils partaient à la guerre ; ce soir ils se laissaient aller, ils faisaient leurs adieux. Il les regardait en se disant que, pour beaucoup d'entre eux, c'était la dernière fois qu'ils dansaient, qu'ils serraient une fille entre leurs bras ; la dernière fois qu'ils se saoulaient, qu'ils criaient de joie, qu'ils chahutaient avec leurs copains. La dernière fois qu'ils écoutaient du rock and roll, qu'ils embrassaient celles qu'ils aimaient ou celles qu'ils n'auraient pas dû aimer. Leur dernière nuit à Ocotal.

Il regarda la scène. Smokes au micro interprétait *Let It Be Me*. Il était trempé de sueur, les cheveux collés sur la tête. Il avait la chemise déboutonnée jusqu'au nombril et les yeux fermés. Cherry et Guapo chantaient à l'unisson, leurs bouches si rapprochées qu'ils avaient l'air de s'embrasser.

I bless the day I found you
And promise to stay around you
Now and for always

Just let it be me.
Don't ever leave me lonely
Promise you'll love me only
Now and for always
Please let it be me[1].

Frank était complètement ivre. Sa tête lourde tombait sur sa poitrine. Il ferma les yeux. Un chuintement lui emplit les oreilles, semblable au bruit des vagues se brisant sur le sable mouillé. Il essaya de retrouver à quoi ça lui faisait penser. Il vit un homme marcher sur la plage de Bray par un jour froid et ensoleillé, il portait un bébé dans les bras. Il revit les cabines de bain bleu pastel et les glaces à la vanille nappées de framboises. Il entendit le cri rauque des mouettes, le craquement des coquillages et des algues sèches sous les pas. Et il se souvint de l'histoire d'un roi qui avait tout donné pour avoir le paradis et qui l'avait vu fondre entre ses doigts.

Le gémissement de la guitare électrique jouant un solo déchirant de Chuck Berry le ramena à la conscience. Quand il rouvrit les yeux, Lorenzo était au micro, jambes écartées, remuant la tête, il braillait les paroles de *Roll Over Beethoven*.

–*¡Nos vamos, compañeros!* hurlait Smokes. Debout tout le monde et en piste.

Cherry frappait un tambourin et Guapo roucoulait dans le micro.

Mais les jeunes d'Ocotal ne suivaient plus le rythme. La musique était déchaînée et assourdissante, mais ils bougeaient à peine et certains d'entre eux s'étaient carrément arrêtés. Beaucoup étaient saouls. Il y en avait un ou deux qui se battaient. D'autres restaient là, au milieu de la piste, juste sous la boule miroitante, serrés les uns contre les autres, tête posée sur l'épaule de leur voisin. Ils pleuraient.

1. « Je bénis le jour où je t'ai rencontrée/Et je te jure fidélité/Maintenant et à jamais/Que ce soit toujours moi/Ne me laisse jamais seul/Promets que tu n'aimeras que moi/Maintenant et à jamais/Je t'en prie, que ce soit moi. »

37

UN CŒUR HUMAIN

Après le départ de sa femme, la vie de Frank changea rapidement. Il perdit le sommeil. Il se mit à avoir peur de l'obscurité. Il ne pouvait plus dormir sans lumière dans la chambre qu'il avait partagée avec elle. Il se réveillait en pleine nuit, effrayé par des cauchemars.

Son fils avait treize ans. Il changea très vite lui aussi. Il devint renfermé et cessa de parler à son père ; il lui arrivait de passer toute une soirée sans lui adresser la parole. Il se mit à porter du noir. Il n'acceptait plus de mettre que des vêtements noirs. C'est ce qui énervait le plus son père. « Tes saletés de vêtements noirs, revoilà le père Johnny Little. » Il disait que son fils ressemblait à un cadavre ou à un séminariste, mais ça ne faisait pas rire Johnny. Il restait assis devant la télévision, zappant d'une chaîne à l'autre, sans dire un mot.

Il encouragea son fils à ramener à la maison ses camarades d'école ; Johnny refusait, il ne pouvait pas les faire venir ici. Quand son père lui demandait pourquoi, il riait comme si pour lui la réponse était évidente, et bientôt il lui fut impossible de dire « ici » en parlant de la maison sans une moue de dédain.

Un jour, Frank reçut un coup de téléphone du supérieur de l'école. Le prêtre voulait savoir où était Johnny. Il n'était pas venu en cours. Est-ce qu'il était malade ? Est-ce qu'il y avait un problème à la maison ?

Ce soir-là Frank demanda des comptes à Johnny sur ce qu'il avait fait depuis le début du mois. Il voulait savoir la vérité. Pas question de punition, il voulait juste savoir. Johnny répondit qu'il s'était promené, qu'il avait pris le bus pour aller dans le centre, qu'il avait joué aux machines à sous dans les salles d'arcades sur les quais, qu'il avait traîné au Dandelion Market, au Botanical Gardens de Glasnevin, au bowling de Stillorgan. Il s'était disputé avec un de ses professeurs.

Son père rit. Il n'y avait rien de mal à faire un peu l'école buissonnière, mais les examens approchaient et il fallait y penser sérieusement. Il força son fils à retourner à l'école. Il lui fit promettre de lui en parler s'il avait le moindre problème. Aucun problème n'est insoluble tant qu'on est amis et qu'on ne se cache rien.

– Je n'ai jamais pu parler à mon père, dit Frank. Avec toi je veux que ce soit différent, tu comprends ?

Johnny approuvait sans rien dire.

Il retourna à l'école et tout sembla aller bien pendant un temps. Le professeur d'arts plastiques le trouvait très habile. Il aimait l'histoire et l'anglais. Il eut un bon bulletin au deuxième trimestre et se classa second au concours de rédaction. Il fut sélectionné pour participer à des débats. Et puis, un beau matin de mai, au petit déjeuner, il annonça à son père qu'il ne voulait plus aller à l'école.

– Fiston, t'as quatorze ans. D'après toi pourquoi est-ce que je suis au volant jour et nuit ? C'est parce que je veux pas que tu fasses le même boulot pourri.

– J'ai quinze ans, répondit Johnny. Je veux un boulot. Je veux aller à Londres et bosser dans un studio d'enregistrement. Tu devrais comprendre ça, toi qui dis toujours que t'as arrêté l'école quand t'avais trois ans.

– J'avais treize ans et ce n'était pas la même chose, mon gars, l'époque était différente.

– C'est drôle comme ce qui était bon pour toi ne l'est pas pour moi.

– Ne me parle pas comme ça, Johnny. Maintenant que ta mère est partie, il faut qu'on se serre les coudes.

– C'est marrant comme tout était super quand tu vivais dans Francis Street.

– Seigneur, mais qu'est-ce qui te passe par la tête, ces temps-ci ? Ta mère te manque, c'est ça ?

– Non, je m'en fous. Mais, putain, en ce moment y a tout qui déconne.

– Ne me parle pas comme ça, Johnny. N'emploie pas ce langage avec moi.

– Ah bon. Toi tu le fais bien. Je suis bien placé pour le savoir.

– Bon, ça suffit. Fais comme je dis, pas comme je fais.

A partir de ce moment-là, Johnny et Frank commencèrent à se disputer. Il insultait son père pour l'énerver. Il volait de l'argent dans ses poches et ensuite faisait l'innocent. Il partait tout un week-end sans un mot d'explication. Le supérieur rappela. Il allait devoir le renvoyer s'il ne se montrait pas plus assidu.

Frank arrêta le travail de nuit pour passer les soirées avec son fils. Ils apprirent tous les deux à faire la cuisine. Des choses simples : des lasagnes, des ragoûts, des spaghettis à la carbonara. Il l'emmena en voiture à l'école comme quand il était petit. Il attendait devant la porte pour être bien sûr qu'il ne ressorte pas. Il restait un quart d'heure et filait au travail.

Pour ses seize ans, Johnny demanda une guitare électrique. Frank l'emmena chez *McCullough Piggot*, Suffolk Street, et ils choisirent ce qu'il y avait de plus cher, une Gibson Les Paul. Les copains de son fils rappliquèrent tous les soirs à la maison. Ils avaient tous des guitares. Certains étaient plus vieux que Johnny et n'avaient pas l'air très recommandable. Eux aussi s'habillaient en noir, il y en avait même un qui portait un collier de chien. Frank se dit que c'étaient des petits-bourgeois en pleine crise d'adolescence et que de toute façon il n'y avait pas de mal à faire de la musique. Ils restaient des heures dans le salon à gratter leurs guitares, toujours les trois mêmes accords, mais Johnny avait l'air content. A Noël, Frank lui acheta un ampli Marshall.

– Putain ! s'exclama Johnny, quand il vit son cadeau. Joyeux Noël, Pa.

Il serra son père dans ses bras. C'était la première fois depuis deux ans.

Pourtant Frank n'était pas heureux. Il dormait mal, il était tout le temps fatigué. Il se sentait déprimé et inquiet, toujours sous l'emprise d'une vague terreur qu'il ne comprenait pas. Au travail, les affaires commencèrent à aller mal. Pire, il devint négligent. Il se levait au milieu de la nuit, l'idée de la mort l'obsédait. Il s'efforça de dissimuler tout cela à son fils, mais parfois il craquait. Et même si Johnny était plus agréable à vivre, il lui arrivait de l'engueuler pour des trucs sans importance. Il consulta un médecin qui lui prescrivit des antidépresseurs.

Il reprit le travail de nuit. Il commençait vers sept ou huit heures quand les gens sortent. Les autres chauffeurs ne comprenaient pas : il était le seul patron dans tout Dublin à rouler la nuit. Mais Frank Little travaillait jusqu'à deux ou trois heures du matin jusqu'à la fermeture des night-clubs de Leeson Street. Puis il allait prendre un café au *Manhattan*, à Rathmines, au *Gigs Place* ou dans des rades minables du nord, ouverts toute la nuit, pleins de pochards, de prostituées et de flics en civil. Frank rentrait quand le jour se levait. C'était le seul moment où il se sentait bien, seul dans les rues désertes. A la maison, il se faisait du thé, parfois il regardait une cassette. Il se couchait à cinq ou six heures, complètement épuisé. Il s'endormait facilement parce qu'il n'avait plus à redouter le noir. A huit heures et demie ou neuf heures, il était réveillé par le bruit de la circulation, il se levait en titubant, se lavait, réveillait son fils et l'aidait à se préparer. Puis il l'emmenait à l'école et reprenait son taxi.

Un matin, il transporta un cœur humain de l'aéroport de Dublin au Saint Vincent's Hospital dans Elm Park, où un jeune homme à l'article de la mort attendait une greffe. Il fonça à travers la ville, précédé d'un motard. Il était obsédé par le cœur posé sur la banquette arrière. Il se demandait ce qui se passerait s'il arrêtait la voiture et s'il ouvrait ce cœur avec un couteau. Il se demandait s'il lui apporterait des révélations sur les gens et leur vraie nature.

A dix heures, il rentrait se recoucher. Il dormait jusqu'à deux ou trois heures de l'après-midi et se réveillait abruti de fatigue, les poumons encrassés de nicotine. Il se rasait, prenait une bonne douche et à quatre heures il retournait à l'école chercher son fils, le ramenait à la maison, lui préparait le dîner, regardait la télé une heure ou deux, s'assurait que Johnny faisait bien ses devoirs et repartait travailler.

Un jour de 1979, un des chauffeurs frappa à la porte du bureau de Frank. Il dit qu'il ne voulait pas se mêler de ce qui ne le regardait pas mais qu'on racontait des choses et qu'il valait mieux qu'il soit au courant. Une semaine auparavant, un des chauffeurs avait dû se rendre au *McGonagles Night Club*, dans Anne Street, à trois heures du matin. On venait d'y donner un concert punk. Johnny s'y trouvait, complètement ivre. Le chauffeur l'avait reconnu, sans aucun doute possible. Il y avait eu une bagarre et la police était intervenue. C'était pas ses oignons, avait dit le chauffeur, mais il pensait que c'était mieux que Frank le sache. Lui aussi avait des fils. Et à seize ans c'était pas une heure pour traîner dans la rue.

Frank en parla à son fils et ils se disputèrent. Johnny reconnut qu'il était resté en ville toute la nuit et qu'il était rentré discrètement avant le retour de son père. Frank l'avertit qu'il n'hésiterait pas à lui interdire toute sortie s'il le fallait. Il confisqua la guitare de Johnny et l'enferma à double tour dans l'ancienne chambre d'Eleanor.

Ils se disputaient pratiquement tous les jours. Et il y avait des moments où Frank ne se contenait plus. Un matin ils s'attrapèrent avec un malin plaisir sur la façon de faire cuire un œuf. Frank le gifla violemment. Johnny quitta la maison et découcha pendant trois nuits. Frank était malade d'inquiétude. Quand Johnny rentra, il le serra dans ses bras et ils décidèrent de repartir à zéro.

Peu de temps après, un après-midi, Frank reçut un coup de téléphone de la police. On venait d'arrêter son fils chez *Switzer* pour avoir volé une bougie de Noël. Il fonça au commissariat de Pearse Street et trouva son fils en cellule. Johnny tenta de se justifier en disant qu'il voulait offrir la bougie à sa mère.

De retour à la maison, il le traîna dans la cuisine et le battit. Johnny était fou de rage. Il tint tête à son père, le frappa et menaça de lui casser la gueule. Ils s'empoignèrent et luttèrent dans la cuisine. La bagarre dura jusque tard dans la nuit.

Le lendemain ils se rendirent ensemble au tribunal pour enfants. Le magistrat dit à Frank qu'il devait promettre d'être un père responsable sinon son fils lui serait retiré et placé. Johnny Little était sur une pente très dangereuse. Dans un an il serait majeur. Dans un an il risquait la prison.

Une fois encore ils essayèrent de se rabibocher. Chacun promit d'y mettre du sien. Frank lui rendit sa guitare. Il lui donna l'autorisation de jouer dans un groupe même si ça devait l'obliger à passer une partie de ses nuits dehors en semaine, à condition que Johnny dise toujours la vérité. Celui-ci accepta. Frank lui acheta une nouvelle chaîne stéréo.

Frank essaya de refaire sa vie. Il pensa que la présence d'une femme à la maison ferait du bien à Johnny. Le samedi soir, il se rasait, s'aspergeait de lotion et allait dans un de ces hôtels dont le bar servait de lieu de ralliement aux gens entre deux âges. Il était taxi. Un taxi connaît les petits secrets d'une ville, là où on pouvait boire après l'heure légale, où on pouvait embaucher un tueur à gages, où les gens comme lui étaient susceptibles de se rencontrer.

Mais il ne savait pas s'y prendre avec les femmes. Elles le mettaient mal à l'aise. Il n'aimait pas le disco. Il trouvait ridicule à son âge de danser sur ce genre de musique. Il avait fait une ou deux rencontres intéressantes mais, au bout de dix minutes, il ne savait plus quoi dire. Un soir, il dansa avec une femme qui s'appelait Rita, et elle lui demanda de la raccompagner à Raheny. Il la fit attendre le temps d'aller aux toilettes se passer de l'eau froide sur la figure. Il resta une dizaine de minutes dans une des cabines à fixer un graffiti qui disait : *FUCKING UP THE IRA*, avant de se dire que ce n'était pas possible. Il se glissa discrètement sur le parking, monta dans sa voiture sans même lui dire au revoir.

Johnny se fit encore remarquer à l'école et fut renvoyé un mois. Alors que Johnny venait de reprendre ses cours, Frank le surprit un soir en train de fumer un joint. Il le flanqua à la porte. Quand il rentra le lendemain, Frank ne lui demanda pas où il avait passé la nuit. Johnny se dégota une petite amie plus âgée que lui, pas du tout du goût de Frank. Il traînait dans la maison, affichant toujours le même air renfrogné. Il sortait tous les soirs, la guitare sous le bras, en refusant de dire où il allait.

Frank essayait de dormir, la lumière allumée, la radio en sourdine, attendant le retour de Johnny. Toute la nuit, il écoutait les commentaires sportifs ou les informations internationales à la BBC. On y parlait de guerres, de désastres et de tremblements de terre dans des pays lointains aux noms exotiques où il était sûr de ne jamais aller. Il se demandait s'il vivrait seul le restant de ses jours.

Il se remit à sortir la nuit parce qu'il ne supportait plus la solitude. Il savait qu'il avait tort, qu'il aurait mieux fait de rester à la maison à attendre son fils, mais il n'en pouvait plus. Il faisait n'importe quoi pour éviter de se retrouver seul dans cette maison hantée par les souvenirs. Il téléphonait à des amis qu'il n'avait pas vus depuis des années. Il parlait à des gens qu'il n'aimait pas et passait des soirées entières avec eux dans des pubs enfumés. Ils voulaient tous savoir ce qui s'était passé entre Eleanor et lui. Il rentrait saoul et à peine la porte fermée, il se sentait cruellement seul, comme s'il n'avait parlé à personne depuis une éternité.

Il arrêta la natation, prit du poids, se laissa aller et força sur le whisky. Il avalait du Valium et du Mandrax. Son médecin lui prescrivit des antidépresseurs plus puissants. Une nuit qu'il n'en pouvait plus, il se rendit dans les ruelles derrière Mount Street. Il savait qu'il y trouverait des prostituées. Il resta près de deux heures, assis au volant, tremblant d'appréhension, essayant de trouver le courage de sonner à l'une des portes.

Il ne se lavait plus tous les jours. Il gardait ses vêtements sales jusqu'à ce qu'ils puent. Ça faisait rire les chauffeurs. Quand il sortait du bureau, ils se pinçaient le nez. Certains soirs, Frank roulait jusqu'à Sandymount Strand et regardait la mer, priant le Seigneur de lui donner le courage de plonger avec sa voiture et de se noyer. Frank en était arrivé à penser à ce genre de choses qu'il n'aurait même pas imaginées auparavant.

Un jour de 1980, son fils rentra saoul à la maison avec une crête de Mohican sur la tête et un cœur brisé tatoué au poignet. Frank devint fou en voyant sa coupe de cheveux. Ils se battirent comme des chiffonniers. Il frappa son fils au visage et Johnny menaça de le tuer. Il lui dit que c'était sa faute si sa mère était partie. Il hurlait comme un dément. Il prit un verre et le lança contre le mur. Frank se mit à pleurer.

– Espèce de petit salaud, pourquoi tu me fais tant de mal, cria-t-il dans un sanglot.

Johnny s'excusa mais Frank le rembarra.

– Retourne chez ta mère, espèce de saloperie, si tu l'aimes tellement. Tu es comme elle de toute façon. Va la rejoindre et fous-moi la paix.

Plus tard ce soir-là, Johnny frappa à la porte de sa chambre. Il entra et se jeta dans ses bras en s'excusant. Frank le serra contre lui, et tous deux pleurèrent à chaudes larmes.

A partir de ce moment-là, Johnny resta à la maison. Il préparait les repas pour son père. Et chaque fois qu'il donnait un concert, il insistait pour que Frank les accompagne. Il alla les voir – les Bitter Pills – au *Project Arts Centre*, au *Baggot Inn*, au *Magnet Bar*, dans Pearse Street. Ils passaient en première partie des Bogey Boys, de New Versions, du Brush Shiels Band et des Radiators from Space. Une fois même de U2. Frank adorait regarder son fils danser sur la scène même s'il ne comprenait rien à cette musique violente dont les décibels lui perçaient les tympans. Il aimait fréquenter les copains de Johnny, discuter avec eux, il raffolait de leur enthousiasme et de leur insouciance. Il allait un peu mieux et recommença à soigner son apparence. Il reprit la natation, il allait toujours à la piscine chauffée de l'hôtel *Fitzpatrick Castle*, à Killiney.

Un soir d'été, il roulait dans Dawson Street sous une violente averse de grêle, quand une femme lui fit signe devant Mansion House. Ils bavardèrent. Elle avait la quarantaine, était veuve et avait une fille mariée à un vétérinaire qui vivait en Australie. Elle travaillait chez *Kenny's Shoe*, dans Grafton Street. Frank apprécia tout de suite cette Dublinoise souriante, le son de sa voix, sa gentillesse et sa chaleur. Il la conduisit à Churchtown et, quand elle descendit il lui demanda si ça lui plairait de venir prendre un verre avec lui quand elle aurait le temps. Pourquoi pas, répondit-elle, avec plaisir.

Le soir même il parla à son fils de Veronica Grady. Il espérait que ça ne l'embêtait pas. Johnny le rassura dans un grand éclat de rire. Le samedi, ils allèrent en ville tous les deux et Johnny aida son père à choisir un nouveau costume et deux cravates dans un magasin branché, *Alias Tom*. Les cravates étaient un peu voyantes au goût de Frank mais son fils insista : « Laisse-toi aller, Pa. » Il fallait qu'il soit à son avantage, qu'il fasse bonne impression dès le premier rendez-vous.

Il emmena Veronica dîner au *Grey Door*, dans Pembroke Street, et ils bavardèrent en tête à tête si longtemps qu'ils furent les derniers à sortir. Le samedi suivant, ils allèrent à l'opéra voir *Evita*. Ils allèrent écouter les Bitter Pills à un concert en plein air à Blackrock Park. Le jour de la Saint Stephen, le 26 décembre, ils se rendirent aux courses à Leopardstown. Frank appréciait beaucoup la compagnie de cette femme. Avec elle, il redevenait humain. Il se sentait de nouveau un homme.

Trois mois après, Frank et Veronica prirent la décision de vivre ensemble. Cela se fit tout naturellement. Elle voulait une relation durable. Bien sûr, ils partageaient des moments très agréables, mais elle s'était profondément attachée à lui, et elle n'avait plus vingt ans. Ce fut tout à fait du goût de Frank. Lui aussi recherchait quelque chose de stable. Il envisagea la possibilité de vendre sa maison pour venir s'installer chez elle. Ils se demandèrent si c'était ce qu'il y avait de mieux à faire. Parfois, quand il lui arrivait de penser à Eleanor, un sentiment de culpabilité l'envahissait. Il en parlait avec Veronica, elle se montrait toujours très compréhensive. Jamais une parole de trop. Une fois qu'ils se firent totalement confiance, elle lui avoua qu'elle pouvait tout supporter. Il en vint à se dire qu'il n'aurait plus aucun secret pour elle. Cela finissait par arriver avec l'âge. Les jeunes avaient la bouche pleine du mot franchise, mais il n'y avait que l'expérience qui permettait de savoir ce que c'était. Lorsqu'il lui fit part de ses réflexions, elle trouva ça très drôle. Eleanor le tracassait mais elle ne lui avait jamais téléphoné après tout. Elle avait probablement refait sa vie avec quelqu'un d'autre. Frank se mit sérieusement à penser à l'avenir. Il en fut métamorphosé. Il se sentait fou de joie à l'idée de ne plus avoir à mener une vie où tous les jours étaient identiques.

Ce n'était pas aussi merveilleux que de retrouver la jeunesse, mais presque. Finalement, ils décidèrent que la meilleure solution était qu'elle vienne s'installer chez Frank.

Johnny ne s'entendit jamais très bien avec Veronica. Elle était très arrangeante avec lui et ne se souciait pas de savoir où il allait ni ce qu'il faisait. Elle disait qu'il était assez grand pour en décider lui-même et, avec le temps, Johnny sembla lui reprocher cette attitude. Aussi bizarre que ça puisse paraître, Frank remarqua que son fils semblait désirer qu'elle se mette en colère quand il rentrait tard ou qu'il jurait. Johnny se mit à envoyer des piques à Veronica. Si elle répliquait, il quittait aussitôt la pièce. Bientôt, à la moindre critique, il montait dans sa chambre, prenait quelques affaires et s'en allait. Plusieurs fois, Frank et Veronica partirent la nuit à sa recherche en voiture dans les rues de Dublin. Veronica s'efforça de se montrer patiente mais elle disait parfois à Frank qu'il serait peut-être préférable qu'elle ne reste pas habiter avec eux. Elle n'était pas la mère de Johnny et ne le serait jamais. C'était trop lui demander. Certains soirs, il devait la supplier de rester. Elle répondait qu'elle ne tenait pas à partir mais qu'il fallait absolument faire quelque chose pour Johnny.

Frank eut de violentes querelles avec son fils. Il lui dit qu'il aimait Veronica et ne voulait pas qu'on lui empoisonne la vie. Il lui demanda s'il voulait rester vivre avec eux ou s'il préférait rejoindre sa mère en Angleterre. Johnny avait alors dix-sept ans. Il ne voulait vivre avec personne. Il haïssait autant son père que sa mère.

– Vous me faites chier, hurla-t-il. Tous les deux vous me faites chier. Vous ne vous êtes jamais occupés de moi.

Frank, ce soir-là, mit son fils à la porte en lui disant de ne jamais remettre les pieds à la maison.

Quelques jours après le départ de Johnny, le téléphone sonna. C'était Eleanor. Elle était de retour en Irlande et habitait chez sa sœur à Chapelizod. Elle était au courant pour Veronica et, de toute façon, elle n'avait pas l'intention de revenir vivre avec Frank. Il proposa qu'ils se rencontrent, elle refusa. Il aurait bien aimé s'expliquer à propos de Veronica. Elle lui souhaita bonne chance et ajouta que ses explications ne l'intéressaient pas. Ils se parlèrent pendant près d'une heure, complètement désemparés. Ils se demandaient quelle erreur ils avaient bien pu commettre. Ils dirent tout ce qu'on dit quand on cesse de s'aimer. Ils avaient fait des efforts. Ils avaient fait tout ce qu'il fallait. Mais Frank et Eleanor avaient vu leur amour disparaître, comme cela arrive parfois, de manière presque imperceptible, quand la chance ne vous sourit plus et que les beaux rêves laissent la place à de banales habitudes.

Johnny revint passer une semaine chez son père. Une fois de plus, Veronica et lui passèrent leur temps à se disputer, et il annonça qu'il allait vivre chez sa mère. Il était désolé pour Frank, mais il pensait que s'il apprenait à mieux connaître sa mère, les choses s'arrangeraient. Frank dit qu'il comprenait. Ils prirent la résolution de se voir tous les samedis matin.

Parfois, Johnny était fidèle au rendez-vous, mais il lui arrivait de ne pas venir. Frank attendait des heures, assis au volant sur le parking de l'hôtel *Victor*, avant de retrouver Veronica. Certains samedis il était si bouleversé qu'il ne rentrait pas. Il passait l'après-midi au cinéma, regardant le film deux fois de suite pour tuer le temps. Quelquefois il roulait tout seul dans la campagne. Il allait jusqu'à Glendalough et se promenait au bord des lacs. Il poussait parfois jusqu'à Poulaphouca, Greystones, Delgany, Avondale, tous les lieux où il était allé avec Eleanor avant leur mariage. A son retour, il mentait à Veronica et lui racontait des histoires sur ce qu'il avait fait avec Johnny, prétendant qu'ils s'entendaient comme larrons en foire. Il mentait parce qu'il était bouleversé et qu'il ne supportait plus sa pitié.

Puis la situation connut une embellie. Johnny voyait son père plus souvent. Ils firent des balades en voiture et des marches dans la campagne. Ils allèrent au théâtre en matinée. Johnny était maintenant en terminale. Ça marchait bien avec ses professeurs, et il avait de bons camarades. La vie avec sa mère était loin de lui déplaire. C'était bien d'avoir une chance et de pouvoir la saisir. Il envisageait d'aller à l'université, pour faire du droit.

En fait, ses études ne se déroulaient pas aussi bien qu'il le disait. Frank lui paya des cours particuliers dans une école privée de Leeson Street. Il lui fit promettre d'essayer d'entrer à l'université et lui dit que s'il y parvenait il lui paierait un voyage en Amérique.

Johnny fut reçu au bac et décrocha une inscription en lettres à l'université de Dublin. Le soir des résultats, Frank proposa de l'emmener dîner avec Veronica au *Guinea Pig*, un bon restaurant de Dalkey. Johnny arriva très en retard, fin saoul et accompagné d'une fille pas aimable qui avait une minijupe et du rouge à lèvres noir. Il n'adressa pas la parole à Veronica. Il fit comme si elle n'existait pas. Quand son père lui demanda de ne pas fumer entre les plats, il se leva de table en jurant et quitta le restaurant avec la fille. Ils restèrent trois mois sans se voir.

Et puis un soir, à la fin de l'été 1982, Johnny sonna à la porte et annonça qu'il était parti de chez sa mère. Ça faisait des mois que ça ne marchait pas. Il n'y avait pas un jour où ils ne s'étaient pas disputés. Sa mère ne le comprenait pas. D'ailleurs, personne ne le comprenait.

Ils poursuivirent la conversation au pub *Bowes* près de D'Olier Street. Johnny avait pleuré et il était tout retourné. A la fermeture du pub, il rentra avec Frank et resta chez eux une semaine. Son père se débrouilla pour lui trouver un appartement dans un immeuble moderne près de l'université et lui dit qu'il paierait le loyer.

Johnny débuta ses cours en faculté au mois d'octobre. Ça lui plaisait mais il n'arrivait pas à choisir ses options. Il commença par anglais et histoire, puis passa en philosophie et sciences politiques. Après Noël, il changea encore une fois, pour la sociologie. Il s'engagea dans le syndicalisme étudiant. Il fut même arrêté pour avoir occupé le bureau du ministre de l'Éducation. Il échoua à ses examens et les repassa à l'automne. De nouveau il échoua.

Le soir où il annonça la nouvelle à son père, il y eut une violente dispute. Frank lui demanda ce qu'il comptait faire de sa vie, le traita de sale gamin trop gâté, lui dit qu'il était égoïste et lâche, qu'il n'arrêtait pas de ressasser son passé parce que c'était la solution de facilité.

Johnny répondit que tout ça n'avait plus d'importance. Il allait partir au Nicaragua récolter le café. Tout le monde en parlait, lui allait le faire pour de bon. Il serait de retour dans trois mois et il allait s'organiser, mais sans l'aide de son père. Il allait vivre désormais sans ses parents. On était en septembre 1983. Johnny avait décidé de rompre les ponts.

38

DESPERADOS

Frank se réveilla avec une gueule de bois carabinée. Il s'était couché tout habillé. Il n'avait retiré que sa chaussure droite qui se balançait au bout de son lacet pas dénoué, accrochée au dossier de la chaise. Le ventilateur au plafond tournait, clic, clic, clic. Une de ses pales était cassée. Une bouteille de rhum vide posée sur le buffet dissimulait à sa vue une saint-sulpicerie sanguinolente du Sacré-Cœur. Il s'humecta les lèvres et toussa. Quand il essaya de s'asseoir la douleur qui lui déchira la tête fut si vive qu'il se laissa retomber en grognant. Il ne se souvenait de rien, ni de son retour à l'hospedaje, ni de la manière dont il avait réussi à se mettre au lit. Une volée de cloche traversa les volets blancs. Des hymnes montèrent. On était dimanche matin.

Les tempes serrées entre les mains, il s'assit. La chambre vacilla. Il se leva, se dirigea avec mille précautions jusqu'à la fenêtre et rabattit les volets mal huilés. La lumière argentée lui lacéra la vue, une brise chaude apporta du jardin le parfum des plantes aromatiques. Il crut qu'il allait vomir. Il baissa la tête, les sourcils trempés de sueur. Un goût âcre lui emplit la bouche. La menace finit par s'estomper. Les chants s'élevaient beaucoup plus distinctement de la petite église blanche au bas de la colline. Il reconnut vaguement l'air mais pas les paroles.

En bas, dans la salle où on servait le petit déjeuner, Smokes était de mauvaise humeur. Cherry lui faisait toujours la gueule.

Elle ne lui avait pas dit un seul mot depuis leur départ d'Estelí. Quand il s'était blotti contre elle au milieu de la nuit et qu'il avait voulu lui saisir les seins, elle l'avait brutalement repoussé et s'était retranchée derrière deux traversins qu'elle avait glissés entre eux. Elle était partie se promener juste après s'être levée. Il avait bien essayé de lui parler, de s'excuser : peine perdue. Elle sortait faire un tour. Un point c'est tout. Quand une femme était furax contre vous, ça se voyait comme le nez au milieu de la figure. Il lui prenait une soudaine envie de se balader. Tout ça pour vous faire marcher.

Il leva les yeux et vit Frank entrer. On aurait juré un mort tout juste sorti du tombeau. Il était pâle comme un linge, ses mains tremblaient. Il s'assit sans un mot et se servit une tasse de café. Il alluma une cigarette. Il regardait la fenêtre, secouant ses cendres sur le sol.

– Seigneur ! Franklin. T'as vu ta tête ? Bonjour la gerbe ! T'aurais mieux fait de mettre la pédale douce sur le tord-boyaux local.

Frank se prit la tête dans les mains.

– T'as pas tort. J'ai la tête dans le cul.

Smokes croisa son regard.

– Ça va passer, Franklin, accroche-toi !

La serveuse apporta des petits pains, du jus de pamplemousse et du café. Frank se commanda un avocat. Il serrait ses tempes entre ses doigts écartés. Sa poitrine lui faisait mal.

– Ouais, t'as raison, ça ira mieux dans un petit moment.

Une fois servis, ils baissèrent la tête et se mirent à dévorer en silence. Ils écoutaient les chants qui leur parvenaient, assourdis, de la petite église.

Assise au dernier rang de l'église San Felipe del Norte, Eleanor ne se sentait vraiment pas bien. Des crampes lui tordaient l'estomac et elle avait la migraine. Elle s'agenouilla, inclina la tête. Les crampes la travaillaient. Elle joignit les mains et entendit un bébé pleurer. Le prêtre s'approcha de l'autel. « *El cuerpo de Cristo* », et l'enfant de chœur agita une clochette. L'église résonnait des cris du bébé. Le prêtre éleva l'hostie et la mangea.

Il essuya le bord du calice avec un linge blanc, l'éleva : « *La sangre de Cristo.* » Il but le vin. La clochette tinta de nouveau. Les fidèles se relevèrent. Le vieil orgue poussif se mit à jouer laborieusement. Le prêtre battait la mesure et chantait d'une belle voix de ténor. Il était arrivé à l'église en moto, vêtu d'un pantalon de cuir serré ; sous le porche, il avait accueilli ses ouailles, le casque sous le bras. Eleanor le trouvait très beau avec son sourcil légèrement relevé en accent aigu. Il avait les cheveux bruns et des ongles parfaitement soignés. Ses yeux étaient des olives noires, sa bouche terriblement sensuelle. Elle aurait sauté à l'arrière de sa moto, sans une seconde d'hésitation, pour foncer avec lui dans la montagne. Il en aurait pour son argent. Elle baissa la tête, rouge de confusion, elle aurait tellement voulu que ce mal au ventre cesse de la tenailler.

Derrière la petite église, Cherry Balducci faisait le tour du marché. Il était encore tôt, il faisait frais, tout était calme. L'air embaumait le feuillage humide. Deux jeunes gars en *camisas* de soie vendaient des bijoux, des petites boîtes en forme de cœur, des bibelots en bois, des orchidées cristallisées et des coquillages roses. Ils bavardaient tranquillement. Quand ils aperçurent Cherry, il lui firent signe en souriant. L'un d'eux se précipita.

– Eh, ma jolie, tu es très belle aujourd'hui. Tu veux acheter quelque chose ?

– Non, je regarde seulement.

Il claqua des doigts, l'air subitement tout excité.

– *¡ Mira !* Tu jouais le rock and roll, hier soir. *Muy linda.*

– Ouais.

– *Roll Over Beethoven. ¿ Verdad?*

– Ouais, t'oublieras pas d'en parler à Tchaïkovski.

Il porta les mains à sa poitrine.

– *Linda amorcita*, une si belle musique. Une si belle femme. Tu brises mon cœur si tu pars. Ne me quitte pas. Ne t'en va jamais. J'ai des couleurs pour tes jolis cheveux, j'ai des bagues pour tes doigts.

Il prit une poignée de rubans bleus et rouges et les caressa.

– Très beaux, soupira-t-il, comme tes yeux, amor.

– Ouais, t'as raison, mais il faut que j'y aille.

– *No, no. ¿Por qué, amor?* Où toi aller ? Tu veux faire un tour ? Je t'emmène, *chiquita.* J'ai une voiture grande toute noire. Faire un tour dans mon automobile ? *¿ Verdad?*

– *Me voy a Corinto*, dit-elle en riant.

Le jeune homme fit la grimace.

– Très mauvais là-bas. Très mauvais pour les jolies dames. Tu restes avec moi ici. On ira au *lago* dans ma voiture. C'est très beau. Pourquoi toi aller à Corinto ?

Elle regarda l'étalage et effleura les coquillages couleur chair, sentant leur fraîcheur sous sa paume.

– Pour chercher un de mes amis. Un mec qui a disparu.

Le jeune homme continuait à sourire mais son air s'était assombri. Il fit un signe à Cherry, jeta un coup d'œil par-dessus son épaule en se mordant les lèvres. Son regard inquiet balaya les allées du marché et discrètement lui demanda d'approcher.

– *Amor*, tu veux parler au prêtre ? Pas beaucoup de choses à Corinto que lui ne pas savoir.

– Le prêtre ?

Il hocha la tête, soudain sérieux.

– D'accord.

Il revint s'asseoir derrière son étal et prit son ami par l'épaule en gémissant.

– *Oh, Jaime, mi hermano.* Elle être si jolie. *Ay, chiquita, te quiero con toda mi alma.* Ne pars pas. Tu brises mon cœur en petits morceaux. – Il lui décocha un clin d'œil et d'un mouvement de tête lui fit signe de s'éloigner : Oh, jolie fille marchant dans la rue, je t'embrasse, je te fais l'amour, tu me laisses tout seul et je pleure.

Elle sourit, tourna les talons et partit vers l'hospedaje.

Dans la minuscule salle de bains bleue de l'hospedaje *Fidelma*, Lorenzo était sous la douche. Il ouvrit le robinet rouillé et l'eau se mit à couler goutte à goutte. Il tâtonna pour trouver le savon, se tourna, cambré. Il se savonna la poitrine, le cou et sous les bras. Il chantait.

Amazing grace, how sweet the sound
That saved a wretch like me.
I once was lost, but now am found,
Was blind, but now I see.

La chaleur de l'eau tombant sur son crâne chauve le fit crier. Il se frotta le dos et entre les jambes. Il chanta plus fort, attentif à sa voix.

Twas grace that brought my heart to fear
And grace my fear relieved.
Oh, how precious did that grace appear,
The hour I first believed[1].

Au bout du couloir dans la chambre déjà chaude, Guapo roula sur le côté et caressa le bras de la fille. Elle ouvrit les yeux et lui sourit. Il l'embrassa dans le cou. Elle lui cacha le visage de ses mains, puis elle glissa sa langue entre ses lèvres. Elle posa sa tête sur sa poitrine et lui passa les doigts dans les cheveux. Elle soupira, sortit du lit et s'étira. Il lui dit qu'elle était la plus belle femme qu'il ait jamais vue. Elle ouvrit grands les yeux d'incrédulité, saisit le drap encore tiède et s'enveloppa dedans. Elle s'approcha de la fenêtre.

Elle ouvrit les volets et se pencha pour regarder. Une odeur de pin et d'orchidée envahit la chambre. Guapo derrière elle lui prit la taille entre ses bras musclés. Elle se retourna et l'embrassa fougueusement sur la bouche. Le drap tomba. Leurs corps se touchèrent. Il lui caressa les épaules et lui dit qu'elle était très belle.

– *Mentiroso.*

– *Oh, sí, sí. Muy, muy bonita.*

Il s'agenouilla, lui embrassa les cuisses. Elle s'appuya contre le rebord brûlant de la fenêtre, les yeux fermés, et saisit à pleines mains son épaisse chevelure noire.

1. « Oh, grâce mystérieuse, qu'elle est douce la voix/Qui m'a tiré du péché/J'étais perdu, je suis sauvé/J'étais aveugle et maintenant je vois.

« Tu m'as plongé dans la terreur/Et c'est toi qui m'as délivré/Cette grâce a empli mon cœur/Dès l'instant où je l'ai trouvée. »

Eleanor revint de la messe. Frank était dans un état épouvantable. Les rideaux tirés, plongés dans la pénombre de la petite salle à manger minable, il lisait un livre de poche. Des relents de friture traînaient. Sur la toile cirée, le cendrier débordait de mégots. Il lui jeta un coup d'œil confiant.

– Eleanor, il faut que je te parle.

– Je n'en ai pas très envie, Frank.

– S'il te plaît, Lea, c'est important. Tu ne veux pas t'asseoir ?

Elle resta debout.

– Qu'est-ce qui est si important tout à coup ?

Un rayon de soleil se glissa à travers les rideaux découpant un losange orangé sur le tapis élimé.

– C'est Guapo qui m'a parlé de cette fille à Corinto. Il dit que Smokes a tort. Avec Johnny c'était du sérieux. Elle s'appelle Pilár.

Eleanor garda le silence. Il plissa les yeux, s'efforçant de distinguer quelque chose dans la lumière ambrée.

– Je pensais qu'on devrait peut-être essayer de la retrouver, Lea. Guapo dit qu'elle travaille dans une glaceria qui porte le nom d'Elvis, t'imagines ! Qu'est-ce que tu en penses ?

– Frank, tu fais ce que tu veux.

Elle sortit, Smokes qui entrait faillit la bousculer. Il portait des cymbales et un support de batterie. Il la suivit du regard et s'assit en soufflant.

– *Yo, Franklin. ¿ Qué pasa?*

Frank porta la main à son front.

– Guapo m'a parlé un peu de cette fille, Pilár. Il affirme que c'était pas de la rigolade. Plutôt le genre promenade au clair de lune et bouquets de roses. Tu m'as bien parlé d'une fille qui s'appelait Pilár, la semaine dernière à Managua ?

– J'ai dit qu'il pourrait s'agir de Pilár, Franklin. Je ne suis pas sûr.

– Guapo, lui, en est sûr.

Smokes prit une fourchette et se mit à frapper doucement la cymbale.

– Fais-moi confiance mon vieux. Tout ce que raconte ce mec, c'est du pipeau.

– Arrête de faire ce bruit. Ou tu risques de finir à l'hôpital pour te faire retirer cette putain de fourchette.

Ils sortirent d'Ocotal, descendirent la montagne et traversèrent la plaine sablonneuse. La camionnette roulait doucement. La route n'était qu'un tourbillon de poussière rouge sous le ciel bleu argent. Ils croisèrent des Indiens qui se rendaient en ville. Ils marchaient les uns derrière les autres, le dos courbé sous le poids des ballots de couvertures artisanales et des piles de chapeaux de paille.

Ils revinrent à Somoto et prirent à l'ouest en direction de la petite ville fantôme d'El Espino. Ils parcoururent lentement les rues jonchées d'ordures sans rencontrer personne d'autre qu'un troupeau de moutons à poil long. Une bâtisse en bois branlante se dressa devant eux, c'étaient les ruines de l'hôtel *Almeria* avec ses fenêtres cassées et ses portes à moitié dégondées. Un peu plus loin, sur la piste déserte d'une station-service abandonnée, un panneau Shell se balançait au bout d'une chaîne rouillée. Les renards et les lézards, affolés par le vacarme de Claudette, détalaient. Une église incendiée découvrait ses chevrons noircis et ses solives qui menaçaient de s'effondrer. Au bord de la rue, tout à côté de l'église, une grotte en marbre abritait une statue décapitée de la Vierge Marie. On lui avait peinturluré de manière obscène un sexe et des seins. Un cygne majestueux faisait le tour de l'édifice. Il agitait ses ailes déployées pour chasser les moustiques. Au bout de la rue le revêtement s'arrêtait net. Smokes coupa le moteur et vint les rejoindre à l'arrière. Il n'y avait plus de route, même pas de piste, rien que de la boue et des cendres pendant près de soixante-quinze kilomètres. Ça allait secouer. Maintenant on passait aux choses sérieuses. En piste.

Il reprit le volant et mit le moteur en marche. Claudette fit un bond, se soulevant et retombant comme sur une mer démontée. A l'arrière ils étaient bringuebalés. Au début cela les fit rire, puis ils durent s'allonger sur les couchettes et se cramponner.

– Vas-y, ma poule, que ça saute et que ça roule. Et que Jésus veille sur nous.

Au bout d'une heure, Eleanor commença à frissonner en

grimaçant. La douleur l'envahit brusquement et alla se loger au creux de l'estomac. Puis elle irradia dans tout son corps, le long de ses cuisses, au creux des jambes, dans les mollets. Elle remonta le long de sa colonne vertébrale. Eleanor se leva. Elle était en sueur et s'agrippait l'estomac. Elle avait un goût de fiel dans la bouche. Sa peau était devenue très sensible.

– Eleanor, ça va ? s'inquiéta Frank.

Elle fit signe que oui. La souffrance lui déchira les entrailles. Elle gagna péniblement le fond de la camionnette, s'agenouilla, la bouche ouverte. Elle baissa la tête. Son petit déjeuner jaillit en une bouillie visqueuse et verte.

– Oh, mon Dieu, je suis désolée.

D'un bond Cherry frappa contre la cloison. Smokes klaxonna. Elle cogna plus fort en lui criant de s'arrêter. La camionnette fit une embardée et s'immobilisa.

– Ça va. Je vais beaucoup mieux maintenant. Donnez-moi quelque chose pour que je nettoie tout ça.

Elle s'apprêtait à se relever mais poussa un nouveau cri de douleur et retomba à genoux.

Tête baissée, elle se remit à vomir, beaucoup plus violemment cette fois-ci.

– Qu'est-ce que t'as mangé hier soir ? demanda Frank.

– Des crevettes et une salade.

– Eleanor, on est à des kilomètres à l'intérieur des terres. Je t'avais pourtant dit de ne pas toucher au poisson.

Eleanor pleurait de honte. Le visage enfoui dans les mains, elle sanglotait.

– C'était tellement appétissant, je suis désolée. J'étais morte de faim.

Elle battit l'air de ses bras et se remit à vomir.

Ils l'aidèrent à sortir ; elle s'assit à l'ombre de la camionnette, gémissant entre deux haut-le-cœur.

– Oh, mon Dieu, je suis désolée, murmura-t-elle.

Frank s'agenouilla près d'elle dans la poussière et lui prit la main.

– Ça va aller. Il faut que tu rendes tout.

Il lui caressait doucement la nuque pendant qu'elle recommençait à vomir, rendant d'épais flots de bile.

– Guapo, tu peux nous apporter un peu d'eau ?

Le soleil tapait sur Claudette. Cherry obligea Eleanor à se fourrer les doigts dans la gorge pour achever de se vider l'estomac. Elle hoqueta et vomit encore jusqu'à en avoir mal à la poitrine et à la gorge. Puis elle resta immobile, étendue sur le dos au beau milieu de la route. Une douleur sourde lui martelait la tête. Elle regarda le ciel bleu et brûlant et y distingua des points noirs qui tournaient. Elle était une Irlandaise plus toute jeune, allongée par terre en plein jour à l'extrême nord d'un incroyable pays. Et des vautours tournaient au-dessus de sa tête.

Une douleur cuisante lui tordit l'estomac. Ses yeux s'emplirent de larmes. Elle agrippa le bras de Frank et se mit à pleurer sans retenue. Elle avait le visage brûlant et elle frissonnait.

– Ça va. Tout va bien se passer, ma belle.

– Oh, doux Jésus, aidez-moi. Notre Père qui êtes aux cieux, faites que cette douleur s'en aille…

Elle vit du coin de l'œil des nuages noirs s'approcher d'elle. Elle sentit une lumière envahir son corps. Ses rayons semblaient la transpercer, et son esprit fut assourdi par une sorte de grondement. Elle crut voir le visage de son fils se pencher sur elle, masquant l'éclat blanc du soleil. Il paraissait plus vieux que dans son souvenir. Il ressemblait davantage à Frank. Le visage de son fils se mit à saigner. Des gouttes tombaient de ses lèvres noircies. Son image trembla comme un reflet sur l'eau. Il avait un bec à présent, un bec pointu, taché de sang. Comme ces oiseaux qui tournaient dans le ciel.

Elle éclata de rire. Son fils était un des oiseaux qui tournaient dans le ciel.

Ils l'aidèrent à remonter en voiture et la laissèrent se reposer deux heures. Elle ne cessait de trembler et de marmonner dans un sommeil agité en rejetant violemment son drap. Assise à son chevet, Cherry essayait de temps en temps de lui verser un peu d'eau entre les lèvres. Guapo nettoya l'arrière de la camionnette où elle avait vomi. Il lava le plancher à l'eau froide et Lorenzo le sécha avec du papier journal.

– *Pobrecita,* soupira Guapo en posant la main sur son front brûlant.

Smokes commençait à s'agiter. Il n'arrêtait pas d'aller et venir en regardant sa montre. Le temps filait. Il fallait, disait-il, qu'ils se décident à repartir. Ce n'était pas le moment de rester coincés ici en rase campagne où n'importe quoi pouvait arriver sans qu'on puisse espérer aucun secours.

– T'as raison, approuva Frank, on ferait mieux d'y aller. Je vais monter un peu à l'arrière avec elle.

Smokes aida Lorenzo à monter et s'installa d'un bond. Lorenzo lui donna une tape sur la cuisse en lui disant que tout allait bien se passer, qu'il ne fallait pas s'en faire. Smokes hocha la tête.

– La nuit est longue, mais le jour de grâce viendra à son heure.

Smokes ricana à contrecœur.

– Oui, c'est ça. Tout le monde sur le pont.

Il prit une cassette sur le tableau de bord, la fourra dans l'appareil et battit des mains au-dessus du volant.

– Allez ! En piste !

Il tourna la clef de contact. Rien ne se produisit. Il recommença. Toujours rien.

– Claudette ? gloussa Smokes. Allez, roule, ma poule.

Il actionna de nouveau la clef. Rien. Il s'impatientait.

– Allez, ma mignonne. Tu vas pas faire la méchante avec moi.

Il fit encore plusieurs tentatives.

– Allez, bon Dieu, démarre, saloperie ! Ça suffit maintenant. En avant.

Mais Claudette ne bougea pas d'un pouce.

– Bordel de merde !

Il sauta à terre. Frank était déjà descendu.

– Tu t'y connais en mécanique, Franklin ?

– Non, ça fait trente ans que je suis chauffeur de taxi mais j'y connais rien.

Smokes lui dit que ce n'était pas le moment de faire de l'humour. Frank ouvrit le capot. Un jet de vapeur jaillit du moteur. On entendait un sifflement aigu.

– Seigneur, Marie, Joseph, soupira Frank. J'ai jamais vu ça…

– Tu crois que tu peux réparer, Franklin ? Hein, tu crois que tu peux ? Mais dis-moi !

– Y a le radiateur qui fuit, mon gars, mais c'est pas le plus grave.

Frank glissa la main en faisant la grimace. Il inspecta le tas de ferraille brûlant, retira la jauge, l'examina et secoua la tête.

– En plus tu manques d'huile.

– C'est ça le problème, Franklin ?

Frank l'écarta et se mit au volant. Il tourna la clef. D'abord avec douceur, puis plus fermement. Toujours rien. Il soupira.

– C'est l'allumage, Smokes ou peut-être la batterie. Il n'y a plus rien qui arrive aux bougies. T'en as une de rechange ?

– Une quoi ?

– Une batterie.

Smokes se frappa le front du plat de la main et se mit à faire les cent pas. Il s'arrêta brusquement, serra les poings et flanqua un violent coup de pied dans la roue avant de Claudette, ce qui le fit hurler de douleur. Guapo sortit en éclatant de rire.

Frank replongea sous le capot.

– T'as aussi la courroie du ventilateur qui donne du mou et le caoutchouc qui se barre en couilles.

Smokes s'approcha en boitillant.

– C'est vraiment grave, Franklin ?

– Ça dépend si tu veux la laisser pourrir sur place, ou si tu as vraiment l'intention de rouler encore avec. Je veux dire, si tu préfères laisser ici ce tas de…

Smokes l'interrompit.

– Ça veut dire que c'est grave, c'est ça ?

Frank hocha la tête et claqua le capot.

– Ouais, t'as raison, Smokes. Mais le plus important, c'est la batterie. Il faut absolument trouver un garage. Il n'y a même plus assez de jus pour faire vibrer un godemiché. Elle est complètement nase.

Smokes se gratta la tête, le regard perdu dans les champs. Soudain son visage s'éclaira d'un sourire.

– On pourrait retourner à Ocotal, Franklin ? Ça ne fait que quarante-cinq kilomètres.

– Quarante-cinq kilomètres ? Non, mais tu rigoles, Smokes ?

– On peut toujours essayer, non ? Allez, Franklin !

Guapo ricana. Il passa lentement à côté de Smokes en faisant mine de lui envoyer un baiser et rejoignit Lorenzo.

– Quarante-cinq kilomètres par cette chaleur, ça fait une trotte, mon gars !

Smokes mit les mains sur ses hanches.

– Alors, qu'est-ce que tu suggères, Frank ? de me laisser me démerder tout seul ?

– J'en sais rien. Peut-être que Lorenzo pourrait faire une petite prière ?

On entendit gémir à l'arrière. Frank alla voir ce qui se passait. Eleanor était prise de violentes convulsions, Cherry était penchée sur elle. Une odeur nauséabonde se dégageait de la couchette. Il eut un haut-le-cœur.

– Frank, elle a la diarrhée.

– Seigneur Jésus. Il manquait plus que ça !

– C'est que de la merde, Frank. Y a pas à s'inquiéter.

Cherry allongea Eleanor puis la roula doucement sur le côté. Elle prit une serviette et s'apprêta à lui retirer sa jupe.

– Mais qu'est-ce que tu fais ? hurla Frank d'un air suffoqué. Tu ne vas pas la déshabiller comme ça ?

Elle se retourna et lui dit d'un ton sec.

– Et qu'est-ce que tu veux que je fasse, Frank ? Que je la laisse là-dedans ?

– Non, bien sûr. Mais Eleanor est très pudique.

Elle rabattit ses cheveux derrière ses oreilles et lui tendit la serviette. Ses yeux étincelaient.

– Tu veux peut-être le faire toi-même ? Vas-y, Frank, te gêne pas.

Il sortit de la camionnette. Assis sur la route Smokes parlait avec Lorenzo et Guapo.

– Qu'est-ce qui se passe, Frank ?

– Oh rien. Eleanor a une de ces courantes…

– Ça va lui faire du bien. Il faut que tout sorte, tu vois. Rien de tel qu'une bonne chiasse quand les microbes attaquent les boyaux.

– Excuse-moi, Smokes, tu sais que c'est d'une dame dont tu es en train de parler ?

Guapo et Lorenzo avaient eu une idée. Ils pensaient qu'il y avait une *cooperativa* sucrière à huit kilomètres au sud. Ils pourraient peut-être y aller à pied demander aux campesinos s'ils avaient un tracteur ou un bulldozer. Le gouvernement leur en louait parfois, ou bien les campesinos se mettaient à plusieurs pour en acheter un. Smokes n'avait pas l'air convaincu, mais Guapo insista. Ça valait le coup d'essayer.

– Emporte ton char dans les airs, Seigneur, et conduis tes serviteurs vers la Terre promise.

– Bon Dieu, Lorenzo, tu crois pas que ça suffit ?

Smokes alla chercher son AK à l'avant de la camionnette. Il emmena Frank à l'écart et lui apprit à défaire le cran de sûreté, à mettre le chargeur en place et à tirer.

– A n'utiliser qu'en cas de danger, Franklin. Et ne gaspille pas les munitions, parce que j'ai l'intention de me flinguer au retour.

Smokes et Guapo prirent une bouteille d'eau et se mirent en route pour la cooperativa. Frank s'allongea dans l'herbe. Lorenzo s'approcha en riant.

– Ne crains rien, mon frère. Les voies du Seigneur sont impénétrables.

Frank rigola.

– Je voudrais bien qu'il nous montre la voie la plus rapide pour arriver à Corinto.

Lorenzo fit claquer sa langue, mit son chapeau de paille et s'éloigna d'un pas allègre dans les champs ondulants.

Cherry sortit à son tour de la camionnette, s'essuyant les mains sur un gant de toilette. Elle se versa de l'eau dessus, les savonna, puis les sécha en les frottant sur son jean.

– Je me suis occupée d'elle, Frank, je pense que ça va aller maintenant.

Il rougit.

– Merci Cherry. Viens un peu t'asseoir à côté de moi.

Ils s'installèrent sur le bord de la route et burent un peu d'eau tiède à la bouteille. On n'entendait pas un bruit alentour à l'exception du bruissement des champs de blés.

– Dis-moi, Frank. Excuse-moi de t'avoir rudoyé.

– Au contraire, c'est moi qui suis désolé. Je te remercie de ton aide.

Lorenzo se promenait maintenant au milieu du champ, il se baissait jusqu'à terre et humait le parfum des fleurs jaunes. Il avait l'air complètement absorbé par ce qu'il faisait. Il marchait lentement, balançant sa canne devant lui. Il se baissa brusquement pour cueillir une fleur qu'il mit à la boutonnière de sa veste en peau de léopard.

– Ce type, il y a des moments où je me demande s'il n'a pas une case en moins.

– C'est vrai, il est un peu timbré, fit Frank en riant.

– C'est un amour. Tu sais, Frank, il aimait sincèrement Johnny. C'était bien de les voir tous les deux ensemble.

Il se crispa légèrement.

– Johnny aussi, tout le monde a l'air de l'apprécier. Toutes ces histoires d'amour. Vous aviez toutes un petit faible pour lui.

– Tu sais, j'ai traversé de sales moments, et Johnny m'a beaucoup aidée. Il est vraiment chouette.

Il se tourna vers elle et soutint son regard brillant.

– Qu'est-ce qui t'est donc arrivé ?

Elle hésitait.

– Tu peux me faire confiance. Ne t'inquiète pas.

Elle hocha la tête, détourna le regard, puis ramassa une pierre plate qu'elle fit passer machinalement d'une main dans l'autre.

– En fait voilà, j'ai couché avec ce type. Pas Smokes, non, ce gars qui venait de France. Il est resté ici un certain temps. Il affirmait qu'il avait un poste important dans son gouvernement. On s'est croisés par hasard un soir à l'*Imper* et c'est comme ça que c'est arrivé. Je n'ai pas osé en parler à Smokes. Je pense qu'il l'aurait vraiment mal pris, j'ai préféré me taire. C'est comme si rien ne s'était passé.

– Whaouh !

– Ouais, Frank, tu peux le dire. Donc on a fait des bêtises, ce type et moi. En plus, c'était même pas si bien que ça. Quelques semaines plus tard, j'ai eu un retard de règles. Je ne m'en suis pas inquiétée. Le mois suivant toujours pas de règles. Et là j'ai franchement commencé à me faire du souci. J'ai acheté un test au mercado. Je me souviens que j'avais pris un taxi pour rentrer et qu'en arrivant je m'étais servi une tequila bien tassée. C'était le matin de bonne heure. J'ai sifflé mon verre, je suis allée dans la chambre faire le test, et là, Frank, j'ai cru mourir.

Elle poussa un profond soupir et prit une cigarette. Elle l'alluma, tira quelques bouffées puis reprit :

– Smokes n'était pas à Managua. Il devait être par ici, je pense. Un soir, Johnny m'a retrouvée dans le *barrio*. J'étais complètement paniquée, Frank. J'envisageais toutes sortes de bêtises.

– Et finalement tu es sûre que ce n'était pas Smokes, le père ?

Elle fronça le nez.

– Impossible. C'est pas très bon pour la qualité du sperme de se piquer à l'héroïne. Smokes est stérile, tu vois. C'est d'ailleurs un problème quelquefois entre nous.

– Excuse-moi, je ne savais pas.

– Je n'avais par l'argent pour rentrer aux États-Unis. C'est sûr qu'on n'avait pas grand-chose à l'époque. Mon plan d'épargne ne fonctionnait pas encore et on manquait vraiment de pognon.

– Ton plan d'épargne ?

– Ben oui, c'est de ça qu'on vit, Smokes et moi.

– Mais je croyais qu'il écrivait dans les journaux ?

– Oui, dans son imagination, dit-elle en se frappant la tempe du bout du doigt, c'est seulement là qu'il écrit pour les journaux.

– Seigneur !

– Bon, n'importe comment je n'avais pas d'argent, et il fallait que je me fasse avorter ici. Johnny connaissait un charlatan à Massaya qui était prêt à le faire pour une bouteille de Wild Turkey et cinquante dollars. Il est venu avec moi, Smokes n'était toujours pas rentré. J'étais vraiment mal. Je ne sais pas si tu peux comprendre, Frank. Je viens d'une famille italienne, j'ai été élevée dans la religion catholique. Et je devais faire cette chose. C'était pas possible.

Elle tira sur sa cigarette, en faisant tout son possible pour retenir ses larmes. Ses lèvres tremblaient. Un petit nœud s'était formé sur son menton contracté.

– Alors, on y va. C'était au-dessus d'un bar. J'entre dans la piaule. C'est pas plus grand que Claudette. Le mec à l'autre bout pue l'alcool, je le sens de là où je suis. Il reste assis en me faisant un grand sourire. Il porte un costume noir, on dirait un prédicateur, et voilà qu'il enfile ses gants en caoutchouc. La musique qui braille dans la cantina traverse le plancher. Les Rolling Stones.

Il y a une table, recouverte d'un drap blanc, et deux bouteilles pleines d'un liquide coloré.

Elle aspira une bouffée.

– Et puis il y a un sécateur, tu te rends compte, Frank ? un sécateur sur la table du type !

Frank frissonna.

– J'ai foutu le camp, Frank. J'ai foutu le camp et Johnny m'a suivie. J'avais changé d'avis. J'avais décidé de le garder, de tout raconter à Smokes. J'étais dans tous mes états. On en a beaucoup discuté avec Johnny. On est restés debout toute la nuit. J'avais tellement peur, il m'a dit qu'il ne me laisserait pas tomber, quoi qu'il arrive. Le lendemain on est rentrés à Managua. Smokes est descendu de sa montagne dans la soirée et on est allés se coucher. Il était fatigué, tu sais. Il avait chopé quelque chose. Et au beau milieu de la nuit je me suis réveillée.

Sa voix n'était plus qu'un murmure. Le vent bruissait dans les feuillages. Son visage était tendu.

– Je me suis réveillée. La lune brillait au carreau. C'était beau. C'était calme. Je me souviens de ça, du calme qui régnait. La tranquillité et l'éclat de la lune. Je me sentais toute petite. Avec toutes ces étoiles dans le ciel et Smokes profondément endormi qui avait passé son bras autour de ma taille.

Elle écrasa sa cigarette dans la poussière, croisa les bras et regarda droit devant elle.

– Je me suis rendu compte que je saignais, Frank, t'imagines, je m'étais mise à saigner comme ça dans la nuit. Je saignais et, vers le matin, je l'ai perdu.

Une nuée de perroquets bleus passa bruyamment au-dessus de Claudette. Ils s'élevèrent en tournant dans l'azur et décrivirent un grand arc au-dessus des champs frémissants.

– Seigneur, Cherry, ma pauvre petite.

Elle se rongeait les ongles.

– Tu vois, j'avais vraiment envie d'avoir ce gosse, Frank. C'est ça le plus bizarre. J'allais le faire sauter et, l'instant d'après, je voulais le garder. J'avais besoin d'aimer quelqu'un. Pas seulement Smokes. Quelqu'un d'autre, tu comprends ? Quelqu'un qui aurait eu besoin de moi.

– C'est normal, ma petite. On est tous pareils.

– Johnny a toujours gardé le secret. Fidèle comme un vieux chien. Il fait toujours ce qu'il dit. C'est un amour.

Elle frissonna et se cacha le visage entre les mains.

– Et Smokes n'est toujours pas au courant ?

Elle secoua la tête, ramassa une poignée de terre et la laissa couler entre ses doigts. Il poussa un profond soupir et elle leva la tête.

– Ça t'en flanque un sacré coup. T'aurais jamais cru ça de moi, hein Frank ?

– C'est vrai que ça me remue. N'empêche que tu es vraiment une fille bien, Cherry.

D'un geste maladroit, il lui prit la main. Elle la serra en détournant le regard vers l'horizon.

– Je ne sais pas si on peut dire ça. Ça dépend des circonstances. On fait des choses parfois. On n'a pas toujours le temps de peser le pour et le contre.

Dans le champ, Lorenzo se releva d'un coup en poussant un cri. Il agita sa canne en l'air en direction de Claudette. Ils l'appelèrent et il se replongea en riant dans ses fleurs. Ils allumèrent la dernière cigarette du paquet de Frank et se la passèrent à tour de rôle.

– Seigneur ! Finalement ce gars-là a des histoires d'amour avec tout le monde. Il faudra un jour que je raconte ça dans un livre.

– Ça fera un sacré livre, Frank. Il sera plus gros que le Bottin.

– Ça va me rendre millionnaire.

– Ouais, Frank, peut-être même que tu vas remporter le Pulitzer.

Elle retira ses sandales et se massa les doigts de pied. Son geste était gracieux et délicat. Frank se sentait heureux rien qu'à la regarder.

Deux longues heures passèrent sans que Smokes et Guapo donnent signe de vie. Des nuées orageuses dévalaient la montagne, obscurcissant le ciel. Elles cachaient le soleil, ne laissant passer que quelques pâles rayons qui filtraient à grand-peine à travers l'obscurité, comme un potage épais qu'on passerait au tamis.

– Le Déluge approche, soupira Lorenzo, et l'Arche va bientôt lever l'ancre.

A l'arrière, Eleanor se remit à gémir. Elle toussait, le poing devant la bouche. Cherry la remit sur le côté et lui tamponna le front avec un linge humide. Elle se calma. Lorenzo était inquiet. Il disait qu'elle allait se déshydrater si elle ne buvait rien. Ils se penchèrent sur elle et s'efforcèrent de lui faire couler entre les lèvres les quelques gouttes d'eau potable qui restaient. Elle les téta comme une enfant. Puis ils débouchèrent une bouteille de cerveza tiède et se la passèrent à la ronde.

Frank sortit et inspecta la route poussiéreuse. Tout au loin, là où la piste s'évanouissait à l'horizon, il crut voir quelque chose bouger. Il fronça les sourcils, et revint dans Claudette prendre le télescope de Guapo.

– Attendez un peu, lança-t-il en riant, je crois que les affaires reprennent.

Un coup de tonnerre déchira le ciel. Frank sortit comme un fou et regarda dans le télescope.

– Ça y est, je vois Smokes, fit-il tout excité, avant d'ajouter aussitôt sur un ton incrédule : Oh non ! Oh, *non* ! Jésus, Marie, Joseph, c'est pas possible !

Il passa le télescope à Cherry, qui y colla son œil.

Smokes et Guapo marchaient lentement, torse nu, le visage écarlate, l'air essoufflé. Deux campesinos, les suivaient, poussant devant eux un troupeau de grands bœufs blancs.

– Mon Dieu, soupira Cherry, on se croirait dans « Bonanza ».

Ils les regardèrent venir à leur rencontre. Le campesino était bâti comme une armoire à glace. Il avait une tête pointue et des bras comme des jambonneaux. La femme qui l'accompagnait était petite et maigre. Les six bœufs étaient attelés ensemble par des longes de cuir et des rênes. Deux d'entre eux portaient des jougs sur leur encolure musculeuse. Un mulet efflanqué marchait à côté, au bout d'une corde reliée à l'attelage. Smokes et Guapo leur firent de grands signes. Les campesinos étaient vêtus de la tunique grise des paysans, la femme portait un chapeau de paille, l'homme avait enroulé une grosse corde autour de sa poitrine. Il tenait un crochet de métal. Tous deux étaient nu-pieds.

– *¡Hola, compañeros!* les héla Smokes en arrivant à bout de souffle.

– Youpi ya ya youpi, lâcha Frank.

– Je t'ai déjà dit ce que je pensais de ton humour. Je sais exactement ce que tu as en tête, mais ces petits-là vont nous tirer de ce mauvais pas.

– Je croyais que t'étais parti chercher un tracteur. D'ici à Corinto c'est rien que de la route de montagne.

– Le tracteur le plus proche est à Ocotal. Tu comptes t'y rendre sur tes belles gambettes, Franklin ?

– Ça va aller, Frank, tenta de le calmer Cherry. La montagne n'est pas bien haute et on est déjà pratiquement au sommet.

Le campesino serra la main de Frank.

– *Mucho gusto, hombre.*

La femme ne dit rien. Elle avait le visage austère des paysannes, un regard perçant et la peau tannée comme un vieux cuir. Elle portait au cou une grande croix de bois.

L'homme prit une cruche en terre qui pendait au cou du mulet. Il la déboucha, la porta à ses lèvres, but avidement et reprit sa respiration. Il s'essuya la bouche du revers de la main et offrit de l'eau à tout le monde. Frank s'avança.

– Si j'étais toi, je ne ferais pas ça, Franklin. Il faut d'abord la faire bouillir. Il y a peu de chance qu'elle soit pure.

Frank désigna d'un geste le solide campesino.

– Il a l'air en pleine forme.

– Ce sont des gens de la campagne. Ils sont habitués, Franklin. Mais toi, ça va te faire gerber comme une machine à sous.

– Smokes, je suis mort de soif.

Il prit la cruche des mains du campesino, essuya le goulot avec sa manche et but avidement. Le campesino lui donna une tape dans le dos.

Les bœufs dépassaient Frank d'une bonne tête. C'étaient des bêtes robustes à la robe crème et à l'air méchant. Des clochettes cabossées leur pendaient au cou. Le mulet, le regard bouffé aux mites, avait l'air nerveux. Un éclair zébra le ciel. Un coup de tonnerre éclata, d'une telle violence que le sol en trembla. Les nuages se déchirèrent et une pluie chaude se mit à tomber à verse.

Le solide campesino fit un signe de croix en regardant le ciel. Il leva les bras, paumes tendues et cria d'une voix qui couvrait le grondement de la pluie.

– *¡Hay bastante lluvia! Gracias a Dios.*

– C'est le déluge, Franklin, il remercie Dieu.

– Eh ben, dit Frank trempé jusqu'à l'os, t'as qu'à lui dire que s'il aime tellement la pluie, il n'a qu'à venir en Irlande.

La femme contemplait Claudette comme si elle n'avait jamais rien vu de tel. Elle toucha les peintures du bout des doigts et se mit à rire. En voyant la planche de surf avec la pin-up à moitié nue, elle se renfrogna et détourna la tête d'un air réprobateur.

L'homme déroula sa corde, en prit une autre dans son sac de toile. Il ajusta le crochet de métal au pare-chocs avant de Claudette autour duquel il enroula plusieurs mètres de corde, fixant le tout par de gros nœuds. Sa femme et lui firent reculer les bœufs. Ils attachèrent l'extrémité des cordes aux deux jougs de bois.

Le ciel était tellement chargé de nuages gris qu'on avait l'impression, en plein après-midi, que la nuit allait tomber. Frank avait si faim qu'il en avait des crampes d'estomac, la migraine lui martelait les tempes.

– Ça va, Franklin ?

Il répondit en levant le pouce.

La femme s'approcha, tenant à la main deux branches qu'elle avait coupées sur un olivier.

– Tout le monde en place ! cria Smokes.

Guapo, Frank et Lorenzo s'apprêtèrent à pousser Claudette.

– *Uno, dos, tres*, fit le campesino, *y vámonos.*

Les bœufs poussèrent un meuglement. Les campesinos les frappèrent à coups de bâton. Guapo, Lorenzo et Frank, arc-boutés contre Claudette, grognaient sous l'effort, les talons enfoncés dans la boue. A l'avant, Cherry et Smokes, pliés en deux s'agrippaient au pare-chocs et tiraient en soufflant, trempés de pluie et de sueur.

– *Vámonos, pues*, grondait le campesino.

Il attrapa le bœuf de tête par le licou et tira de toutes ses forces. L'animal ne bougea pas. L'homme saisit alors un bout de corde et lui fouetta les flancs violemment. Le bœuf fit un écart en beuglant de peur et de douleur.

–*¡Adelante! ¡Vámonos, hijos de puta!*

Les grosses roues de Claudette se mirent doucement en mouvement. La suspension craqua. Elle semblait de pierre. Elle résistait comme si elle se cramponnait au sol boueux. Tout à coup elle fit un bond en avant. Frank chancela. Ses mains dérapèrent sur la tôle trempée de la porte arrière et il s'étala de tout son long dans la gadoue en suffoquant. Il entendit Smokes se moquer de lui. Quand il se releva, il dégoulinait de boue. Il s'essuya les yeux. Claudette continuait d'avancer. Il n'y avait que ça qui comptait pour lui.

La camionnette progressait lentement, laborieusement. Ils avaient beau grogner et souffler, ils ne pouvaient pas aller plus vite. Le campesino n'arrêtait pas de venir les exhorter à pousser plus fort. « *Hombres, empujen más fuerte. ¡Más fuerte!* » Il serrait le poing et grimaçait. A un moment, il donna une violente poussée à l'arrière de Claudette qui bondit en avant comme sous l'effet d'une décharge électrique. C'était un foutu gabarit de salopard, apprécia Smokes. Il valait mieux ne pas se frotter à ce mec-là, dans tous les sens du terme.

Au bout d'un moment, la route devint progressivement moins raide, et ils arrivèrent pratiquement sur du plat. Il y avait moins de boue et Claudette prit même un peu de vitesse, ce qui la rendait plus facile à manœuvrer. Le campesino ne frappait plus les bœufs. Il marchait vite devant eux, leur tendant des brassées de foin pour les encourager. L'obscurité s'épaississait. Ils étaient arrivés sur la ligne de crête, avec à l'ouest, la côte Pacifique. Vers le sud, une vallée serpentait dans une énorme faille courbe taillée dans le grès. A quelques kilomètres sur la droite, les champs s'élevaient presque à la verticale vers la jungle épaisse, dressée au-dessus d'eux comme une falaise verte.

Cherry proposa qu'ils montent à tour de rôle dans la camionnette pour veiller sur Eleanor et se reposer un peu. Frank y alla le premier. Il prit la main d'Eleanor et épongea la sueur sur son front. Il sortit la carte et essaya de la lire à la lueur d'une pile électrique. Corinto était droit devant, de l'autre côté de la montagne. Managua était au sud sur le bord du lac. Le Honduras était juste de l'autre côté de cette grosse tache verte représentant la jungle.

S'ils quittaient la route et marchaient vers la droite, ils arriveraient dans un autre pays en moins d'une heure.

Dix minutes plus tard, il ressortit sous la pluie. C'était au tour de Cherry. Elle se hissa dans la camionnette en grelottant et enleva ses vêtements trempés. Elle se sécha à l'aide d'une serviette sale, enfila des sous-vêtements secs, un jean propre et un sweat-shirt. Elle versa dans la bouilloire un peu de l'eau du campesino, alluma le réchaud et la fit bouillir. Puis elle s'assit sur la couchette d'Eleanor et lui caressa le visage. Elle entendait Guapo chanter *Raining in my Heart* et les autres qui lui criaient de la boucler.

Elle sourit. Eleanor se tourna du côté de la cloison et se mit à ronfler, Cherry remonta le drap sur elle. Claudette avançait toujours en se balançant doucement. Cherry prépara du thé et alla en porter aux autres. Puis elle rentra s'étendre sur sa couchette.

Au bout d'un moment, Lorenzo ouvrit la portière et grimpa à l'arrière. Cherry se redressa. Lorenzo serrait quelque chose dans ses mains. Il alla au réchaud, se versa une tasse d'eau bouillante. Il y mit ce qu'il tenait à la main et attrapa une cuiller pour mélanger sa potion.

– Qu'est-ce que c'est, Lorenzo ? demanda Cherry dans un bâillement.

– Un remède juju, ma sœur. Les parties mâles de la mandragore, quelques racines, le tout mélangé à des miettes d'un pain cuit le Vendredi saint. Ça ne rassit jamais. Ça guérit tout, j'en ai toujours sur moi.

– Seigneur, Lorenzo ! il y a des fois je me demande…

Il ne releva pas la remarque, s'agenouilla, mains jointes et tête baissée, et se mit à murmurer :

– Viens oindre les mains de ta servante, Yahvé, et fais pleuvoir des langues de feu.

Il retira sa veste léopard, en fit une boule qu'il fourra sous la tête d'Eleanor. Il lui effleura les paupières, lui pinça doucement le nez pour lui faire ouvrir la bouche. Lentement, avec précaution, il lui versa le liquide jaune entre les lèvres.

Elle poussa un gémissement, agrippa violemment le drap, ses dents claquèrent. Lorenzo lui prit le visage entre les mains.

– Lorenzo, j'espère que tu sais ce que tu fais, mon vieux ?

– Aie foi, enfant de la grâce. Le calme vient après la tempête.

Eleanor tressaillit. Elle fit rouler sa tête de droite à gauche, leva les mains et, brusquement, elle se détendit, devint toute calme. Elle ouvrit la bouche, sa respiration se fit profonde et régulière. Lorenzo lui souleva la tête pour récupérer sa veste. Il dégagea les cheveux de son visage et lui traça un signe de croix sur le front après avoir porté son pouce à ses lèvres. Il remit sa veste et se leva.

– Donne-lui un peu de citronnade le matin, ma sœur, et casses-y un œuf frais : elle sera parfaitement rétablie.

Cherry regarda le visage d'Eleanor endormie.

– Ben, mon vieux Lorenzo, t'as fait du bon travail.

– Ce n'est pas moi, ma sœur. L'homme n'est rien auprès du lion de Dieu.

Il ouvrit la porte, laissant entrer une bourrasque de pluie.

– Eh, mon gars, et pour les cœurs brisés, t'as pas un remède ?

Un éclair illumina le ciel. Les bœufs meuglèrent. Lorenzo se retourna.

– Le médecin se soigne lui-même.

Il sortit dans la nuit en refermant la porte derrière lui.

La pluie redoublait de violence. Le tonnerre craquait, et des éclairs fourchus déchiraient le ciel pourpre et noir. Les campesinos avaient deux lanternes et deux torches électriques. Ils essayaient d'éclairer la route devant eux, mais on ne distinguait pratiquement rien. La nuit était pleine de hurlements de bêtes. On entendait les singes crier dans la jungle.

Smokes commençait à s'ennuyer. Pour passer le temps il se mit à taquiner Guapo à propos de sa dernière conquête. Il le tarabusta jusqu'à ce qu'il finisse par lui dire le nom de la fille. Elle s'appelait Cordelia Portillo. Guapo soupira et Smokes lui balança une grande claque dans le dos. Mais Guapo s'écarta. Son regard se fit rêveur. Il expliqua qu'il était tombé amoureux de Cordelia Portillo. Smokes lui fit remarquer en pouffant qu'il tombait amoureux d'une fille différente chaque soir. Guapo hocha la tête. Cordelia n'était pas comme les autres. C'était le genre de fille avec qui on a envie de rester toute sa vie. Smokes se moqua, Guapo répétait que c'était sérieux. Quand tout cela serait terminé, il irait retrouver Cordelia Portillo et il l'épouserait ; voilà, c'était comme ça.

Smokes éclata de rire. Il s'adossa contre Claudette et la poussa de toutes ses forces en grimaçant sous l'effort. Il affirma qu'il mangerait son chapeau le jour où Guapo se marierait. Guapo n'avait pas envie de plaisanter. Il en avait marre de son indépendance. C'était trop dur de vivre tout seul. C'était pas bien de coucher à droite et à gauche. Ça ne servait qu'à briser des cœurs, et il ne voulait plus de ça.

– Oh, dis donc, fit Smokes haletant, qu'est-ce qui t'arrive, bordel ? tu te prends pour un curé maintenant ? – Il se mit à fredonner : *Padre Guapo, padre Guapo.*

– *Tu madre, yanqui*, répliqua l'autre.

Juste à ce moment ils dérapèrent et s'étalèrent tous les deux dans la boue.

Frank poussait de toutes ses forces à l'arrière de Claudette. Il dit qu'il était d'accord avec Guapo. D'après lui ce n'était pas une bonne chose de vivre seul. Ça rendait les gens égoïstes, et ils n'avaient personne avec qui partager leurs expériences.

– On a tous besoin de ça, dans les bons moments comme dans les coups durs. On ne peut pas vivre sans.

Pour Smokes tout ça c'était des foutaises sentimentales.

Il tombait des cordes à présent.

– Dis donc, on dirait qu'il ne reste plus que toi et moi, Lorenzo ! Célibataires jusqu'au bout, pas vrai ?

Lorenzo répondit gravement :

– Moi aussi j'aimerais avoir une compagne, si le Seigneur veut bien m'accorder cette grâce. Saint Paul a dit qu'il vaut mieux se marier plutôt que de se consumer de désir.

– Tu te consumes de désir, toi ?

Lorenzo poussa un grognement affirmatif.

– Souvent, mon frère. Car l'esprit est fort mais la chair est faible. Dieu soit loué.

Frank eut brusquement la colique. Une douleur violente lui transperça le ventre. Il se mit à courir, franchit la haie d'un bond comme s'il avait vingt ans de moins, tomba à genoux et s'efforça désespérément de déboutonner en vitesse son pantalon. Il le baissa, tira sur son caleçon et s'accroupit dans l'herbe haute. Ses intestins se vidèrent instantanément. Il poussa un gémissement, se déplaça de côté et arracha une poignée d'herbe pour s'essuyer. Mais aussitôt ses sphincters se relâchèrent et il s'en mit plein les mains. Avec un grognement de dégoût, il se laissa tomber à genoux sous la pluie et enfonça ses doigts dans un tas de boue froide avant de les essuyer à plat sur l'herbe. Il se releva, les yeux embués, tremblant de tous ses membres. Il regarda autour de lui la campagne trempée et sentit qu'il touchait le fond du désespoir. Il aurait tué quelqu'un s'il le fallait, pour se retrouver à Dublin, bien au chaud dans son lit, un bon grog à portée de la main. Il s'essuya la bouche du revers de sa manche, regagna la route et reprit sa place derrière Claudette.

– Ça va, Franklin ?

Il fit signe que oui et se remit à pousser de l'épaule contre la portière.

– Je suis allé pisser un coup.

Cherry sortit, enveloppée de la tête aux pieds dans des sacs-poubelles en plastique noir. Elle prit la place de Guapo qui s'ébroua comme un chien et monta, tout dégoulinant, dans la camionnette. Cherry n'adressa pas la parole à Smokes. Ils peinaient et poussaient. Ils arrivèrent tout à coup sur un plat où ils purent lâcher Claudette. Ils se contentèrent de marcher derrière, haletant, s'efforçant de reprendre leur souffle et de récupérer. Ils s'arrêtèrent, les pieds dans la boue tandis que la camionnette continuait d'avancer lentement. Cherry se pencha, les mains sur les genoux et toussa. Puis elle se redressa et offrit son visage à la pluie. Smokes s'approcha d'elle et lui passa le bras autour du cou. Elle se détourna mais le laissa faire. Il lui prit la main.

– S'il te plaît, Cherry, je t'en prie ; j'ai tellement besoin de toi.

Doucement et sans le regarder elle entrelaça ses doigts aux siens. Il la serra dans ses bras et posa la tête sur sa poitrine.

– Cherry, je regrette tant. Je te jure devant Dieu que je regrette.

Elle soupira, lui passa les bras autour du cou et l'attira contre elle.

– Ouais, avise-toi seulement de recommencer et tu te retrouveras plus criblé de trous qu'un foutu morceau de gruyère.

D'un peu plus loin sur la route, Frank les héla :

– Dis donc, Smokes, tu te crois peut-être au fond d'un cinéma, bordel ? Au lieu de rester à conter fleurette viens donc pousser ce foutu machin.

A trois heures du matin, ils firent une pause et s'abritèrent tout grelottants à l'arrière de la camionnette pour boire du thé chaud. Le campesino raconta qu'il n'était jamais allé à Corinto et qu'il n'irait jamais. C'était, selon lui, un lieu de perdition, de stupre et de méchanceté. Tout le monde y était malade et dépravé. Il n'y avait pas d'églises à Corinto, on les avait toutes brûlées. Smokes rétorqua en riant que ce n'était pas vrai. Il était allé très souvent à Corinto. Mais le campesino n'en démordait pas. Lui aussi connaissait des gens qui étaient allés à Corinto. A commencer par son propre frère. Quand on regardait un plan de Corinto, avait ajouté sa femme, on ne voyait d'église nulle part parce que les gens avaient brûlé les anciens plans pour en faire de nouveaux où aucune église n'était indiquée.

La ville était pleine de sorcières et d'adeptes de Satan. A Corinto, on pouvait se faire tuer sans aucune raison. C'était Babylone, c'était Sodome et Gomorrhe. Devoir se rendre à Corinto était une malédiction, «*un infierno sobre la tierra*», fit le campesino avec dégoût. L'enfer sur terre, un endroit oublié de Dieu.

La femme leur dit qu'ils ne devaient surtout pas aller à l'hôtel à Corinto. Elle avait entendu raconter les choses épouvantables qui s'y passaient. Et il fallait vraiment avoir le cœur bien accroché pour se mettre au lit dans cette ville, quand on savait ce qui risquait de vous arriver. Elle les regarda et leur demanda s'ils avaient idée de ce qu'ils trouveraient dans ces lits, ces lits affreux de Corinto. Elle tendit les mains et tortilla ses doigts avec un air de profond dégoût.

– *Animalitos,* fit elle en grimaçant tandis que son mari renchérissait :

– *Un purgatorio.*

– Ça a l'air de ressembler à Portlaoise, commenta Frank.

– T'en fais pas, Franklin. On a un bon point de chute à Corinto. Chez Ma Baker. C'est toujours là qu'on va. Je suppose que la patronne en pince pour Guapo.

– *Tu padre*, soupira celui-ci.

– C'est nous qui allons jouer les animalitos dans les pieux de Ma Baker, ricana Smokes.

– Parle pour toi, fit Cherry.

Eleanor dormait profondément. C'était au tour de Smokes de rester la veiller. Les autres ressortirent dans la tempête.

Ils poussèrent toute la nuit sous la pluie implacable. A un moment, un coin de la bâche qui protégeait le cercueil de Johnny se détacha et se mit à claquer sous les bourrasques comme les ailes d'un ange maudit. Guapo se mit à chanter et Lorenzo en fit autant. Ils commencèrent par *Wake up, Little Suzie*, puis *Hey, Bird Dog* et *Ebony Eyes*. Frank leur dit que les Everly Brothers devaient se retourner dans leur tombe s'ils étaient morts, et que, s'ils étaient encore en vie, ils devaient déjà consulter leur avocat. D'ailleurs si Guapo et Lorenzo n'arrêtaient pas tout de suite, il allait les massacrer et les laisser crever dans un putain de fossé.

La pente devint plus raide, puis ils arrivèrent tout à coup sur du plat et Claudette sembla plus légère. Elle roulait en se balançant presque gracieusement. On entendait au loin dans les collines l'écho des derniers coups de tonnerre. Cherry chanta *Blue Moon* et tout le monde applaudit à la fin, même le campesino et sa femme qui étaient tous les deux parfaitement éveillés, l'œil brillant et le pied léger.

Juste avant l'aube, la pluie cessa brusquement. Le silence se fit sur la campagne, un silence si profond que le déluge semblait s'être arrêté sous l'effet de quelque brutale contrainte. Endoloris et éreintés, ils continuaient de pousser. On entendait les clochettes tinter au cou des bœufs qui peinaient dans la boue. Et, tout doucement, les premières lueurs de l'aube s'étalèrent sur le Nicaragua comme de l'aquarelle sur une feuille blanche. Le ciel prit des reflets jaunes et verts, puis turquoise et bronze, tandis que se déployait en spirale un long nuage couleur pêche qui se teintait délicatement de rose et de toutes les nuances de rouge. La silhouette sombre des volcans se dressait au loin, une petite brise emportait doucement vers le sud leur panache de fumée. Des nuages crémeux se détachèrent de l'obscurité. Les oiseaux se mirent à gazouiller. Des mouches bourdonnaient autour des bœufs qui les chassaient à coups de queue. Au nord, à la limite de la jungle, ils aperçurent un puma qui avançait avec agilité le long de la ligne de crête, en portant l'un de ses petits dans la gueule. La lumière prit une teinte dorée au-dessus de la vallée et, tout à coup, le soleil jaillit de derrière la masse sombre des montagnes, provoquant dans le ciel une explosion de blancheur et d'espace. Des alouettes montaient à la verticale.

Au bout de quelques minutes, ils atteignirent le pic de Ponte Negro. A leurs pieds, dans la vallée, on apercevait le halo orangé d'une ville et, plus loin, l'immensité violette du Pacifique. Des bateaux de pêche creusaient leur sillage blanc dans les flots. Un grand bateau de guerre était ancré à l'extrémité de la baie. Un hélicoptère le survolait; il prit de l'altitude et partit en biais vers les montagnes. Ils allumèrent leurs cigarettes et contemplèrent Corinto. Le petit matin était froid et vif comme l'air marin.

– L'Enfer sur terre, fit Smokes, j'aurais jamais cru être si content de le voir.

39

CORINTO

Les campesinos réclamèrent vingt dollars. Frank trouva que ce n'était pas assez et leur en donna cent. Ils refusèrent mais il insista tellement qu'au bout de dix minutes l'homme finit par accepter à contrecœur.

– *Bueno. Buena suerte, compañeros. Esperamos que lo encuentren.*

Ils serrèrent la main de Frank, puis rebroussèrent chemin vers l'est, en poussant leurs bœufs à coups de bâton.

Claudette dévala en roue libre la pente sinueuse ; elle couina et bringuebala dangereusement tout le long de la descente. Au-dessous d'eux, le ruban de la Pan-American pénétrait en ville, venant du sud.

– Louez le Seigneur qui fauchera mes ennemis comme l'herbe des champs.

Ils roulèrent ainsi vers Corinto et s'arrêtèrent devant un petit garage. Il y avait une seule pompe à essence, un gros distributeur de Coca-Cola et une baraque délabrée, des affiches de Betty Grable et Lauren Bacall scotchées aux fenêtres. Smokes et Frank sortirent, frappèrent à la porte. Personne ne donna signe de vie.

Seul le chant des oiseaux troublait le calme du petit matin. La ville tout entière semblait dormir. Smokes traversa nonchalamment la cour en donnant des coups de pied dans les cailloux. Il s'allongea sous un olivier pour piquer un somme. Guapo déplaçait son télescope pour examiner les montagnes. Lorenzo vint s'accroupir à côté de lui et lui posa la main sur l'épaule.

– *¿ Qué ves, Guapo, hermano ?*

– *Bueno, veo la hermosa montaña. Es muy verde, y el cielo es azúl. Los olivos estan llenos de pájaros, y se ve el río.*

– *¿ De verdad ?*

Frank les regarda en écoutant Guapo décrire ce qu'il voyait. Dans un coin de la cour il trouva un tuyau en caoutchouc qu'il brancha à un robinet rouillé. Il tourna, l'eau jaillit du tuyau. Il le tira jusqu'à Claudette et se mit en devoir de la passer au jet. Il aspergea les côtés couverts de boue, les vitres et les pneus encrassés.

Le regard trouble de Cherry apparut à la fenêtre.

– Alors, madame, comment allez-vous ?

– Je crois que je pourrais dormir une semaine, je suis vannée.

Le lavage terminé, il s'assit sur un fût et observa Lorenzo et Guapo. Il s'excitait de plus en plus en décrivant les nuances variées du ciel et des champs. Il se leva brusquement et pointa son télescope sur le centre-ville. Il parlait très vite mais Frank arrivait à reconnaître le nom de certaines couleurs. *Rojo* c'était rouge. *Negro*, noir. *Rosa*, rose. Le fait de saisir vaguement ce qu'une langue voulait dire sans pratiquement en connaître un seul mot l'étonnait beaucoup. Il comprenait ce que disait Guapo même s'il était incapable de l'écrire.

Il avait toujours aimé la sonorité des langues étrangères mais il n'avait jamais trouvé le temps d'en apprendre une seule. Il parlait un peu le gaélique, mais c'était tout. Assis là, il laissa vagabonder son esprit. Il se revoyait conduisant son fils à l'école, Johnny avait sept ou huit ans, et lui récitait sa leçon de gaélique dans le taxi. C'était un rite entre eux. C'était l'époque où les choses avaient pris une telle tournure qu'Eleanor ne se levait pratiquement plus le matin. Le souvenir était très net.

Il entrait dans la chambre de son fils et ouvrait les rideaux pour le réveiller.

– Oh, Lothar, grognait Johnny.

C'était un surnom qu'il avait donné à son père. Il y avait une bande dessinée dans l'*Evening Standard*, « Mandrake le magicien ». Mandrake le magicien avait un ami, Lothar, et Johnny trouvait qu'il ressemblait à son père. Il s'était donc mis, par jeu, à l'appeler Lothar.

– Tu es un petit démon. Tu sais ce que mon vieux père m'aurait fait si je l'avais traité comme ça ?

– Oui, répondait-il en bâillant et en se frottant les yeux.

– Un bon coup de pied bien appliqué et tu te serais retrouvé dans l'hémisphère Sud.

– Et qu'est-ce que j'aurais eu pour Noël ? Une poupée, un tambour, un martinet, et quat' fois l' tour de la cour.

– Exact, fiston. Parfaitement. Tâche de ne pas l'oublier.

Ils passaient dans la salle de bains, et Frank le forçait à se brosser les dents et à se laver les mains. Il lui apprenait les mots gaéliques pour dire dents, cheveux, peigne, eau, lavabo et savon. Il les lui faisait répéter. Johnny avait le droit de le regarder se raser. Le gamin s'asseyait sur le bord de la baignoire en chantonnant. Après cela, Frank lui demandait de tendre les mains pour s'assurer qu'il avait bien nettoyé ses ongles.

– *Bun ós cionn.*

Il le disait toujours d'une voix caverneuse parce que cela amusait Johnny.

Bun ós cionn, ça voulait dire « de l'autre côté » en gaélique. Johnny riait. Il les retournait, paumes vers le sol. Puis il lui serrait la main droite et ils chantaient leur petit couplet. C'était une habitude entre eux, ils le faisaient tous les matins.

Shake hands, shake hands, shake hands, brother
You're a rogue, but I'm another[1].

Après il descendait préparer le petit déjeuner. Frank demandait à son fils comment on disait lait, sucre, cuiller, en gaélique, et Johnny s'exécutait. Ils s'asseyaient dans la cuisine, ils parlaient à voix basse en mangeant leurs corn-flakes pour ne pas réveiller Eleanor. Frank lui faisait un sandwich pour midi. Il lui demandait s'il se souvenait du gaélique pour pain, beurre, fromage et

1. « Serrons-nous la main, serrons-nous la main, mon frère/T'es un vaurien et moi j'en ai pas que l'air. »

pomme, puis il fourrait le sandwich dans un Tupperware. Le souvenir de la boîte lui fit monter un sourire aux lèvres. Il y avait un vaisseau spatial d'un côté, une fourchette et un couteau noir de l'autre.

Une fois le déjeuner mis dans le cartable, ils s'éclipsaient discrètement et montaient dans le taxi. Sur le chemin de l'école, il vérifiait qu'il savait ses verbes irréguliers. Johnny les lui récitait : *Abair, beir, clois, ith, tabhair*. Il les savait tous. *Tar, teigh, feic, dean, bí, faigh*. Il lui arrivait de demander à Johnny de sortir son livre de gaélique et de lui réciter une leçon. Le manuel avait pour titre *Daithí Lacha*. Il y était toujours question d'animaux qui parlaient le gaélique.

Il n'arrêtait pas de lui dire à quel point c'était important d'apprendre le gaélique. Il lui racontait que, quand il était petit, les gens avaient presque honte d'être irlandais : ils ne s'intéressaient plus à leur propre langue parce qu'ils savaient que de toute façon ils devraient partir à l'étranger pour trouver du travail. Autrefois tout le monde devait émigrer, en Angleterre, en Amérique, en Australie. Ils devaient même aller au bout du monde tellement la vie était dure. Mais maintenant c'était différent. L'Irlande connaissait des temps meilleurs. Tout le monde finirait par avoir sa part du gâteau.

Ça faisait rire Johnny. Il répétait qu'il n'aimait pas le gaélique, qu'il trouvait ça ennuyeux.

– Peut-être, mais quand tu seras plus vieux, t'en auras besoin. Sans le gaélique tu ne pourras jamais entrer à l'université.

– Je ne veux pas y aller de toute façon.

– Et moi je veux que tu y ailles, fiston. Il faut que tu décroches un bon boulot pour t'occuper de moi quand je serai vieux et pauvre.

– Oh, Lothar !

Il lui faisait même dire au revoir en gaélique. Il pensait que c'était important. Il voulait que ça devienne une habitude. Quand il s'arrêtait devant les grilles de l'école, Frank disait :

– *Slan leat anois.*

Son fils l'embrassait en lui répondant :

– *Slan leat, a Lothar.*

Puis il sautait de la voiture et courait dans l'allée qui menait à l'école.

Bien des fois, quand les choses allaient si mal à la maison, Frank s'était fait un sang d'encre à propos de son fils. En le voyant courir vers l'école, il s'était souvent demandé ce qu'il allait devenir et s'il n'y avait pas moyen de repartir à zéro. C'était l'époque de sa vie où il s'était senti désespérément seul.

Assis devant le petit garage, il repensa à un matin en particulier. C'était juste après Noël. Le froid était mordant. Il y avait du givre sur les vitres. Il faisait si froid qu'ils avaient dû dégivrer le pare-brise à l'eau chaude. Il déposait son fils à l'école.

– *Slan leat a mhic.*

Sans répondre, son fils le regarda et éclata en sanglots.

– Qu'est-ce qui ne va pas ?

– Tu vas t'en aller, Lothar ?

– Quoi, qu'est-ce que tu veux dire ? Bien sûr que non !

Le visage de son fils se crispa.

– Je ne veux pas que tu t'en ailles. Tu as dit à maman que tu allais partir.

– Jamais de la vie ! Quand est-ce que j'aurais dit ça ?

– La semaine dernière quand tu te disputais avec maman, je t'ai entendu le dire.

– C'était pour rire, fiston. Je ne pars pas. De toute façon où est-ce que j'irais ?

Les pleurs de son fils redoublèrent. Il s'essuya les yeux.

– Tu n'aimes plus maman. Je suis sûr que tu vas partir.

Frank se pencha sur lui et le serra très fort dans ses bras.

– Non, fiston, je ne pars pas. Ne t'inquiète pas, Johnny.

Le corps de son fils était agité de soubresauts. Le vent soulevait les feuilles mortes et les faisait voler sur le pare-brise. Il resserra son étreinte.

– Rassure-toi. Je ne vais pas partir.

– Est-ce que maman va s'en aller ?

– Sois pas bête. Bien sûr que non. Elle va rester avec nous. Où est-ce que tu crois qu'elle pourrait bien aller ?

– Je ne sais pas.

– Tu as raison. Ta mère nous manquerait si elle partait. Elle ne nous ferait pas ça.

Il serra les mains de son fils.

– Tu aimes bien ton papa ?
– Oui.
– Et ta maman aussi, hein ?
Il fit signe que oui et se remit à pleurer.
– Eh bien, eux aussi, ils t'aiment. Ce sont tes meilleurs amis, pas vrai ? Jamais ils ne partiront. Pourquoi ils feraient ça ?
– Vous êtes toujours en train de vous disputer, Lothar, toujours en train de vous crier dessus. C'est toujours à cause de moi.
– Johnny, ta mère et moi on s'aime bien. Mais toi aussi tu te disputes avec tes amis quelquefois, tu comprends ? Toi et moi, on se dispute bien parfois, et pourtant on est les meilleurs potes du monde.
Johnny se jeta dans les bras de son père et s'accrocha à son cou.
– S'il te plaît, Lothar, si tu pars tu m'emmèneras avec toi ? Tu ne m'oublieras pas ? S'il te plaît, Lothar !
Son fils tremblait dans ses bras, il regarda par la vitre la rue glacée. Il sentit les larmes lui monter aux yeux mais il les refoula d'un battement de paupières. Il embrassa Johnny sur la tête en écoutant le vent souffler en bourrasques. Il se demanda comment on en était arrivé là. Il devait bien y avoir un jour où tout avait commencé à clocher, un moment particulier. Pourquoi ne s'en était-il pas rendu compte ? Il y avait sûrement eu une raison, mais elle lui avait échappé. Il s'était marié avec la seule femme qu'il ait jamais aimée. C'était le plus grand risque qu'il ait pris. Ils avaient bâti des châteaux en Espagne. Et il était là, assis dans sa voiture, serrant contre lui un enfant en pleurs, son enfant terrifié. Il avait trente ans et la seule chose dont il était sûr, c'est qu'il n'avait strictement rien compris à ce qui lui arrivait.
– Je ne partirai pas, fiston. Et si je m'en allais, je t'emmènerais avec moi.
Il se souvenait de tout dans les moindres détails. En fait, il n'y avait pas eu de raison. Il en était sûr. Il se retrouvait dans une ville qu'il ne connaissait pas, dans un pays étrange, avec des gens inconnus, à rechercher ce fils qui avait pleuré dans ses bras, par ce matin d'hiver, il y a si longtemps. Et il n'y avait aucune raison à cela, si ce n'est la malchance. C'était une vérité terrible que d'admettre que les choses ne pouvaient pas toujours s'expliquer.

C'est pour ça que les hommes avaient inventé Dieu, ça ne faisait pas de doute. Mais il était quand même choquant de voir à quel point l'amour pouvait être à la fois beau et cruel, et que parfois l'un n'allait pas sans l'autre. Personne ne lui avait jamais parlé de la solitude d'un père. On ne lui avait jamais rien expliqué. Sinon il aurait peut-être compris.

Guapo acheva de décrire à Lorenzo ce qu'il voyait. Il se leva et fit quelques pas devant le garage – il avait l'air de s'ennuyer – et puis il regarda Smokes qui dormait tranquillement à l'ombre d'un arbre et il ricana.

– Hé, Francisco ! fit-il avec un clin d'œil complice.

Il s'approcha de Smokes et le poussa du bout du pied.

– Marilyn, roucoula-t-il. Oh, Marilyn.

Smokes se réveilla en pestant et lança une bordée de jurons. Il attrapa une poignée de terre et la lança à Guapo.

– Tête de nœud !

– *¡ Coño !* répliqua Guapo.

Ils vinrent tous les deux s'asseoir par terre auprès de Frank.

Au sommet d'une colline, tout au bout de la ville près de la mer, se dressait un grand bâtiment blanc, flambant neuf. Guapo le montra à Frank en lui expliquant qu'il s'agissait de la nouvelle prison. Il dit en souriant que c'est là que devait être Johnny.

– J'espère bien, soupira Frank.

– Tu sais, murmura Lorenzo, il est peut-être en train de nous regarder. Il est peut-être à une de ces fenêtres en train de se demander qui sont ces mecs, là-bas, avec leur drôle de vieille bagnole.

Frank s'efforça de plaisanter et répondit que Johnny ne pouvait pas être debout à une heure aussi matinale.

Il prit subitement conscience qu'ils touchaient au but et fut brusquement pris de panique. Et si Johnny n'était pas là ? Si le type emprisonné là n'était pas son fils ? Si son cadavre était entreposé dans la cave d'un hôpital quelconque ? ou s'il gisait quelque part dans un coin perdu de la jungle survolé par les vautours ? Une image s'imposa brutalement à son esprit, celle du cadavre de son fils, ce corps qu'il avait si souvent serré entre ses bras, recroquevillé comme le cadavre de ce gars des Contras qu'il avait vu à Estelí, meurtri, puant, le genre de spectacle destiné à effrayer les innocents ; il perdait son sang et ses boyaux dégoulinaient dans la terre chaude. Il s'efforça de chasser cette image de son esprit. Assis au soleil, ils attendaient que quelque chose se produise.

Vers sept heures et demie apparut au bout de la rue un homme très maigre, vêtu d'un bleu de travail. Il marchait tranquillement suivi de deux gosses malingres qui se donnaient la main. La fille devait avoir dans les treize ans. Elle avait le visage très pâle, et sa robe bleue était sale et déchirée. Elle était pieds nus, et ses jambes étaient couvertes de traces de boue grises. Le petit garçon devait avoir cinq ans. Il portait un short et des sandales trop grandes pour lui. Sa tignasse noire était ébouriffée, il brandissait une épée en plastique. L'homme s'arrêta, fit un signe aux enfants et s'avança vers l'entrée du petit garage, tenant à la main une boîte à outils et un trousseau de clefs.

– *Buenos días, hombres*, fit-il d'une voix endormie. *¿ Cómo le va ?*

– *Tenemos un problema, compa*, répondit Guapo. *Creemos que la batería esta descargada.*

Le garagiste regarda Claudette et éclata de rire. Il avait le visage et les mains couverts de furoncles purulents. Sa peau était ridée comme une vieille pomme. Il avait des lèvres pâles, une moustache tombante, et portait une casquette de base-ball noire sur ses longs cheveux clairsemés. Il avait les yeux irrités et injectés de sang. Quelques pustules saignaient autour de sa bouche.

– *La batería*, expliqua Smokes.

L'homme haussa les épaules.

– *Oh, no hay problema.*

Les enfants allèrent s'asseoir sous l'olivier. Le garçon se mit à creuser la terre sablonneuse avec son épée. Le garagiste ouvrit la porte de la baraque et pénétra à l'intérieur. Ses mouvements étaient lents comme s'il était perclus de douleur. Il ressortit en tenant deux gobelets en plastique qu'il alla donner aux enfants.

Guapo et Lorenzo déclarèrent qu'ils allaient descendre chez Ma Baker voir si elle avait des chambres. Cherry sortit de Claudette et dit qu'elle venait avec eux.

– *Hasta luego Marilynita,* fit Guapo.

– *¡Y tu madre!*

En les entendant, le garagiste rigola. Il souleva le capot de Claudette, grimaça et retira la batterie. Il la posa sur un bloc de ciment et la brancha à un chargeur. Elle était complètement à plat, dit-il. Il faudrait au moins une heure pour la recharger.

– Eh ben, on attendra, dit Frank.

Le garagiste haussa les épaules. Il retourna jeter un coup d'œil au moteur, il sortit la jauge à huile, l'essuya sur son bleu, l'examina et fit la moue. Il alla chercher un bidon d'huile dans la baraque et le vida dans le carter. Il démonta les bougies, les inspecta et finit par les jeter. Il retourna à sa baraque et revint avec deux nouvelles bougies. Il les frotta énergiquement avec une lime à ongles et les vissa dans le moteur. Il dévissa le carburateur, l'enleva et le porta à sa bouche pour y souffler très fort. Il l'essuya soigneusement à l'aide d'un chiffon qu'il sortit de sa poche et le remit en place.

Un peu plus loin à l'ombre des arbres, la fillette se mit brusquement à crier. Le petit garçon se leva et brailla : « Papa. » Il vint en courant vers le garagiste et se réfugia entre ses jambes.

– *¡Isabel!* appela le père.

La gamine le rejoignit et prit un air boudeur pendant qu'il la grondait. Elle attrapa son petit frère par la ceinture de son short et repartit avec lui sous l'olivier.

L'homme sourit à Frank et à Smokes, en hochant la tête.

– *¡Los niños!*

Il s'agenouilla et entreprit de regonfler les pneus.

– Mon Dieu, Smokes, dis-lui qu'il est sympa d'amener ses gamins au travail avec lui.

L'homme eut un petit rire. Il secoua de nouveau la tête. Sa femme avait été emportée par la malaria l'année précédente. Il fit un signe de croix. Il avait encore trois enfants à la maison. L'aînée s'occupait d'eux. Mais comme elle n'avait que quatorze ans, c'était trop pour elle de les avoir tous à sa charge.

Smokes bâilla, le garagiste lui adressa un sourire amical.

– *¿Cansado, hombre?*

– *Sí, muy cansado.*

Le garagiste se redressa et fit un signe en direction de la baraque.

– *¿Le apetece un café?*

– *No gracias.*

– *Sí*, insista-t-il. *Un cafelito, nada más. Por favor.*

– Qu'est-ce qu'il dit, Smokes ?

– Il veut nous offrir un café, Franklin. J'ai refusé. Il doit avoir à peine de quoi en acheter.

– Mon pauvre vieux, toi au moins, tu es psychologue !

– Qu'est-ce que tu racontes, Franklin ? Il ne doit pas en avoir beaucoup, c'est tout.

– Seigneur, on voit bien que tu n'as jamais été pauvre !

– Je ne te suis pas, Franklin.

– Mais, bon Dieu, Smokes, tu ne comprends donc rien ! L'hospitalité, ça ne se refuse pas, martela Frank en le regardant bien en face.

Ils pénétrèrent dans la baraque et s'assirent tous les trois. Le garagiste alluma la radio et ils écoutèrent les informations. Fidel Castro allait venir en visite officielle à Managua, Ronald Reagan avait demandé au Congrès de voter des crédits supplémentaires pour financer les Contras. Le garagiste remplit une bouilloire et alluma le petit réchaud à alcool. Dans un tiroir il prit un morceau de pain, le coupa en trois et le partagea avec Frank et Smokes.

Frank sortit ses cigarettes et en alluma une. Il remarqua le regard du garagiste et lui tendit le paquet.

– Vous en voulez une ?

– *Oh no, no gracias.*

– Allez, insista Frank. *Por favor.*

– *Bueno, gracias.*

Le garagiste prit une cigarette et la renifla.

– Cigarette américaine, fit-il d'un air entendu. – Il la mit derrière son oreille : *Muy rica.*

– Gardez le paquet. Allez-y. J'en ai plein d'autres.

Ses yeux s'agrandirent.

– *Gracias.*

Il regarda le paquet comme un enfant à qui on vient d'offrir un jouet neuf, prit une cigarette, l'alluma au réchaud et en tira une longue bouffée. Il se mit aussitôt à cracher et à tousser.

– *Ay, Dios mío,* fit-il en s'essuyant les yeux. *¿Es muy fuerte, no?*

– *Sí*, très forte et très mauvaise pour vos poumons.

Le garagiste se mit à rire.

– *Me llamo José Ortega*, annonça-t-il en se montrant du doigt.

– *¿Igual que el Presidente?* rigola Smokes.

Le garagiste leva les yeux au ciel et désigna en riant la baraque où ils se trouvaient.

– *El presidente de petroleum.*

Frank fit les présentations à son tour. Le garagiste s'essuya les doigts sur son bleu, se leva et leur serra la main.

– *Mucho gusto, hombres.* – Il sourit et regarda Frank d'un air curieux : *Pero*, Little, ajouta-t-il à l'adresse de Smokes, *eso significa pequeño en español. ¿Verdad?*

– *Sí.*

– *Pero es grande*, décréta José Ortega en serrant le poing et en rigolant. *Está hecho un roble.*

– Il dit que tu es un sacré costaud, Franklin. Il pense que le nom de Little ne te convient pas.

– *Sí*, renchérit le garagiste. *¿Francisco el grande, no?*

Frank approuva en souriant.

– Je vais lui dire que tu vas faire un régime, Franklin.

– Surtout pas, mon gars, on ne parle pas de régime à un type dont les gosses crèvent de faim.

José Ortega versa trois tasses de café. « *¡Salud!* » Ils trinquèrent. Il s'assit et se mit à raconter que sa femme était morte l'an passé, au mois d'avril. Il hocha tristement la tête. Elle avait toujours été solide, jamais malade. Mais il y a deux ans une épidémie de malaria s'était déclarée en ville. Elle avait été apportée par une terrible invasion de moustiques. Ils étaient venus d'Afrique, ces moustiques, et personne ne comprenait comment ils étaient arrivés jusqu'au Nicaragua, mais c'est un fait, ils avaient envahi Corinto, par millions. C'était affreux. Il y en avait partout. On les voyait par nuages entiers dans le ciel. Il suffisait d'étendre la main pour qu'elle en soit aussitôt recouverte au point qu'on ne voyait plus la peau. On ne pouvait plus dormir la nuit à cause du bruit. A la fin, il avait même fallu vider les bénitiers de la cathédrale parce que les moustiques venaient se reproduire dans l'eau bénite.

Il pensait qu'il y avait un rapport avec le pétrole. L'air de la ville était entièrement pollué par les raffineries, et il avait entendu dire que la pollution attirait les moustiques. Il pensait que c'était ça, la cause, mais certains vieux affirmaient que c'était une malédiction jetée sur la ville. Il n'en savait rien. Ce qui était sûr en tout cas, c'est qu'il était devenu impossible de vivre à Corinto. Il espérait que ses enfants, plus tard, iraient vivre ailleurs, aux États-Unis par exemple. C'était terrible la guerre, terrible de voir les gens se battre entre eux. Il y a quelques années, tout le monde était du même bord, tous unis contre le Général. Maintenant, ces mêmes hommes qui avaient combattu au coude à coude étaient en train de s'entre-tuer. C'est ça qui n'allait pas. C'était comme une famille qui se déchire. C'était très triste pour le Nicaragua. José Ortega leur resservit du café et leur demanda ce qu'ils venaient faire à Corinto.

Il écouta Frank raconter son histoire, en répétant « Cristo y María » d'un air consterné. Il demanda à Frank le prénom de son fils, mais il secoua la tête, ça ne lui disait rien. Il y avait aussi une fille, ajouta Frank, qui devait s'appeler Pilár. Le garagiste leur dit que c'était un prénom très répandu. Des Pilár il y en avait plein à Corinto. La sœur de sa femme s'appelait Pilár, et aussi sa fille cadette. Il pouvait quand même se renseigner. Il connaissait beaucoup de monde en ville, tous des gens de confiance.

Il leur conseilla d'être très prudents quand ils iraient s'informer. La situation en ce moment était dangereuse à Corinto. La ville grouillait d'espions des Contras et d'agents du gouvernement, et il était pratiquement impossible de savoir à qui on avait affaire.

José Ortega les observa un instant, puis il se leva et alla ouvrir la porte. Il regarda sur la route, fit un signe aux enfants et referma soigneusement avant de revenir s'asseoir. Il se pencha et se mit à parler doucement, presque à chuchoter, le regard aux aguets.

– Franklin, il dit qu'il y a un gars en ville qu'on devrait voir. Si quelqu'un a des informations sur Johnny, ça ne peut-être que lui.

– Vraiment ? Et comment s'appelle-t-il ?

José Ortega se mordit les lèvres. Il retira sa casquette, passa ses doigts dans ses cheveux sales.

– Il ne peut pas nous dire qui c'est, Smokes ?

Le garagiste prit sa tasse entre ses mains comme pour se réchauffer. Il gardait le regard rivé sur son café, puis il leva les yeux, regarda autour de lui, et dehors, par la fenêtre. Il hocha la tête et brusquement soupira :

– *Bueno, es cura.*

Smokes eut un petit rire incrédule.

– Il dit que c'est le curé, Franklin. Il ne peut pas en dire davantage.

– Smokes, est-ce que Cherry n'a pas déjà parlé d'un prêtre justement ?

– J'en sais rien.

– Je crois bien que si. Un type à Ocotal lui a dit qu'il y avait un prêtre à Corinto, qu'il fallait voir.

– Ça se peut, Franklin. Je sais pas.

Le garagiste avala sa salive, sortit de sa poche un mouchoir blanc crasseux et s'en tamponna le visage. Il regarda le mouchoir maculé de pus et de sang, le roula en boule et le fourra dans sa poche.

– Où est-ce qu'on peut le trouver, Smokes, ce prêtre ? Il est dans une église ?

José Ortega eut un petit rire narquois.

– Il dit qu'il faut qu'on aille sur le port et qu'on fasse le tour des cantinas. Et là on demande à n'importe qui.

– Je comprends rien. Il pourrait pas nous aider à le trouver ?

Le garagiste se leva d'un bond.

– *No puedo hacer eso. No puedo. Tengo que pensar en mis hijos.*

– Il dit qu'il a des gosses, Franklin, et qu'il doit penser à eux.

Le garagiste fut pris d'une quinte de toux qui le fit grimacer de douleur. Il ressortit le mouchoir de son bleu, s'essuya le visage et la nuque. Il n'arrivait pas à reprendre sa respiration. Au coin de sa bouche des filets de sang coulaient de sa peau craquelée. Il plia le mouchoir en deux, se le passa sur les lèvres en remuant la tête. Il se prit le front entre les mains.

– Seigneur, Smokes, dis-lui de se calmer. Dis-lui que tout va bien.

– *Lo siento*, s'excusa le garagiste.

– On ferait mieux d'y aller, Smokes. Remercie-le pour le café.

José Ortega détourna le regard.

– *De nada.*

Quand ils se retrouvèrent dehors, il faisait déjà chaud. Le soleil éclairait la montagne, faisant ressortir les veines dorées et bleu foncé du granit, il semblait rebondir sur la ville. Autour de la pompe à essence les marches en ciment étaient couvertes de taches noires autour desquelles bourdonnaient des nuées d'insectes.

José Ortega sortit la batterie du chargeur, la remit en place sous le capot et rebrancha les fils. Il se mit au volant et fit démarrer le moteur. Claudette vrombit et vibra. Il descendit, fit claquer le capot et essuya son visage ravagé.

– *Ahora no hay problema.*

Frank sortit de sa poche une liasse de córdobas.

– Demande-lui combien on lui doit, Smokes ?

Le garagiste n'osait pas les regarder. Il avait l'air embarrassé. Il s'approcha de Smokes et lui chuchota quelque chose à l'oreille. Celui-ci fit signe qu'il comprenait.

– Frank, il voudrait savoir s'il nous reste quelque chose à manger. Ça fait deux jours que ses gosses n'ont rien avalé que du pain.

– Je crois qu'il ne nous reste plus rien.

Le garagiste leva les mains en l'air et recula d'un geste fataliste.

– *OK, sí. No hay problema.*

Il retira sa casquette et se gratta la tête. Son regard se perdit dans les collines, puis il parla à Smokes.

– Il veut savoir si deux dollars ça irait, Franklin ?

Frank ouvrit son portefeuille et en sortit un billet de vingt dollars qu'il plia.

– Donne-lui ça, Smokes.

– *No, no, no tengo cambio.*

– Si, vas-y, c'est bon.

– *Pero...*

– Allez prends-les, mon vieux. Dis-lui, Smokes, qu'il peut tout garder.

Le garagiste contempla le billet de vingt dollars. Il arrondit les lèvres et émit un petit sifflement.

– *Gracias, pues. Gracias, hombre. Muy amable. Muchas gracias.*

– *Por nada*, dit Frank.

Le garagiste ajouta quelque chose en montrant ses enfants.

– Il dit qu'on ne trouve presque plus rien à manger en ville. On le paie en córdobas. Mais il faut des dollars pour acheter au marché noir.

– On comprend. C'est un type bien. Dis-lui qu'il n'a pas besoin de se justifier.

Ils regagnèrent Claudette.

– Franklin, il ne veut pas qu'on dise qu'il nous a parlé du prêtre, si quelqu'un pose la question.

– Y a pas de problème.

– Il veut qu'on le jure. Il faut qu'on le tienne en dehors de tout ça.

– Juré. T'inquiète pas.

José Ortega parut soulagé en serrant la main de Frank.

– *Mucho gusto, hermano.*

Les enfants, cachés derrière les oliviers, accoururent auprès de leur père. Il posa ses mains crevassées sur leurs épaules.

Smokes enclencha la première et ils quittèrent le garage. Il roula vers la jetée Sud, trouva le petit hospedaje et s'arrêta. Il descendit seul. Il n'y avait que quatre chambres, dit la señora, toutes avec des lits jumeaux. Ils les réservèrent et payèrent trente dollars. Guapo et Lorenzo dans l'une. Smokes et Cherry dans une autre, Frank et Eleanor chacun la leur.

A l'arrière de la camionnette Eleanor dormait toujours. Frank l'enveloppa dans le drap, puis avec l'aide de Guapo il la sortit et la transporta jusqu'à sa chambre. Ils grimpèrent les deux étages en soufflant et en titubant. Ils l'allongèrent sur le lit et ouvrirent la fenêtre. Cherry entra et dit qu'elle allait lui changer son pyjama.

– D'accord, ma belle. Si tu veux bien le faire, merci.

La petite salle à manger avait une vue spectaculaire sur tout l'ouest de Corinto et sur l'océan. La ville formait un arc de cercle où s'étageaient des bâtiments noircis, des toits gris inclinés et des conduits de cheminée en aluminium coiffés de pots métalliques. Elle avait un air inquiétant, était d'une laideur désespérante mais la mer qui la baignait ressemblait à une étoffe de soie bleu saphir. Des mouettes tournaient et plongeaient au-dessus des vagues.

Guapo avait étalé un plan de la ville sur ses genoux. Il sourit à Frank et lui montra du doigt l'emplacement de la prison.

Il dit qu'il avait une idée. Il connaissait un caporal qui était en garnison quelque part dans le coin. Ils avaient combattu ensemble dans les montagnes avant la révolution, et ce type avait une dette envers lui. Guapo voulait aller en ville et trouver un bar fréquenté par les soldats. Il était tout à fait capable de se faire passer pour quelqu'un du pays parce qu'il avait eu une copine qui habitait sur la côte, à Poneloya, et il savait parler avec l'accent du Nord.

– *Meera. Booenas deeas, hermaaano.*

Comme les moutons, fit-il en rigolant. Les gens du Nord bêlaient comme des moutons. Il pourrait trouver son caporal, et celui-ci leur dégoterait un laissez-passer pour entrer dans la prison.

Smokes trouva que ça n'avait rien de génial. Il ne fallait pas que les militaires ou la police soient mêlés à ça. Les policiers et les soldats étaient tous membres du Parti, et il n'y avait rien à en attendre. Ils pouvaient tous se retrouver en cabane pour avoir amené Frank et Eleanor jusqu'ici sans autorisation. C'était surtout ce qu'on voulait éviter. Guapo voulut discuter mais Smokes se moqua de lui. Il dit quelque chose que Frank ne comprit pas et qui fit sortir Guapo de ses gonds. Celui-ci frappa du poing sur la table.

– Ferme ta gueule, Guapo ! C'est pas à toi de me dire ce que je dois faire. C'est pas toi qui commandes ici !

Guapo balança le plan sur la table, se leva et se mit à crier en poussant Smokes. Il se dégagea d'un geste brusque. Ils se bousculèrent en s'insultant. Lorenzo se leva et effleura le bras de Smokes.

– Mon frère tu vois la paille dans l'œil de ton voisin et pas la poutre qui est dans le tien.

Smokes se retourna. Sa voix tremblait de colère.

– Va te faire foutre, Lorenzo, je te préviens. Garde tes conneries bibliques pour les autres.

Frank prit peur. Il voyait bien que Smokes et Guapo allaient se battre. Il avait souvent vu des gens se battre et il savait où se trouvait le point de non-retour. Lorenzo s'avança vers Smokes en essayant de le retenir par le bras. Smokes lui donna un coup de coude. Lorenzo trébucha et tomba, il s'affala contre le mur et fit dégringoler un cadre.

Guapo bondit sur Smokes, l'attrapa par la chemise et le coinça contre le mur en hurlant. Frank s'approcha. Guapo serra la gorge de Smokes et se mit à crier. La señora accourut. Lorenzo se releva et d'un geste brusque attrapa Guapo par le bras.

– *No, hombre.*

Guapo se dégagea. Frank s'interposa entre Guapo et Smokes, les bras écartés. Guapo fit un bras d'honneur à Smokes et se remit à gueuler en postillonnant.

– Ça suffit, hurla Frank.

Guapo se tourna vers Smokes et cracha par terre. Il s'assit et alluma une cigarette, les mains tremblantes.

– Seigneur, tu peux m'expliquer ce qui se passe, Smokes ?

Smokes était cramoisi. Il se passa un doigt dans le col de la chemise.

– C'est rien, Frank. Guapo fait le con comme d'habitude.

– *Cobarde, vete a tomar por el culo*, fit Guapo d'un ton calme.

La señora s'étrangla d'horreur.

Smokes se tourna de nouveau vers Guapo.

– J'y reviendrai pas deux fois, je te préviens. Écrase, bordel, ou tu vas salement le regretter.

– *Tu madre, yanqui.*

Guapo tira sur sa cigarette.

– Allez, viens, Smokes. On est tous fatigués. Un peu d'air nous fera du bien.

– Je me fous d'aller prendre l'air, Frank. Il m'a traité de lâche, t'entends, mec ? Je veux pas que les militaires s'en mêlent et il me traite de lâche alors qu'ici on risque à tout moment de se faire tirer dans le cul.

– Je sais bien, fiston. Allez, viens avec moi.

– *Cobarde*, renchérit Guapo alors qu'ils sortaient.

Ils descendirent dans le petit jardin. Smokes avait du mal à retrouver son souffle, il frémissait de rage, les sourcils froncés. Il s'arrêta dans l'allée, alluma une cigarette.

– Cette petite ordure ! Il se prend vraiment pour Che Guevara.

– Ouais, je sais. Mais on est tous fatigués, je te l'ai déjà dit. Allez, détends-toi.

Smokes soupira et accepta de faire un bout de chemin avec

Frank. Au moment où ils ouvraient la grille et s'apprêtaient à descendre en ville, ils entendirent derrière eux une voix d'homme. Ils se retournèrent, la rue était vide. La brume de chaleur faisait trembler l'air. Personne à l'horizon.

– *Hombres*, reprit discrètement la voix.

José Ortega sortit des buissons qui poussaient devant la maison. Il retira sa casquette et passa ses doigts couverts de cicatrices dans ses cheveux. On aurait dit qu'il s'attendait à ce qu'on l'interroge. Il s'approcha d'eux rapidement et leur murmura quelque chose en vitesse sans cesser de surveiller la route.

– Oh non ! fit Smokes. C'est complètement délirant.

– Quoi ?

Les mains sur les hanches, Smokes contemplait la mer en hochant la tête d'un air accablé.

– Il dit qu'il a réfléchi, Franklin. Si on veut bien lui filer du blé, il va nous aider à retrouver notre foutu prêtre. Il dit que ça l'ennuie de demander de l'argent, mais ses gosses ont besoin de manger.

– Ça me semble correct, t'es pas d'accord ?

– Il veut qu'on lui file le fric tout de suite.

– Combien ?

José Ortega, l'air mortifié, chuchota la somme au creux de l'oreille de Smokes.

– Cinquante dollars, Franklin.

Frank sortit cinq billets de dix et les lui tendit. Le garagiste prit les billets sans vérifier et les fourra dans la poche arrière de son bleu.

– *Gracias, hombre. Lo siento.*

– Il va arranger ça pour ce soir.

– Où ?

– Dans un bar sur la jetée. Il dit qu'il y connaît tout le monde.

– C'est quoi le nom ?

– *Las Diez Copas. Se llama Las Diez Copas.*

– C'est bon. Dis-lui que j'y serai.

– Écoute, Franklin. Je sais vraiment pas quoi penser. Ça devient complètement cinglé. On ne sait pas dans quoi on est en train de se fourrer.

– Dis-lui que j'y serai. J'irai tout seul.

– Bordel, c'est pas ce que je veux dire, Frank. Mais qu'est-ce que vous avez tous ? Vous voulez jouer les héros ?

Frank le dévisagea et s'efforça de ne mettre aucun reproche dans sa voix.

– Je veux juste retrouver mon fils, Smokes. Si c'était le tien t'en ferais autant.

Une moto passa à toute vitesse en soulevant un nuage de poussière blanche. José Ortega se détourna. Smokes s'adressa de nouveau à lui, et le garagiste montra Frank du doigt, puis se désigna lui-même.

– Il dit qu'il veut t'aider, Franklin. Il dit que tu l'as aidé, maintenant il veut te rendre la pareille. Ouvrez les vannes ! Sortez vos mouchoirs !

Frank serra la main du garagiste.

– *Gracias, José, gracias.*

– *OK, Francisco, sí. Hasta luego.*

Il fit demi-tour et s'éloigna rapidement en direction de son garage.

En descendant en ville, ils passèrent devant une grande église blanche construite sur des petits pilotis de bois. Elle était barbouillée de graffitis rouge et noir. Une pancarte rectangulaire était accrochée au-dessus du porche, avec, en lettres d'or, l'inscription *¡ CRISTO VIENE !* Frank rigola. Si le Christ devait venir ici, il aurait un boulot d'enfer. Smokes resta muet.

Hommes et femmes se hâtaient dans les rues pour se rendre au travail. La corne de brume mugissait sur le port. L'air était chargé de l'odeur écœurante du pétrole, et une couche de boue noire tapissait les rues. Des passages en bois couraient le long des petites boutiques en ciment dont les vitrines étaient protégées par des grilles. Elles n'étaient pas encore ouvertes mais il y avait déjà la queue devant la plupart d'entre elles. Cinq énormes cuves noires étaient alignées le long de la mer. On y avait peint en jaune des têtes de mort et en rouge le mot *PELIGROSO*. Deux soldats en uniforme crasseux étaient avachis contre un bâtiment gris de deux étages qui avait des barreaux aux fenêtres. Ils arrêtaient les gens et vérifiaient leurs papiers. Un autre soldat fouillait un homme debout contre un mur, bras et jambes écartés. Un camion blindé vert foncé était garé à côté d'une jeep. Une fille en T-shirt et short rose moulant, appuyée contre la jeep faisait la causette avec un policier. Frank et Smokes firent demi-tour pour passer de l'autre côté de la rue, puis reprirent leur chemin en évitant de croiser le regard des soldats.

La raffinerie crachait de gigantesques flammes puantes et des volutes de fumée. Corinto semblait plongée dans la pénombre malgré le soleil radieux. Ils traversèrent la ville, dépassèrent l'école et le cimetière pour aboutir au pied d'une petite colline où se dressait la prisión. Une allée sinueuse conduisait à la grille. A l'abri d'un bosquet d'oliviers sauvages, ils observèrent le bâtiment à travers le feuillage.

C'était une gigantesque hacienda blanche aux colonnes grises cannelées. Un escalier majestueux conduisait à la porte. Les volets étaient fermés. Une corniche travaillée, ornée de personnages sculptés, courait le long de la façade au-dessus d'un balcon blanc garni de plantes. C'était d'un mauvais goût achevé, le genre de maisons que se font construire les chanteurs de country et que les péquenauds en goguette viennent photographier par autocars entiers. Aucun drapeau ne flottait au grand mât sur le toit. A travers les feuilles, Frank apercevait des jeunes gens en blouson de cuir et en jean qui traînassaient sur les marches avec les soldats. Il n'avait jamais vu une prison comme ça. Smokes lui expliqua que la vieille prison avait été incendiée lors d'une nuit d'émeute. Cette maison appartenait à un cousin germain du Général, elle avait été réquisitionnée par le gouvernement. On n'y enfermait que certaines catégories de prisonniers : les violeurs, les traîtres et les étrangers.

Ils s'avancèrent un peu sur l'allée en surveillant à tour de rôle si personne ne venait. Smokes examina les fenêtres du premier étage, mais tous les volets étaient fermés. Des arroseurs fonctionnaient sur une pelouse vert pâle qui descendait jusqu'à la grille. Des pluviers et des mouettes picoraient l'herbe.

Soudain, derrière eux, ils entendirent le vrombissement d'une moto qui remontait l'allée. « Merde », lâcha Smokes. Il chercha désespérément où se cacher, mais il n'y avait que des buissons épineux des deux côtés.

La moto surgit du virage et s'arrêta. Ses pneus mordirent dans le gravillon. Une femme soldat qui portait des bottes de cuir noir en descendit. Elle avait la peau très foncée.

– *¿ Qué pasa, hombres ?* demanda-t-elle d'un air soupçonneux.

– *Nada.*

Elle s'avança vers eux.

– Allez, Smokes, vas-y. Dis-lui.

– *Bueno, compañera, queremos hablar con el preso irlandés.*

Elle secoua la tête.

– *No hay ningún Irlandés aquí. Hay muchos extranjeros, pero no hay nadie de Irlanda.*

– *¿ Está segura ?*

Elle croisa les bras.

– *Sí. Estoy segura.*

Elle les détailla avec beaucoup d'attention. La moto émit un bruit métallique.

– Elle dit qu'il n'y a pas de prisonnier irlandais ici, Franklin.

– Demande-lui si on peut parler à l'Allemand.

– Frank, fit Smokes en serrant les dents, on ferait mieux de se tirer.

– Demande-lui, Smokes.

Elle fit un pas en avant.

– *¿ Tienen ustedes permiso ?*

– *No.*

Elle leur indiqua du doigt la direction de la ville.

– *Fuera, pues.*

– *¡ Por favor, por favor !* fit Frank en s'avançant.

Elle recula brusquement.

– *¡ Fuera !* menaça-t-elle en portant la main à son arme.

– D'accord, d'accord, *nos vamos*. Allez, viens, Franklin.

Ils rebroussèrent chemin. Elle resta à côté de sa moto, les surveillant jusqu'à ce qu'ils aient disparu. Ils l'entendirent redémarrer et foncer vers la prisión.

– Foutue lesbienne ! maugréa Smokes.

– Allons Smokes. Elle s'est peut-être fourrée dans de mauvais draps rien qu'en nous parlant.

Ils descendirent l'allée en traînant les pieds et regagnèrent la ville puante. Ils passèrent devant un cinéma dont les portes et les fenêtres étaient condamnées par des plaques de tôle rouillée. Des affiches de films américains étaient toujours accrochées derrière des vitres poussiéreuses. Le soleil était un disque blanc dans le ciel.

Ils entrèrent dans un bar minuscule, Calle Pancotal, et burent du café amer. D'énormes cafards couraient dans la sciure répandue sur le sol. Une grosse langouste de plastique rouge pendait au plafond. Les murs étaient couverts de cartes postales des quatre coins du monde, les pyramides, la tour Eiffel, le Taj Mahal.

Smokes était crevé. La longue nuit sur la route se faisait sentir. Il voulait rentrer à l'hospedaje piquer un roupillon. Frank avait les tempes serrées par la fatigue, mais il dit qu'il serait incapable de dormir, que ce n'était même pas la peine d'essayer. Il sentait une vague panique l'envahir. Quelque chose en lui l'avertissait qu'il faisait fausse route, que son fils n'était pas là. Il repensa à Nuñez. A l'hôtel, on devait avoir découvert leur disparition. Il se demanda si Nuñez les avait fait rechercher. Pour la première fois, l'idée lui traversa l'esprit qu'on pouvait les arrêter d'un moment à l'autre. Il y avait des soldats et des policiers dans tous les coins. Le premier venu pouvait l'emmener et le mettre en prison. Il n'y avait pas de temps à perdre. Il fallait se dépêcher d'agir.

– Écoute un peu, mon gars, on pourrait peut-être trouver cet endroit, le *Diez Copas*, ce rade dont le garagiste nous a parlé.

– Pour quoi faire, Franklin ?

– On pourrait mettre le grappin sur ce prêtre. On sait jamais. Il se peut qu'il y soit.

Frank lut de la peur dans les yeux de Smokes. Elle était presque palpable. On aurait pu la saisir à pleines mains. La peur, il l'avait trop souvent vue pour ne pas la reconnaître. Elle transparaissait dans son regard. Il reconnaissait la vieille ennemie. Cette expression effrayée qu'il avait souvent vue, sur le visage de son fils, celui de sa femme, ou dans le rétroviseur de son taxi. Il y a une façon particulière de se comporter quand on a peur. Une ombre dans le regard de celui qui découvre tout à coup sa fragilité. C'est une expression que les acteurs n'arrivent jamais à reproduire. Quand les gens sont effrayés, ils sont à moitié morts, ils ne peuvent plus se mettre en transe. Smokes contemplait la langouste au plafond comme s'il était totalement fasciné. Un tic nerveux lui agitait les lèvres.

– Tu sais, Frank, je n'ai jamais aimé cette ville. J'ai toujours pensé que le pire pouvait y arriver.

Frank se força à rire.

– Il ne peut rien t'arriver de mal, mon petit, j'ai la chance avec moi.

– D'accord. J'espère bien, parce que, pour moi, le niveau est au plus bas. Comme l'huile dans le moteur, tu piges ?

– Les moteurs, c'est différent. On peut toujours refaire les niveaux.

– Ben, j'aimerais bien qu'on me refasse le niveau. La vie serait plus facile.

Ils prirent un autre café et descendirent jusqu'à la jetée.

A neuf heures et demie, Eleanor se réveilla. Elle s'assit, l'air étonné. Elle regarda autour d'elle mais quand elle vit Cherry, assise à la coiffeuse, en train de feuilleter un magazine, elle se sentit soulagée.

– On est arrivés ? demanda-t-elle d'une voix rauque, encore endormie.

Cherry s'approcha du lit.

– On y est. Comment te sens-tu ?

Elle reposa sa tête sur l'oreiller blanc.

– Si tu savais les rêves que j'ai faits ! dit-elle en se massant les paupières. Seigneur ! Toutes ces images horribles qu'on peut avoir dans la tête !

– C'est bien vrai.

Elle se rassit.

– Il faut que je retrouve cette fille, cette Pilár.

– De quoi tu parles ?

– Bien sûr, tu ne peux pas comprendre. C'est Guapo qui en a parlé à Frank. Il a dit qu'ils étaient très liés, Johnny et cette Pilár. Il a ajouté qu'elle travaillait chez un marchand de glaces. La boutique portait le nom d'Elvis Presley.

Cherry lui versa un verre de citronnade. Le dos tourné, elle cassa un œuf dedans et la fit boire.

– Allez rien ne presse, ma jolie, On verra ça demain.

Eleanor avala le liquide épais en grimaçant. Elle se frotta les yeux et bâilla.

– Il faut absolument que je la retrouve tout de suite. Ce serait bien si tu venais avec moi, mais s'il le faut j'irais toute seule.

Avant que Cherry ait le temps de dire quoi que ce soit, Eleanor s'était levée. Elle s'approcha de la fenêtre, ouvrit les rideaux et resta bouche bée devant la mer. Elle passa dans la salle de bains, se lava et s'habilla.

– Je me sens toute drôle, si légère.

Cherry lui donna le bras et elle descendit lentement l'escalier en se cramponnant à la rampe.

– Quel endroit charmant ! s'extasia-t-elle en découvrant la salle du petit déjeuner avec ses tables recouvertes de nappes blanches et de verres étincelants. La señora apporta le café et du jus d'orange. Elle dit que les hommes n'étaient pas là. Ils étaient tous partis vadrouiller. Les hommes n'étaient bons qu'à ça, vadrouiller et se croire importants. Eleanor approuva.

– On est mieux toutes seules. On finit par s'en lasser des hommes.

Elles reprirent du café, et la señora apporta un bol de soupe épicée et du pain. Eleanor avala quelques bouchées et dit que c'était délicieux. La señora était aux anges.

– Faut y aller maintenant. Faut qu'on trouve cette Pilár.

– Mais on ne sait rien d'elle.

– Tu te trompes, ma belle. Elle travaille chez un marchand de glaces.

Cherry soupira.

– De toute façon, j'ai une envie folle de manger une glace après toutes ces bonnes choses. Une bonne glace, ce sera la cerise sur le gâteau.

Dans l'entrée, Eleanor demanda à la fille de la señora d'appeler un taxi par téléphone. Quand il arriva, la señora et Cherry l'aidèrent à descendre les marches et l'installèrent à l'arrière. Cherry monta devant et le conducteur reluqua ses jambes nues. Elle tira sur l'ourlet de sa minijupe et lui dit qu'elle voulait aller à la glaceria *Elvis Presley*. Il se mit à rire. Il n'avait jamais entendu parler de ça à Corinto.

– Si, insista Eleanor.

– *Creo que no, amor.*

– *Sí. La glaceria Elvis Presley.*

Le chauffeur sortit de la voiture et monta les marches pour discuter avec la señora. Ils se parlèrent quelques minutes sous le porche. La señora n'arrêtait pas de secouer la tête et de hausser les épaules. Elle appela sa fille et le chauffeur s'adressa à elle. Puis il les salua et regagna son taxi.

– *No hay*. La señora, elle ne sait pas.

– Oh, mon Dieu, vous êtes sûr ?

Il fit la moue.

– *Bueno. Momentito*, fit-il en attrapant sa radio.

– *¿ Compañeros, dónde está la glaceria Elvis Presley ?*

Il y eut un long silence puis on entendit un grésillement.

Le chauffeur se retourna et regarda Eleanor en souriant.

Un de ses collègues pensait qu'il y avait une glaceria *Elvis Presley* sur la route de Chinandega. A une vingtaine de kilomètres dans les collines.

– *¿ Nos vamos, amor ?*

– *Sí ¿ Cómo no ?*

Il fit un clin d'œil à Cherry.

– *¡ Nos vamos !*

Eleanor, par la vitre, cria à la señora le nom de l'endroit où elles allaient.

Frank et Smokes arrivèrent à la jetée Nord. La marée était basse. Un bateau de pêche abandonné était planté dans la vase vert sombre, le mât cassé, la quille incrustée de coquillages jaune clair. Ils longèrent le quai, passèrent devant les petites cantinas et les bars alignés sans trouver nul endroit appelé *Diez Copas*. Un vieil homme venait à leur rencontre sur le quai en traînant les pieds. Ils l'arrêtèrent pour se renseigner, mais il n'avait jamais entendu parler d'un bar portant ce nom. Ils continuèrent leur route en regardant par-dessus le mur de la jetée le fond vaseux du port. On y voyait des cadres de bicyclette rouillés et des poussettes démantibulées. Des crabes couraient entre les rochers et s'attaquaient aux longues anguilles noires qui frétillaient dans les trous d'eau où elles s'étaient laissé piéger. Ils allèrent jusqu'au bout du front de mer, là où la corniche rocheuse semblait plonger sur un boyau d'eaux graisseuses. Tout au bout, au pied du phare, ils tombèrent sur une espèce de casemate en béton, peinte en damier de carreaux bleu clair et bleu foncé. Il n'y avait aucune enseigne sur la façade mais sur le pignon, face à la mer, on avait peint une carte de tarot géante. Le bar s'appelait le *Ten of Cups* [1].

– Je pense que c'est là, le boui-boui n'est pas vraiment engageant, hein, Franklin ?

La porte blindée était fermée par trois gros verrous. Les volets étaient tirés, et la porte de côté était barricadée par des planches. Ils frappèrent très fort sans obtenir de réponse. Ils firent le tour. La banquette arrière d'une voiture avait été installée sur une rangée de briques, face à la mer. Tout autour traînaient des préservatifs usagés. Deux scorpions noirs fouinaient parmi eux, la queue dressée.

Ils repassèrent devant, et Smokes balança un coup de pied dans la porte. Ils entendirent à l'intérieur un bruit de bouteilles cassées et les aboiement frénétiques d'un chien. Il fonça sur la porte et s'écrasa de tout son poids contre elle. D'après le bruit, elle devait être épaisse et massive.

– *Está cerrado*, fit une voix.

En s'éloignant, ils virent au bord de l'eau un jeune homme assis sur une poubelle renversée. Il leur tournait le dos. Il était manchot. Il tenait une canne à pêche et contemplait fixement l'eau peu profonde. Posé sur une pierre à côté, un transistor déversait de la musique country.

Il ne leva pas la tête à leur approche. Il expliqua qu'il était barman au *Diez Copas*, mais que c'était fermé pour l'instant. Fermé dans la journée. Il n'était même pas sûr d'ailleurs que ça rouvre jamais. Ils lui demandèrent s'il connaissait un prêtre parmi les clients. Il n'en connaissait pas. Ça l'aurait étonné qu'un prêtre mette les pieds au *Diez Copas*. Il avait toujours vécu à Corinto et jamais il n'avait vu de prêtre ici. Ce n'était vraiment pas le genre d'endroit où on pouvait s'attendre à en rencontrer.

1. Littéralement : « Dix de coupe » ; en espagnol *Diez Copas*. L'expression désigne une carte du jeu de l'ancien tarot.

– Bien, fit Smokes, *gracias*.

Le type ricana sans même lever la tête. Il continuait à regarder l'eau fixement comme s'il tentait d'apercevoir tout ce qui reposait au fond.

– *No hay cura, aquí.* Pas de curé par ici, yanqui.

La glaceria *Elvis Presley* était une baraque en planches, longue et étroite, peinte en rose bonbon et jaune vif. Sur le toit, il y avait un cornet de glace en néon, et sur la porte était scotché un drapeau sandiniste. Dans la boutique, deux jeunes dégustaient un milk-shake en bavardant et en rigolant. Les murs étaient couverts d'affiches représentant des stars du rock and roll, Jerry Lee Lewis, Buddy Holly, et Little Richard qui portait une perruque à la Pompadour. Un grand miroir était accroché derrière le comptoir. Un portrait d'Elvis Presley y était peint. Il portait une veste rouge, ses cheveux noirs lui tombaient dans les yeux ; une splendide guitare blanche sur les hanches, il souriait d'un air moqueur.

Il n'y avait personne au comptoir. Un des jeunes leur sourit.

– *Pilár*, demanda Eleanor. *¿Dónde está Pilár?*

Le gamin montra la porte du fond.

Le jardin resplendissait de fleurs sauvages. Des rossignols chantaient dans le feuillage. Un paon orgueilleux courait çà et là, faisant la roue et picorant à terre. Il y avait des petites tables de bois peintes en blanc. Plusieurs étaient occupées.

Une jeune femme allait de l'une à l'autre pour ramasser les verres vides. Elle était grande et souple. Elle était très belle avec ses pommettes saillantes, sa bouche bien dessinée et ses grands yeux noirs pétillants. Une cascade de boucles noires lui tombait sur les épaules. Elle portait un grand corsage blanc, un jean et un tablier rouge. Quand elle vit Eleanor et Cherry s'asseoir à une table, elle vint immédiatement vers elles.

– *Buenas tardes*, fit-elle d'un air réservé.

Elle attrapa le carnet attaché par un bout de ficelle à sa ceinture et le crayon qu'elle avait derrière l'oreille.

– *¿Entiende inglés?*

– *Poquito*, répondit-elle avec un sourire. *¿Qué quiere?*

Eleanor se pencha. Elle prit d'un geste très doux la jeune femme par le poignet. Celle-ci la regarda, surprise.

– *¿ Pilár ?*

Elle fit signe que oui, l'air intrigué.

– *Pilár Hernández, sí. ¿ Por qué?*

– Je m'appelle Little. Eleanor Little. Je suis à la recherche de Johnny, mon fils.

Pilár Hernández repoussa la mèche qui lui tombait sur le visage. Elle s'assit doucement auprès d'elle et leur demanda si elles avaient une cigarette.

Lorsque Frank et Smokes rentrèrent à l'hôtel, ils trouvèrent Guapo et Lorenzo sur le balcon, grattant leurs guitares, occupés à répéter *Ruby Tuesday*. Ils s'assirent, commandèrent des bières à la fille de la señora et racontèrent l'épisode du *Diez Copas*. Guapo était toujours fâché contre Smokes et évitait de le regarder.

On entendit tout à coup une sorte de grondement lourd, comme l'écho lointain du tonnerre. Smokes se leva d'un bond et se pencha au balcon. Quatre soldats à moto débouchèrent dans la rue, sirènes hurlantes et clignotants allumés. Ils sautèrent de leurs machines, prirent place aux quatre coins du carrefour et arrêtèrent la circulation. Des nuages de poussière brune volaient dans l'air. Les enfants accoururent sur le pas des portes. Une long convoi de camions militaires déboucha à grand fracas dans la rue parmi les vapeurs de gazole. Ils étaient pleins de soldats qui braillaient des airs martiaux en brandissant le poing et en agitant leurs armes. Derrière venaient trois pompes à incendie vert foncé, un escadron de voitures blindées dont la forme faisait penser à des insectes et un lance-roquettes installé sur un semi-remorque à plate-forme surbaissée.

– Seigneur Jésus ! Qu'est-ce qui se passe encore ? Cet endroit va rapidement grouiller de militaires, dit Smokes.

La fille de la señora apporta les bières. Smokes ne bougeait pas, il regardait fixement la table.

– Ne t'inquiète pas, mon frère. Tu sais que je suis Dieu.

– Je me fous bien de Dieu. C'est pas ça qui me préoccupe en ce moment.

Frank but une gorgée de bière et se mit debout en bâillant. Il annonça qu'il allait faire un petit somme.

– D'accord, mon gars ?

Smokes hocha la tête machinalement.

– Oui, bien sûr. Vas-y.

– Donc, on se retrouve un peu plus tard ?

– Mais ouais, Franklin, bien sûr. Je passe te prendre.

Frank s'éloigna, laissant les autres attablés en silence. Guapo prit sa guitare et se remit à jouer.

– Mon frère, si Dieu est avec toi, les nations ne sont plus qu'une goutte d'eau dans l'océan.

– Ouais, ouais, je sais, Lorenzo, tu me l'as déjà dit. Je suis au courant.

Tout à coup, ils virent Frank apparaître à la porte, l'air complètement égaré.

– Bordel, où est passée Eleanor ?

– Est-ce qu'il est vivant, ma petite ? Est-ce que tu sais si mon fils est toujours vivant ?

Pilár détourna son visage ravagé par les larmes. Eleanor tendit la main et lui prit le poignet.

– *Yo no sé. Creo que no.*

– Eleanor, traduisit Cherry, elle pense qu'il est mort.

– Mais parle-lui de la prison. Dis-lui ce qu'on nous a raconté à Managua, que peut-être il pourrait être emprisonné ici.

Une expression d'incrédulité se peignit sur le visage de Pilár pendant le récit de Cherry. Elle secoua la tête.

– *No, no creo.*

– Eleanor, elle dit qu'elle ne peut pas croire qu'il soit vivant et qu'il n'ait pas essayé de la contacter.

– Mais pourtant c'est possible, non ? Grand Dieu, c'est quand même possible ?

– *No. No es posible.*

Eleanor soupira.

– Cherry, demande-lui si elle connaissait bien Johnny.

Pilár se mit à parler avec une sorte de fièvre et un tel débit qu'Eleanor ne pouvait plus suivre. Cherry devait à peu près tout traduire. Pilár semblait terrorisée. Elle regardait souvent par-dessus son épaule et ses longs doigts tordaient nerveusement l'ourlet de la nappe.

Il était vraiment sympa, traduisait Cherry, mais il pouvait parfois se montrer très froid. Comme la crème glacée. A la fois doux et froid. Elle l'avait rencontré il y a un an, après un concert, à Puerto Sandino, plus bas sur la côte. Elle y était allée avec sa sœur et son beau-frère. Elle avait rencontré Johnny à la sortie d'un bar et ils étaient allés danser.

Au début ce n'était pas sérieux. Il était vraiment agréable et rigolo mais ce n'était pas une vraie liaison. Ils étaient contents comme ça tous les deux. Elle venait de se séparer de son mari. Il était parti à Miami avec une fille du coin. Johnny venait souvent voir Pilár. Il arrivait de Managua sur sa moto et ils allaient faire des balades dans la montagne. Ou bien danser. Il aimait beaucoup danser. Et puis, au bout d'un certain temps, ils étaient vraiment tombés amoureux l'un de l'autre.

Au début tout allait très bien. Mais il avait toujours refusé de la présenter à ses amis. Quelquefois, il donnait l'impression de vouloir les fuir. Il leur arrivait de se disputer à ce propos. Il était très renfermé. Elle se demandait même parfois s'il n'était pas une sorte d'espion. D'autres fois, elle se disait qu'il devait avoir une autre petite amie quelque part. En tout cas, pour elle, c'était comme si elle avait une liaison avec un homme marié.

Eleanor approuva.

Cherry reprit son récit.

Pilár n'aimait pas beaucoup ça. Elle l'avait présenté à toute sa famille et tout le monde l'aimait bien. Mais lui, il ne voulait la présenter à personne. C'était un type qui vivait *en dos mundos*, dans deux mondes en même temps. C'est une chose qu'elle ne comprenait pas. Il vivait dans sa bulle. Elle avait fini par s'y faire. Tous ses amis lui disaient qu'elle avait tort, mais elle s'en moquait. Elle l'aimait. Elle était bien avec lui. Ils avaient fait des projets de mariage. Ils devaient se marier l'année prochaine, Eleanor, en février.

Ils s'étaient mis à économiser. Il parlait de l'emmener ailleurs.

En Irlande peut-être. Il disait que l'Irlande était un très beau pays. Mais c'était dur de mettre de l'argent de côté, et ils avaient parfois des disputes à ce sujet. Il avait vraiment un drôle de caractère. Il pouvait être très gentil et parfois avoir ces horribles crises de colère. Il pouvait rester des journées entières sans dire un mot.

– Comme Frank, remarqua Eleanor, exactement son père.

La nuit où les Contras avaient attaqué, il était d'une humeur de chien. Il avait quelque chose en tête, mais elle n'arrivait pas à savoir quoi. Il ne tenait pas en place, allait sans arrêt regarder à la fenêtre. Il surveillait le ciel comme s'il attendait on ne sait quelle catastrophe. Quand le bombardement avait commencé, il avait pris une arme et il était parti en ville. Il n'allait pas faire de bêtise il avait juste un type à voir. Il lui avait dit qu'il n'en avait pas pour longtemps.

– Mais il n'est pas revenu ?

– C'était le 4 juin, ajouta Cherry. C'est la dernière fois qu'elle l'a vu.

– Est-ce qu'elle sait ce qui s'est passé ?

Pilár commença à se ronger les ongles. Elle regardait droit devant elle, l'air terrorisé.

– Elle a très peur, Eleanor. Elle dit que ce type que connaissait Johnny est vraiment très dangereux. Elle ne veut pas en parler. Elle ne peut rien dire de plus. Le type est très puissant en ville.

Pilár regarda par-dessus son épaule. Un homme en rouge allait et venait pour essuyer les tables. Pilár attendit qu'il soit reparti dans la boutique avant de se remettre à parler.

– *Es un hombre peligroso*, chuchota-t-elle. *Está loco. Todo el mundo le teme.*

– Un homme dangereux, dont tout le monde a peur.

–*¿ Cómo se llama este hombre?* demanda Eleanor.

Pilár secoua la tête et murmura :

– *Por favor, no puedo. Es contrabandista por la Contra.*

– C'est un contrebandier, Eleanor, il trafique avec les Contras au Honduras. Johnny et elle n'étaient pas d'accord là-dessus.

Eleanor parut choquée.

– Est-ce qu'elle a essayé de savoir ce qu'il est devenu après sa disparition ?

– Elle est allée à l'hôpital mais il n'y était pas. Elle a bien pensé aller voir la police mais elle ne pouvait pas à cause de cette histoire de contrebande pour les Contras.

– Et il était vraiment embarqué dans cette histoire de contrebande ? Elle en est sûre ?

– *Creo que sí*, fit Pilár d'un air amer. *Y por la Contra. Por los mercenarios.*

– Ça ne ressemble pas à Johnny, remarqua Eleanor.

Un éclair de colère passa dans le regard de Pilár.

– *Por los hijos de puta que ataquen los pobres.*

– Pour les salauds qui s'attaquent aux pauvres.

Pilár pencha la tête et dit quelque chose sur un ton très calme. Cherry écoutait les yeux soudain pleins de larmes.

– *Creo que está muerto.*

– Elle pense que Johnny est mort, Eleanor.

Le vent agitait doucement les branches du malinche. Eleanor hocha la tête. Elle se sentait étrangement calme, seulement un peu faible, mais son cœur battait régulièrement.

Pilár porta la main à sa bouche. Ses lèvres tremblaient, ses yeux noirs apeurés s'emplirent de larmes. Elle marmonna quelque chose entre deux sanglots. Elle se prit la tête entre les mains comme si elle venait d'entendre le bruit d'une terrible explosion. On comprenait à peine ce qu'elle balbutiait confusément.

– Oh merde ! lâcha Cherry.

Elle se leva, s'approcha de Pilár et lui passa les bras autour du cou. Pilár s'accrocha à elle.

– Oh, pauvre petite, soupira Eleanor. Que Dieu lui vienne en aide.

– Eleanor, dit Cherry posément, Pilár est enceinte. De quatre mois. Elle est enceinte de Johnny.

En rentrant du marché, la señora trouva Frank le visage écarlate, rongé d'inquiétude. Elle se moqua de lui et lui dit de se calmer. Les deux dames étaient simplement allées faire un petit tour. Elles avaient pris un taxi pour aller manger une glace. Pas très loin, à une vingtaine de kilomètres. Dans un joli petit village de montagne. Il n'y avait vraiment pas de quoi s'inquiéter. C'était beaucoup moins dangereux que d'aller se promener en ville.

– Quelle idée d'avoir envie d'une putain de glace dans un moment pareil ! Seigneur, fit Frank, il en faut de la patience avec les femmes !

Smokes ne tenait pas en place. Les mains dans les poches, il allait et venait devant la pension en donnant des coups de pied à droite et à gauche.

– Mon gars, dit Frank, je suis désolé de t'avoir embarqué dans cette affaire.

– Écoute, Franklin, le troquet va grouiller de militaires avant la fin de la semaine. C'est tout ce que je dis. Ça ne nous laisse pas beaucoup de temps.

– Tu peux rentrer chez toi.

– Non, fit Lorenzo. On ne peut pas rentrer.

– Bien sûr que non. C'est évident. Est-ce que j'ai jamais parlé de rentrer ?

– Ça va comme ça. Tu en as déjà beaucoup fait, Smokes.

– Frank, bordel ! qui parle de rentrer à la maison ?

Smokes s'assit et alluma une cigarette.

– De toute façon, il faut donner ce concert samedi soir. On est bien obligés de rester jusqu'à samedi.

Lorenzo frappa la table du plat de la main.

– Nous resterons jusqu'à ce que les temps soient venus. Il y a un temps pour toutes choses, mais les enfants d'Israël seront libres, et mes fidèles verront le Paradis, ainsi parle Yahvé.

– Ah ouais ? rétorqua Smokes d'un ton sec. Je suis peut-être pas aussi pressé que toi de voir ton foutu paradis.

– C'est possible, mon frère, c'est peut-être ça ton problème, justement.

– Bon, écoutez, les gars, ça suffit, intervint Frank. On est restés debout toute la nuit. On est tous crevés. On ferait mieux d'aller piquer un petit roupillon au lieu de se disputer.

Smokes se leva, écrasa sa cigarette et annonça qu'il allait se coucher.

Quand Frank se réveilla, il était presque six heures du soir. Il avait dormi si profondément qu'il en avait mal à la tête. Il se leva, s'aspergea le visage, se lava les dents et essaya de trouver quelques vêtements pas trop sales à mettre. Puis il prit son sac et regarnit son portefeuille. L'argent commençait à diminuer. Il lui restait un peu moins de mille dollars.

Il sortit de sa chambre. Smokes l'attendait dans le couloir en fumant une cigarette, adossé au mur.

– Écoute, Smokes. Tu n'es pas obligé de m'accompagner. Je comprends parfaitement.

Smokes remit ses lunettes de soleil en soupirant.

– La ferme, Franklin, d'accord ? Tu la boucles et tu fais pas chier.

En bas la señora leur dit qu'Eleanor et Cherry n'étaient toujours pas rentrées. Mais il n'y avait pas de raison de s'inquiéter. Elles avaient téléphoné dans l'après-midi pour dire que tout allait bien mais elles n'avaient voulu réveiller personne après la nuit blanche qu'ils venaient de passer. Elles allaient rentrer sans tarder. Elles seraient à l'heure pour le dîner.

Frank et Smokes repassèrent devant l'église blanche et descendirent en ville. Le ciel avait viré au pourpre avec des traînées noires et rouges. Une demi-lune argentée brillait à l'horizon et, sur le port, la raffinerie crachait de grosses flammes. L'air empestait un mélange délétère de fer et de pétrole. De chaque cantina s'échappaient des flots de musique assourdissante. L'*avenida* principale était envahie par des prostituées, en minijupe rouge et petit boléro. Leurs talons aiguilles paraissaient ridicules dans la boue. Les rues étaient noires de monde. Il y avait des marins et des soldats partout, ils gueulaient, se battaient, braillaient des chansons. Dans un enclos contre le mur des docks, des troupeaux de vaches noires meuglaient, terrorisés par les grandes flammes jaunes.

Le *Diez Copas* était bondé. Ça sentait la bière, le tabac et la sueur. Quand ils entrèrent, quelques clients se retournèrent pour les observer. La pièce baignait dans une lueur rougeâtre, et le juke-box, dans un coin, jouait un blues langoureux, les basses poussées au maximum. Au fond de la pièce, sur une petite scène, une femme plus toute jeune dansait. Elle portait une minijupe à paillettes, un soutien-gorge rouge, des bas noirs, et elle cachait son visage derrière un masque de tigre. Un jeune type coiffé d'un chapeau de cow-boy la dévorait des yeux. Tous les autres s'en fichaient complètement.

Le manchot qu'ils avaient rencontré sur le port était maintenant derrière le bar. Il portait un gilet de soie rouge et un nœud papillon orné de perroquets bleus. Il n'avait pas l'air particulièrement ravi de les revoir. Il secoua la tête et lâcha un juron quand ils commandèrent à boire. Frank prit dans son portefeuille un billet de vingt dollars et le plaqua ostensiblement sur le comptoir.

– Dis-lui que je veux une putain de bière, Smokes.

Le manchot repéra le billet, vint vers eux et le ramassa. Il fouina sous le bar, sortit deux bouteilles de bière, les décapsula et les planta violemment sur le comptoir. Il se pencha pour demander :

– *¿ Ustedes, de dónde?*

– *Irlanda*, fit Smokes en désignant Frank. *Y yo soy norte-americano.*

Le barman se détendit.

– Attendez un peu, dit-il avec un clin d'œil.

– *Muchas gracias*, dit Frank en levant sa bouteille. Dites-moi, est-ce que le padre est arrivé ?

– *Aquí, no hay padre*, répliqua sèchement le barman. *Si quiere un cura, vaya a la iglesia.*

– Si tu cherches un curé c'est à l'église qu'il faut aller. Je crois que tu l'emmerdes un peu, Frank.

Ils s'installèrent au bar pour boire leur bière tandis que sur scène la strip-teaseuse tournait en se déhanchant au rythme de la musique.

– J'aime pas cet endroit, Franklin, ça me fout la trouille.

– Calme-toi, mon vieux, ricana Frank. Profite du spectacle. Dans pas longtemps, on pourra tous rigoler de cette histoire, toi et moi, et Johnny avec.

– Oh, je sais plus, Frank. Et si ce gars qu'est en taule, c'était pas lui ? L'autre gonzesse a bien dit qu'il n'y avait pas de prisonniers irlandais.

Frank le dévisagea.

– Écoute, Smokes. Elle peut très bien s'être trompée. La plupart des gens ici n'ont jamais vu un Européen ailleurs qu'au cinéma, putain.

– Et toi, Frank, depuis combien de temps tu es ici ? un mois ? Et te voilà déjà devenu un putain de spécialiste, hein ?

Frank se laissa aller à un sourire.

– Tout ce que je veux dire, mon gars c'est qu'il faut pas se décourager. Quand on perd l'espoir il n'y a plus rien à faire.

Sur scène, la fille défaisait son soutien-gorge. Elle prit ses seins menus à pleines mains et se tourna vers le mur. Elle avait une rose tatouée au milieu du dos. Elle laissa tomber sa minijupe, fit doucement glisser sa culotte le long de ses cuisses. Elle quitta la scène et la musique se tut.

Ils attendirent une demi-heure. Le bar avait continué à se remplir et il était à présent plein à craquer. Ils burent encore quelques bières. La nuit tombait. Smokes avait le visage ruisselant de sueur et il était défiguré par la peur.

– Mais calme-toi donc, Smokes, pour l'amour de Dieu ! Tu vas finir par me foutre les boules.

– Frank, souffla-t-il, j'aurais jamais cru que ça puisse m'arriver, un truc pareil. Me retrouver coincé dans un tel merdier.

– Moi non plus, mon gars, mais tu vois j'avais pas non plus imaginé que je deviendrais chauffeur de taxi ou que j'aurais des problèmes cardiaques, et pourtant c'est ce qui est arrivé.

– Ça se peut Franklin. Mais laisse-moi te dire une chose, mon vieux : quand ce sera terminé je veux plus jamais remettre les pieds dans ce foutu bled.

– Bienvenue au club, dit Frank.

Il s'enfila sa bière et rota.

– Putain, ils boivent tous comme ça en Irlande ?

– Fais pas le malin. Tu sais, nous sommes avant tout le pays des saints et des érudits.

– Ah ouais ?

– Bien sûr. Qui a civilisé l'Europe tout entière d'après toi ?

– Qui ? Je sais pas, Franklin, dis-moi.

– Les Irlandais. Les moines irlandais, tiens. L'Angleterre n'était qu'un ramassis de païens crasseux quand nous bâtissions déjà des cathédrales. Et qui donc a découvert l'Amérique si ce n'est saint Brendan ? Parce que ce mec qui est arrivé à l'improviste, Christophe Colomb, il compte même pas.

– Arrête tes conneries.

– Tu ne connais pas ton histoire ! T'as déjà lu l'histoire de l'Église ?

– Franklin, je suis protestant.

– Et alors ? Jésus n'était pas juif peut-être ?

– Qu'est-ce que ça vient foutre là-dedans ?

Le manchot apporta encore des bières et repartit à l'autre bout du bar. Smokes alluma une cigarette et contempla l'allumette qui se consumait comme si la flamme recelait un mystère qu'il essayait de percer.

Le barman revint tout à coup vers eux, regarda Frank et fit un signe de tête en direction de la porte.

– On vous attend dehors, hombre.

– Et merde ! fit Smokes, en regardant le plafond comme s'il en sortait un bruit étrange. – Il se gratta le nez, tira sur sa cigarette : Bordel de merde ! reprit-il en fermant les yeux.

Frank et Smokes se levèrent comme un seul homme. Le barman fit un bond et agrippa Frank par l'épaule.

– *No, uno solo.*

– C'est à toi d'y aller, Smokes.

– Quoi ?

– Je comprendrai rien à ce qu'il me dira, mon gars, ça sert à rien.

– Frank, je...

– Écoute, Smokes, t'inquiète pas, je suis là. Tu n'auras qu'à crier si ça tourne mal.

Smokes se tourna vers le bar et avala une gorgée de bière. La sueur coulait sur son visage enfiévré. Il se tourna vers la porte.

– OK, soupira-t-il. Quand faut y aller...

– Compris ? murmura le barman. *Uno solo. No debe seguirle, hombre.*

– Il dit qu'il ne faut pas que tu me suives, Franklin.

– C'est bon, fiston. Bonne chance.

– Ne me souhaite pas bonne chance, Frank, ça me fout les boules.

Il regarda Smokes sortir du bar. Il attendit quelques instants, puis tendit le cou pour essayer d'apercevoir quelque chose par la fenêtre. Au bord de la jetée on distinguait à peine la longue silhouette mince de Smokes, plongée dans l'ombre. Il semblait discuter avec un homme vêtu d'un manteau noir, mais la condensation embuait les vitres et on ne voyait pas grand-chose.

Le barman lui sourit en se passant les doigts dans ses cheveux en bataille.

– *¡ Hey, Irlanda !*

– Quoi ?

Le manchot leva l'index.

– « *It's a long way to Tipperary.* » *¿ Verdad ?*

– Ouais, fit Frank, tu l'as dit.

Le barman poursuivit :

– « *To the sweet girl I know.* » *¿ Verdad, Irlanda ?*

Il éclata de rire et s'essuya les lèvres avec son nœud papillon.

– C'est excellent, commenta Frank. Et en plus t'es marrant.

– *Sí, Cristo y María.* Pour toi, *Irlanda. It is a long way to Tipperary.*

Frank attendit cinq minutes. Un épais nuage de fumée stagnait sous le plafond du *Diez Copas*. Le barman ne cessait de le dévisager en souriant. Le cœur de Frank battait à tout rompre. La strip-teaseuse revint sur scène et le blues repartit de plus belle.

La porte s'ouvrit. Smokes entra, se précipita au bar, prit sa bouteille, but un coup et s'essuya la bouche du revers de la manche. Le souffle coupé, il agrippa Frank par le bras.

– On est en affaires, Frank. Ce mec, dans la prison, avec le passeport de Kraut, c'est pas un Allemand !

Frank s'assit en soufflant comme un phoque, la poitrine oppressée. Son fils était vivant. Les larmes lui brûlaient les yeux. Son fils était vivant. Il avala sa bière. Il aurait voulu le dire à Eleanor tout de suite. Son fils était vivant. Il baissa la tête en essayant en vain de refouler ses larmes.

– C'était le prêtre ?

– Non, un mec de sa bande. Un type pas très recommandable

avec un AK. – Il posa sa main sur la cuisse de Frank : Franklin, écoute-moi. Ce gars dans la prison, ce gars avec un passeport allemand, le type ne m'a pas dit si c'était Johnny, mais il peut se débrouiller pour qu'on le rencontre.

– Quand ? Mais quand, Smokes ?

– Demain, Franklin. Mais ça va coûter un paquet.

– Combien ?

– Cinq cents dollars pour entrer dans la prison ; l'argent ira au prêtre. Après, si c'est bien Johnny, on reprendra la discussion. Ça coûtera encore plus pour le faire sortir.

– Aucune importance. Est-ce que tu dois ressortir pour lui filer le blé ?

Smokes indiqua le manchot.

– Non. Il faut qu'on le file à Lord Nelson derrière le comptoir.

Frank prit son portefeuille en sortit quatre billets de cent et deux de cinquante. Il les plia sous les yeux du barman.

– Franklin, on ferait peut-être bien d'en parler avant ?

Frank posa les billets sur le bar.

– Tiens, t'as qu'à recompter.

Le barman secoua la tête en reniflant. Il prit délicatement les billets sur le comptoir trempé.

– Non, non t'es mon bon copain, Irlanda. Pas de problème. – Il fourra les billets mouillés dans sa poche intérieure : *Goodbye, Piccadilly. And farewell, Leicester Square.*

– Franklin, il faut qu'on attende cinq minutes avant de décamper.

Smokes s'accouda au comptoir et regarda la strip-teaseuse. Complètement à poil elle n'avait gardé que ses bas et elle se frottait les cuisses contre l'angle du juke-box. La musique gueulait. Frank se leva et boutonna sa veste. Il jeta un coup d'œil à sa montre et s'aperçut que ses doigts tremblaient.

– Il faut qu'on aille raconter tout ça à Eleanor.

– Il a dit qu'il fallait qu'on attende cinq minutes.

Les hommes s'agglutinaient autour de la scène. La fille mit les mains sur ses hanches. Elle se déhanchait près du juke-box. Elle attrapa une bouteille de bière et l'agita au-dessus de sa tête. Tout le monde applaudit. Elle lécha la capsule et se caressa les seins avec la bouteille. Puis elle prit le goulot entre ses lèvres et le fit doucement aller et venir.

Frank essaya encore d'apercevoir ce qui se passait dehors mais la buée avait rendu les carreaux complètement opaques. Son fils était vivant. Il le savait. Les mots dansaient dans sa tête. Son fils unique était vivant.

– Allons-y, Smokes.

– Attends encore une minute, Franklin. Je veux rentrer avec les rotules intactes.

Frank regarda sa montre.

– On y va, Smokes. Je ne peux pas rester une seconde de plus dans ce trou.

Ils se levèrent et gagnèrent la porte. La fille s'était agenouillée, les jambes écartées, les mains derrière la tête. Les mecs autour de la scène beuglaient, tapaient du pied, se poussaient du coude et tapaient des mains au rythme de la musique. Soudain, ce fut une explosion d'enthousiasme de la part des types complètement saouls.

– *¡ Hombres !* cria le barman.

Frank, haletant, se retourna sur le seuil de la porte. Dans la lueur rouge, le manchot souriait et levait son verre.

– *¡ Venceremos !*

Ils refermèrent la porte sur un tonnerre d'applaudissements. Une brise puante soufflait de la mer.

Tout était désert. Personne sur la jetée. Ils reprirent rapidement le chemin du centre-ville mais durent s'arrêter un moment pour reprendre leur souffle. Smokes alluma une cigarette. Du bord de la jetée, ils regardèrent l'eau noire pleine de cartons, d'algues enchevêtrées et de vieux pneus.

– Tu vois, dit Frank, ton copain a dû se tirer.

– J'espère bien. Parce que c'était une sacrée baraque pas commode.

Frank souriait et se frottait les mains.

– Johnny est vivant, Smokes. Je te l'avais bien dit, non ? Il est vivant !

– Je le croirai quand je le verrai, Franklin. Moi je ne suis sûr de rien. Je fais autant confiance à ce mec qu'à un arracheur de dents.

– On n'a pas le choix, Smokes. Il n'y a personne d'autre à qui on puisse se fier.

Smokes s'assit sur une borne.

– Je ne suis pas aussi confiant que toi, Franklin, désolé.

Leur regard se perdait sur la mer bleu nuit. La corne de brume mugissait. Des drisses claquaient contre des mâts métalliques.

– T'inquiète pas. Même si t'as raison, on n'a plus rien à perdre.

Une sirène de police hurlait dans le lointain. Le faisceau argenté du phare balayait les flots.

– Rien à perdre ! A part cinq cents dollars, Franklin. Ça fait un sacré paquet. Pour cinq cents dollars je voudrais bien rencontrer Jésus-Christ et glisser mes doigts dans ses plaies.

– Voilà un truc que j'irais pas crier sur les toits. Y a bien ici quelqu'un qui serait capable de t'arranger le coup !

A l'hospedaje, ils retrouvèrent Cherry et Eleanor qui les attendaient dans la salle à manger. Elles étaient accompagnées d'une jeune femme absolument ravissante. Sa chevelure noire bouclée lui tombait sur les épaules.

– Eleanor, demanda Frank, tu te sens mieux ?

– Frank Little, pour l'amour de Dieu, peux-tu me dire où tu étais ? Je te présente une amie de Johnny, une amie très chère.

– Oh, c'est Pilár ?

Celle-ci le dévisageait. On aurait dit qu'elle le reconnaissait. Il lui serra la main.

–*¿ Es usted su padre ?*

– Oui, je suis son père. Ravi de faire ta connaissance.

– Frank, tu ferais bien de t'asseoir.

– Tu as l'air d'aller beaucoup mieux, non ? Cette crème glacée a eu un effet miracle. Pas vrai, Smokes ?

– Oui, elle a l'air en pleine forme, Frank.

Frank se versa une tasse de café. Pilár lui sourit. Il croisa son regard et se mit à rire.

– Il faut lui rendre justice. Il a vraiment bon goût. Et comment est-ce qu'elle a su qu'on était ici ?

– Frank, Pilár a de mauvaises nouvelles. A propos de Johnny.

Frank s'étouffa.

– Seigneur ! Mais est-ce que tu vas te sortir ça de la tête ? Je viens juste de filer un paquet d'argent pour le voir.

– A qui ? Qu'est-ce que tu racontes ?

– Ça n'a aucune importance. C'est une affaire d'hommes. Quant à vous, occupez-vous de vos crèmes glacées.

– Ça veut dire quoi, Frank ? Qu'est-ce que tu viens de faire ?

– On le verra demain, à la prison, Eleanor. C'est aussi simple que ça.

Smokes haussa les épaules et évita le regard d'Eleanor.

– C'est un joli nom, Pilár. Ça sonne bien. Vous pourriez faire une super chanson avec ça.

– Je crois que tu ne comprends pas, Frank.

– Commence pas, Eleanor, je ne suis pas d'humeur.

– Frank, s'il te plaît.

– Arrête de me dire que je ne comprends rien, je te préviens, Eleanor.

Le silence s'installa. Il reposa doucement sa tasse sur la soucoupe et la regarda.

– Je ne voulais pas être méchant. Mais on doit le voir demain. Tout est arrangé.

40

PRISONNIERS

Le jour se leva, étincelant sous la pluie. Il illumina la baie en arc de cercle. Frank sortit du lit un peu chancelant, encore engourdi de fatigue. Il alluma la radio, tourna le bouton pour trouver de la musique. Il finit par tomber sur une chanson de Cole Porter interprétée par Ella Fitzgerald. Il l'écouta pendant qu'il se lavait et se rasait, et il se sentit mieux. En reprenant le refrain il se balançait au rythme de la mélodie, frappé par l'intelligence des paroles.

In shallow shoals, English soles do it,
Goldfish in the privacy of bowls do it,
Let's do it, let's fall in love [1].

Il sourit. Tant qu'on serait capable d'inventer ça, tout espoir n'était pas perdu.

Sa peau rasée de près était très sensible. Il ouvrit l'armoire de toilette, prit une bouteille remplie d'un liquide jaunâtre, dévissa le bouchon et la renifla. Ça sentait le citron. Il s'en passa un peu sur le visage, la douleur cuisante fut immédiate.

Il s'assit sur le lit, alluma une cigarette. Il repensait à l'Irlande : à la circulation matinale qui envahissait peu à peu les rues sales de Dublin, au trajet qu'il faisait pour aller travailler, aux enfants qui

1. « Dans les hauts-fonds les soles anglaises le font/Comme les petits poissons dans leurs aquariums ronds/Alors, nous aussi, faisons-le, soyons amoureux. »

attendaient aux arrêts d'autobus. Il entendait la voix de Gay Byrne à la radio, les rires de ses chauffeurs, prêts à partir, qui s'insultaient dans la pièce à côté de son bureau. Le bruit de la camionnette du laitier lui traversa l'esprit. Il aurait voulu entendre ce son si particulier, le tintement des bouteilles dans leur casier ; l'idée même lui fit venir un sourire aux lèvres. Mais tout à coup il se rendit compte que ce n'était pas le matin à Dublin. C'était le soir et les gens rentraient chez eux. Il adorait rentrer chez lui à cinq heures, monter dans sa voiture et mettre « Today at five » pour écouter les hommes politiques répondre aux questions qu'on leur posait. Il ne savait pas pourquoi mais cela lui procurait une immense satisfaction. Il s'appliquait à faire la même chose tous les jours. Il achetait une canette de Coca-Cola, montait dans sa voiture, allumait une cigarette et mettait « Today at five ». Il savait que la journée était terminée et qu'il était temps de rentrer. Il aimait bien savoir ce qui se passait dans le monde. Raconter à Veronica ce qu'il avait entendu à la radio lui plaisait énormément. Il tira une longue bouffée. Il voulait rentrer.

La salle du petit déjeuner était d'une propreté éclatante. Une longue enveloppe marron était posée sur son assiette. Son nom, imprimé très soigneusement en lettres capitales était accompagné de la mention *URGENTE.* La señora apporta les petits pains et un pichet d'eau. Elle se débrouilla pour lui faire comprendre qu'elle ne savait pas qui avait apporté la lettre. On l'avait déposée sous le porche. Elle l'avait trouvée en rentrant du marché. Elle resta plantée devant lui pendant qu'il l'ouvrait. L'enveloppe contenait un formulaire officiel sur lequel les noms de Frank et Eleanor étaient inscrits à la main sans beaucoup d'application. Le document avait été tamponné deux fois. Au dos on avait griffonné : *Prisión, 7 pm, dos personas.* Il fouilla dans l'enveloppe mais il n'y avait rien d'autre. La señora le dévisagea d'un air interrogateur et lui dit quelque chose. Il aurait bien aimé comprendre l'espagnol, ne serait-ce qu'un tout petit peu.

Il lui montra le formulaire, elle haussa les épaules et lui servit le café. Il prit son petit déjeuner tout seul, le regard plongé vers la ville. La mer était plus verte, ce matin. Elle se tintait de reflets lumineux près d'une barrière de récifs et des îles qu'on apercevait au loin. Un char kaki fit son apparition dans la rue, tel un animal furtif qui sort d'une longue période d'hibernation. Il avançait tout doucement. Il prit l'Avenida Lenin dans un bruit assourdissant. Un soldat muni d'écouteurs noirs, debout à la tourelle, observait la mer à la jumelle.

Deux gamins bras dessus, bras dessous remontaient la rue. Ils livraient des journaux. Un des garçons portait un sac en bandoulière. De temps en temps il prenait un journal et le tendait à son ami qui était plus jeune. Celui-ci le pliait, disparaissait en courant sous un porche. Quelques secondes plus tard, il ressortait, rejoignait son copain, et ils reprenaient leur tournée. Frank les suivit longuement du regard. Ils avaient l'air très heureux. Le ciel était tacheté d'orange et de bleu sombre. La ville était tranquille. Dans la lumière vive et immaculée tout semblait proche de la perfection.

Smokes finit par descendre, les traits tirés, les cheveux ébouriffés, les yeux cernés. Son visage était sombre. Il semblait avoir une barbe de plusieurs jours. Il prétendit qu'il n'avait pas fermé l'œil de la nuit. Il n'avait pas cessé de penser à Johnny. Il avait passé en revue toutes les raisons pour lesquelles il ne lui avait jamais parlé de Pilár Hernández et ne lui avait jamais dit à quel point les choses étaient sérieuses entre eux. Il ne savait plus quoi penser en dépit de tous ses efforts.

– Franklin, j'étais sûr qu'on était amis, tu comprends. Ça me fout en l'air.

Frank soupira et versa du café dans la tasse de Smokes.

– Tu sais, ça fait vingt et un ans que je le connais. Venant de lui, rien ne peut me surprendre.

Smokes appuya ses coudes sur la table et fixa sa tasse.

– Je croyais qu'on était amis, Frank. Je comprends rien. Je suis sûr que je connais le gars, et voilà que j'apprends qu'il a une petite amie, un môme en route et qu'il travaille pour les Contras, Seigneur !

– Qui peut savoir ce qui se passe dans la tête des gens ? On finit tous par avoir des surprises.

Smokes insista.

– Mais les Contras, Frank, c'est pas possible quand même. C'est vraiment le comble !

Eleanor descendit, elle était bizarre. Frank lui montra le laissez-passer. Elle hocha la tête, l'air absent. Elle dit qu'elle serait prête à l'heure. Il s'était attendu à la trouver impatiente, mais ce n'était pas le cas. Il était sur le point de lui faire une remarque mais il se retint. Elle était bizarre, c'est tout. C'était l'effet de la tension permanente. C'est pas un crime d'être bizarre.

– Regarde la radio dans le coin ; j'aimerais bien entendre une bonne vieille chanson. Un de ces classiques. Je repensais au dîner dansant où on était allés avec Billy Boland. Tu vois de quoi je parle ? La fois où il avait volé le seau à glace à l'hôtel.

Elle fit un petit signe affirmatif.

– Ce mec, Smokes, il était impayable, tu peux pas savoir. Il piquait des trucs comme ça pour rigoler. Ce soir-là, Eleanor et moi, on était sortis avec Billy et sa fiancée. Il portait un pardessus dix fois trop grand. On se retrouve dans O'Connell Street. Il avait caché le foutu seau à glace sous son manteau avec un panneau qu'il avait arraché sur un mur : PAR ICI LA SORTIE. Seigneur, il était fou comme un lapin, complètement cinglé !

Il regarda Eleanor.

– Tiens, encore une : il travaillait dans le même bureau que moi. C'était lui qui s'occupait du thé. Un jour où Johnny Doyle, le patron, n'était pas là, je croise Billy dans l'escalier. Il porte un grand plateau avec toutes les tasses et il me demande : « Qu'est-ce qui se passerait, Frank, si je faisais valser tout ça par dessus la rampe ? » Je lui ai répondu que j'en savais rien. Pas le temps de dire « ouf » : voilà qu'il balance le plateau avec tout ce qu'il y avait dessus, les tasses et la théière. Il y avait du thé partout. Ça dégoulinait le long des murs. Et des tasses brisées dans tous les coins. Soudain, voilà la porte de Johnny Doyle qui s'ouvre. Il sort. En fait il était pas parti. Il reste planté là à regarder Billy. On dirait qu'il va exploser. Billy en chie dans son froc. Puis, tout à coup, il s'agrippe la poitrine et se laisse tomber dans l'escalier comme s'il avait une crise cardiaque.

Smokes sourit. Frank riait franchement en tournant son café.

– T'as su ce qui est arrivé à Billy après ça, Lea ?

– Non jamais.

– Il s'est pas marié ? Il est pas parti ? Au Canada, je crois bien ?

– Je t'ai dit que je n'en savais rien.

– Je crois qu'il s'est marié et qu'ils sont partis au Canada. On m'a parlé de Toronto. Il était marrant quand même, ce sacré Billy, hein, Eleanor ?

– Oui, c'est vrai.

Smokes et Frank terminèrent leur petit déjeuner pendant qu'Eleanor picorait son pain et mangeait une moitié d'avocat. Frank la dévisagea, espérant qu'elle allait dire quelque chose, puis il regarda Smokes. Celui-ci fit une petite grimace nerveuse. Le visage rivé sur son assiette, Eleanor mangeait. Frank frappa dans ses mains et lui demanda ce qu'elle comptait faire de sa journée.

Elle allait la passer avec Pilár. Elles iraient se promener dans les collines. Elles prendraient peut-être une voiture pour aller voir le volcan Cosiguina et les sources thermales.

– J'ai pensé que peut-être tu aimerais nous accompagner ?

– Non, je crois qu'il vaut mieux que je vous laisse entre vous.

Elle lui demanda de lui passer la cafetière.

– Je peux venir si tu veux mais, tu sais, le tourisme et moi, ça fait deux.

– T'inquiète pas. On emmène Cherry avec nous.

Elle s'essuya la bouche avec une serviette et posa méticuleusement son couteau et sa fourchette sur son assiette. Smokes sifflotait. Puis Eleanor demanda à Frank de lui passer de l'argent. Elle voulait aller au marché acheter des bricoles à Pilár.

– Oh, oui, bien sûr. C'est bien.

Il sortit son portefeuille, lui donna un billet de cent dollars et lui dit de ne pas hésiter à lui en redemander si ça ne suffisait pas.

– Je ne devrais même pas avoir à te demander. Elle fait presque partie de la famille, après tout.

Smokes se leva en bâillant de manière ostentatoire. Il annonça qu'il les rejoindrait plus tard et quitta la pièce.

– Qu'est-ce qui t'arrive ? T'as mal dormi ?

– Y a rien, Frank. Quand je ne fais pas des claquettes, tu crois tout de suite qu'il y a quelque chose qui cloche.

Elle plia le billet, le glissa dans la poche de son chemisier et attaqua l'autre moitié de son avocat.

– Est-ce que tu veux que je te conduise au marché ?

– Non, Frank, je vais appeler un taxi.

Il prit une fourchette et joua avec les restes qui traînaient dans l'assiette de Smokes. Elle sortit une lime et se fit les ongles. Il tripotait les dents de la fourchette en la regardant.

– Tu me fais la gueule ou quoi ?

– Pour l'amour de Dieu, est-ce que tu vas me laisser tranquille ? On ne peut pas avoir une minute de paix ici !

Après le déjeuner, Lorenzo retourna se coucher, prétextant qu'il était fatigué et qu'il n'était pas encore remis de sa longue marche nocturne dans la montagne. Frank et Smokes se rendirent en ville avec Guapo. Ils passèrent sur le Ponto Icaco et descendirent vers la plage. Ils parlèrent de Johnny. Smokes était contrarié. Il se demandait encore pourquoi Johnny ne lui avait rien dit. Il n'arrivait pas à comprendre pourquoi il avait parlé de Pilár à Guapo et pas à lui.

– Je sais. Il était secret, mais, bon Dieu, on ne cache rien à ses amis, on leur dit la vérité.

En entendant cela, Guapo leva les sourcils et éclata de rire.

– Parfois on leur dit, parfois on ne leur dit pas. Ça dépend des amis qu'on a en face de soi.

Ils revinrent sur la plaza et s'installèrent dans une cantina. L'intérieur était petit, avec des bancs de bois disposés le long de grandes tables, en bois elles aussi. Deux jeunes femmes blondes, des étrangères, entrèrent, avec leurs sacs à dos. Elles portaient des shorts et des chaussures de marche. Une d'elles avait un T-shirt avec la Croix du Sud du drapeau australien. Elles commandèrent des bières et mirent des pièces dans le juke-box. Des flots de violon sortirent de l'appareil. Guapo sifflotait en lorgnant les filles. Il se leva, traversa la salle en se dandinant. De sa voix de crooner, il chantait les paroles de la mélodie sirupeuse. Il s'agenouilla à côté de leur table et se mit à brailler à tue-tête. Elles le regardèrent, mi-gênées, mi-amusées.

– T'as vu le cinéma ? Ce mec finira par se faire descendre.

– Elles risquent de se faire descendre elles aussi, si elles sont ici sans autorisation, rétorqua Smokes.

Frank se retourna en souriant.

– Qui est-ce qui pourrait bien leur tirer dessus ?

– Ouais, t'as raison. On se demande bien qui. Pas moi, en tout cas.

Frank regardait Guapo. Les deux filles étaient conquises. Il se releva d'un bond, attrapa deux assiettes qui traînaient sur la table et se mit à jongler tout en continuant à chanter. Le patron lui cria d'arrêter. Guapo s'assit entre les deux Australiennes et lui tira la langue. Elles éclatèrent de rire et commandèrent d'autres bières.

– J'ai des frères en Australie, à Melbourne. Je me suis toujours dit que j'irai les voir, mais je ne suis jamais passé à l'acte.

– Tu devrais, Franklin. Peut-être que toutes les nanas là-bas sont comme ces deux-là.

– J'ai failli y aller une fois, mais je ne savais pas comment ils allaient réagir. A propos de Veronica et de moi. Ils sont un peu vieux jeu.

– J'ai un frère à West Point. C'est une pourriture d'impérialiste mais il a ses bons côtés.

– Tout le monde a ses bons côtés.

– Je suis d'accord, Franklin. Max jouait très bien aux cartes. On pensait qu'il allait prendre la suite de mon père.

– Ton père jouait aux cartes ?

– Ouais, c'était un joueur professionnel. C'était son boulot. Je t'ai jamais raconté ? C'était un crack. Il a joué au poker aux quatre coins du monde.

– Arrête tes conneries !

– Non, sans blague. Les joueurs professionnels font des croisières. C'est comme une tournée. Il partait pendant six mois, jouait sans arrêt, se faisait un maximum de blé pour rester peinard le restant de l'année. Il m'a emmené une fois. C'était un énorme bateau, le grand luxe. Je m'en souviendrai toujours. On est là, assis sur le pont, au large de la Floride, et on joue gros. C'est à mon père de miser. Il a le valet, la reine et le roi de cœur. Tu me suis ? Il me montre son jeu et me fait : « Qu'est-ce que tu en penses ? » T'imagines ? J'ai dix ans, j'en ai pas la moindre idée. Mais c'est à moi qu'il le montre, et je suis fier comme un pape. Il me demande ce qu'il doit faire : « Je monte ou je me couche ? » et je lui dis de monter. Alors il se lance, montre son fric et demande deux cartes. Le mec lui donne l'as de cœur et le dix, mon vieux, t'entends ? On a empoché trois mille cinq cents dollars en espèces. Tout reperdu le lendemain.

– Seigneur, quelle façon de gagner sa croûte ! Je suppose que ta mère devait pas raffoler de ce genre de vie.

– Ils se disputaient un peu. L'argent lui brûlait les doigts, mais ils s'aimaient bien quand même. Ça ne t'arrive jamais, toi, avec Veronica, Franklin ?

Frank but sa bière.

– On a eu des hauts et des bas. Johnny et elle avaient des prises de bec terribles. Demander à une femme d'élever le fils d'une autre, c'est pas du tout cuit.

– A part elle, t'as connu personne d'autre ?

Frank rit.

– J'ai rencontré une femme, il y a quelques années. Elle était vraiment chouette. Elle m'aurait tout à fait convenu. Elle avait le même âge que moi et elle adorait le chant. Elle en connaissait un bout en musique. En ce sens-là elle était un peu comme Eleanor.

– Eh, Franklin, t'as croqué le fruit défendu ?

– On est allés une fois à l'opéra en douce. Un samedi soir. Veronica n'était pas là. On est allés voir *Carmen*. Veronica n'aime pas tellement l'opéra. Elle trouve ça outré. Mais *Carmen* y a pas au-dessus. Elle était très attirante, et pourtant j'ai senti que je n'avais pas le droit.

– Franklin, tu m'étonnes. La variété c'est le sel de la vie, non ?

– Faux. C'est la monogamie, le sel de la vie.

Smokes éclata de rire.

– De toute façon, je suis persuadé que tromper quelqu'un est une chose terrible, et quand tu prends de la bouteille, c'est pire encore. Il faut que tu connaisses bien la personne. C'est pas comme quand tu es jeune. Quand t'es jeune c'est tout de suite la partie de jambes en l'air, le pied quoi. Mais quand tu es plus vieux, tu fais partie de la vie de l'autre, et ça te donne des devoirs.

– Seigneur, Franklin ! T'es vraiment un père la pudeur.

– Non, mon gars, je suis fidèle, c'est tout. Et même si j'en avais la possibilité, je crois que je ne changerais pas.

– Ben moi, c'est pas mon cas !

– Il faut de tout pour faire un monde.

Smokes alla au bar commander une autre tournée. Guapo le montra de loin et murmura quelque chose aux deux filles.

– Eh, crièrent-elles en s'esclaffant, Marilyn ?

Smokes apporta les bières et dit qu'il avait bien envie de les rejoindre.

– Tu m'accompagnes, Franklin ? Tu sais, c'est pas en parlant qu'on devient adultère.

Frank répondit qu'il était bien là et lui fit signe d'y aller tout seul. Smokes prit sa bière, traversa la cantina et rejoignit les trois autres.

Frank essayait de lire le journal mais il n'arrivait pas à se concentrer. Il consultait sa montre sans arrêt. Chaque minute écoulée lui paraissait une heure. Il regarda la mer et se revit avec Johnny un jour où ils étaient allés se baigner à Sandycove Beach. Il se rappela que l'eau était froide, c'était d'autant plus étonnant qu'on était en juin et que le temps était très beau, très chaud. Un drapeau irlandais tricolore flottait sur la tour de James Joyce. Il avait trouvé ça bizarre mais il ne savait plus pourquoi. Est-ce que ça n'avait pas un rapport avec son père ? Est-ce qu'il ne lui avait pas dit que James Joyce avait passé son temps à dénigrer l'Irlande pour gagner de l'argent ? En tout cas le drapeau irlandais flottait bien au sommet de la tour.

Il y avait des bonnes sœurs sur la plage. Ça avait beaucoup fait rire Johnny. Une rangée de bonnes sœurs assises sur le sable, en robes noires et galoches aux pieds. Frank lui avait dit d'arrêter mais lui aussi les trouvait rigolotes. Sur le chemin du retour, ils avaient fait une halte à Glasthule pour acheter des fish and chips. Il s'en souvenait. Ils les avaient mangés avec Eleanor, assis dans le jardin derrière la maison. Elle portait un maillot de bain rouge. Johnny était parti jouer avec des copains. Ils étaient rentrés, c'était le milieu de l'après-midi. Ils étaient montés dans leur chambre et ils avaient fait l'amour. Il lui avait couvert les seins de baisers. Ils sentaient sur leur peau la chaleur du soleil à travers les carreaux. Tout était très clair dans son souvenir. C'était bien le jour où il avait remarqué le drapeau irlandais sur la tour Martello à Sandycove et s'en était étonné. C'était le jour où ils avaient fait l'amour pour la dernière fois.

Quand ils sortirent de la cantina, Frank était à moitié ivre. Des groupes de soldats creusaient des trous et remplissaient des sacs de sable. Des haut-parleurs installés à tous les coins de rue diffusaient une musique militaire tonitruante et des discours. Tout le monde semblait sur le pied de guerre. Des attroupements se formaient au pied des haut-parleurs. Les gens discutaient et écoutaient. On annonça que de sévères mesures de rationnement seraient prises dès la fin de la semaine. Des tickets seraient distribués pour le lait, la viande, le charbon, le bois, le savon, le sel et le pain. Un dirigeant politique local fit une harangue. Corinto devait s'attendre à vivre des heures difficiles, mais le peuple finirait par triompher. Dans la Calle Grande, des militaires distribuaient armes et munitions aux hommes et aux femmes qui vociféraient. Au centre, sur la plaza, des cars et des camions étaient prêts à partir, leurs moteurs Diesel dégageant des panaches de fumée. Enfants et vieillards faisaient la queue pour y monter. Smokes s'arrêta et les regarda. L'air nerveux il avait la tête ailleurs.

– Qu'est-ce qui se passe ?

Smokes se tourna vers Frank, la gorge nouée.

– Ils évacuent la population. Ils pensent que les Contras vont revenir.

Ils rentrèrent à l'hospedaje et se reposèrent quelques heures.

La señora les appela à six heures pour le dîner. Ils mangèrent de la viande froide qui baignait dans l'huile, et de la laitue flétrie. Lorenzo n'était toujours pas en forme. Il avait mal à l'estomac et n'avait plus de Lomotil. Ils gardèrent le silence pendant tout le repas, écoutant le tic-tac rassurant de la grande horloge.

Quand Frank monta dans la chambre d'Eleanor, il la trouva assise sur le lit, vêtue d'un pantalon blanc et d'un chemisier froissé couleur crème. Dehors, le vent s'était levé et une pluie fine tombait.

– Comment allait Pilár ?

– Bien, je suppose. On est allées voir le volcan. Elle m'a invitée à venir voir sa mère demain.

– C'est une bonne idée.

Elle acquiesça et leva les yeux. Elle avait les traits tirés et le regard las.

– Eleanor, tu es sûre que ça va aller ?

Il avait la mâchoire encore un peu lourde après ses bières de l'après-midi.

– Oui, ne t'inquiète pas.

Il jeta un coup d'œil à sa montre.

– On y va.

– D'accord, je suis prête.

Smokes les conduisit par les rues étroites et encombrées. Les gens déambulaient à la fraîche, certains avaient un fusil en bandoulière. En tournant dans la Calle de la Luna, Smokes s'arrêta et lâcha un juron. Il y avait un barrage au milieu de la rue et il était trop tard pour faire demi-tour. Ils roulèrent lentement. Le soldat inspecta Claudette et leur fit signe de passer.

– Tu vois, je t'avais bien dit que j'avais la chance avec moi, dit Frank.

Smokes les emmena jusqu'à l'allée gravillonnée. La camionnette s'immobilisa. Ses mains tremblaient sur le volant. Il leur proposa de les attendre. Ils lui répondirent qu'ils rentreraient à pied. Ils auraient besoin de se retrouver seuls pour discuter.

– Franklin, Eleanor, on est de tout cœur avec vous.

Ils sortirent, Smokes s'éloigna. Ils montèrent d'un pas rapide l'allée recouverte de gravier jaune. Les abeilles bourdonnaient, la fraîcheur du soir se faisait sentir. La violette et l'herbe fraîchement coupée embaumaient l'atmosphère. Un gros lapin brun foncé jaillit de la haie. Il s'arrêta, huma l'air un instant. Quand il entendit les pas de Frank et d'Eleanor, il se figea avant de plonger d'un bond dans son fourré.

Les grilles de la prison étaient flanquées de deux piliers sur lesquels étaient perchés de majestueux aigles de pierre. Frank appuya sur la sonnette. Un déclic se produisit. Ils poussèrent la grille et empruntèrent le chemin qui menait à la porte d'entrée.

Un garde mince et nerveux sortit sous le porche, un pistolet à la main. Il semblait les attendre et ne leur demanda pas de présenter leurs pièces d'identité. Il regardait autour de lui d'un air soupçonneux, comme s'il était certain qu'on l'observait. Il les fit entrer à l'intérieur du bâtiment.

– *Rápido, rápido,* siffla-t-il.

Accompagnés du garde, ils franchirent d'un pas rapide le grand hall d'entrée. Ça sentait la bougie et le vieux cuir. Un dallage d'éclats de marbre noirs et blancs recouvrait le sol. Des tableaux étaient accrochés au mur. De sombres clairs-obscurs inspirés de la Bible ou de la mythologie grecque voisinaient avec les couleurs primaires de compositions abstraites qui mêlaient carrés, spirales et triangles. D'épais rideaux de velours encadraient un vitrail près de la cage d'escalier. Le volcan en éruption projetait une lumière bleue et rouge sur les marches. Une fontaine d'intérieur jaillissait au milieu.

Ils empruntèrent un corridor étroit et durent presser le pas pour rester à la hauteur du garde. Ils montèrent un escalier en marbre, traversèrent une pièce qui renfermait un piano à queue et des cages où des oiseaux exotiques poussaient des cris stridents.

Ils parvinrent à une grande salle dont tous les meubles étaient recouverts de housses, puis à une autre où des piles de livres reliés en cuir menaçaient de s'effondrer. Malgré les barreaux aux fenêtres, on ne se serait pas cru dans une prison. Ils arrivèrent devant une porte en fonte que le garde ouvrit. De l'autre côté, trois vieilles femmes frottaient le carrelage. Ça sentait le renfermé, avec des relents fruités de pourriture et de moisissure. C'était un entassement de boîtes en carton, de caisses d'emballage, de bibelots en porcelaine poussiéreux, de rideaux pliés, de chandeliers en argent, d'abat-jour en soie déchirés, de pupitres à musique enchevêtrés. Il y avait même deux guitares. Des masques macabres et des éventails multicolores décoraient les murs. Quand ils se retrouvèrent devant une porte en bois noir, verrouillée, le garde se retourna. Il posa sa main sur le loquet.

– *Quince minutos. Y nada más.*

– Quinze minutes, Frank, murmura Eleanor d'une voix tremblante.

Le garde ouvrit la porte. A part une table de bois rectangulaire et quatre chaises en plastique, la pièce aux murs de brique peints en blanc était entièrement vide. En face d'eux, il y avait un portrait du président Ortega. La poussière dansait dans le rayon de lumière qui s'écrasait sur la table cirée. Tout au bout, un jeune homme était assis, le dos tourné à la porte. Il portait un uniforme en jean avec le mot PRISIÓN inscrit entre les deux épaules. Il ne bougeait pas ; ses longs cheveux noirs étaient plaqués sous un casque de walkman. Le silence était tel qu'on entendait le cliquetis à peine perceptible de la musique. Eleanor s'avança.

– Johnny, c'est toi ?

Le garde claqua la porte. Le jeune homme sursauta. Il se mit très lentement debout, toujours tourné vers le mur. Il se tourna vers eux écartant les longues mèches qui lui tombaient sur les yeux. Il était maigre, il avait le teint jaune et n'était pas rasé. Il avait des menottes aux poignets. Il clignait des yeux dans la lumière pourtant faible. Il fit un pas en avant.

– M'man ? fit-il d'un ton mal assuré.

Il s'avança vers elle en titubant. Il avait la respiration oppressée. Il se cogna aux chaises en plastique et en renversa une. Il avait des yeux très clairs.

– Pa ?

Eleanor courut à lui, le visage inondé de larmes. Il tendit vers elle ses mains entravées. Elle les saisit et les embrassa. Elle couvrit de baisers son visage et ses cheveux, posa sa tête sur sa poitrine et lui passa les bras autour du cou.

– Johnny ! Oh merci, mon Dieu !

Frank traversa lentement la pièce. Son cœur battait la chamade. Il rejoignit sa femme et son fils, étroitement enlacés et pleurant tous les deux à chaudes larmes et, d'un geste maladroit, il les prit par les épaules. Il les embrassa l'un et l'autre et leur prit la main. « Maintenant tout va bien. » La pièce résonnait du bruit de leurs sanglots. Il les serrait très fort tous les deux. Personne ne parlait. Il les embrassa encore et se mordit la lèvre.

– Tout va bien, maintenant.

– Pa, renifla Johnny. Mon Dieu, Pa, qu'est-ce qui se passe ?

– Est-ce que ça va, mon chéri ? s'enquit Eleanor. Est-ce qu'on t'a fait du mal ?

– Non, m'man.

– Tu en es sûr ? Ils ne t'ont rien fait ? Tu as l'air malade.

– Non, ils ne m'ont rien fait. T'aurais pas une clope, Pa ? J'en meurs d'envie.

Eleanor s'écarta. Ils allèrent s'asseoir à la table, et Frank lui tendit une cigarette qu'il saisit, les doigts tremblants. Il l'alluma, renversa la tête en arrière et aspira une bouffée aussi goulûment qu'un coureur de fond qui reprend son souffle. Frank en alluma une à son tour. Il toucha la main de son fils.

– On n'a pas beaucoup de temps. Est-ce que tu peux nous dire ce qui t'est arrivé ?

– Seigneur, Pa ! j'arrive pas à croire que vous êtes là. Comment avez-vous fait pour venir jusqu'ici ?

– Ce sont tes amis qui nous ont amenés, dit Eleanor, Smokes et les autres.

Il toussa en s'étranglant avec la fumée de sa cigarette.

– Comment ça ? Smokes vous a amenés ici ? avec Cherry ?

– Oui.

– Ils vont bien ?

– Ils sont malades d'inquiétude à cause de toi.

– Qu'est-ce qui t'est arrivé, mon garçon ? reprit Frank.

Johnny tira une bouffée de sa cigarette. Il regarda attentivement son père, puis sa mère, et hocha la tête d'un air incrédule.

– Qu'est-ce qui s'est passé, Johnny ? On a vraiment très peu de temps.

– Je me suis attiré des ennuis, Pa, je me suis retrouvé mêlé à de drôles de types.

Johnny baissa la tête jusqu'à ce que son front touche ses poignets. Il parlait d'une voix lasse.

– J'avais besoin d'argent. Un besoin urgent. J'ai entendu parler de ces gars qui se font payer pour passer des marchandises en contrebande par la frontière du Honduras. Tout le monde en ville est au courant. C'est une sorte de boulot d'appoint par ici.

– De la drogue ? demanda Frank. C'était de la drogue ?

Johnny regarda son père en se mordant les lèvres. Il essaya de parler mais les mots refusèrent de sortir et il baissa la tête.

– Mon Dieu, Johnny ! fit Eleanor avec une sorte de rire nerveux.

Ce n'est pas possible ! Tu ne vas quand même pas me dire que tu faisais du trafic de drogue ?

Il releva la tête. On pouvait lire de la frayeur dans son regard.

– C'était de la dope, m'man, et pas autre chose. Mais je ne faisais que l'acheminer.

– De la drogue ? bégaya-t-elle.

– Mon gars, intervint Frank, c'est ce type qui se fait appeler le prêtre qui dirige tout ça ?

Johnny le regarda.

– Comment peux-tu savoir ça ?

– C'est pas le problème. Dis-moi plutôt. Est-ce que tu es accusé de quelque chose ?

– Non, Pa. Ils ont trouvé de la came plein mes poches, mais je n'ai pas parlé.

– Seigneur, dit Eleanor, je croyais qu'il s'agissait seulement de marché noir. Mais de la drogue, Johnny !

– Je ne voulais pas continuer, m'man, mais ils ne m'auraient pas payé si je n'avais pas recommencé. La nuit de l'attaque des Contras devait être la dernière. J'avais décidé d'arrêter. Mais ils disaient que ça me coûterait cher si je les lâchais. J'avais vraiment peur.

Il lui adressa un regard implorant mais elle détourna la tête.

– Mon gars, dit Frank, raconte-nous ce qui s'est passé.

Johnny soupira. Sa voix était plus calme mais elle tremblait, rauque et épuisée.

– Cette nuit-là je revenais de la frontière. Par une petite route tranquille dans le nord, à une quinzaine de kilomètres d'ici. Mes clients ne s'étaient pas montrés de l'autre côté, et j'avais la trouille. J'étais perdu, j'entendais les tirs. Alors je me suis mis à courir de toutes mes forces.

– Calme-toi, mon garçon.

– Je ne savais plus où j'étais. Je ne reconnaissais plus rien. Et puis tout à coup j'ai entendu un drôle de bruit. Il faisait noir comme dans un four et il y avait ce bruit. J'ai pensé qu'il y avait quelqu'un et je me suis caché dans un fossé. J'y suis resté un bon moment. Une heure peut-être. Ou davantage. Je tremblais. Et j'entendais toujours le même bruit. J'ai fini par me dire que ça devait être une vache ou une bête quelconque. Je suis sorti de ma cachette.

Johnny avait les yeux écarquillés. Il regardait fixement devant lui et tirait sur sa cigarette.

– Et puis j'ai vu ce gars, couché sur le bord de la route. Il marmonnait, il parlait tout seul, en allemand. Il était en train de mourir, Pa. Il était salement abîmé. Je me suis agenouillé auprès de lui mais je ne pouvais rien faire. Il s'est mis à pleurer. Il me parlait en allemand et je ne comprenais rien. Et il n'avait pas l'air d'entendre ce que je lui disais. J'essayais bien de lui parler mais il était déjà à moitié mort. J'ai cru comprendre qu'il me demandait de lui mettre quelque chose sous la tête. J'ai retiré ma veste et je lui en ai fait un oreiller. Il n'arrêtait pas de pleurer. A gros sanglots, tu sais, comme un enfant. Je lui ai pris la main et j'ai essayé de lui parler. Il m'a demandé d'où je venais en Angleterre. Je lui ai dit que j'étais irlandais, et il m'a demandé de prier pour lui.

Je lui ai dit que je n'étais pas très porté sur la religion. Il m'a répondu que lui non plus. Mais il voulait que je récite une prière parce qu'il savait qu'il allait mourir. Il était terrorisé. Alors je me suis approché et j'ai récité l'acte de contrition tout près de son oreille. C'est la seule prière dont je me souvenais. Alors c'est celle que j'ai dite.

– Johnny !

– Et il est mort, papa, pendant que je disais cette prière.

– Oh, mon Dieu !

– Il est mort et je ne savais plus quoi faire. J'étais paniqué. Je lui ai fait les poches, tu comprends, pour essayer de savoir qui c'était. J'ai trouvé son passeport. Et alors, je ne sais pas, cette idée bizarre m'est passée par la tête. Je devais être complètement fou, je ne sais pas à quoi je pensais, Pa. Je lui ai pris son passeport et j'ai mis le mien dans son portefeuille. J'ai pensé qu'ils me croiraient mort en le découvrant.

Johnny eut un rire étrange, une sorte de ricanement haut perché.

– Je me suis dit qu'on le prendrait pour moi. Il était tellement défiguré. J'ai pensé qu'ainsi ils arrêteraient de me harceler, qu'ils me laisseraient enfin tranquille, tu vois. Tu les connais pas ces mecs-là, Pa. Ils sont capables de n'importe quoi. Ils te…

Frank prit son fils par le poignet.

– Ça va, mon garçon, j'ai compris. Et c'est alors qu'ils t'ont arrêté ?

– Oui. Et depuis, je suis ici.

– Mais ce fameux prêtre, il sait que tu es ici ?

– Bien sûr. Il a la plupart des gardiens à sa botte. Il les paie pour qu'ils disent que je suis allemand.

– Pourquoi ?

– Pour entretenir la confusion. Si la policía découvre mon histoire, je serai condamné. Et c'est des ennuis en perspective pour le prêtre.

– Et il ne va rien dire, lui, à la police ?

– Surtout pas. La plupart des policiers sont membres du parti – ce qui n'est pas le cas des gardiens ici – et il ne peut pas tous les acheter.

– Mais alors je devrais peut-être prévenir la police ?

– Oh, bon Dieu, non, Pa. Le prêtre m'a fait passer un message. Il me dit qu'il me fera sortir d'ici bientôt, mais que si je parle à la police j'aurai des ennuis. Un seul mot sur tout ça et je m'attire de gros pépins.

Johnny se leva, alla jusqu'à la fenêtre. Il regarda le ciel en portant les deux mains à sa bouche pour tirer sur sa cigarette.

– Et puis il y a cette fille, Pa, avec qui j'ai une histoire. Il m'a dit qu'elle aurait des problèmes, elle aussi, si je parlais.

– Nous sommes au courant, Johnny. Nous l'avons rencontrée.

Il regarda son père, le regard soudain brillant.

– Vous avez vu Pilár ? Elle va bien ?

– Oui, très bien, mon fils.

– On ne peut pas dire que ce soit grâce à toi, fit Eleanor.

Johnny la regarda, surpris.

– OK, m'man, merci du renseignement !

Eleanor se mit debout et demanda en détachant ses mots :

– As-tu la moindre idée de ce que tu viens de nous faire subir, Johnny Little ? en as-tu la moindre idée ? Est-ce qu'il t'arrive de penser une seconde que tu n'es peut-être pas seul au monde ? Tu es là, assis comme un pacha, pendant que les autres crèvent d'inquiétude, et tu oses me parler comme ça ?

– J'avais besoin d'argent, m'man, j'en avais plus.

– Ah, je vois. Tu avais besoin d'argent. Et tu n'as jamais entendu parler de travail, bien sûr ? Tu es là, tranquillement assis sans dire un mot, et tout le monde se ronge les sangs. On a cru que tu étais mort, tu comprends ce que ça veut dire ? tu comprends ?

– Arrête, Eleanor, supplia Frank.

– J'avais pas le choix, m'man.

– Et tu crois qu'elle a le choix, cette pauvre fille qui se retrouve seule, enceinte de toi ?

– Je ne savais pas que tu étais au courant.

– Eh bien, oui, je suis au courant ! Et tu serais même étonné de certaines choses que je sais sur toi.

Il revint s'asseoir à la table.

– J'ai essayé de lui faire parvenir un message, en soudoyant un gardien. Est-ce qu'elle ne l'a pas reçu ?

– Comment oses-tu ? s'emporta Eleanor. Et à nous aussi tu as envoyé une lettre, peut-être ? C'était mieux de rester planqué ici, effrayé par un foutu prêtre.

Johnny se renfrogna. Il leva les mains et les pointa vers elle.

– M'man, tu me lâches maintenant, d'accord ?

– Tu as abandonné cette pauvre fille et tu nous as fait vivre un véritable enfer. Mon Dieu, j'ai honte de toi.

Il baissa la tête et murmura.

– Et toi, si je me souviens bien, t'as pas eu besoin qu'on te pousse beaucoup quand tu m'as abandonné.

Eleanor allongea le bras et gifla violemment Johnny sur la bouche. Sa tête bascula en arrière et ses longs cheveux lui tombèrent dans les yeux.

– Eleanor ! cria Frank.

– Petit vaurien. Ce n'est pas encore aujourd'hui que tu feras l'insolent avec moi.

– Eleanor, arrête !

Johnny se toucha le visage. Il avait l'air abasourdi. Des larmes lui montèrent aux yeux.

– Qu'est-ce que tu attends pour m'en donner une autre, m'man ? Je vois que ça t'excite toujours autant.

Eleanor se figea, puis elle prit ses gants, se leva et quitta la pièce. La porte claqua derrière elle. Johnny baissa la tête et se remit à pleurer. Frank essaya de le prendre par les épaules, mais il se dégagea en sanglotant.

– Je t'en prie, Johnny, arrête.

– Laisse-moi tranquille, fous le camp. Va donc la rejoindre.

Johnny se releva si brusquement qu'il renversa sa chaise. Il retourna vers la fenêtre en retenant son pantalon trop large par la ceinture. Il s'essuya les yeux et le nez sur sa manche et continua de pleurer en regardant les nuages.

Il commençait à faire sombre dans la pièce. Frank s'approcha et lui tendit un mouchoir en papier. Johnny s'arrêta de pleurer ; il appuya son front contre le mur de brique et ferma les yeux.

– Mon garçon, dit Frank doucement, ta mère est bouleversée. Tu sais qu'il ne faut pas faire attention à ce qu'elle dit dans ces cas-là. Je vais aller la chercher.

– Non, je ne veux pas la voir.

– Ne sois pas si dur, Johnny. Tu ne fais que débuter dans la vie. Tu verras plus tard qu'un peu de compréhension, ça facilite bien des choses.

Son fils secoua la tête et s'éloigna. Il se mit à arpenter la pièce en jetant autour de lui des regards furieux comme si sa colère allait suffire à faire tomber les murs. Frank le regardait, cherchant quelque chose à lui dire.

– Johnny, je t'en prie, arrête maintenant. Je sais bien qu'elle a passé les bornes, mais montre donc un peu de compréhension.

– Ah oui, tu parles ! De la compréhension, vous m'en avez donné de sacrés exemples, tous les deux, pas vrai ?

Frank regarda sa montre.

– Écoute, je t'en prie, on n'a pas de temps à perdre à ça. Je file dehors et je ramène ta mère.

– Elle peut bien foutre le camp et retourner à Glenageary, je m'en contrefous.

La porte s'ouvrit, le garde entra. Il tapota sa montre et fit un geste du pouce en direction de la porte.

– Mon garçon, écoute-moi. Laisse-moi la ramener une seconde et on n'en parlera plus. Je t'en prie.

– Non, papa.

– *Vámonos*, ordonna sèchement le garde.

– Johnny, j'arrive pas à croire que tu sois si dur. C'est triste, à ton âge.

– *Vámonos, hombre. Ahora mismo.*

Frank posa une cartouche de Marlboro sur la table et reboutonna sa veste.

– Je t'aime beaucoup, mon garçon. Tu me rappelles moi quand j'avais ton âge.

– *Vámonos,* insista le garde.

Frank posa d'un geste furtif sa main sur l'épaule de Johnny. Il lui effleura les cheveux et se dirigea vers la porte.

– Papa ?

– Quoi ?

Il s'était remis à pleurer.

– Fais-moi sortir d'ici, papa, je t'en prie.

– Ouais, ouais, t'en fais pas.

Il quitta lentement la pièce.

Dehors dans l'allée, Eleanor pleurait doucement quand elle vit Frank sortir. Il avait le visage sombre et semblait si fatigué qu'il en était méconnaissable. Il semblait très vieux tout d'un coup. Ce n'était plus Frank Little. Il descendit l'allée où il commençait à faire noir, en butant sur les cailloux. Quand elle croisa son regard, elle y lut une expression qu'elle connaissait : un immense amour sans espoir. Elle en fut terrifiée.

– Est-ce que ça va ? s'enquit-il.

Elle lui tourna le dos et partit en courant. De toutes ses forces. Elle perdit sa chaussure mais continua à courir sur les petits cailloux, pleurant, tremblant, hors d'haleine. Les pierres lui écorchaient la plante du pied mais ça ne l'arrêtait pas. Elle entendait le pas lourd de Frank qui essayait de la rattraper. Il avait beau l'appeler, elle courait de plus belle.

Il la rejoignit aux limites de la ville. Il la saisit par le poignet. Elle se retourna. Il était à bout de souffle, le visage écarlate.

– Eleanor, je t'en prie, ma chérie.

Il posa la main sur ses épaules tremblantes, ce qui la fit gémir. Elle serra les poings très fort jusqu'à faire entrer ses ongles dans la chair.

– J'ai tellement honte de moi. Je suis épouvantable. Je me demande bien pourquoi je me suis mariée.

– Tais-toi.

– J'ai entraîné tout le monde dans ma chute.

– Eleanor, je t'en prie, ne me quitte pas.

Il prit sa femme entre ses bras. Elle essaya de se dégager, mais il resserra son étreinte. Et Frank à son tour se mit à pleurer. La bouche ouverte, il se laissa aller à ses pleurs, la tête posée sur sa poitrine.

– Mon Dieu, Eleanor !

– Oh, Frank.

Il lui passa les doigts sur le visage. Il toucha ses lèvres délicates et ses sourcils et, sans réfléchir, puisque c'était si simple, il essaya de l'embrasser. Il la sentit se raidir et tenter de se dégager.

– Non, Frank.

Il sentit qu'elle posait sa main sur sa nuque. Il sentit qu'elle lui passait les doigts dans les cheveux.

– Oh non, mon amour, murmura-t-elle.

Et bien qu'il n'entende aucun sanglot, il sentait bien, dans le noir, aux tremblements de son corps, qu'elle s'était remise à pleurer.

41

BENDITA SEAS ENTRE TODAS LAS MUJERES

Ils arrivèrent à l'hospedaje. Eleanor attendit dans la rue tandis que Frank se glissait par la porte de derrière et montait droit à la chambre de Guapo. Il lui dit que Johnny allait bien mais qu'Eleanor voulait voir Pilár tout de suite. Elle voulait que ce soit Guapo qui l'emmène pendant qu'il resterait expliquer la situation aux autres. Guapo se leva d'un bond, se passa un peu d'eau sur la figure et attrapa les clefs de Claudette. Il dit qu'il y allait tout de suite.

– *Está vivo, Frank*, fit Guapo en lui tapant dans le dos. *¡Está vivo!*

En bas, dans la salle à manger, Frank raconta que Johnny allait bien. Lorenzo fit le signe de la croix. Smokes et Cherry se jetèrent dans les bras l'un de l'autre et sautèrent de joie. Ils bondirent sur Frank, mais celui-ci leur dit que ce n'était pas le moment de faire la fête. Johnny avait de graves ennuis. Les sourires se figèrent.

– Il s'est fait prendre à trafiquer de la marijuana. Ils ne l'ont pas encore officiellement accusé mais c'est seulement parce qu'ils ne sont pas sûrs de son identité.

Smokes s'assit en émettant un sifflement.

– Putain, c'est pas possible ! C'est une blague. J'arrive pas à y croire. Dealer de l'herbe ! Alors il s'est drôlement foutu dans la merde.

– Oui, merci de me le dire, je m'en rendais pas compte.

– Excuse-moi, Franklin.

– Maintenant il faut le tirer de là d'une manière ou d'une autre. Je vais lui prendre un avocat.

– Frank, dit Smokes, un avocat ne servira à rien. Il vaut mieux acheter quelqu'un. Le trafic de drogue est une affaire très grave par ici.

– Mais tu sais bien qu'on ne peut pas les corrompre, fit Cherry. On ne peut plus depuis la révolution.

– Ouais, ben pourtant ce mec à qui j'ai filé cent dollars pour qu'il me laisse revenir à la prison demain, j'ai bien cru, le connard, qu'il allait m'embrasser.

Frank sortit sur le balcon. Il voyait la prison au loin, jaune pâle dans la lumière du soir. C'était presque insupportable de penser que son fils était là, prisonnier entre ces murs à moins de deux kilomètres. Ça le rendait fou.

– Il n'y a rien d'autre à faire. Je vais retourner voir notre ami le garagiste et lui demander si ce foutu prêtre peut nous aider encore un coup.

– Mon Dieu, Frank, je crois que José ne va pas beaucoup aimer ça, l'avertit Smokes.

– Je me fous de savoir si ça lui plaît ou non, Smokes. Il faut absolument que je sorte Johnny de cette foutue prison. Tu comprends ça ?

– Frank, pourquoi tu t'adresserais pas tout simplement à Nuñez ? suggéra Cherry.

Il rit.

– T'es vraiment chouette, ma petite. Tu penses que je vais téléphoner à ce foutu gratte-papier pour lui dire : ça y est, j'ai retrouvé mon fils. C'est un drogué. Tu peux me le boucler une dizaine d'années ?

– C'est pas ça que je voulais dire, Frank, fit Cherry en rougissant.

– Non, bien sûr, ma petite.

– Écoutez, fit Lorenzo, l'essentiel c'est qu'il est vivant. A partir de là, tout peut arriver. Loué soit le Seigneur.

– Oui, bien sûr, dit Smokes. Mais quand même, bordel de merde, Johnny Little, trafiquant de drogue pour les Contras ! Quel sacré trou du cul !

– Ouais, admit Frank. Personne n'est parfait, mon gars. Si c'est des anges que tu cherches, putain, c'est pas ici que t'en trouveras.

Toute la nuit, il entendit Eleanor s'agiter dans la chambre voisine. Puis une demi-heure s'écoula sans qu'il perçoive le moindre bruit, et il pensa avec soulagement qu'elle avait fini par s'endormir. Mais il l'entendit se lever, ouvrir la fenêtre et se mettre à pleurer. A travers la cloison il l'entendait sangloter doucement.

Il avait mal partout sous l'effet du choc. Il essayait d'y voir clair, de mettre un peu d'ordre dans ses idées, de se convaincre que la situation était plus simple qu'elle n'en avait l'air. Mais il n'y arrivait pas malgré tous ses efforts. Il repensa au jour où Johnny était né. Il revoyait très clairement ce matin-là, cette impression qu'il avait eue alors que plus rien de mal ne pouvait lui arriver. Il se rappelait comme il était convaincu que tous les chagrins étaient bien révolus. Il était frappé de voir à quel point il s'était trompé.

Il finit par s'endormir et rêva du passé. Il vit le visage de son père mort qui lui souriait derrière des barreaux, la pierre tombale de son grand-père flottant sur une mer bleue, son frère debout sur une estrade de neige, grattant une guitare d'un air sinistre.

Il fit aussi un rêve où il marchait dans une forêt en compagnie d'Eleanor. Il entendait son rire et il voyait une lumière pâle jouer dans le feuillage. Il courait vers elle mais brusquement le chemin semblait disparaître et les arbres s'embrasaient en grandes gerbes de feu. Il n'arrivait pas à la retrouver.

Il se réveilla, tremblant de peur. Il avait de plus en plus mal au creux des reins et une douleur lancinante avait gagné son bras. Il crut bien pendant quelques minutes qu'il était en train de faire une crise cardiaque. Un de ses chauffeurs en avait eu une fois et il lui avait décrit les symptômes : une douleur terrible dans le bras et un poids qui vous écrasait la poitrine. Il resta étendu, sans faire le moindre geste, s'efforçant de respirer profondément. Il allongea les bras et essaya de se détendre. L'obscurité semblait très épaisse. Il avait la bouche sèche.

Il entendit Eleanor marcher dans sa chambre. Il se leva, sortit dans le couloir. L'air était sec et chaud. Il attendit un peu devant sa porte avant de frapper doucement.

– Eleanor, ça va ?

Il frappa de nouveau. Elle ne répondit pas. Il retourna se coucher et s'endormit.

Le lendemain, Eleanor ne descendit pas prendre son petit déjeuner. Cherry dit qu'elle était allée la voir dans sa chambre et qu'elle l'avait trouvée complètement bouleversée. Elle demanda à Frank ce qui s'était passé à la prison, mais il éluda les questions. Il raconta que Johnny allait très bien. Il avait maigri bien sûr, mais il était vraiment en forme compte tenu des circonstances.

– S'il va si bien que ça, fit Cherry, pourquoi Eleanor se met dans tous ses états ?

– Ma chérie, ce sont des moments difficiles pour nous tous, mais je t'assure qu'il va bien. Je ne peux pas t'en dire plus.

Smokes descendit, l'air hagard. Il avait enfilé la robe de chambre de soie rouge de Cherry et une paire de tennis. Il s'assit auprès d'eux et se versa du café.

– Alors comme ça, Franklin, tu vas retourner voir José ?

– Frank ferait mieux de rester ici, décréta Cherry. Eleanor a besoin de lui à ses côtés. On pourrait aussi bien y aller tous les deux ?

Smokes s'étrangla.

– Mon Dieu, Cherry, oui… je ne sais pas.

Elle le fusilla du regard.

– C'est vrai que ça nous rendrait service, dit Frank. J'aimerais bien être là quand elle va se lever. Eleanor est un peu bouleversée par tout ce qui se passe, par toute cette tension.

Cherry lui mit la main sur l'épaule.

– Eleanor est hypersensible, ajouta-t-il. Elle ressent tout en profondeur.

– On va y aller, Frank, le rassura Cherry. Ne t'en fais donc pas pour ça.

Smokes se prit la tête entre les mains. Cherry le toisa d'un air furieux.

– Qu'est-ce que tu as encore ? T'as bientôt fini de te conduire comme un gosse ?

Frank s'adressa à Cherry :

– Dis-lui qu'il aura de l'argent, ma belle. Tant qu'il veut, c'est pas un problème. Tout ce qu'on demande, c'est que Johnny sorte de là. On veut le tirer de là à tout prix, d'accord ?

Eleanor finit par descendre à une heure et demie, maquillée et les cheveux encore mouillés par la douche. Frank se leva quand elle entra dans la pièce, mais elle ne lui adressa pas un regard. Elle s'assit et se plongea dans un journal.

Il se racla la gorge.

– Ça va, ma belle ?

– En pleine forme. Commence pas, Frank.

Elle but son café en silence sans rien manger. Elle était pâle et avait de grands cernes gris sous les yeux. Frank ne cessait de l'observer mais elle évitait son regard.

– Comment allait Pilár ?

– Bien. Elle est évidemment choquée qu'il n'ait rien fait pour garder le contact avec elle. Et aussi par cette histoire de drogue, bien sûr.

Frank toussota.

– Je vais envoyer Cherry et Smokes voir ce garagiste. Voir s'il y a pas un moyen par là de le faire sortir de prison.

– Si tu penses qu'il faut le faire…

– Oui, et si ça ne marche pas, je ne sais pas. Il faudra essayer d'acheter les gardiens, ou s'adresser à Nuñez.

Elle jouait avec sa cuillère.

– Je dois voir la mère de Pilár ce soir. Est-ce que tu veux venir avec moi ?

– Ben, j'avais plutôt prévu de retourner à la prison. J'ai graissé la patte au type hier soir, au soldat.

Elle hocha la tête, finit son café et s'essuya les lèvres avec sa serviette.

– C'est complètement mort ici aujourd'hui. Je crois que je vais aller à la messe.

– Bonne idée. Je vais t'accompagner. Ça me fera du bien de marcher un peu.

– Je me débrouille très bien sans toi. Je préfère y aller seule.

– Allez, pas d'histoires. J'en ai pour une minute, je monte prendre ma veste.

Ils marchèrent côte à côte sans se parler. Le ciel brillait d'un bleu lumineux. Ils traversèrent la petite place et entrèrent dans l'église mais la messe était finie. Une vieille femme en noir leur dit d'aller à la chapelle de San Marco, à l'autre bout de la ville. Là-bas, il y avait des messes l'après-midi.

Il y avait beaucoup de monde dans la petite église. Dans des niches on voyait des statues en plâtre de saints et de martyrs. La lueur faible des cierges faisait ressortir l'éclat doré de la chaire. Un christ au regard halluciné semblait surveiller l'église du haut de l'autel, et un groupe de jeunes gens debout derrière un micro chantaient un cantique que Frank jugea un peu trop jazzy pour être honnête.

Le jeune prêtre monta à l'autel, lissa ses cheveux, écarta les bras et se mit à prier. Frank écoutait sa voix s'élever au-dessus des répons indistincts murmurés par les fidèles.

Il se plut à essayer de reconnaître en espagnol les mots de l'Évangile. Il comprit *Cristo* et *Padre* et *Amor*, mais le sermon lui échappa complètement. Il éprouvait pourtant un certain plaisir à suivre le rituel de la messe. Ça lui plaisait de savoir que le Credo allait arriver bientôt, suivi de la prière pour les intentions, de l'Offertoire, de la Consécration, des actions de grâce et de l'Alléluia. Il ne comprenait pas les mots mais le rythme lui plaisait, l'ensemble du rituel.

Le prêtre éleva l'hostie, et l'enfant de chœur fit tinter sa clochette. Les fidèles baissèrent la tête. Le prêtre éleva le calice et les fidèles de nouveau baissèrent la tête. Une lumière tamisée entrait par les vitraux. Les jeunes gens jouèrent de la guitare, le prêtre s'efforçait de chanter à leur rythme, manifestement agacé parce que cela durait trop longtemps. Mais ça n'avait rien d'étonnant. Les jeunes gens jouaient particulièrement bien.

Tout le monde se leva au moment du Notre-Père. Frank essaya encore une fois d'identifier quelques mots, mais il perdit le fil avant la moitié de la prière. Le prêtre pria un moment en silence, la tête baissée, puis il s'approcha de la balustrade du chœur en écartant les bras, invitant l'assistance à s'approcher. C'était le moment de la Communion.

– Est-ce que tu y vas ? chuchota Frank.

– Je ne suis pas à jeun.

– Mon Dieu, qu'est-ce que ça peut faire ? Tu devrais aller communier.

– J'ai pas envie, Frank.

Les musiciens jouait de la guitare en sourdine. Frank regarda les fidèles remonter l'allée et se diriger vers l'autel. Une femme d'un certain âge poussait un jeune soldat dans un fauteuil roulant. Trois gamines en aube blanche lui firent un petit sourire. Il y avait beaucoup de vieillards habillés de noir de la tête aux pieds, ils se donnaient le bras pour s'aider à marcher. La petite église tout entière résonnait du bruit de leurs pas traînants.

– Tu ne veux pas venir avec moi, Eleanor, tu es sûre ? Puisque j'y vais, tu peux bien y aller toi aussi.

Elle secoua la tête.

– Tu fais ce que tu veux.

Il resta debout un moment espérant qu'elle allait se décider à le suivre mais elle ne bougea pas de sa chaise. Il remonta l'allée, se mit dans la file et s'agenouilla contre la balustrade en cuivre.

Le prêtre avait un regard perçant. Il tenait l'hostie entre le pouce et le majeur.

– *El cuerpo de Cristo.*

– Amen.

Il sentit l'hostie lui coller au palais. Sa consistance lui rappela ses souvenirs d'enfance, quand il se sentait à la fois émerveillé et coupable.

Il regagna sa place. Agenouillée, les yeux fermés, les mains jointes, Eleanor priait. Il essaya de prier lui aussi mais sans succès. Les musiciens jouaient toujours de la guitare et l'un d'eux frappait un tambourin. Il regarda autour de lui. Le jeune prêtre essuyait le calice qui avait contenu le vin et en frotta l'intérieur avec un linge blanc propre. Il se rappela que son père lui disait qu'il ne fallait pas parler de vin. Une fois que le prêtre l'avait consacré, ce n'était plus du vin, c'était le sang béni de notre Sauveur. Le prêtre rangea le ciboire dans le tabernacle et referma à clef la porte d'argent. Il accomplissait méticuleusement les gestes du rituel. C'était le même partout. Absolument sans surprise.

Il se rappelait avoir emmené Johnny à la messe à Glasthule, un 8 décembre, jour de l'Immaculée Conception. Eleanor aussi était là. Johnny avait cinq ans. L'église était bondée.

Il était allé communier le premier, laissant Johnny dans les bras d'Eleanor. Puis elle y était allée à son tour pendant que Frank gardait son fils. A son retour, Johnny s'était mis à crier et à gesticuler parce qu'il n'avait pas communié comme ses parents. « Il a encore refermé la porte, hurlait-il. Il a encore refermé la porte et moi je n'ai rien eu. » Frank revoyait la scène. Ce souvenir le fit sourire.

Le prêtre s'assit sur son siège et se prit la tête dans les mains. Un chien efflanqué vagabondait dans l'allée centrale, reniflant une aubaine. Cela fit rire quelques enfants. Le prêtre se leva, marcha majestueusement jusqu'au micro, ferma les yeux, écarta les bras et récita le « Je vous salue Marie ».

Ave María, llena de gracia
El Señor está contigo
Bendita seas entre todas las mujeres
Y bendita sea la fruta de tu vientre, Jesús
Santa María, madre de Dios
Reza por nosotros pecadores
Ahora, y en la hora de nuestra muerte
Amén.

Après la messe, Frank emmena Eleanor prendre un café dans une petite cantina sur le port. Elle semblait aller mieux. Elle avait un peu faim, dit-elle, et il répondit que c'était bon signe. Elle commanda du jambon, des œufs et une bouteille d'orangeade. Elle ne laissa rien et commanda de nouveau à boire.

– Tu sais, lui dit-il, j'ai bien aimé la messe. C'est drôle, ça me donne à réfléchir.

– Tu ne vas pas tarder à te convertir ! Les prières inopinées, ça peut réveiller Dieu.

Il secoua la tête en riant.

– Non, ce n'est pas ce que je veux dire. J'ai repensé à un truc qui m'est arrivé quand j'étais gosse.

– Tu as vraiment de la mémoire, Frank. A quoi as-tu repensé ?

– Oh, ce n'est rien du tout. C'est même un peu bête. Quand j'allais à l'école dans Francis Street, il y avait un frère, Tommy Devane. Il venait de Caherciveen. Il devait avoir une vingtaine d'années, il était étudiant en arts plastiques. Eh bien, ce frère Tommy était une vraie peau de vache. Il ne pouvait pas regarder un élève sans lui flanquer une baffe. Un jour il nous fit un sermon épouvantable sur les gens qui arrivent en retard à la messe. « Mes fils, nous dit-il, j'ai vu cette femme, dimanche dernier, arriver en retard, et j'en ai été mortifié. J'en ai été dégoûté. Pensez-vous que Notre-Seigneur soit arrivé en retard le Vendredi saint quand il est venu verser son sang pour nous ? Nous n'étions que de pauvres pécheurs et pourtant le fils de Dieu était *à l'heure.* »

– C'étaient des temps vraiment durs, fit-elle en souriant, et les bonnes sœurs étaient encore pire.

– Oui, mais attends, ce n'est pas tout. Il a repris son cours de géographie, je ne sais plus exactement... non, c'était des maths, je crois. Et puis tout à coup, à l'improviste, le voilà qui s'arrête. Il nous regarde et il nous lance : « Vous savez, cette femme dont je vous ai parlé, je crois que je me suis trompé sur son compte. Je crois que j'aurais dû être un peu plus charitable. Elle était peut-être en retard parce qu'elle avait dû veiller un malade, par exemple. J'ai eu tort de la juger, mes enfants. Qui sait ce qui pouvait bien se passer chez elle ? »

– Vraiment ? C'est ce qu'il a dit ?

– Oui, c'est ça le plus étonnant.

– Pourquoi, Frank ?

– Je ne sais pas. On s'y attendait si peu. Il nous a donné une grande leçon sur la vie.

Elle approuva d'un geste vague et but son café. Frank ricana.

– Il faisait une fixation terrible sur le sexe, ce pauvre Tommy. Il nous disait toujours : « Mes garçons, il y a plus de monde en enfer à cause du cinquième commandement qu'à cause de tous les autres réunis. » Sur ce point, à en croire le catéchisme, presque tout était un péché, à part se ronger les ongles. D'après lui il suffisait de croiser le regard d'une fille pour être condamné aux flammes de l'enfer.

– Les bonnes sœurs nous racontaient la même chose, à propos des garçons. Elles nous disaient qu'il fallait toujours poser un annuaire téléphonique sur les genoux d'un garçon avant de s'asseoir dessus, et ce genre de bêtise !

– C'était vraiment bizarre, à l'époque. On aurait juré que les gens étaient tous des saints. En fait, ils n'étaient pas meilleurs qu'aujourd'hui.

– Mon Dieu, non ! fit-elle. Est-ce que tu te souviens de cette pauvre femme qui tenait le magasin *Stensberg's* ? Son mari avait fait un gosse à une fille du coin et il avait filé en Angleterre. Je repense souvent à elle. Elle sortait sur le pas de sa porte tous les soirs à cinq heures. Elle regardait à droite et à gauche dans l'espoir de le voir revenir. Je crois bien d'ailleurs qu'il n'est jamais revenu. Il m'arrivait de la voir quand j'allais rendre visite à ta mère. Elle restait plantée là, le regard perdu, fixant vaguement les toits et le ciel. Elle me donnait la chair de poule.

– Oui, Margaret la Folle. Mon Dieu, la dernière fois que je l'ai vue j'étais avec Johnny. Je l'avais amené pour lui montrer les vitraux qu'il y avait au fond de la boutique. Il devait avoir dix ou onze ans. Il avait à l'époque une sorte d'accroche-cœur, et elle s'était gentiment moquée de lui, en lui disant qu'il était le portrait craché de Bill Haley. Lui, bien sûr, ne savait pas qui c'était.

– Quelle mémoire, Frank !

– Oui, je m'en souviens très bien. Parce que, c'est ce soir-là qu'il avait fait ce dessin, tu sais, la *Santa María*, le navire de Christophe Colomb. Il n'arrêtait pas de remuer, d'être insolent, de faire des histoires. Je l'ai donc envoyé se coucher et j'ai dû lui donner une petite tape sur la jambe je crois. Je m'en suis un peu voulu au bout d'un moment et je suis allé dans sa chambre pour le border. Il était pelotonné dans son lit, et dormait à poings fermés comme un petit prince. Le dessin du bateau traînait par terre. Je l'ai ramassé pour le ranger, et c'est en retournant la feuille que j'ai vu un bonhomme de l'autre côté. Il venait de dessiner un bonhomme en bâtons avec un énorme couteau planté dans le dos. Une dague.

– Oh, mon Dieu, tais-toi !

– Une foutue dague. On aurait bien dû se douter déjà qu'on avait affaire à un sacré numéro !

Elle le regarda allumer sa cigarette. Elle suivit le mouvement de ses grosses mains qui chassaient un peu de cendre tombée sur son pantalon. Il hocha la tête et lança l'allumette rougeoyante dans la rue.

– Une dague ? Non, mais tu te rends compte ?

Le ciel s'assombrissait déjà. De longues traînées pourpres et grises étaient apparues, et la demi-lune se montrait derrière un nuage.

– Es-tu heureux à présent, Frank ? Es-tu heureux avec Veronica ?

Il réfléchit un instant, le regard fixé au fond de sa tasse de café.

– C'est quelqu'un de très bien. J'apprécie sa présence.

Eleanor hocha la tête.

– C'est bien, Frank. Ce ne serait pas bon pour toi de vivre seul.

– Oh, je n'en sais rien.

– Tu dois lui manquer en ce moment, si loin d'elle.

Il se sentit rougir.

– Je suis sûr qu'elle est ravie d'être débarrassée de moi.

– Elle a été très gentille avec Johnny. Il a eu de la chance d'avoir quelqu'un d'aussi attentionné auprès de lui.

Il haussa les épaules et rougit encore plus.

– Chacun a fait de son mieux.

– Frank, tu crois vraiment qu'on va pouvoir le tirer de là ?

– Mais naturellement, fit-il d'un air qu'il voulait convaincant. Ces types-là sont prêts à tout pour de l'argent, Eleanor. Tu n'as pas à t'inquiéter.

– Tu ne crois pas qu'on ferait mieux d'en parler au capitaine Nuñez.

– Non, crois-moi. On va le sortir de là et on va se tirer d'ici.

Il commanda une bière et un autre jus d'orange.

– Eleanor, je voulais te dire, je ne sais pas trop comment, mais je suis vraiment content de te revoir, de me retrouver avec toi.

– Oui, Frank, je comprends.

– Et tout ce qui s'est passé hier, j'espère que tu n'y penses pas trop. Tout ce qui s'est dit sous le coup de l'émotion.

– Il avait parfaitement raison. Je ne le sais que trop.

– Certainement pas. Il était bouleversé, voilà tout.

Elle le regarda dans les yeux et hocha la tête.

– Tu sais aussi bien que moi qu'il avait raison. Tu as juste la gentillesse de prétendre le contraire.

– Eleanor ! Il ne savait plus ce qu'il disait.

Sur le port, des enfants jouaient, ils sautaient à la corde en chantant et riaient comme des fous.

– C'est drôle quand même, ce que la vie vous réserve, tu ne trouves pas, Frank ? Quand j'étais gamine je n'aurais jamais imaginé que je deviendrais alcoolique et que je détruirais mon foyer.

– Mon Dieu, pourquoi dis-tu cela ? Tu avais simplement un problème.

– Non, Frank, j'étais un problème. Une alcoolique. Il n'y a vraiment pas de quoi être fière.

– Peut-être, dit-il doucement, n'as-tu pas toujours trouvé à la maison beaucoup de compréhension. Il faudra que je fasse mon examen de conscience sur ce point-là.

Il sentit son cœur s'accélérer. Il chercha son regard.

– Y avait-il une raison particulière à tes problèmes, ma chérie ? Est-ce que c'était à cause de moi ? Est-ce que tu crois que j'ai manqué d'attention ?

– Tu parles de mon alcoolisme ? Non, c'était en moi. Tu sais, Frank, c'est une maladie.

Il tira sur sa cigarette.

– Je parlais aussi de tes rapports avec Johnny.

Elle détourna les yeux et resta un long moment sans répondre. Il la regardait se passer la main dans les cheveux.

– Je n'ai pas d'explication. Tout cela me paraît si loin à présent. J'ai l'impression qu'il s'agit d'une autre vie. Ou plutôt de la vie de quelqu'un d'autre.

– Oui, ce n'est ni aujourd'hui ni hier.

– J'y pense beaucoup. Il ne se passe pas un jour sans que j'y repense. Mais je ne comprends pas ce que j'avais à l'époque, cette façon de traiter Johnny…

Il lui toucha le bras. Elle détourna le regard.

– Je suis même allée consulter quelqu'un quand j'étais en Angleterre. Une sorte de psychologue, tu sais ?

– Ah oui, je vois, fit-il en riant. Ces gars-là sont drôles. Ils ont de grandes théories.

– Ça m'a aidée.

– Je sais. Je ne critique pas.

– Je faisais des cauchemars épouvantables. Ça n'a cessé d'empirer, au point que j'en ai pratiquement perdu le sommeil.

– À propos de Johnny ? C'est de lui que tu rêvais ?

– Oui, de Johnny, de mes rapports avec lui, mais pas seulement.

– Quoi d'autre, ma chérie ?

Elle le regarda, les yeux emplis de larmes.

– Dis-moi.

Elle se mordit les lèvres.

– C'est très dur, Frank, d'en parler, après tout ce temps.

– Je sais bien, mais dis-moi, insista-t-il doucement.

– Oui, quelle importance à présent. Tout cela, c'est du passé.

– S'il te plaît, ça te fera du bien.

Elle se cacha le visage entre ses mains.

– Je ferais tout pour t'aider, Eleanor.

Elle regarda le plafond de la cantina, hocha la tête, fit un effort pour trouver les mots.

– Voilà, fit-elle brusquement. Une nuit... – elle se tut, croisa les doigts et les serra à en faire blanchir les articulations – une nuit...

Il se pencha vers elle.

– Une nuit, quoi, ma chérie ?

Elle avala sa salive et reprit d'une voix tremblante :

– Une nuit où tu étais au travail. C'était quelque temps après la naissance de Catherine...

– Oui ?

– J'étais seule à la maison. J'étais couchée. Et elle s'est mise à pleurer...

– Continue, ma chérie.

– Elle avait déjà passé la journée à pleurer, et voilà qu'elle recommençait. – Eleanor se tut et cligna des yeux : J'étais tellement épuisée, Frank ! si fatiguée que je ne suis pas allée voir ce qu'elle avait. J'étais si fatiguée. Je l'ai laissée pleurer et je me suis rendormie. Je pensais que ce n'était rien, sans doute.

Elle le regarda, les yeux embués.

– Mais elle n'allait pas bien, Frank.

Il lui prit la main et soupira.

– Tu ne vas pas t'en vouloir éternellement à cause de ça ?

– C'était la veille du jour où elle est morte, gémit-elle en s'essuyant les yeux. Oh, Frank, c'est vraiment terrible de l'avoir vue mourir si jeune !

Il lui pétrit la main sans rien dire.

– C'était affreux. Il y a des choses vraiment trop dures à supporter.

– Je comprends, ma chérie. Mais tu sais bien que c'était un virus. N'est-ce pas ce qu'ont déclaré les médecins ? Ce n'est la faute de personne. Et puis il n'y a aucune raison d'aller voir un enfant chaque fois qu'il pleure.

– C'est tellement affreux, sanglota-t-elle, et pourtant, Dieu sait que ça n'excuse rien. Ce n'est pas ce que je veux dire, d'ailleurs. Parce que c'est arrivé à plein de femmes, et elles n'ont pas forcément mal tourné comme moi.

Il lui caressa les doigts.

– Mais à ce moment-là est-ce que je n'ai pas été assez présent ? Peut-être que Johnny est arrivé trop rapidement, tu ne penses pas ? On aurait peut-être dû attendre davantage ?

Elle le regarda pendant un temps qui sembla une éternité et sourit tristement.

– Oh non, Frank, ce n'est pas ça. Johnny, je l'ai vraiment désiré.

– Alors quoi, ma chérie ? Est-ce que tu le sais ?

Elle prit son verre.

– Non, pas vraiment. Mais ce psychologue avait quelques idées sur la question. Il m'a expliqué pourquoi je me suis sentie coupable quand la petite est morte.

Elle le regarda fixement, puis détourna les yeux pour contempler la mer.

– Mon père nous disait tout le temps des horreurs, Frank. C'était un homme très dur. Il disait des choses terribles. Surtout à nous, je veux dire à ses filles. A la moindre peccadille, il nous disait qu'on était méchantes. Qu'il n'avait jamais voulu avoir de filles. Il disait que Dieu nous punirait un jour pour notre méchanceté.

– Ce n'est pas possible. Il disait ça ?

– C'était quelqu'un de très compliqué, Frank, quelqu'un de torturé.

– Peut-être, mais on ne dit pas des choses pareilles !

– Il était très malheureux. Et il a fait beaucoup de mal à ceux qu'il aimait. – Elle détourna le regard en clignant des yeux : Comme moi, par exemple.

– Eleanor, arrête.

Elle baissa la tête.

– Quand Catherine est morte, j'ai repensé à tout ça. J'en étais obsédée. Je croyais entendre mon père, Frank, dit-elle la voix brisée, je l'entendais me dire : « Tu es une méchante fille, Eleanor Hamilton, un jour tu le paieras. »

– Seigneur Jésus, comment peut-on dire des choses pareilles ?

Les larmes se mirent à ruisseler sur son visage.

– Si c'était aujourd'hui, j'aurais la force de faire face. Mais à l'époque je croyais qu'il avait raison. Et je pensais que j'étais forcément coupable.

Elle frissonna.

– Tu comprends ce que je veux dire, Frank ?

– Personne n'était responsable. Arrête de te retourner les sangs.

– Je n'ai jamais cessé de culpabiliser, Frank. Je faisais d'horribles cauchemars. Je voyais son pauvre petit visage, je l'entendais qui me réclamait comme la nuit où je ne suis pas allée la voir.

– Calme-toi, mon amour. Ça ne sert à rien de te torturer comme ça.

Sur le port, les enfants chantaient, se poursuivaient en se lançant des cailloux. Eleanor les suivit du regard.

– Ça a duré des années. Ce sentiment de culpabilité… et personne à qui me confier !

Il lui effleura la main.

– A moi, tu aurais pu en parler.

Elle essuya ses larmes.

– Je pensais que tu m'en voudrais.

– Comment as-tu pu croire une chose pareille ?

Elle lui agrippa la main en refoulant ses larmes.

– Je me souviens de cette femme que ma grand-mère connaissait à Galway. On l'avait mise à l'asile. On disait qu'elle avait tué son enfant. J'avais tellement peur, Frank. J'étais sûre que si j'en avais parlé, la police serait venue m'arrêter. J'aurais été séparée de toi. Notre famille aurait été détruite.

Elle baissa la tête.

– Et parfois, sanglota-t-elle, je me réveillais la nuit, je sentais la chaleur de ton corps contre le mien. Et tu sais, Frank, je croyais qu'elle était revenue. Parce que, tu te souviens, on la couchait entre nous quand elle était toute petite.

– Seigneur, Eleanor, comme tu as dû souffrir !

– Elle était si petite. Avec ses doigts minuscules. Tu te rappelles ses doigts minuscules ?

– Oui.

Elle s'efforçait de sourire à travers les larmes qui coulaient sur son visage douloureux.

– Je ne pouvais pas t'en parler, Frank. Ce n'était pas l'envie qui m'en manquait, mais je ne sais pas ce qui se passait en moi. On ne se confiait pas si facilement à cette époque-là.

– Eleanor !

Elle ferma les yeux.

– J'étais complètement déprimée, tellement malheureuse. Je crois que j'ai tout reporté sur ce pauvre Johnny. Je l'aimais sincèrement mais tout était si embrouillé dans ma tête. Et tu sais qu'il n'était pas toujours facile, Frank. Oh, bien sûr, il était gentil avec toi quand tu rentrais à la maison, mais moi, je devais m'en occuper à longueur de journée. C'était un vrai démon par moments. Il aurait fait n'importe quoi pour attirer l'attention.

– Il devait sentir que quelque chose n'allait pas. Il paraît que les enfants sentent ces choses-là.

– Toi tu t'es retrouvé avec une dague dans le dos et moi je me suis retrouvée plus d'une fois avec le dîner balancé à travers la pièce.

Il resta silencieux.

– Il me criait dessus, donnait des coups de pied partout. Ça durait des heures, il n'arrêtait pas. Je ne savais plus où j'en étais.

Et quand il a eu l'âge où Catherine est morte, c'est à ce moment-là que j'ai commencé à dérailler.

– Mais tu n'es pas responsable. Si seulement tu m'en avais parlé. Tu m'as vraiment pris pour un sans-cœur.

– J'étais perdue, Frank, terrifiée, et je me suis mise à avoir des sortes de névroses. Je devenais folle s'il allait à l'école sans emporter son déjeuner. Ou s'il oubliait son pull-over; des détails qui auraient fait rire n'importe quelle mère. – Elle ravala un sanglot : Le psychologue m'avait dit qu'inconsciemment je m'imaginais qu'il allait tomber malade lui aussi. C'était pas clair, tu comprends ce que je veux dire? Je ne sais pas s'il avait raison. J'ai longtemps cru que c'était seulement ce que je voulais entendre. Pour avoir enfin une explication. En tout cas, c'est ce qu'il m'a dit.

– Seigneur Jésus. T'as dû me prendre pour une brute quand même, pour avoir tellement peur de m'en parler.

– Je crois que j'avais peur qu'on le perde, lui aussi. Et puis je ne sais pas, Frank, les choses sont allées trop loin. Je ne comprends pas ce qui m'a pris, mais j'ai fini par le battre, le pauvre petit, pour la moindre vétille. Dieu me pardonne. Je l'aimais plus que tout au monde. Je ne saurai jamais ce qui s'est passé.

– Je n'aurais jamais cru que c'était si terrible pour toi. Si seulement tu m'avais fait confiance. Je me sens coupable.

Elle éclata en sanglots. Leurs regards se croisèrent. Elle essaya de lui parler.

– Je ne *pouvais* pas, Frank. Tu ne comprends donc pas? C'était au-dessus de mes forces.

Le son de sa voix lui fit peur.

– Tout va bien, Eleanor. Tu vois, tu as fini par tout me dire.

Elle détourna les yeux. Son mascara lui coulait sur les joues, son visage était agité de tics nerveux.

– Oui, mais vingt ans trop tard.

– Ne dis pas cela, Eleanor, il n'est jamais trop tard.

Un coup de vent s'engouffra dans la cantina et fit tinter les verres sur les étagères. Eleanor s'essuya les yeux avec sa serviette. Frank eut un rire forcé.

– Tu as vraiment cru que j'avais un cœur de pierre.

– Non, pas dur, ce n'est pas le mot. Mais tu as changé après notre mariage. Je n'ai pas su quoi penser au début. T'étais plus ouvert quand on s'est connus, quand on était encore des gamins, quand on allait danser. – Elle lui souriait à travers ses larmes : Après, tu n'étais plus tout à fait le même. Tu m'aimais toujours, je suppose, mais c'est différent pour une femme. On a besoin qu'on nous le dise.

– On ne peut quand même pas détailler tous ses sentiments ! Tu savais bien que le lien était toujours là.

– Non, pas toujours. J'avais l'impression d'être un fardeau pour toi. Chaque homme imagine que la femme qu'il épouse sera naturellement une bonne mère. C'est ce que vous voulez tous. Et j'ai fini par penser que je n'étais pas du tout celle qu'il te fallait. Quand on se disputait. Chaque fois qu'il fallait que je gronde Johnny, je sentais que tu n'étais pas du tout d'accord avec moi. Tu me disais des choses désagréables, et ça me faisait peur.

– Tu sais bien ce qu'on peut se dire quand on se dispute. Je ne pensais pas à mal.

– Tu disais que tu aurais mieux fait d'en épouser une autre.

– Eleanor, tu sais que c'est faux.

– C'est peut-être ce que tu penses encore.

Il lui prit la main et la serra.

– Non, je t'en prie. Là, tu as tort, et si jamais je l'ai dit, je ne le pensais pas.

Ses larmes se remirent à couler. Il tendit le bras et les essuya du bout des doigts.

– Non, je ne regrette rien. Rien de rien.

– Oh, Frank, comment est-ce que tu peux dire ça ? Après tout ce qu'on a traversé !

– Si c'était à refaire, je le referais sans hésiter. J'étais fou de toi, Eleanor, je n'ai pas honte de l'avouer.

– Je me le suis souvent demandé. Vraiment, parfois je me posais des questions.

– Mais pourtant l'amour était là. Tu ne t'en rendais pas compte ?

– Il n'y a rien de plus douloureux qu'un amour qui se meurt, un amour qui s'en va. – Elle secoua la tête et se força à sourire : C'est la pire des solitudes. On était comme des hors-la-loi dans un western, Frank. On n'arrêtait pas de fuir, convaincus qu'on ne s'en sortirait pas. Reconnais-le.

Il lui caressa la joue.

– Tu m'étonneras toujours. T'es marrante, tu as une telle imagination.

Elle s'essuya les yeux en riant.

– J'ai toujours pensé que ça valait le coup d'essayer.

– Et maintenant ?

Elle réfléchit un instant.

– Oui Frank, peut-être, même si je me demande parfois pourquoi.

Ils restèrent un moment silencieux, se tenant par la main. Il lui sourit.

– Est-ce qu'il t'arrive d'aller sur sa tombe ? celle de Catherine ?

– Non, jamais.

– Moi, si. Le jour de son anniversaire ou celui de sa mort. Il m'arrive d'y faire un saut l'après-midi quand je passe dans le coin en taxi. C'est agréable, comme ça, l'après-midi.

– Vraiment, Frank ? Je ne savais pas.

– Oui. J'en éprouve un certain réconfort. Quand je pense à elle. Tu vas me trouver un peu cinglé de me balader comme ça dans les cimetières.

– Non, pas du tout.

Il lui lâcha les mains et alluma une cigarette. Ses doigts tremblaient.

– Je ne sais pas. Tu aimerais peut-être m'accompagner ? quand on sera de retour ? On pourrait aller sur sa tombe un après-midi, déposer des fleurs, ou dire une prière ? Tous les deux.

– Oui, fit-elle, les yeux embués de larmes.

Il lui reprit la main.

– C'est ce qu'on fera. Promis !

Elle rabattit ses cheveux.

– C'est une bonne idée, Frank. Vraiment, ça me plairait beaucoup.

– T'es vraiment étonnante, Eleanor. T'as pas d'équivalent.

– Arrête.

– Non, c'est vrai. J'ai eu beaucoup de chance de te rencontrer.

– Recommence pas. Tu as le don pour embrouiller les choses, Frank Little.

Ils passèrent le reste de l'après-midi, assis dans la petite cantina à parler de Johnny en buvant du café et du jus d'orange. Ils étaient d'accord. Il fallait sortir Johnny de sa prison et lui donner de l'argent pour passer au Honduras. Si Pilár voulait l'accompagner, ils l'aideraient, elle aussi. Après ça ils iraient trouver Nuñez. Ils se demandèrent s'il fallait lui dire qu'ils avaient retrouvé leur fils mais n'arrivèrent pas à prendre une décision. La meilleure solution était d'en parler à Smokes et aux autres pour voir ce qu'ils diraient.

Eleanor voulait rentrer à l'hospedaje pour prendre une douche avant d'aller voir la mère de Pilár. Frank jeta un coup d'œil à sa montre et acquiesça. Il dit qu'il devait réfléchir avant de retourner à la prison. Johnny l'attendait. Il voulait savoir s'il y avait du nouveau. Ils réclamèrent l'addition et payèrent en dollars. Au moment où ils allaient sortir, Frank vit Claudette s'arrêter au bout de la jetée. Lorenzo et Guapo descendirent par l'arrière, Smokes et Cherry sortirent de la cabine.

– Ils cherchent qui d'après toi ? Tu devrais t'arranger un peu ou bien ils vont penser qu'on vient de se disputer.

Elle sortit un miroir de son sac.

– Seigneur ! je ressemble à un panda, avec mon mascara autour des yeux.

Il lui tendit un kleenex.

– Ne te tracasse pas. Tu es ravissante.

Elle s'essuya les yeux.

– Tu parles, j'ai l'air réchappée du radeau de *La Méduse*.

Cherry arriva comme un ouragan dans le café. Elle les cherchait depuis une heure. Ils avaient vu José Ortega et lui avaient fait passer le message de Frank. Il avait fermé son garage et s'était absenté pendant deux heures. Il fallait absolument qu'il trouve quelqu'un. Quand il revint, il leur raconta ce qu'il savait.

– Frank, il prétend que le prêtre peut le tirer de là.

– Bingo ! Comment ?

– C'est là le problème, Franklin, soupira Smokes. Ça va coûter quatre mille dollars.

Frank se décomposa.

– Quoi ? Tu te fous de ma gueule ? Je n'ai pas autant de fric sur moi.

– C'est ce qu'il a dit, Frank.

– Mais putain, Smokes ! il sait bien que personne n'a autant de blé sur soi. On pourrait acheter la ville entière avec une telle somme.

– Je lui ai dit que l'argent n'était pas un problème, Franklin, on joue gros, c'est pas de la rigolade.

– Merde, merde et merde ! répéta Frank.

– Frank, s'il te plaît, fit Eleanor.

– Il faut que je réfléchisse. Toi, fais ce que t'as à faire. Va voir Pilár et sa mère.

– Je peux remettre ça à plus tard.

– Non, fit-il d'un ton un peu trop sec. Ne change rien à tes projets. Fais comme si de rien n'était. Tu n'as pas de meilleure façon de m'aider.

42

DEUX VISITES

La Cadillac noire cabossée qui servait de taxi n'avait plus de pare-brise. Les sièges en similicuir étaient lacérés. Cherry et Eleanor, assises à l'arrière, s'éventaient de la main tandis que la voiture fonçait dans les rues poussiéreuses de Corinto.

Ils traversèrent le centre-ville et passèrent devant la Calle de la Paz Internacional. Puis ils prirent vers l'est et commencèrent à grimper la pente raide de la colline. Autour d'eux tout était vert et luxuriant. Les grosses feuilles des arbres ombrageaient la route. La population travaillait dans les champs, elle creusait de longues tranchées pour y enfouir des buses en ciment. Ils quittèrent la route et suivirent un petit chemin de terre, pour arriver devant une bicoque rouge faite de planches et de tôle rouillée. Pilár, devant la maison, parlait avec un gamin vêtu d'une chemise rouge rapiécée. La voiture s'arrêta, le chauffeur coupa le contact. Pilár fit signe à Eleanor et s'approcha. Celle-ci prit les deux sacs en plastique posés sur le siège avant et les lui tendit.

– Dis à Pilár qu'hier je suis allée au marché. J'ai fait des courses pour sa mère. J'espère que cela ne la vexera pas.

Il y avait du fromage, des pommes, une boîte de chocolats et une bouteille de rhum Flor de Caña.

– C'est l'usage en Irlande. On ne vient jamais chez quelqu'un les mains vides.

– Oh merci. *Muchas gracias.*

Eleanor lui tendit l'autre sac.

– Et ça, c'est pour toi. Ce ne sont que des babioles.

Pilár parut très surprise quand Cherry lui traduisit ce que disait Eleanor. Le sac contenait un jean, deux chemisiers, des bas, des sous-vêtements et une robe de grossesse. Les yeux de Pilár s'embuèrent de larmes.

– *No puedo.*

Elle voulut rendre le sac à Eleanor.

– *No puedo.*

– Arrête ça. Tu vas finir par me gêner.

– Eleanor, c'est elle qui dit qu'elle est très gênée.

Eleanor lui prit la main en souriant.

– Dis-lui que c'est important de se sentir bien quand on est enceinte. Je m'en souviens. C'est bon de se sentir en sécurité quand on attend un enfant. – Elle lui serra les doigts : C'est une époque bénie pour toutes les femmes.

Le regard de Pilár alla se perdre dans les champs, puis elle ouvrit le sac. Elle sourit à Eleanor.

– Merci. *Bueno. Muchas gracias.*

– On ferait peut-être bien d'y aller. Il ne faut pas faire attendre ta mère ou elle finira par penser qu'on est bien mal élevés.

La mère de Pilár était une femme bien en chair avec des mains rougeaudes. Elle se mit à pousser des cris dès qu'elle ouvrit la porte. Elle s'essuya les mains à son tablier et serra Cherry et Eleanor contre elle. Elle leur souhaita la bienvenue et les fit entrer.

La petite maison était d'une propreté impeccable. Il y avait aux murs des photographies du pape et d'Augusto Sandino. Une télévision en piteux état occupait un coin de la salle à manger. Un cintre en fil de fer, coincé sur le dessus servait d'antenne. C'était une véritable pouponnière. Pilár expliqua qu'elle avait cinq sœurs qui avaient chacune un enfant. Sa mère s'occupait d'eux pendant la journée. La señora sortit de sa cuisine en apportant un gâteau. Elles en mangèrent un morceau en buvant du café et goûtèrent le rhum. Il était délicieux. C'était très difficile d'en trouver un de qualité depuis la révolution, les gens n'arrêtaient pas de s'en plaindre et les journaux étaient remplis d'articles à ce sujet.

Les bambins s'étaient agglutinés dans la pièce minuscule. Ils osaient à peine regarder Eleanor et poussaient des petits gloussements étouffés dès qu'elle faisait un mouvement ou avalait une bouchée. Ils étaient très beaux avec leurs grands yeux marron pétillants et leur visage à la peau mate. Un petit mioche de cinq ou six ans qui portait un pyjama de Superman pas très propre se promenait en suçant son pouce. Il se planta devant Eleanor et la fixa comme s'il avait eu en face de lui la créature la plus étrange qu'il ait jamais vue.

– Quel amour ! Un vrai bout de chou.

Elle voulut le prendre dans ses bras, mais il éclata en sanglots et s'enfuit dans le couloir. Cela fit beaucoup rire les autres. Eleanor n'était pas en reste.

– Le pauvre, il a cru que je voulais l'enlever.

La señora Hernández lui dit que les enfants ne pensaient pas à mal, mais qu'ils n'avaient pas l'habitude de voir des étrangers.

– Allez maintenant, les gamins. Ouste, du balai ! fit-elle en se levant.

Elle alluma la radio et se rassit en souriant. Mais les enfants n'avaient pas dit leur dernier mot. Ils revenaient sans arrêt voir Eleanor. Pilár se décida à les emmener faire un tour. Sa mère trouva que c'était une bonne idée.

La señora Hernández était très contente de faire la connaissance d'Eleanor. Elle voulait tout savoir sur l'Irlande. Elle avait entendu dire que c'était un pays très vert, plein de lacs et de montagnes, comme le Nicaragua, et que tous les habitants étaient des poètes.

– Ça, j'en suis pas sûre.

La señora Hernández lui révéla qu'un Irlandais avait vécu au village. Il s'appelait Sean Boyle, et l'endroit d'où il venait s'appelait Boyle aussi, ce qui la faisait rire. Il avait travaillé pour un planteur américain. Il cultivait des bananes. Il était très populaire. Il adorait chanter. Et puis, il était très séduisant. Ses petites amies ne se comptaient plus, et les hommes du coin étaient même un peu jaloux. Il avait fini par épouser une fille de Condega et il était parti là-bas vivre avec elle. Elle riait en parlant de Sean Boyle, l'Irlandais. Il restait parfois debout toute la nuit à chanter quand il trouvait quelqu'un pour l'écouter. Il avait vraiment une très belle voix. Les bananes n'avaient plus de secret pour lui. Il descendait à Managua et lisait tout ce qu'il trouvait sur le sujet à la bibliothèque municipale. On aurait dit qu'elles étaient toute sa vie. Une fois, il lui avait raconté qu'il en mangeait dix à son petit déjeuner sans faire un pli. Il était irrésistible. Quand on parlait avec lui on apprenait toujours quelque chose. Il lui avait dit qu'il neigeait en Irlande. Elle demanda à Eleanor si c'était vrai. Celle-ci acquiesça.

– *¡Ay, qué bonita!*

Elle leva les mains comme s'il neigeait dans la pièce et qu'elle ait voulu attraper les flocons. Elle n'avait jamais vu la neige mais Sean Boyle lui en avait parlé d'une telle manière que c'en était presque magique.

Eleanor lui dit qu'il faisait souvent froid en Irlande, qu'il pleuvait beaucoup. Il neigeait parfois, et le jour le plus chaud de l'été il faisait plus frais qu'au Nicaragua.

– *Mucho calor aquí.*

– *Oh sí*, acquiesça la señora en hochant la tête.

Elles reprirent un peu de café et la señora leur proposa d'aller s'asseoir au jardin. La température était beaucoup plus agréable dehors. Eleanor, enchantée, trouva l'idée excellente.

Le jardin regorgeait d'orchidées sauvages violettes. Elles apportèrent une table et des chaises de la maison et s'installèrent à l'ombre d'une palissade en fer rouillé. Elles burent de la citronnade. La señora Hernández voulait avoir des nouvelles de Johnny.

– Il va bien. Enfin, je veux dire, pas trop mal étant donné la situation.

La señora chassa les mouches. Elle se désigna du doigt et fit le même geste en direction d'Eleanor.

– Elle trouve que tu lui ressembles.

– J'ai toujours pensé que c'était le portrait de son père.

La señora n'eut pas besoin de traduction. Elle dit qu'elle l'aimait beaucoup. C'était un jeune homme très agréable, très simpático. Les gosses l'adoraient, il était très gentil avec eux et se plaisait beaucoup en leur compagnie. Ce n'était pas courant pour un jeune homme. Il semblait préférer la compagnie des enfants à celle des adultes. Il jouait au base-ball avec eux dans les champs, leur faisait faire des virées sur sa moto.

– Est-ce que tu peux lui demander ce qui s'est passé lors de l'attaque ?

La señora prit une longue inspiration.

– Les combats avaient été très violents cette nuit-là. Les Contras étaient descendus en force de la montagne. Beaucoup de gens avaient été tués ou capturés et emmenés de l'autre côté de la frontière. Johnny n'était pas rentré, et sa fille et elle avaient pensé qu'il avait été tué. Elles n'avaient pas su quoi faire. Elles avaient attendu quelques jours sans aucune nouvelle. Puis elles avaient appris qu'on avait découvert un corps dans la montagne, celui d'un jeune étranger. Il avait été ramené à Managua. Une rumeur avait circulé en ville : la victime avait un passeport irlandais, mais personne n'était sûr de rien. Ça les avait beaucoup troublées. Elles ne savaient plus à quel saint se vouer. Hier soir, Pilár lui avait raconté ce qu'elle avait appris d'Eleanor. Johnny était donc en prison. Sa fille était très inquiète, elle ne comprenait pas pourquoi il n'avait pas cherché à les contacter.

– Pour se protéger. Pourtant, Dieu sait si je ne l'ai jamais encouragé à fuir ses responsabilités.

La señora eut l'air surpris et fit non de la tête.

– Eleanor, elle ne peut pas le croire. Johnny n'était pas du tout comme ça. Elle n'a pas arrêté d'y penser, elle est certaine que c'est pour protéger Pilár, il ne l'a sûrement pas fait pour lui.

– Mon œil !

– Mais il y a cette histoire de prêtre, continua de traduire Cherry, et ça c'est très mauvais signe. Il tient cette ville sous sa coupe depuis des années. Son mari lui en avait déjà parlé. Tu sais, son mari était une grande figure de la révolution. Il n'arrêtait pas de répéter qu'une des raisons pour lesquelles il combattait, c'était pour se débarrasser de la racaille de cette espèce.

– Ah bon ? Et est-ce que par hasard le mari de la señora ne pourrait pas glisser un petit mot pour venir en aide à mon cher fils ? Rien d'illégal, mais s'il a le bras long…

La señora Hernández se força à sourire mais une expression de tristesse se peignit sur son visage.

– Son mari est mort, Eleanor.

– Oh, je suis désolée.

Son mari avait été tué par la *Guardia Nacional* quand le Général était encore au pouvoir. C'était un idéaliste qui n'acceptait pas facilement les concessions. Quand elle avait fait sa connaissance, il était jeune et il ne s'intéressait pas à la politique. Il était très beau. Il ressemblait à Jorge Negrete, l'acteur bien connu. Celui qui avait joué dans un film torride, *El Rapto*. Il ne s'intéressait qu'à la magie. Il voulait être magicien dans un cirque. Il faisait les tours les plus incroyables. Il était capable de faire apparaître des colombes. Puis il avait rencontré Carlos Fonseca, le fondateur du mouvement sandiniste. Il était allé un soir l'écouter lors d'une réunion clandestine à León. C'est à partir de ce moment-là qu'il s'est intéressé à la politique. C'est là que le drame avait commencé. Il s'était marié à dix-sept ans et s'était mis à militer peu de temps après. Il cachait des armes à la maison. Elle lui avait pourtant dit que cela finirait mal. Il n'arrêtait pas de faire des allers-retours en prison. Parfois même il devait prendre la fuite. Il ne vivait pratiquement plus chez lui. Il était devenu un étranger dans sa propre ville. On avait fini par l'arrêter un soir sur les docks. Une bagarre avait éclaté dans une cantina. Des types de la guardia qui étaient saouls. Ils s'étaient battus. Elle ne savait pas comment ça avait commencé. On l'avait embarqué et il n'avait jamais remis les pieds à la maison.

– Mon Dieu ! fit Eleanor.

La famille avait vécu des moments particulièrement pénibles. Personne ne savait quoi faire. La señora Hernández avait écrit à tout le monde. Elle avait envoyé une lettre au général Somoza, mais il n'avait pas daigné répondre. En désespoir de cause, elle était allée voir le prêtre. Mais comme elle n'avait pas d'argent, il avait refusé de l'aider. Elle n'avait jamais su ce qui était arrivé à son mari. Il avait disparu comme tant d'autres. Pendant six mois, elle n'avait pas cessé de prier. Il y avait une statue de la Vierge Marie sur les hauteurs, à la sortie de Corinto. La légende disait que, si on allait y prier, on était exaucé. Elle y était montée des dizaines de fois, supplier la Vierge que son mari revienne, mais cela n'avait servi à rien. A l'évocation de ces souvenirs, ses yeux se remplirent de larmes. Elle secouait la tête, n'arrivant toujours pas à comprendre ce qui s'était passé. Son mari n'avait pas de sépulture. C'était une honte. Aucun endroit pour aller se recueillir. La seule tombe qu'il avait était dans son cœur, fit-elle en montrant sa poitrine.

Eleanor lui prit la main. Il n'y avait plus d'homme à la maison. Ses trois fils étaient partis. L'un d'eux était à Managua mais il n'avait jamais donné aucun signe de vie ; un autre travaillait dans les puits de pétrole en Équateur et gagnait bien sa vie ; Raúl, son troisième fils était à El Paso, au Texas. Veilleur de nuit dans une usine, il s'entraînait pour devenir boxeur professionnel. Elle tira de la poche de son tablier une petite photographie et la tendit à Eleanor. Un jeune homme très séduisant, monté sur un cheval, agitait un grand chapeau de cow-boy.

– *Raúl, mío hijo.*

– *¡ Qué bonito es !* répondit Eleanor.

– *El le parece a su padre, sí,* fit la señora en souriant.

Elle regarda la photo, la posa sur la table. Elle s'essuya les yeux du bord de son tablier, puis poursuivit. Cherry traduisait.

– Elle dit qu'en Irlande aussi la population a beaucoup souffert. Elle pense à tous ceux qui ont versé leur sang et ont dû s'expatrier, comme au Nicaragua.

Eleanor acquiesça.

– C'est vrai qu'on a eu notre part.

La señora fit claquer sa langue.

– Les hommes et leurs guerres ! Ils se fourrent là-dedans jusqu'au cou et nous laissent dans le pétrin.

– C'est bien vrai. Ils adorent se battre pour un rien.

Son mari avait été torturé. Il le lui avait souvent répété. Il le lui avait suffisamment répété. La police voulait qu'il dénonce ses camarades mais il ne les avait jamais trahis en dépit des traitements qu'on lui avait fait subir. Elle n'arrivait pas à imaginer que des hommes soient capables de telles horreurs. Après chaque séance de torture, ils le remettaient dans sa cellule, les yeux bandés, le poignet droit attaché à une chaîne. Dès qu'il essayait de s'asseoir, la chaîne se tendait, si bien qu'il ne pouvait pas s'allonger pour se reposer un peu. Il avait fini par découvrir que la chaîne passait par un petit trou de sa cellule et que, de l'autre côté, un homme était attaché de la même manière. La chaîne était si courte que les deux hommes ne pouvaient pas s'allonger en même temps. Son mari a supplié son compagnon d'infortune de rester debout pour qu'il puisse prendre un peu de repos. Mais l'autre n'écoutait pas. C'était un vieux militant sandiniste. On l'avait tellement torturé qu'il était agonisant. Il n'avait aucune chance de s'en sortir s'il ne dormait pas. Alors son mari était resté debout toute une journée et toute une nuit pour que son voisin ne meure pas. Il était épuisé mais il ne pouvait se résoudre à le voir rendre l'âme. Il était comme ça. Il savait être généreux dans des occasions aussi terribles.

– Vous avez dû être très fière de lui.

La señora haussa les épaules.

– Au début, oui. Mais après avoir été relâché il a commencé à boire et à aller danser. Il n'arrêtait pas de raconter à qui voulait l'entendre son séjour en prison et l'histoire de son compagnon d'infortune. Il avait des petites amies. A presque quarante ans. Il allait au bal et courait les filles beaucoup plus jeunes que lui. Il adorait jouer les héros et il y a des femmes qui aiment s'acoquiner avec ce genre d'homme. Il rabâchait l'histoire de la chaîne si bien qu'elle a fini par ne plus la supporter. Elle s'est mise à haïr l'homme de la cellule d'à côté. C'était devenu son pire ennemi.

– Qu'est-ce qui lui est arrivé ? demanda Eleanor.

La señora l'ignorait. On n'avait jamais su qui c'était ni d'où il venait, s'il était vivant ou s'il était mort. Elle avoua qu'elle avait même douté de son existence. Mais son mari n'aurait pas pu mentir sur un sujet aussi grave. Elle était jalouse de cet homme, admit-elle avec un petit rire coupable. Elle était beaucoup plus jalouse de lui que des petites amies de son mari. Il semblait faire plus de cas de cet homme que de sa propre famille. Il aurait fait l'impossible pour un inconnu mais il mentait à sa propre femme. Il la regardait droit dans les yeux et il lui mentait.

Après sa disparition, elle avait essayé de lui pardonner tous ses mensonges, parce que mentir, en ce temps-là, c'était naturel. On ne pouvait pas faire autrement. Les hommes mentaient à leur femme, le gouvernement à la population, les enfants à leurs parents. Les prêtres même s'étaient mis de la partie. Le mensonge régnait sur le pays tout entier. C'était à peine croyable.

– Cherry, demande-lui si la situation s'est améliorée.

La señora secoua tristement la tête. Elle jeta un coup d'œil pardessus son épaule comme si les murs avaient des oreilles. Puis elle reprit, à mi-voix. La révolution n'avait apporté que le chagrin dans sa famille. Rien que des ennuis et de la déveine. Quand les sandinistes avaient initié le mouvement, tout le monde les avait soutenus mais ils avaient fini par monter les fils contre les pères. Il fallait reconnaître qu'ils avaient appris à lire à la population, qu'ils avaient distribué les terres, mais maintenant ils ne valaient pas mieux que des criminels qui voulaient vendre le pays à Moscou. C'étaient des *ladrones*, des voleurs. Daniel Ortega habitait un château et il était riche à millions. Tómas Borge avait plusieurs voitures et une maison à Miami. La population crevait de faim, mais les sandinistes ne manquaient de rien. Le pape les condamnait et, lui, il savait de quoi il parlait. Il était venu au Nicaragua et il avait dit qu'il ne fallait pas leur faire confiance. Ils étaient mauvais pour l'Église, mauvais pour le pays.

Elles entendaient les enfants qui jouaient dans la maison. Pilár sortit avec une chaise et vint s'asseoir près d'elles. Elle se servit une tasse de café. Elle dit que les enfants, ça n'apportait que des ennuis. La señora Hernández la regarda et se mit à rire. Elle lui fit un petit signe. Pilár s'approcha d'elle et s'agenouilla. La señora Hernández humecta son doigt de salive et frotta une tache de gras que sa fille avait sur le front.

– *Muy Sandinista, muy revolucionaria. Ella es como su padre*, fit la señora en lui donnant un petit coup de coude.

– Oh, je sais, ils sont tous révolutionnaires quand ils sont jeunes. C'est comme mon cher petit.

Le visage de Pilár s'empourpra. La señora ajouta quelque chose et Pilár lui répondit sèchement.

– *Oh sí, como su padre*, renchérit la señora.

Pilár se leva et les deux femmes se lancèrent dans une violente discussion. Eleanor trouvait ça très drôle. Mais peu à peu les esprits s'échauffèrent. La señora se mit à hurler.

Eleanor reconnut le mot *Comunistas*. Pilár, en colère, secoua la tête et sa mère croisa les bras. La señora ne lui adressa plus la parole. Sa respiration était oppressée. Eleanor se sentait mal à l'aise. Pilár se rassit l'air inquiet.

– *Comunistas*, fit la señora en reniflant.

– Mais maintenant, reprit Eleanor d'une voix mal assurée, est-ce qu'il n'y a pas des prêtres au gouvernement ? Honnêtement, est-ce que les choses n'évoluent pas un petit peu ? Ce D'Escoto, c'est bien un jésuite ?

La señora Hernández roula des yeux.

– *¡ Oh, qué pantalones tiene !*

Cherry rigola.

– Quel pantalon il a ! traduisit-elle. Il est vraiment culotté !

Pilár se leva d'un bond et jeta un regard furieux à Cherry. Celle-ci s'arrêta de rire aussi sec. Pilár s'adressa de nouveau à sa mère, les yeux brillants de colère. Le débit des deux femmes était si rapide qu'Eleanor était complètement perdue. La señora Hernández agita vigoureusement un doigt dans sa direction.

– *Mentirosa*, proféra-t-elle en haussant le ton.

Pilár s'engouffra dans la maison en pleurant. Sa mère cria à son adresse :

– *El amor es más importante. El lo hizo por el amor.*

Cherry eut l'air choqué. Eleanor se pencha et lui murmura au creux de l'oreille :

– Qu'est-ce qu'elle dit ?

Cherry rabattit les cheveux qui lui tombaient sur le visage.

– Elle dit que c'est par amour que Johnny s'est mis dans le pétrin. L'amour c'est plus important que la révolution.

La señora secoua les miettes de son tablier et marmonna quelque chose. On entendit la voix de sa fille qui s'échauffait à l'intérieur.

– Qu'est-ce qu'elle dit ?

– Elle dit que l'amour, c'est bien beau, mais qu'élever un enfant quand on est seule, c'est pas du gâteau. Elle se demande où est l'amour là-dedans.

La señora se versa une autre tasse de café. Elle était verte de colère. Elle regarda Eleanor, s'efforça de sourire. Elle avait envie de reparler de la neige.

Un gardien très agité ouvrit la porte de la prison et fit entrer Frank dans le hall. Il était de mauvaise humeur. Il lui ordonna de s'appuyer, paumes tendues, contre le mur. Il le fouilla méticuleusement en le palpant sous les bras, le long du dos et à l'intérieur des jambes. Il se releva et le dévisagea comme s'il s'attendait à une remarque. Sa moustache lui cachait la lèvre supérieure. Il le menaça du doigt.

– Tu vas faire le bordel avec moi aujourd'hui, gringo ?

– Qu'est-ce que tu racontes ?

Le gardien l'agrippa d'un geste brusque par son col de chemise.

– Pas de blagues. Tu cherches à me baiser aujourd'hui et t'auras de gros ennuis. *¿ Me entiendes ?* fit-il, les yeux exorbités.

– D'accord, mais calme-toi.

Le gardien le relâcha et jeta un coup d'œil par-dessus son épaule. Il avait entendu un bruit qui ne lui plaisait pas. Il éteignit la lumière et posa un doigt sur ses lèvres. Frank comprit qu'il fallait se taire. Ils restèrent un moment sans bouger dans l'obscurité, puis il lui fit signe qu'ils pouvaient y aller. Ils traversèrent rapidement l'enfilade de couloirs et de pièces vides qui menait à la porte de bois noir fermée par une énorme clef. Il la fit tourner et ouvrit la porte. Il fit signe à Frank d'entrer.

– Vingt minutes, OK ?

– *Diez, y nada más.*

Frank pénétra dans la pièce, et le garde referma derrière lui. Il faisait très sombre. On entendait le bourdonnement d'un moustique. A l'autre bout, Johnny était assis par terre, le visage caché dans les mains. Il tremblait.

– C'est moi, fils.

Johnny écarta les mains, il pleurait. Il essaya de se mettre debout mais il s'affala en se cognant la tête contre le mur. Frank se précipita. Les joues de Johnny étaient couvertes d'ecchymoses et d'éraflures. Son œil droit, au beurre noir, était à moitié clos. Du sang séché collait au coin de ses lèvres tuméfiées. Sa chemise était déchirée juste au-dessus de sa poche. On lui avait tailladé le dos des mains à coups de couteau.

– Pa, ils m'ont tabassé.

– Bon Dieu, qui ça ?

– Les mecs du prêtre, fit-il d'une voix pâteuse et déformée. Il ne faut pas que tu ailles trouver la police, papa. Il sait que je t'ai parlé de lui.

– Bon Dieu, Johnny, j'en n'ai pas touché un mot. Je le jure sur la Bible. Qui est-ce qui t'a fait ça ? les gardiens ?

Sa tête tomba sur sa poitrine. Il se passa la main dans le cou.

– Non, c'est les gars de sa bande. Ils ont dit qu'il ne fallait pas que tu t'approches des flics, Pa. C'est avec lui que tu dois traiter, personne d'autre. C'est ce qu'ils ont dit, et ils sont pas du genre à rigoler.

Dehors un homme donnait des ordres. Frank entendit le bruit des bottes sur le gravier. Il prit son fils par l'épaule et essaya de le relever. Johnny tressaillit et suffoqua de douleur. Il tomba dans les bras de son père.

– Papa, j'ai peur, sors-moi de là ! Fais ton possible pour me tirer de cet enfer.

Frank l'aida à s'asseoir sur une chaise. La tête de Johnny s'affaissa. Les paupières serrées, il raidit son cou et essaya de se redresser en grimaçant. Les larmes qui lui coulaient sur le visage liquéfiaient le sang au coin de ses lèvres. Il regarda Frank en tremblant.

– Aide-moi, Pa, s'il te plaît.

– Johnny, mon fils, ça va me coûter une fortune en pots-de-vin. Il faut que je me débrouille pour qu'on me fasse parvenir l'argent ici. Il va me falloir au moins quatre mille dollars. Dès demain matin, je retourne à Managua pour envoyer un télégramme à Veronica.

Johnny s'accrocha à son bras.

– Non, me laisse pas, papa. Me laisse pas seul. Ils vont me descendre.

– Qu'est-ce que tu veux que je fasse, mon fils ? Que j'aille trouver la police ?

– Non, Pa, surtout pas. Je t'en supplie.

– Mais…

La tête de Johnny retomba. Il glissa de la chaise en gémissant de douleur.

– Non, pleurnicha-t-il, s'ils me mettent le grappin dessus, j'en prendrai pour dix ans. Peut-être même qu'ils me chasseront définitivement du pays. Pilár ne peut pas rester seule maintenant qu'elle attend un enfant.

Frank agrippa son fils par les épaules et essaya de le soulever.

– Me laisse pas, papa, promets-moi.

– D'accord, fiston, d'accord. Je vais envoyer quelqu'un d'autre. Laisse-moi faire.

Il le prit par la taille et l'aida à se rasseoir, pantelant. Une odeur de nourriture trop cuite envahissait la pièce. Dehors les hommes continuaient à manœuvrer. Johnny pleurait à chaudes larmes en se balançant sur son siège.

– Papa, j'ai tellement peur. Il faut que tu me fasses sortir ou ils me feront la peau.

– Regarde-moi, fils. Il ne va rien t'arriver, je le jure.

Johnny, la tête entre les mains, gémissait.

– Il faut que je sorte d'ici, papa. Je t'en supplie. J'ai peur.

– Fais-moi confiance, fils. Je te ferai sortir même si je dois tout faire sauter.

43

AUX PORTES DU PÉNITENCIER

Eleanor, Cherry et les autres, assis dans une cantina sur le port, prenaient un café. Guapo souffla doucement dans un harmonica qu'il avait tiré de sa poche. La lumière se teintait de reflets cuivrés et les bateaux de pêche s'éloignaient dans le soleil couchant. Les jeunes déambulaient sur la jetée. Ils riaient en se tenant par le bras. Sept coups sonnèrent au clocher. L'écho résonna d'une manière inquiétante contre les falaises qui encerclaient la baie.

Soudain, ils aperçurent Frank qui arrivait, l'air défait, complètement épuisé. Il marqua un temps d'arrêt, regarda autour de lui, puis, les bras ballants, il poursuivit son chemin en pressant le pas. Il entra dans la cantina et se laissa tomber sur une chaise. Il sourit à Eleanor.

– Alors comment va-t-il aujourd'hui ? s'enquit Cherry.

– Au mieux de sa forme ! C'est un battant. Il a demandé des nouvelles de tout le monde.

Lorenzo s'approcha du bar et lui commanda quelque chose.

– Mon frère, il faut que tu boives un peu de vin pour le salut de ton estomac. C'est saint Paul qui l'a dit.

– D'accord. Il avait bien raison. A la tienne !

Il vida son verre et se tourna vers Eleanor.

– Lea, il voulait savoir comment tu allais. Il était en bien meilleure forme aujourd'hui.

– C'est vrai, Frank ? Il avait retrouvé ses esprits ?

– Tu parles. Il n'arrêtait pas de blaguer. On ne pouvait plus l'arrêter. Il voulait revoir tout le monde. Il serait bien venu au concert de ce soir.

– Dieu soit loué, mon frère !

– Smokes, j'étais juste en train d'expliquer qu'il ne fallait plus s'inquiéter pour Johnny. J'ai tout arrangé. Il faudra simplement que vous redescendiez à Managua demain matin pour envoyer un télégramme en Irlande. J'ai besoin qu'on me fasse parvenir de l'argent.

– Ah bon ? Ses copains de la Contra ne peuvent pas le tirer de là ?

– Écoute, mon frère, dit Lorenzo, est-ce que tu es né ici ?

Smokes le regarda interloqué.

– Est-ce que tu as combattu pour la révolution comme Guapo ?

– Non, mais…

– Alors, putain, boucle-la ! D'accord, le frère a fait une erreur, mais que celui qui n'a jamais péché lui lance la première pierre.

– Ah ouais ? Et toi, Lorenzo, t'as combattu pour quoi ?

– J'ai perdu beaucoup d'amis. Deux de mes cousins et un de mes frères sont morts.

– Je vois. T'étais trop occupé à jouer du blues pour trouver le temps de te battre. Le pauvre vieil aveugle débordé qui a vendu son âme au diable.

– Pour l'amour de Dieu ! intervint Eleanor, comment est-ce que Lorenzo aurait pu se battre ?

– C'est vrai. Je suis peut-être aveugle mais il n'est pire aveugle que celui qui refuse de voir.

Smokes se détourna.

– Ça suffit maintenant, dit Frank, arrêtez de vous engueuler comme ça.

– Frank, j'ai beaucoup réfléchi. On pourrait peut-être vendre Claudette et tout le matériel. On en tirerait bien cinq à six cents dollars. Et puis il me reste trois mille dollars sur mon compte, dit Cherry.

– Sûrement pas, ma jolie. De toute façon ça prendrait une éternité. T'entends, Smokes ? Cherry veut vendre l'amour de ta vie !

– C'est moi qui l'ai achetée, avec mes sous.

– T'entends ça, Smokes ? Elle est vraiment terrible !

Mais Smokes n'écoutait plus Frank. Il leur tournait le dos et contemplait la mer, le bras sur le dossier de la chaise.

– T'entends, Smokes ? insista Frank.

Smokes se leva d'un bond, sortit de la cantina et se tint au bord de la jetée, la main en visière. Il regardait au loin dans la baie.

Guapo se frappa la tempe.

– *Está loco.*

– Alors, vous êtes prêts pour ce soir ? J'espère que vous allez leur jouer une musique d'enfer. Peut-être même qu'il l'entendra.

– C'est certain mon frère, un rock à renverser les murailles de Jéricho.

Une minute plus tard, Smokes revint s'asseoir. Il prit sa bouteille de bière et en but un coup. L'air absent, il contemplait le soleil couchant.

– Qu'est-ce qui se passe, mon mignon ? demanda Eleanor.

– *¿ Qué pasa Marilyn ?*

Smokes se retourna.

– Je croyais avoir vu quelque chose. Je crois que je perds la boule.

– Mon lapin, Frank était en train de nous dire qu'il fallait qu'on se défonce ce soir, que peut-être Johnny nous entendrait.

– « Aux portes du pénitencier », gloussa Guapo.

Smokes sourit d'un air distrait. Il se leva de nouveau et s'avança au bord de la jetée. Il s'accroupit et scruta l'horizon.

– Smokes, qu'est-ce qui se passe ? lança Cherry.

Les gens sortirent des cafés. Ils s'avancèrent sur le port. Ils indiquaient quelque chose du doigt. Trois jeunes soldats jaillirent d'un bar et dégainèrent leurs armes. Des cris fusèrent. Cherry vint rejoindre Smokes en courant.

– *¡ Silencio !* ordonna un des soldats.

Les mouettes tournoyaient en criaillant. Les vagues se brisaient contre la jetée.

Smokes fit signe de se taire. Il haletait. La pluie se mit à tomber. Guapo sortit du café en tenant Lorenzo par le bras. Des renforts arrivèrent en courant. Un char avança jusqu'au bout de la jetée et pointa son canon vers la mer.

– Seigneur, qu'est-ce qui se passe mon amour ? s'impatienta Cherry.

– T'as besoin de lunettes ou quoi ? Il y a quelque chose qui bouge. Juste après les rochers.

– Où ça ? Je ne vois rien.

Un ronronnement courut à la surface des flots. Les gens se mirent à crier et s'éparpillèrent. *¡La Contra!* Des hurlements éclatèrent. La foule se dispersa. Ils regagnèrent tous le centre-ville en courant. Les bars se vidèrent au milieu des hurlements. Une sirène retentit.

Smokes scrutait l'horizon. Il se releva brusquement et recula comme s'il venait de voir quelque chose d'horrible.

– Bordel, bordel de merde !

Cherry regarda dans la direction qu'il montrait d'un doigt tremblant et aperçut une flottille de vedettes bleu sombre qui émergeait de la brume.

Ils virent distinctement le premier obus. Il s'éleva lentement dans les airs, décrivit un arc au-dessus de la rade. On aurait dit qu'il ne tomberait jamais. Puis il descendit en vrille vers les toits gris, au nord de la ville, où il disparut dans un bruit assourdi.

Des éclairs blancs et orange illuminèrent la baie, éclairant la mer et les montagnes. On entendit un grondement sourd. Il semblait sortir de la terre. Un autre obus fendit l'air. Smokes se boucha les oreilles. Le fracas fit trembler le sol.

Des salves d'artillerie lourde furent tirées de la ville. La lumière bleu et rouge des balles traçantes troua l'obscurité.

Une voix calme annonça par haut-parleurs : *EMERGENCIA. ATAQUE. EVACUEN. EMERGENCIA. ATAQUE.*

Un nouvel obus descendait sur Corinto. Il s'abattit sur un bâtiment, faisant s'écrouler un pan de mur entier. A l'autre bout de la ville, des flammes et un épais nuage de fumée noire s'élevaient au-dessus des réservoirs.

– Oh merde ! gémit Smokes.

Un autre missile arrivait en rase-mottes dans une traînée d'étincelles. Il heurta le toit doré de l'église de la plaza, rebondit et tournoya avant de s'écraser. Un autre fonça en sifflant vers les citernes de pétrole déjà touchées. Il y eut une déflagration blanchâtre. Une citerne explosa dans un grand vacarme. Des volutes de fumée acide envahirent la jetée. Les hurlements redoublèrent. Les gens toussaient et criaient. Quand on put distinguer quelque chose, Smokes avait disparu.

– Mon amour, t'es où ? cria Cherry d'une voix tremblante.

Guapo montrait quelque chose du doigt en gueulant. Elle regarda dans cette direction et vit Smokes qui s'enfuyait en courant comme un dératé.

– *¡ Hijo de puta ! ¡ Perro desgraciado ! ¡ Cobarde !*

Guapo se lança à sa poursuite. Loin devant, Smokes monta à bord de Claudette. Il démarra. Guapo agitait le poing en le maudissant. Claudette fit demi-tour et fonça en direction du centre-ville.

– Frank ! hurla Eleanor.

Les mains serrées sur sa poitrine, elle regardait la colline. Elle essayait de parler mais aucun son ne sortait de sa bouche. Elle montra du doigt la prison qui brûlait.

Ils remontèrent la jetée en courant et traversèrent la ville en flammes. Des lampadaires étaient abattus en travers des rues ; de leurs fils dénudés jaillissaient des étincelles bleutées. Ils arrivèrent sur la place. La scène flambait dans des tourbillons de fumée. La batterie et les guitares étaient en feu. De l'autre côté de la plaza, l'église s'effondrait. Ils filèrent et s'engouffrèrent dans la Calle de la Luna. Des gens affolés couraient dans tous les sens. Il y en avait qui trébuchaient et tombaient. Certains les aidaient à se relever, d'autres leur marchaient dessus.

Ils regardèrent les docks. Une autre citerne explosa dans un bruit assourdissant. Le pétrole en feu embrasa le ciel. Une grosse pompe à incendie passa en hurlant, avec de jeunes pompiers en uniforme sur les marchepieds. Partout des maisons brûlaient. Les murs s'effondraient. Ils éclataient, mettant à nu sous le plâtre des bouts de planche roussis. Ils s'engouffrèrent dans une ruelle. Une femme sortit de chez elle en titubant et en toussant ; elle tenait dans ses bras une grande statue de la Vierge.

Au bout de la rue, dans un passage étroit entre les ruines, des policiers hurlaient et faisaient de grands gestes. La femme à la statue courut vers eux et s'affala. Un policier se précipita, la remit sur pied et lui fit franchir le passage, l'obligeant à abandonner la statue dans la boue. Un jeune homme sortit d'une maison, un poste de radio à la main. Il courut vers le goulet. Les policiers l'arrêtèrent. L'un d'eux tira un pistolet et fouilla les poches du jeune homme, puis il leva les yeux et aperçut Frank et Eleanor. Il laissa le jeune homme et s'avança vers eux.

Cherry se tourna brusquement.

– Frank ! tire-toi de là.

– Non.

– *Francisco, fuera hombre*, siffla Guapo.

Le policier accéléra l'allure.

– Tire-toi, Frank ! Il va te demander ton laissez-passer, le pressa Cherry.

Lorenzo prit Frank par le bras.

– Fous le camp, mon frère. Sinon tu vas nous flanquer dans la merde.

Le policier s'arrêta. Il regardait la statue de la Vierge en la retournant avec son pied. Cherry attrapa la main de Lorenzo et l'entraîna dans une ruelle. Le policier les vit et se mit à crier. Il appela ses collègues à la rescousse. Guapo les insulta et fonça derrière Cherry et Lorenzo.

Frank et Eleanor s'enfuirent dans la Calle Morazán. Un autre obus s'abattit. Il tomba en piqué sur la façade d'un immeuble. Ils prirent à gauche et coururent vers la place. Une pluie de feu tombait du ciel.

Des hommes et des femmes défonçaient des fenêtres pour sauter à travers les débris de verre. Des flammes jaillissaient de tous les bâtiments de la rue. Des traits de feu venus de la mer illuminaient la ville. Les faisceaux des projecteurs balayaient le ciel. Les tirs et les explosions éclataient de tous les côtés. Frank et Eleanor couraient vers la Calle Grande.

Soudain le policier surgit au coin de la rue, un pistolet à la main. Frank voulut faire demi-tour. Le policier le mit en joue.

– *¡ Alto ! ¡ Alto, hombre ! ¡ Manos arriba !*

Frank et Eleanor s'arrêtèrent à bout de souffle. Ils mirent les mains sur la tête.

– *¡ Alto, momentito !* cria le policier.

Frank regarda la prison sur la colline. Le toit semblait cracher des flammes jaunes. Le policier s'approcha prudemment, les menaçant de son arme. Il attrapa Frank par le poignet.

– *Pasaporte y permiso, yanqui.*

Il le poussa contre le mur. Un autre soldat arriva en courant. Il ordonna à Eleanor de mettre les mains derrière le dos. Il les fouilla, sortit deux paires de menottes et donna un coup de sifflet. Il avança le pied et fit un croc-en-jambe à Frank en lui hurlant dessus.

– Eleanor, qu'est-ce qu'il raconte ?

– Frank, dit-elle en tombant à genoux, le souffle coupé, il dit que si on fait un geste, on est morts.

44

PREMIER INTERROGATOIRE

Frank fut amené dans la salle des interrogatoires au commissariat. Un sergent l'attendait, assis à son bureau. Il avait une face de lune, il sentait la sueur rance et la lotion après-rasage. Il resta un moment sans rien dire. Il se contenta de le regarder, puis il sortit une orange du tiroir de son bureau et la pela sans quitter Frank du regard.

Un soldat entra portant une machine à écrire. Les deux hommes se parlèrent, mais Frank ne comprit pas un mot. Ils n'esquissèrent pas le moindre sourire. Ils le regardaient et palabraient à voix basse en le montrant du doigt.

Le sergent se leva brusquement. Il se mit à faire les cent pas dans la pièce et lui assena une série de questions dans un mauvais anglais. Le soldat s'efforçait de garder le rythme. Ses doigts fébriles couraient bruyamment sur le clavier. Le sergent voulait savoir ce que Frank et Eleanor faisaient sans laissez-passer au milieu de la zone des combats, qui les avait amenés là et où ils allaient quand ils avaient été arrêtés.

– *No entiendo.*

Le sergent se tourna vers le soldat.

– *Oh, no entiendo*, fit-il en haussant les sourcils. – Il dévisagea Frank : *No entiendo*, répéta-t-il, trafiquant de drogue !

– Non, fit Frank.

Le sergent le regarda d'un air méchant et fit un signe de tête en direction de la porte. Le soldat sortit. Le sergent ouvrit son bureau et y prit une matraque. Il la frappa contre sa cuisse et se remit à arpenter la pièce en faisant claquer sa matraque dans le creux de sa main gantée de cuir.

– *No entiendo*, murmura-t-il, *no entiendo.*

– Non. Je ne vous comprends pas.

– Tu es un trafiquant.

– Non.

Le sergent le montra du doigt.

– Et moi, je suis sûr que tu es un trafiquant.

– Non, fit Frank avec un rire forcé.

Le sergent se retourna brusquement et frappa son bureau d'un grand coup de matraque.

– Pourquoi vous être à Corinto ? Pourquoi ?

– Je ne comprends pas.

Il se mit à hurler en espagnol. Il marchait de long en large en vociférant, le visage rouge de colère. Sa matraque s'abattit de nouveau sur son bureau. Il la tourna vers Frank et le menaça en secouant la tête, fou de colère.

– Pourquoi êtes-vous ici à Corinto ?

– Je n'ai rien à dire.

Le sergent hocha la tête et posa sa matraque. Il sortit son pistolet et le posa sur le bureau bien en évidence.

– Pourquoi êtes-vous ici à Corinto ?

– Je suis un touriste, répondit Frank, la voix tremblante. J'ignorais que je n'avais pas le droit d'être ici. Je veux téléphoner à l'ambassade d'Irlande au Mexique.

Le sergent le toisa d'un air méprisant et cracha par terre.

– *Tu madre*, trafiquant.

Il ouvrit la porte et appela. Un jeune policier entra dans la pièce. Celui-ci força Frank à se lever, lui fit traverser un couloir et descendre un escalier. Ils arrivèrent dans un corridor étroit. Il y avait des petites cellules sur le côté gauche, certaines d'entre elles étaient ouvertes. Le policier lui en indiqua une.

– Non. Vous ne pouvez pas me laisser là !

Le policier sourit et refit son geste.

– Rien à faire mon gars, tu ne vas pas me foutre là-dedans.

Le policier lui hurla dessus, lui flanqua un grand coup dans l'estomac, le poussa dans la cellule et ferma la porte.

– *¡A la mierda!*

Une ampoule éclairait faiblement la pièce complètement vide. Il y avait un seau dans un coin. Frank resta un moment allongé au sol, le souffle coupé par la douleur. Il entendait de l'eau couler goutte à goutte. Rien d'autre. Dès qu'il en fut capable il se remit sur pieds et s'approcha de la porte.

– Eleanor, tu m'entends ?

Sa voix résonna mais personne ne répondit. Il l'appela de nouveau. Il entendit la voix d'un ivrogne dans une cellule voisine. Toujours pas de réponse. L'ampoule se mit à bourdonner. Il se demanda ce que Johnny était devenu. Est-ce qu'il était toujours vivant ? Est-ce qu'il avait pu s'évader de la prison en flammes ? Où pouvait-il être à présent ? Il était trop fatigué pour se concentrer. Il s'allongea par terre et essaya de trouver le sommeil.

Il fut réveillé par le jeune policier qui lui dit de s'habiller. Il le fit sortir de la cellule, ils remontèrent les escaliers et revinrent à la salle d'interrogatoire. Le sergent était assis à son bureau, la tête entre les mains. La pièce puait la cigarette froide. Le policier ordonna à Frank de s'asseoir et le laissa seul avec le sergent.

Celui-ci ne daigna même pas lever les yeux.

– Pourquoi êtes-vous ici à Corinto ?

Il parlait calmement en détachant ses mots.

– *No entiendo.*

– Pourquoi êtes-vous ici à Corinto ?

– Je ne comprends pas.

– Je vous demande encore une fois, hombre. Vous me direz.

– Je n'ai rien à vous dire. Je suis citoyen irlandais.

Le sergent soupira, il baissa ses mains et pointa un doigt en direction de Frank.

– D'accord. Vous avez de gros problèmes maintenant.

Il sortit de sa poche un paquet de cigarettes, en alluma une ; il aspira par les narines la fumée qu'il exhalait. Il tira une nouvelle bouffée et regarda Frank. Une expression de lassitude se peignait sur son visage. Il tenait sa cigarette bien droite entre le pouce et l'index.

– Maintenant vous retirez vos chaussures, s'il vous plaît.

– Quoi ?

Le sergent se leva.

– Vous retirez vos chaussures et vos bas, s'il vous plaît.

Frank se pencha et délaça ses souliers, mort de trouille. Ses doigts tremblaient. Il retira ses chaussettes et les fourra dans ses chaussures. Puis il le regarda.

– Approchez, fit le sergent d'un air fatigué.

Frank se leva et traversa la pièce.

– Vos mains. Mettez vos mains là.

Frank les tendit et ferma les yeux. Le sergent retira sa cigarette de sa bouche et la mit sous le nez de Frank.

– Pourquoi êtes-vous ici à Corinto ?

– *No entiendo.*

Le sergent hocha la tête. Il défit une paire de menottes attachées à sa ceinture et fit signe à Frank de mettre les mains derrière le dos. Il lui fit faire un demi-tour et lui passa les menottes. Puis il le poussa contre le mur. Il lui écarta les jambes d'un coup de pied, manquant de le faire tomber.

– Pourquoi êtes-vous à Corinto ?

– Téléphonez à Nuñez, bégaya Frank. Appelez le capitaine Nuñez au ministère de l'Intérieur et l'ambassade d'Irlande au Mexique.

Le sergent le prit par l'épaule et le força à lui faire face. Il le regarda droit dans les yeux.

Il l'attrapa par son col de chemise et le conduisit jusqu'à la chaise. Il lui ordonna de s'asseoir. Après avoir regagné son bureau il décrocha le téléphone. Il ouvrit un tiroir et sortit une cravate rouge. Puis il prit sa chaise et la mit devant Frank.

– Mettez vos pieds.

– Non.

Le sergent soupira. Il souleva les pieds nus de Frank et les posa sur la chaise. Il s'agenouilla, lui attacha fermement les chevilles au dossier de la chaise avec sa cravate. Une fois sa besogne terminée, il se releva en faisant craquer les jointures de ses doigts. Il prit le mégot qu'il avait à la bouche et le mit sous le nez de Frank.

– Pourquoi êtes-vous à Corinto ?

– Je n'ai rien à dire.

– Pour quoi êtes-vous ici ?

– Je suis citoyen irlandais.

Le sergent se pencha et le dévisagea.

– Trafiquant. T'encules ta mère et moi je baise ton père.

Frank détourna le regard.

– Appelez Nuñez.

Le sergent se releva et écrasa sa cigarette par terre. Il revint à son bureau et écrivit quelque chose sur un carnet. Il saisit le combiné du téléphone, composa un numéro et entama une conversation, le dos tourné. Il raccrocha sèchement.

– Gros ennuis pour vous trafiquant. Très gros ennuis pour vous.

Le sergent sortit et ferma la porte. Frank resta seul pendant ce qui lui sembla une éternité. Puis sa tête s'affaissa et il essaya de s'endormir.

Plus tard, deux soldats entrèrent. Ils lui délièrent les pieds et lui ordonnèrent de se mettre debout. Ils lui demandèrent s'il connaissait la famille Hernández, il leur répondit par l'affirmative. Ils échangèrent un regard, hochèrent la tête et lui ordonnèrent de les suivre.

Il demanda à voir Eleanor, on répondit que c'était impossible. Il voulut récupérer ses chaussures et ses chaussettes. Là encore ils refusèrent.

Ils l'emmenèrent par un long couloir jusqu'à l'accueil du commissariat. A sa grande surprise il y vit Pilár, en compagnie d'une femme plus âgée. Elle l'appela, mais quand il voulut s'avancer vers elle les policiers le retinrent. Elle dit quelque chose qu'il ne comprit pas. Alors la femme plus âgée fit quelques pas vers lui, mais les policiers l'empêchèrent d'approcher. Ils lui prirent le bras tout en discutant âprement avec elle.

Dehors, il pleuvait à verse. Deux voitures de police attendaient devant le commissariat, portières ouvertes. Les policiers conduisirent Frank à la première, l'un d'eux s'y installa en faisant signe à Frank de s'asseoir à côté de lui. Il refusa. L'autre policier l'attrapa par le bras, le fourra dans la voiture, prit place à ses côtés et claqua la portière.

Pendant quelques minutes, ils discutèrent et blaguèrent tous les deux; Frank ne comprenait pas un traître mot. La porte du commissariat s'ouvrit de nouveau. Eleanor sortit, nu-pieds, menottes aux mains. Elle boitait lamentablement et semblait terrorisée. Pilár et l'autre femme lui couraient après.

Frank l'appela et essaya de baisser la vitre. Un des policiers le frappa au bras avec sa matraque.

– C'est ma femme !

Le policier lui assena un nouveau coup du manche de sa matraque et le pinça violemment à la cuisse.

– Ça va, ça va, j'ai compris.

Il vit qu'ils emmenaient Eleanor dans la seconde voiture et la faisaient monter à l'arrière. Un soldat sortit du commissariat en apportant le sac de Frank. Il s'approcha de la seconde voiture et frappa du poing sur le toit. Puis il se dirigea vers la première et s'installa au volant. Il secouait ses cheveux mouillés. Il jeta un coup d'œil dans le rétroviseur et démarra. Le premier véhicule s'ébranla doucement, suivi du second.

– Où est-ce que vous m'emmenez ?

– *No entiendo*, sourit le soldat.

Il avait l'impression qu'ils sortaient de la ville mais n'en était pas certain. Les voitures roulaient à petite allure, gyrophares en action. La peur lui nouait le ventre. Ils l'emmenaient et il ignorait ce qui était arrivé à Johnny. Était-il toujours en prison ? Est-ce qu'on avait transféré les détenus ? Est-ce qu'il devait en toucher un mot aux gardiens ou est-ce que cela risquait d'aggraver la situation ? Où est-ce qu'ils l'emmenaient ? Il essaya de se repérer mais n'arrivait pas à s'orienter. Tout à coup il aperçut la petite église blanche avec l'inscription *CRISTO VIENE* au-dessus de la porte. Ils passèrent devant l'hospedaje, puis devant le garage de José Ortega. Les voitures roulaient doucement, Frank ne parvenait pas à deviner où ils allaient. Il avait le sentiment bizarre de tourner en rond. Rien ne lui était familier. Il reconnut soudain un panneau qui indiquait la Pan-American. Ils prirent la bretelle d'accès pendant six cents mètres et se retrouvèrent sur la grand-route.

Un ballet d'hélicoptères survolait la voie rapide. Leurs pinceaux lumineux fouillaient les champs. Les voitures accélérèrent. Des sirènes se mirent à hurler. Frank eut l'impression qu'ils roulaient vers le sud, en direction de Managua mais rien n'était certain. Ils arrivèrent à un barrage. Des policiers en uniforme, armés de mitraillettes contrôlaient une voiture. Des soldats lui braquèrent leur lampe électrique en plein visage à travers la vitre. Il se tourna, essaya d'apercevoir Eleanor derrière. Un des soldats l'attrapa par les oreilles et l'obligea à se retourner.

Ils repartirent. Il y eut d'autres barrages routiers, et chaque fois la même routine : la lumière des lampes électriques à travers le pare-brise, les mains gantées de blanc qui faisaient signe de passer. Il demanda l'heure.

– Non, fit le policier en secouant la tête.

Il s'endormit un moment et se réveilla avec d'horribles frissons, incapable de savoir où il était. Il décida de rester éveillé.

Au bout d'une heure il eut la certitude qu'ils fonçaient vers le sud. Qu'il était bête : s'ils s'étaient dirigés vers le nord ils seraient déjà au Honduras. C'était bien ça. Ils les ramenaient à Managua.

Il se demanda combien de temps ils allaient mettre. Il essaya de se rappeler ce qu'avait dit Smokes sur le temps de trajet Corinto-Managua. Cinq heures, huit heures, dix heures ? Il ne se souvenait plus. Il avait beaucoup de mal à garder les yeux ouverts en dépit de tous ses efforts. La route était plongée dans l'obscurité totale, on ne voyait rien des deux côtés qui puisse retenir l'attention. Un panneau indiqua Managua 180 km. Il décida de se concentrer sur les panneaux. C'était un bon moyen pour rester éveillé. Il vit 170 km, 155 km. Il luttait contre le sommeil. 145 km. Au septième ou huitième panneau il dormait.

Il se réveilla en sueur et mort de soif. Les deux policiers qui l'encadraient ronflaient. L'aube pointait, et le ciel se zébrait de traînées bleues. Ils roulèrent encore pendant une heure avant qu'apparaisse le halo jaunâtre de la ville.

En parcourant les rues désertes, il reconnut le mercado, le clocher à moitié effondré de la cathédrale. Ils se dirigèrent au sud vers le lac, prirent la Calle Julio Buitrago et finirent par s'arrêter sur le parking de l'*Imperial*. Frank reçut l'ordre de ne pas bouger.

Le conducteur sortit et grimpa quatre à quatre les marches de l'hôtel. Frank vit qu'on tirait Eleanor de la seconde voiture. Il demanda la permission de lui parler, mais les deux policiers secouèrent la tête. Il se débrouilla pour lui faire un petit signe comme elle remontait la file des taxis pour entrer dans le bâtiment. Elle lui répondit par geste que tout allait bien.

Dix minutes plus tard le chauffeur regagna la voiture. Ils descendirent le Paseo Salvador Allende et arrivèrent au commissariat du Barrio Monseñor Lescano. Il reconnut les lieux quand on le fit sortir de la voiture. Il était passé devant le soir où il avait vu des femmes jouer au bingo dans une petite salle de jeux, de l'autre côté de la rue. On était à deux minutes de chez Smokes.

On le conduisit à l'intérieur et il dut attendre. Un officier derrière un bureau remplissait un formulaire. Il grimpa deux étages et on le mit en cellule. Il était beaucoup trop fatigué pour discuter. Ils lui retirèrent les menottes et lui apportèrent une tasse de café amer. Ils refermèrent la porte à double tour.

La cellule de brique était toute petite Il y avait une couchette avec un matelas gris plié en deux, une chaise en bois, une table et un siège de toilettes en métal. Il s'assit et essaya d'avaler son café. Comparé à Corinto on se serait cru au paradis.

Il se mit à rire et se rappela le soir où la police était venue chez lui à Glenageary. Des voisins avaient téléphoné pour se plaindre du tapage. En rentrant à la maison, Frank avait trouvé Johnny les lèvres tuméfiées. Lui et Eleanor avaient eu une violente dispute. Elle était ivre. Elle était tombée dans l'escalier, s'était écorché le visage. Quand les policiers étaient arrivés elle l'avait accusé de l'avoir battue. Ils l'avaient arrêté. Ils n'étaient pas méchants mais ils l'avaient tout de même conduit au commissariat de Dalkey où on l'avait bouclé pour la nuit. Ils avaient refusé d'écouter ses raisons. Ç'avait été très pénible. C'était peu de temps avant qu'elle parte pour l'Angleterre. Et maintenant il aurait donné n'importe quoi pour se retrouver au commissariat de Dalkey. Ça le faisait rire.

Il s'allongea sur sa couchette et ferma les yeux. Mais il y avait tellement de bruit qu'il ne put trouver le sommeil. Les policiers hurlaient, la circulation matinale envahissait les rues. Il avança sa chaise près de la fenêtre et monta dessus. Il ne voyait rien qu'une rangée de grands arbres noueux et un petit coin de ciel bleu. En tendant le cou, il apercevait sur la droite la rive du lac, et dans la cathédrale en ruine les feux allumés par les plus démunis qui y avaient trouvé refuge. Il se rappela que Smokes les lui avait montrés lors de sa première nuit à Managua. La nuit, les pauvres venaient s'abriter dans les ruines. Il s'inquiéta du sort d'Eleanor. Il espéra qu'ils l'avaient laissée à l'*Imperial*, que tout allait bien se passer. Il pensa à Johnny. Qu'est-ce qu'ils avaient pu lui faire ? Il ferma les yeux. Une soudaine nausée l'envahit. Était-il mort dans l'incendie de la prison ? Le reverrait-il jamais ?

Deux heures plus tard la porte s'ouvrit, et Nuñez fit son apparition, une mallette à la main. Il portait un blouson et un pantalon en jean, des lunettes de soleil noires et la casquette de son uniforme. Il était d'une humeur massacrante.

– *Buenos días, señor Little.* Je suis ravi de vous revoir.

Frank se leva.

– Vous allez avoir de sérieux ennuis, Nuñez. Vous ne pouvez pas me traiter comme ça.

Nuñez s'assit.

– Où est votre fils, señor ?

– Je me demande pourquoi vous me posez la question. Je veux voir ma femme. Je suis très inquiet à son sujet.

– Ça m'étonnerait beaucoup, señor, vous l'avez entraînée dans une aventure complètement insensée. Où est votre fils ?

– Il est en prison à Corinto. Je veux voir ma femme.

– Votre femme est en résidence surveillée à l'hôtel *Imperial*. Elle y restera jusqu'à ce que vous vous décidiez à coopérer.

– Je veux téléphoner à mon consulat.

– Où est votre fils, señor ? Je ne plaisante pas.

Frank garda le silence.

– Je vous demande où est votre fils, señor. Est-ce que vous voulez lui venir en aide, oui ou non ?

Frank alluma une cigarette.

– Est-ce que vous savez quel jour on est demain, señor ? Le 19 juillet, le sixième anniversaire de notre révolution.

– Ça me fait une belle jambe.

– Oui. Voilà six ans que nous survivons. Ce n'est pas maintenant que nous allons laisser saper notre autorité. Les gens comme votre fils ont enfreint nos lois, et je vous préviens que nous serons intraitables.

Nuñez posa sa mallette sur ses genoux, et sortit de sa poche un petit carnet et un crayon.

– Señor Little, vous êtes, votre famille et vous, dans de graves ennuis. Je veux vous aider avant qu'il soit trop tard. Nous essayons de démanteler un complot. Notre pays sert de plaque tournante à un trafic de drogue. Elle vient du Costa Rica et passe au Honduras par notre frontière nord. Là, elle est échangée contre des armes destinées aux contre-révolutionnaires. Certains services secrets de pays voisins sont dans le coup.

Nuñez fit une pause et alluma une cigarette.

– Nous savons que votre fils y est impliqué. Vous n'êtes pas sans savoir qu'il s'est échappé de la prison de Corinto hier soir pendant l'attaque.

Le cœur de Frank bondit.

– Non, je ne le savais pas.

– Allez señor, vous ne lui avez pas donné un coup de main ? de l'argent peut-être ? ou une arme ? Vous allez me dire tout de suite où il est.

– C'est ridicule.

– Quelles sont les opinions politiques de votre fils ?

– Oh, il est de votre bord. Un de vos foutus trotskistes.

Nuñez eut un petit rire méprisant et griffonna quelque chose.

– La théorie politique n'est pas votre fort, señor. Parlez-moi un peu de vos idées.

– Je travaille pour gagner ma vie, capitaine. Je ne peux pas me payer le luxe d'avoir des idées politiques.

– Soyez sérieux. Qu'est-ce que vous pensez de notre révolution, señor ? C'est une question toute simple.

– Aucun avis là-dessus.

Nuñez ajouta quelque chose sur son petit carnet. Il tira une dernière bouffée et écrasa son mégot par terre.

– Señor, le comandante Borge m'a chargé de vous faire une

offre. Il est disposé à faire preuve de mansuétude si votre fils accepte de coopérer. Le comandante sait bien que votre fils n'est pas un dangereux criminel. Il est complètement irresponsable mais il a quand même joué un certain rôle. Qu'il nous donne les noms de ses contacts, et il verra que le peuple nicaraguayen sait se montrer clément.

Frank soupira.

– Je ne sais pas où il est, Nuñez, je le croyais toujours en taule.

– *Bueno*, fit-il en refermant son calepin. Un petit séjour chez nous vous fera peut-être voir les choses sous un autre angle.

– Vous ne pouvez pas me retenir. Je suis citoyen irlandais.

– Nous avons fait le nécessaire auprès de votre consulat au Mexique, señor. Vos droits seront scrupuleusement respectés, les nôtres aussi.

– Vous ne pouvez pas me garder. Je vais informer vos supérieurs.

Nuñez éleva la voix.

– C'est à moi de décider et je décide, moi et pas vous. Votre fils a violé la loi. Et vous aussi. Vous feriez mieux d'y réfléchir à deux fois.

Il se leva, frappa contre la porte en métal et cria quelque chose avant de se retourner vers Frank.

– Écoutez, señor, moi aussi j'ai des enfants. Votre situation n'est pas brillante. Pourquoi est-ce que vous ne me laissez pas arranger les choses ? Pourquoi ne voulez-vous pas me dire où est votre fils ?

– C'est vous qui avez des ennuis, mon ami. La police à Corinto m'a tabassé.

Nuñez hocha la tête.

– Si on vous a maltraité, il faut déposer une plainte. Je vous assure que les responsables seront châtiés.

– Ils ont menacé de me torturer.

– Allons, allons, c'est tout à fait regrettable, mais vous avez eu beaucoup de chance, señor.

– De la chance ?

– Oui, avant la révolution ils vous auraient tué. – Il claqua des doigts : Comme ça, fit-il, sans la moindre hésitation.

Il frappa de nouveau sur la porte. Un soldat le fit sortir.

Quand Frank se réveilla, l'air de la cellule était étouffant et poisseux. Il avait un mal de crâne épouvantable. Il s'approcha de la fenêtre et tira le rideau crasseux. Il se percha sur sa chaise et regarda la ville en ruine. A travers les arbres il distingua les longues files de gens qui marchaient en silence dans les rues. Ils portaient des bannières rouge et noir sur l'épaule.

Du côté de la place les haut-parleurs martelaient : *Uno, dos, tres. Uno, dos, tres.*

Il s'avança vers la porte à pas de loup et essaya de l'ouvrir. Il se baissa et se mit à faire des pompes. Il avait mal aux bras et grognait sous l'effort. Il se demanda l'heure qu'il était et dans combien de temps Nuñez allait se repointer.

Il demanda un livre au gardien. Il n'y en avait pas en anglais. De toute façon les prisonniers n'avaient droit qu'à la Bible et elle était en espagnol. Frank lui dit que ça irait. Mais le garde revint et lui dit qu'il n'avait pas réussi à en dénicher une.

Il s'allongea et pensa à Johnny. Il se demanda s'il avait pu quitter le pays, et combien de temps il pourrait se débrouiller sans argent. Il espérait qu'il aurait le bon sens de se procurer un billet d'avion pour si possible regagner l'Irlande. Mais était-ce possible ? Est-ce qu'il y avait des vols directs du Honduras ? Sûrement pas. Il serait probablement obligé de passer par les États-Unis. Puis il souvint que Johnny n'avait plus de passeport. Il l'avait laissé dans la poche de l'Allemand qu'on avait retrouvé mort. Alors, même s'il pouvait sortir du Nicaragua, comment est-ce qu'il pourrait rentrer en Irlande ? S'il parvenait à atteindre le Mexique est-ce qu'on lui donnerait un passeport là-bas ? Il pourrait peut-être prendre le bateau ? Et Pilár qu'est-ce qu'elle allait devenir ? et l'enfant ? Il ferma les yeux et poussa un grognement. C'était pas le moment de penser à tout ça. Il fallait d'abord qu'il s'occupe de lui et d'Eleanor.

On lui apporta un quignon de pain et un verre d'eau. L'électricité était coupée, expliqua le garde, et on ne pouvait pas faire de café. Tout ça c'était la faute à Ronald Reagan. Frank sur son lit essaya de manger le pain, il était complètement rassis.

Une heure plus tard il entendit une voix familière dans le couloir. Il bondit à la porte. Quand elle s'ouvrit, Eleanor apparut dans l'encadrement, essoufflée et énervée. Derrière elle, le gardien les surveillait de près.

– Eleanor, ça va ?

– Oui, Frank, et toi ?

– Tu boitais.

– J'avais marché sur un caillou. Frank, c'est tout. Comment vas-tu ?

– Ils ne vont pas te mettre en taule, toi aussi ?

Elle fit non de la tête et murmura :

– Je leur ai dit que tu avais le cœur fragile, que tu risquais d'avoir une attaque si tu ne prenais pas tes médicaments. J'ai dit que je voulais absolument te les apporter moi-même.

Elle lui tendit un flacon.

– Ce n'est que de la vitamine A, mais ils ne se sont rendu compte de rien.

– Mais toi, comment tu vas ? Dis-moi.

– Ne t'inquiète pas, Frank, tout va bien. Les minutes nous sont comptées. Et toi ? Est-ce que tu sais que Johnny s'est sauvé de la prison ?

– Oui, oui, je sais ça. Mais ils ne t'ont pas fait de mal ? Tu boitais.

– Non, je me suis juste un peu blessée, hier soir. Ça va ? J'ai téléphoné à l'ambassade à Mexico.

– *Señora. Por favor.*

– Écoute, appelle Billy Spain à Dublin. Il travaille dans les services du Premier ministre. Et ne parle pas de Johnny à Nuñez.

– Je peux pas, Frank. Ils m'ont coupé le téléphone.

– Mais, putain, démerde-toi ! Essaye. T'appelles Billy et tu lui dis que je suis un électeur de Garret FitzGerald, d'accord ?

– Mais ce n'est pas vrai, Frank.

– Seigneur Jésus, Eleanor, peux-tu me dire comment il pourra le savoir ?

45

L'ONCLE SAM

C'était la fin de l'après-midi. La brise de mer soufflait, apportant le parfum des jacarandas et une odeur de cordite dans les rues détruites de Corinto. Dans le vieux quartier, des ruines fumaient encore. Des escadrons fouillaient les décombres noyés par les lances à incendie, dans l'espoir de retrouver des survivants. Des voitures blindées et des jeeps fonçaient dans les avenidas. La plaza était couverte d'eau boueuse, encombrée d'échafaudages, de tas de briques, de tuiles et de planches calcinées. Les murs de l'hôtel de ville étaient tout noircis. A l'ombre de l'église, une femme pleurait en regardant la photo de son fils, un gamin de dix ans. Au-dessus de la ville, les vautours tournaient dans le ciel.

Dans la petite cantina au milieu du front de mer, Cherry assise avec Pilár se demandait quoi faire. Pilár lui racontait de nouveau ce qui s'était passé. Quand elle avait vu la prison en feu, elle s'était précipitée au commissariat avec sa mère pour leur parler de Johnny. Elles avaient vu que Frank et Eleanor avaient été arrêtés et qu'on les emmenait à Managua. On les avait fait attendre. A deux heures du matin, la police était revenue de la prison et avait annoncé que trente prisonniers s'étaient évadés. Le jeune homme avec un passeport allemand en faisait partie. Pendant une heure elle avait dû répondre à un tas de questions. Elle avait dû leur révéler le nom de famille de Johnny, sa date de naissance. On lui avait demandé une description détaillée. Elle était morte d'inquiétude. Elle ignorait où il avait pu aller.

Toutes les fenêtres de la cantina étaient cassées. Des débris de verre jonchaient le sol. Sur le port, des groupes se formaient, les gens parlaient de l'attaque des Contras. Une vingtaine de personnes avaient été tuées et il y avait des dizaines de blessés. Des incendies s'étaient déclarés toute la nuit. L'hôpital avait été touché. Les rumeurs les plus folles circulaient : les marines allaient débarquer, les Contras, venus du sud, marchaient sur Managua, Ortega et la Dirección Nacional s'apprêtaient à fuir à Cuba. On disait aussi que le prêtre avait été tué, mais personne n'était sûr de rien.

Guapo et Lorenzo vinrent les rejoindre, l'air épuisé. Aucune trace de Smokes ni de Claudette. La ville grouillait de journalistes américains, et des hélicoptères continuaient d'arriver de Managua.

– Il va falloir rentrer là-bas, soupira Lorenzo. On va demander à un de ces types de nous ramener.

Guapo était d'accord. On ne pouvait plus rien faire pour Johnny et il fallait retrouver Frank et Eleanor. Ils commandèrent des bières. Cherry leur dit que quelque chose lui trottait dans la tête.

– Quoi donc, ma sœur ?

Cherry s'éclaircit la voix.

– Si on attendait pour voir si Smokes se pointe ?

– Hors de question, répondit Lorenzo. Qu'il aille se faire foutre !

– *Coño*, murmura Guapo, *cobarde*.

– Mais, les mecs, il y a Pilár aussi. On ne peut pas la laisser là.

Pilár les rassura. Il ne fallait pas s'inquiéter pour elle. Elle voulait rester à Corinto pour le cas où Johnny viendrait chez sa mère. Ils finirent leurs bières et sortirent de la cantina. Ils revinrent en ville tous les quatre. L'odeur du pétrole pesait comme une chape sur la ville. Il y avait des soldats et des policiers à chaque coin de rue. La foule envahissait les abords de la plaza, des files se formaient pour obtenir des soins de première urgence. La plupart des bâtiments étaient totalement détruits. La cathédrale avait été sévèrement endommagée ; la façade s'était effondrée et un trou béant fendait le clocher sur toute sa hauteur.

– Hé, Cherry, c'est toi ?

Elle se retourna et vit Hollis Clarke, sur le trottoir, qui la regardait. Il ôta son chapeau et s'approcha.

– Cherry, qu'est-ce que tu fais là ? T'es pas blessée ?

– Super, Hollis ! Vous avez fait un carton la nuit dernière !

Clarke était mal à l'aise.

– Oui, c'est vraiment affreux. Tu vas bien ?

– Tu sais combien il y a eu de morts ici, cette nuit ? Tu pourras le leur dire là-bas à Disneyland.

Le sourire de Clarke se figea. Il remit son chapeau.

– Garde tes conneries pacifistes pour ton baba-cool, Cherry.

Un jeune homme s'approcha, une caméra de télévision sur l'épaule. Clarke sortit de sa poche une carte et un carnet, puis s'adressa en espagnol au cameraman. Il lui montra la carte, l'autre hocha la tête. Clarke rit et lui donna une grande claque dans le dos. L'homme à la caméra fit signe à un jeune soldat, qui arriva en courant, la cigarette aux lèvres.

– *Bueno, nos vamos*, fit Clarke avant de se tourner vers Cherry. Je suppose que tu veux que je t'emmène ? Je retourne vers les lumières de la ville.

– Non merci, ça va comme ça.

– Écoute, fais pas la gueule. Il y a une heure, j'étais sur la *carretera* et j'ai vu cette pauvre vieille Claudette, complètement calcinée, ma jolie. Elle est bonne pour le paradis des vieux clous. Je te demande pas ce qui s'est passé ici. Je te propose juste de te ramener.

– T'as vu Smokes ?

– Tiens, tiens, on dirait que tu ne sais pas où il est ?

– Non, et toi ?

Il la dévisagea.

– Tu ne sais pas ?

– Non.

– Seigneur, soupira-t-il – et son rictus s'effaça de son visage –, Cherry, je pensais que tu étais au courant. Ils l'ont arrêté hier sur la carretera juste après le début de l'attaque. Il faisait presque du cent dix. Ça leur a paru louche. Un fichu yanqui qui fonce à Managua à cent dix à l'heure au beau milieu d'une attaque de la

Contra ! Il est à la policía. Apparemment, tout est en règle. Il avait un permiso mais ce pauvre con a avoué qu'il avait amené des gringos dans la zone des combats.

– Oh, merde !

– Ouais, t'as raison. Je suis allé à la policía pour voir si je pouvais lui donner un coup de main, mais il m'a demandé de ne rien faire. Sa famille serait trop inquiète si elle était au courant.

– Et vraiment tu ne vas rien faire ?

Clarke ricana.

– Seigneur, qu'est-ce que tu crois ? Bien sûr que si ! J'aime bien, Smokes, tu sais. C'est un petit con un peu naïf, mais c'est ma semaine de bonté.

– Mon Dieu, je ferais mieux de m'en occuper moi-même.

Clarke leva les yeux au ciel.

– Cherry, je ne te demande pas ce qui se passe ici mais j'ai vraiment l'impression que tu as des ennuis. Ça fait plusieurs jours qu'on a perdu de vue ce couple sympa qui était à l'hôtel, à Managua. On se pose pas mal de questions. Si tu vas faire du foin à la policía mon petit doigt me dit que tu n'es pas près de siroter un Cuba libre avant longtemps.

– Je ne peux quand même pas le laisser en taule, Hollis !

Il la prit par le bras.

– Allez, ne sois pas bête, Cherry. Je vais appeler ses parents dès que je serai de retour à Managua. Ça va rouler, fais-moi confiance. Déconne pas.

Elle se retourna pour regarder la ville. Au loin, une traînée de fumée blanche s'élevait du sommet du Yalaguina. Elle repensa à Frank et Eleanor.

– Ouais, t'as raison.

– Fais-moi confiance. Je sais que j'ai raison. Rentre avec moi à Managua et attends de voir ce qui se passe, d'accord ? Je t'emmène.

– J'hésite. Smokes n'aimerait pas ça.

Clarke soupira et regarda la mer.

– Oh, ça va. On se doit bien ça entre Américains. Laisse-moi t'aider, non ?

Ça la fit rire aux éclats. Clarke haussa les épaules.

– Fais comme tu veux après tout.

Il s'apprêta à faire demi-tour.

– J'ai deux amis avec moi, dit-elle. Ils ne sont pas américains.

– Ça ne fait rien. Personne n'est parfait.

Clarke adressa un sourire à Guapo et Lorenzo en leur tendant la main.

– *Mucho gusto, mucho gusto, hombres.*

Il donna une claque dans le dos de Lorenzo et le complimenta sur sa tenue.

Ils embrassèrent Pilár et lui dirent au revoir. Ils allaient revenir dès qu'ils sauraient ce qui était arrivé. Pilár serra Cherry contre elle, puis elle s'éloigna en direction de la plaza.

Ils quittèrent la ville en ruine, virent des murs effondrés, des maisons écroulées ; des meubles calcinés, inondés, jonchaient les rues. Guapo tenait Lorenzo par le bras. Le cameraman les précédait.

– Cette pauvre vieille Claudette. Elle va me manquer, ricana Clarke. Je pense que Smokes va être *muy triste*.

– Ta gueule, Hollis. T'es sûr qu'il va s'en sortir ?

Clarke reprit son sérieux.

– Mais oui, t'inquiète pas. Je lui ai filé du fric et j'ai dit aux gorilles que j'étais un ami personnel d'Ortega, que s'il arrivait quelque chose à l'homme de tes rêves, ils se retrouveraient à charroyer du fumier dans une ferme d'État.

– C'est vrai, Hollis ? Merci.

Il retrouva aussitôt son sourire.

– *Hey, por nada*. Je ne suis pas si mauvais que ça, tu sais Cherry. J'ai ma carte du Parti démocrate, figure-toi.

– Arrête ton cirque ! Tu t'es inscrit chez les démocrates parce que Lincoln était républicain.

Il soupira d'un air faussement désespéré.

– Ma jolie, tu ne sais pas qui sont tes vrais amis. C'est ça ton problème.

Le cameraman s'arrêta. Ils tournèrent au coin d'une rue et se retrouvèrent dans un champ. Un petit hélicoptère noir les attendait, protégé par des hommes armés, habillés en jeans et coiffés de casquettes de base-ball.

– On y est, fit Clarke en tapant dans ses mains.
– Tu te déplaces là-dedans ?
– Oui, je l'ai loué. Superbe, hein ?
Clarke ôta son chapeau et s'éventa le visage.
– Rien n'est trop beau pour l'oncle Sam.

46

NICARAGUA, NICARAGUITA

Le matin de la fête de la Révolution, Frank fut éveillé par le bruit des cloches qui sonnaient dans le barrio. Il se leva de sa couchette, grimpa sur la chaise et s'efforça en tendant le cou de regarder dehors par le soupirail.

D'après le bruit, la place semblait pleine de monde. Les gens riaient et s'amusaient. Quelqu'un faisait un discours mais il ne reconnaissait aucun mot dans les éclats sonores du micro. Il tendit l'oreille un moment, un homme se mit à chanter.

Ay Nicaragua, Nicaraguita
La flor más linda de mi querer
Abonada con la bendita
Nicaraguita, sangre de Diringen
Nicaragua, sois más dulcita
Y ahora que sois libre
Nicaraguita
Yo te quiero mucho más.

Un tonnerre d'applaudissements salua la fin de la chanson.

– *¡ Patria libre !* cria un homme.

– *¡ O MORIR!* répondit la foule.

– *¡ Viva el Frente Sandinista !*

– *¡ VIVA, VIVA, VIVA !*

– *¡ Viva Nicaragua libre !*

– *¡NI SE VENDE, NI SE RENDE !*

La voix de Michael Jackson chantant *We Are the World* se déversa avec fracas des haut-parleurs. Frank se dressa sur la pointe des pieds, essayant d'apercevoir quelque chose par-dessus les arbres. Soudain la porte de la cellule s'ouvrit avec fracas et Nuñez entra.

– Señor Little, dit-il d'un ton sec, je vois que vous êtes au spectacle. Mais c'est vrai que vous aimez beaucoup le spectacle.

Frank descendit de sa chaise et s'assit sur le lit.

– *Bueno.* C'est un spectacle édifiant. Dommage que vous ne puissiez y assister. Il y a deux cent cinquante mille personnes rassemblées sur la place.

– Au fait, Nuñez.

– C'est plutôt à vous d'aller au fait. Dites-moi où est votre fils.

– Je n'ai rien à dire là-dessus.

Nuñez s'assit et prit son calepin.

– Le comandante Borge m'a fait savoir qu'il était disposé à se montrer conciliant. Certains faits sont apparus...

– Quels faits ?

– Eh bien, comment dire... Il semblerait que votre fils ait une amie très proche, la fille d'un grand héros de la révolution.

– Il a pas mal d'amis proches.

¡ VIVA NICARAGUA LIBRE !

La colère durcit le regard de Nuñez. Il pointa un doigt vers Frank.

– Je vous préviens : vous avez intérêt à accepter de coopérer avec moi, señor. Nous ne voulons pas inquiéter inutilement la jeune compañera, par ces temps difficiles. Vous allez me dire tout ce que vous savez des activités criminelles de votre fils.

– Pas de chance, Nuñez. A l'heure qu'il est il est en route pour le Mexique.

¡ VIVA NICARAGUA LIBRE ! ¡ NO PASARÁN !

La foule battait des mains.

¡ NO PASARÁN ! ¡ NO PASARÁN ! ¡ NO PASARÁN !

Nuñez tendit l'oreille.

¡ NO PASARÁN ! ¡ NO PASARÁN !

Il reporta son regard sur Frank et hocha la tête. Il inscrivit quelques mots sur son calepin, se releva et alla frapper à la porte.

¡NO PASARÁN! ¡NO PASARÁN! ¡NO PASARÁN!

–Vous ne me laissez pas le choix, soupira-t-il. Vous allez me suivre au tribunal.

– Je croyais que c'était la fête de la Révolution. Il doit être fermé.

– Non, fit Nuñez, sans se retourner, malheureusement non. On doit s'occuper de gens de votre espèce tous les jours de la semaine.

Une voiture de police attendait devant la prison. Nuñez ouvrit la porte arrière et ordonna à Frank de monter, puis il prit place à son tour. Le chauffeur les conduisit Calle Amanda Espinoza à l'*Imperial*. Nuñez descendit de voiture, Frank attendit. Le chauffeur alluma la radio. Elle retransmettait la manifestation qui se déroulait sur la place, et Frank entendait en direct les cris de la foule couvrir ceux de la radio. Au bout de cinq minutes, Nuñez revint accompagné d'Eleanor. Il l'aida à descendre l'escalier et lui fit signe de monter en voiture.

– Ça va ? demanda Frank.

Elle avait l'air effrayé.

– Oui, ça va bien.

Ils traversèrent la ville en direction du lac. La plupart des grandes avenues avaient été fermées à la circulation, et ils durent emprunter des rues détournées. Tout le long de la Calle Williams Romero et de l'Avenida Bolívar, de longues files de gens portant des banderoles ou des pancartes sur l'épaule convergeaient vers la grand-place. La voiture s'arrêta à un barrage. Un soldat, un ruban rouge autour du cou, se pencha à la portière. Quand il vit le capitaine il se mit au garde-à-vous et présenta les armes. Puis il retira sa casquette et se gratta la tête. Il n'y avait pas moyen de passer, dit-il, la foule était trop dense.

Le chauffeur fit demi-tour et repartit vers le centre. Il tourna dans le Paseo Benjamin Zeledón et prit une route qui franchissait la lagune sur un pont. La rumeur de la foule était de plus forte. « QUEREMOS LA PAZ. QUEREMOS LA PAZ.» Le cri se répétait en écho jusqu'à se déformer. Du côté ouest de la place, les rues étaient noires de gens qui agitaient joyeusement des drapeaux. A l'est, des spectateurs était massés jusque sur le toit de la cathédrale. Au loin, trois hélicoptères tournaient au-dessus du lac.

Ils traversèrent la ville sans échanger un mot. Il y avait des fanions rouge et noir accrochés aux toits. On voyait aux fenêtres des drapeaux du Nicaragua et l'emblème de Sandino, des sombreros découpés dans du carton. Des jeunes gens se promenaient dans des tenues extravagantes. Des fêtes battaient leur plein à tous les coins de rue dans la musique des fanfares et des groupes de salsa. Des gamins couraient après la voiture en agitant des ballons rouges et noirs. Tout le monde dansait.

Ils prirent le periférico et s'arrêtèrent devant un bâtiment d'aspect peu engageant de deux étages, le long d'une rangée de jeeps et de voitures de police. Nuñez descendit et leur dit d'attendre là. Au bout d'environ dix minutes un homme apparut en haut de l'escalier et fit un signe au chauffeur. Frank et Eleanor furent conduits à l'intérieur; par un long couloir on les emmena jusqu'à une pièce grise et sans fenêtre qui sentait le plâtre.

Nuñez les y rejoignit bientôt. Il déboutonna son uniforme. Frank se leva.

– Nuñez, vous ne pouvez pas nous juger sans un avocat.

– Je ne vais pas vous juger, señor. Je vais faire prendre un arrêté d'expulsion à votre encontre. Vous devrez quitter le pays dans les soixante-douze heures.

– Oui, ben je ne vais nulle part sans le décider moi-même.

– Vous verrez bien ce que le juge va dire de cela, señor.

– Capitaine, s'inquiéta Eleanor, si ce n'est pas pour nous juger, pourquoi nous a-t-on amenés ici ?

– Señora, voulez-vous me parler des activités criminelles de votre fils ?

Frank l'interrompit.

– Écoutez, Nuñez. Pour l'amour de Dieu, il s'est fourré dans les ennuis et il a fait une bêtise. Maintenant il a quitté le pays. Quel mal y a-t-il à cela ? Vous ne pourriez pas tout simplement laisser tomber ?

Nuñez se redressa.

– J'ai une surprise pour vous.

Il alla ouvrir la porte. Trois policiers entrèrent, rouges et en sueur. Derrière eux, menottes aux mains, venait Johnny Little.

Son visage était tuméfié. Il boitait péniblement. Son bras droit était bandé. Eleanor s'élança pour le prendre dans ses bras. Elle voulut l'étreindre, mais il se dégagea et s'assit avec difficulté.

– Seigneur, comment tu vas, fils ?

Johnny se contenta de remuer la tête sans dire un mot.

– Mais Johnny, qu'est-ce qu'ils t'ont fait ? murmura sa mère.

Il resta muet. Nuñez se rassit.

– J'ai expliqué la situation à votre fils. Il refuse de collaborer et ne veut pas révéler le nom de ses contacts. Alors il a le choix : soit il quitte le pays avec vous dans moins de soixante-douze heures, soit il sera jugé pour avoir aidé les contrabandistas.

– Tu rentres avec nous, fils ?

Johnny répondit d'une voix rauque :

– Je ne peux pas laisser Pilár toute seule, papa.

– Tu n'as qu'à l'emmener avec nous.

– Sa vie est ici.

– Mais, mon amour, on peut faire sa vie n'importe où.

Il la regarda d'un air furieux.

– Ouais, ben je la vois pas à Glenageary, maman, et toi ?

– Je dois vous avertir que le tribunal désignera un avocat d'office pour le défendre s'il persistait dans son attitude inconséquente.

– Alors Johnny, c'est quoi l'histoire ?

– Je n'avais pas le choix, papa.

– C'est faux, dit Nuñez. On a toujours le choix, compa. On est même la somme de ses choix.

Johnny avança les lèvres et souffla. La chaleur était intenable. Il regarda Nuñez.

– Je ne peux rien vous dire, capitaine. Je ne peux pas prendre le risque.

– Rien qu'un nom s'il vous plaît et je vous assure qu'il ne vous arrivera aucun mal, ni à vous ni à la compañera.

– Mais vous ne comprenez rien. Il a des gens partout.

Nuñez fit un geste de résignation en regardant Frank et Eleanor.

– *Bueno, nos vamos.*

Les soldats remirent Johnny debout et le firent sortir de la pièce.

La salle du tribunal était toute en longueur. L'atmosphère y était étouffante. Des bancs de métal étaient alignés contre les murs. Le juge, un homme entre deux âges, le visage rougeaud, était assis derrière un bureau de bois massif. Il portait une robe noire ceinte d'une écharpe bleue et blanche. Au mur derrière lui était accroché un drapeau nicaraguayen. La poussière dansait dans les rais de lumière qui traversait les carreaux sales. Devant le bureau il y avait deux tables. Deux prisonniers étaient assis à l'une d'elles, entourés d'avocats et de soldats. D'autres avocats se tenaient auprès de la seconde table. La barre des témoins était en bois. Cherry était assise devant, sur un banc. Quand elle aperçut Frank et Eleanor, elle se précipita vers eux.

Un homme en uniforme leur intima l'ordre de se taire. Tout le monde s'assit. Ils regardèrent le juge. Celui-ci donna un coup de maillet sur son bureau, et les deux prisonniers furent emmenés. Le juge se leva et quitta le tribunal. Penchés sur la table, les avocats se mirent à discuter. Guapo entra, tenant Lorenzo par le bras. Ils se glissèrent sur le banc derrière Frank et Eleanor. Cinq minutes plus tard le juge revint et se rassit derrière son bureau. Il se versa un verre d'eau et fit un signe à son greffier. Celui-ci éleva la voix, et trois soldats amenèrent Johnny pendant qu'il lisait les charges. Une jeune avocate suivait Johnny. Elle portait une robe noire et avait deux dossiers à la main. Ils arrivèrent devant le juge et s'assirent à la table de droite. Nuñez entra à son tour, accompagné du procureur et d'un homme en civil. Ils s'inclinèrent devant le juge et prirent place à l'autre table. Ils se parlaient au creux de l'oreille. Puis le procureur se leva.

Le juge l'écoutait. Le procureur désignait Johnny en haussant le ton. Il était très énervé. Le juge enleva ses lunettes et regarda Frank et Eleanor. Le procureur se rassit. Ce fut au tour de Nuñez de faire sa déposition. Il lisait des passages entiers de son calepin d'une voix forte et résolue.

Cherry expliqua que Johnny était accusé d'être entré illégalement dans la zone des combats et de s'être livré au trafic de marijuana. Nuñez réclamait une peine de prison. Johnny plaidait coupable sur les deux chefs d'inculpation. Mais il avait averti son avocate qu'il ne dirait rien d'autre, parce qu'il voulait protéger un innocent. Elle se leva et s'adressa au juge. Il l'écouta attentivement. Le procureur se releva et se mit à crier. Les deux avocats n'arrêtaient pas de se couper la parole. Le juge leva la main. Ils s'arrêtèrent net et s'assirent en échangeant des regards hostiles. Le juge se pencha sur son bureau et écrivit pendant quelques minutes. Puis il demanda à Johnny de se mettre debout.

L'accusé avait le choix : il quittait définitivement le pays ou il était condamné à un an de prison. Son avocate s'approcha et lui parla à l'oreille. Il secoua la tête d'un air décidé. L'avocate se leva et s'adressa au juge. Celui-ci fit un signe de tête et écrivit quelques lignes. Il regarda Frank et Eleanor. Il s'éclaircit la voix et demanda à Frank de se lever. Il parlait d'une voix calme, posée, avec un léger accent américain.

– Señores, le cabinet du comandante Borge m'a demandé de signer un arrêté d'expulsion à votre encontre, ce que je vais faire. Votre fils veut rester dans notre pays, où il sera emprisonné. Est-ce que vous comprenez ?

– Oui, Votre Honneur.

– Señor, merci, vous n'avez pas besoin de m'appeler « Votre Honneur » ; juge suffit.

– Juge, je voudrais simplement ajouter que mon fils a fait une bêtise et qu'il est condamné parce qu'il veut protéger un innocent.

Le juge haussa les épaules.

– Protéger les innocents, la loi est là pour ça, señor. Ce n'est pas à votre fils de décider. Il a enfreint la loi. Il passera un an en prison. Vous comprenez cela ? Est-ce que vous avez quelque chose à ajouter ?

– Je comprends, juge.

– Vous saisissez que votre fils va passer une année en prison ? Nous faisons preuve de clémence étant donné sa situation familiale. Nous prenons aussi en compte le fait qu'il s'est rendu aux autorités.

– Il s'est rendu ?

Le juge vérifia dans ses papiers et confirma.

– Il s'est évadé de la prison et s'est rendu aux autorités à Puerto Morazán. C'est pour cela que la sentence est si légère.

– Merci, juge, fit Frank.

– Est-ce que vous vous rendez compte que votre fils refuse de coopérer avec nos forces de sécurité ? qu'il nous empêche d'agir ?

– Votre Honneur, mon fils se préoccupe de la sécurité de sa famille et de ses responsabilités.

Le juge se tut et consulta ses notes. Il leva la tête et fit signe à l'avocate. Elle s'approcha du bureau. Le juge parlait tout bas en hochant la tête. Au bout d'un moment elle retourna s'asseoir.

– Le droit de visite sera respecté. Avez-vous quelque chose à déclarer quant à votre propre conduite, señor Little ? Vous avez commis plusieurs infractions au Code civil : entrée dans la zone des combats sans autorisation, tentative de résistance lors de votre interpellation…

– Je voulais retrouver mon fils, monsieur, je suis désolé.

– Señor, vous savez que la loi m'autorise à vous punir sévèrement pour de tels délits. Vous me suivez ?

– Oui.

– Cependant, aujourd'hui, c'est l'*Aniversario del Triunfo.* C'est un jour très particulier pour les Nicaraguayens. Aussi, au lieu d'appliquer la loi au pied de la lettre, j'aimerais vous inviter, au nom de notre peuple, à faire un geste de solidarité, une petite contribution volontaire d'un millier de dollars américains à l'hôpital Karl-Marx. Acceptez-vous ma proposition ?

– Oui, soupira Frank.

Le juge se pencha et murmura quelque chose à son greffier. Celui-ci fit un signe de tête et prit note sur son cahier. Le juge se croisa les bras et débita la sentence d'une voix rapide sans quitter Frank du regard.

– Je condamne devant cette cour Frank et Eleanor Little à l'expulsion. Vous devrez quitter le pays dans les soixante-douze heures. Vous ne serez pas autorisés à revenir dans une période de trois mois. Passé ce délai, vous devrez adresser une demande écrite au Ministerio del Interior avant de pouvoir rentrer sur le territoire nicaraguayen. Vous allez remettre immédiatement votre visa au greffier de ce tribunal. Vous ne vous rendrez dans aucune ambassade, consulat ou délégation de la république populaire du Nicaragua dans le but d'obtenir un visa pour une période de trois mois.

Il enleva ses lunettes.

– Ai-je été clair, monsieur ?

Frank acquiesça. Le juge soupira. Il frappa la table avec son maillet. Il quitta la pièce. Tout le monde se leva et salua. Les soldats remirent les menottes à Johnny et l'entraînèrent hors de la salle d'audience. Il tremblait et boitait encore plus. Ses yeux balayèrent l'assistance et il fit un petit signe à l'adresse de ses amis, essayant de sourire.

– Courage, mon frère.

Comme ils arrivaient près de la porte du fond, les gardes s'écartèrent. Johnny s'arrêta net. Ses épaules s'affaissèrent. Dans le couloir Pilár l'attendait sous une haute fenêtre très étroite. L'ombre projetée des barreaux dessinait une croix sur son corps. Elle se tourna et son profil se découpa dans la lumière. Ils se regardèrent intensément. Il s'avança et murmura son nom. Les gardes le prirent par l'épaule et l'emmenèrent rapidement dans le couloir.

47

TOUT EST POSSIBLE

Le lendemain, pendant qu'Eleanor suivait la messe de l'après-midi, Cherry se présenta à l'*Imperial*. Elle tomba sur Frank à l'entrée, qui l'invita à déjeuner. On leur servit de la viande froide avec de la salade toute molle. Ils écoutèrent l'orchestre jouer de la musique country. Cherry dit qu'elle rentrait chez elle, aux États-Unis.

Une lettre était arrivée pendant son absence. L'état de sa mère s'était beaucoup aggravé. Le cancer avait gagné les poumons, elle n'en avait plus pour longtemps. Cherry voulait la voir pendant qu'il était encore temps. Et puis elle en avait marre du Nicaragua. Il n'y avait plus de raison de rester ici depuis que Lorenzo et Guapo avaient décidé de dissoudre les Desperados. Guapo retournait à Ocotal pour prendre un peu de bon temps avec la fille qu'il avait rencontrée là-bas, et Lorenzo voulait retourner s'installer à Bluefields. Elle allait les regretter. Sans eux les choses ne seraient plus les mêmes.

Après le déjeuner ils allèrent s'asseoir au bord de la piscine. Quand il lui fit part de ses inquiétudes à propos de Johnny, elle répondit qu'il n'y avait pas de raisons de s'en faire. Tout se passerait bien à la prison de Managua. Au moins, là, on pourrait aller le voir. Et le prêtre n'était pas dans les parages. Guapo avait pu voir Johnny la veille, il n'arrivait toujours pas à croire que ses parents avaient fait tout ce chemin pour venir le chercher. Ça le dépassait. Il en pleurait.

– Ce monsieur est comme sa mère. Il a la larme facile. Des nouvelles de ton homme ?

– Oui, son père arrive la semaine prochaine pour payer sa caution.

– Son père ? Je croyais qu'il était mort ?

Cherry éclata de rire.

– Tu plaisantes. Je suppose qu'il t'a raconté à toi aussi cette histoire d'as du poker ?

– Et alors, c'est pas vrai ?

Elle but une gorgée de Cuba libre.

– Frank, son père est le directeur de campagne de George Bush. Il publie des encyclopédies à Portland dans l'Oregon. Il est milliardaire.

– Doux Jésus ! J'espère que tu ne cours pas après le rejeton pour le fric ?

– Tu parles ! Son père lui a coupé les vivres il y a dix ans. Il avait été arrêté à Los Angeles pour avoir refilé un chèque en bois dans un magasin de spiritueux, et l'affaire était remontée jusqu'à papa.

– Bon Dieu, Cherry, mais qu'est-ce que tu fous avec un mec pareil ?

Elle écarta les mèches qui lui tombaient dans les yeux.

– Il est pas méchant, Frank. Je pensais qu'il avait besoin de moi.

– Moi, je vais te dire ce dont il a besoin, c'est d'un bon coup de pied dans le cul.

Elle rit doucement.

– Ça te va bien, toi qui es toujours en train de parler de fidélité. Tu vois, je suis comme toi. Moi aussi, je suis fidèle. C'est marrant, non ?

– Hilarant. On devrait avoir « Bienvenue » gravé dans le dos.

Elle sourit. L'éclat du soleil baignait les pierres blanches. Elle se pencha vers lui et le serra dans ses bras.

– Oh Frank, tu vas me manquer quand tu seras parti.

La pièce rose pâle était écrasée de chaleur et bourdonnante de mouches. La lumière qui tombait des soupiraux l'éclairait à peine ; elle était coupée en deux par une grille. De part et d'autre, des gardiens, l'air accablé, matraque à la ceinture, allaient et venaient pour disposer des chaises en plastique. Du côté des prisonniers il y avait trois tables de billard, un comptoir en acier, où on servait les repas et un panier de basket accroché au mur du fond. Une sonnerie retentit. Quelques détenus vinrent s'asseoir près des barreaux. Aucun signe de Johnny. Frank attendit. Il regarda un prisonnier jouer de la guitare. De l'autre côté une jeune femme noire, vêtue d'une robe rouge chantait pour lui. Frank se mit à haïr cette pièce. Elle sentait la sueur. Il se demanda où était son fils. Il était tendu et avait la nausée. Johnny finit par entrer et vint s'asseoir. Il portait un survêtement bleu, ses longs cheveux étaient ramassés en une queue de cheval.

– Bon Dieu, mais t'étais où, fils ?

– Désolé, papa, j'étais avec l'avocate. Elle essaie d'élargir mon droit de visite.

– D'accord. C'est comment ici ?

– C'est la prison, papa. Qu'est-ce que tu crois ? Et à l'*Imperial*, c'est comment ?

– Super. Je viens de voir ta mère.

– T'en as de la chance.

– Écoute, je me suis débrouillé pour avoir ce que t'avais demandé : le savon et le papier-toilette. Guapo te les apportera demain. C'est lui qui va nous emmener à l'aéroport.

Johnny regarda le prisonnier qui jouait de la guitare.

– Alors ça va ?

– Ouais, Pa.

– T'as toujours tes couilles ?

Il sourit à contrecœur.

– Ils ne font plus ça depuis la révolution.

– Je rigolais, trou duc'. Est-ce que tu as pu parler à Pilár ?

– Ouais, ouais. Elle revient me voir demain.

– Elle est vraiment ravissante, je dois dire. Elle doit t'empêcher de dormir.

– On attend un enfant, papa. Ça fait voir les choses autrement.

– Ça doit être bien d'être jeune et amoureux.

Johnny haussa les épaules et promena son regard sur les visiteurs.

– J'ai jamais dit le contraire.

– J'étais en train de penser à quelque chose, fiston. Tu te souviens de la fois où je t'ai emmené chez Mushatt, la boutique dans Francis Street ?

Johnny eut l'air étonné.

– Non, aucun souvenir.

– Mais si, voyons. La vieille Mrs. Mushatt était là. Elle était folle de toi. Elle me disait toujours que tu épouserais une fille d'une beauté exceptionnelle, mais je ne savais pas à quel point elle avait raison.

– Ouais. Maman va bien ?

– Je pense que oui. Elle n'est pas en taule.

Johnny ricana.

– Elle adorerait être ici. Jouer les martyrs, elle adore ça.

– T'as raison. Mais elle les rendrait tous fous avec son baratin.

– T'as pas une clope, papa ?

Il tâta ses poches et sortit un paquet de cigarettes. Le gardien s'approcha, le lui prit des mains, regarda ce qu'il y avait dedans et le glissa entre les barreaux. Johnny en alluma une.

– T'as des nouvelles d'Arsenal, Pa ?

– Aucune.

– Est-ce que Stephen Roche court le Tour de France, cette année ?

– Seigneur, fiston, t'es vraiment marrant ! Tu crois que j'ai la tête à ça ?

Johnny arracha un morceau de carton au paquet de cigarettes et se cura les ongles.

– Tu sais, Johnny, ta mère n'est pas si mauvaise que ça. On s'aimait beaucoup quand on était plus jeunes.

– Ouais, les bons vieux souvenirs, je connais.

– On était les meilleurs amis du monde, ta mère et moi. Il y avait quelque chose de très fort entre nous.

– Je sais.

– Et tu es ce qui nous est arrivé de mieux. La cerise sur le gâteau, mon gars. Mon Dieu, quand tu es venu au monde, on était au paradis.

– Je connais l'histoire, papa. Pas la peine de continuer.

– D'accord, je m'arrête, mais je voulais quand même te raconter au cas où ils t'emmèneraient à l'aube pour te décapiter.

– Ça risque pas. Tu m'as toujours dit que j'ai pas plus de cou qu'un jockey n'a de couilles, alors j'aimerais bien les voir essayer.

La sonnerie retentit.

– Il nous reste cinq minutes.

– Écoute-moi. Te mets pas en rogne, mais ta mère attend dehors. Elle aimerait te voir avant de partir. Juste te dire au revoir.

– Non, papa.

– S'il te plaît. Fais-moi plaisir. Sinon elle va me casser les oreilles jusqu'à ce qu'on atterrisse à Shannon.

Johnny regarda tout au bout de la rangée la jeune femme à la robe rouge. Elle chantait toujours pour son prisonnier. Les gardiens la reluquaient en se poussant du coude et en riant.

– S'il te plaît, fiston, fais plaisir à ton vieux père. C'est vachement long d'ici à County Clare.

Johnny fit un petit geste en direction de la porte.

– Allez, c'est bon.

Frank s'adressa au gardien qui était à côté de lui. Il déverrouilla la porte d'acier. Johnny croisa les bras. Eleanor entra, vêtue d'une robe blanche et d'un chapeau de paille, une fleur de malinche à la boutonnière. Elle traversa la pièce en regardant autour d'elle pour se donner une contenance. Elle vint s'asseoir auprès de Frank.

– C'est bien, dit Frank, nous voilà tous réunis.

– Bonjour, Johnny. Je voulais juste te dire bonjour.

– Bonjour, maman.

– Qu'est-ce qu'ils te donnent à manger ? Est-ce que tu as des activités ?

– Oh ouais, maman, on se croirait à Disneyland !

– Tu sais, dit Frank, il faut absolument manger des fruits. Pour un régime équilibré.

Eleanor tira un mouchoir en papier de son sac à main.

– J'étais juste en train de lui dire, Eleanor, que Pilár est vraiment très belle. Je lui ai raconté ce que la vieille Mrs. Mushatt ne cessait de répéter, qu'il finirait par épouser une reine de beauté.

La sonnerie retentit de nouveau. Eleanor porta le mouchoir à ses yeux et se mit à pleurer.

– Bon, je suppose que c'est le signal du départ, dit Frank. Il faut qu'on y aille.

Elle sécha ses larmes. Il boutonna sa veste et lui mit la main sur l'épaule.

– Allez, ma jolie. Il faut y aller.

Elle se leva en se mordillant la lèvre. Frank lui prit la main et la serra.

– Tout ira bien. Je te parie que bientôt on rira tous ensemble de toute cette histoire.

– Prends soin de toi, mon petit, murmura-t-elle.

Il ne la regarda même pas.

– Tu sais, Johnny, ta mère sera ravie de voir le marmot quand il sera venu au monde.

– J'en doute pas un instant.

– T'as raison, fiston. Eleanor va être une grand-mère rayonnante.

– Sûrement.

– Bien sûr. Le premier petit-fils et tout le tintouin. Ce sera bien pour tout le monde.

Johnny souffla une bouffée de fumée.

– Vous savez où le trouver.

Eleanor s'avança, le visage décomposé par les larmes.

– Est-ce que tu penses que ce sera possible, Johnny ? que j'assiste à la naissance du bébé ?

Il regarda le plafond. La sonnerie retentit pour la troisième fois. Tous les prisonniers se levèrent.

– Tout est possible.

Le gardien leur demanda de partir. Eleanor tendit la main entre les barreaux et saisit les doigts de son fils. Elle les serra pendant un moment. Il la regarda. Elle caressa sa joue endolorie. Des larmes coulèrent des yeux de Johnny. Il hocha la tête.

– Il faut que vous y alliez, maintenant. Sinon je vais avoir des ennuis.

– *Por favor, señores.*

– A bientôt, mon fils, dit Frank. Ne perds pas courage.

– Ouais. Faut que j'y aille, papa.

Frank passa la main entre les barreaux, les yeux lui piquaient.

– Allez, mon petit scout, toujours prêt. Tu vas nous manquer.

Frank regarda la main de son fils, fit un petit signe de tête, tourna les talons et sortit.

Le dernier soir ils dînèrent tous ensemble. Après, ils allèrent au *Casablanca* et commandèrent des Cuba libre. Le bar fermait à deux heures du matin, mais le directeur leur dit qu'ils pouvaient rester boire dans le hall. Quelques clients vinrent s'installer dans les fauteuils profonds et, au bout d'un moment, certains se mirent à chanter. Un journaliste américain interpréta *Joe Hill* avec une magnifique voix de basse. Quelqu'un d'autre *The Wabash Cannon-ball.* Guapo entreprit de draguer une superbe Galloise qui était au Nicaragua pour aider à installer des lignes téléphoniques.

Frank regardait Eleanor assise dans un coin auprès de Cherry. Elle était fatiguée mais toujours très belle. Il écoutait les chansons. Il se joignit à Lorenzo et à Guapo, et à des gens dont il ne connaissait même pas le nom. On but beaucoup. On discuta et on se remit à chanter. Cherry monta sur une table et entonna *The Tennessee Waltz.* Vers quatre heures Frank vit Eleanor se glisser discrètement vers l'ascenseur.

Une nouvelle tournée arriva du bar. Plus personne ne chantait. Les gens, en petits groupes, discutaient à mi-voix. Les barmans vinrent les rejoindre et se mirent à jouer au poker pour de l'argent. Guapo à genoux susurrait des mots doux à la Galloise et lui baisait la main. Elle finit par se lever, lui dit d'aller se faire foutre et sortit en titubant. Plus tard le directeur entra bruyamment, ralluma toutes les lumières. Tout le monde grogna, mais il dit que le jour allait se lever et qu'il était vraiment temps d'aller se coucher.

Frank embrassa Cherry. Il serra la main de Lorenzo et de Guapo et les regarda s'éloigner en titubant, bras dessus, bras dessous vers le Barrio Monseñor Lescano. Il les suivit longtemps du regard jusqu'à ce qu'ils aient disparus. Alors il sortit de l'*Imperial*, descendit la colline et marcha dans la ville délabrée.

Il faisait frais, tout était calme. Il alla jusqu'au bord du lac, savourant le silence et la tranquillité de l'air embaumé. Il ramassa une pierre plate et essaya de faire des ricochets sur l'eau grise. Il repensa à son père.

Il se revoyait à Glendalough avec ses parents. C'était un jour d'été après la fin de la guerre. Il faisait très chaud, le soleil tapait si fort qu'on aurait dit qu'il ne se couchait jamais. Ils avaient fait le tour du lac et quelqu'un avait raconté l'histoire de saint Kevin. Une femme était tombée amoureuse de lui, et le saint l'avait jetée dans le lac de Glendalough. On en avait même fait une ballade. Les gens disaient que c'était un lac sans fond. Il descendait tout droit en enfer. Quand on tombait dans ce lac on était irrémédiablement perdu.

Sur le chemin du retour, ils s'étaient arrêtés dans un petit café à Roundwood, pour boire du thé et manger des sandwiches. Un orchestre jouait des musiques patriotiques. Des gens dansaient. On était dans les années 40. On était encore très patriote en Irlande à ce moment-là. Tout le monde connaissait quelqu'un qui s'était battu pour l'Irlande autrefois. C'était bien avant cette histoire d'Irlande du Nord. Encore une époque heureuse, une époque où l'on n'avait pas honte de croire à l'Irlande. L'orchestre avait interprété *Kevin Barry*, *The Rising of the Moon*, *Bold Robert Emmet*, *The Darling of Erin*, et aux premières mesures de *The Wild Colonial Boy*, ses parents s'étaient levés et s'étaient mis à danser.

Ils avaient tourné autour de la salle en valsant. Ils riaient, enlacés. Son père n'avait jamais fait preuve de tant de douceur et de dextérité. Il ne l'avait jamais vu évoluer comme ça auparavant. Frank n'en revenait pas. Il n'avait jamais vu son père si viril et sa mère si élégante. La danse terminée, son père avait pris sa mère par la taille et l'avait fougueusement embrassée sur la bouche.

Tous les enfants avaient éclaté de rire. C'était la première et la dernière fois qu'il les avait vus danser. Il en ressentait encore maintenant le plaisir, si nettement que ça lui faisait mal.

Il se revoyait assis dans le car qui les ramenait en ville. Il repensait au halo jaunâtre qui brillait au loin au-dessus de la baie de Dublin. Le monde semblait offrir toutes les promesses possibles. Le spectacle qu'il avait vu le remplissait d'une telle joie qu'il en avait le souffle coupé : son père et sa mère s'embrassant, enlacés. Sa mère lui avait pris la main et lui avait dit qu'ils seraient bientôt à la maison. Il se souvenait des inflexions amoureuses de sa voix. *Donne-moi la main, Frank. Nous serons bientôt à la maison.* Jamais il ne s'était senti plus en sécurité. C'était l'été qui avait suivi la guerre, l'été où il avait rencontré Eleanor Hamilton, l'été où son père avait perdu son travail. C'était l'époque où tout avait commencé à changer.

Quand il regagna l'*Imperial*, le soleil s'était levé et rougissait le ciel derrière lui.

Il monta dans sa chambre. Eleanor était couchée sur le lit à côté du sien, profondément endormie. Une bible ouverte posée contre sa cuisse. Il essaya de faire le moins de bruit possible mais elle marmonna, consciente de sa présence. Elle s'assit d'un air étonné et regarda autour d'elle.

– Oh, Frank, je suis désolée.

– Chut, mon amour, tout va bien.

– J'avais envie d'une cigarette. Je suis venue en chercher une et je me suis mise à lire. J'ai dû m'endormir.

– Ne bouge pas. Il y a deux lits.

– Non, je vais retourner à côté.

– Sois pas bête. T'es bien là.

Elle se rallongea, les mains derrière la tête.

– Quelle heure est-il ? demanda-t-elle d'une voix rauque. Je commençais à m'inquiéter.

– Je suis allé faire un tour. Cette flopée de joyeux drilles m'a fait boire comme un trou.

– Ils sont sympas, Frank.

Il s'assit sur l'autre lit et défit son col de chemise. Sa nuque brûlée de coups de soleil lui fit mal quand il se baissa pour délacer ses chaussures.

– On s'est promis qu'on allait s'écrire, Cherry et moi, fit-elle en bâillant.

– Bien.

– Lorenzo et Guapo vont repasser. Lorenzo tient absolument à te voir avant notre départ.

– Oh, Eleanor, il y avait un message à ce propos justement. Le type de l'ambassade s'est occupé des billets : ce sera Aeroflot.

– Bien, Frank.

– Je me demande ce qu'il y a de bien là-dedans. Avec tous les impôts que je paie, ils auraient bien pu nous offrir le Concorde.

– Ils étaient en forme hier soir. J'ai bien cru qu'on allait tous se faire mettre à la porte.

– Chanter, il n'y a rien de tel.

– Tu ne retires pas tes chaussures, Frank ? Tu vas te coucher comme ça sur ce bon lit ?

– Je les ai déjà retirées, Eleanor, t'es aveugle ?

Il s'allongea et croisa les bras sur sa poitrine. Dehors les oiseaux gazouillaient.

– Frank, ça t'ennuierait de me chanter quelque chose ? J'aimerais tellement entendre un de ces vieux succès.

– T'es terrible. A cette heure-ci ?

– S'il te plaît, Frank.

Il toussa.

– J'ai vraiment plus de voix. D'ailleurs, je ne me souviens d'aucune chanson.

– Essaie, tu vas voir, ça va revenir. Un bon vieux classique.

Il se passa la main sur les yeux, sentant venir la migraine. Ses tempes battaient et il n'arrivait pas à se concentrer.

– C'est bon. Tu l'auras voulu.

Il respira un grand coup, s'assit, prenant appui sur les oreillers. La lumière pâle du soleil filtra entre les rideaux. Il tenta d'assurer sa voix et se mit à chanter doucement pour elle.

Oh believe me if all those endearing young charms
Which I gaze on so fondly today
Were to change by tomorrow and fleet in my arms
Like fairy gifts fading away

Thou wouldst still be adored
As this moment thou art
Let thy loveliness fade as it will
All around the dear ruin each wish of my heart...

Il n'acheva pas. Des larmes brûlantes lui montaient aux yeux. Il lui dit qu'il ne se souvenait plus des paroles, mais elle ne répondit rien.

Il alla aux toilettes et passa dans la salle de bains. Il fit couler l'eau chaude, remplit le lavabo et se rasa. Quand il revint dans la chambre Eleanor était roulée en boule sur le côté et suçait son pouce. Elle s'était rendormie. Il s'approcha du lit et écarta quelques mèches qui lui couvraient le visage. Il défit une des couvertures de son lit et la posa doucement sur son corps endormi. Elle murmura quelque chose sans se réveiller.

– Oh, Eleanor Hamilton, fit-il en lui caressant les cheveux.

Il regardait sa femme dormir. La pluie s'était mise à tomber. Il écoutait son bruit sur le toit de l'hôtel. Il ouvrit la fenêtre en grand et regarda entre les rideaux.

De la fumée bleutée et une odeur de cuisine montaient de la Ciudad Sandino. Près du lac, les pauvres avaient déjà allumé leurs feux dans les ruines de la cathédrale. A l'horizon, une brume vaporeuse grise masquait le sommet du Momotombo.

Il sortit sans bruit de la chambre et referma la porte derrière lui. Il la laissa endormie dans la pénombre rosée. Il descendit à la réception, réveilla le caissier, se fit donner une pile de córdobas et téléphona à Veronica, à Dublin.

Ils parlèrent de l'Aeroflot. Ils parlèrent d'amour. Il lui dit combien il avait hâte de rentrer. Quand il n'eut plus de pièces, il s'assit dans le hall en attendant qu'on ouvre les portes de la salle à manger. Il était épuisé. A l'intérieur de l'hôtel, rien ne bougeait. Tout était silencieux. On n'entendait que le bruit de la pluie. Il eut l'impression d'être le dernier survivant sur la terre. Il ferma les yeux et attendit en écoutant le bruit de la pluie.

REMERCIEMENTS

Toute ma gratitude va à Sean O'Connor, à Kevin Holohan et au centre Guthrie, à Annaghmakerrig, County Monaghan, Irlande, où une partie de ce roman fut écrite.

TABLE

Cet ouvrage
réalisé pour le compte des Éditions Phébus
a été mis en pages par In Folio,
reproduit et achevé d'imprimer
en avril 2000
dans les ateliers de Normandie Roto Impressions S.A.
61250 Lonrai
N° d'imprimeur : 00-0733

Dépôt légal : mai 2000
I.S.B.N. : 2-85940-651-4
I.S.S.N. : 1285-6002

DU MÊME AUTEUR

AUX ÉDITIONS PHÉBUS

Les Bons Chrétiens
nouvelles
Traduit de l'anglais par
P. MASQUART et G. MEUDAL

A paraître en mai 2000

Le Dernier des Iroquois
roman
Traduit de l'anglais par
P. MASQUART et G. MEUDAL